Elisabeth Büchle

Rebellin mit Herz

Über die Autorin

Elisabeth Büchle hat zahlreiche Bücher veröffentlicht und wurde für ihre Arbeit schon mehrfach ausgezeichnet. Ihr Markenzeichen ist die fesselnde Mischung aus gründlich recherchiertem historischem Hintergrund, abwechslungsreicher Handlung und einem guten Schuss Romantik. Sie ist verheiratet, Mutter von fünf Kindern und lebt im süddeutschen Raum.
www.elisabeth-buechle.de

Elisabeth Büchle

Rebellin mit Herz

Roman

Gerth Medien

FSC
www.fsc.org
MIX
Papier | Fördert gute Waldnutzung
FSC® C014496

1. Auflage 2024
Bestell-Nr. 821056
ISBN 978-3-98695-056-9

Umschlaggestaltung: Hanni Plato
Umschlagfoto: unter Verwendung bildgebender Generatoren
Lektorat: Carolin Kilian
Satz: Uhl + Massopust, Aalen
Druck und Verarbeitung: GGP Media GmbH Pößneck
Printed in Germany

www.gerth.de

Für Josua

Gott verspricht eine sichere Landung, aber keine ruhige Reise.
Aus England

Personenregister

<u>**Nobility:**</u>

Haus **Cummingham**
Marvin Carter: Earl of Kantley und zukünftiger Duke of Cummingham
Madeleine Carter: Duchess of Cummingham, Marvins Mutter
Edward Carter: Duke of Cummingham, Marvins Vater

Haus **Forsley**
Valerie Knight: jüngere Tochter von Robert und Mary Knight
Vivianne Knight: ältere Tochter von Robert und Mary Knight
Robert Knight: zweiter Sohn des verstorbenen Duke of Forsley
Mary Knight: Mutter von Valerie und Vivianne

Ford Knight: Duke of Forsley, Viviannes und Valeries Onkel
Phoebe Knight: Duchess of Forsley, Ehefrau von Ford
Raimond Knight: Sohn von Ford und Phoebe, Earl of Winningham und zukünftiger Duke of Forsley

Haus **Graham**
Amber Graham: 30-jährige unverheiratete Tochter von Baron Graham
Regina Graham: 16-jährige Tochter von Baron Graham

Haus **Landox**
Edith Landox: Tochter von Baroness und Baron Landox
Margaret Landox: Baroness Landox, Mutter von Edith
Caspar Landox: Baron Landox, Vater von Edith

Haus **Melton**
Halston Murray: Marquess of Melton, Henriettas jüngerer Bruder und Erbe des Titels
Henrietta Murray: ältere Schwester von Halston

Angestellte der Murrays:

Archie Cammeron: Butler
Darla: Kammerzofe von Henrietta
Kate: Kammerzofe von Lily
Oscar Watson: Kutscher
Rose: Dienstmädchen

Familien an den Docks:

Billings: Eltern Benjamin (kriegsversehrt) und Sara, Tochter Sophie
Seymour: Witwe Alice, Tochter Pinny und weitere Kinder

Weitere Personen:

Carl Morgan: einer der Jungen aus dem Hafenviertel
Molly Morgan: Cousine von Carl, Kammerzofe
Theodore Longfellow: Kindheitsfreund von Lily
Gregory Spratter: Pfandleiher im Londoner East End

Prolog

Die edle Brosche in der Form eines Ahornblatts leuchtete golden auf ihrem dunkelgrünen, ihr bis zum Ellenbogen reichenden Handschuh. Im Lichtschein des Feuers wirkten die eingelassenen Rubine, als wollten sie mit der Glut im Kamin um die Wette funkeln.

Ohne jegliche Hast raffte die Frau den Stoff ihres grünen Seidenkleides mit der hoch sitzenden Taille, die mit einem cremefarbenen Stoffband verziert war. An ihrem Oberschenkel befand sich ein dem Strumpfband darunter recht ähnliches zweites Band, das dazu diente, einen kleinen Beutel an seinem Platz zu halten. Dorthinein steckte sie das Schmuckstück. Unter einem vernehmlichen Rascheln ließ sie den fließenden Stoff wieder über ihre Beine und die flachen Wildlederschuhe gleiten.

Zufrieden sah sie sich um. Sie war weiterhin allein im Raum, und auch der benachbarte Flur lag still und verlassen da. Also ging sie zum nächstgelegenen Fenster und öffnete vorsichtig den Riegel. Ein leises Schaben ertönte, dann ein zweites, als sie das leicht verzogene Fenster öffnete. Ein kühler Windstoß wehte herein und verleitete die Gardinen zu einem munteren Tänzchen.

Sie wartete einen Moment lang ab, was ihr mehr Geduld abverlangte, als sie gemeinhin hatte. Doch ihr Lehrmeister hatte ihr eingeschärft, dass Ungeduld ihren sicheren Tod bedeuten könnte.

In diesem Teil des Gebäudes war es bisher beinahe unheimlich still gewesen, doch nun drangen Musik und Gelächter durch das offene Fenster. Der Ball im angrenzenden Gebäudeflügel war in vollem Gange, im Bereich der Dienstboten und der Küche herrschte routinierte Geschäftigkeit.

Niemand sah sie, niemand hörte sie, niemand vermisste sie. Sie war wie ein Phantom, das es meisterlich verstand, heimlich zu verschwinden, unbeobachtet zu agieren und wie aus dem Nichts wiederaufzutauchen. Dies war ihr zur Passion geworden – in vielerlei Hinsicht.

Prüfend ließ sie den Blick an den Fenstern des benachbarten Herrenhauses entlanggleiten. Nirgendwo brannte Licht. Nichts deutete darauf hin, dass der Hausherr und seine Familie derzeit in der Stadt weilten, und die wenigen Bediensteten, die das Haus während ihrer Abwesenheit in Schuss hielten, waren zu dieser späten Stunde längst zu Bett gegangen. Also setzte sie sich auf die breite Fensterbank, schwang sich mit der ihr eigenen Eleganz herum, sodass ihre Beine über den äußeren Sims hinausragten, und glitt durch das Fenster ins Freie. Sie drehte sich auf den Bauch, rutschte tiefer und suchte mit ihren Wildlederschuhen Halt an einem der weit hervorragenden Fassadenelemente. Wie erwartet fand sie einen Absatz, gleich darauf einen zweiten. Ihre Hände umgriffen die Stuckornamente, dann verharrte sie für einen Augenblick. Atmete bewusst ruhig. Lauschte.

Bis auf das Brausen des Windes in den Bäumen, ein paar weit entfernte Hufschläge und die verhaltenen Geräusche vom Ball war nichts zu hören.

Entschlossen setzte sie ihren Weg fort. Flink wie ein Eichhörnchen kletterte sie an der Hauswand hinab und stand wenig später auf der ordentlich getrimmten Rasenfläche. Sie ergriff die dunkelgrüne Pelisse[1], die sie hier platziert hatte, und streifte sie sich über. Eher nachlässig schnürte sie das Stoffband über ihrer Brust, dann zog sie sich die ausladende Kapuze über die sorgsam aufgesteckte Frisur und so tief in die Stirn, dass niemand sie erkennen konnte. So angetan eilte sie über die Rasenfläche davon.

Ihre Schritte brachten das Gras zum Rascheln, woraufhin etwas, vermutlich eine Maus, davonhuschte. Schließlich erreichte sie den schmalen Durchgang zwischen den beiden herrschaftlichen Gebäuden und tauchte unter den Zweigen zweier Linden hindurch. Die Blätter über ihr schienen zu flüstern, als wollten sie sie vor einer

Gefahr warnen. Ein Schauer jagte ihr über den Rücken, hielt sie aber nicht auf. Stattdessen presste sie sich gegen die Hauswand und wartete gerade so lange ab, bis sich ihre Augen an das schummrige Licht der Straßenlaternen gewöhnt hatten. Sie spähte um die Ecke. Auf beiden Seiten der Straße, deren nasses Kopfsteinpflaster im Schein jener Lampen wie ein Mosaik aus orangefarbenen und schwarzen Quadraten wirkte, reihte sich eine große Anzahl an Kutschen verschiedener Couleur auf. In kleinen Gruppen standen die Fuhrknechte beisammen und unterhielten sich, manche von ihnen traten auf der Stelle, um sich die Füße zu wärmen.

Mit einer flinken Bewegung tauchte sie in die tiefschwarzen Schatten ein, die die kräftigen Zugpferde und opulenten Kutschwagen auf den Boden warfen, und huschte – selbst zum Schatten geworden – an den Männern vorbei. Leise näherte sie sich dem Landauer, mit dem sie hergekommen war. Dort würde sie ihre Beute in einem bereitgelegten Ridikül verstecken und anschließend unbemerkt zu der Gesellschaft zurückkehren. Sie musste nur zusehen, dass sie mit ihren feuchten Schuhsohlen keine Spuren hinterließ. Aber auch das war ihr längst zur Routine geworden.

Sie schmunzelte, als sie von einem Kutschbock her ein lautes Schnarchen vernahm, nur um im nächsten Moment erschrocken zurückzuzucken. Zwischen einem Landauer und zwei vor eine Kalesche gespannten Pferden trat jemand auf ihre Seite der Kutsche. Instinktiv ging sie in die Hocke und rutschte Stück für Stück näher an eines der eisenbeschlagenen Räder heran. Der Geruch von feuchter Erde und Wagenschmiere umwehte sie. Sie hielt den Atem an und sah sich ängstlich nach einem möglichen Fluchtweg um.

Wenn der Mann sie hier sah …

Teil I

London Daily Life **5. Februar 1811**

Gemäß des Regency Acts übernimmt Seine Königliche Hoheit Prinzregent George, Prince of Wales, ab heute die Regierungsgeschäfte

Kämpfe auf der Iberischen Halbinsel halten an

Es wird noch einmal höflichst darauf hingewiesen: Das Galoppieren im Hyde Park ist *nicht* gestattet!

Eins

Ein beschauliches Hafenstädtchen in East Sussex, 1811

Lily rutschte auf den steil abwärtsführenden Holzbohlen aus, taumelte und landete gut einen Meter tiefer – mitten in einem Misthaufen. Schmeißfliegen stoben auf und suchten summend das Weite.

„Das ist wahrlich ekelhaft", murmelte Lily halblaut vor sich. Sie raffte den hellbraunen Musselinstoff ihres Rockes und stemmte sich auf die Beine. Angewidert zupfte sie an ihrer Schürze herum und begutachtete den Schaden. Zum Glück war sie an jener Stelle des Haufens gelandet, an der kurz zuvor frischer Mist abgeladen worden war, und nicht dort, wo bereits eine stinkende braune Brühe zwischen den unebenen Pflastersteinen entlangfloss.

Notdürftig klopfte sie sich das Kleid mit dem moosgrünen Unterbrustband und dem ebenfalls grün bestickten Saum ab, wodurch ihr der säuerliche Geruch des Gemenges aus Pferdeäpfeln, Stroh und Küchenabfällen umso mehr in die zierliche Nase stieg. Letztere ließ sie ein wenig kindlich wirken, was Lily allerdings nicht ungelegen kam, denn trotz ihrer einundzwanzig Jahre war sie immer noch ohne Verehrer. Weniger wohlmeinende Zeitgenossen behaupteten gar, der freche Aufwärtsschwung ihrer Nase würde ihren neugierigen und ungebändigten Charakter widerspiegeln.

Lily rümpfte ebenjene Nase, bückte sich und hob das kleine ledergebundene Buch auf, in dem sie gelesen hatte. Leider auch, als sie die Abkürzung über die Holzbohlen genommen hatte, anstatt wie jeder andere Mensch – es sei denn, er war Gärtner oder Stallknecht – die Steinstufen hinunterzugehen, um vom höhergelegenen Teil der Pfarrei in den Ortskern zu gelangen. Sorgfältig wischte sie den Bucheinband an einer sauberen Stelle ihrer Schütze ab.

„*Lady* Lily!"

Die spöttische Männerstimme ließ sie herumwirbeln, sodass sich ihr fließender Rock um ihre langen Beine wickelte. Lily wusste, dass diese in den Augen vieler ein weiterer Makel an ihr waren, denn als Frau sollte sie keinesfalls den Großteil der Männer überragen. Oder wie sie selbst gern sagte: mit einem einzigen Blick überprüfen können, wer von den ehrenwerten Herren frühzeitig schütteres Haar bekam.

„Mr Longfellow, welch eine Freude!", grüßte sie kaum weniger spöttisch zurück. Ihre frühere Haushälterin hatte einst versucht, ihr diesen Tonfall abzugewöhnen. Mit mäßigem Erfolg, was Lily der armen Frau nachsah. Allerdings verdiente Theodore Longfellow nichts anderes als Spott, denn der Apothekersohn zog sie auf, seit er sprechen konnte.

„Die Freude meinerseits ist getrübt durch einen wirklich abnorm aufdringlichen Duft." Der Endzwanziger wedelte mit einer Hand vor seinem Gesicht. Über seinem weißen Hemd trug er lediglich eine Weste, die jedoch perfekt zu seinen senfgelben Beinkleidern und den hochschaftigen schwarzen Stiefeln passte. Bis auf den fehlenden Gehrock war er mustergültig gekleidet, einschließlich des kunstvoll geknoteten Halstuchs. Seine dunklen Locken waren zu sanften Wellen gebändigt, das Gesicht war bis auf die breiten Koteletten glatt rasiert.

Lily hingegen hatte ihr hellblondes Haar nur nachlässig hochgeschlungen, sodass sich bereits einige Strähnen aus ihrer Frisur gelöst hatten. Ihre übrige Garderobe war zwar nicht flüchtig gewählt, aber dennoch schlicht, da sie im Pfarrgarten hatte arbeiten wollen. Leider war ihr auf dem Weg dorthin besagtes Buch in die Hände gefallen. Und dann war *sie* gefallen …

Nun blitzten ihre braunen Augen auf, und ihr Gesicht, das bereits die ersten Sonnenstrahlen des Jahres abbekommen hatte und deshalb von einigen frechen Sommersprossen geschmückt war, wurde von einer leichten Röte überzogen.

„*Lady* Lily, verströmst du etwa diesen … exotischen Duft? Ein neues Parfüm vielleicht?"

„Erstens, Longfellow, bin ich zwar eine Lady, doch die Anrede als solche steht mir nicht zu, wie du sehr genau weißt. Zweitens ist der Duft nicht exotisch, sondern stammt aus dem Sterculinum und, ja, somit vielleicht sogar tatsächlich aus eurer Apotheke." Zwar wusste Lily nicht sicher, ob sie das richtige lateinische Wort für „Dünger" oder „Misthaufen" getroffen hatte, aber die Küchenabfälle der Apothekerfamilie landeten ebenfalls an dem Ort ihres unfreiwilligen Bades.

Auf der Stirn ihres Gesprächspartners bildeten sich tiefe Querfalten, die Lily als Irritation deutete. Gleichzeitig meinte sie, ein verhaltenes weibliches Kichern zu hören. Da sich niemand in ihrer unmittelbaren Nähe aufhielt, verdrängte sie den Gedanken sogleich wieder. Sicher hatte nur irgendjemand ein quietschendes Fenster geöffnet.

Longfellow erwiderte nichts, was Lily ein wissendes Lächeln auf die Lippen trieb. Als angehender Apotheker kam der junge Mann um Latein nicht herum, allerdings war sie in jenem Schulfach stets besser gewesen als er. Ihr Wettstreit um die besten Beurteilungen hatte mit Longfellows Wechsel an das renommierte *Eton College* jedoch ein jähes Ende gefunden. Gleichzeitig war Lilys Unterricht bei dem Privatlehrer, den der Apotheker und seine Gattin für ihren einzigen Sohn engagiert hatten, beendet gewesen. Daraufhin hatte ihr Vater, ein Geistlicher, sie unterrichtet. Doch wie es schien, war die beste Partie dieses beschaulichen Hafenstädtchens gerade zurückgekehrt.

Einen Moment lang spielte Lily mit dem Gedanken, dass Longfellows Rückkehr ihre Chancen auf einen ansprechenden und gebildeten Ehemann erhöhen könnte. Doch mit einem prüfenden Blick auf ihn – er war tatsächlich noch ein wenig gewachsen und vielleicht drei Zentimeter größer als sie – schüttelte es sie innerlich. Der Apothekersohn war für sie vielmehr wie ein Bruder, und zwar einer der stets bevormundenden, nervigen Sorte.

„Der Dorftratsch hat mir zugetragen, dass du noch immer ungebunden bist. Was mich nicht wundert bei deinem widerborstigen Charakter und deiner, sagen wir mal, extraordinären Duftwasservorliebe."

„Würdest du Mrs Hughes, gern auch mal Mrs Dorftratsch genannt, bitte ausrichten, sie habe dir zwei wesentliche Aspekte bezüglich meiner Heiratsaussichten unterschlagen: meine Körpergröße sowie die Tatsache, dass mein Onkel, Sir Donald, nach wie vor den Wunsch hegt, mich … klug und standesgemäß zu verheiraten – wobei sich außer ihm niemandem der Sinn dahinter erschließt, warum ich unbedeutendes Pflänzchen mit einer herausragenden Persönlichkeit vermählt werden sollte."

Longfellow lachte schallend auf, und Lily meinte darin sein ungezwungenes Wesen vergangener Tage zu hören, als er noch barfuß zum Unterricht erschienen war, weil er zuvor Steine über die See hatte springen lassen. Bei dieser Erinnerung wurde sie sich des absichtlichen Fehlens ihrer eigenen Schuhe bewusst. Ob Longfellow die Unschicklichkeit ihrerseits bereits bemerkt hatte? Schnell verlagerte sie das Gewicht, sodass der Stoff ihres Kleides weiter nach vorn glitt und ihre nur mit Schmutz bekleideten Zehen vor seinem Blick verbarg.

„*Klug* ist ein dehnbarer Begriff, meine Liebe. Und du bist eine Meisterin darin, diese Dehnbarkeit zu deinen Gunsten auszunutzen."

„Das ändert nichts an der Tatsache, dass meine Möglichkeiten in diesem Teil des Landes begrenzt sind. Sieh dich doch bitte einmal um, mein Lieber: Vermutlich stellst du die weitaus beste Partie im Umkreis von fünfzig Meilen dar."

„Dann erwähle mich!" Longfellow schlug sich mit beiden Händen vor die Brust, konnte ein Grinsen aber nicht unterdrücken.

„Sir Donald sprach von einer *klug* gewählten Ehe, nicht von einer, die in Mord und Totschlag enden wird."

Wieder quietschte irgendwo ein Fensterrahmen. Oder war es doch ein Kichern?

Während Longfellow erneut lauthals auflachte, drehte Lily sich einmal um die eigene Achse, doch mehr als den zu ihrem Leidwesen von ihr selbst ausgehenden stechenden Geruch konnte sie nicht ausmachen.

Der Brunnen plätscherte leise vor sich hin, die Fenster der gegenüberliegenden Häuser, die sich wie fürsorglich aneinanderschmiegten, leuchteten im Schein der Morgensonne mit den strahlend weißen Balkonbrüstungen um die Wette. Die Blätter an den Bäumen entlang der Straße rauschten in dem vom Meer herbeiwehenden Wind. Federwolken schmückten den blauen Himmel, an dem die Möwen in wilden Flugbahnen entlangglitten und sich beim Anblick der Menschen unter ihnen köstlich zu amüsieren schienen. Zumindest hörte sich ihr kicherndes Kreischen so an.

Das Geräusch, das Lily gehört hatte, war jedoch feiner und melodlöser gewesen. *Ein singender Fensterrahmen?* Sie vertrieb eine Fliege, die sie umschwirrte.

„Da du deine Aufmerksamkeit nun offenbar anderen streitlustigen Geschöpfen widmest, Lady Lily", brachte Longfellow sich in Erinnerung und deutete auf die Möwen über ihren Köpfen, „möchte ich mich höflichst empfehlen. Und dir empfehle ich ein Ba–"

„Wage ja nicht, es auszusprechen!" Lily war nicht gänzlich überzeugt davon, dass Longfellow Gentleman genug war, um die Röte, die ihr ins Gesicht stieg, als Verärgerung statt Scham zu interpretieren. Wobei bedauerlicherweise Letzteres zutraf.

Sein Schmunzeln ließ jedenfalls nichts Gutes erahnen.

Ein vornehmer schwarzer Landauer, gezogen von zwei wunderschönen Rappen, kam über das Kopfsteinpflaster herbeigefahren und hielt nicht unweit von ihnen zwischen dem Brunnen und einem Wohnhaus an. Lily sah aus dem Augenwinkel, wie Longfellow sich vor ihr verbeugte, eine Höflichkeitsbekundung, die er während seiner Zeit in der Ferne perfektioniert hatte. Also schenkte sie ihm ein verhaltenes Lächeln und neigte dann würdevoll das Haupt, wie sie es gelernt hatte. Mehr konnte er nicht erwarten, immerhin war sie die Enkelin eines Baronets.

Longfellow wandte sich um und eilte davon, wobei er Lily im Unklaren darüber ließ, ob er es wirklich eilig hatte oder ob seine Geruchsnerven ihm zur Flucht rieten.

„Noch nie habe ich eine unerquickliche Wartezeit so unterhaltsam erlebt wie heute."

Lily wirbelte herum und sah sich einer älteren, feingliedrigen Dame in trister Garderobe gegenüber. Das züchtig hochgeschlossene graue Kleid aus schimmernder Seide war zwar hier und da mit weißer Spitze verziert, ansonsten jedoch schmucklos. Das schwarze Haar der Frau war von silbernen Strähnen durchzogen, und ein grauer Schutenhut schützte das ebenmäßige Gesicht, das bis zu diesem Tag vermutlich kaum mehr als drei Sonnenstrahlen abbekommen hatte.

Die Dame trat nun vollständig hinter dem breiten Baumstamm hervor, wo sie wohl Schatten, zugleich aber auch ein Versteck vor Lily und Longfellow gefunden hatte.

Da Lily annahm, dass die Unbekannte vom nahe gelegenen Murray Manor herübergekommen war, dem Landsitz eines Marquess, knickste sie mit geradem Rücken und wich dann einen großen Schritt zurück. Ihre Aufmachung war vermutlich eine Beleidigung für die zwar farblose, aber gepflegte Erscheinung, ihr Geruch für deren verwöhnte Nase eine Zumutung.

„Mir war nicht bewusst, dass wir eine Zuhörerin haben", gab Lily zu, dann straffte sie die Schultern. „Kann ich Ihnen auf die eine oder andere Weise zu Diensten sein?"

Die Fremde musterte sie eingehend, dabei schlich sich ein Lächeln auf ihr Gesicht. „Wie Sie sehen, ist meine Kutsche mittlerweile eingetroffen. Also: nein, danke." Sie wartete, bis Lily einen weiteren Knicks vollführt hatte, den sie mit einem hoheitsvollen Nicken würdigte, ehe sie sich umwandte und davonschritt.

Auf halbem Weg zur Kutsche drehte sie sich erstaunlich schwungvoll um und fragte: „Verraten Sie mir Ihren vollständigen Namen, *Lady* Lily?"

Diesmal war es an Lily, ein leises, rollendes Lachen hören zu lassen, was der Dame ein weiteres Schmunzeln entlockte. „Lily Thomson." Sie beließ es dabei, vor allem da sie den Eindruck hatte, dass die Frau kein zweites devotes „zu Diensten" von ihr erwartete.

„Einfach nur Miss Lily Thomson? Oder zieren Sie sich mit Bescheidenheit?"

„Mein Vater ist der hiesige Pastor, dritter Sohn von Mortimer Thomson, dem Baronet of Witless. Demnach ja, nur ein schlichtes, aber deshalb nicht als gering zu erachtendes Miss Lily Thomson."

„Ah, eine von diesen Thomsons …" Die Dame wandte sich wieder zum Gehen um, dennoch hörte Lily, wie sie halblaut hinzufügte: „Amüsant. Wirklich sehr amüsant. Und überaus inspirierend. Ich danke Ihnen vielmals für das Angebot, mir zu Diensten sein zu wollen, Miss Thomson."

Trotz der beschwerlichen Rückreise vom Sommerhaus an der Küste nach London stieg Henrietta schwungvoll die Stufen zur Eingangstür hinauf. Schließlich schwebte ihr eine große Veränderung vor Augen, die es sogleich anzugehen galt. Mit dem heutigen Tag würde ihr neues Leben beginnen. Oder besser: Ihr Leben würde überhaupt erst beginnen – nach vierundfünfzig bereits gelebten Jahren gerade noch rechtzeitig!

Sie nickte ihrem Butler Archie Cammeron zu, als er ihr – vorschriftsgemäß in blauer Livree gekleidet – die Tür öffnete, und betrat das hauptsächlich in Weiß und Schwarz gehaltene Foyer von Meltonplace, dem Familienstadthaus in unmittelbarer Nähe des Hyde Parks. Die einzigen Farbkleckse in diesem bemitleidenswerten Teil des Gebäudes waren die goldgerahmten Ahnengemälde beim Treppenaufgang.

Aus dem Augenwinkel sah Henrietta, dass der Butler irritiert die Augenbrauen hob. Archie hatte die Stelle drei Jahre zuvor von seinem Vater übernommen, obwohl er wenig von dessen korrekter und ehrerbietender, ja nahezu versnobter Art geerbt hatte. Anfangs hatte sich Henrietta daran gestört, inzwischen fand sie Archie irgendwie … erfrischend. Allerdings weigerte sich in ihrem Bekanntenkreis so gut wie jeder, sich diesbezüglich ihrer Meinung anzuschließen.

Gut so! Beschwingt von diesem eigensinnigen Gedanken ignorierte sie jene innere Stimme, die ihr zuflüsterte, dass ein Butler nun mal respektvoll und zurückhaltend auftreten musste. Vor allem aber, so schärfte Henrietta sich ein, musste *sie* heute uncharakteristisch auftreten, denn nur so würde sich ihr die Tür zu ihrem neuen Dasein öffnen. Und in diesem Moment wünschte sie sich nichts sehnlicher, als die neue Version ihrer selbst aus der Taufe zu heben. Viel zu lange war das echte Leben schlichtweg an ihr vorübergezogen und hatte das ihre zu einer Qual gemacht; deprimierend farblos, sterbenslangweilig und zutiefst einsam.

Ihre zunehmend zögerlichen Schritte hallten in dem hohen Raum wider. Kleine Schweißperlen bildeten sich auf ihrer Stirn. Ob sie ihre pelzverbrämte Pelisse nicht besser Archie überlassen hätte? Doch nun befand sie sich bereits vor der Kontortür ihres jüngeren Bruders Halston. Jetzt noch einmal umzukehren, würde sich wie ein Rückzug anfühlen, und der kam nicht infrage. Stattdessen löste Henrietta zumindest die Schnürung, die den Mantel schloss.

Sie straffte die Schultern, wie sie es bei Lily gesehen hatte, und ballte, ebenfalls dem Beispiel der unkonventionellen jungen Frau folgend, ihre zierlichen, äußerst gepflegten Hände zu Fäusten. Doch anstatt energisch gegen das Türblatt zu hämmern, klopfte sie nur schicklich mit den Fingerknöcheln an.

Du bist zu … zögerlich, flüsterte ihr eine rebellische innere Stimme zu. Die Folge war, dass Henrietta die Tür unaufgefordert öffnete und eintrat. Immerhin war das ihr Haus. Ihr einziges Erbe – neben dem Landgut am Meer –, da das Familienvermögen, der Sitz im Oberhaus und alle übrigen Besitztümer stets an den männlichen Nachkommen gingen. Henrietta empfand eine tiefe Dankbarkeit gegenüber ihrem Vater, der so weitsichtig gewesen war, ihr dennoch zwei Liegenschaften sowie eine lebenslange Apanage[2] zu vermachen.

Im Arbeitszimmer ihres Bruders roch es nach kaltem Zigarrenrauch, die dunklen Möbel wirkten erdrückend und Respekt einflößend. Auch hier gab es keinerlei Dekoration, bis auf die bodentiefen weinroten Vorhänge an den beiden Kassettenfenstern und das übergroße, goldgerahmte Gemälde ihrer Eltern, die beide äußerst unglücklich dreinblickten. Der Künstler hatte nur sparsam Farben verwendet, was dem Bild eine erschreckende Tristesse verlieh.

Ihr eigenes Porträt, wenn Henrietta denn eines in Auftrag geben würde, wäre wohl einzig in Grautönen gehalten. Und eines von ihrem Bruder? Vermutlich ebenfalls, wenngleich Halston doch all die Möglichkeiten hatte, die ihr verwehrt blieben. Henrietta konnte immer noch nicht nachvollziehen, warum er sich, obwohl er inzwischen Anfang vierzig war, keine Braut suchte. Dann wäre eine Frau im Haus, mit der sie sich unterhalten könnte – oder streiten. Was allemal besser wäre als diese bereits seit vielen Jahren andauernde Einsamkeit.

„Henrietta, meine Liebe, was kann ich für dich tun?“ Ihr Bruder erhob sich zuvorkommend, wenngleich unübersehbar unwillig. „Ist Archie mal wieder nicht dort, wo er sein sollte?“ Er deutete zuerst auf ihre Pelisse, dann auf ihren Kopfputz.

„Doch, doch, er hat mir geöffnet, allerdings –“, erwiderte Henrietta, wurde aber sofort von Halston unterbrochen.

„Ich hoffe, du hattest eine angenehme Rückreise und eine erquickende Zeit in Murray Manor?“

„Ja, gewiss doch …“ Sie winkte ab und beschloss, sofort auf den Punkt zu kommen, denn das, was sie Halston zu sagen hatte, brannte ihr förmlich unter den Nägeln. *Oder im Herzen?*

Ihr Blick wanderte zur offenen Tür zurück. *Nein, das wirst du nicht tun, Henrietta Murray! Bleib standhaft und kämpfe. Sei mutig und selbstsicher. Genau wie … Lily Thomson.* „Ich wünsche eine neue Gesellschafterin", platzte es aus ihr heraus, als wäre sie nicht jenseits der fünfzig, sondern gerade einmal fünfzehn Jahre alt. *Du machst dich, Henrietta,* lobte sie sich selbst.

„Was gibt es an Miss Morwenna Owen auszusetzen?"

„Nichts. Sie ist reizend." *Und noch langweiliger als ich. Während ich seit meinem einundzwanzigsten Geburtstag mit einem Bein im Grab stehe, liegt die bedauernswerte Morwenna in ihrem bereits drin.*

Henrietta und Morwenna waren gleichaltrig und beide unverheiratet, was sie vordergründig zusammengeschweißt hatte. Allerdings hatten sie sich für Henriettas Empfinden gegenseitig in Richtung ebenjener bereits ausgehobenen Grube gezogen. Bis heute. Genau genommen bis zum Vortag. Dabei plante Henrietta schon seit Jahren, ihr eintöniges Dasein zu beenden – nun würde sie dieses Vorhaben endlich in die Tat umsetzen. Sie wollte sein wie Lady Lily, die ihr so herrlich frei und lebendig vorgekommen war!

„Während meines Aufenthalts an der Küste habe ich eine reizende junge Dame kennengelernt. Da ich meine Gesellschafterin deutlich häufiger als bisher um mich haben möchte, will ich sie gern hierher einladen. Morwennas Tage sind bisweilen mit zu vielen Verpflichtungen gefüllt." Das war die Übertreibung des Jahres – oder vielmehr des Jahrhunderts –, doch Halston sah sie weiterhin nur gelangweilt an. Henriettas Alltag und wie sie diesen gestaltete, interessierte ihn nicht weiter. Und genau darauf setzte sie, was ihr Vorhaben anbelangte.

Ihr deutlich jüngerer Bruder hatte sich in der Zwischenzeit wieder hinter dem Schreibtisch niedergelassen und die Schreibfeder ergriffen, legte diese nun aber zurück in die mit Tintenflecken übersäte schmale Holzschale. „Kannst du dir eine im Haus lebende Gesellschafterin denn finanziell leisten?"

Entgegen ihrer wirklich vortrefflichen Erziehung ballte Henrietta erneut die Hände zu Fäusten und zählte innerlich bis neun. Bereits bei dieser Ziffer abzubrechen, war eine ihrer kleinen Rebellionen, die vor wenigen Jahren ihren Anfang genommen hatten. Immerhin brachten die Gouvernanten ihren jungen Schützlingen bei, langsam bis zehn zu zählen, um sich zu beruhigen und gebührlich zu antworten, anstatt das Erstbeste von sich zu geben, das ihnen in den Sinn kam.

Enttäuscht über sich selbst schüttelte Henrietta den Kopf. War dies wirklich ihre erbittertste Auflehnung gegen ihr vergeudetes, biederes Dasein? Gegen die in Stein gemeißelte, erdrückende und zeitweilig törichte Etikette ihrer Gesellschaftsschicht? *Meine Güte! Die Gefahr, dafür verhaftet und vor Gericht gestellt zu werden, ist vermutlich verschwindend gering.*

„Das lass mal meine Sorge sein, lieber Bruder."

Sofort ärgerte sich Henrietta darüber, dass sie nicht „lieber *kleiner* Bruder" gesagt hatte, wie es ihr durch den Kopf gegangen war. Die Benimmregeln, die man sie gelehrt hatte, und eine beachtliche Anzahl an vergeudeten Lebensjahren im Schatten der Gesellschaft, geprägt von aufgesetzter Höflichkeit und dem nahezu unermüdlichen Bemühen, ja nicht negativ aufzufallen, ließen sich nicht so leicht abstreifen wie eine Pelisse. Zumindest Letztere legte Henrietta nun endlich ab, da sie in dem warmen Raum zu zerfließen drohte. Der einzige Skandal, für den sie je gesorgt hatte, war der, dass sich nie ein Mann für sie interessiert hatte.

Ihre neueste Blamage war wohl die, ihren Bruder überhaupt gefragt zu haben. Benötigte sie denn seine Einwilligung? Immerhin war das ihr Haus! Und dass sie die Ausgaben für die Gesellschafterin von ihrer zugegebenermaßen nicht gerade üppigen Apanage bestreiten musste, war ihr von vornherein bewusst gewesen.

„Gut, dann wäre das abgemacht." *So ist es richtig, Henrietta! Sei weiterhin entschlossen wie Miss Thomson. Setz dich durch. Schaffe unverbrüchliche Tatsachen.* „Ich schreibe der Dame sogleich, damit sie genug Zeit zum Packen hat, und weise den Kutscher an, sie abzuholen."

Halston runzelte die Stirn, dabei trafen sich seine buschigen Augenbrauen über der Nasenwurzel. Er wirkte allerdings weniger befremdet von Henriettas ungewohntem Auftreten als vielmehr entnervt von der Sache an sich. Durchschaute er, dass Lily Thomson noch gar nicht ihre Zustimmung gegeben hatte, nach London zu kommen, um die Gesellschafterin einer langweiligen alten Jungfer – *Halte ein, Henrietta!* –, einer *aufstrebenden Rebellin* zu werden? Fest stand: Sie und die junge Dame hatten sich kaum mehr als ein paar Minuten unterhalten. Aber der Unterhaltungswert der unnachahmlichen Lily Thomson war nicht anhand einer Zeitspanne zu bemessen, resümierte Henrietta.

„Verehrte Henrietta, bitte verzeih mir, aber ich habe anspruchsvolle Korrespondenz zu erledigen. Vielleicht können wir die Angelegenheit –"

„Ad acta legen? Selbstredend, mein Lieber! Ich muss ja ebenfalls dringend einen Brief schreiben." Henrietta drehte sich um und schritt entschlossen in Richtung Tür, wappnete sich aber gegen Halstons Widerspruch, der nun unweigerlich folgen musste. Und damit gegen die Tatsache, dass sie einmal mehr klein beigeben würde.

Erst als das Dienstmädchen die Tür hinter ihr ins Schloss zog, wurde Henrietta bewusst, dass nichts davon eingetroffen war. Sie hatte Erfolg gehabt! Lily würde schon in Kürze ihre neue Gesellschafterin sein und frischen Wind in dieses ehrwürdige, aber sterbenslangweilige Gemäuer in der Curzon Street bringen. Ihr unbekümmertes, übersprudelndes Naturell würde auf Henrietta abfärben und ihre Tage endlich wieder lebenswert machen. Ja, sie, Henrietta Murray, Tochter des Marquess of Melton, plante, endgültig den Friedhof zu verlassen, auf dem sie seit vielen Jahren herumgeisterte. Fortan würde sich ihr Lebenswandel … zumindest *ein wenig* abwechslungsreicher gestalten.

Etwas Bedeutsameres erwartete sie gar nicht …

Lily blickte von dem edlen Briefumschlag in ihren Händen zu dem dürren, graubärtigen Mann auf, dessen Aufgabe es war, im Pfarrgarten und auf dem Friedhof den Rasen und die Hecken zu schneiden.

„Nun schauen Sie mich doch nicht so hilflos an, kleine Miss! Ich habe den Brief nur überbracht, nicht geschrieben.“ Kopfschüttelnd hinkte der Gärtner davon und ließ Lily mit dem befremdlichen Schreiben allein zurück.

Selbstverständlich hatte Lily zur Kenntnis genommen, von wem der Brief stammte. Jeder hier wusste, dass Lady Henrietta Murray, die als Absender auf dem Umschlag stand, die Schwester des Marquess of Melton war. Ihr gehörte das prächtige Landgut – eines von dreien der Murrays – mit den wunderschönen Pferden, das sich unweit von Lilys Zuhause befand. Die meisten Bauern der Gegend arbeiteten als Pächter auf den Feldern der Adelsfamilie. Gerüchte besagten, das Geschwisterpaar Murray sei über die sprichwörtlichen sieben Ecken mit dem Königshaus verwandt. Lily gab nichts darauf, dennoch nahm sie an, dass ein Körnchen Wahrheit darin steckte.

Die wenigsten Bewohner des Dorfes und der umliegenden Siedlungen konnten sich damit rühmen, die Eigentümer von Murray Manor je zu Gesicht bekommen zu haben. Lily gehörte nun zum Kreis der Auserwählten, obwohl ihr bis gerade eben nicht bewusst gewesen war, um wen es sich bei der kichernden Dame hinter dem Baum gehandelt hatte. Sie hatte die Frau für einen Gast der Familie Murray gehalten.

Weshalb also wurde ihr die Ehre zuteil, Post von einem Mitglied des britischen Hochadels zu erhalten? Wissensdurstig, wie sie nun mal war, trug sie den Brief nicht zuerst ins Haus, sondern brach das Siegel an Ort und Stelle.

Während sich über ihrem Kopf eine Handvoll Sturmmöwen lautstark stritten und der kalte Seewind Lilys offene Pelisse zum Flattern brachte, faltete sie das Blatt Papier mit dem eingelassenen Wasserzeichen auseinander. In einer Handschrift, der es an jedwedem Schnörkel fehlte, ja in beinahe trostlos wirkenden Buchstaben erklärte Lady Henrietta, dass sie Lily als ihre Gesellschafterin ausersehen habe. Sie solle bitte umgehend packen, da sie in den nächsten Tagen von einer Kutsche abgeholt werde – der Start in ein aufregendes neues Leben in der pulsierenden Hauptstadt des Landes.

Lily blinzelte ungläubig und las den Brief ein zweites Mal, in der lächerlichen Hoffnung, der Inhalte könnte sich auf wundersame Weise verändert haben. Doch Lady Henriettas Zeilen weigerten sich vehement, Lilys Wunschdenken nachzukommen. Allerdings las sie den Brief diesmal zu Ende und stieß dabei auf die eindringliche Bitte, dem Anliegen von Lady Henrietta *unbedingt* zu entsprechen. Die Unterzeichnende, so hieß es weiter, sehne sich nicht nur nach frischem Wind in ihrem Leben, sondern sei zudem davon überzeugt, dass sich für Lily in London vorteilhafte Wege auftun könnten.

„Vorteilhafte Wege!" Lily verdrehte die Augen – etwas, was sie meisterhaft beherrschte – und schob den Brief in die Pattentasche ihrer Schürze, wo er sich zu Gartenschere und Bindfaden gesellte. „Sie meint, in London ergibt sich sogar für mich die Gelegenheit, noch einen Ehemann abzubekommen."

Energisch drehte sie sich um und stapfte über die ins Gras eingelassenen Steinplatten hinweg zu den Astern, um die vertrockneten Blüten aus dem Vorjahr zu entfernen. „Geht die vornehme Dame etwa davon aus, dass hier direkt hinter dem Bretterzaun die Welt endet?", brummte sie den verdorrten Blüten zu.

Lily stockte, richtete sich auf und presste die Lippen zusammen. Gut, mit mehr als den wenigen jungen Männern, die sie von Kindesbeinen an kannte, konnte die Gegend tatsächlich nicht aufwarten. Galane wie Longfellow oder die Söhne des Fleischers, der Fischer, der …

Mit Nachdruck schnitt sie eine verblühte Aster knapp über dem Boden ab, als wolle sie damit auch ihre Überlegungen zum Schweigen bringen. Dessen ungeachtet drehte sich das Gedankenkarussell in ihrem Kopf beharrlich weiter. *Jetzt rede ich schon mit den Blumen!*

War die Aussicht, zumindest eine Zeit lang in London zu leben, denn wirklich ohne jeden Reiz? Lily war zwar in einer kleinen Pfarrei an der Küste aufgewachsen, stammte aber von einem Baronet ab. Ihr Onkel Donald hatte den Titel von seinem Vater geerbt, weshalb sie, die Tochter des dritten Sohnes, keinen Anspruch auf einen Adelstitel hatte. Doch für ein Mädchen hatte sie eine hervorragende

Schulbildung genossen. Beim Tanzen war sie kein bisschen linkisch, und sie beherrschte, so sie denn wollte, die in der gehobenen Gesellschaft unabdingbare Etikette, sodass sie, ohne negativ aufzufallen, selbst Königin Charlotte vorgestellt werden könnte – was natürlich niemals geschehen würde! Außerdem war sie jung genug und mit hinlänglich Kühnheit ausgestattet, um ein solches Abenteuer zu wagen. Und nach einem Abenteuer schien die seltsame Bitte auf dem parfümierten Briefpapier doch förmlich zu riechen!

Im selben Moment trug eine kräftige Windbö den fauligen Geruch des Komposthaufens herbei. Lily lachte unbekümmert auf. Wenn das mal keine Warnung war! Womöglich sollte sie lieber die Finger – und auch den Rest ihres langen Körpers – von derartigen Experimenten lassen …

London Daily Life **9. Februar 1811**

Gesucht: untadeliger Butler mit makellosem Empfehlungsschreiben

Mehr bei den Anzeigen.

Zwei

Aufgebracht, weil er fünf Dinge auf einmal erledigen sollte, öffnete Archie die schwere Kassettentür aus Eichenholz. Vor ihm stand eine schlanke Frau, die man aufgrund ihrer unseligen Körpergröße unmöglich als grazil bezeichnen konnte. Sie trug ein adrettes, schmal geschnittenes Reisekostüm, während ihr Gesicht einen auffällig gesunden Farbton aufwies – etwas, was man in London nicht häufig sah, vorrangig weil es der gängigen Mode entsprach, möglichst blass und morbid auszusehen.

Die Fremde schenkte ihm, dem Butler, ein erstaunlich unbekümmertes Lächeln. Archie interessierte sich allerdings mehr für die beiden Reisetruhen links und rechts von ihr. Plante die unbekannte Erscheinung etwa, die Nacht hier zu verbringen?

„Guten Abend, ich bin Miss Lily Thomson."

Das Lächeln der Frau vertiefte sich und löste in Archie ein Gefühl aus, das er nur schwer benennen konnte. Er zählte erst neununddreißig Lenze und meinte irritierenderweise dennoch, so etwas wie Vatergefühle für dieses Wesen zu hegen.

Er verbeugte sich nachlässig und fragte: „Wie kann ich Ihnen helfen, Miss?" Wie so oft klang er dabei nicht sonderlich devot, aber trotzdem höflich. Selbst dieser Fremden gegenüber, die hier garantiert von niemandem erwartet wurde, denn davon wüsste er …

„Lady Henrietta Murray erwartet mich."

Sie sagte es so selbstgewiss, dass Archie geneigt war, ihr zu glauben. „Sind Sie sicher?", fragte er dennoch entgeistert und fügte ebenso knapp hinzu: „Ich wurde nicht über Ihren Besuch informiert."

Die Fremde musterte ihn unverhohlen. Offenbar war ihr bewusst, wie ungalant er gerade war und dass er aus der Rolle fiel – etwas, was der Marquess ihm gelegentlich zum Vorwurf machte. Doch Archie war nicht wie sein Vater, der zu seiner Zeit dem alten Lord Melton treu ergeben gewesen war. Jene Loyalität hatte Aldwyn Cammeron später auch dessen Sohn Halston entgegengebracht, sobald dieser das Zepter aus den Händen seines verstorbenen Vaters übernommen hatte.

Archie hingegen war der Überzeugung, dass auch einem Butler Respekt zustand. Den seinen mussten sich der junge Lord Melton und Lady Henrietta erst einmal verdienen.

„Ich bin die neue Gesellschafterin von Lady Henrietta Murray", erklärte die junge Frau ihre Anwesenheit.

Archie machte sich nicht einmal die Mühe, sein Schmunzeln zu verbergen. Henrietta hatte ohne viel Federlesens eine zweite Gesellschafterin eingestellt? Dazu noch eine auffallend junge Frau, die zwar annehmbar gekleidet war und sich augenscheinlich zu benehmen wusste, der man aber anmerkte, dass sie irgendwie … anders war? Lily Thomson kam unüberhörbar aus einer ländlichen Gegend und gehörte, so spekulierte er, lediglich der Gentry[3] an.

Nun doch neugierig geworden, musterte er die Erscheinung vor sich. Das herausfordernde Funkeln in ihren wachen braunen Augen ließ auf ein großes Selbstvertrauen schließen. Zudem meinte Archie, der sich gern einmal damit rühmte, sein Gegenüber in Windeseile zu durchschauen, auch etwas Verschmitztes darin zu sehen. Diesem Gemäuer und Henrietta konnte vermutlich nichts Besseres passieren als eine Gesellschafterin wie Lily Thomson, die beides akribisch von der dicken Staubschicht befreien würde.

Auch der Dienerschaft käme eine derartige Veränderung gelegen, denn in diesem Haushalt gab es kein Leben. Bis dato hatten sie es nicht ein einziges Mal mit einem handfesten Skandal oder auch nur einem laut geführten Wortgefecht zu tun gehabt. In ihrem Aufenthaltsraum konnten sie sich über nichts anderes auslassen als über die Schlagzeilen der Zeitungsartikel, die Archie beim Bügeln der Seiten überflog. Hinter den dicken Mauern von Meltonplace gab es kein Kichern hinter verschlossenen Türen, kein Mitfiebern, Mithoffen, Mitfühlen …

„Muss ich etwa ein persönliches Empfehlungsschreiben des Prinzregenten vorweisen, damit Sie mich einlassen? Oder – was für mich weit schwerer wäre – alle meine Waffen ablegen?"

Diesmal gelang es Archie, ein Schmunzeln zu unterdrücken. Wenn er wollte, konnte er einen ebenso gleichmütigen Gesichtsausdruck aufsetzen wie sein Vater. Und ja, er würde dieser Person zweifelsohne Einlass gewähren, selbst wenn sie auf der Flucht vor einem Bow Street Runner[4] sein sollte …

Er trat einen Schritt beiseite, hievte das Gepäck über die Schwelle und führte Lily in den Grünen Salon, der ebenso spärlich möbliert und ausgestattet war wie nahezu jedes Zimmer in Meltonplace. Dort angekommen, bat er sie, sich einen Augenblick zu gedulden. Er schickte Henriettas Kammerzofe Darla los, um die Dame des Hauses über die Ankunft der neuen Gesellschafterin zu informieren. Die Sechzigjährige, wie immer züchtig in Schwarz gekleidet, verriet durch ihren erstaunten Gesichtsausdruck, dass auch sie nichts von der im Grünen Salon wartenden *Veränderung* gewusst hatte.

Für Archie hieß es nun, eiligst zwei Dienstmädchen herbeizurufen und sie mit der Bereitstellung eines Zimmers für den Neuankömmling zu beauftragen. Nur, welches? Die Mansarde wäre für eine Gesellschafterin wohl kaum angemessen, und ein Gästezimmer erschien ihm auf Dauer zu unpersönlich. Gegebenenfalls kämen die beiden Räume infrage, die Henriettas und Halstons Mutter einst bewohnt hatte …

Archie beschloss, dass diese Entscheidung seine Kompetenzen überschritt, fragte sich aber, ob Henrietta, der man zeitlebens die meisten Entscheidungen abgenommen hatte, überhaupt an so praktische Details wie eine Unterkunft für Lily gedacht hatte.

Wie schon bei ihrer Rückkehr einige Tage zuvor kam Henrietta auch diesmal erstaunlich energiegeladen herbeigeeilt. Auf der geschwungenen weißen Steintreppe hielt sie sich noch nicht einmal an dem gedrechselten schwarzen Handlauf fest, den Rock ihres dunkelvioletten Morgenkostüms raffte sie unschicklich weit hoch.

Archie bemühte sich um Beherrschung, um nicht vor lauter Begeisterung in die Hände zu klatschen. *Endlich* versprach der Alltag im Hause Murray aufregender zu werden! Derzeit glich das Gebäude nämlich vielmehr einem Mausoleum; einem gediegenen, schmucken Grabmonument, das eine Menge lebendiger Leichen beherbergte.

„Meine Liebe! So früh habe ich Sie gar nicht erwartet." Henrietta klang atemlos, als sie in den Salon trat.

„Mylady …" Die junge Frau knickste formvollendet, fügte aber vollkommen unförmlich hinzu: „Ihr Schreiben hat mich kaum weniger überrascht, da ich mich nie dahin gehend geäußert habe, Ihre Gesellschafterin werden zu wollen."

„Sie irren sich", widersprach Henrietta, und ein Schmunzeln unterstrich, dass ihr die Widerworte nichts ausmachten. „Sie stellten mir die Frage, ob Sie mir auf die eine oder andere Weise zu Diensten sein können."

„Das war lediglich eine Floskel, keine Bitte um eine Anstellung."

Lily wirkte irritiert, was Archie ihr nicht verdenken konnte. Die Mitglieder des Ton[5] hatten eine Art zu kommunizieren, die nicht jedermann verstand und bei der es galt, zwischen den Zeilen zu lesen.

„Nun, und dennoch sind Sie hier", meinte Henrietta und wollte wohl gelassen wirken, aber die roten Flecken auf ihren Wangen verrieten ihre Aufregung. Entsprechend weniger forsch fügte sie hinzu: „Ich habe allerdings auf ein Antwortschreiben Ihrerseits gewartet, ehe ich die Kutsche losschicken – du meine Güte, wie sind Sie überhaupt hergekommen? Sie sind doch nicht etwa allein –?"

Henrietta klang eher fasziniert als vorwurfsvoll, obwohl Archie Letzteres durchaus hätte nachvollziehen können. Langsam – sehr langsam – zog er sich zurück. Dabei entgingen ihm weder das amüsierte Aufblitzen in Lilys Augen und die sich vertiefende Röte auf Henriettas Wangen, die sie um mindestens zehn Jahre jünger aussehen ließ, noch die Anwesenheit der beiden Dienstmädchen sowie Halstons Kammerdiener, die sich allesamt in Nischen drückten oder hinter Türzargen versteckten, um dem Schauspiel heimlich beizuwohnen.

Archie konnte es ihnen nicht verdenken. Was auch immer Henrietta zu tun gedachte – es versprach, unterhaltsam zu werden.

London Daily Life **16. Februar 1811**

Lady Henrietta Murray, die Schwester des Marquess of Melton, ist zurück in London

Eine neue Gesellschafterin soll sie begleitet haben.

Ein Ball beim Duke of Cummingham zur Eröffnung der Saison

Ist der künftige Duke Marvin Carter, Earl of Kantley, auf Brautschau?

Drei

Selbstverständlich war Lily mit Matineen, Galadinners, Liederabenden und Bällen vertraut. Sie war in den vergangenen vier Jahren in einigen durchaus ansehnlichen Landsitzen zu Gast gewesen, hatte ungleich geistreiche Unterhaltungen geführt und zuweilen auch getanzt. Als sie nun aber das palastähnliche Gebäude der Familie Carter in der Upper Grosvenor Street betrat, konnte sie nur mit Mühe verhindern, dass ihr vor Staunen der Mund offen stand. Als Duke und Duchess standen die Gastgeber auf der höchsten Stufe der Peerage[6] und somit noch höher als Henriettas Familie. Dass sich die Wohnverhältnisse allerdings dermaßen unterschieden, damit hatte Lily nicht gerechnet.

Die Landsitze, die sie bisher besucht hatte, waren naturgemäß unterschiedlich ausgestattet gewesen. Doch wie Lily jetzt feststellen musste, schien den Eigentümern stets vor Augen zu stehen, dass jene Anwesen zu den selten genutzten Landgütern gehörten. Die Herrschaften suchten sie nur für wenige Wochen im Jahr auf, den Rest der Zeit verbrachten sie in ihrem Hauptwohnsitz oder in London, weshalb sich ein Luxus, wie er sich hier beim Duke of Cummingham offenbarte, dort nicht schickte. Vielleicht aber, so überlegte sie weiter, praktizierte der Adel auf den Landsitzen gezielt ein genügsameres Dasein? Bei diesem Gedanken schmunzelte sie. Genügsamkeit war stets Definitionssache.

Staunend blickte sie zu der weißen Zimmerdecke hinauf, wo, umgeben von einer Stuckrosette von mindestens drei Metern Durchmesser, ein mit Kristallprismen geschmückter Kronleuchter hing, dessen obere Ebene nahezu den gleichen Durchmesser aufwies wie die Rosette. Die vier nachfolgenden Ebenen, allesamt mit flackernden Kerzen bestückt, verjüngten sich jeweils.

Mit ihren Seidenschuhen glitt Lily förmlich über den Parkettboden aus verschiedenfarbigem Holz, während sie staunend den Ballsaal begutachtete.

Die bodentiefen Fenster waren von kirschroten Samtvorhängen eingerahmt, die perfekt mit den dezenten roten Ornamenten auf der goldfarbenen Tapete harmonierten. Auf der den Fenstern gegenüberliegenden Seite ging die Decke in eine geschwungene Arkade über, die von quadratischen weißen Säulen getragen wurde. Darunter gruppierten sich rot gepolsterte Chaiselongues, Sessel und Stühle aus edlem Nussbaumholz um kleine runde Tische. Auf diesen entdeckte Lily silberne Tabletts mit benutzten Gläsern, die gerade von einigen Bediensteten mit weißen Perücken und in grauer Livree gegen leere Tabletts ausgetauscht wurden.

Lily gegenüber, geschätzte fünfzig Meter entfernt, befand sich ein großer Kamin zwischen zwei geschlossenen weißen Flügeltüren, die mit goldfarbenen Ranken verziert waren. Hinter dem gusseisernen Schutzgitter flackerten orangerote Flammen, obwohl sich das Wetter für Mitte Februar erfreulich mild zeigte.

Die Pracht und die Opulenz des Raumes drohten Lily zu erdrücken, und sie flehte Gott im Stillen darum an, dass sie mit ihrer überstürzten, abenteuerlustigen Entscheidung, als Gesellschafterin nach London zu gehen, keinen Fehler begangen hatte. Erst jetzt wurde ihr bewusst, dass sie es wieder einmal versäumt hatte, diese einschneidende und lebensverändernde Entscheidung im Gebet vor Gott zu bringen. Wie oft hatte ihr Vater ihr schon nahezubringen versucht, dass sie nicht erwarten konnte, Gottes Segen für etwas zu erwirken, wenn sie diesen zuvor nicht nach seinem Plan für ihr Leben fragte? In Gedanken gelobte Lily Besserung.

Ehe sie die Gäste einer ersten Musterung unterziehen konnte, sprach Henrietta sie an, sodass sie sich zu ihr umwandte.

„Sitzt meine Frisur? Und mein Kleid?“ Nervös strich die Frau mit den in lindgrünen Handschuhen steckenden Händen über den Stoff des festlichen mokkafarbenen Kleides mit der gesäumten Borte, dem verzierten Halsausschnitt und den weit geschnittenen Ärmeln, die an den Ellenbogen endeten.

Lily betrachtete Henrietta, deren Haar streng hochgesteckt war, ging um sie herum und zupfte unauffällig die Schleife des schmalen, ebenfalls lindgrünen Unterbrustbandes zurecht, ehe sie ihr aufmunternd zulächelte und nickte.

„Es ist gewiss albern, vor allem in meinem Alter …“ Henrietta winkte mit einer grazilen Handbewegung ab, als wolle sie ihrem Äußeren nun doch keine allzu große Bedeutung mehr beimessen.

Nach einer Woche im Hause Murray dämmerte Lily, weshalb Henrietta jählings auf die unkonventionelle Idee verfallen war, eine wildfremde Frau als Gesellschafterin zu engagieren. Es hatte sicher etwas mit dem zu tun, was Lily vor Jahren von einer mütterlichen Freundin über Frauen um die fünfzig anvertraut worden war: dass Letztere gern einmal ein Resümee über ihr bisheriges Leben zogen und mit dem Ergebnis nicht selten unglücklich waren. Dies hatte Henrietta wohl zu der Anstellung einer neuen Gesellschafterin animiert, die zudem deutlich jünger war als sie.

Ausschlaggebend war aber sicher auch der Umstand gewesen, dass Lily die Londoner Gesellschaft nicht kannte und somit völlig unwissend war, was die Dynamik innerhalb dieser nahezu verschworenen Gemeinschaft anbelangte, die sich – so hatte Darla ihr zugeflüstert – zugleich mit einer gehörigen Portion Eifersucht und gegenseitiger Rivalität belauerte. Überdies, und das mochte Henriettas stärkster Antrieb gewesen sein, hatte sie das Gespräch zwischen ihr und Longfellow belauscht und wusste somit um Lilys forschen, mitunter eigenwilligen Charakter.

Lily hatte nicht lange gebraucht, um zu erkennen, dass sich Henrietta in ihrem eigenen Haus eingesperrt fühlte. Als unverheiratete Frau fristete sie in der Nobility[7] ein Schattendasein. Von den meisten anderen Damen ihres Ranges wurde sie ausgegrenzt – das Schicksal derer, die keinen Ehemann gefunden hatten. Henriettas Leben verlief seit Jahrzehnten in einem immerzu gleichförmigen Rhythmus, ohne jegliche Abwechslung. Und dabei sehnte sie sich nach mehr. Doch für Henrietta barg es Gefahren, sollte sie versuchen, aus dem vorgezeichneten Lebensgefüge auszubrechen. Denn dann würde ihr nicht mehr nur der Makel der alten Jungfer anhaften, sondern auch der, als eine Aufrührerin zu gelten. Oder als verschroben. Also sollte nun Lily frischen Wind in Henriettas Alltag bringen.

Anfangs hatte Lily befürchtet, Henrietta könnte die damit einhergehenden Aufregungen auf sie abwälzen. Diesen Verdacht hatte sie mittlerweile verworfen. Henrietta war eine echte Dame, die Großmut, Anstand und Feingefühl in sich vereinte. Sie würde Lily niemals auf schimpfliche Weise ausnutzen. Da sie beide derzeit noch nicht wussten, wie sie ihre neuen Rollen ausfüllen sollten, hatte Lily für sich beschlossen, schlicht sie selbst zu sein. Henrietta stand es dann frei, zu wählen, ob und wie lange sie die neue Gesellschafterin an ihrer Seite haben wollte.

„Sie haben eine bewundernswerte Figur“, flüsterte sie Henrietta zu.

„Ich bin etwas dürr“, gab diese ebenso leise zurück, vor allem da sich ihnen eine Frau in einem sandfarbenen Kleid näherte. „Als die Krinolinen und Tournüren verschwanden und diese schmal geschnittenen Chemisenkleider in Mode kamen, hatte ich anfangs das Gefühl, in einem Unterkleid – was die Chemise ja einmal war – oder vielmehr in meinem Nachthemd das Haus zu verlassen. Inzwischen mag ich den geraden Schnitt." Die zart gebaute Lady drückte kurz Lilys Arm.

Lily wusste, wovon Henrietta sprach. Die frei fallenden, nicht taillierten Kleider standen vor allem zierlichen Frauen ohne große Rundungen. Bei fülligeren Vertreterinnen des weiblichen Geschlechts offenbarten sie hingegen, was zuvor ausgestellte Röcke, üppige Volants, Rüschen, lange Ärmel und Spitzenverzierungen verborgen hatten.

Die Dame in dem sandfarbenen Kleid mit den kleinen, durch Lochstickerei aufgewerteten Puffärmeln und weißen Unterärmeln, die ihr bis über die Handgelenke reichten, gesellte sich zu ihnen. Da Henrietta einen Knicks machte, tat Lily es ihr gleich, wobei ihrer deutlich tiefer und damit respektvoller ausfiel.

Die Gastgeberin war jünger als Henrietta, aber rundlicher, und ihr Gesicht wies einige tiefe Linien auf, die auf Lebenskummer schließen ließen. Gleichwohl zeugte ihr offenes Lächeln, das gerade weiße Zähne offenbarte, von der aufrichtigen Freude über Henriettas Anwesenheit.

„Wie entzückend, Lady Henrietta, dass Sie unserer Einladung gefolgt sind. Wir haben Sie in den vergangenen Jahren sehr vermisst!"

Obwohl es Lily immer noch schwerfiel, die zwischen den Zeilen verborgenen Botschaften zu verstehen, hörte sie diesmal die versteckte Frage heraus, weshalb Henrietta zuletzt an keiner Gesellschaft mehr teilgenommen hatte. Dass ihre Gönnerin sich weitestgehend aus der Öffentlichkeit zurückgezogen hatte, war zwischen ihnen noch nicht zur Sprache gekommen. Offenbar wusste Lily nach einer Woche Umgang mit Henrietta längst nicht alles über die Frau.

„Nun ...", begann Henrietta, und Lily hoffte inständig, dass sie sich nicht gedrängt fühlte, den Grund für ihre Weltabgeschiedenheit nennen zu müssen. Wenn die Duchess echtes Interesse an Henriettas Verbleib gehabt hätte, hätte sie sie doch besuchen können.

Lilys Blick glitt über die anwesenden Damen und Herren hinweg, deren Gelächter und Gespräche den Raum erfüllten. Erlesene Schmuckstücke funkelten im Kerzenlicht, der Stoff edler Kleidungsstücke schimmerte, Gläser stießen klirrend aneinander. All das ergab ein Bild vollkommener Harmonie und wohlmeinender Gemeinschaft. *Hat sich denn nie jemand nach Henriettas Ergehen erkundigt?*

Lily wäre Henrietta wirklich gern mit einer Antwort zu Hilfe gekommen, doch da sie noch nicht vorgestellt worden war, musste sie schweigen.

„Ihrer Einladung bin ich ja nun gefolgt. Und ich möchte mich herzlich für die Ehre bedanken." Henrietta wandte sich halb zu Lily um. „Darf ich Ihnen meine entzückende Begleiterin vorstellen? Miss Lily Thomson von den Suffolk-Thomsons. Ihr Großvater ist Sir Mortimer Thomson, Baronet of Witless."

Lily senkte schmunzelnd den Kopf, denn Henrietta umging überaus geschickt die Tatsache, dass sie nur die Tochter des dritten und damit reichlich unbedeutenden Sohnes ebenjenes Baronets war.

„Meine Liebe, das ist Lady Madeleine Carter, die ehrenwerte Gemahlin des Duke of Cummingham. Her Grace ist –" Henrietta brach ab, als die Gastgeberin ihr eine Hand auf den Arm legte.

„Es ist mir eine Freude, Sie kennenzulernen, Miss Thomson."

Lily, die einen leichten französischen Akzent herauszuhören glaubte, knickste erneut. „Die Freude ist ganz meinerseits, Your Grace."

Madeleine winkte lächelnd ab. „Ich wäre Ihnen dankbar, wenn Sie mich nicht so förmlich ansprechen. Da Sie nun Lady Henriettas Begleiterin sind, hoffe ich auf viele Begegnungen, bei denen wir uns sicher gut unterhalten werden."

Madeleines Worte waren selbst für Lily unmissverständlich. Die Frau wünschte sich, dass Henrietta – mit Lilys Unterstützung – wieder mehr am gesellschaftlichen Leben Londons teilnahm. Lily schenkte der Duchess ein strahlendes Lächeln. Offenbar lag ihr doch etwas an der vereinsamten Henrietta.

„Gern, Mylady."

„Bitte, Miss Thomson, für Sie Lady Madeleine. Erlauben Sie mir die Frage, wie Sie zu dem Vergnügen gekommen sind, die verehrte Lady Henrietta zu begleiten? Wie lange planen Sie, London mit Ihrer Anwesenheit zu beehren?"

Lily wartete auf ein aufforderndes Nicken von Madeleine, ehe sie antwortete: „Lady Henrietta war so großherzig, mich einzuladen, als ihre Gesellschafterin in ihrem Londoner Stadthaus zu wohnen. Dieser Einladung bin ich gern nachgekommen."

Sie sah, wie Madeleine, sicher ein wenig erstaunt über das unkonventionelle Arrangement, die wohlgeformten Augenbrauen hochzog. Lily quittierte dies mit einem weiteren Lächeln, und Henriettas blaue Augen funkelten wie Saphire im Sonnenlicht.

Madeleines Blick wanderte von Lilys aufwendiger Hochsteckfrisur – die sie Henriettas tüchtiger Zofe verdankte – zu ihrem Gesicht mit den vereinzelten Sommersprossen auf Nase und Wangen und weiter zu dem rechteckigen, weiß bestickten Ausschnitt ihres blassblauen Kleides mit dem deutlich dunkleren Unterbrustband. Danach musterte sie Lilys schlanke Statur bis hinunter zum Saum des Kleides mit der kleinen Schleppe, die von einem dunkelblauen Satinband eingefasst war. Weiße Schuhspitzen blickten darunter hervor, wobei das Kleid verbarg, dass es sich hierbei um flache Schuhe handelte, da Lily auch ohne Absätze alle der hier anwesenden Damen überragte.

Lily war durchaus bewusst, dass sie nach diesem Abend von der namenlosen Landpomeranze zu einem wichtigen Gesprächsthema in den Londoner Salons emporsteigen würde. Die Frage, weshalb Lady Henrietta Murray eine einfache junge Frau vom Lande zu ihrer Gesellschafterin erkoren hatte, würde für reichlich Spekulationen sorgen. Zumal ebenjene Gesellschafterin nur die Enkelin eines in London unbekannten Baronets war und damit ohne Anrecht auf einen Titel. Lilys Körpergröße und der Umstand, dass sie unverheiratet war, würden die Mutmaßungen nur zusätzlich befeuern, ebenso wie ihre für einen Ball viel zu schlichte Garderobe – Lilys mondänstes Kleid –, da die von Henrietta in Auftrag gegebene Frühlingskollektion noch nicht im Hause Murray eingetroffen war. Lily konnte sich ab sofort also einer besonderen Berühmtheit gewiss sein.

Mit einem Schmunzeln überlegte sie, ob Henrietta ebenjene Schneiderarbeiten gleich morgen früh wieder stornieren oder ihre

Garderobe zumindest deutlich weniger opulent gestalten lassen würde. Immerhin wäre auch das ein Akt der Rebellion, die Henrietta offenbar anstrebte. Doch weshalb das alles? Weil sie das Gefühl hatte, in Adelskreisen unsichtbar zu sein? Vielleicht entsprach das nur ihrer eigenen, getrübten Wahrnehmung, denn die Duchess of Cummingham war ihr sichtlich zugetan.

Lily ließ Madeleines Musterung stoisch über sich ergehen, nicht zuletzt deshalb, weil sie selbst eine faszinierende Erscheinung entdeckt hatte. Keine zwanzig Meter von ihr entfernt stand ein Mann von etwa dreißig Jahren mit einer beeindruckenden Statur – nicht nur, was seinen breiten Brustkorb anbelangte, sondern auch seine ungewöhnliche Körpergröße. Um ihm ins Gesicht sehen zu können, würde sogar Lily aufschauen müssen.

Der Mann lehnte mit der Schulter an einer der quadratischen Säulen und hatte die Arme vor der Brust verschränkt. Seine Haltung und den Gesichtsausdruck gelangweilt zu nennen, wäre noch höflich gewesen. Wie die übrigen Anwesenden trug auch er einen edlen Zwirn, allerdings war er vorrangig in helles Grau und dunkles Blau gekleidet. Was an den meisten Männern unauffällig ausgesehen hätte, sicherte ihm die Aufmerksamkeit der Gäste. Zumindest die von Lily. Dennoch wirkte er für den Anlass sträflich leger gekleidet.

Lily meinte zu durchschauen, dass er sich beim Ankleiden wenig Mühe gegeben hatte. Die meisten jüngeren Herren trugen das Haar nach der gängigen Windstoßmethode frisiert – „Cheveux à la Titus". Die schwarzen Locken des Mannes, der Lilys Interesse auf sich gezogen hatte, wirkten darüber hinaus auch ungewöhnlich … wild.

Sie senkte rasch den Blick, als er den Kopf in ihre Richtung drehte. Wäre Henrietta jünger, würde Lilys vorrangiges Ziel darin bestehen, jenes ansprechende Exemplar mit ihr zu verkuppeln. Damit hätte Henrietta ganz sicher das gefunden, wonach sie wohl suchte: Aufregung.

„… Lady Vivianne Knight."

Lily wandte ihre Aufmerksamkeit der rotblonden jungen Frau zu, mit der sie gerade bekannt gemacht wurde. Diese knickste leicht, was ihr mit Perlen besticktes blassgelbes Musselinkleid zum

Rascheln brachte. Lily erwiderte die Höflichkeitsbekundung. Wenn sie es richtig mitbekommen hatte, handelte es sich bei der drallen Person mit dem hübschen rundlichen Gesicht und den bezaubernden Wangengrübchen um die achtzehnjährige Enkelin eines Dukes.

Sie tauschte ein paar Höflichkeiten mit dem zurückhaltenden, leise sprechenden Mädchen aus, und schon bald näherten sich weitere Frauen, die es kennenzulernen galt. Nach unzähligen Ehefrauen und Töchtern anwesender Barone, Viscounts, Earls und einem Duke gab Lily den Versuch auf, sich all die Namen und dazugehörenden Titel zu merken. Stattdessen knickste und lächelte sie höflich, erwiderte Nettigkeiten und sorgte dafür, dass sie stets in Henriettas Nähe blieb, denn so wurde auch die Ältere in die Gespräche miteinbezogen.

Erst nach geraumer Zeit gestattete man ihr, endlich einmal durchzuatmen – was Lily auch ausgiebig tat. Dabei hob das Unterbrustband ihre Brüste an, zumal sie zusätzlich den Rücken durchbog, um ihre Wirbelsäule vom vielen Stehen zu entlasten. Was ihr im Vorfeld wie ein aufregendes Vergnügen vorgekommen war, artete nun in eine geistige Ausdauerübung aus. Zudem verspürte sie einen großen Durst.

Gerade als sie Henrietta vorschlagen wollte, eine der Sitzgelegenheiten unter der Arkade aufzusuchen, strebte eine Gruppe junger Männer in ihre Richtung. Madeleine klatschte eifrig in die Hände. „Sehen Sie nur, Miss Thomson! Sie haben die Aufmerksamkeit unserer Junggesellen geweckt. Ich stelle mich gern zur Verfügung, sie Ihnen vorzustellen."

Lilys Lächeln fiel gequält aus. Bereits der erste junge Mann, der Sohn eines Viscounts, dessen Name ihr bekannt vorkam, stellte sich auf die Zehenspitzen und reichte ihr dennoch nur bis zur Nasenspitze. Er trug auffällig viele kunstvoll geknotete Halstücher übereinander, sodass Lilys vorrangiges Interesse der Frage galt, ob er so überhaupt atmen konnte. Sein Name verriet ihr, dass sie zwei Jahre zuvor auf einem Sommerfest im Landsitz seiner Eltern zu Gast gewesen war. Offenbar hatte sie damals keinen bleibenden Eindruck bei ihm hinterlassen, denn er erinnerte sich nicht an sie.

Madeleine wollte ihr gerade den nächsten Junggesellen vorstellen, als sich eine große Gestalt vor diesen schob und Lily dadurch unziemlich nahe kam. Allerdings hielt der Hüne ein Glas mit einer durchsichtigen Flüssigkeit in der gebräunten Hand, das er Lily sogleich anbot. Dankbar nahm sie es entgegen.

Dass sie den Kopf heben musste, um ihm ins Gesicht sehen zu können, empfand sie als pure Freude; der Blick in seine meerblauen Augen wühlte sie regelrecht auf. Jetzt durchschaute Lily auch, weshalb dieser Mann, der ihr zuvor bereits aufgefallen war, obwohl korrekt gekleidet, so faszinierend lässig wirkte. Er trug keines jener modischen Halstücher, sodass sie seinen Hals und seinen Adamsapfel sehen konnte. War dies ein wenig versteckter Angriff auf die Eitelkeit seinesgleichen? Sein Gesicht war sonnengebräunt und der Bartschatten dunkel, was in Lily die Vermutung aufkommen ließ, dass er sich an diesem Morgen nicht rasiert hatte.

„Sie sind mein Retter", sagte sie halblaut und fügte noch leiser hinzu: „In mehrfacher Hinsicht."

„Ich konnte von dort drüben aus beobachten, wie Sie in Ihrem Kopf all die Namen und Titel durcheinandergeworfen haben."

Seine Bassstimme brachte ihr Inneres zum Vibrieren, als hätte er die tiefste Saite eines Zupfinstruments in Schwingung versetzt.

„Ich wage Ihrer wenig charmanten Einschätzung über mein Erinnerungsvermögen nicht zu widersprechen. Fortan werde ich wohl die eine oder andere fantasievolle Namens- und Titelkombination von mir geben und die Gesellschaft damit düpieren."

Lily sah, dass sich seine Augen weiteten, dann schenkte er ihr ein anerkennendes Lächeln. Womit hatte sie ihn überrascht? Damit, dass sie nicht abstritt, überfordert zu sein? Dass sie nicht kokettierend um seinen Beistand bat, was zukünftige gesellschaftliche Ereignisse betraf? Weshalb sollte sie eine Schwäche abstreiten, die sie nun einmal hatte?

Lily zuckte mit den Schultern und fügte hinzu: „Ich frage in all der mir möglichen Demut so lange nach, bis ich mir die Namen und Titel eingeprägt habe. Einer Fremden gegenüber lassen die Damen und Herren sicher geduldige Nachsicht walten."

„Sie erwarten vielmehr, dass Ihnen ausgerechnet *ihr* Gesicht und *ihr* Name in Erinnerung bleibt, während Sie die der anderen getrost vergessen dürfen."

„Nun, dann werde ich die Hoffnungen der Herrschaften wohl oder übel enttäuschen."

„Enttäuschen Sie sie unbemerkt", riet er ihr und trat einen Schritt nach links, um dem jungen Mann, der ihr offenbar unbedingt vorgestellt werden wollte, erneut die Sicht zu versperren.

„Weshalb sollte ich zu einer Täuschung greifen?", hakte Lily nach, amüsiert und erfreut zugleich über diesen direkten und ungekünstelten Gesprächspartner, der sie ein wenig an Longfellow erinnerte. „Wenn ich einen Gast in unserem Hafenstädtchen am Meer begrüße und ihm innerhalb einer Stunde rund fünfzig Personen vorstelle, verlangt niemand, dass ebenjener am nächsten Tag allen Gesichtern den richtigen Namen und Beruf zuordnen kann."

„Aber würde nicht zum Beispiel der … Geistliche der Stadt erwarten, dass dem Besucher gerade *sein* Name im Gedächtnis bleibt?"

Lily ließ ihr ansteckendes, rollendes Lachen hören, ehe sie ihm versicherte: „Damit haben Sie tatsächlich recht. Genau das würde der Geistliche von einem Gast erwarten, den ich in meinem Zuhause beherberge." Damit wandte sich die Pastorentochter von dem sichtlich verwirrten Mann ab und nahm erleichtert einen Schluck des mit Minze aromatisierten Wassers.

Er nutzte die Gelegenheit, indem er sich betont nachlässig – was Lily erheiterte – verbeugte und den Weg für den ungeduldig wartenden Gentleman hinter sich freigab.

„Meinen Sohn Marvin Carter, Earl of Kantley, haben Sie nun ja ebenfalls kennenlernen dürfen." Madeleines Lächeln wirkte eine Spur verlegen. „Zugegeben, ich bin ein wenig erstaunt über sein Engagement, denn für gewöhnlich hält sich Marvin im Hintergrund."

Lily sah dem davonschlendernden Mann hinterher. Der angehende Duke grüßte in alle Richtungen, allerdings so knapp, dass es gerade noch als schicklich – statt desinteressiert – bezeichnet werden konnte, und verließ den Raum durch die Tür rechts neben dem Kamin.

Weshalb fand seine Mutter es erwähnenswert, dass er einen Gast in seinem Zuhause begrüßte? *Wobei …* Lily drehte nachdenklich das Glas in ihren Händen. Er hatte sich ihr nicht vorstellen lassen, sondern hatte sie unverfroren angesprochen – und sich dabei vor die wartenden Männer gedrängt. Dies war ein Bruch mit der Etikette, weit mehr noch als die legere Kleidung. Dass Marvin den Ball verlassen hatte, noch ehe alle Gäste eingetroffen waren, erschien Lily ebenfalls unkultiviert. Gehörte er womöglich zu den wenig zuvorkommenden, ja sogar voreingenommenen Exemplaren seines Geschlechts? Sie nahm einen weiteren Schluck des wohltuenden Getränks, das er ihr gereicht hatte, und verzieh ihm sogleich alle seine Vergehen – zumal sich kein einziges davon gegen sie gerichtet hatte.

Eines jedenfalls hatte Marvin Carter erreicht: Auch wenn sie garantiert alle Namen und Titel der Personen durcheinanderwerfen würde, denen sie heute vorgestellt worden war: seiner hatte sich unwiderruflich in Lilys Gedächtnis gebrannt.

London Daily Life **21. Februar 1811**

Schwerer Raubüberfall im Convent Garden Market

Das Komitee zur Errichtung einer Bronzestatue für den verstorbenen Generalgouverneur von Indien, Seine Exzellenz Lord Blasberry, erbittet dringend Unterstützung!
Bei Interesse kontaktieren Sie die Vorsitzende, die Witwe von Lord Blasberry.

Gewiefter Bankier bringt Geschäftsleute aller Art, inzwischen sogar Herren aus dem Ton, zum Schwärmen
Hinter vorgehaltener Hand lobt man sein untrügliches Gespür für lukrative Investitionen.

Vier

Oscar Watson, der fast sechzigjährige, glatzköpfige Kutscher der Murrays, zögerte so ausgiebig, das Gefährt in die gewünschte Straße zu lenken, dass es Lily im Kutscheninneren förmlich spüren konnte. Bisher hatte Henrietta darauf bestanden, Lily bei ihren Erkundungstouren durch London zu begleiten, doch an diesem verregneten Februartag rund zwei Wochen nach Lilys Ankunft fühlte sich Henrietta unpässlich. So war es gekommen, dass Lily ohne sie unterwegs war. Aus Gründen der Schicklichkeit war ihr Kate an die Seite gestellt worden, ein siebzehnjähriges Dienstmädchen mit kupferfarbenem Haar, das nunmehr als ihre Kammerzofe fungierte.

Selbstverständlich wusste Lily Henriettas Abwesenheit zu nutzen. Sie hatte Watson angewiesen, sie und Kate in Richtung Hafenviertel zu chauffieren – immerhin wollte Lily ganz London kennenlernen, und dazu gehörte auch das East End.

Die immerzu gleichförmigen Tage im Hause Murray hatten in ihr eine für sie ungewohnte Langeweile aufkommen lassen. Lily kam sich unnütz vor, und daran würden, dessen war sie sich sicher, die nun vermehrt stattfindenden Bälle wohl kaum etwas ändern. Nach nur drei Abendveranstaltungen, die sie als Henriettas Begleiterin besucht hatte, empfand sie diese Art des Zeitvertreibs bereits als wenig ersprießliche Verschwendung. Einzig den Besuch von Vivianne, jener schüchternen jungen Frau, die Lily bei ihrem Antritt in der Londoner Nobility vorgestellt worden war, hatte sie als angenehme Abwechslung empfunden. Mit der zuvorkommenden Achtzehnjährigen, die eine erquickliche Herzenswärme und Ungezwungenheit in sich vereinte, hatte sie sich angeregt unterhalten.

Inzwischen hatte die Kutsche die recht neuen und ansehnlichen Wohnhäuser nahe der Fabrikhallen der florierenden Unternehmen hinter sich gelassen, von denen sich die meisten der Textilverarbeitung verschrieben hatten. Unverkennbar näherten sie sich den Docks. Das Gefährt holperte über das löchrige Kopfsteinpflaster und knarrte dabei unablässig. Die rauchgeschwängerte, ja stinkende Luft bei den Fabrikhallen ging über in den brackigen Geruch von Fisch, Tang und irgendetwas Metallischem.

Lily lehnte die Stirn an die kühle Scheibe, konnte wegen des Regens aber nur einen verschwommenen Blick auf die Außenwelt erhaschen. Die dunklen Fassaden der wuchtigen, nahezu bedrohlich wirkenden Hafengebäude wechselten sich mit im grauen Dunst dümpelnden Schiffsbauten ab. Dazwischen ragten Lastenkräne wie übergroße schwarze Arme in Richtung der tief hängenden Wolken empor. Trotz des starken Regens stritten sich zwei Möwen um ihre Beute, und eine von ihnen streifte beinahe die Kutsche. Erschrocken wich Lily zurück, lachte dann jedoch auf. Ihre Lebendigkeit, die sie zuletzt kaum mehr verspürt hatte, war zurückgekehrt.

Kate hob den Kopf und schaute sie fragend an, sagte aber nichts. Das Mädchen war sichtlich eingeschüchtert. Weshalb, erschloss sich Lily nicht. Lag es an ihrer forschen Art, mit der sie Oscar angewiesen hatte, die verrufene Hafengegend der Stadt anzusteuern? Oder hinderte ihr Status als Bedienstete sie daran, in Lilys Gegenwart mehr als ein Nicken zuwege zu bringen?

Lily lächelte Kate aufmunternd zu und erklärte: „Eine Möwe wäre beinahe gegen unsere Kutsche geflogen. Ist es nicht ein rätselhafter und zugleich belustigender Reflex, dass man zurückweicht, obwohl man weiß, dass der Vogel einen gar nicht treffen kann?"

Erneut nickte Kate beipflichtend und senkte dann schnell wieder den Kopf.

Im nächsten Moment ging ein heftiger Ruck durch den Landauer. Kate schrie auf. Lily wurde nach vorn geworfen und landete unglücklicherweise direkt auf dem bedauernswerten Mädchen. Sofort rappelte sie sich auf und setzte sich zurück auf ihren Platz. „Entschuldigen Sie bitte. Ich konnte mich nicht halten."

Kate stammelte unbeholfen etwas vor sich hin und schaute dann aus dem Fenster.

„Die Kutsche steht still." Lily rutschte auf dem dunklen Sitzpolster nach vorn und öffnete den Schlag. Augenblicklich trafen dicke Regentropfen ihre spitz zulaufenden Schuhe und nässten ihren cremefarbenen Rock mit der roten Blumenstickerei. Auch ohne den ausgeklappten Tritt wagte sie den Schritt hinunter auf das Pflaster, durch dessen tief eingesunkene Fugen braune Blätter wie gekenterte Segelboote trieben. Der Wind zerrte an ihrer roten Pelisse, und sie stellte eilig den Kragen auf.

„Miss, steigen Sie bitte wieder ein!" Oscar war vom Kutschbock gestiegen und schaute sie fassungslos an. Von der schmalen Krempe seines Kastorhuts rann das Regenwasser hinab auf seine Dienstuniform.

„Was ist denn passiert?", fragte Lily.

„Jemand ist unter das Gespann geraten."

„Oh, nicht doch!“ Lily schlug sich entsetzt die Hand vor den Mund und eilte an Oscar vorbei, der nur hilflos mit den Schultern zuckte. Nachdem sie die beiden wuchtigen Pferdeleiber passiert hatte, sah sie auf den schmutzigen Pflastersteinen eine gekrümmte kleine Gestalt liegen. *Ein Kind!* Erschrocken ging sie in die Hocke, obwohl ihre Pelisse und das darunter hervorschauende Kleid dadurch noch mehr Regenwasser aufsaugten. Doch das war für Lily belanglos.

„Bist du verletzt, Kind?“ Vorsichtig berührte sie den löchrigen, an der schmalen Schulter des Jungen klebenden Hemdstoff.

„Diebische Kanalratte“, zeterte eine Stimme direkt über ihr. Lily zuckte vor Schreck zusammen. Gleich darauf trat jemand mit seinem verdreckten Stiefel dem Kind derb in die Seite. Lily fuhr hoch. Sie drehte sich zu dem unflätig fluchenden Mann um und fand sich einem vierschrötigen Schauermann[8] gegenüber. Ein roter Vollbart verdeckte nahezu vollständig sein Gesicht, das ungepflegte Haar hing ihm nass in die Stirn. Seine Augen funkelten sie wütend an, dann stieß er ihr mit der Faust gegen die Schulter. Mehr vor Schreck als vor Schmerz taumelte Lily rückwärts. Das Pferd, gegen das sie stieß, riss den Kopf hoch. Diese unerwartete Bewegung ließ sie erneut taumeln. Diesmal seitwärts, wobei sie beinahe über den reglos daliegenden Jungen gestolpert wäre.

„Was fällt Ihnen ein?!“, schrie Oscar den Hafenarbeiter an. Der wollte ein zweites Mal nach dem Kind treten, doch Lily ergriff geistesgegenwärtig den erhobenen Fuß des Mannes und riss diesen weit nach oben. Einem gefällten Baum gleich stürzte der Angreifer rücklings zu Boden. Allerdings war er erstaunlich schnell wieder auf den Beinen. Wutschnaubend baute er sich vor Lily auf.

Sie stemmte die Hände in die Seiten. Nicht umsonst war sie an der rauen und oft stürmischen See aufgewachsen, gemeinsam mit einer Horde ungeschliffener Fischerjungen und Handwerkersöhnen. Außerdem verschaffte ihr ihre Körpergröße einen gewissen Respekt. Und eines stand ohnehin fest: Sie hatte nicht vor, klein beizugeben!

Ein flaues Gefühl in der Magengegend warnte Lily, dass sie es hier mit einem gestandenen Mann zu tun hatte, nicht wie früher mit halbwüchsigen Jungen. Dennoch war sie gewillt, das wehrlose Kind zu beschützen.

Sie bat Gott im Stillen um Beistand, ballte die Hände zu Fäusten und funkelte den Hafenarbeiter grimmig an.

Der Mann stutzte – und wich tatsächlich zurück.

Verwundert darüber, dass Halston Murrays Landauer am Pier zugegen war, schritt Marvin um das Gefährt herum. Dabei bemerkte er eine große, schlanke Erscheinung, zu deren Füßen ein offenbar verletztes Kind lag. Die vornehme Pelisse und die dazu passende Haube, wenngleich vollends durchnässt, ließen Marvin erahnen, dass er es hier mit Henriettas junger Gesellschafterin zu tun hatte. Ein bulliger Schauermann hatte sich vor ihr aufgebaut.

Marvin stellte sich schräg hinter Lily und richtete sich ebenfalls zu seiner vollen Größe auf. Mit vor der Brust verschränkten Armen, was ihn, wie er wusste, noch muskulöser wirken ließ, suchte er den Blick des grobschlächtigen Mannes und schüttelte vielsagend den Kopf.

Der Schauermann benötigte nur den Bruchteil einer Sekunde, um zu erkennen, dass das leichtsinnige Geschöpf vor ihm gerade Unterstützung erhalten hatte – und dass er sich nicht von Marvins exquisiter Garderobe täuschen lassen durfte. Da sich der Kerl nicht mit ihm anlegen wollte, wich er einen Schritt zurück. Dann wandte er sich wortlos um und ging fort, jedoch nicht, ohne Lily zuvor noch einen letzten drohenden Blick zuzuwerfen.

Lily blieb bewundernswert gelassen stehen, wo sie war, und reckte sogar noch trotzig das Kinn. Sobald sich ihr Angreifer einige Meter von ihr entfernt hatte, rief sie ihm ein siegessicheres „Ha!“ hinterher.

Marvin konnte ein Auflachen über das fehlgeleitete, selbstüberschätzende Gebaren nicht unterdrücken. Das leichtsinnige Mädchen wirbelte überraschend flink herum und prallte gegen ihn. Da er einen Sturz ihrerseits befürchtete, ergriff er sie hastig an den Oberarmen. Sie war vollkommen durchnässt, dennoch konnte er die von ihr ausgehende Wärme spüren.

Lily sah ihn erschrocken an, dann wandte sie den Kopf in jene Richtung, in die der Hafenarbeiter geflohen war, ehe sie wieder zu ihm aufsah. In ihren muskatnussbraunen Augen konnte er sehen, wie sie den Zusammenhang zwischen seiner Anwesenheit und dem Rückzug des Angreifers zu verstehen begann. Er hatte den Eindruck, dass sie leicht in sich zusammensackte, und es kostete ihn einiges an Selbstbeherrschung, ein erneutes Auflachen zu unterdrücken. Hatte das Mädchen wahrhaftig angenommen, der Kerl hätte vor ihrem trotzig vorgeschobenen Kinn und den kleinen geballten Fäusten Reißaus genommen?

„Miss Thomson", begrüßte er sie und gab sich reichlich Mühe, vorwurfsvoll zu klingen. Dabei fand er sie eigentlich unterhaltsam. Und mutig. Wobei ihr Verhalten eher als leichtsinnig zu bezeichnen war.

„Oh, Sie!" Lily blinzelte gegen die Regentropfen an, da sie den Kopf in den Nacken legen musste, um ihm ins Gesicht sehen zu können. Aber zumindest reichte sie ihm nicht nur bis zur Brust wie die meisten anderen jungen Damen.

Ihre Verwirrung über sein plötzliches Auftauchen legte sich unerwartet schnell, dafür meinte er, einen Anflug von schlechtem Gewissen in ihrem Blick zu erkennen. Dieser wurde jedoch sofort von Verärgerung überlagert. Weil er sie hier erwischt hatte?

„Soll ich den verantwortungslosen Kutscher dafür zur Rechenschaft ziehen, dass er die Dreistheit besitzt, Sie ins Hafenviertel zu verschleppen?", bot er an.

Die Tatsache, dass sie auf seine Frage hin die Augen aufriss, bestätigte ihm, dass sie das auf keinen Fall wollte. Der Kutscher war frei von jeder Schuld, genau wie Marvin es vermutet hatte. Dieser Ausflug war allein von der freigeistigen Miss initiiert worden. Eine Bewegung am Kutschschlag ließ darauf schließen, dass sie zumindest die Weitsicht besessen hatte, an eine weibliche Begleitung zu denken. Wobei sie damit eine weitere Person in Gefahr brachte. War ihr das denn gar nicht bewusst? Da Marvin sich dessen nicht sicher war, hob er zu einer Strafpredigt an. „Ich finde es un–"

„Das Kind!", fiel Lily ihm ins Wort. Sie versuchte, sich aus seinem Griff zu winden, und jetzt erst bemerkte Marvin, dass er sie immer noch festhielt. Das war dann wohl sein Vergehen. Er ließ sie so hastig los, als hätte er sich die Finger an ihr verbrannt. Die Kälte, die daraufhin von seinen Händen Besitz ergriff und seine Arme hinaufwanderte, verstärkte den Eindruck auf eigentümliche Weise. Ihm war, als hätte er gerade etwas Bedeutsames verloren. Verwirrt, weil er etwas Derartiges noch nie empfunden hatte, runzelte er die Stirn.

Lily war inzwischen an ihm vorbeigehuscht und hockte nun vor der im Schmutz liegenden Gestalt. Der Kutscher räusperte sich nervös.

Beunruhigt, weil das Kind sich nicht rührte, gesellte sich Marvin zu Lily. Eigentlich war er davon ausgegangen, dass der Gassenjunge die mangelnde Aufmerksamkeit genutzt hatte, um sich schleunigst aus dem Staub zu machen …

Lilys Hände glitten behutsam über die Arme des Jungen, drückten kurz seine Schultern und umschlossen dann beinahe zärtlich sein kindliches Gesicht. Dieses war blass, was für ein Kind aus dem Hafenviertel durchaus bedenklich war, denn für gewöhnlich waren sie den ganzen Tag in den Gassen unterwegs und erfreuten sich einer gesunden Gesichtsfarbe. Dass der Kleine noch immer nicht reagierte, vergrößerte Marvins Sorge um ihn.

„Was ist eigentlich passiert?“, fragte er Lily, während er prüfend erst die Beine, dann den Oberkörper des Jungen abtastete. Dabei konnte er keine Brüche feststellen, aber er war natürlich kein Arzt.

„Er ist vor die Kutsche gelaufen, vermutlich direkt in die trabenden Pferde hinein“, sagte Lily mit sorgenschwerer Stimme. Sie hielt noch immer das schmale Gesicht in den Händen, ungeachtet der Tatsache, dass der Junge alles andere als sauber war. Aber da sie mittlerweile ohnehin durchnässt war und ihr Kleid und die Pelisse unzählige Schlammflecken aufwiesen, kam es ihr darauf sicher nicht mehr an.

Marvin schob sich an Lily vorbei und betastete den Hinterkopf des Jungen, wobei er mehrfach ihre Finger berührte. Das Gefühl von ihrer Haut an seiner erzeugte ein Kribbeln, das wie zuvor die Kälte von seiner Hand in den ganzen Körper ausstrahlte.

„Ich fühle eine große Beule“, erläuterte er mit rauer Stimme.

„Das erklärt wohl die Bewusstlosigkeit", hörte er Lily murmeln. Sie richtete sich auf und wandte sich direkt an ihn. „Wenn Sie bitte die Freundlichkeit besäßen, das Kind in die Kutsche zu heben? Ich steige zuerst ein, dann können Sie ihn auf meinen Schoß betten."

„Miss Thom–", begehrte er auf, doch eine herrisch anmutende Handbewegung ihrerseits unterbrach ihn. Ihm war, als hätte sie bereits mit seinem Protest gerechnet und diese Geste von Vorneherein geplant gehabt. Er versteckte ein Schmunzeln, indem er den Jungen hochhob. Selbst wenn ihm die Vorstellung, den Gassenjungen in den Schoß von Henriettas Gesellschafterin zu betten, befremdlich erschien – hier liegen lassen konnte er das Kind unter keinen Umständen.

„Ich bringe ihn zum Arzt."

„Wo bitte soll es denn hier einen Mediziner geben?", hinterfragte sie unverzüglich sein Vorhaben. „Ich sehe, dass Sie zu Fuß unterwegs sind. Wollen Sie den Jungen etwa quer durch London tragen, während keine drei Schritte von Ihnen ein Gefährt steht? Seien Sie bitte nicht albern!"

Marvin presste die Lippen zusammen. Henrietta hatte sich mit der Miss wahrlich ein resolutes und streitlustiges Mädchen ins Haus geholt. Ob Halston mit ihrer Art zurechtkam? Das zu wissen, wäre zweifelsohne von allergrößtem Interesse für ihn. Allerdings war Marvin nicht mit Henriettas Bruder befreundet. Nicht nur, weil Halston etliche Jahre älter war als er, sondern auch, weil Marvin ihn für einen übellaunigen Langweiler hielt.

Im Stillen entschuldigte er sich für diese Unfreundlichkeit, sowohl bei Henrietta als auch bei seiner Mutter. Dabei fragte er sich, ob Henrietta womöglich Hintergedanken bezüglich ihres Bruders und des Mädchens hegte. Allein die Vorstellung entfachte in ihm ein überraschend ungezügeltes Feuer. Halston würde aus dem einnehmend freigeistigen Geschöpf in kürzester Zeit eine ebenso reizlose Person formen, wie er selbst und seine Schwester es waren …

„Nun kommen Sie schon!", wies Lily ihn an, als wäre er ihr Bediensteter. Sie raffte das nasse Kleid und ging zielstrebig auf den Landauer zu. Die Zofe darin wich zurück, um sie einsteigen zu lassen.

Marvin, der nach wie vor den Jungen in den Armen hielt, konnte ihr keine Hand als Unterstützung darbieten, was er bedauerte, und der Kutscher war zweifelsohne zu schockiert, um dieser Aufgabe nachzukommen. Doch Lily kletterte so flink ins Innere des Gefährts, dass Marvin gar keine Zeit hatte, den Mann an seine Pflichten zu erinnern.

Kurz zögerte er, dann zuckte er mit den Schultern. Anstatt das Kind hineinzureichen, stieg er ebenfalls in den Landauer ein. Er setzte sich mit dem Rücken in Fahrtrichtung und behielt den Jungen an sich gedrückt im Arm. Die Zofe, ihrem Alter nach zu urteilen reichlich unerfahren und damit sicher niemand, der Lily Widerworte geben konnte, musterte ihn mit nahezu panischem Blick. Lily hingegen schenkte ihm ein Lächeln, das zwischen Bewunderung und irgendetwas Undefinierbarem zu schwanken schien, das er nicht durchschaute.

Der Kutscher schloss den Schlag, wodurch es im Inneren des Gefährts recht dämmrig wurde. Der Regen prasselte unablässig auf das Dach, und um Lilys Schuhe herum bildete sich eine Wasserlache. Der dünne Baumwollstoff ihres Kleides und der rote Mantel klebten förmlich an ihrem Leib, und ihre Frisur hatte sich aufgelöst, sodass sich ihr helles Haar in kleinen Locken um ihr Gesicht kringelte. Die Situation, in die Marvin sich hineinmanövriert hatte, war … befremdlich. Und zutiefst verwirrend.

Das Fahrzeug fuhr ruckelnd an, woraufhin von dem Kind in seinen Armen ein leises Stöhnen kam, was Marvin für ein gutes Zeichen hielt. Der Junge zitterte, also drückte er ihn fester an sich, um ihn zu wärmen.

Er musterte die beiden jungen Frauen ihm gegenüber. Die Zofe hatte den Blick gesenkt, als wolle sie mit dem Geschehen um sie her lieber nichts zu tun haben. Was durchaus verständlich war. Lily hatte die Arme fest um sich geschlungen. Auch ihr musste schrecklich kalt sein.

Zu dem unangenehmen Gefühl der Überforderung, was die gesamte Situation betraf, gesellte sich bei Marvin nun auch die Sorge um Lilys Gesundheit. „Wie konnten Sie nur so leichtsinnig sein?“, stieß er daher hervor. „Hat Ihnen niemand gesagt, dass Sie diese Gegend zu meiden haben?"

„Ich konnte doch nicht wissen, dass uns ein Kind vor die Kutsche läuft", gab sie gepresst zurück. Vermutlich versuchte sie, das Klappern ihrer Zähne zu unterdrücken.

„Das alles wäre nicht passiert, wenn Sie Halstons Kutscher nicht gezwungen hätten, Sie in diese unwirtliche Gegend zu chauffieren."

Ein kaum merkliches Zusammenzucken ihrerseits bestätigte Marvins Vermutung. Den Mann auf dem Kutschbock traf keinerlei Schuld.

Die Zofe senkte den Kopf noch tiefer, als gelte die Standpauke auch ihr.

„Ich erkunde nur meine neue Heimat", rechtfertigte sich Lily nun.

„Haben Sie in Ihrer alten Heimat auch jeden noch so gefährlichen Winkel erkundet? Baufällige Scheunen? Entlegene Felshöhlen? Den Strand bei Sturm?"

Etwas in Lilys unnachgiebigem Blick aus den leicht zusammengekniffenen Augen sagte ihm, dass sie genau das getan hatte. Marvin schüttelte ungläubig den Kopf, dabei liefen ihm Regentropfen aus dem Haar in den Nacken und von dort über den Rücken, der dank seines hervorragenden Reitmantels noch halbwegs trocken war. „Die Docks und die Gegend nahe der Fabriken sind keine Orte, die eine Dame aus gutem Hause aufsuchen sollte."

„Und was genau haben *Sie* dann an einem Ort voller Spelunken und zwielichtiger Gestalten zu suchen?"

„Ich … bin keine Dame aus gutem Hause", sagte Marvin und runzelte dabei irritiert die Stirn, da ihr Gegenangriff ihn aus dem Konzept gebracht hatte.

Offensichtlich fand Lily die aufgrund seiner Irritation wenig durchdachte Antwort belustigend. Ihr Grinsen hätte einem Lausbuben gut zu Gesicht gestanden, nicht aber der Gesellschafterin einer Marquess-Tochter. Plötzlich überkam ihn der Wunsch, ihr den Jungen auf den Schoß zu setzen und fluchtartig das Gefährt zu verlassen. Denn diese Lily war faszinierend. Und reizvoll.

Da er nicht einfach davonlaufen konnte, brummte Marvin nur: „Ich muss mich mit meinen Kapitänen treffen."

„Sie besitzen also eigene Handelsschiffe, Lord Kantley?"

In ihren braunen Augen blitzte etwas auf. Die pure, übermütige Abenteuerlust, vermutete Marvin, und dies ließ ihn nur umso mehr um Henriettas Wohlergehen fürchten. Und um Halstons Verstand. Nicht, weil dieser etwa eingewilligt hätte, den Wirbelwind im Hause Murray aufzunehmen – denn das war einzig und allein Lady Henriettas Sache gewesen –, sondern weil ihm fortan wohl eine Menge Trubel ins Haus stehen würde.

„So ist es", antwortete er knapp.

„Hm …", machte sie nur. Vermutlich wusste sie, dass zu arbeiten und sich ein eigenes Unternehmen aufzubauen in seinen Kreisen als verpönt galt. Hatte sie bereits durchschaut, dass er gern einmal gegen die Konventionen verstieß? Sie neigte keck den Kopf zur Seite und fügte hinzu: „Ihre zurückhaltende Antwort legt die Vermutung nahe, dass Sie nicht gern über Ihre Geschäfte sprechen. Weil diese illegaler Natur sind? Schmuggel? Piraterie vielleicht?" In ihren Augen tanzte der Schalk.

Jetzt erschloss sich Marvin auch, weshalb sie nicht längst verheiratet war. Das lag wohl nicht nur an ihrer ungewöhnlichen Körpergröße – schließlich musste es dort, wo sie herkam, ebenfalls Männer geben, die darüber hinwegzusehen vermochten, dass ihre Braut auf sie herabschauen konnte. Doch welcher halbwegs vernünftige Mann – unabhängig von seiner Herkunft – holte sich freiwillig ein derartig kampfesfreudiges Wesen ins Haus? Und dann auch noch eines von jener Art, das mit der eigenen Meinung und Willensstärke nicht hinter dem Berg hielt?

„Ihre Anspielungen lassen mich wie einen Halunken dastehen", brummte er halblaut vor sich hin. Vielleicht verstand sie ja den Hinweis, dass sie sich dafür entschuldigen sollte. Er selbst fand ihre Verdächtigung zwar amüsant, doch jeder andere Lord würde sie fortan als unerzogenes Landei bezeichnen und ihre Gesellschaft meiden.

Marvin war erleichtert, als der Kutscher das Gefährt endlich zum Stehen brachte und den Schlag öffnete. Mit einem Blick hinaus stellte er fest, dass der Mann sie zu Henriettas und Halstons Stadthaus gebracht hatte.

„Haben Sie es versäumt, den Kutscher anzuweisen, umgehend einen Arzt anzusteuern?“, wandte er sich aufgebracht an Lily.

„Weshalb sollte ich ihn um etwas derart Widersinniges bitten?“, fragte sie in höchst unschuldigem Tonfall. „Der Mediziner würde dem Kind einen Kopfverband anlegen und es dann vor die Tür setzen. Dabei benötigt der Junge eine umfassende Aufsicht und Pflege. Mit einer Kopfverletzung ist nicht zu spaßen.“

„Mit einem Jungen aus dem Hafenviertel im Haus eines Marquess ebenfalls nicht. Er könnte versucht sein, sich mit dem Tafelsilber aus dem Staub zu machen.“

„Sie unterstellen dem armen Kind, …ein Dieb zu sein?“

„Vermutlich ist er das, wenngleich aus der Not heraus. Aber derlei *Unterstellungen* sind Ihnen ja nicht fremd.“

„Das zu behaupten, erscheint mir … zutiefst verwerflich“, erwiderte Lily empört. Dabei ließ sie offen, ob sie sich daran erinnerte, dass sie ihn kurz zuvor einen Schmuggler und Piraten genannt hatte oder ob sie Marvins Verdacht, dass der Junge sich als Langfinger entpuppen könnte, für nicht gerechtfertigt hielt.

„Dürfte ich Sie bitten, den bemitleidenswerten Jungen ins Haus zu tragen, Lord Kantley?“

„Ihrer Bitte kann ich leider nicht nachkommen, Miss Thomson, denn ins Anwesen der Murrays gehört der *bemitleidenswerte Junge* ganz sicher nicht.“ Vermutlich wäre es heldenhaft von ihm, wenn er den Kleinen vor Lilys Einflussnahme schützte. Und vor Henrietta, die all ihre nie zum Tragen gekommenen Muttergefühle über dem Kind ausgießen könnte.

„Ich bitte Sie, Mylord, das ist ein *kleiner Junge.* Was soll der schon anstellen? Außerdem ist er verletzt, weil er in … *meine* Kutsche gelaufen ist. Da geziemt es sich, dass ich mich um ihn kümmere, zumindest so lange, bis er genesen ist.“

„Er hätte schwerlich in Ihre Kutsche laufen können, wenn Sie sich an das gehalten hätten, was sich für eine junge Dame geziemt.“

„… sagt der Mann, der entgegen der Etikette ein eigenes Unternehmen führt, sich der gängigen Mode widersetzt und ein Gespräch mit einer Frau beginnt, ohne darauf zu warten, dass sie ihm zuerst vorgestellt wird."

„So wie Sie es ausdrücken, klingt es, als wäre ich ein elender Schuft."

Lily lachte laut auf. „Es klingt vielmehr nach jemandem, der mit Vorliebe seinen Willen durchsetzt – was ich als einen sympathischen und nicht zwingend schlechten Charakterzug bezeichnen würde. Allerdings nur so lange, bis Ihre Willensstärke mit der meinen – nicht minder ausgeprägten – kollidiert."

Marvin fand es erfrischend, wie klar und deutlich sie sagte, was sie dachte. „Sie – mitsamt ihrer rigorosen Willensstärke – sollten besser zusehen, dass Sie schleunigst ins Trockene kommen, Miss Thomson. Ich kümmere mich derweil um den Burschen hier."

„Wie oft wollen Sie noch vergeblich versuchen, mich von meiner Fürsorgepflicht abzuhalten?"

Marvin wusste, wann er verloren hatte. Lily zitterte inzwischen nämlich so stark, dass sie es nicht mehr verbergen konnte, und ihre Lippen hatten einen bläulichen Farbton angenommen. Wenn er nicht für eine Lungenentzündung verantwortlich sein wollte, war es an der Zeit, nachzugeben. Also schob er sich mitsamt dem Kind auf dem Arm aus dem Landauer und wartete, bis Lily und die immer noch verschreckt wirkende Zofe ausgestiegen waren.

„Holen Sie Dr. Jones", wies Marvin Halstons bedauernswert nassen Kutscher an, der zwar kurz die Stirn runzelte, aber wie beordert zurück auf den Kutschbock stieg.

Lily hob ihren Rocksaum und betrachtete die Schmutzbrühe, die von diesem aus in kleinen Rinnsalen zu Boden floss. „Halston wird begeistert sein", hörte Marvin sie murmeln. Ob sie sich, wenngleich reichlich spät, nun doch Gedanken darüber machte, wie ihr Ausflug vom Hausherrn aufgefasst werden würde? Ebenso wie die Tatsache, dass sie ihm ein verwahrlostes Kind ins Haus brachte?

„Garantiert, zumal Sie ihm zudem ein Hafenkind ins Haus schleppen", spottete Marvin.

„Erstens schleppen *Sie* das Hafenkind ins Haus", Lily lächelte ihn betont unschuldig an, „und zweitens meinte ich den Umstand, dass Sie Lord Meltons Kutscher herumbefehligen."

„Keine Sorge, Miss Thomson, ein Kutscher ist kein Jagdhund. Es bereitet ihm keine Probleme, mehr als einen Herrn anzuerkennen."

„Diesbezüglich pflichte ich Ihnen bei ..."

„Aber?" Marvin nahm den Jungen, der in seinen Armen allmählich schwer wurde, etwas höher und ging mit großen Schritten auf die Treppe zu. Er musste umgehend dafür Sorge tragen, dass die beiden Frauen ins Warme kamen. Wobei die Zofe deutlich leidender aussah als Lily.

„Lord Melton braucht heute Nachmittag die Kutsche, um einer *dringenden* Angelegenheit nachzukommen."

„Na wunderbar", murmelte Marvin. Offenbar war er gerade dabei, Halstons Unwillen gleich in mehrfacher Hinsicht zu erregen. Weil er die Kutsche fortgeschickt hatte, obwohl der Mann sie dringend benötigte. Weil in dem Gefährt jetzt beide Polster nass waren. Weil er Halston einen schmutzigen Gassenjungen ins Haus brachte. Weil er nicht dafür gesorgt hatte, dass Lily schneller ins Trockene gekommen war, sodass Halston sich demnächst womöglich mit der erkrankten Gesellschafterin seiner Schwester herumschlagen musste. Weil es ihm nicht gelungen war, ebenjener Gesellschafterin in aller Deutlichkeit einen weiteren Ausflug zu den Docks zu verbieten. Auch das würde nun an Halston hängen bleiben. Wobei – war das nicht ohnehin dessen und Henriettas Aufgabe? Marvin musste sich ja nicht freiwillig jede Menge Unannehmlichkeiten um den Hals schlingen wie andere ihre modischen Tücher. Und ganz sicher wäre es von Vorteil für seinen Seelenfrieden, sich von dem eigentlichen Problem fernzuhalten. Einem durchaus faszinierenden Problem, das auf den Namen Lily hörte – *wenn* es denn einmal hörte.

Henrietta beobachtete, wie Marvin das schmutzige, reglose Kind auf das eilig aufgedeckte Bett im Gästezimmer legte. Für einen so großen, breitschultrigen Mann war er überaus behutsam zugange.

Lily kam herbeigehuscht und kniete sich neben das Bettgestell. Sie sah bemitleidenswert aus, was sie allerdings nicht weiter zu kümmern schien.

Mit wachsendem Interesse sah Henrietta zu, wie Lily dem Kind die löchrigen Schuhe von den Füßen zog, während Marvin ein Messer zu Hilfe nahm, um das fadenscheinige Hemd aufzutrennen. Ein magerer Brustkorb mit erschreckend vielen Narben kam darunter zum Vorschein. Schnell wandte Henrietta ihre Aufmerksamkeit wieder den beiden Hand in Hand arbeitenden Erwachsenen zu. Ob die zwei nicht füreinander bestimmt waren? Sie lächelte sanft.

„Was daran, dass Sie sich besser keine Lungenentzündung zuziehen sollten, haben Sie nicht verstanden, Miss Thomson?", fragte Marvin nun.

Lily stellte die löchrigen Kinderschuhe beiseite und blickte zu ihm auf. „Ich habe Ihre Sorge um meine Gesundheit durchaus zur Kenntnis genommen. Das ist sehr löblich von Ihnen."

„Muss ich deutlicher werden?"

„Ich finde, Ihre Sorge lässt sich schwerlich in noch unfreundlichere Worte verpacken."

Henrietta presste die Lippen zusammen, da sie die Herausforderung in der Stimme ihrer Gesellschafterin wahrgenommen hatte. Vielleicht sollte sie von ihrer Eingebung, was die beiden betraf, lieber wieder Abstand nehmen.

Marvin steckte das Messer ein und richtete sich auf. „Aber wohl in *unmissverständlichere* Worte."

„Denken Sie?" Lily lächelte verdächtig liebreizend.

Marvin zog die Augenbrauen zusammen, wodurch zwei tiefe Falten auf seiner Stirn entstanden. „Nun gut, Sie haben es nicht anders gewollt: Sehen Sie zu, dass Sie sich Ihrer nassen Kleider entledigen! Und anschließend nehmen Sie schleunigst ein heißes Bad!"

Schockiert riss Henrietta die Augen auf. Sie war sich sicher, dass selbst die junge Generation nicht über derlei sprach. Jedenfalls nicht Mann und Frau. Und nicht in Anbetracht des kaum vorhandenen Bekanntschaftsgrades zwischen den beiden. Oder hatte diesbezüglich ein moralischer Wandel in der Gesellschaft stattgefunden?

Lily reagierte für einen beachtenswert langen Moment überhaupt nicht; sie stand vielmehr wie versteinert da. Erst als im Flur Unruhe entstand – vermutlich war der Arzt eingetroffen –, nickte sie wie beiläufig. „Da ich die Verantwortung für den Jungen nun getrost in fachkundige Hände legen darf, ziehe ich mich zurück." Sie erhob sich. „Lord Kantley." Sie knickste leicht, ehe sie sich mit einem süffisanten Lächeln auf den Lippen umdrehte.

Aus dem Augenwinkel meinte Henrietta eine Bewegung auf dem Bett wahrzunehmen, doch als sie den Kopf wandte, lag der verletzte Junge noch immer mit geschlossenen Augen da. Seine blasse Gesichtsfarbe und die Tatsache, dass er nicht aufwachte, ließ eine große Sorge um sein Wohlergehen in ihr emporwachsen. Henrietta hoffte inständig, dass der arme Junge schon bald wieder gesund werden durfte. Ob er dann vielleicht bereit wäre, ihr und Lily zu erzählen, woher all die Narben auf seinem Körper stammten? Es wäre sicher gut, wenn sie den Kleinen ein wenig aufpäppelten, ehe er zu seiner Familie zurückkehrte. Wie es schien, hatte er das dringend nötig.

Während Henrietta ihren sorgenvollen Überlegungen nachhing, verließ Lily das Gästezimmer, wobei sie eine deutlich sichtbare Schmutzspur auf dem Parkett hinterließ.

Marvin sah ihr mit gerunzelter Stirn nach, ehe er sich an Henrietta wandte. „Ich verabschiede mich ebenfalls. Meine Geschäftspartner warten auf mich."

„Ich danke Ihnen für Ihre Hilfe, mein lieber Junge!"

Marvin lächelte darüber, dass sie ihn „mein lieber Junge" nannte, wie sie es früher immer getan hatte. Unwillkürlich fragte sich Henrietta, warum sie nicht wenigstens mit seiner Mutter und ihm Kontakt gehalten hatte. „Für die Hilfe an dem verunglückten Kind und dafür, dass Sie uns Miss Thomson und Kate wohlbehalten zurückgebracht haben", fügte sie hinzu.

„Es wäre offenkundig von Vorteil für die junge Miss, wenn Sie ihr detailliert erläutern, welche Londoner Gegenden sie meiden muss."

„Ich fürchte, das habe ich bereits in aller Deutlichkeit getan." Hilflos blickte Henrietta zu Marvin auf.

„Nun gut, dann ändern Sie Ihre Taktik und *raten* Sie ihr fortan zu gewagten Unternehmungen. Vielleicht hält das die junge Miss ja davon ab, sich in Gefahr zu bringen.“ Marvin lächelte sie gewinnend an, verbeugte sich knapp und verließ den Raum. Henrietta hörte noch, wie er sich vor der Tür mit dem Arzt unterhielt.

Sie wandte sich dem Bett zu. Bekümmert betrachtete sie den knochigen Jungen, der das Elend seines Daseins mit jedem seiner flachen Atemzüge ein- und auszuatmen schien. Trotz allem klammerte er sich an das Leben. Henrietta strich ihm behutsam eine dunkelbraune Haarsträhne aus dem schmutzigen Gesicht, in dem trotz allem so viel kindliche Unschuld lag. Ihr war, als würde ihr Herz Schmerzwellen durch ihren Körper senden. Leise flüsterte sie: „In diesem Haus gibt es einige Personen mit großen, selbstlosen Herzen, gepaart mit nicht minder großem Eigensinn. Sie werden dich gesund pflegen. Deshalb hoffe ich inbrünstig, dass Miss Lily und Lord Kantley uns mit dir keinen verwegenen Dieb ins Haus geschleppt haben. Denn das ist es, was man über euch Gassenjungen im Hafen sagt.“

Das Kind rührte sich nicht.

„Haben wir uns verstanden, junger Mann?“

Henrietta sah flatternde Augenlider, die sich jedoch nicht öffneten. Die kleinen Finger zuckten, ebenso wie ein Muskel am Hals des Kindes.

„Na, dann ist es ja gut“, fügte sie hinzu und ging in Richtung Tür. Der Arzt ließ sich eindeutig zu viel Zeit, ehe er zu seinem Patienten ging. Henrietta sollte ihn wohl freundlich daran erinnern, weshalb nach ihm geschickt worden war.

Als sie sich noch einmal umwandte, sah sie, wie der Junge blitzschnell die Augen schloss.

London Daily Life **22. Februar 1811**

Die diesjährige Frühlingssaison hat das Potenzial, die langweiligste der letzten 10 Jahre zu werden
Wo sind die Skandale, die uns Unterhaltung bieten, uns teilhaben lassen am britischen Heiratsmarkt des Tons?

Der Earl of Winningham führt im Hyde Park seinen neuen Spider Phaeton vor

Miss Edith Landox, die Tochter von Baron Caspar Landox, sucht eine neue Kammerzofe
Der Hintergrund für das schnelle Ausscheiden der vorigen ist nicht bekannt.

Fünf

„Während Dr. Jones ihn untersucht hat, ist er aufgewacht. Er hat wohl eine Gehirnerschütterung.“ Kate zog die Mundwinkel nach unten, weil sie sich das schmerzhaft vorstellte. Sie setzte ihre Teetasse an, um einen Schluck daraus zu nehmen, stellte sie aber zurück auf die Untertasse, als sie die neugierigen Blicke der anderen Dienstboten bemerkte. Da ihr eine solch große Aufmerksamkeit Unbehagen bereitet, rutschte sie nervös auf ihrem Stuhl umher, der daraufhin ein protestierendes Knarren von sich gab. Ihr Blick wanderte von den beiden flackernden Kerzen in der Tischmitte zur niedrigen Decke des Raumes hinauf, die aus dunklen Holzbalken bestand und von jenen vier Balken gestützt wurde, zwischen denen der lange Tisch aufgestellt war. Dessen verschrammte, teilweise verfärbte Platte zeugte von den vielen Bediensteten, die hier bereits gegessen, geraucht, genäht oder auch mal gröbere Arbeiten verrichtet hatten.

„Nun erzähl schon", forderte ein junger Diener sie ungeduldig auf. Er trug keine Livree, da er nie auch nur in die Nähe der Herrschaften kam.

Kate nickte, konnte sie das begehrliche Interesse der Anwesenden im Aufenthaltsraum der Angestellten, der selbst zu dieser späten Stunde noch gut besucht war, doch durchaus nachvollziehen. Für gewöhnlich geschah hier nichts, was erzählenswert wäre. Seit Lily Thomson nach Meltonplace gezogen war, hatte sich das allerdings geändert. Und sie, Kate, war neben Darla diejenige, die der quirligen Gesellschafterin am nächsten stand.

„Gleich nachdem der Arzt sich verabschiedet hatte, hat Miss Lily darum gebeten, dass ich Badewasser einlasse. Sie hat das widerspenstige Persönchen eigenhändig gebadet." Kate seufzte theatralisch auf. Als die kämpferische Lily James – so nannte sich der Junge aus dem Hafenviertel – gezwungen hatte, in die Wanne zu steigen, hatte der aufgrund seiner Kopfschmerzen den Protest rasch aufgegeben. Jetzt war das Kind sauber und das Bett, in dem es lag, nochmals neu bezogen. Sobald die Beule zurückgegangen wäre, würde Lily ihm auch das Haar schneiden.

Während Kate den anderen Bediensteten davon erzählte, rang sie die Hände. Ihr Blick war auf das Holzstövchen gerichtet, in dem ebenfalls eine Kerze brannte. Als sie wieder aufsah, bemerkte sie, dass Archie sie eindringlich musterte. Glaubte er ihr etwa nicht? Nahm er an, sie wolle sich mit einer erfundenen Geschichte in den Mittelpunkt drängen? Kate konnte es ihm nicht verdenken, da sie für gewöhnlich eher schweigsam war. Es war einzig und allein Oscars Schuld, dass sie hatte erzählen müssen, wie das ehrwürdige Gebäude und die Murrays zu einem Hafenjungen gekommen waren. Immerhin hatte der Kutscher davon angefangen, als er sich sein Abendessen geholt hatte.

„Die junge Miss hat das Herz auf dem rechten Fleck", sagte Rose, eines der älteren Dienstmädchen, leise. Sie hatte ihre Abendmahlzeit schon früher eingenommen und hielt nun ein Buch in Händen, in dem sie jeden Tag einige Zeilen zu lesen versuchte. Da sie nicht lange zur Schule gegangen war, fiel ihr das außerordentlich schwer. Kate half ihr gelegentlich, wenn die Arbeit es zuließ.

„Und es war tatsächlich der Sohn des Duke of Cummingham, der das Balg getragen hat?" Archie klang zweifelnd. Wieder taxierte er Kate, schob sich dabei aber einen der Haferkekse in den Mund, die die Köchin ihnen als Nachspeise hingestellt hatte.

„Oh, Lord Kantley ist ein so schmucker Mann …", kam es schmachtend von einer dürren Küchenhilfe. Offenbar sollte sie die Gedecke abräumen, doch Archie schickte sie mit einer knappen Handbewegung in die Küche zurück.

„Ja, er war es", beteuerte Kate. „Sowohl Miss Thomson als auch Lady Henrietta haben den Mann bei diesem Namen genannt." Da sie sich als Dienstmädchen bisher stets im Hintergrund gehalten hatte, war es ihr nicht vergönnt gewesen, einen der Herren persönlich kennenzulernen, die Halston gelegentlich aufsuchten. Deshalb fragte sie sich auch, wo das Küchenmädchen den zukünftigen Duke gesehen haben wollte, immerhin kam es nie aus der Küche raus.

Kate schob die Überlegung beiseite. Sie wünschte sich sehnlichst, dass sich die allgemeine Aufmerksamkeit endlich auf etwas anderes – oder vielmehr auf *jemand anderen* – konzentrieren würde.

„Die beiden würden wahrhaftig ein schönes Paar abgeben", mischte sich erneut das Küchenmädchen ein. Offenbar war sie nicht das Halbstockwerk zur Küche hinuntergegangen, sondern im Türrahmen des Aufenthaltsraumes stehen geblieben, wo sie nun mit leuchtenden Augen und zusammengepressten Handflächen erwartungsvoll auf den Zehen wippte.

„Ein Earl und zukünftiger Duke und ein einfaches Mädchen vom Lande?" Darla, Henriettas Kammerzofe, schüttelte bedeutsam den Kopf. „Niemals wählt einer dieser Herren eine so belanglose Frau.

Und wenn doch, sollte sie zumindest eine ordentliche Mitgift in Form von Geld oder Ländereien mitbringen. Die junge Miss kann nichts dergleichen aufweisen", erklärte sie entschieden und beugte sich wieder über ihre Näharbeit.

Kate musterte Henriettas Kammerzofe. Täuschte sie sich oder mochte diese die neue Gesellschafterin nicht? Lag es daran, dass Darla seit Lilys Anwesenheit in Meltonplace deutlich mehr Arbeit zu verrichten hatte? Weil Henrietta endlich wieder ausging und ihr Augenmerk vermehrt auf eine ansprechende Garderobe und ein attraktives Äußeres richtete, wofür Darla zu sorgen hatte?

Bei dem Gedanken zuckte Kate zusammen. Sie war nun Lilys Kammerzofe, wusste allerdings reichlich wenig über die Aufgaben einer solchen. Darum war sie auf Gedeih und Verderb darauf angewiesen, von Darla angelernt zu werden. Wenn die Frau Lily nicht leiden konnte und Kate deshalb falsche Anregungen gab, um die Gesellschafterin zu blamieren, würde das auf Kate zurückfallen.

„Ohnehin habe ich den Eindruck", fuhr Darla fort aufzuzählen, weshalb aus Lord Kantley und Lily niemals ein Paar werden würde, während sie energisch den Faden von ihrer Näharbeit abschnitt, „dass sich die junge Miss und der Lord nicht sonderlich gut verstehen."

Wieder spürte Kate die fragenden Blicke der anderen auf sich ruhen. Sie war erleichtert, dass Darla dies ignorierte und hinzufügte: „Wobei das zweifellos an der Miss liegt. Sie ist zu ständigen Widerworten aufgelegt. Ich wage zu behaupten, dass sie keinen Respekt vor dem Titel des Mannes hat - oder vor *irgendjemandem* aus Adelskreisen. Das ist sicher auch der Grund, weshalb Lady Henrietta sie von Lord Melton fernhält."

Kate schwieg, obwohl sie diesbezüglich anderer Meinung war. Henrietta versuchte, das Aufeinandertreffen der Gesellschafterin und ihres Bruder zu verhindern, weil sie befürchtete, er könnte Lily für zu unerfahren, leichtsinnig und … wenig respektvoll halten. In seinen Augen war Lilys Anwesenheit in London sicher nicht mehr als das Resultat einer exzentrischen Anwandlung seiner Schwester. Somit bestand die Gefahr, dass er seinen Einfluss geltend machen könnte, um Lily nach Hause zu schicken.

„Jedenfalls beherbergt dieses Haus neuerdings *zwei* ungestüme Kinder", lautete Darlas Resümee.

Zu Kates Erleichterung und Verwunderung zugleich räusperte sich Archie lautstark und klang dabei beinahe so strikt und Respekt einfordernd, wie es sein Vater gewesen war. Der schaute ab und zu noch in Meltonplace vorbei und sprang ein, wenn Not am Mann war.

Alle Anwesenden hoben die Köpfe und sahen den Butler fragend an.

„Ich bitte darum, dass jeder Einzelne von Ihnen Miss Thomson mit Anstand und Wertschätzung begegnet. Sie mag eine junge Frau ohne das Anrecht auf einen Titel sein, entstammt aber der Familie eines Baronets. Und vergessen Sie nicht: Als Gesellschafterin von Lady Henrietta haben wir ihr in jeder Hinsicht Respekt zu zollen. Alles Weitere hat uns nicht zu interessieren."

Kate nickte, ebenso wie alle anderen am Tisch. Waren sie genauso erstaunt wie sie selbst, dass Archie für Lily Partei ergriff und dabei das erste Mal in einem wirklich Respekt einflößenden Ton seine gehobene Position herausstellte? Es hatte den Anschein, als hege der Mann einen gewissen Beschützerinstinkt gegenüber der unkonventionellen Gesellschafterin der Lady.

Das kollektive Schweigen, das auf Archies Ansprache folgte, wurde schließlich vom Läuten einer der Rufglocken unterbrochen. Darla warf einen Blick auf die unterhalb der Klingeln angebrachten Zimmernamen und erhob sich prompt. Im Vorbeigehen tippte sie Kate auf die Schulter. „Da Lady Henrietta sich zurückziehen möchte und meine Hilfe beim Umkleiden fordert, gehe ich davon aus, dass Miss Thomson es ihr gleichtun wird. Also los, beweg dich."

„Einen Moment, Miss Darla." Da Archie aufstand, erhoben sich auch die anderen Dienstboten. Für einen Augenblick erfüllte das Scharren der Stuhlbeine auf dem Holzboden den Raum. Der Butler nutzte die darauffolgende, erwartungsvolle Stille, indem er klarstellte: „Da Kate nun zur Kammerzofe ausgebildet wird, steht ihr ab sofort die Anrede als *Miss Kate* zu. Ich ersuche Sie alle eindringlich, sich rasch an die Veränderung zu gewöhnen."

Kate rief sich selbst zur Besinnung und schloss augenblicklich ihren vor Verwunderung offen stehenden Mund. Damit hatte sie gar nicht gerechnet, immerhin war sie für alle immer nur *Kate* gewesen. Und dass diese Aufforderung ausgerechnet von Archie kam, der bislang wenig Wert auf Tradition gelegt hatte, verwunderte sie umso mehr. Kate fand es erstaunlich, wie auffallend deutlich sich alles in diesem Haus zu verändern begann.

„*Miss* Kate?“ Darla bedeutete Kate, ihr zu folgen. Ihr grimmiger Gesichtsausdruck verriet, dass sie es für unzumutbar hielt, die Siebzehnjährige, die hier im Alter von zwölf Jahren als Dienstmädchen angefangen hatte, plötzlich so respektvoll anreden zu müssen. Kate spielte schon mit dem Gedanken, zumindest ihr zu erlauben, sie weiterhin so vertraulich anzusprechen, doch ein warnender Blick von Archie ließ sie davon Abstand nehmen.

Manchmal fand sie es erschreckend, wie tief dieser Mann in andere hineinzublicken verstand. Ob er das von seinem Vater geerbt hatte? Machte genau das einen guten Butler und Vorsteher über die Dienerschaft aus?

Kate eilte Darla hinterher, die bereits an der Treppe angekommen war. Als sie an der Köchin und dem Küchenmädchen vorbeikam, die endlich den Tisch abräumen wollten, zögerte sie kurz und hörte deshalb die Jüngere flüstern: „Ich bin so glücklich darüber, dass mit Miss Thomson auch ein wenig Aufregung in dieses Haus eingezogen ist. In meiner vorigen Stellung war es so viel lustiger und lebendiger in der Küche, weil es in Hülle und Fülle dramatische Geschichten über die Herrschaften zu erzählen gab.“

Während die pausbäckige Köchin ihre Gehilfin für deren Hang zu Klatsch und Tratsch schalt, musste Kate dem Mädchen insgeheim recht geben: Meltonplace hatte bisher einer leeren Hülle geglichen, in die nun endlich Leben einkehrte – was sehr unterhaltsam zu werden versprach.

Da sie Lily weder im Boudoir noch im angrenzenden Schlafzimmer antraf, klopfte Kate wenig später an die Tür des kleinsten Gästezimmers und trat ein. Der Raum war lediglich von drei Kerzen auf einem silbernen Kandelaber erhellt, der auf der dunklen

Nussbaumkommode stand. Außer diesem Möbelstück gab es hier nur noch ein Bett und einen kleinen halbrunden Tisch mit einem Sessel daneben, in dem Lily saß. Diese wandte den Blick von dem schlafenden James ab und schaute Kate fragend an.

„Sie haben nicht geklingelt, doch Miss Darla sagte, Sie brauchen meine Hilfe."

„Ah, Miss Darla weiß das also besser als ich selbst?"

Kate wand sich ein wenig. „Ich, ähm, ich meine … sie sagte das nur, weil Lady Henrietta sich zurückziehen möchte …" Erst jetzt sah sie Lilys schelmisches Grinsen – und senkte den Kopf. Sie nahm sich fest vor, fortan besser aufzupassen, was genau die Frau ernst meinte und wann sie einen ihrer kleinen Scherze machte.

„Wie wäre es, wenn Sie sich noch ein wenig zu mir setzen?", schlug Lily vor.

Kate zog einen Fußschemel heran, stellte ihn in gebührendem Abstand zum Sessel der Gesellschafterin ab und nahm darauf Platz. Sie war sich sicher, dass sie, da Lily ihre Dienste nicht benötigte, wohl besser irgendeiner Näharbeit nachgehen oder vielleicht die Schuhe der Miss putzen sollte.

„Woher stammen Sie?", wollte Lily wissen.

„Von einem Bauernhof im ländlichen Umland von London, Miss."

„Gehört der Hof Ihrer Familie?"

„Mein Vater ist der Pächter", erläuterte Kate.

„Und Sie hat dort nichts gehalten?"

„Ich bin das älteste von sechs Kindern, weshalb ich mich schon früh nach einer Anstellung umgesehen habe. Etwa ein Jahr lang war ich bei einer älteren Dame, bis diese verstarb. Ihre Cousine, eine Bekannte von Lord Melton, kam gelegentlich zu Besuch. Es war ihr Verdienst, dass ich herkommen durfte."

„Dann arbeiten Sie gern hier?"

Kate unterdrückte ein Lächeln. Nur Lily brachte es fertig, völlig ungeniert zu fragen, ob es ihr im Haushalt der Murrays gefiel. „Anfangs war es ziemlich aufregend für mich, in der Stadt zu wohnen. Inzwischen finde ich mich gut zurecht. Und ich bin gern hier. Der

Umgang innerhalb der Dienerschaft ist freundlich und meist auch respektvoll. Ich weiß, das ist nicht überall so."

Lily nickte ihr lächelnd zu und forderte sie mit einer kleinen Geste auf, fortzufahren.

„Allerdings hätte ich nie gedacht, dass ich eines Tages zur Kammerzofe aufsteigen würde."

„Weshalb denn nicht?" Lilys verwunderter Tonfall erweckte eine angenehme Wärme in Kates Innerem zum Leben, die sich noch verstärkte, als Lily hinzufügte: „Sie sind freundlich, und sowohl Mr Cammeron als auch die Haushälterin Mrs Harding bescheinigen Ihnen, dass Sie auffallend lernwillig und fleißig sind."

Kate spürte, wie ihr die Hitze ins Gesicht stieg, und senkte den Kopf.

„Allerdings lassen Sie sich ein wenig zu schnell aus der Fassung bringen." Lily lachte leise auf.

„Das mag sein", gab Kate zu, selbst ein bisschen verwundert darüber, wie leicht es ihr fiel, sich mit der Gesellschafterin zu unterhalten. Ob es daran lag, dass die Miss nur wenig älter war als sie?

„James hier …", setzte Lily an und wandte sich dem Jungen zu, „erzählte mir vorhin, dass seine Eltern verstorben sind. Es gibt wohl noch einen älteren Bruder, doch der hat vor über einem Jahr auf einem Schiff angeheuert und weiß noch gar nicht, dass inzwischen auch die Mutter verstorben ist."

Kate konnte die Traurigkeit in Lilys Stimme hören, was darauf hindeutete, dass das Gerücht stimmte, das durch die Dienerschaft ging: Lily hatte ebenfalls in sehr jungen Jahren die Mutter verloren.

„Er hat sich ganz allein durchgeschlagen." Mehr sagte Lily dazu nicht. Sie wussten beide, dass einem so kleinen Jungen kaum etwas anderes übrigblieb, als sich mit Betteln und Stehlen das Überleben zu sichern. „Und ich fürchte, es gibt dort draußen bei den Docks noch einige andere Kinder, die ein ähnliches Schicksal ereilt hat."

In Lilys Stimme schwang ein erschütternd tiefer Schmerz mit. Dies bewies Kate, wie nah der Gesellschafterin das Schicksal des Jungen ging. Also wagte sie es, zu sagen: „Ich denke, Miss Thomson, es sind nicht nur einige, sondern *viele* andere Kinder. Dort hausen ganze Familie in bedrückender Armut."

Von Lily kam nur ein Nicken, während sie den Blick wieder auf das schlafende Kind richtete. „Man müsste etwas dagegen tun", sagte sie halblaut.

„Ja, das müsste man wohl." Henriettas Stimme ließ Kate erschrocken aufspringen, und auch Lily wandte sich ruckartig zur Tür um. In ihrem gelben Morgenrock und mit dem geflochtenen Zopf wirkte die Hausherrin blass und um Jahre gealtert.

„Mylady?" Völlig überfordert knickste Kate und zog sich in Windeseile in den hintersten Winkel des Raumes zurück. Am liebsten wäre sie mit der blassgrünen, im Kerzenlicht eher gräulich schimmernden Tapete verschmolzen.

„Richtig. Und mit Ihrer Unterstützung, Lady Henrietta, kann es uns gelingen." Lily sprühte förmlich vor Tatendrang. Sie ging auf die überraschte Frau zu und ergriff mit beiden Händen deren Rechte. Selbst aus der Entfernung – und obwohl Lily ihr fast vollständig den Rücken zugewandt hatte – konnte Kate beobachten, wie die Gesellschafterin sich aufrichtete, als wolle sie über sich hinauswachsen.

Henriettas Gesicht rötete sich, doch dann lächelte sie so breit wie selten einmal. Vermutlich war dies die Reaktion auf Lilys einnehmend strahlendes Lächeln.

Lily wandte den Kopf und sah Kate an; herausfordernd und voller Enthusiasmus angesichts ihrer neuen, wirklich sinnvollen Aufgabe. So zumindest vermutete es Kate.

„Ja, wir werden etwas unternehmen, um James' Schicksal und das der anderen Kinder an den Docks zum Besseren zu wenden." Lily klang kämpferisch, und auch auf die Gesichtszüge von Henrietta legte sich erneut eine aufgeregte Röte.

Die Gesellschafterin löste eine Hand und hielt sie einladend in Kates Richtung. Wollte Lily sie, das unbedeutende Mädchen vom Lande, das gerade zufällig zur Zofe aufgestiegen war, in ihren Kreis aufnehmen? Eher verwirrt als begeistert machte Kate einen Schritt nach vorn. Gleich darauf einen zweiten und schließlich noch einen dritten, um dann vorsichtig den Arm zu heben und ebenfalls die

Hand auszustrecken. Lily ergriff diese und drückte überraschend fest zu.

Kate atmete tief durch und musste sich eingestehen: Sie war soeben nicht nur Zeuge davon geworden, dass Henrietta Murrays Leben eine Wendung zu nehmen versprach – nein, sie selbst würde sogar ein Teil dieser Verwandlung sein.

London Daily Life **28. Februar 1811**

Herrschaftliche Lady beherbergt Findelkind aus dem Hafen

Großherzigkeit oder Unvernunft? Mehr dazu auf Seite 3.

Der Baron und die Baroness Fletcher und der Duke und die Duchess of Forsley verkünden auf dem Ball in ihrem Hause die Verlobung von Lord Edward Fletcher und Lady Daphne Knight

Unbestätigten Quellen zufolge war die Ankündigung nicht die Attraktion des Abends.

Sechs

Lily betrat ihr Schlafzimmer, das hauptsächlich in den Farben Gelb und Weiß gehalten war, vom angrenzenden Damenzimmer aus, blieb jedoch abrupt auf der Türschwelle stehen: Den neuen Morgenrock nur nachlässig über das viel zu große Herrenschlafhemd gezogen, stand James vor der Kommode, die Lilys Kleidung beherbergte. Obenauf thronte das von ihr eigenhändig verzierte Schmuckkästchen, das allerdings nicht viel Wertvolles enthielt.

Von ihrem Platz aus beobachtete sie, wie James den mit Muscheln geschmückten Deckel anhob, sich auf Zehenspitzen stellte und in die Schatulle hineinschaute. Er neigte den Kopf zur Seite, dann schloss er das Kästchen wieder. Für den Bruchteil eines Augenblicks gewahrte Lily ein Funkeln in der zierlichen Kinderhand, ehe James diese in die aufgesetzte Tasche des Morgenmantels steckte und sich ihrem Bett zuwandte. Die ausgebeulte Pattentasche auf der anderen Seite des Schlafrocks verriet ihr, dass der Junge noch weit mehr eingesteckt hatte.

Überrascht von der unauffälligen, flinken Art, mit der er es verstand, Gegenstände an sich zu nehmen, lehnte sie sich seitlich an den Türrahmen und wartete ab.

James hielt sich von ihrem Bett fern. Er war so gewieft, dass er ein Verschieben der akkurat platzierten orangefarbenen Überdecke und der Zierkissen darauf um jeden Preis verhindern wollte. Denn selbiges könnte Lily verraten, dass sich jemand unerlaubt in ihrem Schlafzimmer aufgehalten hatte.

Inzwischen hatte der Junge den Nachttisch erreicht. Seine kleinen Finger strichen über den Roman von Ann Radcliffe, dann über den ledernen Einband der Bibel daneben. Als er sich dem Fenster zuwandte, lag die goldene Taschenuhr ihrer Mutter nicht mehr dort, wo Lily sie hingelegt hatte. Sie hatte nicht einmal gesehen, wie James sie in die Hand genommen und – so vermutete sie – ebenfalls eingesteckt hatte.

„Bewundernswert und erschreckend zugleich", sagte sie laut.

James' Zusammenzucken war kaum zu sehen. Äußerlich gelassen drehte sich der zierliche Zehnjährige zu Lily um. Seine großen blauen Augen schauten sie mit einer derartigen Unschuld an, dass Lily sich einen Moment lang fragte, ob sie sich getäuscht hatte.

Sie ging auf James zu und setzte sich auf die Bettkante. „Mir scheint, dir geht es heute schon viel besser."

„Ja, Miss. Die Kopfschmerzen sind fast weg." Seine Aussprache war nachlässig, ja nahezu derb, dazu verschluckte er ganze Silben – die Sprechweise der Menschen an den Docks.

„Das freut mich zu hören."

„Danke, Miss."

„Andere … Begebenheiten erfreuen mich allerdings weniger."

James neigte auf wirklich drollige Weise den Kopf und wirkte dabei höchst wissbegierig. Und unschuldig.

„Komm bitte mal zu mir."

Er gehorchte widerstandslos.

„Legst du bitte alles, was sich in deinen Taschen angesammelt hat, auf mein Bett?" Auffordernd klopfte Lily neben sich.

James presste die Lippen zusammen und zögerte kurz, kam ihrer Aufforderung aber nach. Zum Vorschein kamen ein frisches Taschentuch, die Taschenuhr und ein filigranes Goldkettchen – ebenfalls ein Erinnerungsstück an Lilys Mutter. Es folgten eine Tabakdose, vermutlich Halstons Eigentum, zwei mit Lapislazuli besetzte Manschettenknöpfe, zwei kleine Silberlöffel und zuletzt einige Brotscheiben, Kekse, ein schrumpeliger Apfel, eine Karotte und etwas in eine Stoffserviette Eingewickeltes. Lily wollte lieber nicht wissen, worum es sich dabei handelte.

Sie nahm ihr Eigentum hoch, legte es auf ihre flache Hand und hielt es so, dass James die Kette und die Uhr sehen konnte. „Die beiden Gegenstände sind mir immens wichtig, James", erklärte sie in sanftem Tonfall. „Die Kette hat mir meine Mutter kurz vor ihrem Tod geschenkt, die Uhr ist ein Erbstück von ihr. Beide Schmuckstücke sind unvergleichlich wertvolle Andenken an sie, weil ich meine liebe Mutter auch heute noch unsagbar vermisse. Diese zwei Dinge, die Kette und die Taschenuhr, sind alles, was mir von ihr geblieben ist. Außer einigen Erinnerungen, die aber recht verschwommen sind, da ich erst fünf Jahre alt war, als sie starb."

James hatte den Kopf gesenkt und scharrte verlegen mit einem Fuß auf dem sandfarbenen Teppich mit den dunkelbraunen Ranken. Lily war erleichtert, dass er nicht trotzig reagierte, sondern vielmehr betroffen, ja mitfühlend. Er hatte ebenfalls seine Mutter verloren, und der Schmerz um ihren Verlust tobte bestimmt auch in seinem Inneren.

„Es tut mir leid, Miss Lily." Zum ersten Mal überhaupt nannte er sie bei ihrem Namen, und Lily beschloss, ihn nicht darauf hinzuweisen, dass er eigentlich ihren Nachnamen gebrauchen sollte.

„Mir tut dein Verlust auch leid, James."

Der Junge nickte, schniefte und zog die Nase hoch. Lily reichte ihm sein Taschentuch, das er jedoch nur in den Händen knetete.

„Ich möchte, dass du mir jetzt gut zuhörst. Würdest du das bitte für mich tun?"

„Ja, Miss Lily."

„Gut." Sie entzog ihm das Taschentuch wieder, schob es zurück in die Tasche und nahm seine kleinen Hände mit den unglaublich flinken Fingern in die ihren. „Lady Henrietta hat dich in ihrem Haus willkommen geheißen. Sie hat den Arzt bezahlt, der dich behandelt hat, und dir neue Kleidung besorgt, dazu Schuhe und sogar eine Mütze."

„Ja." James klang halb leidend, halb bittend.

Anerkennend hob Lily die Augenbrauen. Der Junge war wirklich clever und wusste offenbar schon jetzt, worauf sie hinauswollte. Ungeachtet dessen fand sie es wichtig, auszusprechen, was ihr auf dem Herzen lag. „Du wirst hier mit allem versorgt, was du brauchst. Wenn du Hunger hast, musst du nur um etwas zu essen bitten. Oder", sie drückte kurz seine Hand, „du wagst einen Ausflug in den Dienstbotentrakt und freundest dich mit der Köchin an. Das ist meines Wissens von immensem Vorteil."

Von James kam ein leises Kichern.

„Du musst also weder heimlich Gebäck noch Obst und Gemüse einstecken. Beides wird ohnehin nur hart und ungenießbar." Da Lily ahnte, dass James in der Vergangenheit weit weniger Appetitliches zu sich genommen hatte als steinhartes Brot und fauliges Obst, fügte sie hinzu: „Wobei ich verstehe, weshalb du all diese Kostbarkeiten einsteckst. Vermutlich hast du so oft Hunger gelitten, dass du sicherstellen willst, stets etwas Essbares bei dir zu haben."

Von James kam ein Aufseufzen, dann nickte er knapp.

„Vielleicht kannst du versuchen, darauf zu vertrauen, dass du in Meltonplace nicht hungern musst?"

„Aber ich werde doch nicht mehr lange hier sein."

Lily presste die Lippen zusammen. Darüber musste sie dringend mit Henrietta sprechen. Denn allein bei der Vorstellung, den Kleinen wieder völlig auf sich allein gestellt bei den Docks zu wissen, wo er Hunger litt und betteln musste, sich zwischen Gesindel und Huren herumtrieb und in der Gefahr war, allmählich zu verrohen, drohte ihr Herz zu zerbrechen. Sie fragte sich, ob Henrietta wohl bereit wäre, die Kosten für einen Kinderheimaufenthalt zu übernehmen?

„Vielleicht gibt es eine andere Lösung, als dich zum Hafen zurückzuschicken, James. Aber du musst das deinige dafür tun."

„Ich klaue nichts mehr, versprochen. Und ich gebe die Dose und die Manschettenknöpfe zurück."

Es lagen eine solch unermessliche Sehnsucht, Hoffnung und zugleich auch Schmerz in seiner Stimme, dass Lily die Augen schloss, um die Tränen zurückzuhalten. Wie viele Kinder wie James es dort draußen wohl noch gab? Auch darüber musste sie dringend mit Henrietta sprechen.

Natürlich hatte die Frau sich erhofft, durch eine lebhafte junge Begleiterin wieder mehr Anteil am gesellschaftlichen Leben zu haben – weil Lily unternehmungslustig und überredungsstark genug war, um Henrietta davon zu überzeugen, jede der nur noch spärlich eintreffenden Einladungen anzunehmen.

Henrietta wusste es vielleicht nicht, aber eine sinnvolle Aufgabe und die Möglichkeit, ihren Mitmenschen zu helfen, würden ihr Leben weit mehr bereichern als all die anderen Aktivitäten. Und genau das war es doch, was Henrietta wollte. Am Krankenbett von James hatte sie sich sogar entsprechend geäußert. Also sollten sie das Thema dringend angehen.

„Miss Lily?"

„Ja, James?"

Der Junge sah ihr endlich wieder in die Augen. Sein Körper war von Züchtigungen durch willkürliche Menschen gezeichnet, denen das Gassenkind einfach nur im Weg gewesen war, etliche weitere Narben hatte er auf der Flucht vor denjenigen davongetragen, die ihn beim Stehlen erwischt hatten. Doch das fein geschnittene Gesicht mit den großen blauen Augen wirkte noch immer unschuldig, kindlich sanft und, ja, verletzlich.

„Ich … entschuldige mich." Diesmal gab sich das Kind hörbar Mühe mit der Aussprache. „Es war nicht richtig, die Sachen einzustecken. Vor allem die Erinnerungen an Ihre Mum." Jetzt traten ihm

Tränen der Reue in die Augen. Seine Abbitte zeugte davon, dass er einst liebevolle und auf eine gute Erziehung bedachte Eltern gehabt hatte.

Lily beugte sich vor, zog den Jungen an sich und schloss ihn fest in die Arme. Anfangs stand er stocksteif da, doch dann konnte sie spüren, wie er den Widerstand aufgab. Schließlich legte er den Kopf an ihre Brust und atmete laut hörbar, ja beinahe seufzend aus.

Mit gerunzelter Stirn betrachtete Marvin die Versammlung einiger weiblicher Gäste des Ballabends, die nahe der geschlossenen Balkontür stattfand. Sie war, seit er das letzte Mal hingesehen hatte, um drei weitere Damen angewachsen, und noch immer ging ein beständiges Getuschel von ihr aus. Ein wenig erinnerte ihn das Geschehen an Wasser in einem Kochtopf, das zu köcheln beginnt.

Den Mittelpunkt des Geschehens bildeten einige ältere Damen mit kunstvollen Frisuren, in denen Perlen, Federn und Diademe steckten. Um sie herum standen Frauen jedweden Alters – einschließlich zweier Mädchen, für die es die erste Saison war und die man erst kürzlich der Königin vorgestellt hatte. Ihre hellen Kleiderstoffe schienen sich miteinander zu verweben. Diademe, Haarschmuck und Ohrringe funkelten um die Wette.

Selten einmal hatte Marvin so viel Lebendigkeit in den zumeist bewusst zur Schau gestellten gelangweilten Gesichtern gesehen, wobei auch Unverständnis und Entsetzen im Spiel zu sein schienen. Mehrmals flogen die Blicke der Frauen in eine bestimmte Richtung, also drehte sich Marvin um.

Er war vor mehr als einer Stunde im Haus der Familie Knight eingetroffen und hatte sich mit Ford Knight, dem Duke of Forsley, über geschäftliche Belange unterhalten. Mittlerweile hatte sich der Ballsaal gefüllt. Unter den Gästen entdeckte er Henrietta. Er freute sich von ganzem Herzen, dass die stille, aber charmante Frau dieser Tage wieder häufiger Einladungen erhielt – wohl deshalb, weil sie die Gesellschaften endlich auch wieder mit ihrer Anwesenheit beglückte.

Sie stand in einem aufwendig bestickten blassvioletten Kleid neben ihrer Gesellschafterin, die ein Ensemble bestehend aus einem luftigen hellgelben Kleid und einem dunkelgelben Spencer[9] trug. Ihr einziger Schmuck waren ihr auffällig helles blondes Haar und eine zierliche Goldkette ohne Anhänger.

Weiße Blumenvasen gewaltigen Ausmaßes und mit üppig blühenden Buketts versehen rahmten die beiden Frauen und jeden weiteren Neuankömmling ein, der durch die hohe Flügeltür trat. Im Lichtschein der Kerzen von gleich drei Kronleuchtern strahlte der gewienerte Parkettboden mit den goldgerahmten Gemälden und Spiegeln und den goldenen Verzierungen an den Türen um die Wette. An den weißen Wänden geisterten helle, gelegentlich sogar regenbogenfarbene Lichtreflexe entlang.

Marvin wandte den Blick wieder ab, nur um die beiden Frauen gleich darauf ein zweites Mal zu mustern. Die aufgeregte Röte ihrer Wangen ließ Lily entzückend lebendig aussehen, zumal sich einige Haarsträhnen aus ihrer Hochsteckfrisur gelöst hatten und sich um ihr Gesicht kringelten. In dem hübschen Musselinkleid mit den dezenten Puffärmeln über den eng anliegenden Ärmeln, die in einem spitz zulaufenden Dreieck auf ihrem Handrücken endeten, wurde sie ihrem Vornamen mehr als gerecht.

Lily redete aufgeregt auf Margaret Landox ein, die Ehefrau eines Barons, zu der sich auch die Tochter des Gastgebers gesellt hatte. Beide Frauen hörten ihr höflich zu, wirkten jedoch distanziert, wenn nicht gar konsterniert. Mehrmals wechselten sie vielsagende Blicke, obwohl sie für gewöhnlich kaum Gemeinsamkeiten hatten. Henrietta stand daneben und sprach gewohnt wenig, nickte aber in einem fort.

Schließlich wandten sich die beiden Frauen um und gingen davon, wobei die Baroness Lily einen letzten, offenkundig fassungslosen Blick zuwarf. Das, was Lily und Henrietta vorgetragen hatten und was ihnen offenbar sehr am Herzen lag, war nicht sonderlich gut angekommen.

In Marvin reifte der Verdacht heran, dass das ungewöhnliche Gespann sein Anliegen bereits anderen Gästen nähergebracht hatte und dass dies der Grund für jene eigenartige Versammlung vor der Balkontür war. Unwillkürlich fragte er sich, was Lily nun schon wieder ausheckte. Nach ihrer Spazierfahrt zum Hafen und nachdem sie einen verletzten Gassenjungen im Haus der Geschwister Murray untergebracht hatte. Wobei Marvin für jenen Schritt halbwegs Verständnis aufbrachte. Nicht aber dafür, dass der Junge eine Woche später und sicher wieder bei bester Gesundheit weiterhin dort wohnte. Was Henriettas Bruder wohl dazu zu sagen hatte? Allerdings zeigte Halston seit jeher kaum Interesse an seiner unverheirateten Schwester, und das Haus gehörte nun mal ihr, nicht ihm. Solange sich das Kind still verhielt und Henrietta die durch James' entstehenden zusätzlichen Kosten trug, war Halston wohl in der Lage, auch diesen Neuankömmling in Meltonplace schlicht zu ignorieren. Womit also rief Lily an diesem Tag erneut ein derartiges Unverständnis bei den Frauen hervor? Und weshalb nur zog sie die bedauernswerte Henrietta in die Sache hinein, die in den vergangenen Jahren doch schon genug Schmach und Schande erfahren hatte?

Eine der Debütantinnen löste sich aus dem brodelnden Pulk und schwebte förmlich in seine Richtung. Marvin kramte in seinem Gedächtnis nach dem Namen der jungen Dame, immerhin musste sie ihm in den vergangenen Wochen vorgestellt worden sein, denn andernfalls würde sie es nicht wagen, ihn von sich aus anzusprechen.

„Lord Kantley?" Das Mädchen knickste höflich, und er neigte grüßend den Kopf. Leider erinnerte er sich noch immer nicht an ihren Namen, was sie als Beleidigung auffassen könnte. Doch Marvin hatte kein Interesse an jungen Hüpfern wie ihr, die allesamt auf der Jagd nach einer guten Partie waren. Im Augenblick lag sein Augenmerk ausschließlich auf der Vergrößerung seiner Handelsflotte, auch wenn sein Vater immer vehementer nach einer Schwiegertochter verlangte, vor allem aber nach einem Erben.

Wieder blickte Marvin zu Henrietta und Lily hinüber. Die beiden Frauen hatten in einem soeben eingetroffenen Ehepaar und dessen Tochter neue Opfer für ihr sogleich vorgetragenes Anliegen gefunden – worum auch immer es sich dabei auch handelte.

„Vielleicht erinnern Sie sich noch an mich, Lord Kantley?", brachte sich die schwarzhaarige Schönheit mit den leuchtend grünen Augen in Erinnerung. Marvin hegte keinen Zweifel daran, dass sie schon bald weit über ihrem Stand heiraten würde. Sie lächelte ihn verzückt an und senkte die Stimme, als sie hinzufügte: „Falls nicht, sei es Ihnen verziehen. Immerhin ist die Zahl der diesjährigen Debütantinnen ungemein groß."

Marvin nickte ihr zu. Sie war zumindest nicht übermäßig eitel oder gar beleidigt, weil er sich nicht an ihren Namen erinnerte; eine weitere Annehmlichkeit, die einem zukünftigen Verehrer gefallen dürfte.

„Für Ihre noble Nachsicht hinsichtlich meines unentschuldbaren Versäumnisses bin ich Ihnen zu tiefstem Dank verpflichtet." Er verbeugte sich, ergriff ihre behandschuhte Hand und hauchte einen Kuss darauf.

Das Lächeln des Mädchens war herzlich, nicht affektiert.

Marvin hob anerkennend die Augenbrauen. Wenn er auf der Suche nach einer zukünftigen Ehefrau wäre, würde er spätestens jetzt den Hut in den Ring um die Zuneigung dieses zarten Persönchens werfen. Aber er hatte Wichtigeres zu tun; die Sache mit dem „Bis dass der Tod sie scheidet" musste noch eine Weile warten.

Wieder wanderte sein Blick in Richtung Saaltür, wo sich Henrietta mit weiteren Neuankömmlingen unterhielt. Allerdings befand sich Lily nicht mehr an ihrer Seite. Suchend sah er sie um und entdeckte sie einige Meter entfernt vor einem Fenster. Sie hatte schützend die Arme um ihren Leib geschlungen und kaute auf ihrer Unterlippe herum. Noch nie hatte Marvin sie so verletzlich gesehen. Ihr Blick war auf die versammelten Frauen vor der Balkontür gerichtet, die dies zu bemerken schienen und zumindest den Anstand besaßen, sich zu zerstreuen.

„Ich bin Valerie Knight. Sie sind mit meiner älteren Schwester Vivianne bekannt, nicht wahr?", brachte sich die Debütantin erneut in Erinnerung und machte ihm gleichzeitig bewusst, wie sträflich unaufmerksam er war. Die Liste seiner Versäumnisse wurde immer länger.

„Lady Valerie, richtig!" Er ergriff erneut ihre Hand und hauchte einen zweiten Kuss auf den mit Perlen verzierten Handschuh. Er hatte die Sechzehnjährige zuletzt gesehen, als sie noch Zahnlücken gehabt hatte.

Die Knight-Schwestern sahen sich so ähnlich wie ein zerzauster Ginsterbusch einer prämierten Rose; die Jüngere hatte eindeutig das vorteilhaftere Aussehen. Nun erklärte sich Marvin auch, warum dieses Mädchen, dem unzweifelhaft alle Sympathien im Raum zuflogen, derart herzlich, ja nahezu bodenständig auftrat. Ihre Eltern waren vernunftbegabte Menschen, die den Töchtern viel Zeit widmeten. Zudem verbrachten sie den Großteil des Jahres auf einem zwar hübschen, aber im Vergleich zu den meisten anderen Herrenhäusern eher bescheidenen Landsitz. London suchte Robert Knight, der zweite Sohn eines Dukes und Bruder des heutigen Gastgebers, nur auf, wenn es sich nicht vermeiden ließ.

„Ist Ihre Schwester ebenfalls zugegen?", fragte Marvin. Auf vorangegangenen Veranstaltungen hatte er den Eindruck gewonnen, dass Vivianne und Lily sich recht gut verstanden. Vielleicht wäre es von Vorteil, wenn die besonnene, wenngleich jüngere Vivianne Henriettas Gesellschafterin ein wenig unter ihre Fittiche nahm …

„Eingeladen ist sie, aber ja doch." Valeries Lächeln fiel traurig aus. „Sie hat es allerdings vorgezogen, unsere Mutter, die sich unpässlich fühlte, auf unseren Landsitz zurückzubegleiten."

„Das zu hören, tut mir leid. Wenn Sie Ihrer Frau Mama schreiben, richten Sie ihr bitte meine aufrichtigen Genesungswünsche aus."

„Das werde ich, vielen Dank, Lord Kantley." Valerie sah ihn seltsam flehend an, ehe sie den Kopf senkte. Marvin, der sich eigentlich verabschieden wollte, zögerte. Als Valerie ihn wieder ansah, schimmerten Tränen in ihren hübschen Augen. „Es ist womöglich unverfroren von mir, Lord Kantley, aber da Sie ein Freund meiner Schwester sind …"

Sie hielt inne, und ihr trauriger Blick machte Marvin schwach. Er hatte weinenden Frauen, die zudem versuchten, tapfer ihren Kummer zu verbergen, nichts entgegenzusetzen. Er räusperte sich unbeholfen, ehe er sich erkundigte: „Gibt es etwas, was ich für Lady Vivianne tun kann?"

„Es ist … ihre dritte Saison und …" Eine leichte Röte legte sich auf Valeries Wangen. Marvin wollte ihr gern den Schmerz über das Schicksal ihrer Schwester nehmen und zugleich all die anderen jungen Männer seiner Gesellschaftsschicht wachrütteln. Sahen sie denn nicht, welcher Schatz sich hinter Viviannes zugegebenermaßen nicht ganz so reizvollem Erscheinungsbild verbarg? Sie trug ein Herz aus Gold in sich. Zwar fehlte ihr die atemberaubende Schönheit ihrer jüngeren Schwester, doch die war ohnehin vergänglich. Viviannes liebenswertes Wesen würde jedoch Bestand haben und jenen Mann, der sie zur Frau nahm, mehr als glücklich machen. Allerdings war er selbst nicht der Richtige für sie. Eine Frau wie Vivianne verdiente eine tiefgehende Liebe, und die trug er für sie nicht in sich.

„Sie ist schüchtern, weshalb sie bei jedem gesellschaftlichen Ereignis im Hintergrund bleibt", sagte Valerie leise. Ihr Blick war unstet und mied den seinen. Es war ihr sichtlich unangenehm, mit einem nahezu Fremden über solch ein heikles Thema zu sprechen. Doch sie war eine Frau, oder zumindest auf dem Weg dorthin, und wusste sicher besser als er, was er für Vivianne tun konnte. Gern wollte er seinen Teil dazu beitragen, dass die Gentlemen – von schlanken Taillen, hübschen Gesichtern, koketten Worten und funkelnden Edelsteinen geblendet – Viviannes Liebreiz endlich wahrnahmen. Es musste doch zumindest *einen* unter ihnen geben, der ein unschätzbar wertvolles Juwel erkannte, wenn er es vor sich hatte.

„Helfen Sie mir bitte, Lady Valerie, denn ich bin nicht sonderlich versiert in diesem ganzen … Theater." Er deutete auf zwei junge Männer, die die zweite Debütantin im Raum umschwärmten wie die Motten das Licht.

„Sehen Sie genau hin", raunte Valerie ihm zu und straffte die Schultern. Für die eigene Schwester würde das zaghafte Persönchen wohl über Mauern springen. „All ihre Aufmerksamkeit konzentriert sich gerade auf die vierte Tochter eines Barons, obwohl ich als Enkelin eines Dukes, deren Vater zwar nicht den Titel, aber einen großen Landsitz geerbt hat und der zudem mit der Tochter eines Marquess verheiratet ist, die bessere Partie wäre."

Marvin nickte verstehend. Dahin gehend konnte er ihr folgen, wenngleich ihn der Umstand, auf den das Mädchen ihn soeben aufmerksam gemacht hatte, wahrlich wunderte.

„Sie, Lord Kantley, sind neben dem Sohn des Gastgebers der angesehenste Junggeselle im Raum." Ihr Lächeln war kokett, als sie hinzufügte: „Und überhaupt in ganz London. Dazu werden Sie eines Tages den Titel des Duke of Cummingham erben. Die übrigen Herren gestehen Ihnen somit gewisse … Privilegien zu."

Unangenehm berührt rieb sich Marvin den Nacken. Für gewöhnlich nahmen seine Freunde ihm gegenüber kein Blatt vor den Mund, gleichgültig, welchen gesellschaftlichen Status sie innehatten. Doch nun, da Valerie ihn darauf hingewiesen hatte, wurde ihm bewusst, dass sich die jungen Männer auf Gesellschaften mit weiblichen Gästen ein wenig anders verhielten. Offenbar brauchte es ein junges Mädchen wie Valerie, um ihn mit der Nase auf etwas zu stoßen, was er bisher geflissentlich übersehen hatte. Weil es ihn nicht interessierte, was andere über ihn dachten oder von ihm erwarteten. Und weil sein Vater sich nie die Zeit genommen hatte, ihn umfassend in die Gepflogenheiten der Gesellschaft einzuweihen. Immerhin hätte Marvins verstorbener älterer Bruder das Erbe des Vaters antreten sollen, während Marvin als Zweitgeborener ein angenehm ruhiges Leben im Hintergrund hätte führen können … Seine Mutter hatte die von seinem Vater versäumte Aufgabe nicht übernommen, vielleicht weil sie zu sehr mit ihren eigenen Sorgen beschäftigt gewesen war.

„Sprechen Sie freiheraus: Was kann ich für Ihre Schwester tun?", forderte er Valerie auf.

„Tanzen Sie bitte nur *ein einziges Mal* mit Vivianne", stieß die junge Frau mutig und überraschend leidenschaftlich hervor. Sie mäßigte ihre Stimme wieder und fügte hinzu: „Sie ist übrigens eine vorzügliche Tänzerin."

„Sie bitten mich um einen Tanz mit Lady Vivianne?" Marvin runzelte die Stirn. „Ist das alles?"

„Wie ich schon sagte: Sie sind der begehrenswerteste Junggeselle Londons! Die Augen aller unverheirateten Frauen und deren Mütter sind unablässig auf Sie gerichtet."

Marvin war mit einem Mal unbehaglich zumute, doch er untersagte es sich, sich prüfend umzusehen. Hatte Valerie recht? Ihm war das nie aufgefallen, wohl, weil er nicht ernsthaft auf der Suche nach einer zukünftigen Ehefrau war.

„Wenn Sie mit Vivianne tanzen, rückt meine reizende Schwester in den Mittelpunkt des öffentlichen Interesses", erläuterte Valerie, was sich ihm inzwischen selbst erschloss. „Wem der zukünftige Duke of Cummingham seine Aufmerksamkeit schenkt, der ist auch von Interesse für alle anderen – und damit meine ich nicht nur die Frauen, die diesen Tanz eifersüchtig beobachten werden. Nach jenem Tanz wird sich meine Schwester mit Sicherheit nie wieder verstecken müssen, weil kein einziger Name auf ihrer Tanzkarte steht."

„Nun gut, dann hätten wir damit ein Übereinkommen, Lady Valerie." Er blickte die Ränkeschmiedin vielsagend an und schmunzelte. Hätte er eine jüngere Schwester, würde er sich wünschen, sie wäre wie Valerie.

„Aber bitte nur einen einzigen Tanz, Lord Kantley. Mit einem zweiten würden Sie Ihren Anspruch auf Vivianne geltend machen, und niemand würde es mehr wagen, meine Schwester aufzufordern."

Das wiederum wusste Marvin. Immerhin hatte seine Mutter ihn wegen Edith Landox angesprochen, die unablässig seine Nähe gesucht hatte. Seither forderte er das Mädchen nur noch selten auf, was bei Edith meist für eine unattraktiv leidende Miene sorgte.

„Ich stehe auf ewig in Ihrer Schuld, Lord Kantley!" Valerie knickste leicht. Sie schien es plötzlich eilig zu haben, von ihm wegzukommen. Aber vermutlich hatte das auch wieder etwas mit diesem überbordenden Regelwerk zu tun, nach dem die Damenwelt ihr gesamtes Dasein ausrichtete.

„Wer weiß, vielleicht werde ich diese Schuld eines Tages einfordern? Ich wünsche Ihnen einen angenehmen Abend." Er verbeugte sich leicht. Dabei fiel ihm ein, noch zu fragen: „Täusche ich mich oder herrscht in der heutigen Runde eine gewisse Animosität?" Er warf einen bedeutungsvollen Blick auf Lily.

„Oh ja, die bedauernswerte Miss Thomson …"

„Bedauernswert?“, hakte Marvin nach. Was hatte der Wildfang nun schon wieder angestellt?

„Sie ist wirklich eine reizende junge Frau und hat dank Lady Henriettas Einfluss auch ohne eine adäquate Abstammung das Interesse der Londoner Junggesellen auf sich gezogen.“ Valeries Gesicht rötete sich leicht, und sie wandte den Blick von ihm ab. „Es ist eigentlich nicht meine Art, derart über andere zu sprechen“, fügte sie leise hinzu.

„Das ist ein ehrenwerter Charakterzug, Lady Valerie. Lassen Sie mich Ihnen versichern, dass ich nicht auf Zuträgerei aus bin, sondern dass meine Frage vielmehr aus Sorge geboren ist. Hauptsächlich um Lady Henrietta Murray.“

Henrietta war eine stille und unsichere Frau – ähnlich wie Valeries Schwester –, die es sich plötzlich in den Kopf gesetzt hatte, ihrem Leben etwas mehr Würze zu verleihen. Und zwar mit der Hilfe eines unkonventionellen Mädchens, das ganz sicher nicht in die Londoner Society passte. Vermutlich hatte Lily nicht den Hauch einer Ahnung, wie schnell sie hier im Fleischwolf landen könnte. Und Henrietta gleich mit ihr.

Doch während Lily der Stadt den Rücken kehren und nach einem für sie aufregenden Abenteuer in ihr altes Leben zurückkehren konnte, war Henrietta dies verwehrt. Auf sie wartete nur noch mehr Isolation und damit auch Einsamkeit. Und ganz sicher das Bedauern darüber, dass sie Lily Thomson nicht an die Kandare genommen hatte. Andererseits konnte Marvin nicht abstreiten, dass das geradlinige Mädchen Henrietta guttat. Diesbezüglich hatte sie zweifellos eine gewinnbringende Entscheidung getroffen. Und dies war auch der Grund, weshalb Marvin jetzt zwingend in Erfahrung bringen musste, was hier gerade vor sich ging. Vielleicht konnte er auf diese Weise den Schaden von Lily und Henrietta abwenden.

Valerie zögerte noch immer, was Marvin ihr hoch anrechnete. Er beugte sich der jungen Frau entgegen und raunte: „Ihre Moralität ist ein hohes Gut, Lady Valerie, und ich muss auch gar nicht wissen, was die übrigen Damen im Raum über Miss Thomson und Lady Henrietta sagen. Mir geht es allein darum, zu erfahren, was die beiden jedem neu eintreffenden Gast des Dukes erzählen und dabei offenkundig deren Missgunst wecken." Der Gedanke erfüllte Marvin mit einem überraschend großen Unbehagen, was ihn verwirrte.

„Es geht um das Findelkind, das die beiden in Meltonplace aufgenommen haben", gab Valerie zögernd preis.

„Sie stimmen mir sicher zu, dass dies, wenngleich ungewöhnlich und wohl auch ohne Maß und Ziel, ein bewundernswerter Akt der Nächstenliebe ist?"

„Durchaus, Lord Kantley." Sie nickte so eifrig, dass jene Locken, die ihre Zofe nicht aufgesteckt hatte, damit sie Valeries Wangen umschmeichelten, förmlich tanzten.

Marvin musterte sie einen Moment lang, glaubte ihr dann aber, dass sie meinte, was sie sagte, und dass sie ihm nicht nur aus Höflichkeit beipflichtete.

„Wobei ich annehme, dass es eine Lösung für das Problem gegeben hätte, ohne den Jungen gleich in Meltonplace aufzunehmen", fügte sie hinzu.

Marvin nickte lediglich und sah erst zur Tür des Großen Salons und dann zum nächstgelegenen Fenster. Weder Lily noch Henrietta standen dort, also ließ er den Blick weiterwandern.

Henrietta stand halb verborgen hinter einem der üppigen Blumenarrangements, die zuhauf zwischen der Zimmerwand und den Säulen aufgereiht waren, und unterhielt sich mit seiner Mutter, was ihm ein Lächeln entlockte. Wie Valerie hatte auch seine liebe Maman nichts für Tratsch und Vorverurteilungen übrig.

Marvin sah sich weiter suchend nach Lily um. Der Raum hatte sich gut gefüllt und überall standen Gäste in Grüppchen zusammen. Lily konnte er allerdings nicht entdecken. Dafür stellte er fest, dass er und Valerie ins Zentrum des Interesses unzähliger männlicher und weiblicher Beobachter gerückt waren. Dies machte ihm bewusst, wie lange er sich inzwischen schon mit der Debütantin unterhielt und dass er dadurch die Gerüchteküche anheizte.

„Lady Henrietta und Miss Thomson sprechen alle Frauen an und appellieren an deren Großherzigkeit", fuhr Valerie fort, sodass

Marvin seine Aufmerksamkeit wieder auf seine Gesprächspartnerin richtete. Täuschte er sich oder funkelte so etwas wie Bewunderung in ihren Augen?

„Dabei geht es um Unterstützung für die verarmten Kinder bei den Docks. Nachdem ich vom Schicksal des kleinen Jungen erfahren habe, würde auch ich gern helfen. Und ich versicherte den beiden, dass ich meinen Vater darauf hinweisen werde." Sie zögerte kurz, fuhr dann aber fort: „Es hat den Anschein, als ob ihr leidenschaftlich vorgetragenes Anliegen bei den übrigen Gästen nicht gut ankommt, obwohl die Damen für gewöhnlich wohltätige Zwecke unterstützen – oder vielmehr ihre Väter und Ehemänner. Sie selbst engagieren sich dann in den entsprechenden Planungskomitees."

Marvin nickte erneut. Obwohl er nach wie vor nicht durchschaute, worin das eigentliche Problem bestand – immerhin hielt er das Ansinnen der beiden Frauen für eine ehrbare Sache –, sah er dennoch davon ab, Valerie weiter dazu zu befragen. Zum einen wollte er sie nicht in Gewissensnöte bringen, zum anderen könnte er dadurch doch noch wie ein Mann wirken, der sich für Klatsch und Tratsch interessierte.

„Kantley?" Valeries Vater gesellte sich zu ihnen. Anscheinend dauerte ihm das vertrauliche Gespräch zwischen Marvin und Valerie entschieden zu lange, denn auf seiner Stirn hatte sich bereits eine missbilligende Falte gebildet. Und das, obwohl Marvin für sie eine hervorragende Partie wäre. Dennoch sah Valeries Vater wohl ihren guten Ruf in Gefahr. *Auch dann, wenn ich noch am heutigen Abend meine Absichten erkläre?* Marvin nahm sich vor, seine Mutter zu konsultieren, was diese von ihm bisher ignorierten Details gesellschaftlicher Etikette anbelangte.

„Ich bitte um Verzeihung, dass ich Ihre bezaubernde Tochter so lange aufgehalten habe. Sicher wollen Sie Lady Valerie umgehend den übrigen Gästen vorstellen." Marvin hoffte, damit deutlich zum Ausdruck gebracht zu haben, dass er keinen Anspruch auf das Mädchen erhob. Zu sehen, wie Valerie ein wenig in sich zusammensackte, bestätigte ihm, dass seine Worte die gewünschte Wirkung hatten.

So viel dazu, den Damen keine missverständlichen Signale zu senden. Marvin schalt sich selbst einen elenden Schuft und konzentrierte sich voll und ganz auf den Earl. „Lady Valerie hat mir von Lady Henriettas begrüßenswertem Vorhaben berichtet, und ich denke, es wird auch Sie begeistern."

„Ganz bestimmt, Dad", pflichtete Valerie Marvin bei und hakte sich vertrauensvoll bei ihrem Vater unter. Der Mann bedachte sie mit einem liebevollen Lächeln.

„Nun, dann werde ich mir Ihre Worte zu Herzen nehmen." Robert Knight verbeugte sich leicht, und Marvin tat es ihm gleich, ehe er sich umwandte. Er schritt durch den Saal und grüßte hier und dort, während er weiter nach der Verursacherin des Aufruhrs suchte.

Noch immer standen grüppchenweise Frauen beisammen, deren Unterhaltungen auf kleiner Flamme vor sich hin brodelten. Doch dann setzte endlich die Musik ein, und sofort nahmen die ersten Tänzer Aufstellung.

Wo steckte Lily nur? Da Marvin sie nicht finden konnte, beschloss er, Henrietta anzusprechen, um von ihr zu erfahren, was genau die beiden Frauen planten.

Die ältere Dame stand allein vor der zuvor dicht bevölkerten Balkontür. Sie sah so verloren aus, dass es Marvin schmerzte. Nichts, so fand er, aber auch *gar nichts* rechtfertigte das unrühmliche Verhalten der übrigen Damen gegenüber einer sanftmütigen und stets zuvorkommenden Frau wie Henrietta. Aufgrund ihres Schicksals als unverheiratete Jungfer währte das Desinteresse an ihr vermutlich schon etliche Jahre. Marvin hatte sich nie mit dem Thema beschäftigt, da ledige Männer keinerlei Einschränkungen oder Kränkungen seitens ihrer Standesgenossen ausgesetzt waren. Nun allerdings bedauerte er Henriettas Schicksal. Und dies in zweifacher Hinsicht: Ob sie wohl durchschaute, dass sie sich mit Lily zwar eine belustigende Unterhalterin ins Haus geholt hatte, dass die Anwesenheit des Mädchens sie aber langfristig nur noch mehr in die Isolation treiben würde?

Er näherte sich ihr zügig, doch bevor er sie erreichte, gesellte sich Henriettas bisherige treue Begleiterin zu ihr. Morwenna Owen war die ledige Tochter eines inzwischen verstorbenen Barons. In ihrem unvorteilhaften grauen Kleid und mit dem streng hochfrisierten weißen Haar wirkte sie deutlich älter als Mitte fünfzig. Ein Umstand, von dem sie mit reichlich funkelndem Schmuck abzulenken versuchte.

Marvin hatte Morwenna noch nie bei einer Gesellschaft angetroffen. Die Sorge, Henriettas Gunst an ein unbedeutendes Mädchen vom Lande zu verlieren, hatte sie wohl dazu verleitet, sich auf trickreiche Weise eine Einladung zu ergattern. Obgleich Eifersucht eine fragwürdige Triebfeder war, hatte die Sache zumindest ein Gutes: Morwenna begab sich wieder unter Menschen, womit Lily gleich zwei Frauen zurück in die Manege getrieben hatte. Ob das nun von Vorteil für die beiden war oder ihnen vielmehr zum Nachteil gereichen würde, wagte er nicht zu beurteilen.

„Wie schön, Sie hier anzutreffen, Lord Kantley."

Marvin wandte sich lächelnd in Richtung der unverwechselbaren Stimme, die zu Edith Landox gehörte, einer Achtzehnjährigen mit langem blonden Haar, blauen Augen und dem perfekten Porzellanteint. Für die meisten jungen Männer hatte sie nur einen einzigen Makel: die schiefen Schneidezähne. Edith hatte sich angewöhnt, beim Sprechen kaum die Lippen zu bewegen und niemals offenherzig zu lachen. Er hingegen hatte noch ein weit größeres Problem mit der jungen Dame: Edith war seit mehr als zwei Jahren darauf aus, ihn für sich zu gewinnen. Dass er nicht auf der Suche nach einer Ehefrau war und sich lieber geschäftlichen Belangen widmete – was man ihm seiner hohen Stellung wegen zwar durchgehen ließ, aber dennoch nicht gern sah, ja, wofür man ihm vielmehr Spott entgegenbrachte –, war für Edith und ihre Eltern augenscheinlich ohne Belang. Ihnen imponierte vielmehr, dass er ein angehender Duke war.

Marvin war sich sicher, dass Edith ihn, wäre sein älterer Bruder noch am Leben, geflissentlich ignorieren würde. Denn dann stünden Titel und Erbe Andrew zu, nicht Marvin. Er seufzte verhalten. Er vermisste sein Schattendasein als Zweitgeborener. Und noch viel mehr seinen Bruder.

„Lady Edith", grüßte Marvin das Mädchen und sah sich nach einem Fluchtweg um. Wenn sie nicht so erpicht darauf wäre, eines Tages die Frau an seiner Seite zu sein, hätte sie sicher längst eine Menge Galane um sich geschart. Ediths unverhohlenes Interesse an einer Beziehung mit ihm – dahin gehend hatte seine Mutter Marvin eine Warnung zugetragen – hatte jedoch zur Folge, dass sich die übrigen Männer zurückhielten. Wie auch Valerie ihm vorhin deutlich vor Augen geführt hatte, war er der angehende Duke of Cummingham und stand somit rangmäßig über so gut wie jedem anderen unverheirateten Mann Englands. Wäre Ediths Mutter weniger ehrgeizig, was den gesellschaftlichen Aufstieg der Familie anbelangte, würde sie Edith wohl zu mehr Zurückhaltung raten.

Nach jener Warnung vonseiten seiner Mutter vor einigen Monaten hatte Marvin Edith höflich darum gebeten, ihre Bemühungen auf jemand anderen zu konzentrieren. Bis auf besagten Abend, an dem Edith geschmollt hatte, hatten seine Worte aber leider nichts bewirkt. Dabei wollte er das Mädchen gern vor weiteren Narreteien bewahren.

„Wie ich hörte, waren Sie der heimliche Held bei dem fragwürdigen Drama um Lady Henriettas Gesellschafterin und diesen im Hafenviertel aufgegriffenen Bengel." Ediths Stimme klang gewohnt dumpf und gepresst, da sie beim Sprechen kaum die Lippen bewegte. Prompt fragte sich Marvin, ob ihr nicht klar war, dass jeder um ihre Zahnfehlstellung wusste? Dachte sie wirklich, den Makel zu verstecken wäre sinnvoller, als ihn zu akzeptieren?

„Ein *fragwürdiges Drama* würde ich es nicht nennen", schwächte Marvin ab und verschwieg dabei geflissentlich, dass er Lilys Verhalten damals wie heute vielmehr leichtsinnig fand. „Und heldenhaft musste ich nicht agieren."

„Ach, tatsächlich nicht? Ich halte es wahrhaftig für ein Drama, dass sich Lady Henrietta dieses junge Ding ins Haus geholt hat."

„Der Junge ist doch noch ein Kind", verstand er Edith absichtlich falsch. Das „junge Ding", von dem sie gesprochen hatte, war gut und gerne drei Jahre älter als sie selbst. Wobei sie mit der Frage, ob Henriettas Entscheidung weise gewesen war, zugegebenermaßen auch bei ihm auf offene Ohren stieß.

Edith kicherte hinter vorgehaltener Hand. „Sie und Ihre amüsanten Schelmereien, Lord Kantley!“ Sie legte die freie Hand auf seinen Arm. Marvin nahm ein Glas vom Tablett eines vorbeigehenden Dieners, obwohl er gar nichts trinken wollte. Doch durch die Bewegung seinerseits musste Edith ihn loslassen – was sie jedoch nicht daran hinderte, weiterzuplappern. „Das Kind sollte unverzüglich zu seinesgleichen zurückkehren. Es ist mir ein absolutes Rätsel, was in die beklagenswerte Lady Henrietta gefahren ist! Zuerst bringt sie diese gewöhnungsbedürftige Gesellschafterin nach Meltonplace, und nun erlaubt sie ihr auch noch, diebisches Gesindel anzuschleppen. Und haben Sie schon gehört, dass das junge Ding nun finanzielle Unterstützung für den Jungen und seinesgleichen einfordert?“

„Ich denke, Miss Thomson ist nicht in der Position, irgendetwas einzufordern“, merkte Marvin an. Erneut sah er sich um, konnte Lily aber nach wie vor nirgends ausmachen. Wo steckte das Mädchen nur? Vermutlich schon wieder in irgendwelchen Schwierigkeiten.

„Ich gebe Ihnen vollumfänglich recht. Sie ist ein Niemand! Sie sollte sich auf dem Ball eines Dukes nicht dermaßen aufspielen. Ohnehin sind sich hier alle einig, dass sie einen unerquicklichen Einfluss auf Lady Henrietta ausübt. Die arme Frau ist vermutlich dermaßen einsam, dass dieses unmögliche Geschöpf leichtes Spiel mit ihr hat. Sie hat sich nachgerade in ihr Haus und ihr Leben eingeschlichen. Und zu allem Überfluss versucht sie nicht nur, die bedauernswerte Lady Henrietta auszunutzen, sondern *uns alle* hinters Licht zu führen!“

„Niemand müsste Lady Henrietta arm und bedauernswert nennen, wenn sich unsereins weniger um ihre unverschuldete Fehlerhaftigkeit sorgen würde als vielmehr um die eigene, womöglich gar selbst verschuldete“, brummte Marvin und sah sich erneut suchend um.

Die Streicher gingen zu einem neuen Musikstück über. Die Männer reihten sich ihren Tanzpartnerinnen gegenüber auf. Marvin sah

Ediths Blick in Richtung Tanzfläche, der von einem sehnsüchtigen Seufzen begleitet war, fuhr aber fort, als bemerke er ihren Versuch nicht, ihm eine Aufforderung zum Tanz zu entlocken: „Und wenn sich die Damen ein wenig mehr um die Frauen kümmern würden, die zu vereinsamen drohen, statt um jene, die ohnehin im Mittelpunkt stehen. Oder um die Jagd nach einer vorteilhaften Partie für ihre Töchter." Da er gerade in Fahrt war, nutzte er die Gunst der Stunde, um klarzustellen: „Wobei ich wahrlich keine Charakterschwäche darin sehe, dass eine Dame unverheiratet bleibt."

Den Hinweis, dass ebenjenes Schicksal und die damit einhergehende gesellschaftliche Demütigung auch Edith drohte, falls sie sich ihm weiterhin so offensiv an den Hals werfen sollte, schluckte er lieber herunter. Sie hatte es schon bei seiner ersten verbalen Intervention nicht verstehen wollen, und nun lag es in der Verantwortung ihrer Familie, sie zur Zurückhaltung zu mahnen.

„Sie haben ein solch edelmütiges Herz, Lord Kantley."

Marvin fühlte sich gerade kein bisschen edelmütig, sondern war vielmehr zornig. Und dieser Zorn fokussierte sich urplötzlich auf Lily, die just in diesem Moment den Saal betrat – in Begleitung des Hafenkindes!

Der Junge riss ob der Opulenz des Saals staunend den Mund und die Augen auf, während er alles, was sich ihm hier zum Bestaunen bot, zu erfassen versuchte. Offenbar war Lily eigens nach Meltonplace zurückgefahren, um ihn herzubringen, obwohl er zu dieser späten Stunde wohl eher auf dem Weg ins Bett sein müsste.

Lily verharrte unschlüssig im Türrahmen, und Marvin kam um den Gedanken nicht herum, dass sie wie die Gespielin eines Gastes wirkte, die im Begriff war, den unehelichen Sohn vorzuführen, damit der Mann ihn endlich anerkannte. Ein Skandal sondergleichen! Da war es nur gut, dass James' Geschichte und Lilys Rolle darin hier bereits meterhohe Wellen geschlagen hatten.

So ansehnlich, wie James nun war, gewaschen und herausgeputzt, in modischer Jungenbekleidung und mit ordentlich frisiertem Haar, glich er einem wohlerzogenen Aristokratensohn. Hatte dieses verrückte Mädchen den Jungen etwa aus dem Bett geholt, weil sie ihn vorführen wollte? Um den hier Anwesenden zu verdeutlichen, was mit ihrer finanziellen Unterstützung aus den vergessenen Kindern bei den Docks werden konnte?

Marvin ließ Edith einfach stehen und ging mit raumgreifenden Schritten auf Lily und James zu. *Dieses Mädchen muss man ja vor sich selbst schützen!*

Immer mehr Ballgäste wurden auf das ungleiche Paar aufmerksam. Allmählich verebbten die Gespräche und gingen in ungläubiges Staunen über. In das Musikstück mischten sich Misstöne, dann gaben die Musiker ganz auf. Ehe Marvin Lily und James erreichen und versuchen konnte, sie wieder hinauszukomplimentieren, gesellte sich seine Mutter zu den beiden. James vollführte einen ungelenken Diener und lächelte Madeleine stolz an. Der Junge strahlte eine überraschende Treuherzigkeit aus.

Marvins Mutter ging in die Hocke, damit sie mit James auf Augenhöhe war, und Marvin beobachtete, wie ihre Gesichtszüge weich wurden. Zumindest bei ihr schien Lilys Plan aufzugehen. Doch seine Mutter hätte auch ohne Lilys unerhörtes Vorgehen während eines Balls versucht, Lily und Henrietta zu unterstützen – soweit ihr das möglich wäre. Immerhin war sie, wie fast alle der anwesenden Damen, davon abhängig, dass die Väter oder Ehemänner sich spendabel zeigten, sogar dann, wenn die Frau das Vermögen in die Ehe eingebracht hatte. Und ebenjene Männer würden ganz sicher nicht auf den unschuldigen, ja herzerweichenden Blick des Hafenjungen hereinfallen. Dass er hier bei einer geschlossenen Gesellschaft auftauchte, würde wohl viel eher dazu führen, dass sie ihre Geldbörsen unter Verschluss hielten, gleichgültig, wie leidenschaftlich die Frauen sie um Unterstützung baten. Sie durchschauten garantiert, dass Lily mit dem Vorzeigen des Kindes die Herzen der weiblichen Gäste anrühren wollte, und das schürte Misstrauen. Genau in die Richtung, wie Edith es angedeutet hatte? Würden die Herren annehmen, dass Lily sich einen Vorteil zu verschaffen versuchte?

Marvin ergriff Lily am Ellenbogen, ließ sie aber sogleich wieder los. Immerhin ruhten alle Blicke auf ihm, Lily und dem Jungen.

Da Madeleine mit dem Kleinen sprach, wandte sich Lily zu ihm um. Sie musterte sein Gesicht und erfasste wohl augenblicklich seine Missstimmung, denn sie hob die sanft geschwungenen Augenbrauen.

„Ich hätte Sie und Lady Henrietta für vernünftiger gehalten", schalt er sie bemüht leise. „Diese wenig durchdachte Aktion bringt Ihnen keine Sympathien ein. Weder für Ihre Person noch für Ihr … Ansinnen. Zumal von den Gastgebern geplant war, auf diesem Ball die Verlobung einer ihrer Töchter bekannt zu geben. *Das* sollte der Höhepunkt des heutigen Abends sein, den sie soeben gründlich verdorben haben."

„Das tut mir von Herzen leid!" Lily wirkte aufrichtig betroffen. „Aber ich konnte nicht zulassen, dass man hier weiterhin von James als einer *Hafenratte* spricht", ereiferte sie sich, wobei auch sie sich trotz ihrer Empörung um eine gemäßigte Lautstärke bemühte. In ihren braunen Augen flackerte allerdings ein Feuer, an dem Marvin sich zu verbrennen drohte.

„Das Infragestellen jedweder Vorurteile erreichen Sie aber wohl kaum durch einen Tabubruch. Dieses Kind hat hier nichts zu suchen! In mehrfacher Hinsicht."

Lily biss sich auf die Unterlippe. „Lady Henrietta fand, es käme auf einen Versuch an."

„Lady Henrietta ist viel zu … eingenommen von Ihnen, um Ihnen ein solch unseliges Vorhaben zu untersagen." Marvin verkniff sich den Vorwurf, dass Lily durchaus in der Lage wäre, Henrietta nachhaltig zu beeinflussen. Denn damit würde er zum einen Edith recht geben, was ihm widerstrebte, und zum anderen klänge es, als halte er Lily für intrigant. Was nicht zutraf. Vielmehr war es eine Mischung aus Naivität, Spontanität und überquellender Nächstenliebe, die sie in diese missliche Lage gebracht hatte.

„Aber viele der Damen äußerten ihre Bewunderung für Lady Henriettas beispiellose Großherzigkeit."

Marvin atmete tief durch und raunte ihr zu: „Sie müssen dringend lernen, zwischen den Zeilen zu lesen. Das Wort *beispiellos* ist nicht zwingend positiv gemeint."

„Oh", machte Lily nur. Zu sehen, wie ihre Schultern nach vorn sackten und sie sich unsicher auf die Unterlippe biss, rief in Marvin ein Gefühl hervor, das er als Bedauern identifizierte. Verstärkt durch etwas, was weit intensiver war als jedes Gefühl, das er bisher empfunden hatte.

„Außerdem beklatschen die Damen gern unkonventionelle Handlungen, solange sie damit nicht in Verbindung gebracht werden und ihr eigenes Ansehen keinen Schaden nimmt", fuhr er fort. „Mit dem Kind selbst will hier niemand etwas zu tun haben. Ebenso wenig, wie man auf einer Gesellschaft mit Hunger, Vernachlässigung, Krieg oder politischen Themen konfrontiert werden will. Ganz abgesehen davon, dass der Duke und die Duchess den Eindruck gewinnen könnten, dass Sie ihre Gastfreundschaft für Ihre Zwecke ausnutzen."

„Oh", kam es erneut von Lily. Sie sah ihn betroffen an, dann nickte sie. „Eigentlich hätte ich das wissen müssen", gab sie offen zu, was sein Herz erweichte. „Aber in meinem Eifer für die Kinder …"

„… haben Sie außer Acht gelassen, welch beträchtliche Ehre Ihnen allein dadurch zuteilwird, dass sie auf diesen Ball eingeladen wurden? Wobei dies durchaus dem Umstand geschuldet sein könnte, dass der Duke und die Duchess maßlos neugierig auf die neueste Attraktion Londons sind – Lady Henrietta Murrays jugendliche, unkonventionelle Gesellschafterin."

„Attraktion?" Mehr als das eine Wort brachte Lily nicht heraus. Ihre Augen waren vor Fassungslosigkeit weit aufgerissen. „Das haben Sie sich doch nur ausgedacht?", fragte sie nach.

Marvin hätte dies gern bejaht, einfach nur, um sie zu beruhigen. Am heftigen Heben und Senken ihres Brustkorbs sah er, wie aufgewühlt sie war.

„Ich wollte doch nur … helfen. Und es ist mir nie in den Sinn gekommen, dadurch womöglich Lady Henriettas Ansehen zu beschmutzen." Lily senkte den Kopf, vielleicht weil sie die neugierigen Blicke der anderen nicht länger ertrug. „Beispiellos", flüsterte sie, als wolle sie sich einprägen, dass ein solch unscheinbares Wort mehrere Bedeutungen haben konnte.

Madeleine und James gesellten sich zu ihnen; der Junge hatte vertrauensvoll eine Hand in ihre gelegt, mit der anderen zupfte er gedankenverloren an einer Perle ihres Handschuhs. Marvin hoffte, dass ihm deshalb die unzähligen Augenpaare entgingen, die ihn nicht eben freundlich musterten. Lily hingegen bemerkte sie zweifelsohne; sie schien regelrecht in sich zusammenzufallen. Marvin stellte sich breitbeinig vor sie und versuchte, sie von den ungnädigen Blicken abzuschirmen.

„James ist ein bezauberndes Kind, Miss Thomson." Madeleines Stimme klang warm, vermutlich konnte nur Marvin den leise warnenden Unterton darin hören. Ob er Lily galt, weil ihr Verhalten völlig inakzeptabel war und sie diesem Schauspiel besser rasch ein Ende setzen sollte, oder ihm, weil er durch sein Eingreifen in die Sache involviert war, konnte er nicht mit Gewissheit sagen. Wobei seine Mutter wusste, dass er sich nicht um seinen gesellschaftlichen Ruf scherte, zumal Marvin in diesem Punkt weit weniger angreifbar war als eine Frau. Allerdings wollte er sein Ansehen als Geschäftsmann, das er sich so hart erarbeitet hatte, nicht aufs Spiel setzen.

An Lily gewandt fuhr Madeleine fort: „Das werde ich gern gegenüber all meinen Freundinnen bezeugen, und ebenso, dass James und seinesgleichen eine Chance auf ein besseres Leben verdienen. Aber um diese vorgerückte Stunde wäre es wohl besser, den Jungen rasch zu Bett zu bringen, meinen Sie nicht auch, Miss Thomson?"

„Ganz bestimmt, Your Grace", stimmte Lily zerknirscht zu und gebrauchte dabei die übliche Anrede für eine Duchess, obwohl diese ihr bereits eine deutlich vertraulichere Form angeboten hatte. Damit wollte Lily wohl ihren Respekt und ihre Dankbarkeit für Madeleines Geduld und weisen Rat zum Ausdruck bringen.

Marvin hätte ihr gern tröstend die Hand gedrückt, versteckte den linken Arm aber lieber hinter seinem Rücken, während er seine rechte Hand James hinhielt. Sein Bestreben war es, der Gesellschaft aufzuzeigen, dass er keine Scheu davor hatte, den Gassenjungen zu berühren.

James schaute widerwillig zu ihm auf. Zuerst ging Marvin davon aus, dass dies schlicht und ergreifend daran lag, dass er ein wenig Furcht einflößend auf das Kind wirkte. Doch gleich darauf sah er das winzige Lächeln, das James' Mundwinkel umspielte, ehe er beinahe übertrieben schüchtern den Kopf senkte.

Er ist also doch durchtrieben, kam es Marvin in den Sinn, wobei er sich im nächsten Moment fragte, ob er dem Jungen gegenüber damit womöglich dieselben Vorurteile hegte wie die übrigen Gäste im Saal. Die Kinder aus der Hafengegend mussten sich ein dickes Fell und unorthodoxe Überlebensstrategien aneignen, um nicht zu verhungern. Oder um nicht als Schiffsjunge auf einem Schiff zu landen, wo sie hart zu arbeiten hatten und der Fußabtreter der Matrosen waren. Dies war allerdings nicht unbedingt gleichbedeutend damit, dass sie niederträchtig und durchtrieben waren.

Madeleine legte ihre Hand auf Marvins Unterarm und forderte dadurch seine Aufmerksamkeit ein, obwohl er Lily und ihren kleinen Schützling am liebsten unverzüglich aus dem Saal komplimentiert hätte. „Du kommst sofort zurück!", ermahnte sie ihn. „Dein ausführliches Gespräch mit Valerie hat bereits für Aufsehen gesorgt. Wenn das etwas zu bedeuten hat, soll es mir recht sein. Die Knights sind eine ganz wunderbare Familie, die Töchter wohlerzogen und liebenswert." Sie zog fragend die Augenbrauen hoch, doch er schüttelte den Kopf. Nein, er wollte nicht als offizieller Verehrer für Valerie gelten.

Madeleine seufzte verhalten, was Marvin ein schlechtes Gewissen verursachte. Er wusste, dass seine Eltern ihn gern verheiratet wüssten und bereits von einer Schar Enkel träumten. Leise fuhr sie fort: „Ich weiß, wie zugetan du Lady Henrietta und Miss Thomson bist und –"

Erneut schüttelte Marvin den Kopf, nun jedoch vehementer. Ganz in der Nähe setzte das Streichorchester wieder ein. Die Gastgeber bemühten sich darum, nach dem Zwischenfall zur Normalität zurückzukehren.

Madeleine lächelte sanft und fügte hinzu: „Auf freundschaftliche Weise zugetan, meinte ich natürlich. Aber wenn du zu lange fortbleibst, wird das zu Spekulationen hinsichtlich dir und der jungen

Miss führen. Dir kann das nichts anhaben, doch ihr Ruf verträgt keinen weiteren Schaden."

„Ich –"

Madeleine brachte ihn durch ein leichtes Neigen ihres Kopfes zum Schweigen, ehe sie fortfuhr: „Dennoch solltest du sie hinausbegleiten. Du verstehst es, klare Worte zu finden, und genau das ist es, was die Miss jetzt braucht. Sie erscheint mir charakterlich gefestigt genug, um sie auszuhalten."

„Man sollte ihr den Hosenboden versohlen", polterte er.

„Sie hat Lady Henrietta sicher allein aus Unwissenheit in diese prekäre Lage gebracht."

„Wenn du mich fragst, weiß die junge Miss sehr genau, wie sie sich in unseren Kreisen zu verhalten hat." Marvin sah seine Mutter mit hochgezogenen Augenbrauen an.

„Dann lag es wohl vielmehr an ihrem edelmütigen Herzen und einem Anflug von Überschwang. Nichts, was wir tadeln sollten. Lediglich die Vorgehensweise."

„Ich denke, du findest höflichere Worte als ich. Du solltest mit ihr sprechen", versuchte Marvin, dem Gespräch mit Lily zu entkommen.

„Ich sehe mich bemüßigt, hier im Saal die Wogen zu glätten. Wobei ich, wenn ich ehrlich bin, in vielen Gesichtern neben Entsetzen zugleich auch Faszination gesehen habe, bei einigen Frauen obendrein ein wenig Neid. Das Leben von uns Ehegattinnen ist oft eintönig und ereignislos, um nicht zu sagen, sinnlos." Seine Mutter presste kurz die Lippen zusammen, ehe sie fortfuhr: „Das einer unverheirateten Frau hingegen ist … traurig und leer. Lady Henrietta hat, wie es mir scheint, offenbar genug davon. Ihr Mut zu dieser unkonventionellen Maßnahme hat bei vielen von uns Bewunderung hervorgerufen."

„Eine Bewunderung, die sich jedoch von einem Moment auf den nächsten in etwas gänzlich Unangenehmes verwandeln kann."

„Ja, leider. Leider für uns alle und zu unserer Schande."

„Behalte das ja für dich, meine liebe Maman." Marvin beugte sich vor und hauchte Madeleine einen Kuss auf die Wange. Er wusste, dass seine Mutter mehr unter ihrem Dasein litt, als sie zuzugeben bereit war. Um sie aufzumuntern, fügte er mit einem Augenzwinkern hinzu: „Nicht, dass Miss Thomson im Vergleich zu dir am Ende noch wie ein sanftes Lamm dasteht.“

London Daily Life **1. März 1811**

Zwei verhungerte Kleinkinder nahe den Docks der English East India Company gefunden

Der Viscount of Kingsburgh ersteht eine weitere preisverdächtige Rennstute

Mehr über die Zuchtabstammung auf Seite 4.

Erneut Kritik an den Sonderrechten auf den Handel und die oberste Gewalt in den bürgerlichen und militärischen Angelegenheiten in Indien, die die English East India Company weiterhin innehat

Sieben

Es war bereits nach Mitternacht, als Lily Kate endlich entlassen konnte, um sich zu Bett zu begeben. An Schlaf war jedoch nicht zu denken. Viel zu sehr wühlten sie die Ereignisse des Abends auf. Lily ließ die einzelnen Begegnungen und Gespräche Revue passieren und fragte sich, was sie hätte anders machen können. Eine Menge offenbar, das zumindest hatte ihr Marvin Carter zu verstehen gegeben. Und zwar sehr deutlich …

Er war so freundlich gewesen, ihr im Vestibül des Stadthauses des Duke of Forsley darzulegen, gegen welche gesellschaftlichen Regeln sie verstoßen hatte. Anschließend hatte er ihr aufgezeigt, wie sie sich künftig zu verhalten hatte, um ihrer Aufgabe als Henriettas Gesellschafterin „möglichst unauffällig“ nachzukommen.

Lily hörte ihm schweigend zu, obwohl innerlich gedemütigt, verwirrt und zugleich aufgebracht – ein Gemenge, das, je länger der Earl auf sie einredete, zunehmend explosiver wurde. Schließlich hob sie die Hand, was Marvin tatsächlich verstummen ließ. Er musterte sie intensiv und schien ihr anzusehen, dass sie kurz davorstand, ihren Vater zu verständigen, um Marvin ihretwegen zum Duell herauszufordern. Wobei sie lieber selbst den Degen führen würde.

„Anstatt mich zu belehren, gäbe es meines Erachtens weit Wichtigeres zu tun, Lord Kantley“, stieß sie aufgebracht hervor.

„Und das wäre, Miss Thomson?“ Marvin klang halb amüsiert, halb zornig.

„Den Damen dort drin beizubringen, wie sie sich klar und deutlich ausdrücken. Wenn man etwas unmöglich, unschicklich, fragwürdig oder schrecklich findet, sollte man nicht ein Wort wie *beispiellos* in den Mund nehmen, sondern klar artikulieren, was man denkt. Das wäre wirklich hilfreich und würde Missverständnissen vorbeugen, aus denen allerlei Peinlichkeiten erwachsen und die überdies verhindern, dass Kindern wie James geholfen wird. Dies zu tun, wäre übrigens der nächste bedeutsame Akt, den Sie angehen könnten, Lord Kantley.“

„Um den Damen Direktheit beizubringen, bedarf es einer darin versierten Person, wie Sie es sind, Miss Thomson.“

„Sie haben nur Angst, sich selbst mit den Frauen abzugeben.“

„Das ohnehin“, gab Marvin zu und konnte sich ein Schmunzeln nicht verkneifen. „Und was Ihren zweiten Vorwurf betrifft: Ich gehe sehr wohl gegen die Armut der Menschen bei den Docks vor. Indem ich möglichst vielen von ihnen eine Arbeit verschaffe, die ordentlich bezahlt wird. Sobald ein Familienmitglied meiner Arbeiter erkrankt, schicke ich ihnen auf meine Kosten einen Arzt.“

„Das ist … höchst löblich.“ Lily sah Marvin so dankbar an, als hätte er soeben die Welt vor dem Untergang gerettet.

Sichtlich angetan von ihrer Bewunderung fügte er in deutlich milderem Tonfall hinzu: „Es sind leider zu viele, um allen helfen zu können. Und es werden immer mehr, da die Menschen vom Land in die Stadt drängen, in der irrigen Hoffnung, es würde ihnen hier besser ergehen."

„Dann braucht es entsprechend mehr Engagement von allen hier." Mit einer energischen Geste deutete Lily zum Ballsaal hinüber, aus dessen offener Tür Gelächter und Musik herbeidrangen. Lakaien eilten in einiger Entfernung an ihnen vorbei, nicht wenige von ihnen riskierten neugierige Blicke in ihre Richtung.

James lehnte inzwischen schwer an Lilys Beinen, was sie daran erinnerte, dass der Kleine dringend ins Bett gehörte. Bisher hatten ihn die Aufregung über seinen späten Ausflug und der Anblick des prunkvollen Gebäudes wach gehalten, doch das Gespräch zwischen Lily und Marvin fand er offensichtlich ermüdend.

„Ihr Ansinnen in allen Ehren, Miss Thomson, aber bringen Sie sich lieber in einem der vielen Komitees ein, die die Damen ins Leben gerufen haben."

„Und was genau sollte ich Ihrer Meinung nach dort tun? Enervierenden Sitzungen beiwohnen? Mich auf Wohltätigkeitsveranstaltungen sehen lassen, damit man meine Großherzigkeit preisen kann? Dafür Sorge tragen, dass andere das tun, was *mir* ein Herzensanliegen ist? Weil ich dadurch einen schicklichen Abstand zu denjenigen einhalte, die meine Hilfe am dringendsten benötigen?"

„So, wie Sie es ausdrücken, klingt es –"

„Nicht zufriedenstellend? Falsch? Heuchlerisch?"

„Miss Thomson!", rügte Marvin sie, und prompt waren da wieder diese Falten auf seiner Stirn. „Meine Mutter ist die Vorsitzende zweier Komitees. Und ja, womöglich empfindet auch sie ihr Engagement dort als nicht zufriedenstellend. Am besten wird sein, Sie fragen sie selbst. Aber ihr Vorsitz ist deshalb nicht unredlich oder gar heuchlerisch. Meine Mutter ist nicht darauf aus, allein als Wohltäterin gesehen und anerkannt zu werden."

Lily senkte betroffen den Kopf. An diesem Abend war sie eine wahre Meisterin darin, alles falsch zu machen. „Entschuldigen Sie bitte meine unbedachten Worte, Lord Kantley. Ich wollte niemanden beleidigen, am allerwenigsten Ihre ehrenwerte Frau Mutter. Obwohl ich davon überzeugt bin, dass ich mit meiner Annahme nicht gänzlich falschliege, so darf ich die Motivation der Frauen im Allgemeinen doch nicht infrage stellen. Das wäre ihnen gegenüber sträflich ungerecht."

„Ich gestehe Ihnen zu, dass Sie es gut meinen – auf Ihre unverfälschte und offenherzige Art –, allerdings gehen Sie entschieden zu kämpferisch ans Werk."

„Muss ich den Sinn Ihrer Worte jetzt wieder hinterfragen? Heraushören, was genau Sie mir eigentlich sagen wollen?"

„Mitnichten, Miss Thomson. Ich meine, was ich sage. Im Übrigen immer und zu jeder Zeit – und zu so später Stunde würde ich Ihnen eine Interpretation meiner Wortwahl niemals zumuten wollen."

„Das klingt jetzt aber wieder … unzweifelhaft zweifelhaft."

Marvin lachte verhalten auf. Dann ging er in die Hocke und berührte James sachte am Arm. „Du schläfst ja beinahe ein, junger Mann."

„Aye, Sir", nuschelte der Kleine.

„Müde, aber höflich. Das lobe ich mir."

Lilys Herz schmolz dahin, als Marvin James auf den Arm nahm, wo der Junge den Kopf an die breite Schulter des Mannes lehnte und die Augen schloss. In diesem Augenblick stieß auch Henrietta zu ihnen. Sie nickte dem Earl zu und ließ sich vom Butler ihren Umhang und den Muff reichen.

„Inzwischen dürfte unsere Kutsche vorgefahren sein", sagte Henrietta mit einem mahnenden Blick in Richtung Marvin. Lily vermutete darin den Hinweis, dass sich der Earl bereits sträflich lange mit ihr unterhielt.

„Ich bringe James noch zu Ihrem Gefährt", bestimmte Marvin und wandte sich an den Butler, der dabei war, sie in die kühle Nachtluft zu entlassen. „Lassen Sie die Tür einfach offen, ich schließe sie, sobald ich zurück bin."

Lily sah das beipflichtende Nicken des Dienstboten und fragte sich, ob Marvin dies gesagt hatte, weil er damit wieder etwas deutlich machen wollte: dass er nicht um ihretwillen, sondern wegen James mit zur Kutsche ging?

Müde und frustriert ging sie die breite Freitreppe hinunter, den kurzen gepflasterten Weg entlang und durch das Tor hinaus auf die Straße, wo sie in die wartende Kutsche einstieg. Dabei hätte man den Weg zwischen diesem Gebäude und Meltonplace innerhalb weniger Minuten zu Fuß zurücklegen können. Aber einem Ereignis wie einem Ball beizuwohnen, ohne das Statusgefährt vorzuführen, wäre wohl verwerflich. Allzu deutlich wurde Lily bewusst, dass sie nicht in diese Welt passte.

Marvin reichte ihr James, und dabei kam er ihr ungewöhnlich nahe. Lily atmete seinen männlichen Duft ein, spürte die Wärme, die von seinem Körper ausging, und ließ den Blick über seine muskulösen Armen gleiten. Ein wenig atemlos dankte sie dem Mann und senkte dann verlegen den Kopf.

Kaum dass das Gefährt angefahren war, sagte Henrietta: „Unterstehen Sie sich, Ihrer Aufgabe als Gesellschafterin fortan möglichst *unauffällig* nachzukommen.“

Lily hatte daraufhin den Kopf an die Kutschwand gelehnt und schlicht nicht gewusst, ob sie lachen oder vor Entrüstung weinen sollte. Erst mit einiger Verzögerung war ihr aufgefallen, dass Henrietta nahezu den gleichen Wortlaut gewählt hatte wie Marvin zu Beginn ihres Gesprächs im Vestibül. War die Frau etwa die ganz Zeit in ihrer Nähe gewesen?

Lily drehte sich im Bett auf die andere Seite, sodass sie den Schein des Mondes sehen konnte, der durch eines der Fenster fiel. Es musste doch noch eine andere Möglichkeit geben, den Kindern und Familien im Hafenviertel zu helfen …

„Ausgeladen?“ Fassungslos starrte Lily Henrietta an, die in einem cremefarbenen Sessel in ihrem Privatsalon saß und sich die braune Stola mit dem Paisleymuster enger um die schmalen Schultern zog. Auf ihrem Schoß lag ein handbeschriebener Bogen edlen Briefpapiers.

„Weil versehentlich zu viele Einladungen verschickt wurden und der Platz im recht beengten Stadthaus nicht ausreicht." Henrietta sah hinauf zur stuckverzierten Decke. „Wir dürfen uns jedoch auf eine baldige Einladung zu einem anderen gesellschaftlichen Anlass freuen. Ha! Wer soll das glauben?"

Lilys Gewissen regte sich, da sie wieder einmal gehandelt hatte, ohne zuvor nachzudenken. Und ohne Gott um Weisheit zu bitten, wie es ihr Vater ihr schon so viele Male nahegelegt hatte. Prompt war sie über das Ziel hinausgeschossen.

Am Vorabend hatte Lady Cummingham es sich zur Aufgabe gemacht, sie und James aus dem Ballsaal des Dukes zu geleiten. Dafür hatte Lily Verständnis aufgebracht. Für die Worte des Earl of Kantley allerdings weniger – wobei sie ihm, sobald ihr Inneres halbwegs zur Ruhe gekommen war, zu ihrem Bedauern hatte recht geben müssen: Mit ihren unüberlegten Handlungen brachte sie Henrietta in Verruf. Wie dieser Brief bewies …

„Sind Sie schon jemals von einer Veranstaltung ausgeladen worden, Lady Henrietta?", fragte Lily unangenehm berührt. Dabei verspürte sie ein Grollen, das rasend schnell zu Wut anwuchs. Was fiel diesen Leuten ein, eine entzückende Frau wie Henrietta in einem Akt skrupelloser Gefühllosigkeit von ihrem gesellschaftlichen Ereignis auszuschließen, nachdem sie ihr bereits Wochen zuvor ein Einladungsschreiben hatten zukommen lassen? Mit dem Hinweis, dass sie ein gern gesehener Gast sei …

„Nein, noch nie", gab Henrietta leise zu. „Wobei ich über die Jahre hinweg so viele Einladungen ausgeschlagen habe, dass diese irgendwann fast gänzlich ausblieben. Dass Lord und Lady Forsley mich gelegentlich mit einer Einladung beglückt haben – oder wie in diesem Fall der Viscount und die Viscountess of Kingsburgh –, gleicht einem kleinen Wunder."

Lily biss sich auf die Unterlippe und rutschte auf der ebenfalls cremefarbenen Couch nach vorn. Sie beugte sich vor und ergriff eine Hand der Frau. „Das tut mir unendlich leid."

„Ach, Kind –"

„Nein, bitte finden Sie keine Entschuldigung für mich. Mein

Verhalten ist unentschuldbar. Es war meine Idee, James vorzuführen, um den Menschen dort aufzuzeigen, dass es sich um ein zartes, verletzliches und hilfsbedürftiges Kind handelt und nicht um eine durchtriebene *Hafenratte*." Der Begriff, mit dem man James betitelt hatte, schmerzte Lily noch immer.

„Sie wollten mich nicht demütigen, sondern die Herzen der Nobility erreichen, damit den Kindern dort draußen Hilfe angedeiht."

„Gewiss, Lady Henrietta. Aber das rechtfertigt nicht, dass ich meinen Verstand ausschalte. Oder dass ich es versäume, Gott um Weisheit und Geleit zu bitten – *bevor* ich handle."

Henrietta bedachte sie mit jenem eigentümlichen Blick, den Lily schon einmal bei ihr wahrgenommen hatte, als sie von Gott gesprochen hatte. Vom Gebet und was ihr mangelndes Vertrauen in beides betraf.

„Ich bin diejenige, die Sie in Verruf gebracht hat, Lady Henrietta, angefangen mit meinem Ausflug ins Hafenviertel. Ich war es, die Lord Kantley förmlich gezwungen hat, James nach Meltonplace zu bringen statt zu einem Arzt, wo er nach der Behandlung entlassen worden wäre."

„Es ist erstaunlich genug, dass der Sohn des Duke of Cummingham sich von Ihnen zu etwas *zwingen* lässt."

Lily stutzte kurz. Amüsierte sich Henrietta darüber? Energisch schob sie den Gedanken beiseite. Die Frau war sichtlich angeschlagen, weil ein Viscount – gesellschaftlich unter ihr stehend – sie ohne viel Federlesens von der Gästeliste gestrichen hatte.

Betroffen schüttelte Lily den Kopf und fuhr fort: „Ich habe Sie dazu überredet, dass James bleiben darf. Ich war es, die Ihnen den Vorschlag unterbreitet hat, etwas gegen die Armut der am Hafen lebenden Familien zu tun. Und es war *meine* unsägliche Idee, James zu diesem Zweck der Gesellschaft vorzuführen. Stück für Stück habe ich Ihren guten Ruf zerstört."

„Sie gehen zu hart mit sich ins Gericht", wandte Henrietta ein.

„Nicht hart genug, Your Ladyship. Bei Weitem nicht hart genug", beteuerte Lily energisch. Sie stand auf und trat ans Fenster, von dem aus sie die Fassaden der benachbarten Häuser sehen konnte, aber auch tröstliches Grün. „Um weiteren Schaden von Ihnen abzuwenden, werde ich noch heute abreisen. James nehme ich mit. Er kann bei uns im Pfarrhaus wohnen. Ich werde ihn unterrichten und –"

„Bitte nicht!", begehrte Henrietta auf.

Verwundert drehte sich Lily um. Die Frau hatte sich ebenfalls erhoben und kam nun mit energischen Schritten auf sie zu. Bei ihr angekommen, hob Henrietta den Arm und ließ den Briefbogen mit der niederschmetternden und verletzenden Nachricht nicht einfach nur fallen, sondern warf ihn förmlich von sich. Dabei lachte sie laut auf. „Verstehen Sie denn nicht, wie prickelnd und belebend ich all das finde?"

„Ich … wie bitte?", stammelte Lily.

„Noch nie zuvor habe ich mich so lebendig gefühlt."

„Und gedemütigt? Verstoßen?"

Henrietta winkte ab. „Das bin ich seit meinem fünfundzwanzigsten Geburtstag."

„Wie bedauernswert und ungerecht."

„Und zum Teil auch von mir selbst verschuldet. Ich war in den vergangenen Jahren so sehr darauf bedacht, ja keinen Fehler zu begehen oder ins Zentrum des Interesses all derer zu rücken, die in mir eine alte, verschmähte Jungfer sehen, dass ich … wie tot war. Ich habe Sie, Miss Thomson, doch nicht als meine Gesellschafterin hierhergebracht, damit Sie mich darin bestärken. Ihre Aufgabe ist es, mich aus meiner Lethargie zu reißen. Mein Leben zu bereichern und diesem endlich einen Sinn zu geben. Und genau das tun Sie! Indem Sie Dinge aussprechen, an die ich niemals auch nur zu denken gewagt hätte. Indem Sie einem kleinen Jungen helfen und fulminante Pläne schmieden, um das Leben der Menschen an den Docks zu verbessern. Indem Sie sich für andere einsetzen, ohne über die Konsequenzen für Sie und mich nachzudenken. Indem Sie all diese gelangweilten Ehefrauen … vor den Kopf stoßen." Henrietta kicherte. „Glauben Sie mir, Miss Thomson: Hinter deren vordergründiger Fassungslosigkeit verbirgt sich ein nicht eben geringer Anteil an Faszination und Missgunst. Ich werde darum *beneidet*, dass ich Sie habe!"

„Sie mögen um ein wenig Wirbel und die Lebendigkeit beneidet werden, doch zugleich werden Sie von den Gesellschaften ausgeladen, die zu besuchen Sie sich wünschen, um endlich wieder dazuzugehören."

„Ach das …" Henrietta deutete auf den Briefbogen, der sich als helles Rechteck von dem dunkelbraunen Ornamentteppich abhob. In theatralischem Tonfall erklärte sie: „Da treffen sich doch immer dieselben Damen und lauschen gespielt hingerissen den Musikdarbietungen ihrer wenig begabten Töchter, damit ebenjene sich in höflich vorgetragenem, aber selten einmal aufrichtig gemeintem Beifall sonnen dürfen. Die Mütter der Söhne, die verheiratet werden sollen, prüfen dabei die Töchter der anderen auf ihre Qualifikationen als zukünftige Ehefrau. Dieser Heiratsmarkt ist nicht mehr als ein … Pferdemarkt."

Henrietta holte tief Luft, worüber Lily froh war. Die Gesichtsfarbe der älteren Dame war inzwischen nämlich auffällig rot. Dem zum Trotz sprach sie mit ungewohnt viel Elan in der Stimme weiter: „Es erschließt sich mir nicht, warum ich daran teilnehmen sollte. Immerhin habe ich weder einen Sohn noch eine Tochter, für die ich eine gute Partie finden muss. Und Sie, meine Liebe, will ich nicht verheiraten, denn dann müsste ich Sie ja hergeben. Niemals! Ich will all das Vergnügen und all die Aufregung und Aufmerksamkeit, die Sie erregen, ganz für mich allein. Obwohl das jetzt immens eigensüchtig klingt."

Lily hatte über den ungewohnten Redeschwall der Frau gekichert, bei ihren letzten Worten verschluckte sie sich allerdings. Sie hustete, während Henrietta ihr mütterlich den Rücken tätschelte.

„Ich soll demnach hierbleiben?", fragte sie, nachdem sie wieder zu Atem gekommen war.

„Ich bin zum Äußersten bereit, um Sie an mich zu binden, jawohl!", sagte Henrietta bemerkenswert fest und laut. Dabei nickte sie, als müsse sie das Gesagte zusätzlich unterstreichen. „Und ich möchte noch eines klarstellen, Miss Thomson: Ihr Wunsch, den Familien am Hafen zu helfen, ist auch der meine. Weil ich dies als dringend nötig erachte, wohlgemerkt, und nicht, um dadurch weitere Aufmerksamkeit auf mich zu ziehen, die ich aufgrund einer seltsam makabren Eigensinnigkeit genieße, oder um den geballten Neid gelangweilter Ehefrauen auf mir zu vereinen."

„Mir würde nie einfallen, derlei als Motivation hinter Ihrem Tun zu vermuten", beteuerte Lily.

„Nein, das würden Sie ganz sicher nicht, meine Liebe. Und erlauben Sie mir hinzuzufügen, dass Sie sich nicht verbiegen sollen, nur weil Sie das Gefühl haben, mich schützen zu müssen. Seien Sie ganz Sie selbst. Denn genau die Lily Thomson, die ich in dem kleinen Hafenstädtchen am Meer kennengelernt habe, möchte ich um mich haben. Keine angepasste Version, weil Sie sich mit Ihrem wunderbar weichen Herzen um mich und mein Ansehen sorgen."

„Ich halte es aber dennoch für zuträglich, künftig weniger spontan zu handeln und mehr nachzudenken. Und Gott nach seinem Willen zu fragen, ehe ich eine Entscheidung treffe."

„Das ist wohl ein guter Einwand", pflichtete Henrietta ihr zögerlich bei. „Vielleicht sogar ein sehr guter. ‚Ein Ja von oben lässt Segen regnen', heißt es nicht so?" Wirklich überzeugt klang sie dabei allerdings nicht.

„Und Sie sagen mir umgehend und unverblümt, wenn ich wieder einmal über die Stränge schlage, Lady Henrietta! Denn obwohl ich verstehe, dass Sie anderen helfen und zugleich auch Ihrem … tristen Dasein entfliehen wollen, dürfen wir nicht außer Acht lassen, dass Sie ein Teil ebenjener Gesellschaft sind, deren Gefühle ich gestern so unbedacht verletzt habe."

„Sie haben niemanden verletzt." Henrietta setzte sich aufrecht hin und Lily folgte ihrem Beispiel. „Ich glaube vielmehr, dass sich die Anwesenden beim Anblick des Kindes unbehaglich gefühlt haben."

„Weil sie Sie, Lady Henrietta, bedauerten – aufgrund Ihrer Beziehung zu mir. Schließlich habe ich Sie durch meinen unbedachten Affront in eine zutiefst unerfreuliche Lage gebracht."

„Nein, Sie irren sich! Die Lords und Ladys fühlten sich unbehaglich, weil Sie ihnen vor Augen geführt haben, wie privilegiert ihr Leben ist. Außerdem haben Sie ihnen aufgezeigt, dass schon ein klein wenig Zuwendung das Leben eines Menschen zum Guten verbessern kann. Gleichwohl, dass sie alle in einem Glashaus sitzen, das weitaus zerbrechlicher ist, als sie wahrhaben wollen. Es braucht nicht viel, um die Annehmlichkeiten und den Überfluss einzubüßen, in dem sie schwelgen. Und damit wären dann plötzlich *sie* auf Hilfe angewiesen. Sie, Miss Thomson, haben bewiesen, dass es nur wenig Einsatz benötigt, um das eigene Leben mit Sinn zu erfüllen. Und dass die Etikette durchaus einmal verletzt werden darf, um andere wachzurütteln und Gutes zu tun."

Lily lauschte halb ungläubig, halb fasziniert. „Hoffen wir mal, Sie liegen nicht falsch mit dem, was Sie da gerade so überzeugend vorgetragen haben. Denn das könnte bedeuten, dass die Hafenkinder ab sofort Unterstützung erhalten."

„Dafür setzen wir uns ein. Sie und ich." Unternehmungslustig klatschte Henrietta in die Hände. Lily schenkte ihr ein dankbares Lächeln. Es war erstaunlich, wie viel Elan die Frau gerade an den Tag legte. Nun beugte sie sich vor und sagte: „Wir statten den Damen Besuche ab. Ich schicke sofort einen Diener los, der uns anmeldet. Im privaten Gespräch können wir in aller Ruhe von James' Schicksal berichten und auf das Leid der Hafenkinder und deren Familien hinweisen. Denn", Henrietta zog das Wort in die Länge, „wenn die Damen uns direkt gegenübersitzen, dürfte es ungleich schwerer für sie sein, unsere Bitte um Unterstützung auszuschlagen."

„Ich vermute, Sie würden eine gewiefte Geschäftsfrau abgeben", entgegnete Lily fasziniert. Vielleicht sollte sie einmal bei Halston nachfragen, ob er seiner Schwester nicht einige seiner Aufgaben anvertrauen wollte. Wobei Lily den zurückgezogen lebenden Marquess kaum einmal zu Gesicht bekam.

„Alles zu seiner Zeit, Miss Thomson", wehrte Henrietta ab, dennoch meinte Lily ein Funkeln in ihren Augen zu sehen.

Während ihrer letzten Fahrt mit der Kutsche war es bereits dunkel gewesen. Nun, am frühen Nachmittag, wanderte James' Blick fasziniert von einem Gebäude zum nächsten.

Lily hätte die Strecke gern zu Fuß zurückgelegt, zumal dem Jungen die Bewegung ebenso gutgetan hätte wie ihr, doch Henrietta hatte darauf bestanden, dass sie sich kutschieren ließen. Des besseren Eindrucks wegen. Auf Lilys leisen Protest hin hatte Henrietta abwehrend die Hand gehoben und erklärt: „Allein deshalb, weil wir ein Anliegen an die Damen herantragen wollen. Andernfalls wäre ich tatsächlich gern ein wenig herumspaziert." Dabei hatte sie verschmitzt gelächelt und James sogar zugezwinkert.

Es erstaunte Lily, wie viel Schwung und Lebensfreude Henrietta plötzlich ausstrahlte. Die Frau erschien ihr wie ein Peitschenkreisel, der sich nur noch langsam gedreht hatte und schon ins Trudeln gekommen war. Doch gerade noch rechtzeitig, bevor er umgefallen war, hatte ihm ein gezielter Schlag mit der Peitsche neuen Antrieb verschafft. Nun wirbelte Henrietta munter um die eigene Achse, wenngleich noch ein wenig im Verborgenen, wie hinter einem Paravent versteckt.

„Warum werden die Blätter im Herbst rot und gelb und fallen vom Baum?", kam es plötzlich von James. Lily blickte sich ebenfalls um. Von der Sonne beschienen, präsentierten sich die ersten Laubbäume in einem schüchtern anmutenden Grün. Zwei Eichhörnchen jagten sich um einen der Stämme. James lachte glockenhell auf und lehnte sich weit aus dem Fenster, um das Schauspiel besser sehen zu können. Schnell griff Lily zu und sorgte dafür, dass er nicht aus der Kutsche fiel.

„Der Junge fragt Ihnen noch Löcher in den Bauch", meinte Henrietta erstaunt.

„Er ist herrlich wissbegierig", pflichtete Lily ihr bei.

„Sie sind ihm eine gute Lehrerin."

„Dank der Apothekerfamilie in unserem Dorf habe ich eine vorzügliche Schulbildung genossen, vor allem für ein Mädchen", erklärte Lily.

„Falls Sie bei James eines Tages an Ihre Grenzen stoßen sollten, sagen Sie es mir bitte. Dann stellen wir einen qualifizierten Hauslehrer ein."

Lily hatte die Arme weiterhin um die Hüfte des Jungen geschlungen, wandte sich nun aber zu Henrietta um. Gleichgültig, wie wissbegierig James auch war – es würde wohl noch etwas dauern, bis dies der Fall wäre. Suggerierte Henriettas Vorschlag etwa, dass sie ihm langfristig ein Zuhause in Meltonplace bieten wollte? Und was bedeutete das für Lily? Wollte sie selbst der Heimat und ihrem Vater über eine so lange Zeitspanne hinweg fernbleiben? „Ist gut", sagte sie leise. „Vielen Dank, Lady Henrietta."

Diesmal war es Henrietta, die James' Frage beantwortete. Kurz darauf brachte Oscar die Kutsche vor einem kleinen Stadthaus in der Hill Street zum Stehen. Lily fragte sich, ob das Gebäude mit den üppigen Stuckverzierungen um die Fenster und dem säulengetragenen Vordach seine mangelnde Größe zu vertuschen versuchte.

„Das Haus der Familie Landox", raunte Henrietta ihr zu, während Oscar das Gefährt beim Absteigen zum Schaukeln brachte. Noch ehe er den Kutschschlag öffnen konnte, hatte James das bereits von innen getan. Mit einem Satz sprang der Junge hinaus und landete sicher wie eine Katze auf dem Kopfsteinpflaster.

Henrietta lächelte darüber und fuhr an Lily gewandt fort: „Obwohl nur ein Baron, verfügt Caspar Landox, so munkelt man, über ein sagenhaftes Vermögen. Er hat wohl ein Händchen für lukrative Geldanlagen. Zudem heißt es, er habe neuerdings einen ungewöhnlich jungen Berater, der wahre Wunder vollbringt. Mein Bruder hat vor einigen Tagen verlauten lassen, dass auch er versuchen wolle, das Finanzgenie zu verpflichten."

„Ich verstehe davon nicht viel", gab Lily zu.

„Ich ebenfalls nicht. Aber das würde ich gern ändern." Henrietta blickte zu James, ehe sie Oscars dargebotene Hand ergriff und würdevoll aus der Kutsche stieg.

Lily folgte ihr. Kaum dass sie auf der Straße stand, drehte sich Henrietta zu ihr um und flüsterte: „Ich möchte heute nicht nur wegen der Hafenkinder vorsprechen, sondern mich auch nach diesem Wunderknaben erkundigen. Warum sollte er allein für die Männerwelt tätig sein? Mein Vater hat mir zwar nicht das Vermögen und den Titel vermacht – vom Sitz im Parlament ganz zu schweigen –, aber dennoch verfüge ich über eine Apanage und nenne zudem Meltonplace und den Familienlandsitz am Meer mein Eigen."

„Dann wünsche ich Ihnen viel Erfolg." Lily grinste breit. Nicht weil sie Henriettas Plan für abwegig hielt, sondern vielmehr über den eisernen Willen in ihrer Stimme. Im Augenblick wirkte die Lady wie ein entschlossener Feldherr.

„Aber vielleicht sollte ich das lieber heimlich bewerkstelligen?" Die Frage kam wieder gewohnt unsicher daher. Doch insgeheim war Lily froh darüber, dass in der neuen Henrietta noch immer ein Stück der zurückhaltenden, ja nahezu verschreckten Frau von früher steckte. Sonst hätte sie wohl befürchten müssen, dass Henrietta demnächst einen handfesten Skandal heraufbeschwören könnte. Was Lily in die ungewöhnliche Position bringen würde, sie plötzlich bremsen zu müssen.

Lily sah sich nach James um und entdeckte ihn, halb verdeckt von einem Holunderstrauch, auf einem Fenstersims des unteren Stockwerks. Offenbar hatte er im Inneren des Gebäudes etwas Faszinierendes entdeckt.

Während Lily den Jungen aufforderte, schleunigst wieder von dem Sims herunterzuklettern, kommentierte Henrietta trocken: „Er ist ein halbes Äffchen."

„Für Jungen, die so frei aufwachsen wie James, ist das ein Kinderspiel."

„Und für Mädchen, die so frei aufwachsen? An der See zum Beispiel?", hakte Henrietta schmunzelnd nach.

„Für die gilt das Gleiche."

Henriettas Augen weiteten sich, dann kicherte sie, wobei sie sich die Hand, die in einem silbergrauen Handschuh steckte, vor das Gesicht hielt. „Sie könnten auf diesen Fenstersims klettern? Oder auf einen der Parkbäume dort drüben? Und über eine der Mauern?"

„Zweifellos, ja. Allerdings nicht in dieser Garderobe." Lily raffte den hellgelben Stoff ihres Kleides mit dem darüber fallenden weißen Organza, der ihre Figur umschmeichelte, und offenbarte dabei ihre Schuhe aus feinem Wildleder.

„Ich wünschte, Sie könnten mir das Klettern beibringen." Henrietta seufzte sehnsuchtsvoll, schwächte ihre Worte jedoch sofort ab, indem sie hinzufügte: „Aber in meinem Alter sollte ich auf derlei Vergnügungen wohl lieber verzichten."

„Eine Erkenntnis, die mich über die Maßen erleichtert", erwiderte Lily halb belustigt, halb ernst.

„Ich kann es Ihnen beibringen, wenn Miss Lily das nicht will", brachte sich James in Erinnerung und war wieder in seinen Gassenslang verfallen.

Henrietta legte eine Hand auf den dunklen Haarschopf des Jungen. „Einigen wir uns darauf, dass Miss Thomson und ich dich unterrichten, nicht andersherum."

„So ein Mist …" James trat einen kleinen Stein aus dem Weg, der prompt gegen die Hausfassade schlug.

„Darf ich dich bitten, dort drin besonders höflich zu sein, James? Und darum, dass du dich um eine angemessene Sprache bemühst?"

„Keine Sorge, das kriege ich hin, Mylady. Immerhin ist das, was Sie vorhaben, ziemlich wichtig." James sah sie aus seinen klaren blauen Augen ernst an.

Von Henrietta kam nur ein Seufzen. Wie Lily schien es auch sie zu schmerzen, dass der Junge am eigenen Leib erfahren hatte, wie leidvoll und menschenunwürdig das Leben an den Docks war.

Kurz darauf führte sie ein älterer, leicht hinkender Butler in einen hauptsächlich in Rosa gehaltenen Salon. Mit offenem Mund bestaunte James die in einer Vitrine ausgestellten Porzellantassen aus der Königlich-Polnischen und Kurfürstlich-Sächsischen Porzellanmanufaktur *Meißen,* ein gold-blaues Fabergé-Ei aus Sankt Petersburg, einen indischen Dolch, dessen Griff mit Edelsteinen besetzt war, und einige filigrane Elfenbeinschnitzereien, für die in Afrika oder Asien vermutlich ein Elefant das Leben gelassen hatte.

Als sich James' Finger einer voluminösen, roséfarbenen Porzellanvase näherten, wollte Lily ihn schon ermahnen, doch der Junge zog die Hand von selbst zurück. Ihm war die Ehrfurcht förmlich anzusehen, die ihn aufgrund der zur Schau gestellten Opulenz ergriffen hatte. Schließlich verharrte er auf einem weichen Orientteppich, musterte ein goldgerahmtes Gemälde mit seltsam dürren Pferden, ließ den Blick über den Kronleuchter schweifen, dessen Kristallprismen hellblau schimmerten, und gesellte sich dann zu Lily, die auf einer Chaiselongue Platz genommen hatte. „Diese Familie wird uns helfen, nicht wahr?“ Er klang hoffnungsvoll und verunsichert zugleich.

„Das hoffe ich“, antwortete Lily.

Erneut ließ er den Blick über die Kostbarkeiten im Raum wandern. Lily tat es ihm gleich und ahnte, was ihm in diesem Moment durch den Kopf ging. Mit einem Teil dessen, was nur ein einziger Gegenstand hier gekostet haben musste, könnte er ein gutes Leben führen.

Der Butler öffnete die Tür, um Edith Landox und ihre Mutter Margaret einzulassen. Gleich darauf zog er sich zwar zurück, ließ die Tür aber offen. Dies verriet Lily, dass die Damen des Hauses den Mann gebeten hatten, in der Nähe zu bleiben. Da sie nicht davon ausging, dass die beiden Frauen Henrietta misstrauten, galt diese Vorsichtsmaßnahme wohl eher ihr, hauptsächlich aber James.

Lily hielt sich zurück, während Henrietta, Edith und Margaret ein paar Höflichkeiten austauschten und Henrietta dankend den Tee annahm, den man ihnen offerierte. Ein Diener servierte diesen und ging dann rasch wieder hinaus.

Schließlich kam Henrietta auf den Grund ihres Besuchs zu sprechen. Sie berichtete noch einmal, wie James beinahe zwischen die Kutschpferde geraten war, verschwieg jedoch, dass Lily sich in einer Gegend Londons aufgehalten hatte, in die keine der beiden Damen auch nur einen Fuß setzen würde – wobei Lilys Ausflug zu den Docks inzwischen ein offenes Geheimnis war. Dafür hob Henrietta die tatkräftige Unterstützung des Earl of Kantley hervor, was Lily für einen klugen Schachzug hielt. Marvin Carter ins Spiel zu bringen, könnte sich positiv auf die Entscheidung der Damen auswirken.

James saß indessen auf einem Hocker mit goldenen Krallenfüßen und spielte mit den Troddeln des Stoffbezugs. Er hielt den Blick zumeist gesenkt, sah aber immer dann auf, wenn sein Name fiel, und blickte die potenziellen Wohltäterinnen mit geneigtem Kopf an.

Lily konnte bei diesem unterwürfigen Gebaren nur schwerlich ein Grinsen unterdrücken. Der gewiefte kleine Kerl vermittelte den Eindruck unschuldiger Lammfrömmigkeit. Einmal abgesehen davon, dass James sich in Meltonplace zumeist ruhig verhielt und die Regeln einzuhalten versuchte, die Henrietta aufgestellt hatte, war Lily dennoch bewusst, dass eine ungezähmte Wildheit in dem Jungen steckte. Etliche Gassenkinder entwickelten sich im Laufe ihres Lebens sogar zu hinterhältigen, ja bösartigen Erwachsenen. Davon war James zwar weit entfernt, aber dennoch wusste er sich Vorteile zu verschaffen; eine Fertigkeit, ohne die er wohl nicht überlebt hätte. Seine Anpassungsfähigkeit und Dankbarkeit hingegen zeugten von einem hohen Maß an Intelligenz. Trotz seiner jungen Jahre verstand James, welch einmalige Chance Henrietta ihm bot, um dem Elend seiner bisherigen Lebensumstände zu entkommen.

Lily konzentrierte sich wieder auf die Unterhaltung. Henrietta legte den Damen soeben dar, wie sich eine praktische Unterstützung ihrerseits gestalten könnte. „Sie übernehmen eine verbindliche Patenschaft für eines der Kinder. Gegenseitige Besuche sind dabei nicht vorgesehen“, fügte Henrietta umgehend hinzu, und in ihrer Stimme schwang der gleiche humorvolle Unterton mit, den Lily bei diesen Worten ebenfalls gebraucht hätte. Weder Lily noch Henrietta nahmen an, dass Edith oder Margaret je auf die Idee verfallen könnten, die Gegend um die Docks zu betreten. Dennoch riss Edith allein bei der Vorstellung, sie könnte gezwungen sein, das Hafenviertel aufzusuchen, die Augen auf, während sich Margaret ein besticktes und parfümiertes Tuch vor den Mund presste. Ihre nahezu ungestümen Reaktionen ließen Lily innerlich aufseufzen.

„Wie können wir sicher sein, dass unsere Geldspenden tatsächlich bei den Bedürftigen ankommen?“, hakte Edith nach. Dabei wanderte ihr skeptischer Blick erst zu James, dann zu Lily.

„Es versteht sich von selbst, dass wir dafür Sorge tragen werden. Zwei männliche Angestellte aus unserem Haushalt werden in James’ Begleitung die bedürftigen Familien aufsuchen. Selbstverständlich erst *nachdem* Miss Thomson aufs Sorgfältigste geprüft hat, welche Familien am dringendsten unsere Hilfe benötigen.“

„Das heißt, Miss Thomson wird sich künftig häufiger in den Hafengassen … aufhalten?“, fragte Margaret mit schriller Stimme. Ihr Zögern legte nahe, dass sie eigentlich etwas anderes hatte sagen wollen.

„Aber stets in Begleitung“, versicherte Lily rasch. Da die Baroness sie weiterhin despektierlich musterte, fügte sie sogleich hinzu: „Selbstverständlich werde ich mich nicht häufiger als unbedingt nötig dort aufhalten.“

„Ein einziges Mal ist schon einmal zu viel“, rügte Margaret.

„Ich stamme aus einem kleinen Fischerdorf an der Küste“, versuchte Lily, der Frau behutsam nahezubringen, warum sie von Haus aus nur wenig Vorbehalte gegenüber den Familien an den Docks in sich trug. „Das einfache Leben der Menschen, die ihren Lebensunterhalt mit der Fischerei verdienen, ist mir somit durchaus vertraut. Ebenso wie die zugegebenermaßen bescheidenen Wohnverhältnisse und die unangenehmen Gerüche, die am Hafen mitunter herrschen. Aber bitte glauben Sie mir: Die meisten dieser Leute sind fleißige, ehrliche und gottesfürchtige Menschen.“

„Selbige bereiten mir keine Sorge, sondern vielmehr der klägliche Rest“, wandte Margaret naserümpfend ein.

„Deshalb werde ich zu meiner und James’ Sicherheit stets in Begleitung zweier Männer unterwegs sein.“

„Und zum Schutz unserer Spenden?“, hakte Edith nach.

Während Henrietta ihr gut zusprach, musterte Lily die junge Frau mit zusammengekniffenen Augen. Sie hätte zu gern gewusst, ob in der Frage ein Hintergedanke mitschwang. Ehe sie noch länger darüber nachsinnen konnte, beugte sich James vor und stupste ihr sanft gegen den Ellenbogen. Also wandte sie sich ihm zu, während sich Henrietta weiterhin mit ihren beiden Gastgeberinnen unterhielt.

„Die junge Lady misstraut Ihnen“, flüsterte James.

„Was willst du mir damit sagen?“, fragte Lily erstaunt. Offenbar hatte der Junge ebenfalls eine unterschwellige Botschaft aus Ediths Frage herausgehört.

„Sie sind mehr so wie ich, nicht wie die da.“ Er nickte unauffällig in Richtung der Landox-Frauen.

„Nun ja, mit dieser Annahme liegst du nicht ganz falsch."

„Die Lady denkt, *Sie* nehmen auch etwas von dem Geld", ließ James sie wissen.

Lily setzte sich ruckartig auf und taxierte James mit einem entsetzten Blick. Während er diesen gelassen erwiderte, erschloss sich Lily, dass er mit seiner Mutmaßung recht haben könnte, weshalb sich ihre Missbilligung vielmehr gegen Edith richten sollte.

„Ihr Ansinnen in allen Ehren", flötete Margaret soeben und unterbrach damit Henriettas enthusiastischen Vortrag über all das Gute, was sie gemeinsam bewirken könnten. „Aber ich bin der Überzeugung, dass man diesen arbeitsscheuen und trunksüchtigen Kreaturen kein Geld in den Rachen werfen darf. Wer im Hafen keine Arbeit findet, muss andernorts sein Glück versuchen."

„Aber so … so einfach ist das nicht", stammelte Henrietta. Ihr Blick wanderte Hilfe suchend zu Lily. Ehe sie das Wort ergreifen konnte, erhob sich Margaret und sagte betont freundlich: „Und nun entschuldigen Sie uns bitte, Lady Henrietta. Wir haben noch eine wichtige Verabredung."

Auf einen vielsagenden Blick ihrer Mutter hin erhob sich auch Edith. Lily hätte gern noch ein paar abschließende Worte an die beiden Frauen gerichtet, doch als sie Ediths eisigen Blick sah, ließ sie von ihrem Vorhaben ab.

Nur wenig später saßen Lily, Henrietta und James wieder in Halstons Landauer, und Oscar wartete darauf, ein neues Ziel genannt zu bekommen.

„Ich kann doch nicht noch inständiger an ihre Herzen und ihre Großmütigkeit appellieren, oder?", fragte Henrietta mit Verzweiflung in der Stimme.

„Mir scheint, das wäre nicht angebracht", antwortete Lily bedrückt. Sie ahnte bereits, dass es ihnen in den übrigen Haushalten, die sie aufzusuchen gedachten, nicht besser ergehen würde. „Ich fürchte, wir müssen … unser Vorgehen auf die eine oder andere Weise anpassen", überlegte Lily laut.

Henrietta schüttelte sich leicht, als wolle sie die Erinnerung an den erfolglosen Besuch bei Margaret loswerden, dann blickte sie fragend zu Lily. Trotz des soeben erlebten Rückschlags schien ihr Wille ungebrochen, gegen die Armut der Hafenkinder anzugehen.

„In einem hat Lady Landox recht", gestand Lily freimütig ein, „Geld ins Hafenviertel zu tragen, ist nicht nur gefährlich, weil die Boten überfallen werden könnten, sondern mancherorts sogar unsinnig."

James nickte gewichtig. Ihm entging keines ihrer Worte, wie er sofort bewies. „Es gibt Väter, die vertrinken den gesamten Lohn."

Henrietta sog vor Entsetzen scharf die Luft ein. Die Vorstellung, dass Frauen und Kinder hungerten, weil der Ernährer der Familie sein mageres Einkommen lieber in die Spelunke trug, ging ihr sichtlich nah.

„Es wäre wohl sinnvoller, um Sachspenden zu bitten", schlug Lily in einem Anflug von Euphorie vor. „Stoffe, aus denen die Frauen Kleidung nähen können. Abgelegte Kleidungsstücke und Schuhe. Überschüssige Nahrungsmittel."

Henrietta nickte und strich dabei gedankenversunken den Stoff ihres Kleides an den Oberschenkeln glatt. „Darum zu bitten, fällt mir unter Umständen sogar leichter. Zumal die Frauen über derlei Belange mehr Entscheidungsgewalt haben als über finanzielle Mittel."

„Dann wollen wir es so handhaben", entschied Lily und fühlte sich sogleich eine Spur hoffnungsvoller. Es musste in diesen stattlichen Häusern doch eine Handvoll Menschen geben, die James' Schicksal anrührte.

„Wir sollten noch etwas anderes machen", mischte sich der Junge erneut ein. Sein Blick ruhte nachdenklich auf Henrietta, die prompt die Stirn runzelte. Es dauerte eine Zeit lang, ehe sich James dazu durchrang, zu sagen, was ihm durch den Kopf ging. „Sie müssen wissen, wovon Sie sprechen, wenn Sie mit den Frauen reden." James wartete keine Reaktion vonseiten Henriettas ab, sondern wandte sich um und sagte an Oscar gewandt: „Fahren Sie zu der Stelle, wo ich Ihnen in die Kutsche gerannt bin."

„Your Ladyship?", kam es erstickt vom Kutschbock.

Lily bemerkte Henriettas Zögern. Sie wusste: Nie zuvor hatte die Frau einen Fuß in ein Stadtviertel gesetzt, das für eine Dame ihres Standes als nicht schicklich galt. Und obendrein als gefährlich. Schließlich presste Henrietta kurz die Lippen zusammen, um gleich darauf trotzig das Kinn zu recken. Mit kräftiger Stimme sagte sie an Oscar gewandt: „Worauf warten Sie noch, Watson? Chauffieren Sie uns an besagten Ort, damit der junge Mann uns etwas zeigen kann."

James kicherte, wohl weil Henrietta ihn einen „jungen Mann" genannt hatte, doch Oscar zögerte noch immer. Erst als Henrietta zweimal kräftig gegen die Schlagfassung klopfte, fuhr das Gefährt mit einem Ruck an.

Mit jeder Kreuzung, die sie passierten, verblasste Henriettas zufriedenes, aufrührerisches Lächeln ein wenig mehr. Sie zog das Paisleytuch fester um ihre Schultern und wirkte, als wünsche sie sich trotz des Sonnenscheins und des ungewöhnlich warmen Wetters, sie hätte eine Pelisse gewählt.

Irgendwann erhob sich James und setzte sich neben seine Gönnerin auf die gepolsterte Sitzbank. Er schien kurz das Für und Wider abzuwägen, doch dann ergriff er ihre in Handschuhen steckenden Finger und war ritterlich darum bemüht, sie mit seinen zu umschließen. „Keine Angst, Lady Henrietta", sagte er im Brustton der Überzeugung, „wenn ich bei Ihnen bin, passiert Ihnen nichts."

„Das ist tröstlich", entgegnete Henrietta, wenngleich in zweifelndem Tonfall. Nervös tätschelte sie James' Hand.

Ob sich Henrietta soeben erschlossen hatte, was James mit dem Ausflug bezweckte? Sie hatte bei den Landox' argumentiert, dass es in dieser Gegend viele aufrichtige Menschen gebe, die, obwohl sie hart arbeiteten, nicht gerade auf der Sonnenseite des Lebens standen. Allerdings entstammte dieses Wissen nicht Henriettas eigenem Erfahrungsschatz. Sie hatte lediglich widergegeben, was James und Lily ihr gegenüber beteuert hatten. Und James war offenbar zu dem Schluss gekommen, dass Lady Henrietta Murray eigene Erfahrungen sammeln musste, ehe sie sich weiter für die Menschen aus dem Hafenviertel einsetzte.

Lily nickte dem klugen Jungen anerkennend zu und betete im Stillen dafür, auf diesem Ausflug nicht ausgerechnet einem verdorbenen Charakter über den Weg zu laufen.

London Daily Life **2. März 1811**

Immer mehr finstere Gestalten im Hafenviertel
Ehrenwerte Geschäftsleute an den Docks in Angst und Schrecken versetzt.

Die Rattenplage im Regent's Park und Hyde Park nimmt wieder zu
Mehr Rattenfänger gefordert.

Acht

Der Anblick war erschütternd! Henrietta wagte es nicht, irgendetwas anzufassen. Und erst der Gestank! Müsste sie nicht befürchten, dass man es ihr übel nahm, würde sie sich ein parfümiertes Taschentuch vor Mund und Nase halten. Der Not gehorchend bemühte sie sich, möglichst flach zu atmen und dadurch weniger von der unangenehmen Geruchsmischung aus Fäkalien, Verwesung und Moder in ihre Lungen zu befördern. Auf jedem einzelnen Pflasterstein, jeder Türklinke und selbst auf den wenigen tapferen Grashalmen, die aus dem teils gepflasterten, teils festgetretenen Boden spickten, schien eine schmierige Schmutzschicht zu liegen.

Derbes Männergelächter ließ Henrietta zusammenzucken, das schrille Kreischen einer Frau erschreckte sie zusätzlich. Sie konnte regelrecht spüren, dass sie angestarrt wurde: ganz offensichtlich von den Männern, die in den Hauseingängen herumlungerten, und von den freizügig gekleideten Frauen, die ihre Körper feilboten, und im Verborgenen durch die annähernd blinden Fenster und hinter halb geschlossenen Läden. Henrietta wünschte, Lily, James und sie wären zuerst nach Meltonplace zurückgekehrt und hätten eine weniger Aufmerksamkeit erregende Garderobe angelegt. Allerdings machte sie sich diesbezüglich nichts vor: Selbst ihr ältestes Kleid und die einfachste Redingote[10] würden hier auffallen wie ein Rubin unter Kieselsteinen.

James schien sich ebenfalls nicht wohl in seiner Haut zu fühlen. Er wusste, dass er wie ein „feiner Pinkel" aussah – so zumindest hatte er selbst es ausgedrückt. Seine Augen waren ständig in Bewegung, die kleinen Hände hatte er zu Fäusten geballt. Bei jedem Geräusch wirbelte er herum, stets dazu bereit, die Flucht zu ergreifen. Nur, was würde dann aus Lily und ihr werden?

Die junge Frau wirkte äußerlich gelassen, trotz des Elends und der bedrückenden Atmosphäre, die sie umgaben. Hatte sie denn vor nichts und niemandem Angst? Sie nickte sogar einer Prostituierten grüßend zu, als diese einen Schritt auf sie zukam. Zu Henriettas Verwunderung animierte gerade diese Höflichkeitsbekundung die leicht bekleidete Frau dazu, ebenfalls höflich zu nicken und sich wieder zurückzuziehen.

Henrietta atmete erleichtert auf und folgte James in eine abzweigende Gasse. Zwar standen die Häuser hier ebenfalls dicht zusammengedrängt, doch sie waren bedeutend größer, und der Straßenbelag bestand aus einem halbwegs intakten Kopfsteinpflaster. Die Türen der Gebäude waren weniger aufgequollen und hingen gerade in den Angeln, und es gab mehr Glasscheiben als derbe, verblichene Stofffetzen vor den Fenstern. Dafür flatterte über ihren Köpfen frisch gewaschene Wäsche. Hier und da fiel ein Wassertropfen herunter und traf Henrietta.

Beim Gedanken an die schmutzige Brühe, die sie zuvor durch so manchen Rinnstein hatte fließen sehen, schüttelte es Henrietta regelrecht. Zumindest war der Gestank hier etwas erträglicher, und sie hatte nicht länger das Gefühl, zum Schneiden dicke Luft einzuatmen.

Auf ihrem Weg kamen sie an Kindern vorbei, die am Straßenrand hockten und mit Glasmurmeln und Stöcken spielten, dazwischen saßen Greise auf wackligen Stühlen. Die Männer rauchten, einige von ihnen schnitzten, die Frauen beugten sich über ihre Näharbeiten. Als Henrietta das fröhliche Glucksen eines Babys vernahm und gleich darauf eine tiefe Frauenstimme, die ein ihr bekanntes Schlaflied anstimmte, war es ihr, als nähme jemand ein Zentnergewicht von ihrem Herzen.

Sie wandte sich zu Lily um und schenkte ihrer Gesellschafterin ein Lächeln, das diese mit einem erleichterten Gesichtsausdruck erwiderte. Das machte ihr klar, dass Lily im Stillen die Befürchtung gehegt hatte, all die widerwärtigen Eindrücke könnten sie zu einer kopflosen Flucht animieren.

Energisch straffte Henrietta die Schultern und hob den zuvor vor Entsetzen und Furcht geneigten Kopf. Sie war zwar unglaublich froh, dass James sie endlich aus dem unheilvollen Viertel hinaus- und hierhergeführt hatte, konnte jedoch seine Entscheidung nachvollziehen, gerade diesen Weg gewählt zu haben.

Unwillkürlich stahl sich ein Lächeln auf ihre Lippen. James war ein gewitzter Junge. Er hatte sie zuerst mit den schlimmsten Zuständen im Hafenviertel konfrontiert, um ihr nun zu verdeutlichen, dass es auch hier Menschen gab, die zwar in Armut lebten, aber dennoch den Wunsch verspürten, den eigenen Kindern ein wenig Freude zu bereiten und das harte Leben an den Docks bestmöglich zu meistern.

Allerdings gab es auch Ausnahmen, wie Henrietta gleich darauf feststellte. Ein Mann torkelte aus einer der Haustüren. Er fiel beinahe über die Schwelle und rempelte Henrietta an. Darüber schockiert, stieß sie einen erstickten Schrei aus. Panik bemächtigte sich ihrer, als der Betrunkene seine riesige Pranke auf ihre Schulter legte. Sie wäre wohl unglücklich gestürzt, wenn James und Lily sie nicht aufgefangen hätten.

„Was stehst du hier im Weg rum, Weib?“, lallte der Mann.

Angewidert von seinem fauligen Mundgeruch und der Ausdünstung von Alkohol und Schweiß, die ihr entgegenschlug, wich Henrietta zurück.

„Die Straße ist für jeden da!", fuhr James den Trunkenbold an.

„Elender Wicht!", grölte der und holte aus, um nach dem Jungen zu schlagen.

James duckte sich reaktionsschnell. Da sein Angreifer damit nicht gerechnet hatte, verlor der Mann das Gleichgewicht und fiel auf die Knie. James ergriff Henriettas Hand. „Weg hier!", rief er und zog sie ungestüm hinter sich her, sodass sie beinahe ebenfalls gestürzt wäre. Lily ergriff ihre andere Hand, und gemeinsam rannten sie ein gutes Stück des Weges, um von dem Hafenarbeiter wegzukommen. Als sie das Tempo schließlich verlangsamten, grinste James siegessicher, und auch auf Lilys Gesicht trat ein heiteres Lächeln.

Henrietta betrachtete die beiden irritiert. Hatten sie etwa ihren Spaß daran, dem ungehobelten Kerl eins auszuwischen und ihm dann zu entkommen? Sie jedenfalls war immer noch viel zu sehr damit beschäftigt, sich über sein unflätiges Gebaren zu echauffieren – was, dessen war sie sich bewusst, nichts an dem Geschehenen änderte. Was Henrietta allerdings beeinflussen konnte, war ihre Einstellung zu dem, was sie gerade erlebt hatte. Heiterkeit perlte in ihr hoch. Zwei Frauen und ein Kind hatten soeben einen gestandenen Mann zu Fall gebracht. Obwohl Henrietta eine Begegnung mit einem dermaßen unangenehmen Gesellen kein zweites Mal erleben wollte, entwich ihr ein Kichern. Wenn sie Morwenna davon erzählen würde … Und zu gegebener Zeit auch –

Henrietta schüttelte über sich selbst den Kopf. Das durfte sie ganz sicher nicht tun! Oder vielleicht doch?

Sie vertagte die Entscheidung auf später und folgte James zu einem Gebäude am Rande des Viertels, in dem die Häuser der besser verdienenden Fabrikarbeiter standen. Das Haus war aus braunen Steinen gebaut, die Tür wies deutliche Spuren von Verfall auf. Auf James' Klopfen hin öffnete ihnen ein etwa fünfjähriges blondes Mädchen mit zwei geflochtenen Zöpfen. Es trug saubere Kleidung, wie Henrietta mit einem prüfenden Blick feststellte, aber keine Schuhe an den Füßen. Aus dem bereits mehrfach geflickten Kleid war es längst herausgewachsen.

„James!", stieß die Kleine hervor und strahlte den Jungen an.

„Mummy, James ist hier", rief sie gleich darauf fröhlich in das dunkle Innere des Gebäudes hinein.

Eine Frauenstimme antwortete etwas, das Henrietta nicht verstehen konnte. Wieselflink schlüpfte James durch die Tür und eilte an einer nach oben führenden Treppe vorbei in die Parterrewohnung.

Das Mädchen blickte von Lily zu Henrietta und wieder zurück. Schließlich ging Lily in die Hocke und sagte: „Ich bin Lily. Lad- … Miss Murray und ich sind Freunde von James. Was denkst du, dürfen wir hereinkommen?"

Das Kind zuckte überfordert mit den Schultern und floh dann ins Haus, ließ die Tür aber offen.

Lily trat ein, musste sich allerdings bücken, um sich nicht den Kopf am Türrahmen zu stoßen. Henrietta wiederum zögerte. Sollte sie ihren beiden Begleitern wirklich folgen? Als sich ihr von der Straße her drei Männer näherten, die sich lautstark unterhielten, schlüpfte sie ebenfalls ins Haus und schob die Tür hinter sich zu.

Trübes Dämmerlicht empfing sie. Die Wände waren traurig grau, an etlichen Stellen bröckelte der Putz. Es roch ein wenig nach Schimmel, doch dafür konnten die Bewohner sicher nichts, denn der Boden war ordentlich gewischt. Als Henrietta in das einzige Zimmer des Erdgeschosses trat, stellte sie mit einem Blick fest, wie sauber und aufgeräumt hier alles war. Die Kochstelle war blank gescheuert, das Nachtlager – vermutlich schlief die ganze Familie auf dieser einen Strohmatte – war abgedeckt. Vier Teller, drei angeschlagene Tassen, eine Blechtasse und mehrere Einmachgläser waren ordentlich gespült auf einem Regal aufgereiht. Ein robuster Tisch mit vier Stühlen stand in einer Ecke am einzigen Fenster des Raumes. Auf der zerschrammten Tischplatte lagen etliche vollgeschriebene Blätter Papier – Schreibübungen der Kinder, die kein weiteres Blatt Papier oder eine Tafel zur Verfügung hatten, nahm Henrietta an.

Ihr Blick wanderte zu den Bewohnern des Hauses: fünf Kinder im Alter von etwa drei bis zwölf Jahren und eine schwangere Frau, die sich bei Lilys Eintreffen erhoben haben musste. Sie hatte eine Hand auf den Kopf des jüngsten Kindes gelegt, den anderen Arm um ihre älteste Tochter geschlungen und wirkte sichtlich überfordert beim

Anblick der wildfremden Menschen, die James ihr ins Haus gebracht hatte.

Der Junge baute sich zwischen der Familie und den Gästen auf und erklärte: „Das sind Mrs Alice Seymour, Anna, Emma, Charles, Pinny und Carl. Pinny heißt eigentlich Paula." James deutete auf das Mädchen, das ihnen die Tür geöffnet hatte. „Aber weil sie sich immer hinter Mrs Seymours Schürze versteckt, nennen alle sie Pinny."

Henrietta, die immer noch unsicher war, wie sie sich verhalten sollte, beschloss, es Lily gleichzutun. Sie nickte der Mutter mit einem freundlichen Lächeln zu, den Kindern gab sie die Hand. Dabei schämte sie sich ein wenig, weil sie Dankbarkeit für ihre Handschuhe empfand.

„Das mache ich schon lange nicht mehr", wehrte sich Pinny, was James ein joviales Lächeln entlockte. Henrietta nahm an, dass er für das schüchterne Mädchen gern den Aufpasser spielte.

„Sei bitte höflich", ermahnte Alice leise.

„Ja, Mummy", kam es prompt von Pinny, doch im nächsten Moment funkelte sie James herausfordernd an.

Henrietta fand sofort Gefallen an der Kleinen, so wie an der ganzen Familie, die sich inmitten eines – wie es Henrietta anmutete – feindlichen Umfelds tapfer behauptete.

„Das sind Lady Henrietta Murray und Miss Lily Thomson. Ich … wohne zurzeit bei ihnen." James strahlte eine Mischung aus Stolz und Unsicherheit aus und hatte darüber hinaus nun doch verraten, dass Henrietta nicht einfach nur eine Miss aus gutem Hause war.

Alice knickste, und Anna, die Älteste, folgte dem Beispiel ihrer Mutter. Die anderen Kinder standen nur sprachlos da und bestaunten die ungewöhnlichen Besucher.

„Ich … darf ich Ihnen eine Tasse Tee anbieten?", fragte Alice. Gleichzeitig betastete sie ihr Haar, um den Sitz ihrer Frisur zu prüfen, und strich sich dann die beigefarbene Schürze glatt.

Henrietta wollte spontan ablehnen, denn jedes einzelne Teeblatt musste für die Familie eine Kostbarkeit bedeuten. Doch Lily war schneller und bejahte freundlich, erklärte aber, dass Alice sich wieder setzen solle, weil sie den Tee selbst zubereiten würde.

Die Frau zögerte einen Augenblick, dann ließ sie sich mit einem Seufzen auf einem der Stühle nieder. Henrietta musterte ihren schwangeren Bauch und nahm an, dass es bis zur Niederkunft nicht mehr allzu lange dauern konnte – wobei sie von diesen Angelegenheiten schlicht keine Ahnung hatte. Die Frauen ihrer Gesellschaftsschicht zogen sich geraume Zeit vor der Geburt ihrer Sprösslinge aus der Öffentlichkeit zurück.

Während sich Lily am Herd zu schaffen machte – und offenbar keinerlei Probleme damit hatte, ein Feuer zu entfachen, was Bewunderung in Henrietta hervorrief –, setzte sie sich ebenfalls auf einen Stuhl. Anna schob hastig die Schreibutensilien beiseite und beschäftigte ihre jüngeren Geschwister. Wie es schien, übernahm das Mädchen die Mutterrolle, solange Alice unpässlich war.

Da ihre unfreiwillige Gastgeberin schwieg, beschloss Henrietta, dass es wohl an ihr war, eine Unterhaltung zu beginnen. Allerdings wusste sie nicht, über welche Themen sie mit der Frau sprechen konnte, ohne pietätlos zu erscheinen. Entsprechend unsicher klang ihre Stimme, als sie Alice das für sie Naheliegendste fragte. „Ist Ihr Ehemann Hafenarbeiter?"

„Er war Seemann."

Über Alice' Gesicht huschte ein Schatten. Dieser und das Wörtchen „war" führten dazu, dass Henriettas Beklommenheit zunahm. Nach einem weiteren Blick auf den gerundeten Bauch der Frau und hinüber zu den fünf Kindern spürte sie Übelkeit in sich aufsteigen. James hatte die Familie bewusst ausgesucht. Und Henrietta war ihm – all ihrer negativen Gefühle zum Trotz – unendlich dankbar dafür.

„Das Schiff ist in einen Sturm geraten. Der Kapitän hat nicht nur die Ladung eingebüßt, sondern auch einige Seemänner." Alice' Stimme war rau, Tränen schimmerten in ihren Augen. Sie hatte ihren Mann geliebt und vermisste ihn wohl nicht nur als Ernährer der Familie und Vater ihrer Kinder.

„Das tut mir wirklich sehr leid für Sie, Mrs Seymour", beteuerte Henrietta und warf einen hilflosen Blick in Richtung Lily. Doch die war damit beschäftigt, einige wenige Teeblätter in einen Kochtopf zu geben. Also fügte sie noch hinzu: „Ich hoffe, der Schiffseigner sorgt für Ihr Auskommen?"

Der verdutzte Blick, mit dem Alice sie bedachte, machte eine Antwort hinfällig.

Fassungslos senkte Henrietta den Blick auf ihre verknoteten Finger. Wie würde es wohl mit dieser Familie weitergehen? Eine Frau mit bald sechs kleinen Kindern und ohne das Einkommen und den Schutz eines Ehemanns und Vaters? Ob ihnen wenigstens die Wohnung gehörte? Henrietta bezweifelte es, wagte aber nicht, Alice danach zu fragen.

Plötzlich war sie zutiefst beschämt und fühlte sich mit ihrer vornehmen Garderobe, der klimpernden Halskette und den Goldohrringen völlig fehl am Platz. Sie hatte keine Ahnung, wie sie die Unterhaltung fortsetzen sollte. Worüber sprach man mit einer jungen Witwe in dieser grauenhaften Situation? Die für Henrietta gewohnten Unterhaltungen über anstehende Reisen, die neueste Mode, das nächste gesellschaftliche Großereignis oder darüber, wer wen demnächst ehelichte und welcher Lord gerade das Vermögen seiner Familie geschickt vermehrte oder durchbrachte, wären nicht nur unangebracht, sondern absolut … sinnfrei.

Da weder James noch Lily das Thema ansprachen, das sie hierhergeführt hatte, wagte Henrietta es nicht, ein Hilfsangebot auszusprechen. Erkundigungen darüber einzuholen, was Familien wie die Seymours am dringendsten benötigten, war ohnehin hinfällig. Denn hier fehlte es an allem. Und die Lage würde sich in den kommenden Wochen, vielleicht sogar schon in den nächsten Tagen drastisch zuspitzen.

Henriettas Muskeln verkrampften sich, als sie sich an die verbraucht aussehenden Dirnen erinnerte, die sie auf dem Weg hierher passiert hatten. Und daran, wie jung einige der Frauen gewirkt hatten; einige von ihnen waren wohl kaum älter als Anna. Diese Erkenntnis drohte Henrietta den Magen umzudrehen, und da half es auch nicht, dass Lily ihr im selben Moment eine der angeschlagenen Teetassen – natürlich ohne Unterteller – in die Hand drückte. Das Getränk bestand lediglich aus erhitztem Wasser mit einem Hauch von Aroma. Dennoch nippte Henrietta daran. „Es geht doch nichts über eine gute Tasse Tee, selbst an einem so frühlingshaften Tag wie diesem."

„Ja, das ist wohltuend." Alice lächelte. Dankbar, wie es Henrietta erschien. Offenbar hatte sie die richtigen Worte gewählt.

Lily setzte sich zu den Kindern auf die provisorische Schlafstätte, James hingegen gesellte sich zu ihnen an den Tisch. Der Junge schien ihrer beider Unbehagen zu spüren. Henrietta war sich sicher, dass er zu einem bemerkenswerten jungen Mann heranwachsen würde. Zu einem, der den Menschen zugetan war; ein Beschützer für alle, die dies anzunehmen bereit waren.

„Mrs Seymour kann wunderbar nähen und sticken und –", plapperte James drauflos, besann sich aber unverzüglich auf das inzwischen Erlernte. Er räusperte sich und bemühte sich um eine deutliche Aussprache, als er fortfuhr: „Als meine Eltern noch lebten, hat mein Vater einmal ein Taschentuch von einer Seereise mitgebracht. Mrs Seymour hat es mit Gänseblümchen bestickt, den Lieblingsblumen meiner Mutter, und Dad hat es Mum zum Geburtstag geschenkt. Es war so schön …"

Er senkte den Kopf, und Henrietta nahm seine Hand in ihre. Der Junge hatte seine Eltern nicht erst vor Kurzem verloren, und dennoch überwältigte ihn nun die Trauer. Hinzu kam wohl der Umstand, dass ihm nicht einmal ein Andenken an sie geblieben war – wie zum Beispiel ebenjenes Taschentuch.

Henrietta benötigte einen Augenblick, ehe sie begriff, weshalb James das Thema angesprochen und sich dabei schmerzlichen Erinnerungen ausgesetzt hatte.

„Wenn ich Ihnen Stoffe und Garn zukommen lasse, können Sie mir dann eine Arbeitsprobe erstellen?"

„Gern, Mylady." Alice' Augen leuchteten auf, und gleich darauf bedachte sie James mit einem dankbaren Blick.

Stille breitete sich zwischen ihnen aus, einzig unterbrochen von Lilys verhaltener Stimme und dem Gekicher der Kleinen, da sie ihnen aus dem Gedächtnis eine Kindergeschichte erzählte. Ehe das Schweigen unangenehm werden konnte, wandte sich Alice an

James und fragte: „Wie kommt es, dass du in Gesellschaft der beiden Damen unterwegs bist?"

„Ich bin von ihren Kutschpferden angerempelt worden, mit dem Kopf auf das Pflaster geschlagen und ohnmächtig geworden. Miss Thomson hat mich dann ins Haus von Her Ladyship bringen lassen."

„James Wilson!" Alice funkelte den Jungen an.

Gespannt darauf, warum die Frau plötzlich so aufgebracht über ihren kleinen Gast war, wartete Henrietta ab. Sie hoffte nur, im Folgenden wirklich jedes Wort verstehen zu können, denn auch Alice sprach den hier üblichen Slang, wobei sie ihn Henrietta gegenüber zu unterdrücken versuchte.

„Wie oft habe ich dich davor gewarnt, dich dieser Bande anzuschließen?"

„Es ist ja niemandem was passiert. Außer mir."

„Dass es gefährlich ist, hast du gewusst. Sowohl, was die Pferde und Kutschen anbelangt, als auch die Möglichkeit, erwischt zu werden."

James senkte zwar den Kopf, doch dies wirkte vielmehr trotzig als betroffen. Sein Seitenblick zu Henrietta fiel hingegen schuldbewusst aus. Als diese die kurze Unterhaltung Revue passieren ließ, erschloss sich ihr, was vor eineinhalb Wochen tatsächlich geschehen war: Der Junge war absichtlich vor die Kutsche gelaufen, um das Gefährt zum Halten zu zwingen. Solange der Kutscher abgelenkt gewesen war, hatten James' Kameraden die Insassen ausrauben sollen.

Unwillkürlich versteifte sich Henriettas Körper, denn aufgrund dieser Erkenntnis wurde ihr nicht nur unbehaglich zumute – immerhin wohnte James inzwischen unter ihrem Dach –, nein, damit erhielten auch all diejenigen recht, die sie gewarnt hatten, dass sie sich mit dem Jungen einen Gauner ins Haus holte. Allerdings waren Lily und Kate nicht ausgeraubt worden; den beiden Frauen war nichts geschehen. Weil die Bandenmitglieder geflohen waren, sobald sie festgestellt hatten, dass ihr kleiner Lockvogel ernstlich verletzt war?

„Darüber unterhalten wir uns noch, junger Mann!", sagte sie an

James gewandt. Mit einem neuerlichen Blick auf die karge Einrichtung der Seymours wurde Henrietta jedoch bewusst, dass sie wohl Gnade vor Recht ergehen lassen sollte. Ein Waisenkind hatte nicht viele Möglichkeiten, an Nahrungsmittel zu gelangen, außer durch Betteln und Stehlen. Und dass James nicht in eines dieser verrufenen Armen- und Arbeitshäuser hatte gehen wollen, konnte sie durchaus nachvollziehen.

Henrietta erhob sich. James sprang ebenfalls auf – derlei Höflichkeiten erlernte er gerade –, und auch Lily gesellte sich zu ihnen. Mit aufrichtiger Herzlichkeit in der Stimme bedankte sich Henrietta bei Alice für die Gastfreundschaft und versicherte der Frau abermals, ihr Material für eine Probestickerei zukommen zu lassen, da sie Alice künftig mit einigen Stickarbeiten beauftragen wollte. Gleichzeitig nahm sich Henrietta vor, alle ihre Bekannten ebenfalls dahin gehend zu ermutigen. Denn dass diese Familie – wie so viele andere, die unverschuldet in derart grauenvolle Verhältnisse geschlittert waren – dringend ihre Unterstützung benötigte, stand ihr nun deutlicher vor Augen denn je. So leicht, wie es im Fall der Landox-Frauen gewesen war, wollte sie sich künftig nicht mehr von ihrem Anliegen abbringen lassen.

Henrietta beschloss, die Nachricht von den verzweifelten Überlebenskämpfen der Menschen an den Docks umgehend in die Salons der Dukes, Earls und Viscounts von London zu tragen.

Lily hatte geahnt, dass es schwer werden würde, nicht jedoch, auf einen dermaßen unduldsamen Widerstand zu stoßen. Ihre Ernüchterung wuchs mit jedem weiteren Besuch an. Sie gewann zunehmend den Eindruck, dass dort, wo Macht und Reichtum herrschten, zugleich auch eine Menge Ignoranz und Selbstverliebtheit, ja der pure Egoismus wohnte. Dabei konnte sie nur schwer einschätzen, ob es Vorurteile waren, von Generation zu Generation weitergegeben, die Glaubenssätze hervorbrachten wie: „Wenn sie sich nur mehr anstrengen würden, könnten sie sich selbst helfen“, oder: „Es liegt offenbar in der Natur so manchen Individuums, dem Elend zu verfallen."

Soeben hatte Lily Edward Carter, den Duke of Cummingham, höflichst darauf hingewiesen, dass ein Mensch seine Situation nur dann aus eigener Kraft verbessern konnte, wenn er eine gute Schulbildung erhielt. Der Duke, ebenso gut aussehend wie sein Sohn Marvin, taxierte sie mit missbilligend zusammengeschobenen Augenbrauen; aus seinen meerblauen Augen blickte er sie frostig an. Dies erweckte in ihr den Eindruck, als stünde sie an der von Eis überzogenen See. Schließlich beugte sich Edward vor und raunte: „Arbeiter- und Dienstbotenkinder sind nicht in der Lage, sich schulisches Wissen anzueignen. Es zu versuchen, wäre vollkommen unnütz."

Lily schnappte regelrecht nach Luft, was ihr einen tadelnden Blick des Dukes einbrachte. Offenbar verstand er bereits das als einen Angriff gegen sich. Nun war es an ihr, den Mann aufgebracht zu mustern. „Sind Sie allen Ernstes der Überzeugung, dass die Kinder jener Menschen, die Ihnen tagtäglich treu und ergeben zu Diensten sind, Ihnen exquisite Speisen zubereiten und stets wissen, zu welchem Anlass Sie welche Schuhe, welchen Hut, welche Manschettenknöpfe tragen ..., dass es diesen Kindern an ausreichend Verstand mangelt, um das Schreiben und Rechnen zu erlernen?"

„Es besteht ein himmelweiter Unterschied zwischen dem Einüben immer wiederkehrender Handlungen, die sich selbst dem einfältigsten Geschöpf einprägen, und wahrer Intelligenz." Edwards Gesichtsfarbe hatte sich während Lilys flammender Rede deutlich in Richtung Rot verändert.

„Wie hat Ihnen Ihre Gouvernante oder Ihr Hauslehrer denn das Schreiben beigebracht, Your Grace? Etwa nicht durch wiederholtes Üben?", forderte Lily den Mann heraus.

Von Madeleine kam nur ein seltsam erstickter Laut, während Henrietta sich in ihrem Sessel vorbeugte und Lily warnend eine Hand auf den Arm legte. Mehr unternahm sie allerdings nicht, um ihre Gesellschafterin zur Mäßigung zu bewegen.

„Es wäre wohl zermürbend für jede Gouvernante und jeden Lehrer, derartige Schreibübungen für die unterprivilegierten Kinder dutzendfach zu wiederholen, um dabei kaum Erfolge zu erzielen, während sie es den unseren vier- oder fünfmal, meinetwegen auch zehnmal zeigen, damit sie es schließlich können."

„Dann ist unser James der nächste König von England!", trumpfte Lily auf. „Ich zeige ihm Buchstaben und Zahlen nur ein einziges Mal, und schon schreibt er sie nach und kennt ihre Bedeutung."

„Das zu behaupten, steht Ihnen frei." Edward stellte sein Whiskyglas entschieden zu hart auf der Anrichte ab.

„Ich kann es sogar beweisen – oder vielmehr James. Danach sind sicher auch Sie überzeugt und verstehen die Dringlichkeit, mit der wir unser Anliegen vorbringen, Your Grace", schlug Lily versöhnlich und hoffnungsfroh zugleich vor. Wenn der Mann sehen musste, um zu glauben, dann würde Lily genau dafür sorgen …

„Das diebische Lumpengesindel kommt mir nicht ins Haus!", fuhr Edward sie an. Während die beiden anderen Frauen zusammenzuckten, lächelte Lily lediglich nachsichtig und verschwieg dem Duke, dass James sich bereits unten in der Küche aufhielt und sich die Leckereien der Köchin munden ließ.

„James wäre nicht genötigt, ein *diebischer Lump* zu sein, wenn er eine schulische Ausbildung vorzuweisen hätte und –"

„Ich erachte dieses Gespräch als beendet", fiel Edward Lily eiskalt ins Wort und wandte sich von ihr ab. Seine Verärgerung war nicht zu übersehen. „Meinetwegen verhätscheln Sie den Jungen weiter, Lady Henrietta. Früher oder später werden Sie sehen, womit er es Ihnen dankt. Vermutlich mit einer leer geräumten Schmuckschatulle."

„Dann wäre er zumindest so intelligent, sich in Lady Henriettas Haus einzurichten, um sie bei passender Gelegenheit zu bestehlen", murmelte Lily, allerdings laut genug, dass der Duke es hören konnte. Dies handelte ihr einen warnenden Blick von Madeleine ein. Da es deren Haushalt und Gatte waren, bedauerte Lily den Disput aufrichtig. Sie flüsterte ein „Entschuldigen Sie bitte" in Madeleines Richtung, worauf diese mit einem leichten Nicken reagierte.

„Ich geleite Sie persönlich zur Tür", bestimmte der Duke, was nicht nur Lily verunsicherte. Henrietta war mit einem Mal auffallend blass um die Nase. Dass Edward es nicht dem Butler überlassen wollte, die beiden Frauen hinauszugeleiten, war ein Ausdruck von Misstrauen, wie er kaum deutlicher hätte sein können.

„Your Grace", Lily knickste vor der Duchess, „entschuldigen Sie bitte die von mir verursachte Aufregung. Doch wie Lady Henrietta bereits berichtet hat – und dabei hat sie in beachtlicher Weise Rücksicht auf Ihr zartes Gemüt genommen –, herrscht dort unten an den Docks eine große, zumeist unverschuldete Not unter den Menschen. Es wäre äußerst schmerzlich für mich, wenn ich das einfach so hinnehmen müsste."

„Dass Sie, oder vielmehr meine Frau, dafür aber *mein* Geld ausgeben wollen, ist Ihnen in Ihrem Schmerz wohl entgangen", ging Edward dazwischen.

Lily untersagte es sich, den Mann ein weiteres Mal darauf hinzuweisen, dass es durchaus Alternativen gab, um die Familien zu unterstützen: durch eine entlohnte Tätigkeit, durch eine Suppenküche, durch Kleidung und Lebensmittelspenden, durch das Einstellen eines Lehrers, der die Kinder der Arbeiterfamilien unterrichtete. Mittlerweile war selbst ihr überdeutlich bewusst, dass es dem Duke an Interesse mangelte, um über ein Hilfsangebot auch nur nachzudenken. Und, ja, er gehörte einem Gremium an, das es sich zur Aufgabe gemacht hatte, regelmäßig einen Arzt abzustellen, der sich um die Ärmsten der Armen kümmerte. Dafür war Lily ihm dankbar, wenngleich sie wusste, dass dieser Akt der Großherzigkeit vorrangig der Angst vor großflächigen Ausbrüchen ansteckender Krankheiten geschuldet war. Denn die machten auch vor den Prunkbauten in gehobenen Gegenden wie Mayfair und St. James nicht halt. Mehr zu tun, danach stand dem Duke, der zu den wohlhabendsten Männern des Landes gehörte, offenbar nicht der Sinn.

Der Butler wirkte irritiert, als er mit ansehen musste, wie der Hausherr höchstpersönlich die Gäste zur Tür hinauskomplimentierte. Nachdem die schwere Eichentür hinter ihnen ins Schloss gefallen war, ließ Henrietta mutlos die Schultern hängen. „Allmählich bin ich geneigt aufzugeben", flüsterte sie und wirkte dabei zutiefst resigniert.

„Ich hätte nicht gedacht, dass wir auf so viele verschlossene Herzenstüren stoßen", gab Lily zu.

„Wenn ich nur mehr Vermögen besäße", seufzte Henrietta. „Ich kann und werde mich selbstredend einschränken, doch das wird nicht von allzu großem Nutzen für unser Anliegen sein."

Lily nickte gedankenverloren. Henriettas wöchentliche Geldzuwendung war überschaubar, dennoch hatte sie beschlossen, jenen Finanzberater zu kontaktieren, der sich in London gerade einen Namen machte. Sie wollte prüfen, ob sie ihre Apanage vermehren konnte – zugunsten der Familien am Hafen. Ein entsprechendes Schreiben an den jungen Herrn, der, so hieß es, nicht an ein bestimmtes Geldhaus gebunden war, hatte sie sofort nach ihrem Besuch im Hafenviertel vor drei Tagen verfasst und abgeschickt, bisher aber noch keine Antwort erhalten. Dies mochte daran liegen, so argwöhnte Lily, dass der Mann ahnte, wie schlecht es um die finanziellen Mittel der ledigen Tochter eines Marquess stand. Offenbar erschien ihm sogar der Aufwand zu hoch, der Lady eine schriftliche Absage zukommen zu lassen.

Lily grollte dem Unbekannten und ebenso dem Duke of Cummingham. Sie verstand einfach nicht, weshalb man ihr und ihrem Vorhaben nicht nur Steine in den Weg legte, sondern ganze Felsbrocken. „Was machen wir nur falsch, Herr?", betete sie im Flüsterton.

Noch ehe sie ihr Anliegen weiter ausführen konnte, forderte Henrietta ihre Aufmerksamkeit. „Wir müssen James holen."

Lily nickte und bat die Frau, vor dem prächtigen Haus zu warten. Sie huschte über den gekiesten Weg, der sie durch den kleinen, aber sorgfältig angelegten Park zum Bediensteteneingang führte, und klopfte an die Tür. Ein Diener öffnete ihr, geleitete sie in den Flur vor der Küche und rief nach James. Der Junge verabschiedete sich lautstark von der Köchin und den Küchenmädchen. Kaum dass er an Lilys Seite war, zog er einen köstlich duftenden Keks aus der Hosentasche und bot ihn ihr an.

„Hast du den … gestohlen?"

„Da war ein ganzer Teller mit Keksen nur für mich. Ich konnte nicht alle auf einmal essen, also habe ich die restlichen zwei eingesteckt", erklärte James treuherzig.

„Aber vermutlich, ohne zuvor um Erlaubnis zu fragen. Und so fingerfertig, dass es niemand gesehen hat."

Der Junge zog eine Grimasse und nickte.

„Du bist ziemlich geschickt darin, nicht wahr?"

„Das muss ich sein."

„Jetzt musst du das nicht mehr, James. Und ich möchte nicht noch einmal erfahren, dass du heimlich etwas einsteckst."

Unter Lilys prüfendem Blick trat James nervös von einem Bein auf das andere, dann kramte er aus diversen Taschen, den Stiefeln und dem Hosenbund mehrere Silberlöffel, eine einfache, aber sicher wertvolle Schnupftabakdose und eine Tüte mit Teeblättern hervor. Lily ahnte, dass Letzteres nicht für ihn bestimmt war.

Ihr Entsetzen, gepaart mit einer gewissen Faszination, steigerte sich noch, als er aus dem Ärmel zwei in Tücher eingewickelte scharfe Messer zog und diese ebenfalls auf die Flurkommode legte. Den Messern folgten ein Stück feiner Leinenstoff aus dem Hemdausschnitt und zuletzt – das hoffte Lily zumindest – eine gestrickte Wollmütze.

„Fällt noch mehr aus dir heraus, wenn ich dich an den Füßen packe, dich umdrehe und kräftig schüttle?", fragte Lily fassungslos.

Auf James' Lippen blitzte ein Grinsen auf, dann schüttelte er verneinend den Kopf. „Das war schon alles."

„*Schon* alles?" Lily hätte beinahe laut gelacht.

„Wir verschwinden lieber von hier, ehe uns jemand mit dem Zeug sieht", schlug James flüsternd vor und deutete auf sein Diebesgut.

„Das wäre wohl sinnvoll", murmelte Lily. Sie packte den Jungen bei der Hand und zog ihn hinter sich her den Flur entlang.

Sie hatten fast die Tür erreicht, als eine Frauenstimme rief: „Miss Thomson? Bitte warten Sie!"

„Wir rennen besser los", schlug James vor.

„Nein, wir bleiben." Lily drehte sich um und warf Madeleine ein irritiertes Lächeln zu. Was machte die Duchess hier unten im Dienstbotentrakt?

„Ich wollte eigentlich von Ihrer Miss Seymour eine Tischdecke besticken lassen", erläuterte Madeleine leicht atemlos, da sie offenbar die Treppe hinunter und durch den langen Flur gehastet war.

„Das wäre wunderbar, Lady Cummingham!", erwiderte Lily hocherfreut.

„Nur leider … haben Ihre Worte den Duke erzürnt. Und die Tischdecke liegt in der Bibliothek, wo er gerade versucht, sich wieder in seine Arbeit zu vertiefen."

„Ich kann sie holen", bot James an.

„Nur das nicht!", stieß Madeleine hervor, hob aber sogleich entschuldigend die Hand. „Verzeihen Sie bitte meinen Ausbruch. Es ist nur –" Madeleine sprach nicht weiter. Ihre Schultern hoben und senkten sich, dann lächelte sie Lily an. Täuschte sie sich oder bemühte sich die Duchess gerade vergeblich um einen ausgeglichenen Gesichtsausdruck?

Die Frau ergriff Lilys Hand. „Ich bewundere Sie und Lady Henrietta, das müssen Sie mir glauben. Gestern sprach ich mit Lady Mary Knight und deren Schwägerin Lady Phoebe Knight. Beide empfinden für Ihr mutiges Engagement nichts als Hochachtung. Ein solches Unterfangen zu beginnen und sich dafür einzusetzen, muss äußerst befriedigend für Sie sein. Aber in gleichem Maße sorgen wir uns auch um Ihre Sicherheit, falls Sie erneut die Gegend nahe des Flusses aufsuchen wollen. Obwohl wir ja gehört haben, dass Sie … nun ja, sagen wir einmal, dass Sie zu gewissen *Schutzmaßnahmen* greifen."

„James und ich werden Vorsicht walten lassen, seien Sie bitte unbesorgt."

„Haben Sie für all das, was Sie dort mit ansehen müssen, nicht ein zu zartes Gemüt, Miss Thomson?"

„Dahin gehend würde Ihnen so manch ein Bekannter von mir sicher widersprechen", entgegnete Lily lachend und dachte vor allem an ihre früheren Kameraden wie Longfellow. „All das geht mir durchaus nahe, Lady Madeleine, doch ich bin, was meine Konstitution anbelangt, recht robust veranlagt. Ich sehe die Not, aber anstatt an ihr zu verzweifeln, suche ich lieber nach Lösungen und packe tatkräftig mit an."

„Das ist der Unterschied, nicht wahr?", fragte Madeleine und ließ den Blick über Lily hinweg zur offenen Hintertür schweifen. Von dort drang das Klappern von Pferdehufen herein. „Ich stehe zwei Hilfskomitees vor, rühme mich ihrer Erfolge und bin stolz auf mein Engagement. Aber wirklich konfrontiert mit denjenigen, denen wir helfen wollen, bin ich nicht. Mein Beitrag ist rein … organisatorischer Natur."

„Das ist eine wichtige und ehrenwerte Aufgabe, Lady Madeleine", beteuerte Lily. „Es braucht die Menschen im Hintergrund, jene, die planen und den Überblick haben. Für diese Aufgabe ist eine andere Befähigung vonnöten als für diejenigen, die praktische Hilfe vor Ort leisten."

„Es sei denn, wir gebrauchen es als Ausrede, um uns nicht die Hände schmutzig zu machen. Um das Gewissen zu beruhigen, um uns nicht gänzlich unnütz zu fühlen oder dazu, den gesellschaftlichen Erwartungen gerecht zu werden und mit ehrenamtlichem Engagement zu glänzen."

„Nun, zu entscheiden, welche Motivation hinter helfenden Händen steht, ist die Angelegenheit eines jeden Einzelnen von uns."

Madeleine seufzte. „Ich wünschte, ich hätte den Mut, Sie zu bitten, dass Sie mich nur ein einziges Mal zum Hafen mitnehmen. Vielleicht wäre ich über mich selbst erstaunt und darüber, wie versiert ich darin bin, Trost zu spenden."

Lily lächelte ob Madeleines schwärmerischen Tonfalls, war sich allerdings sicher: Dazu würde es niemals kommen.

„Aber ich fürchte, mir fehlt es an Mut. Vor allem weil ich gelegentlich höre, was mein Sohn Marvin über den Hafen erzählt. Er ist ja wegen seiner Schiffe häufig dort. All der Schmutz. Ratten und angriffslustige Möwen. Menschen, die sich gehen lassen. Spelunken, die allerlei Individuen zweifelhaften Rufs anlocken. Schlägereien und Raubüberfälle."

„Und mittendrin leben Familien wie die Seymours, denen wir Hilfe angedeihen lassen möchten."

Madeleine nickte. Sie hielt noch immer Lilys Hand, drückte diese nun fest und ließ sie dann los. „Ich möchte Ihnen gegenüber uneingeschränkt offen sein, Miss Thomson: Mich schreckt allein die Vorstellung, dass die Nachricht von meinem Besuch dort an die

Öffentlichkeit gelangen könnte. Und das, obwohl ich Lady Henrietta Bewunderung entgegenbringe, ja ihr gegenüber sogar einen Anflug von Neid empfinde. Sie darf ein Abenteuer erleben, das meine Vorstellungskraft übersteigt und das auch ich mir mehr ersehne als alles andere. Doch im Gegensatz zu mir und vielen meiner Standesgenossinnen ist Lady Henrietta in einer Position, in der man ihr gewisse … Freiheiten zugesteht."

„Aus Mitleid?", hakte Lily nach. „Oder weil man ledigen Frauen in ihrem Alter Verschrobenheit nachsagt?"

„Nun, jetzt da sie es so frei aussprechen, ist es für mich beschämend, dass ich das Thema überhaupt angeschnitten habe."

„Sie sagten nur, was gemeinhin gedacht wird."

„Ich bin mit dieser Vorstellung aufgewachsen, Miss Thomson." Madeleine lächelte entschuldigend. „Warum sonst, denken Sie, lassen unsere Debütantinnen diese extrem anstrengenden und manches Mal sogar demütigenden Saisons über sich ergehen, um baldmöglichst einen Ehemann zu finden?"

„Bedauernswert", murmelte Lily, konnte die Beweggründe der Mütter und ihrer Töchter inzwischen aber deutlich besser nachvollziehen.

„Jedenfalls", fuhr Madeleine fort, „würde man mir derlei … Abenteuer nicht so schnell nachsehen. Vermutlich hätte ich danach um meinen Ruf und mein Ansehen zu kämpfen. Ganz abgesehen davon, dass der Duke of Cummingham um seine gesellschaftlichen Beziehungen fürchten müsste und seine Verärgerung über mich durchaus gerechtfertigt wäre. Und Marvin …" Madeleine sah Lily prüfend an, ehe sie fortfuhr: „Er würde *Sie* dafür verantwortlich machen, seine geliebte Mutter in Gefahr gebracht zu haben. Ich fürchte, es gäbe im Anschluss ein unerquickliches Zusammentreffen zwischen ihnen beiden."

„… das ich nicht scheuen würde." Lily schmunzelte. Es wäre nicht das erste wenig erbauliche Gespräch zwischen ihr und Marvin. Im Grunde bereitete es ihr sogar Freude, sich mit ihm zu messen. Er sagte, was er dachte, war dabei aber niemals verletzend. Vielleicht ein wenig uncharmant und roh, was Lily jedoch die Möglichkeit bot, in der gleichen Intensität zu argumentieren. Dennoch konnte sie Madeleines Befürchtung nachvollziehen. Allerdings hatten Henrietta und sie ohnehin nicht vor, eine der Damen, die sie um Unterstützung baten, zu den Familien an den Docks zu bringen.

„Ich habe sie. Und niemand hat mich gesehen." James' Worte veranlassten Madeleine und Lily, sich zu ihm umzuwenden. Stolz hielt der Junge eine sorgfältig geplättete und zusammengelegte weiße Tischdecke hoch. An seinem linken Arm baumelte ein kleiner Organdybeutel. „Das lag daneben. Ich denke, es ist auch wichtig?"

„Das hast du zu Recht angenommen", pflichtete Madeleine perplex bei. „Es enthält die Stickgarne, die verwendet werden sollen."

Lily musterte den sichtlich zufriedenen Jungen. Wie war es ihm nur gelungen, sich heimlich fortzuschleichen, das halbe Haus zu durchqueren, die Bibliothek zu betreten und diese Utensilien zu entwenden, ohne dass der Duke oder jemand von der Dienerschaft es bemerkte? Und dann war er mit seiner Beute auch noch ungesehen zurück in den Hauswirtschaftsbereich und bis hierher an die Dienstbotentür gelangt.

Das Schimpfwort *Hafenratte,* das Lily so aufgebracht hatte, kam ihr in den Sinn. Auch wenn es falsch war, ein Kind so zu bezeichnen, schien James durchaus die Begabung zu haben, so flink und unauffällig wie jene zugegebenermaßen lästigen Nager aufzutauchen und wieder zu verschwinden. Erneut verspürte sie diese ungewöhnliche Gefühlsmischung aus Ablehnung und Faszination in ihrem Inneren.

Während Madeleine dem Jungen erklärte, welche Stickereien sie sich für die Tischdecke vorstellte, bewegte sich Lily unauffällig in Richtung Kommode. Hinter ihrem Rücken tastete sie mit einer Hand nach den dort von James abgelegten Gegenständen. Zuerst berührten ihre Fingerspitzen einen Silberlöffel, dann die Kekse. Lily griff zu und führte die Hand langsam wieder nach vorn, um sie in der Tasche ihres Mantels verschwinden zu lassen.

Es wäre doch gelacht, wenn es nicht auch ihr gelingen könnte, die Süßigkeit aus dem Haus des Dukes zu schmuggeln …

London Daily Life **7. März 1811**

Lord Gilmorton, dritter Viscount of Benkley, verkauft sein Anwesen in Benkley.

Neun

Die Kekse in ihrer Hand schienen Feuer gefangen zu haben. Jedenfalls ging eine Hitze von ihnen aus, die dazu führte, dass sich Lily mehr als unbehaglich fühlte.

Eigentlich hatte sie gedacht, dass es keine Sache von Bedeutung wäre, das Gebäck still und heimlich einzustecken. Sie war sich sogar sicher, dass es, hätte sie es auf der Anrichte liegen lassen, inzwischen im Schweinetrog gelandet wäre. Trotzdem meldete sich Lilys Gewissen. Sie hatte heimlich etwas entwendet, das nicht für sie bestimmt gewesen war. Nichts Verwerfliches, sollte man meinen. Im Grunde war es gleichgültig, ob sich die Köchin das Gebäck einverleibte oder ob es die Schweine zu fressen bekamen, ob James es mitgenommen und später gegessen hätte oder ob es nun in Lilys Tasche steckte. Warum also fühlte sie sich so … unwohl?

Als sie auf ihrem Weg zurück zum Anwesen der Murrays vier Kinder entdeckte, die auf einem schmalen Wiesenstreifen mit einem aus Hessian geformten und mit Gras gefüllten Ball spielten, entschuldigte sie sich kurz bei Henrietta und ging zu den Jungen hinüber. Mit großen Augen blickten die Kinder fragend zu ihr auf. Sie trugen kurze Hosen, gestreifte Hemden und abgetragene, aber intakte Schuhe. An ihren dünnen Beinen waren die Strümpfe hinabgerutscht. Lily vermutete in ihnen die Sprösslinge aus den Ladengeschäften und Werkstätten in dieser Straße.

„Können wir Ihnen helfen, Miss?“, fragte der Größte von ihnen und verbarg seine schmutzigen Hände, indem er sie hinter dem Rücken versteckte.

Lily lächelte die vier der Reihe nach an und hielt ihnen die heimlich entwendeten Kekse hin. „Die habe ich übrig, vielleicht wollt ihr sie euch teilen?“

„Einfach so?“, fragte der Jüngste, ohne sie anzusehen. Sein sehnsüchtiger Blick klebte an der Süßigkeit.

„Natürlich. Ich erwarte keine Gegenleistung. Sie sind ein Geschenk.“

„Dann liebend gern! Vielen Dank, Miss.“ Der Älteste nahm die beiden Kekse so behutsam entgegen, als wolle er mit seinen schmutzigen Fingern keinesfalls Lilys edle Handschuhe berühren.

„Gern geschehen.“ Lily atmete auf und erfreute sich an den strahlenden Gesichtern der Jungen. Deren Begeisterung zu sehen, vertrieb ihre aus Gewissensbissen geborenen Fragen.

Der Große brach die Kekse durch und verteilte sie.

„Genießt die Leckerei.“

Der Kleine hatte bereits den halben Keks im Mund und nickte kauend. Lily lachte leise auf, klopfte sich die Krümel von den Handschuhen und ging zu James und Henrietta zurück.

„So eine kleine Sache und so eine große Freude“, kommentierte Henrietta das Geschehen. James hingegen sah Lily von unten herauf an. Prüfend. Irritiert. Doch dann huschte ein Lausbubengrinsen über sein Gesicht, ehe er sich kopfschüttelnd umwandte.

Lily biss sich auf die Unterlippe und zuckte gleichzeitig mit den Schultern. Das, was sie im Augenblick empfand, war ein seltsames Gemenge. Sie fühlte sich schuldig und dennoch mutig, ja beinahe verwegen.

Als sie sich Meltonplace näherten, erblickte sie eine wartende Droschke vor dem Eingangstor.

„Oh, er ist bereits eingetroffen“, bemerkte Henrietta. Sie raffte ihr Kleid und hatte es plötzlich sehr eilig. Lily, die die längeren Beine hatte, konnte spielend mit ihr mithalten, James musste rennen, um nicht den Anschluss zu verlieren.

„Wen erwarten Sie denn?", fragte Lily.

„Na, den Finanzexperten, von dem alle schwärmen."

„Sie haben den Herrn einbestellt? Ich war davon ausgegangen, dass er sich nicht gemeldet hat."

„Aber ja, er hat sich gemeldet. Gestern. Ich habe durch seinen Boten sofort den Termin bestätigen lassen."

Lily bedachte die Frau mit einem anerkennenden Lächeln. Offenbar war Henrietta die sinnvolle Anlage des Erbgeldes, das sie bezog, so wichtig, dass sie unverzüglich einen Gesprächstermin mit dem Mann vereinbart hatte. Dass dieser sich mit einer Frau treffen wollte und nicht von vornherein auf die Anwesenheit des Vaters, des Ehemanns oder – in Henriettas Fall – des Bruders bestand, verwunderte sie allerdings. Als sie dies laut äußerte, räumte Henrietta ein: „Ich habe ihm einen Teil meines Namens vorenthalten."

Lily benötigte einen Moment, bis sich ihr erschloss, was Henrietta damit meinte. Auf den Stufen zur Tür ergriff sie Lilys Hand. „Sie werden doch an meiner Seite sein, nicht wahr?"

„Wenn Sie das wünschen."

„Unbedingt, Miss Thomson. Ganz unabdingbar unbedingt!"

Lily meinte zu spüren, dass die Frau zitterte. Offenbar war sie einmal mehr erschrocken über ihre eigene Courage.

Ein Diener öffnete ihnen, Archie nahm ihnen die Umhänge ab. „Ein Mr Theodore Longfellow erwartet Sie im Grünen Salon, Your Ladyship."

Lily fuhr zu dem Butler herum, der sie erst fragend, dann besorgt ansah. „Ist Ihnen nicht wohl, Miss Thomson?", erkundigte er sich.

„Sagten Sie gerade Theodore Longfellow, Mr Cammeron?"

„Gewiss, Miss. Der Herr stellte sich als Theodore Longfellow vor."

„Das ist der Name des Finanzberaters", mischte sich Henrietta ein. Fragend blickte sie von Lily zu Archie und wieder zurück.

„Vielleicht ist es nur der gleiche Name", murmelte Lily. Die Vorstellung, dass ihr Jugendfreund jener hochgelobte Finanzexperte sein sollte, um den sich die Geschäftsleute und zunehmend auch die

Adligen Londons rissen, war schlicht unmöglich. Immerhin würde Longfellow eines Tages die Apotheke seines Vaters übernehmen.

„Longfellow ...", sinnierte Henrietta und hob dann die Augenbrauen. „Ich dachte mir doch gleich, dass ich den Namen schon einmal gehört habe." Sie lächelte entzückt. „Wäre es nicht ein wunderbarer Zufall, wenn meine heutige Verabredung ausgerechnet *Ihr* Mr Longfellow wäre? Jener adrette junge Mann, mit dem Sie sich dort unten am Meer ein solch erbauliches Streitgespräch geliefert haben?"

„Das ist unmöglich!", beteuerte Lily. „Aber es ist dennoch ein verblüffender Zufall, dass ich heute einen zweiten Theodore Longfellow kennenlerne."

Henrietta ging Lily voraus in Richtung Salon. An der Tür angekommen, bat sie Archie durch eine Handbewegung, mit dem Öffnen noch zu warten. „Ich verspreche mir Bedeutsames von diesem Gespräch, Miss Thomson. Eine vorteilhafte finanzielle Absicherung meinerseits, um nicht gänzlich vom Erfolg meines Bruders abhängig zu sein. Und eine Möglichkeit, meine Apanage so anzulegen, dass ich einen gewissen Gewinn damit erwirtschafte, den ich sinnvoll im Hafenviertel ... anlegen kann."

„Das ist wahrlich ein großherziger Gedanke, Lady Henrietta."

Angesteckt von Lilys Überschwang, setzte Henrietta ihr strahlendstes Lächeln auf und klatschte begeistert in die Hände. „Das finde ich ebenfalls. Und ich hoffe, *dieser* Mr Longfellow hat viel von dem Ihren. Denn dann wird er darüber hinwegsehen, dass nicht *Henry* Murray ihn herbeizitiert hat, sondern *Henrietta* Murray."

„Henry?" James lachte schallend auf.

„Ich bringe James nach oben und gebe ihm eine Schreibaufgabe", entschied Lily. Der Junge konnte sich so leise und unauffällig verhalten, dass selbst sie gelegentlich seine Anwesenheit vergaß.

Prompt machte James ein enttäuschtes Gesicht, folgte ihr aber widerstandslos. Er war begierig darauf, so viel Wissen in seinem kleinen Kopf unterzubringen wie eben möglich – getrieben von der Angst, dass seine bevorzugte Behandlung eher früher als später der Vergangenheit angehören könnte. Lily versuchte zwar, ihm diese Sorge zu nehmen, doch für ein Hafenkind wie ihn war es wohl schwer zu glauben, dass ihm auf Dauer etwas Gutes widerfahren sollte.

Nachdem sie James ins Lernzimmer gebracht hatte, kehrte Lily in das untere Stockwerk zurück. Archie öffnete ihr die Tür zu jenem Salon, dessen Tapete und Vorhänge in Grüntönen gehalten waren. Die hellen Möbel machten ihn zu einem freundlichen Raum; die auf den tiefen Fensterbänken stehenden Kleinigkeiten, darunter filigrane Porzellanfiguren und edle Glasvasen, sorgten für deutlich mehr Gemütlichkeit, als sie das übrige Haus ausstrahlte.

Lily verharrte im Türrahmen und starrte den Gast verblüfft an. Aus dem sandfarbenen Sessel erhob sich nicht irgendein, sondern tatsächlich *ihr* Theodore Longfellow. Er eilte ihr mit großen Schritten entgegen und baute sich unmittelbar vor ihr auf. „Und mit welchem Pseudonym darf ich diese Lady ansprechen? Mr Leander? Mr Lucas? Mr Lion?“

„Mir ist alles recht, wenn du nur endlich das *Lady* sein lässt.“ Lily legte ihre Hand in seine, die er ihr entgegenstreckte.

Longfellow drückte kurz zu, ließ sie aber rasch wieder los. „Lady *Henry* und ich haben bereits vielversprechende Pläne geschmiedet.“

„So lange war ich doch gar nicht fort“, warf Lily verblüfft ein.

„Die Dame“, er verbeugte sich in Henriettas Richtung, ehe er fortfuhr, „ist höchst geschäftstüchtig. Ich erachte ihr Vorhaben als sinnvoll und überaus inspirierend. Derlei unterstütze ich gern mit meinen Fähigkeiten.“

„Die du dir wo angeeignet hast? Ich dachte immer, du würdest die Apotheke deines Vaters übernehmen. Und wie kannst du diese Beratertätigkeit ausführen, ohne bei einer Bank beschäftigt zu sein? Oder bei –“

„Die wissbegierige Lady Lily“, zog Longfellow sie auf. Er deutete auf die Sitzgruppe im hinteren Teil des Raumes, und Lily ging ihm dorthin voraus.

Henrietta blickte ihnen vergnügt entgegen. Nachdem Lily sich neben ihr auf dem Zweisitzer niedergelassen hatte, nahm Longfellow erneut in dem bequemen Sessel Platz. Er agierte in Gegenwart der Lady ebenso selbstsicher wie ein Adliger und weniger wie der Apothekersohn aus der Provinz.

„Ich habe mich nie für die Arbeit in der Apotheke erwärmen können", plauderte Longfellow drauflos. „Deshalb habe ich mich für ein anderes Studium entschieden, als du es dir offenbar erfolgreich eingeredet hast."

„Du hast dich sehr wohl für die Pharmazie interessiert, allerdings bist du bereits an den einfachsten lateinischen Begriffen gescheitert."

„Mir scheint, dass deine scharfe Zunge nicht einmal im ehrenwerten London geschliffen werden konnte?!"

Von Henrietta kam ein Kichern, dann lehnte sie sich bequem zurück.

„Ich habe während und nach dem Studium bei einer Bank gearbeitet", fuhr Longfellow fort. „Dabei habe ich mein Geschick im Hinblick auf lukrative Geldanlagen entdeckt. Also dachte ich mir, es wäre einen Versuch wert, die während des Studiums geknüpften Kontakte zu nutzen und etwas Neues zu wagen – wobei meine Geschäftsidee nicht ganz so revolutionär ist, wie viele annehmen. Ich möchte ja nicht prahlen." Obwohl er saß, verneigte er sich leicht in Henriettas Richtung, die jene Ehrerbietung mit einem Lächeln quittierte. „Ich nehme – bildlich gesprochen – das Investment der Anleger in die Hand und offeriere es direkt und ohne den Umweg über ein Geldhaus den Inhabern verschiedenster Unternehmen. Im Erfolgsfall wird mein Einsatz mit einer entsprechenden Gratifikation belohnt. Mein zweites Standbein ist der Tatsache geschuldet, dass selbst vermögende Lords einmal in einen finanziellen Engpass geraten können. Ihnen versuche ich zu helfen, ihre Finanzen zu ordnen – auch wenn das bedeutet, dass sie sich im Zweifelsfall von lieb gewonnenen, seit Generationen in Familienbesitz befindlichen Liegenschaften trennen müssen. Jedenfalls … eilte mir schon bald mein Ruf voraus. Inzwischen prüfe ich die an mich herangetragenen Anfragen sorgfältig und genieße das Vorrecht, nur für mir sympathische Personen arbeiten zu müssen, deren Anliegen und

Arbeitspraktiken mir menschenfreundlich, sinnvoll und zukunftsweisend erscheinen."

„Was deinen Ruf als geheimnisumwobenes Genie nur noch mehr gefestigt hat. Und das innerhalb einer erstaunlich kurzen Zeitspanne und trotz deiner jungen Jahre." Lily strahlte Longfellow voller Bewunderung an. Auch wenn seine Lateinkenntnisse zu wünschen übrig ließen, hatte sie nie daran gezweifelt, dass der forsche Apothekersohn eines Tages sehr erfolgreich sein würde. Allerdings war das in ihrer Vorstellung nie in London gewesen – und schon gar nicht als Experte für Finanzangelegenheiten.

„Zu viel der Ehre, Lady Lily."

„Oh, das war dann wohl mein Fehler", pflichtete sie ihm bei. „Ein gravierender, unverzeihlicher noch dazu. Ich entschuldige mich aufs Innigste!"

„Es sei dir verziehen. Würdest du mich jetzt bitte entschuldigen? Ich war gerade dabei, mit Lady *Henry* die Möglichkeiten zu besprechen, ihre Zukunft abzusichern und gleichzeitig in der von ihr gewünschten, höchst lobenswerten Freigiebigkeit den weniger vom Glück verwöhnten Menschen einen Sonnenstrahl ins Leben zu schicken."

„An dir ist wahrhaftig ein Poet verloren gegangen", spottete Lily.

„Daran werde ich mich versuchen, falls die Erfolge auf meinem gegenwärtigen Fachgebiet eines Tages ausbleiben sollten."

„Wovor uns Gott bewahren möge. In zweifacher Hinsicht."

„Weil du gewillt bist, auch ein klein wenig anzulegen?", wollte Longfellow wissen. „In den Währungen Frechheit und Wildheit? Oder –"

„Du meinst sicher, etwas von meiner Liebenswürdigkeit und Vergebungsbereitschaft? Denn beides hindert mich daran, dir sämtliche in Reichweite befindlichen Kissen und Vasen an den Kopf zu werfen."

„*Davon* könntest du tatsächlich mehr gebrauchen", zog Longfellow sie auf. „Und der mit dem größten zu erwartenden Gewinn wäre vermutlich ich selbst."

„Falls es dich tröstet, Longfellow: Du bist nicht der Einzige, der gelegentlich zu spüren bekommt, dass ich meinen eigenen Kopf habe."

„Du meinst deinen hübschen und intelligenten, zugleich jedoch auch leicht … streitsüchtigen Kopf?"

„Ein herzliches Dankeschön für deine Noblesse, dies als Frage zu formulieren", fuhr Lily den Mann an, konnte ein Auflachen aber nicht unterdrücken.

„Zu meiner Schande muss ich gestehen, dass mir nur kein geeigneteres Wort eingefallen ist. Die, die mir in den Sinn kamen, hätten allesamt unhöflich geklungen."

„Dann danke ich dir erneut, diesmal allerdings dafür, dass ich so gut weggekommen bin." Lily strahlte ihn übertrieben freundlich an.

„Stets zu Diensten, Mylady."

„Wie überaus großherzig von dir, denn ja, ich bin ebenfalls gewillt, einen gewissen Betrag zu investieren."

Longfellow hob zwar die Augenbrauen, verkniff sich aber einen Kommentar bezüglich ihrer finanziellen Situation. Lily wünschte, sie hätte die Kekse noch, denn es wäre sicher interessant zu beobachten, wie Longfellow das Gebäck gewinnbringend vermehrte.

Im nächsten Moment kam ihr ein Gedanke, den sie sogleich mit allergrößter Vehemenz von sich schob. Doch während Henrietta und Longfellow über ihre Pläne sprachen, schlich er sich erneut bei ihr ein. Energisch wies Lily ihn ein weiteres Mal von sich, um ihn nur wenig später, wenngleich mit einer gehörigen Portion Gewissensbissen, doch willkommen zu heißen.

Schließlich wandte Longfellow seine Aufmerksamkeit wieder Lily zu. „Und was kann ich für Sie tun, Sir Lucas?"

„Ich könnte dir nur gelegentlich und dann auch lediglich kleinere Beträge zur Anlage bei einem vertrauenswürdigen Unternehmer anvertrauen. Das wäre für dich allerdings nicht sonderlich gewinnbringend, fürchte ich."

„So vergesslich, Lady Lily? Ich bin der Mann mit dem Renommee, aus wenig viel zu machen."

„Ebenso wie der Mann mit der überheblichen, selbstverliebten und entschieden zu siegessicheren Attitüde?"

„Das, meine hochverehrte Lady Lily, ist unser beider Geheimnis."

„Und nun auch meines", fügte Henrietta hinzu. Sie strahlte über das ganze Gesicht und schien sehr zufrieden zu sein. Damit, dass sie soeben weitreichende Pläne geschmiedet hatte – ohne die Einflussnahme ihres Bruders –, und noch viel mehr damit, dass sie Anteil an Lilys Geplänkel mit Longfellow hatte. So zumindest machte es den Anschein auf Lily.

Longfellows Nicken verdeutlichte ihr, dass er die Dynamik zwischen der echten Lady und Lily durchschaute. Er wusste sicher, wie einsam, ja von der Gesellschaft ausgeschlossen sich unverheiratete Frauen wie Henrietta fühlen mussten, zumal ein Erbfolgevertrag sie – obwohl die Ältere – in die zweite Reihe und somit in eine gänzlich unbedeutende Position gedrängt hatte.

„Ich komme morgen mit den Papieren zur Unterschrift vorbei", erläuterte Longfellow abschließend und lehnte sich bequem zurück. „Nun, da so weit alles geregelt ist, würde mich noch interessieren, wer außer mir neuerdings in den Genuss von Lilys ungeteilter Aufmerksamkeit kommt."

„Du möchtest gern den Namen der bedauernswerten Person erfahren, die ich mit meinen Widerworten dazu herausfordere, ihren Standpunkt zu überdenken und möglichst zu revidieren?!"

„Ebendies, Lady Lily."

„Marvin Carter, der siebte Earl of Kantley", verriet Henrietta, was Lily lieber für sich behalten hätte.

„Marvin Carter?" Longfellow blickte verblüfft von Henrietta zu Lily. „Ich dachte nicht, dass du in solchen Kreisen verkehrst", fügte er erstaunt hinzu.

„Miss Thomson begleitet mich zu Matineen und Soireen, zu Empfängen, Bällen und sonstigen Gesellschaften. Selbstverständlich trifft sie dort auch Lord Kantley. Wobei er derartige Einladungen gern einmal ausschlägt."

„Das wundert mich nicht. Während des Studiums war er stets strebsam, überaus erfolgreich und hatte wenig Freude an Vergnügungen der gehobenen Gesellschaft. Was ihm als zukünftigem Duke natürlich nicht geschadet hat. Er musste sich nicht – wie ich – um einflussreiche Kontakte bemühen."

Unangenehm berührt rutschte Lily auf dem Sitzpolster nach vorn. Longfellow kannte den Earl of Kantley? Und das, wie es schien, sogar recht gut. War Marvin demnach einer jener „einflussreichen Kontakte", die Longfellows Aufstieg forciert hatten?

„Dir scheint es nicht sonderlich zu behagen, dass ich Carter kenne", schlussfolgerte Longfellow richtig.

„Und dir scheinen noch immer all jene Nebensächlichkeiten aufzufallen, mit denen du mich aufziehen kannst", murmelte Lily verstimmt.

„Das ist mein erklärtes Lebensziel, meine Liebe."

„Nun muss ich wohl die Befürchtung hegen, dass Lord Kantley und Mr Longfellow sich verbrüdern und gemeinsam meinen Ruf als vorzügliche Gesellschafterin, die aus Diskussionen jeglicher Art als Siegerin hervorgeht, ruinieren werden."

„Welch grandioser Einfall!" Longfellow lachte schallend.

Lily fand das allerdings weniger amüsant, da sie befürchtete, fortan das bevorzugte Gesprächsthema zwischen den beiden Herren zu sein – gespickt mit für ihren Geschmack entschieden zu vielen Geschichten aus ihrer Jugend, die ihrem Ansehen nicht eben zum Vorteil gereichten.

Schnell machte sie sich jedoch bewusst, dass das Schicksal – oder vielmehr Gottes fürsorgliche Hand – Longfellow nach London geführt und somit dafür gesorgt hatte, dass sich Lily die finanziellen Fähigkeiten ihres Jugendfreundes zunutze machen konnte. Doch dafür benötigte sie James' Hilfe. Und mehr Mut, als sie jemals würde aufbringen können?

Teil II

London Daily Life **26. Juni 1811**

Welche Lords und Ladys vermählen sich in diesem Jahr?
Alle Namen und Details auf Seite 3.

Lady Landox, Ehefrau von Baron Caspar Landox, sucht neue Kammerzofe
Der Hintergrund für das Ausscheiden der Vorigen ist diesmal bekannt.

Zimmerbrand in Londoner Stadthaus!
Das Feuer konnte zügig gelöscht werden,
für die benachbarten Anwesen bestand zu keiner Zeit Gefahr.

Zehn

Nach einem Vierteljahr mit unzähligen rauschenden Hochzeitsfesten und auserlesenen Bällen, Matineen, Soireen und anderen Vergnügungen war Lily erleichtert, als Henrietta ihr eine Reise nach East Sussex vorschlug.

Um sich von den Seymours zu verabschieden, tauchten James und Lily einmal mehr in die Gassen am Fluss ein. Dort wurden sie begrüßt von geifernden Frauen, knurrenden, verwahrlosten Hunden, bettelnden Kindern und betrunkenen Männern. Darunter mischten sich solche, die sorgsam gekleidet ihrem Tagesgeschäft nachgingen, Botengänge machten oder, obwohl es bereits Vormittag war, noch immer nach Arbeit anstanden. Über den Gassen flatterte Wäsche, hinter einem Bretterzaun hackte jemand Holz, zwei Jungen liefen an ihnen vorbei, Schulbücher in den Händen. Sie gehörten zu den wenigen Privilegierten, die die Schule besuchen konnten.

Lily hätte die rege Betriebsamkeit in den Gassen jenseits der noblen Wohnviertel wohl genossen, wäre da nicht die allgegenwärtige Not der Menschen, die hier lebten. Das bellende Husten, das durch ein zersprungenes und lediglich mit einem Tuch verhängtes Fenster drang. Das stinkende Abwasser und der von den Schornsteinen ausgestoßene rußgeschwärzte Rauch, der sich als schmieriger Film auf so ziemlich alles hier legte. Die verzweifelten, hageren Gesichter so vieler Männer und Frauen, und dazwischen die derjenigen, die das Leben hatte hart werden lassen – oder dreist. Das Weinen der jungen Mutter mit dem toten Kind im Arm, weil kein Arzt zugegen gewesen war; die alte Frau, die ihre Nächte in einer Holzkiste verbrachte, da es ihr an einem geeigneten Schlafplatz mangelte …

Mit jedem Mal, das Lily, eingehüllt in eine Redingote mit Kapuze, um ihre weibliche Gestalt und ihr Gesicht zu verbergen, durch jene Straßen eilte, brach es ihr das Herz ein wenig mehr. Sie versuchte zu helfen, wo sie konnte, doch das von den Knight-Damen und Madeleine erübrigte Nadelgeld sowie Henriettas, Longfellows und ihr eigener Beitrag waren derweil aufgezehrt. Lily wagte es nicht, Henrietta ein weiteres Mal um Unterstützung zu bitten. Viel zu sehr trieb sie die Furcht um, die Lady damit endgültig in Verruf zu bringen. Diese ging gerade in ihrem neu erwachten gesellschaftlichen Leben auf, schien nachzuholen, was sie all die Jahre verpasst hatte; zum Teil selbst verschuldet durch ihr reserviertes, aber auch verletztes Wesen.

Lily fand, dass sie kein Recht hatte, Henrietta das wieder zu nehmen, indem sie etwas in die Wege leitete, was die Geringschätzung verheirateter Frauen ihr gegenüber neu aufleben lassen könnte – womöglich noch stärker als je zuvor. Aus diesem Grund spielte sie von Zeit zu Zeit mit dem Gedanken, die aus dem Augenblick heraus entstandene Eingebung aus dem Frühjahr in zu Angriff nehmen. Allerdings hatte sie sich bisher nicht dazu durchringen können. Weil sie wusste, dass dies … unlauter wäre.

Lily zuckte zusammen, als James sie kräftig am Arm packte und zurückhielt. Sie waren an der Kreuzung angekommen, in deren Nähe die Seymours wohnten. Ihr erschloss sich sofort, was James irritierte: Die Gasse vor ihnen lag völlig verlassen da. Keine Menschenseele war zu sehen. Eine unheimliche Stille schwebte über dem Szenarium, das sich den beiden zum Betrachten darbot. Auf einer Holzkiste unter einem Fenster, eingerahmt von zwei Hockern, lagen Spielkarten. Ein Kreisel war in einem Loch zurückgeblieben, das einst einen Pflasterstein beherbergt hatte. Vor einer Tür stand ein Paar verdreckte Männerschuhe.

„Kannst du dir das erklären?“, flüsterte Lily und streifte sich die Kapuze ab. Eine Gänsehaut breitete sich auf ihren Armen aus, und ihre Verwirrung verwandelte sich in Sorge, die Furcht im Gepäck hatte. „Ein Todesfall vielleicht?“, schlug sie schließlich selbst vor, da James schwieg. Der Junge schaute sich zunehmend panisch um, der Griff um ihren Arm verstärkte sich.

„Bow Street Runners“, gab er gepresst zurück. „Sie waren hier und haben jemanden mitgenommen. Oder sie treiben sich noch immer hier herum, suchen nach jemandem.“ Gehetzt, wie er war, verfiel er abermals in den Slang der hiesigen Gegend.

Voller Unbehagen warf Lily einen Blick über die Schulter. Auch die schmale Kreuzung lag verlassen da; erst an der Stelle, wo die angrenzende Gasse einen Bogen bestritt, spielten einige Kinder auf dem Pflaster.

„Wir gehen rein“, bestimmte James und zog Lily mit sich. Die Eingangstür der Seymours war unverschlossen. Bereits als Lily und James an der nach oben führenden Treppe vorbeihasteten, schlugen ihnen aus der Parterrewohnung aufgeregte Stimmen entgegen. Ein Baby, vermutlich Alice' Neugeborenes, weinte.

James klopfte kräftig an die Wohnungstür. Pinny öffnete ihnen, ließ sie schweigend ein und sorgte dafür, dass die Tür wieder ordentlich verschlossen war.

Augenblicklich kehrte Stille ein. Lily war in der Gegend keine Unbekannte mehr, obwohl sich ihre Fürsorge hauptsächlich auf die Familie Seymour konzentrierte. Nun sah sie in viele junge Gesichter, die ihr nur flüchtig bekannt vorkamen.

„Macht Miss Thomson Platz", erklang Alice' Stimme aus dem Hintergrund. Zwei junge Männer, die nervös ihre Schiebermützen in den Händen kneteten, traten zurück, sodass Lily in dem überfüllten Raum bis zum Tisch unter dem Fenster gehen konnte. Dort saß Alice, das Baby im Arm. Die anderen Kinder – bis auf Pinny – saßen auf der Strohmatratze und nahmen die Aufregung im Raum mit weit aufgerissenen Augen wahr.

Lily setzte sich auf den für sie geräumten Stuhl und ließ sich von Alice den kleinen Matt reichen. Wie bei jedem ihrer Besuche schaute das Baby sie neugierig an. Diesmal widmete Lily dem Jungen allerdings nur einen kurzen Blick, ehe sie sich an Alice wandte: „Was ist passiert?"

Mehrere Stimmen wurden laut, Erregung und Verärgerung erfüllten den Raum. Carl Morgan, ein Fünfzehnjähriger, der sich, seine Mutter und zwei Schwestern über die Runden zu bringen hatte, platzte heraus: „Sie haben Molly entlassen! Aber das ist noch nicht mal –" Carl brach vor Zorn ab und schlug mit der Faust gegen die Wand.

Lily wandte sich dem Jungen zu, wobei sie angestrengt nachdachte, wer die Genannte war. Sie war sich sicher, dass sie bisher keiner Molly vorgestellt worden war.

Alice beugte sich über den Tisch und erklärte: „Molly ist Carls Cousine. Sie hat den Morgans ein wenig … unter die Arme gegriffen. Dank ihrer Anstellung als Kammerzofe bei Lady Margaret Landox war ihr das möglich." Alice schüttelte bekümmert den Kopf.

Dies nutzte Carl, um grimmig einzuwerfen: „Molly hat nicht absichtlich ein Feuer gelegt. Das würde sie niemals tun! Sie ist ein Engel, sie denkt immer zuerst an die anderen. Wahrscheinlich hat die alte …", Carl verschluckte wohl eine unflätige Bezeichnung für Ediths Mutter, „… selbst die Kerze umgestoßen und es nicht mal bemerkt."

Lily, die natürlich von der Aufregung um den Zimmerbrand im Stadthaus der Landox' gehört hatte, warf James einen fragenden Blick zu, woraufhin der Junge ihr zunickte. Zweifelsohne teilte er Carls Ansicht über Molly. Also hatte James mit seiner Vermutung recht gehabt: Molly war von den Bow Street Runners abgeholt worden, womöglich hatte man sie bereits eingesperrt. Auf sie wartete nun ein Gerichtsprozess wegen Brandstiftung, der – so musste Lily leider annehmen – nicht zu ihren Gunsten ausgehen würde, obschon die Kammerzofe allem Anschein nach keine Schuld traf. So leicht wandelte sich Glück in Unglück, stürzte eine ganze Familie in Verzweiflung und Armut. Was die junge Frau wohl nach ihrer Verurteilung erwarten würde, falls man sie für schuldig befand, fahrlässig oder sogar vorsätzlich ein Feuer gelegt zu haben? Die Verbannung oder gar … der Strick?

Ein Anflug von Übelkeit überfiel Lily. Sie ballte die Hände zu Fäusten. Die Ungerechtigkeit war himmelschreiend; das, was der Frau drohte, Furcht erregend. Und das nur, weil sie versucht hatte, ihre Familie zu ernähren, und deshalb den Launen einer wohlsituierten Adligen ausgesetzt war, die für ein einziges Kleidungsstück mehr ausgab, als Mollys Familie für ein ganzes Jahr zum Leben zur Verfügung hatte? Es war so einfach, den Bediensteten die Schuld für das eigene Vergehen, die eigene Nachlässigkeit anzuhängen.

Zwar hatte die Dienerschaft der Landox' den Zimmerbrand dank der bereitstehenden Sandsäcke rasch eindämmen können, die Kunde von dem Geschehen hatte sich aber dennoch wie ein Lauffeuer verbreitet. Immerhin standen die Häuser in der Gegend dicht an dicht, ein Brand hätte rasend schnell auf das benachbarte Gebäude übergreifen können …

„Können Sie irgendetwas für Molly tun, Miss Lily?", fragte ein anderer Junge, den Lily auf etwa dreizehn Jahre schätzte. Hastig zog er sich die fadenscheinige Mütze vom Kopf, strich sich das Haar aus der Stirn und stellte sich aufrecht hin. War dies seine Art der Ehrerbietung für die gut gekleidete Frau aus besseren Verhältnissen? Oder entsprang sein Gebaren vielmehr seiner Erziehung; einer ihm von den Eltern anerzogenen Höflichkeit Frauen gegenüber? Dieses

Viertel war ein Schmelztiegel so vieler unterschiedlicher Existenzen, dass es Lily darüber schwindlig zu werden drohte.

„Ich wüsste nicht, was ich da tun könnte", erwiderte sie traurig. Im Hintergrund entbrannte aufgebrachtes Gemurmel. Vielleicht, so überlegte Lily, weil einige der Anwesenden annahmen, sie besäße genug Geld und Einfluss, um Molly zu helfen, wolle dies aber – aus für sie unerfindlichen Gründen – nicht tun. Vorurteile und Fehleinschätzungen gab es nicht nur vonseiten der Reichen, was die Bewohner des Hafenviertels betraf, sondern ebenso in die entgegengesetzte Richtung.

„Ich bitte euch", ermahnte Alice die Anwesenden. Ihr Blick ruhte allerdings prüfend auf Lily; womöglich, da sie die gleiche Hoffnung gehegt hatte.

„Ich kenne keinen Juristen, der sich des Falls annehmen könnte. Aber ich werde bei Lady Henrietta vorsprechen. Und bei Lord Melton." Hilflos zog Lily die Schultern hoch.

„Das ist mehr, als wir erwarten können", räumte Alice ein. Immerhin wusste die Frau, dass Lily, Henrietta und James eine Reise geplant hatten.

„Leider kann ich euch nichts versprechen", sagte Lily in Richtung der Anwesenden, die sie teils erwartungsvoll, teils herausfordernd oder gar flehend ansahen.

„War ja klar!", kam es ungehalten von jemandem aus dem Hintergrund, ein anderer zischte strafend. Lily fasste dies nicht als Beleidigung ihrer Person auf, denn für die Missstände selbst konnte sie nichts. Aber konnte sie etwas *dagegen* tun? Ein klein wenig helfen. Für ein bisschen mehr Gerechtigkeit Sorge tragen.

Diesmal ließ sie jenen einen verwegenen Gedanken ein Quäntchen länger zu, ehe sie ihn, wie schon so oft zuvor, als unziemlich von sich wies.

Sie erhob sich, reichte das inzwischen friedlich schlafende Baby an Alice zurück und umarmte die Frau und jedes ihrer fünf anderen Kinder. An Carl gewandt sagte sie: „Ich versuche, soweit es in meiner Macht steht, deiner Cousine zu helfen. Aber bitte mach dir und deiner Familie keine allzu großen Hoffnungen."

Carl schwieg, nickte aber grimmig.

„Sagst du mir bitte, wo du wohnst, damit ich dich und Mollys Familie erreichen kann?"

„Zwei Häuser weiter, auf der gegenüberliegenden Straßenseite. Das Haus mit der grünen Tür", blaffte er kaum verständlich.

„Danke." Lily wandte sich um.

„Carl Morgan!" Alice' Stimme durchdrang ungewohnt herrisch die wieder anschwellende Geräuschkulisse. „Bereite deiner Mutter keine Schande!"

„Danke, Miss Thomson", kam es folgsam von dem schlaksigen Jungen. Einer seiner Freunde lachte darüber höhnisch auf, besaß allerdings nicht den Mut, sich zu erkennen zu geben.

Pinny entließ sie in den Flur, und James öffnete für Lily die Eingangstür. Sonnenschein und ein beißender Gestank, der von den Fabriken herbeiwehte, hießen sie willkommen. Unwillkürlich zog Lily ihr Taschentuch aus der Redingote und presste es sich vor Mund und Nase. Erneut überfiel sie ein unangenehmes Schwindelgefühl, diesmal musste sie sich an dem speckigen Türrahmen festhalten, um nicht zu fallen.

„Was ist mit Ihnen, Miss Lily?" James war aufmerksam und bemerkte ihren misslichen Zustand.

„Ich … fühle mich ein wenig unwohl."

„Sind Sie krank?"

Lily zuckte mit den Schultern. Kate und einigen anderen Bediensteten in Meltonplace hatte in der vergangenen Woche eine Erkältung zu schaffen gemacht. Ob sie sich angesteckt hatte? Lily wünschte, ihr wäre dieser Verdacht früher gekommen, dann hätte sie die überfüllte Wohnung der Seymours gemieden, um niemanden anzustecken.

„Sehen wir zu, dass wir zurück nach Meltonplace kommen." Lily trat hinaus auf die Straße und streifte sich dabei die Kapuze über den Kopf.

James war mit einem Sprung an ihrer Seite, ergriff ihre Hand und führte sie – diesmal auf direktem und damit kürzestem Weg – von den Docks fort. Sobald sie bei den Fabriken angekommen waren, winkte Lily eine Droschke herbei. Erleichtert ließ sie sich auf das durchgesessene Polster fallen. Ihr war furchtbar heiß. James übernahm es, dem Fahrer ihr Ziel zu nennen. Beim unsanften Anrucken des Gefährts wallte erneut Übelkeit in Lily auf. Sie schloss die Augen und schrak erst wieder hoch, als James sie an der Schulter rüttelte. War sie etwa eingeschlafen?

Der Junge half ihr beim Aussteigen. Kaum dass sie mit beiden Füßen auf der Straße stand, musste sie sich schwer auf ihren kleinen Galan stützen, so sehr drehte sich die Welt um sie herum.

„Miss Thomson?“ Die kräftige Hand von Marvin schob sich fürsorglich unter ihren Ellenbogen. „Mit Ihrem vornehm blassen Teint machen Sie ja den eitelsten Damen Londons Konkurrenz.“

„Was nicht in meinem Bestreben liegt“, murmelte Lily und lehnte sich mehr an den Mann, als es sich schickte. Wenngleich sie sich dessen bewusst war, konnte sie nicht dagegen angehen. Sie fühlte sich wie damals, als sie heimlich mit einem Ruderboot aufs Meer hinausgefahren war, obwohl der herannahende Sturm bereits erste warnende Vorboten über die *Seven Sisters,* jene eindrucksvollen Kalksteinklippen nahe ihres Heimatorts, hinweggeschickt hatte. Diesen waren gewaltige Wellen gefolgt, die das Boot ungestüm hin- und hergeworfen hatten.

„Gestatten Sie mir, Sie ins Haus zu geleiten?“ Marvin wartete ihre Antwort nicht ab, sondern schickte James mit einer Handbewegung voraus, während er sie weiterhin stützte. Noch vor der Treppe meinte Lily, ihre Beine wollten ihr den Dienst versagen. Marvin schien dies zu spüren, denn er ließ ihren Ellenbogen los und legte behutsam einen Arm um ihre Taille. „Ich bitte Sie aufgrund der Vertraulichkeit meiner Berührungen um Verzeihung“, sagte er und klang dabei in höchstem Maße besorgt.

„Ich bin es, die Sie um Verzeihung ersuchen muss“, murmelte Lily.

„Somit sind wir nun beide dem gebotenen Anstand gerecht geworden, indem wir unser Möglichstes getan haben, um die unschickliche Intimität zu entschuldigen. Damit können wir Sie jetzt, ohne Weiteres bedenken zu müssen, ins Haus bringen. Sobald ich

Sie Lady Henriettas Fürsorge anvertraut habe, schicke ich nach dem Arzt."

Lily nickte beipflichtend, ignorierte seinen unterschwelligen süffisanten Tonfall und konzentrierte sich auf die Stufen. Marvin murmelte etwas wie: „Keine Widerrede? Das ist in der Tat ein Grund zur Sorge."

Archie rang bei ihrem Anblick echauffiert die Hände, nahm ihr jedoch gewissenhaft den Herrenmantel ab, über den Marvin kein Wort verlor. Auch dafür war Lily dem Earl dankbar. Ohne zu zögern, führte Marvin sie in den Grünen Salon – den einzigen für jedermann zugänglichen Raum in diesem Gebäude, den Lily als heimelig empfand. Behutsam half er ihr, sich in einen der Sessel zu setzen, und ging dann neben dem Möbel in die Hocke. Prüfend musterte er sie und legte obendrein eine Hand auf ihre Stirn. Sein Handrücken fühlte sich angenehm kühl an.

Marvin hob die Augenbrauen. „Sie fiebern, Miss Thomson."

Lily wartete auf einen Tadel seinerseits, weil sie sich krank, wie sie war, im Freien aufgehalten hatte, anstatt sich auszukurieren, doch dieser blieb aus. Stattdessen ruhte Marvins sorgenvoller Blick auf ihr. Dann ging ein Ruck durch den Mann und er erhob sich.

„Cammeron, nicht wahr?", sprach er Archie an, der noch immer händeringend in der Tür stand. „Lassen Sie der Miss einen Tee zubereiten und verständigen Sie die Zofe. Wo hält sich Lady Henrietta gegenwärtig auf?"

„In ihren Gemächern, Your Lordship."

„Sie wird sich um Miss Thomson kümmern wollen. Schicken Sie ein Dienstmädchen zu ihr. Und lassen Sie Lady Henrietta ausrichten, dass ich mich persönlich zu Dr. Phelps begebe und ihn herbitte."

„Sehr wohl, Your Lordship." Archie verbeugte sich und eilte davon.

„Ich bleibe bei Ihnen, bis Ihre Zofe oder Lady Henrietta bei Ihnen ist", erklärte Marvin fest, trotzdem klang seine Stimme samtig; ganz anders als jener zwar freundliche, aber eindeutig dominante Ton, den er dem Butler gegenüber angeschlagen hatte. Marvins fürsorgliche und verantwortungsbewusste Seite gefiel ihr, wie sie sich eingestehen musste.

Lily zögerte einen Moment, dann richtete sie sich auf. „Lord Kantley?"

„Miss Thomson?"

„Dürfte ich Sie …" Sie presste die Lippen zusammen und überlegte erneut, ob es tatsächlich sinnvoll wäre, den Mann einzuweihen. Andererseits war er vermutlich ihre einzige Chance, juristischen Beistand für Molly zu erwirken. Nun da er ihr gegenüber zum wiederholten Male seine fürsorgliche, ja sanfte Seite gezeigt hatte, hatte Lily den Eindruck, sich ihm anvertrauen zu können. Er hatte sich um James bemüht, seinen eigenen Bedenken und Mahnungen zum Trotz. Vielleicht war sein Herz ja groß genug, um eine Ungerechtigkeit wie die, die Molly zu widerfahren drohte, abwenden zu wollen.

„Sie dürfen mir vorbehaltlos eine Erklärung dafür anvertrauen, weshalb Sie in Ihrem kränklichen Zustand durch Londons Straßen flanieren."

„Ich habe eine Familie besucht, deren Lebensumstände ich zu verbessern versuche."

„Das erklärt den Herrenmantel." Marvin rieb sich das Kinn, ehe er sich auf dem Fußschemel niederließ, der zu Lilys Sessel gehörte, und die langen Beine von sich streckte. Aus dem Augenwinkel sah Lily, wie James sich an die Wand drückte. Wieder versuchte der gewiefte kleine Kerl, sich der Aufmerksamkeit der Erwachsenen im Raum zu entziehen.

„Dabei dachte ich, ich hätte Ihnen deutlich vor Augen geführt, dass Sie sich bei einem Aufenthalt in Hafennähe in große Gefahr bringen."

„In Gefahr sind vielmehr diejenigen, die dort leben müssen", ereiferte sich Lily.

Marvin hob zuerst fragend die Augenbrauen, nickte ihr dann aber auffordernd zu. Er war willens, sich anzuhören, was ihr auf dem Herzen lag. Dankbar lächelte Lily ihn an, ehe sie ihm knapp schilderte, was Molly widerfahren war. Bei der Erwähnung des Namens

„Landox" runzelte der Earl die Stirn, folgte ihren Worten aber weiterhin aufmerksam. Lily endete mit der Frage, ob er einen versierten Juristen kenne, der geneigt sein könnte, die Verteidigung der ehemaligen Kammerzofe zu übernehmen? Erwartungsvoll presste sie die Handflächen zusammen.

Ihr Gesprächspartner musterte sie schweigend, dann schüttelte er auf eine für Lily nicht nachvollziehbare Weise den Kopf. „Sie sind durch und durch bemerkenswert. Und entwaffnend."

Lily, die befürchtete, einmal mehr nicht im Bilde zu sein, was er ihr damit sagen wollte, neigte fragend den Kopf. Dabei verspürte sie erneut einen Anflug von Schwindel. Prompt zog Marvin die Beine an und beugte sich ihr entgegen. Er wirkte, als bereite er sich darauf vor, sie aufzufangen, falls sie ohnmächtig werden sollte. Da er rasch bemerkte, dass dies nicht der Fall war, sagte er: „Ich bin geneigt, Sie ein wenig hinzuhalten – um mehr von Ihrer charmanten Inbrunst hervorzulocken und diese zu genießen, ebenso wie die erfrischende Art, in der Sie zu argumentieren verstehen. Bedauerlich, dass mich Ihr gesundheitliches Befinden davon abhält."

„Lord Kantley?" Lily hätte gern aufbegehrt. Oder ihn herausgefordert, seine Meinung diesbezüglich eindeutig kundzutun, doch sie musste sich geschwächt an das Polster zurücklehnen.

„Ich versichere Ihnen: Sobald ich den Arzt gesprochen habe, suche ich einen ehemaligen Studienkollegen auf. Er ist versiert in Rechtsfragen und könnte sich – meiner bescheidenen Meinung nach – durchaus für diese Rechtsangelegenheit interessieren."

Lily setzte zum Sprechen an, doch Marvin kam ihr zuvor und fügte hinzu: „Ich persönlich hege ebenfalls Interesse daran, dass der Frau Recht zugesprochen wird, also beauftrage *ich* den Rechtsbeistand." Diesmal verstand Lily, was der Mann ihr mitteilen wollte, obwohl er es nicht aussprach: Er war gewillt, die anfallenden Kosten zu übernehmen.

„Ich stehe tief in Ihrer Schuld, Your Lordship."

„Darauf werde ich bei Gelegenheit zurückkommen." Marvin schenkte ihr ein belustigtes Lächeln und erhob sich. „Vorerst wünsche ich mir aber von Herzen, dass Sie rasch genesen."

In nächsten Augenblick stürmten zuerst Kate und unmittelbar nach ihr Henrietta in den Grünen Salon. Inmitten des Aufhebens, das die Besorgnis um Lilys Gesundheitszustand hervorrief, verließ Marvin unauffällig den Raum.

Lily sah ihm hinterher, und als Archie die Tür hinter ihm schloss, überkam sie der eigentümliche Eindruck, dass es ihr plötzlich noch deutlich schlechter ging als zuvor.

London Daily Life **15. Juli 1811**

Rauferei bei einem Picknick im Hyde Park

Ein Earl auf Abwegen? Mehr auf Seite 4.

Das Haus Landox sucht eine neue Haushälterin

Die Gründe für das Ausscheiden der langjährigen Stelleninhaberin sind nicht bekannt.

Elf

Eine Woche später als geplant traten James, Henrietta und Lily gemeinsam mit ihren beiden Zofen und dem Butler die Reise ans Meer an. Auf Henriettas Wunsch hin logierte die wieder genesene Lily nicht bei ihrem Vater im Pfarrhaus, sondern bewohnte ein Zimmer in Murray Manor mit Blick auf das Meer und auf die imposante Gesteinsformation *Seven Sisters*. Des Nachts schickte der Leuchtturm seinen sanften Lichtschein in den Raum.

Murray Manor war ein aus braunem Stein erbautes Gebäude mit weißen Sprossenfenstern und einem spitz zulaufenden Dach. Es wartete weder mit Türmchen, Säulenvorbauten und Balkonen noch mit einem Erker oder einer erwähnenswerten Terrasse auf, sondern wirkte ebenso nüchtern und schmucklos, wie die Geschwister Murray lebten. Neben dem Bedienstetentrakt unter dem Dach und dem Halbstockwerk mit seinen Wirtschaftsräumen gab es einen großen Salon, der gleichzeitig als Aufenthaltsraum, Speisezimmer,

Besucherraum und Bibliothek diente und ferner für gesellschaftliche Anlässe herhalten musste. Ebendiese hatte es laut Archie seit Jahrzehnten nicht mehr in Murray Manor gegeben.

Lilys liebster Platz auf dem Anwesen war der auf einem saftig grünen Hügel thronende Steinpavillon. Von dort hatte sie nicht nur einen atemberaubenden Blick auf das Meer und auf den versteckt zwischen Schafweiden und Feldern gelegenen kleinen Nachbarort, sondern auch auf die Pferdeweiden.

Wie schon an den Tagen zuvor hatte Lily auch an diesem Morgen ihre Bibel hierhergebracht, um darin zu lesen. Das Studium der Heiligen Schrift war ein fester Bestandteil ihres Tagesablaufs. Sie liebte es, sich Gedanken über Gottes Wort zu machen, so schwer verständlich ihr dieses manchmal auch erschien. Früher hatte sie gern mit ihrem Vater über die geschichtlichen und traditionellen Hintergründe gesprochen, um ein besseres Verständnis für die Inhalte zu erlangen. Noch mehr aber sagten ihr die neutestamentlichen Texte zu; jene, die von der bedingungslosen Liebe Gottes zu ihr sprachen. Und von Jesus Christus, der seinen Mitmenschen stets voller Geduld und Herzenswärme begegnet war. Die wertvollsten Stellen waren für Lily jedoch solche, die davon zeugten, welch große Gnade ihr zuteilgeworden war, weil der Gottessohn auch für ihre eigene Fehlerhaftigkeit am Kreuz gestorben war. Und von der Hoffnung der Auferstehung.

Deshalb irritierte es sie nachhaltig, dass sie bereits seit Tagen eine große Unruhe beim Bibellesen verspürte. Ja, sie war geradezu ungeduldig, sogar genervt, las die Textstellen mehrmals, ohne sie wirklich aufnehmen zu können. Ihre Gedanken gingen ständig auf Wanderschaft, und Lily wäre am liebsten aufgesprungen, um mit den jungen Pferden um die Wette zu laufen.

Sie sann häufig über die Familie Seymour und all die anderen nach, die sie im Hafenviertel kennengelernt und nun dort zurückgelassen hatte. Wie es ihnen in der Zwischenzeit wohl ergangen war? Und wie stand es um Molly? Um Mollys Familie?

Lily seufzte und schlug das dicke, in dunkles Leder gebundene Buch lautstark zu. Es hatte keinen Sinn, sich darin zu vertiefen, weil ihr genau das gerade nicht gelingen wollte. Sie beobachtete eine Biene, die unschlüssig zwischen den roséfarbenen Blüten der Buschrose hin und her schwebte, die eine Seite des Pavillons wie ein Vorhang bedeckte.

Genau in dieser Richtung lag auch die sich über mehrere Hügel hinwegwindende und von Weiden gesäumte Auffahrt zum Sommerhaus der Murrays, weshalb Lily kurz darauf den nahenden Hufschlag und das Knirschen von Kutschrädern auf Kies wahrnahm. Dankbar für die Ablenkung, ließ sie die Bibel auf der breiten Steinbrüstung zurück, rutschte von der Bank und verließ die Laube durch den Bogengang. Ihre Schuhe knirschten auf dem Gemisch aus Kies, Sand und Muschelkalk, als sie einige Schritte den Hügel hinabging, um die Auffahrt einsehen zu können.

Einer geschlossenen Reisekutsche, gezogen von vier braunen Pferden, folgte eine Transportkarre, auf der mehrere Reisekoffer lagen. Zwei Personen saßen neben dem Kutscher auf der Bank. Den Gefährten wiederum folgten zwei Reiter, der eine auf einem Schimmel, der andere auf einem großen Rappen mit breiter Blesse und weißen Zeichnungen an den Beinen, sogenannten Stiefeln.

Lily beschattete die Augen mit beiden Händen. Der vom Meer herbeiwehende Wind zupfte Strähnen aus ihrem aufgesteckten Haar und zerrte an ihrem weißen Kleid mit dem fliederfarbenen Überkleid. Wenn sie sich nicht gänzlich täuschte, prangte an dem Gefährt das Wappen des Duke of Cummingham. War der Reiter auf dem großen Rappen demnach Marvin?

Ein Lächeln schlich sich auf ihr Gesicht. Dies selbstverständlich nur, da Henrietta offenbar den Mut aufgebracht hatte, weitere Personen in das Haus am Meer einzuladen – und das, ohne Lily zuvor nach ihrer Meinung gefragt oder die Angelegenheit tagelang mit sich selbst ausgefochten zu haben.

Voller Vorfreude lief Lily zurück zum Pavillon, ergriff ihre Bibel und hatte es nun besonders eilig, den Hügel hinunterzukommen. Entsprechend atemlos traf sie gemeinsam mit den Fahrzeugen und den Reitern auf dem gekiesten Vorplatz des Anwesens ein. Der Kutscher hielt direkt vor der breiten Treppe. Marvin – er war es tatsächlich – musterte Lilys ungezwungene Aufmachung und ihr gerötetes Gesicht mit einem belustigten Funkeln in den Augen. Ihren Knicks nahm er mit einem nachlässigen Nicken ab. Er bedeutete dem zweiten Reiter, ihm hinüber zur Remise zu folgen, von wo aus ihnen bereits ein Groom[11] entgegeneilte, um ihnen die Pferde abzunehmen. Lily hörte, dass Marvin darauf bestand, sein Reittier persönlich zu versorgen. Weil er das kostbare Pferd nicht einem einfachen Stallknecht überlassen wollte?

Sie strengte sich an, Marvins nächste Worte zu verstehen, obwohl er sich halb umgewandt hatte und dem Tier über den geschwungenen Hals strich. „Die Stute hat mich von London bis hierher auf dem Rücken getragen. Das Mindeste, was ich für sie tun kann, ist, sie abzusatteln, trocken zu reiben und dabei zu überprüfen, ob ihr der Sattel und das Zaumzeug Blessuren zugefügt haben."

Der ältere Mann, der hier bei den Zuchtpferden das Sagen hatte, wirkte nicht gekränkt. Im Gegenteil: Er nickte verständnisvoll und lachte dann über eine Bemerkung von Marvin, die Lily nicht verstehen konnte, da im selben Moment der Kutscher direkt vor ihr den Kutschschlag öffnete.

Der Groom bedeutete den Reitern, ihm mit den Pferden zu folgen. Lily empfand eine gewisse Hochachtung gegenüber Marvin, da er für das Wohlergehen seines Reittieres Sorge trug, und das trotz seiner hohen gesellschaftlichen Stellung.

Mittlerweile hatte der Kutscher den Tritt ausgeklappt und half Madeleine aus dem Fahrzeug. Lily knickste erneut, woraufhin die Duchess ihr freundlich zulächelte. „Ich freue mich, Sie zu sehen, Miss Thomson. Sie wirken wie ein frischer Sommerwind."

Lilys Lächeln fiel augenblicklich in sich zusammen. Was sollte das nun wieder heißen? Dass Madeleine ihre nachlässige, vom Wind zerzauste Frisur kritisierte? Oder die Tatsache, dass Lily sich ohne Kopfbedeckung und Schirm der Sonne aussetzte? Hatte die Duchess sie gesehen, wie sie den Hügel förmlich heruntergestürmt war, und rügte sie insgeheim dafür?

„Your Grace?", fragte Lily und zog unwillkürlich die Schultern hoch, fragend und schuldbewusst zugleich.

Madeleine lachte auf und ergriff ihre freie Hand. „Ich finde es äußerst amüsant, dass Sie immer dann, wenn Sie meinen, etwas angestellt zu haben, auf diese Anrede zurückgreifen. Ich würde es wirklich begrüßen, wenn Sie zukünftig bei ‚Lady Madeleine' bleiben. Und nein, ich habe nichts an Ihnen zu rügen. Ich meinte, was ich sagte: Sie sehen wunderbar erholt aus. Zuletzt hatte ich ein wenig Sorge um Ihr Wohlergehen. London schien Ihnen zuzusetzen. Sie wirkten unsicher und ein wenig zerstreut. Zudem berichtete man mir, dass Sie erkrankt seien. Daher bin ich hochgradig erfreut und dankbar, dass Sie augenscheinlich wieder vollauf genesen sind." Madeleine schaute an ihr vorbei und ließ den Blick über die Hügel in Richtung Meer wandern, das man von hier aus allerdings nicht sehen konnte. „Mir scheint, dies hier ist viel mehr Ihre Welt, Miss Thomson. Die frische Meeresluft, die Weite und, ja, die grünen Hügel, die Sie hinunterstürmen, ohne dabei auch nur einen Bruchteil an Eleganz einzubüßen."

Lily kicherte über Madeleines wenig versteckten Seitenhieb. „Sie sind überaus hochherzig, Lady Madeleine." Ihr nächster Blick galt den beiden Dienstboten, die Marvin und Madeleine begleiteten. Die Zofe hielt Madeleines Schmuckkästchen in den Händen, für das sie verantwortlich zeichnete, der Kammerdiener hatte die seinen hinter dem Rücken verschränkt. Offensichtlich reiste Marvin mit deutlich weniger Gepäck als seine Mutter oder andere Männer seines Ranges. Jedenfalls wies der Kammerdiener soeben vier der Murray-Diener an, die beiden Schrankkoffer in das Gästezimmer der Duchess zu tragen. Die lederne Reisetasche sollte in das des Earls gebracht werden, ein zweites, verbraucht aussehendes Gepäckstück in das seines Begleiters.

„Gehört dieser hübsche Pavillon dort oben auch zu Murray Manor?", wollte Madeleine wissen.

„Durchaus, Lady Madeleine. Es ist ein Ort, den ich als bezaubernd und verwunschen zugleich beschreiben möchte. Die Aussicht ist überwältigend, vorrangig aber genieße ich den Frieden, den ich dort verspüre."

„Ich hoffe innigst, dass ich Sie einmal hinaufbegleiten darf? Ein wenig friedvolle Zeit würde auch mir guttun. Zudem ist es schon viel zu lange her, dass ich das letzte Mal am Meer war. Bedauerlich, wenn man bedenkt, dass wir auf einer Insel leben, nicht wahr? Und Ihre Gesellschaft ist sicher erfrischend. Das zumindest versprach mir Lady Henrietta in ihrer Einladung."

„Mir scheint, Lady Henrietta ist ein wenig voreingenommen und darüber hinaus übertrieben großherzig in der Einschätzung meiner Person. Oder sie ist versucht, mich als Gesellschafterin an Sie, Lady Madeleine, abzutreten – was wohl kein besonders vorteilhaftes Bild von meinen Qualitäten zeichnen würde."

Madeleine lachte erneut auf und hakte sich zu Lilys Überraschung bei ihr unter. „Ich werde hier sicher ein paar beschauliche und unterhaltsame Tage verleben."

Dies verstand Lily als Stichwort, die Frau endlich die Treppe hinauf- und ins Haus zu führen. Die beiden Bediensteten folgten einem Murray-Dienstmädchen an der Fassade entlang zum Nebeneingang. Archie, der auf der obersten Stufe vor der wuchtigen Eichentür stand, verneigte sich gleich mehrmals vor der Duchess. Zu Lilys Verwunderung waren seine Wangen gerötet. Etwa vor Aufregung? Vielleicht, so überlegte sie, war es das erste Mal, dass der Butler es mit einem so hochrangigen Gast zu tun hatte. Schließlich hatten sich, schon lange bevor Archie die Stelle von seinem Vater übernommen hatte, weder Henrietta noch Halston sonderlich gesellig gezeigt. Zumindest Henrietta schien diesen Umstand nun ändern zu wollen.

Letztere kam nun ins Atrium geeilt, und die beiden Frauen begrüßten sich aufs Herzlichste. Ihnen war anzumerken, wie sehr sie sich auf die vor ihnen liegenden gemeinsamen Tage freuten. Und dass sie einst eine recht innige Beziehung zueinander gepflegt hatten.

Lily war dankbar dafür, dass Henrietta und Madeleine annähernd nahtlos und in vertraulicher Zuneigung an alte Zeiten anknüpfen konnten. Vielleicht würde Henrietta ihre Dienste schon bald nicht mehr brauchen …

Ein Poltern an der Tür hielt Lily davon ab, den Frauen in den Salon zu folgen. Archie ließ die beiden männlichen Gäste ein und schloss die Tür hinter ihnen, weshalb es im Foyer unangenehm dämmrig wurde. Lily hörte den ihr unbekannten Mann sagen: „Erfreulich schlicht, das Anwesen und die Inneneinrichtung. Das nimmt mir in gewissem Maße die Sorge, hier fehl am Platz zu sein."

„Lass mich dir versichern, mein Freund", setzte Marvin an, reichte Archie seinen Hut und wandte sich dann wieder an seinen Begleiter, „dass Lady Henrietta eine durch und durch reizende und großherzige Person ist, die keinen Wert auf standesgemäße Gesellschaft legt. Wie ich dir bereits sagte, hat sie einen Ziehsohn, der bei den Docks gelebt hat. Sie wird dir das Gefühl geben, hier rundum willkommen und wertgeschätzt zu sein. Und auch ihre Gesellschafterin ist … überaus reizend, herzlich und unkonventionell – Letzteres zumindest, was meine Kreise anbelangt. Allerdings auch so neugierig, dass sie sich mitunter nicht zu erkennen gibt und Gesprächen lauscht, die nicht für sie bestimmt sind. Nicht wahr, Miss Thomson?"

Lily presste kurz die Lippen zusammen, um ihre Erheiterung zu verbergen, ehe sie antwortete: „Sie können mich wohl kaum für die baulichen Mängel von Murray Manor und somit für das Fehlen von Licht spendenden Fenstern in diesem Raum verantwortlich machen, Lord Kantley. Aber ich verzeihe Ihnen Ihren halbherzigen Versuch, meinem Ruf Schaden zuzufügen, nachdem Sie mich reizend und herzlich genannt haben. Wobei ich diesen mir von Ihnen zugeschriebenen Attributen sicher nicht fortwährend gerecht werde."

„Ihre Bescheidenheit in allen Ehren", gab Marvin zurück, während er und sein Begleiter näher traten, „aber wie ich Ihnen schon einmal versichert habe, können Sie das, was ich sage, immer ernst nehmen."

Ehe Lily vor ihm knicksen konnte, ergriff Marvin ihre Hand und hauchte einen Kuss darauf. „Es ist mir eine Freude, Sie sichtlich erholt anzutreffen. Ich empfinde es als beruhigend, dass Sie schon wieder zu verbalen Scharmützeln bereit sind."

„Dabei schulde ich Ihnen ein von Herzen kommendes Dankeschön dafür, dass Sie unverzüglich und drängend, wie mir schien, Dr. Phelps kommen ließen."

„Es wäre ein Unglück, wenn wir Sie für eine unbestimmte Zeit der Rekonvaleszenz in der Londoner Gesellschaft missen müssten! Daher habe ich mein Möglichstes getan, um zu Ihrer raschen Genesung beizutragen."

„Ausnehmend charmant", gab Lily kaum weniger spöttisch zurück, was Marvin ein anerkennendes Schmunzeln entlockte. Jetzt erst ließ er ihre Hand los.

Archie öffnete die Tür zum Salon, sodass die drei jungen Leute mit einem Mal vom Sonnenlicht umspielt wurden. Marvins Begleiter trat nervös von einem Fuß auf den anderen; die beruhigend gemeinten Worte des Earls von kurz zuvor schienen keine große Wirkung auf ihn gehabt zu haben. Schließlich verbeugte er sich vor Lily und sie knickste leicht. Sie vermutete zwar, es hier mit einem Mann zu tun zu haben, der weder der Gentry noch der Peerage angehörte, hielt es aber trotzdem für angebracht, ehrerbietender als womöglich nötig zu reagieren, falls sie mit ihrer Einschätzung falschliegen sollte.

Marvin schlug dem Gast kameradschaftlich auf die Schulter und sagte dann an Lily gewandt: „Miss Thomson, darf ich Ihnen meinen ehemaligen Kommilitonen und guten Freund Camden Norwich vorstellen? Er ist jener Jurist, von dem ich Ihnen kürzlich berichtet habe. Norwich, dies ist die von mir in höchstem Maße verehrte Miss Lily Thomson, Lady Henrietta Murrays angenehm unkonventionelle Gesellschafterin."

Camden verbeugte sich erneut, und diesmal nickte Lily ihm lächelnd zu. Gleich darauf strahlte sie Marvin an. Er hatte sein Versprechen wahrgemacht, hinsichtlich Mollys Verteidigung bei einem Juristen vorzusprechen – und sie selbst hatte von ihm auch nichts anderes erwartet. Dennoch war er in ihrer Achtung gerade noch weiter gestiegen. Marvin nannte nicht nur den in seinen Kreisen zwar unbedeutenden, aber im allgemeinen erfolgreichen Longfellow seinen Freund, sondern auch diesen schlichten jungen Mann.

Camden hatte studiert, was ihm sicher die Bekanntschaft des einen oder anderen Adligen verschafft hatte. Dennoch schien er niemand zu sein, mit dem die gesellschaftliche Oberschicht Umgang zu pflegen gedachte. Der Jurist war klein und rundlich gebaut und hatte, obwohl vermutlich noch keine dreißig Jahre alt, schütteres braunes Haar und zudem abstehende Ohren. Er trug eine Brille, die sein rundes Gesicht zusätzlich betonte.

„Ich freue mich, Sie kennenzulernen, Mr Norwich. Und natürlich bin ich gespannt darauf, was Sie im Hinblick auf Molly Morgans Fall zu sagen haben."

„Nun, das –"

„… verschieben wir auf später", fiel Marvin dem Juristen ins Wort. Dieser zuckte merklich zusammen, woraufhin Lily Marvin einen vorwurfsvollen Blick zuwarf, den dieser mit einem halb entschuldigenden, halb herausfordernden Lächeln quittierte.

Camden schien dermaßen aus dem Konzept geraten zu sein, dass Lily ihm sogleich eine Hand auf den Arm legte und ihn aufforderte: „Wenn Sie mich in den Salon begleiten wollen, damit ich Ihnen Lady Henrietta und James vorstellen kann?"

„Es … es wäre mir eine Freude", brachte der Mann stammelnd hervor, warf Marvin dabei aber einen Hilfe suchenden Blick zu.

„Ganz ruhig, Norwich", sagte der lachend. „Keine der Damen ist darauf aus, dich zu jagen und zum Lunch zu verspeisen."

„Ganz sicher nicht", bestätigte Lily freundlich. „Sobald ich Lust auf derlei verspüre, ziele ich auf Ihren zweifelhaften Kommilitonen und Freund Lord Kantley."

Camden versteifte sich noch mehr, was Lily zutiefst bedauerte. Der kleine Schlagabtausch zwischen dem Earl und ihr schien den Mann nur zusätzlich zu verunsichern. Also schritt sie energisch durch die Tür in den zwar ebenfalls schlicht eingerichteten, aber mit Sonnenlicht gefluteten Gesellschaftsraum. Dem Juristen blieb nichts anderes übrig, als es ihr gleichzutun.

Madeleine saß neben Henrietta auf einer Ottomane und unterhielt sich mit James, der dank der ordentlichen Freizeitkleidung und dem zerzausten Haar einen kultivierten und zugleich unbekümmerten Eindruck machte. Madeleine und James schienen sich ausgezeichnet zu unterhalten, intensiv beobachtet von der schweigsamen

Henrietta, denn alle drei reagierten erst auf die Neuankömmlinge, als Marvin sich leise räusperte.

Der Earl übernahm die Bekanntmachung zwischen Camden und Henrietta. Etwas umständlich bedankte sich der Jurist dafür, dass Henrietta auf Marvins Bitte, ihn mitbringen zu dürfen, so gastfreundlich reagiert hatte. Henrietta wirkte für einen Augenblick ebenso verunsichert wie Camden, dann straffte sie die Schultern und wischte seine nicht enden wollende Dankeshymne mit einer Handbewegung beiseite, die sie sich – so befürchtete Lily – von ihr abgeschaut hatte.

„Setzen Sie sich doch, meine Herren", bat Henrietta und winkte Archie herbei. „Cammeron, lassen Sie bitte Tee für uns Damen und für Master James servieren. Dazu Sandwiches und Obst. Und nehmen Sie die Getränkewünsche der Herren entgegen."

„Sehr wohl, Mylady." Archie vollführte einen für seine Verhältnisse ungewöhnlich tiefen Diener, ehe er sich mit hochgezogenen Augenbrauen zu den Männern umdrehte. Lily versteckte ihr Schmunzeln über das plötzlich so korrekte Auftreten des Butlers, indem sie den Kopf senkte und ihr fliederfarbenes Überkleid zurechtzupfte.

Nachdem Archie den Raum verlassen hatte, wandte sich Henrietta an Camden, um ihm auf einfühlsame Weise so manches über seinen familiären Hintergrund zu entlocken. Der junge Mann entstammte einer Juristenfamilie, deren Familienoberhäupter allesamt in einer Stadt in Durham, weit oben im Norden des Landes, tätig gewesen waren. Er war der erste Norwich, der sein Glück in London versuchte, zumal sein älterer Bruder die Kanzlei des Vaters übernommen hatte. Dabei wurde Camden von Marvin unterstützt, wie er unumwunden zugab, was Marvin beteuern ließ: „Ich leiste ihm vorrangig moralischen Beistand. Norwich ist fleißig, talentiert, intelligent und gewitzt genug, um ohne jedwede Unterstützung meinerseits in London Fuß fassen zu können."

„Deine Bescheidenheit in allen Ehren, Carter", gab Camden zurück, und zum ersten Mal war ihm anzuhören, dass er in dem Earl einen Freund sah und ihm bedingungslos vertraute, „aber dein

Dazutun lediglich mentaler Art zu nennen, trifft es bei Weitem nicht."

„Wir wollen die Damen nicht mit unnötigen Details langweilen", meinte Marvin, allerdings entging Lily weder das stolze Lächeln seiner Mutter noch das anerkennende Nicken von Henrietta. Selbst in ihrem eigenen Herzen breitete sich eine Wärme aus, die davon zeugte, wie hochherzig sie Marvins uneigennütziges Verhalten sowohl Camden als auch Longfellow gegenüber empfand. Der Begriff „Freundschaft" war für ihn keine leere Worthülse, vielmehr verstand er darunter eine nicht geringe Fürsorgepflicht und tatkräftige Unterstützung in vielen Belangen. Und eines Tages würde eine junge Frau in den Genuss dieser achtenswerten Wesenszüge kommen.

Lily fühlte eine seltsame Unruhe in sich aufsteigen, schob dies aber auf ihre Ungeduld, endlich zu erfahren, wie es um Molly und deren baldiges Gerichtsverfahren stand. Die Frage war nur, wann Marvin es für angebracht hielt, darauf zu sprechen zu kommen. Nach kurzem Zögern, und während Camden noch voller Wärme in der Stimme von seinen Eltern, dem Bruder und den beiden jüngeren Schwestern erzählte, entschied sie, dass sie keine Rücksicht auf Marvins Befindlichkeiten oder Pläne nehmen konnte. Sie musste unbedingt wissen, wie es um Molly stand.

Nachdem Camden geendet hatte – inzwischen war der Lunch serviert worden, weshalb man sie bat, sich an den Esstisch zu begeben –, nutzte Lily die Gesprächspause und fragte: „Können Sie uns schon etwas über Miss Morgans Prozess sagen, Mr Norwich?"

An Marvins Stirnrunzeln und Camdens betretener Miene sah Lily, dass es nicht gut um die entlassene Kammerzofe stand. Sie stellte die Teetasse wieder ab, die sie zum Mund hatte führen wollen. Dabei zitterte ihre Hand heftig.

„Da mir der Name nichts sagt, möchte ich Sie bitten, mir zu erläutern, worauf sich Miss Thomsons Frage bezieht." Madeleine blickte fragend von Lily zu dem Anwalt.

Marvins strafender Blick verriet Lily, dass er die Angelegenheit lieber ohne seine Mutter besprochen hätte. Sie warf ihm ein entschuldigendes Lächeln zu, das er mit einem angedeuteten Nicken beantwortete. Dass er nichts weiter dazu sagte und somit die Gelegenheit verstreichen ließ, sie einmal mehr mit seinem stets gutmütigen Spott zu bedenken, verstärkte Lilys Befürchtung, was Molly betraf.

Mit knappen Worten fasste Camden für alle klar und verständlich zusammen, was Margaret Landox der Kammerzofe vorgeworfen hatte, dann wandte er sich wieder an Lily. „Leider habe ich keine guten Neuigkeiten, Miss Thomson. Im Grunde sind es die allerschlechtesten, oder zumindest beinahe."

Lily verknotete die Finger ineinander, um ihre Hände ruhig zu halten, dabei traten die Knöchel weiß hervor. Aber sie nickte dem Mann auffordernd zu, dass er fortfahren möge.

„Die Landox' drängten auf ein schnelles Verfahren –"

„Es hat bereits stattgefunden? Es ist schon alles … vorbei?" Lily sprang entrüstet auf, sodass beinahe ihr Stuhl umfiel. Es war nur Marvins schneller Reaktionsfähigkeit zu verdanken, dass dies nicht geschah. Er ergriff das Sitzmöbel, stellte es wieder aufrecht hin und erhob sich dann höflich – immerhin stand Lily nun. Camden folgte umgehend seinem Beispiel.

„Bitte, Miss Thomson …" Marvin schob ihr den Stuhl zurecht und deutete einladend auf die Sitzfläche. In seiner Stimme schwang eine Menge Anteilnahme und Mitgefühl mit. Lily, die ja nicht einfach davonlaufen konnte, war froh, als sie wieder saß. Ihre Beine fühlten sich bedenklich weich an.

„Zu meinem Bedauern gab man dem Gesuch der Familie statt. Bitte lassen Sie mich Ihnen versichern, Miss Thomson, dass ich mein Möglichstes getan habe."

„Das haben Sie ganz gewiss, Mr Norwich", sprang Henrietta für den Mann in die Bresche und legte mitfühlend eine Hand auf Lilys nun wieder verkrampft ineinander verschlungenen Finger.

„Die Aussage von Mrs Landox … oder … *Lady* Landox?" Camden runzelte die Stirn, ehe er fortfuhr: „Wie auch immer … Ihre Aussage stand gegen die von Miss Morgan. Ich brauche sicher nicht zu erwähnen, wem die ehrenwerten Richter, die allesamt aus derselben Gesellschaftsschicht stammen wie die Landox', Glauben schenkten."

In diesem Augenblick sah Lily einen hoch engagierten, energischen und zugleich von der Gerichtsbarkeit tief enttäuschten Juristen vor sich, dessen Herz ohne Frage für die weniger Privilegierten des Landes schlug. Marvin hätte sicher einen in London bekannteren und auf dem Papier erfolgreicheren Anwalt finden können, aber keinen, der mit mehr Eifer für Molly zur Tat geschritten wäre als dieser Mann. Lily empfand eine große Hochachtung und eine tiefe Dankbarkeit, sowohl Marvin als auch Camden gegenüber.

„Wäre nicht in allerletzter Sekunde die Haushälterin, eine verdiente Angestellte im Hause Landox, vor Gericht erschienen, um auszusagen, dass sie gesehen hatte, wie die Baroness unmittelbar vor dem Dinner nochmals in ihr Zimmer gegangen war – Miss Morgan war zu jenem Zeitpunkt bereits im Aufenthaltsraum der Bediensteten zugegen –, dann hätte man die Kammerzofe wohl zum Tode durch den Strang verurteilt."

Lily schnappte nach Luft, Henrietta presste sich den Handrücken auf die Lippen, und selbst die stets so beherrschte Madeleine konnte nicht verbergen, dass sie von der Vermutung des Juristen erschüttert war.

„Dann gab es doch einen Freispruch?" Lilys Frage entbehrte es an hoffnungsvoller Vorfreude, da Camdens vorherige Worte diese nicht erlaubten. Doch wie könnte es anders sein, nun da Mollys Unschuld bewiesen war? Laut der Haushälterin war Molly nicht diejenige gewesen, die sich als Letzte im Boudoir von Margaret Landox aufgehalten hatte. Demnach war es ausgeschlossen, dass sie die brennende Kerze mit hinaufgenommen und versehentlich – oder gar absichtlich, wie mancher behauptete – umgestoßen hatte.

„Ich muss Sie leider enttäuschen." Camden schluckte hörbar. Er senkte betroffen den Kopf, hob ihn dann aber wieder. Der Mann war weit stärker und selbstsicherer, als er auf den ersten Blick wirkte. „Der Baron argumentierte – im Namen seiner Frau, die der Verhandlung zu keinem Zeitpunkt beiwohnte –, dass jene Haushälterin eine nahe Verwandte von Miss Morgan sei. Selbstverständlich versuche sie mit allen Mitteln, ihr eigen Fleisch und Blut zu verteidigen."

„Welch unsägliches Gebaren!", begehrte Henrietta auf, während Madeleine nur knapp nickte; äußern wollte sie sich zu dieser Geschichte offenbar nicht. Lily konnte es ihr nicht verdenken, denn auch in diesem Fall standen sich die Aussagen zweier Menschen unterschiedlicher gesellschaftlicher Herkunft gegenüber.

„Und das Urteil?", fragte Lily mit bebender Stimme. Eine Gefängnisstrafe von einigen Wochen könnte Molly wohl halbwegs unbeschadet überstehen. Nicht aber die Tatsache, dass fortan ihr Ruf als Zofe ruiniert wäre. Und damit auch die Einnahmequelle, die nicht nur Mollys, sondern auch Carls Familie über Wasser gehalten hatte.

„Sträflingskolonie in Australien. Auf Lebenszeit."

Von den beiden älteren Frauen kam jeweils ein Laut, der wie ein Japsen klang. Lily hingegen riss nur die Augen auf. Sie war unfähig, auch nur einen Ton über die Lippen zu bringen.

Plötzlich sprang James von seinem Sessel auf. Ihm war es erneut gelungen, förmlich mit der Umgebung zu verschmelzen, sodass sich niemand seiner Anwesenheit im Raum bewusst war. „Das ist eine riesengroße Schweinerei!", stieß er unbeherrscht hervor. „Das ist ungerecht! Das ist …" Das nächste Wort war dermaßen unflätig, dass nicht nur die Frauen im Raum darauf reagierten, sondern auch Marvin aufsprang.

James funkelte den Mann mit geballten Fäusten an, als wolle er sich jeden Moment auf ihn stürzen. Schließlich wirbelte der Junge herum und rannte durch die offene Gartentür davon.

„Kann man denn überhaupt nichts mehr für Molly tun?", drängte es Lily zu fragen.

„Eine Flotte von drei Schiffen ist bereits gestern aufgebrochen. Miss Morgan ist fort."

In Lilys Kopf und Herzen schien etwas zu explodieren, wie eine jener Papphüllen, die man mit Schwarzpulver befüllte und gen Himmel schoss. Doch am Ende stand kein strahlendes Feuerwerk, sondern lediglich Entsetzen und Schmerz. „Das ist eine himmelschreiende Ungerechtigkeit, die allein daraus resultiert, dass Molly einer unterprivilegierten Gesellschaftsschicht entstammt", machte sie ihrem Unmut Luft. „Dieses Urteil hat nichts mit Wahrheit oder

Unwahrheit zu tun. Es entbehrt jedweder Logik. Und vermutlich stürzt es zwei Familien in bittere Armut, von ihrem Schmerz und ihrer Verzweiflung einmal ganz abgesehen. Und wofür? Steht der durch das Feuer entstandene Schaden in irgendeinem Verhältnis zu dem übertrieben harten Urteil?“

Ohne einem der Anwesenden auch nur ins Gesicht zu sehen, wandte sich Lily um und folgte James in den Garten. Kaum dass sie das Gebäude verlassen hatte, raffte sie ihren Rock und begann, ebenfalls zu rennen. Mit wehendem Kleid und aufgelöster Frisur lief sie durch die Parkanlage mit ihren hohen Hecken, vorbei an blühenden Rosensträuchern und fremdländisch aussehenden Palmen. Sie erreichte den Fuß des Hügels und stürmte hinauf zum Pavillon. Völlig außer Atem und mit gerötetem, tränennassem Gesicht kam sie dort an. Sie ließ sich neben James fallen und nahm ihn fest in den Arm.

Ob sie damit ihm Trost spenden wollte oder eher sich selbst, konnte Lily nicht sagen.

Zwölf

Für James schien es ein Leichtes zu sein, die „Übungseinheiten“ für Lily zu intensivieren. Bisher hatte sie seine Hilfe stets mit schlechtem Gewissen und entsprechend zögerlich, an manchen Tagen sogar widerwillig angenommen, doch nun biss sie enttäuscht und aufgebracht – oder vielmehr regelrecht wütend – die Zähne zusammen und forderte … mehr von ihm.

Eine zusätzliche Herausforderung, die James begrüßte, die ihr jedoch Kopfzerbrechen bereitete, war die Anwesenheit der übrigen Gäste in dem vergleichsweise überschaubar großen Herrenhaus. Lily straffte die Schultern. Wenn sie umsetzen wollte, was sie, wenngleich widerwillig, als eine Möglichkeit ausgemacht hatte, um den Menschen an den Docks besser und vor allem längerfristig helfen zu können, musste sie endlich handeln!

So leise und unauffällig wie möglich, ohne sich dabei unnatürlich fortzubewegen, ging sie die Stufen zum Atrium hinunter. Obwohl sie die Dienstmädchen geflissentlich übersehen sollte, nickte sie dem einen zu, das gerade den in den Eingangsbereich getragenen Schmutz beseitigte. Nachdem sich die Angestellten von Murray Manor inzwischen daran gewöhnt hatten, dass Lily ihnen – entgegen der allgemeingültigen Regeln – durchaus Beachtung schenkte und sie grüßte, konnte sie nicht einfach wieder damit aufhören. Immerhin brachte James ihr bei, sich möglichst unauffällig zu verhalten. Er selbst hatte das perfektioniert, ihr hingegen wollte es noch nicht so recht gelingen.

Wie selbstverständlich ging sie an der Tür des Gesellschaftssalons vorbei und betrat das ein wenig versteckt dahinterliegende

Arbeitszimmer. Wie bei den Murrays üblich, war auch dieser Raum nur mit dem Nötigsten ausgestattet. Da das Anwesen Henrietta gehörte und Halston vermutlich nur einmal im Jahr zu einem Gespräch mit dem Verwalter herkam, fehlte es zudem an Aktenmappen, Büchern und weiterer Ausstattung, die für gewöhnlich in einem Kontor zu finden war. Die schwarze Tinte in dem Glasfläschchen auf dem Schreibtisch schien eingetrocknet zu sein.

Lily tat so, als bewundere sie die Schnitzerei des aus Nussbaumholz gefertigten Aktenschranks, in Wirklichkeit sah sie sich jedoch unauffällig um. Schließlich entschied sie sich für eine silberne Schnupftabakdose, in deren gewölbten Deckel drei in warmen Brauntönen changierende Halbedelsteine eingearbeitet waren. Tigeraugen, vermutete Lily. Die Dose stand wie vergessen inmitten von Briefbeschwerern aus Glas, Ersatzfederkielen und Löschpapier in einem schmalen Fach des Regals, das zu dem wuchtigen Aktenschrank gehörte.

Lily drehte sich um, als habe sie das Interesse verloren, dabei nahm sie das ausgewählte Objekt unauffällig in die Hand. Mit im Rücken verschränkten Armen schlenderte sie zum Schreibtisch und setzte sich dort auf den Stuhl, der zu ihrem Leidwesen laut knarrte. Sie hielt den Atem an. Lauschte. Nichts geschah. Da war niemand, der herbeieilte, um nachzusehen, wer ins Kontor eingedrungen war. Also raffte sie den Rock ihres Kleides und schob das Beutestück in den kleinen Beutel, den sie mithilfe eines zweiten Strumpfbandes an ihrem Oberschenkel befestigt hatte.

Ohne Hast richtete Lily ihr Kleid, erhob sich, strich den Stoff erneut glatt und wandte sich einem Gemälde an der Wand zu. Es zeigte einen grimmig dreinblickenden Mann mit Halbglatze, der, so meinte sie, mit einer gewissen Ähnlichkeit zu Halston aufwartete.

Nachdem sie den Mann so intensiv gemustert hatte, dass dieser plötzlich nicht mehr nur unfreundlich, sondern richtiggehend vorwurfsvoll auf sie herabzuschauen schien, wandte sie sich mit einem unbehaglichen Gefühl im Magen um. Sie beruhigte sich damit, dass dieser Eindruck sicher allein daher rührte, dass sie sich von James beobachtet glaubte. Vielleicht saß er draußen vor dem Fenster in einem der Bäume.

Da Lily noch immer die Rolle der Diebin spielte, sich also absolut unauffällig zu geben hatte, untersagte sie es sich, die belaubten Zweige nach dem Kind abzusuchen. Als wäre sie zutiefst gelangweilt, verließ sie das Kontor wieder und hielt, um für die oftmals wie unsichtbar umherschwirrenden Dienstboten den Anschein von Unschuld aufrechtzuerhalten, vor einer Wäschetruhe im Flur inne. Spielerisch fuhr sie mit den Fingern über die Intarsienschnitzerei auf dem gewölbten Deckel, um sich dann Richtung Eingangstür zu wenden. Dort bestand die größte Gefahr darin, dass Archie sie sehen und aufhalten könnte, da er als Butler für das Öffnen der Türen zuständig war.

Lily befühlte den Stoff des Umhangs, den Madeleine bei ihrer Ankunft vor einigen Stunden im Eingangsbereich zurückgelassen hatte, als fände sie diesen absolut faszinierend, ehe sie nach ihrer eigenen Pelisse griff, als überlege sie, diese anzuziehen. Noch einmal sah sie sich unauffällig um, und da sie sich unbeobachtet wähnte, zog sie langsam die Tabakdose aus ihrem Versteck und verstaute sie in einer von ihr eigenhändig angebrachten Innentasche der Pelisse. Damit hatte sie den schwierigsten Teil des Unterfangens erfolgreich bewältigt.

Sie war gerade einige Schritte von der Garderobe zurückgetreten, als wie aus dem Nichts James vor ihr auftauchte. Er bedeutete ihr mit einem Winken, ihm zu folgen. Gemeinsam traten sie hinaus ins Freie, wo sie ein deutlich auffrischender Wind und ein goldfarbener Abendhimmel begrüßten.

„Sie waren heute richtig gut", lobte James. „Unauffällig und geduldig, aber trotzdem flink."

Lily nahm das Lob mit gemischten Gefühlen entgegen. Erst vor wenigen Wochen hatte sie James gleich zweimal erklärt, dass er nicht stehlen dürfe. Nun ließ sie es sich von ihm beibringen. Weil sie keine andere Möglichkeit sah, um Familien wie den Seymours zu helfen. Jungen wie Carl. Frauen wie Molly.

Lily wehrte alle auf sie einstürmenden unguten Gedanken und Gefühle ab. Sie hatte nicht vor zu stehlen. Sie wollte sich lediglich das eine oder andere borgen …

„Was haben Sie ausgewählt?“, begehrte ihr Lehrer zu wissen.

„Eine mit Tigeraugen verzierte silberne Schnupftabakdose. Sie lag im Arbeitszimmer zwischen einer Menge Dingen, die wohl in absehbarer Zeit nicht in Gebrauch sein werden.“

„Sie stand da, weil ich sie dort hingestellt habe.“ James schüttelte in einer Weise den Kopf, die Lily wohl sagen sollte: *Was haben Sie sich dabei nur gedacht?*

„Ich bin auf ein … Lockmittel von dir hereingefallen?“

„Das sind Sie leider, Miss Lily. Sie müssen vorsichtiger sein. Auf den Löschblättern, den Federkielen und all den anderen Gegenständen im Regal lag eine dünne Staubschicht. Nur auf der Tabakdose nicht. Die stammt aus Halstons Privatgemach, und ich habe sie zudem eigenhändig blank poliert.“

Lily hob in einer verzweifelten Geste die Arme.

„In Herrenhäusern wie diesem gibt es etliche Diener und Dienstmädchen. Trotzdem werden meistens nur die Zimmer ordentlich gereinigt, in denen sich oft jemand aufhält.“

„Bist du dir dessen sicher?“, forderte Lily den Jungen heraus, im Grunde allerdings aus reiner Eigenwilligkeit, weil ihr Fehler sie ärgerte.

„Ich habe mich umgesehen. In Meltonplace, bei Lady Madeleine, bei den Landox’ und in anderen Häusern, als wir dort vorgesprochen haben. Und ebenso hier. Bei Lady Madeleine war es übrigens am saubersten. Vielleicht weil sie mehr und besonders klare Anweisungen gibt. Oder weil sie freundlich zu den Lakaien und Dienstmädchen ist und diese deshalb fleißiger sind.“

„Hm“, machte Lily nur, doch genau dieser Laut entlockte dem Jungen ein Lausbubengrinsen. Natürlich wollte sie nicht zugeben, dass der gewiefte kleine Kerl sie erfolgreich hinters Licht geführt hatte. Und dass sie seine Auffassungsgabe bewunderte.

„Nehmen Sie nichts an sich, was nicht genauso vergessen aussieht wie die Sachen drumherum“, wiederholte James, was er ihr vor einigen Tagen bereits gesagt hatte. Im Grunde war dieser Merksatz für Lily weit wichtiger als für James, denn dadurch sollte verhindert werden, dass die Besitzer das Fehlen dessen bemerkten, was Lily sich von ihnen geborgt hatte. Immerhin durfte keiner der Angestellten völlig zu Unrecht in Verdacht geraten. *Wie die arme Molly …*

Bei dem Gedanken an die Kammerzofe hätte Lily das Unterfangen am liebsten abgebrochen. Aber gerade das Schicksal der jungen Frau hatte sie letzten Endes dazu bewegt, den anfangs als törichten Gedankenblitz verworfenen und darum lange ignorierten Plan doch in die Tat umzusetzen.

„Ich muss mich für das Dinner umziehen", sagte sie schließlich an James gewandt.

„Das ist gut. Dann bringen Sie die Dose jetzt zurück." Der Junge bedachte sie mit einem lauernden Blick. Lily hatte ihn nicht gänzlich in ihre Pläne eingeweiht, weshalb er nicht verstand, warum sie die Fertigkeit erlernen wollte, einen Gegenstand unbemerkt wieder zurückzustellen.

„Allerdings sind jetzt noch mehr Diener im Haus unterwegs. Und vielleicht auch Henrietta und die Gäste. Außerdem eilt es. Das ist eine gute Gelegenheit zum Üben."

„Na gut", gab Lily nach und ließ ihren kleinen Lehrmeister einfach stehen. Sobald ihr Plan vollends ausgereift war, musste sie den Jungen schleunigst einweihen. Schließlich ging es nicht an, dass sie ihn tadelte, weil er bei Tisch übrig gebliebenes Gebäck einsteckte, sie selbst aber weit Wertvolleres zu stehlen lernte.

Es sind nur Leihgaben! Das Ganze dient einer guten Sache, beruhigte sie sich selbst und huschte durch den Türspalt.

Der graue Kirchturm war mit Zinnen gekrönt, die der Ruine von *Pevensey Castle,* einige Meilen östlich von hier in Richtung Dover und Canterbury gelegen, irgendwann einmal abhandengekommen waren. Als Lily noch ein kleines Mädchen gewesen war, hatte sie das tatsächlich geglaubt; immerhin hatte ihr eine alte Frau aus dem Dorf erzählt, die Zinnen hätten beschlossen, lieber einen Kirchturm als eine Ruine zieren zu wollen. Heute kicherte sie bei der Erinnerung daran.

Henrietta und Madeleine betraten vor ihr das hohe, schmale Kirchenschiff. Flackerndes Kerzenlicht empfing sie, dazu eine große Anzahl erschrockener Gesichter, die Lily allesamt kannte. Die Bauern, Fischer, Arbeiter und Handwerker mit ihren Familien waren es nicht gewohnt, dass derart vornehm gekleidete Frauen gemeinsam mit ihnen den Gottesdienst besuchten. Da jeder hier wusste, bei wem *ihre Lily* inzwischen in Stellung war, erschloss sich ihnen sogleich, dass es sich bei den übrigen Herrschaften um die Eigentümer und Gäste von Murray Manor handeln musste.

Prompt sprang die Frau des Bäckers auf und sank in einen tiefen Knicks, der vielmehr einem Mitglied des Königshauses gegenüber angebracht gewesen wäre. Beim Aufstehen geriet sie ins Taumeln. Hätte ihr Mann sie nicht festgehalten, wäre sie Henrietta wohl vor die Füße gefallen.

Lily vernahm ein Kichern vonseiten James', der den Frauen gemeinsam mit Camden und Marvin gefolgt war, und irgendwo im linken Teil des Kirchenschiffs tat es ihm ein anderes Kind gleich, das man jedoch mithilfe eines warnenden Zischlauts abrupt zum Schweigen brachte.

Die Menschen erhoben sich nach und nach, was in Lily den Eindruck entstehen ließ, als rolle eine Welle durch das Kirchenschiff. Selten einmal hatte sie so viel Ehrfurcht, Staunen und Irritation in den Gesichtern gestandener Männer gesehen, so viel Faszination und Neugierde in denen der Ehefrauen und Töchter.

Lily geleitete Henrietta und deren Gäste bis ganz nach vorn, da dort zumeist eine Bankreihe frei war. Sie begrüßte ihren Vater, der seinen schwarzen Talar trug und, wie er es schon immer getan hatte, in einem fort an seinem weißen Kragen zerrte, weil ihm jener zu eng war.

Von Harry Thomson hatte Lily unter anderem das hellblonde Haar, vor allem aber die beachtliche Körpergröße geerbt. Der Hüne von einem Mann wirkte reichlich ungelenk, als er sich vor Henrietta und Madeleine verbeugte. Marvin war so freundlich, ihm unverzüglich die Hand hinzustrecken, die Harry sichtlich erleichtert ergriff. Marvin war auch der erste der kleinen Gesellschaft, der sich in die

Bankreihe schob und bis ganz nach außen durchrückte, sodass er neben einer jungen Frau mit einem Kleinkind auf dem Arm zu sitzen kam.

Lily gewahrte die Panik im Gesicht der Frau und setzte sich sofort zu den beiden – obwohl sie nicht geplant hatte, den Gottesdienst in unmittelbarer Nähe des Earls zu verbringen.

„Lord Kantley, darf ich Ihnen Mrs Sarah Rogers, die Witwe von Kenneth Rogers, vorstellen?“ Sie sah die Bestürzung in Marvins Gesicht, als sie das Wort „Witwe“ aussprach, doch er verstand es, die Gefühlsregung sofort zu unterdrücken. „His Lordship, Lord Marvin Kantley“, sagte Lily an Carrie Rogers gewandt und ließ weitere Höflichkeitstitel und Namen bewusst weg, damit die Gleichaltrige wusste, wie sie den Mann anzusprechen hatte.

Carrie saß wie versteinert da.

„Es freut mich, Sie kennenzulernen, Mrs Rogers“, sagte Marvin in einem beruhigenden und samtweichen Tonfall. „Sie haben ein hübsches kleines Mädchen. Wie ist denn der Name dieser Schönheit?“

Auf Carries Gesicht legte sich ein Lächeln. Über ihren kleinen Sonnenschein zu sprechen, war etwas, das der jungen Frau sicherlich leichtfallen würde. Lily hätte Marvin aus purer Dankbarkeit für seine Weitsicht am liebsten die Hand gedrückt.

„Emily, Your Lordship. Ihr Name ist Emily.“

„Es freut mich, auch Sie kennenzulernen, kleine Miss Emily“, hörte Lily Marvin noch flüstern, ehe ihr Vater das Eingangslied ankündigte.

Der unbegleitete Gesang der kleinen Gemeinde klang an diesem Morgen noch kläglicher als sonst, von den Männern kamen wie so oft nur Brummlaute. Als sich die erste Strophe dem Ende entgegenneigte, beugte sich Madeleine zu Lily herüber und flüsterte: „Dort hinten steht ein Tafelklavier. Ist es defekt?“

„Keineswegs, nein. Aber seit Mrs Butterworth vor einem Jahr verstorben ist, gibt es niemanden, der darauf spielen kann.“

„Ich möchte die Menschen dieser Gemeinde nicht düpieren, aber … Was denken Sie, Miss Thomson, wäre es wohl gestattet, dass ich den Gesang begleite?“

„Seien Sie versichert, Lady Madeleine, dass es allen Anwesenden eine große Freude und Ehre wäre."

Madeleine erhob sich und schritt so unauffällig wie möglich – was bei ihrer auffälligen Kleidung ein Ding der Unmöglichkeit war – an der Außenwand entlang in Richtung Ausgang. Lily konnte nicht sehen, wie sie die Nische mit dem Klavier betrat, aber bereits beim Refrain nach der zweiten Strophe setzten die tiefen, vollen Klänge des Instruments ein.

Ein Raunen ging durch die Reihen. Letztlich sang niemand den Kehrreim mit, weil alle nur hingerissen den Klavierklängen lauschten. Doch als die Pianistin diesen wiederholte, stimmten die Gemeindemitglieder allmählich mit ein. Tatsächlich wagten es nun auch die Männer, laut zu singen. Lily stellte fest, dass Camden eine schöne Tenorstimme besaß und jeden Ton traf – was man von Marvin nicht behaupten konnte. Aber selbstsicher, wie er war, sang er dennoch mit kräftiger Stimme mit.

Als ihr Vater zur Predigt ansetzte, begann Emily zu weinen. Carrie versuchte, die Kleine zu beruhigen, was ihr allerdings nicht gelang. Lily konnte die Nervosität der peinlich berührten Frau förmlich spüren. Als Carrie schon Anstalten machte, sich zu erheben, um die Kirche zu verlassen, nahm Marvin sein Halstuch ab, verknotete es und ließ es vor Emilys Gesicht tanzen. Das Mädchen jauchzte auf und ergriff den Stoff, sodass zwischen ihm und Marvin ein spielerisches Tauziehen entbrannte. Dabei gelang es Marvin offenbar, Harry dennoch aufmerksam zuzuhören, denn er nickte mehrmals zu dem Gesagten.

Lily rutschte ein wenig von dem Mann fort. Nicht weil es sie störte, dass sein Arm gelegentlich gegen ihren stieß, sondern weil in ihrem Inneren jenes zarte Pflänzchen der Zuneigung, die sie Marvin gegenüber schon länger empfand, in diesem Moment zu einer überwältigenden Schönheit erblühte. Was Lily in hohem Maße durcheinanderbrachte, denn es war schlicht … jenseits des Möglichen.

Dreizehn

Nach dem Gottesdienst kamen Henrietta und ihre Gäste mit Lily und deren Vater für ein Picknick auf dem Hügel beim Pavillon zusammen. Die Dienstboten von Murray Manor hatten dort – unter dem strengen Blick von Archie – grün gepolsterte Stühle und zwei Tische mit Köstlichkeiten aufgestellt. Picknickdecken lagen ausgebreitet auf der leicht abschüssigen Wiese mit Blick aufs Meer. Die Sommersonne schien warm vom wolkenlosen Himmel herab, sodass die Damen froh über den Schatten spendenden Pavillon waren.

Lily ließ es sich nicht nehmen, sich mit Marvin und ihrem Vater im Bogenschießen zu messen – eine Sportart, die auszuüben auch Damen gestattet war. Dass sie bei Longfellow heimlich die Grundlagen des Fechtens erlernt hatte, war ihrer beider Geheimnis.

In einem hellgrünen, ärmellosen Sommerkleid, das dunkelgrüne Unterbrustband flatterte munter im Wind, stellte sich Lily seitlich zur Zielscheibe auf. Sie legte ihren inzwischen letzten Pfeil an, spannte mit diesem die Sehne und schoss. Der Pfeil traf mitten ins Schwarze. Die Zuschauer applaudierten, und sowohl ihr Vater als auch Marvin gaben sich geschlagen. Im nächsten Moment erhob sich Madeleine und forderte Lily heraus. Marvin gab den Bogen samt Köcher an seine Mutter weiter und küsste sie dabei flüchtig auf die Wange. Oder hatte er ihr etwas zugeflüstert?

Lily nahm an, dass die Duchess eine versierte Bogenschützin war – was die Frau unverzüglich unter Beweis stellte. Nach vier Durchgängen stand es unentschieden, erst mit dem elften und zwölften Pfeil der letzten Runde gelang es Lily, Madeleine zu übertrumpfen. Was aber, da machte sich Lily nichts vor, sicher auch daran lag, dass sie deutlich jünger war als ihre Herausforderin. Das Spannen und Halten der Sehne erforderte besonders viel Muskelkraft.

Lily holte für sich und Madeleine ein Glas Wasser, in dem je eine Zitronenscheibe schwamm. Sie blieb allerdings nur für einen kurzen fröhlichen Plausch im Pavillon, um sich anschließend auf die Picknickdecke zu ihrem Vater zu setzen. Dieser unterhielt sich angeregt und frei von jedweder Scheu mit Marvin, wobei er darauf achtete, auch den eher zurückhaltenden Camden in die Unterhaltung miteinzubeziehen.

Schließlich lehnte sich Lily zurück und schloss die Augen. Ohne wirklich zuzuhören, lauschte sie den dahinplätschernden Gesprächen der Gäste. Sie vernahm das fröhliche Lachen der Bediensteten, die etwas weiter hangabwärts ihr eigenes Picknick veranstalteten und zu denen sich James gesellt hatte. Offenbar fand er ihre Spiele und Scherze aufregender als das, was ihm hier oben geboten wurde.

Eingelullt vom kreischenden Gelächter der Möwen, dem unermüdlichen Vogelgezwitscher und dem gelegentlichen Wiehern der Pferde, entspannte sich Lily zunehmend. Sie lauschte dem geheimnisvoll anmutenden Flüstern der Grashalme im Wind und fragte sich, warum sie derzeit so angespannt war. Lag es an ihren Plänen? Zumindest waren es ebenjene, die sie davon abhielten, ein längeres, tiefgründiges Gespräch mit ihrem Vater zu führen. Schließlich wusste sie, dass der Mann – vom Theologen einmal ganz zu schweigen – mit ihrem Vorhaben nicht einverstanden wäre. Dazu gesellten sich die Sorge um die vielen lieb gewonnenen Menschen im Hafenviertel, ihr Unverständnis über Mollys Gerichtsurteil und die gleichermaßen verwirrenden und zu nichts führenden Gefühle für Marvin. Diese Empfindungen zu verdrängen, fiel Lily wider Erwarten schwer; weit schwerer noch, als es im Hinblick auf all die anderen Kümmernisse in ihrem Leben der Fall war.

Wie mit Camden vereinbart, plante Marvin, direkt nach dem Picknick gen London aufzubrechen, da sie am folgenden Tag beide wieder geschäftlichen Verpflichtungen nachzugehen hatten. Von Henrietta, James und Lily hatten sie sich bereits verabschiedet, und nun gesellte sich Madeleine zu ihnen, während der Stallknecht ihre aufgesattelten Pferde auf den Vorplatz führte. Versiert überprüfte Marvin den Sitz von Zaumzeug und Sattel, ehe er sich zu seiner Mutter umwandte. Weshalb sie darauf bestanden hatte, sich hier draußen von ihm zu verabschieden, entzog sich seiner Kenntnis.

Auf Madeleines Zeichen hin drückte Marvin Camden die Zügel seiner Rappstute in die Hand und begleitete die Duchess bei ihrem gemächlichen Promenieren die Auffahrt entlang. Das Klappern der Hufe verriet ihm, dass Camden ihnen in respektvollem Abstand folgte, die Pferde mit sich führend.

„Du magst Miss Thomson sehr, nicht wahr?", stellte Madeleine unumwunden fest, und wie so oft, wenn sie unter sich waren, verfiel sie in ihre französische Muttersprache.

Von ihrer Frage nicht nur ein wenig aus der Fassung gebracht, lachte Marvin verlegen auf. Allerdings genügte seiner Mutter diese Reaktion nicht. Auffordernd blickte sie an der breiten weißen Krempe ihres Sommerhuts vorbei zu ihm auf.

„Wer könnte eine vor Energie nur so sprühende Meisterschützin wie sie nicht mögen?"

Madeleine hob tadelnd die Augenbrauen, was Marvin mit einem Schulterzucken quittierte, ehe er hinzufügte: „Ja, sie ist bezaubernd. Zudem auch unkompliziert, humorvoll, intelligent, aufrichtig, und sie hat ein großes Herz für ihre Mitmenschen."

„Alles wünschenswerte Charakterzüge für eine zukünftige Ehefrau."

„Nicht für einen angehenden Duke." Marvin gab sich große Mühe, diese Worte in neutralem Tonfall auszusprechen, machte sich aber nichts vor: Seine Mutter würde dennoch heraushören, wie frustrierend er diesen Umstand fand.

Prompt legte sie eine Hand auf seinen Arm, die er mit seiner, die bereits in einem Lederhandschuh steckte, bedeckte. „Ich finde Miss

Thomson ganz wundervoll! Ihre natürliche Art ist erfrischend – wie alles an ihr. Was allerdings zur Folge hat, dass sie … für die Gesellschaft eine Herausforderung abgibt. Als zukünftiger Ehemann wäre es deine Aufgabe, sie vor größerem Schaden zu bewahren. Nur, wie willst du das fertigbringen, ohne genau das, was wir beide so sehr an ihr schätzen, unwiderruflich auszulöschen?"

„Ich würde mir das durchaus zutrauen, liebe Maman." Erschrocken darüber, was er gerade zugegeben hatte – nämlich seine wachsenden Gefühle für die unkonventionelle Lily –, rieb sich Marvin den Nacken. Ungeachtet dessen fügte er hinzu: „Zumal ich den Eindruck habe, dass Lily das Leben in London nicht zusagt, dafür jedoch eines auf dem Lande. Greenwood Hall könnte ihr als Hauptwohnsitz gefallen."

„Aber du selbst musst häufig in London zugegen sein."

„Von der Stadt bis nach Greenwood Hall ist es ein strammer Ritt von drei Stunden. Das ist keine Herausforderung für mich."

„Aber Miss Thomson müsste auch an den Saisons teilnehmen", warf Madeleine ein. „Spätestens wenn eure Kinder im –" Madeleine ließ den Satz unvollendet, da Marvin verächtlich schnaubte.

Er entschuldigte sich sogleich bei ihr, indem er ihre Hand drückte. „Vielleicht hätten wir die Möglichkeit, diesen unseligen Heiratsmarkt für etwaige Nachkommen zu verkürzen oder in Gänze zu umgehen. Sie könnten außerhalb der Saisons und auf anderweitigen Gesellschaften passenden jungen Damen und Herren vorgestellt werden. Beim Landadel scheint diese Art der Eheanbahnung recht reibungslos zu verlaufen."

„Das kommt mitunter auch in unseren Kreisen vor, vermutlich sogar häufiger, als unsereins sich das eingesteht. Aber willst du letzten Endes derjenige sein, der die Axt an dieser althergebrachten Tradition ansetzt?"

Marvin schmunzelte über die theatralischen Worte seiner Mutter. „Womöglich würden nachfolgende Generationen es mir danken."

Madeleine nickte zögerlich, und Marvin beschloss, es dabei zu belassen. Die Ehe seiner Eltern – ein Arrangement, entstanden in einer Londoner Frühlingssaison – empfand er als eine einzige, nicht enden wollende Tragödie. Madeleine hatte einen ihr völlig Fremden geheiratet – und es bitterlich bereut. Zumeist hielt sie sich auf einem ihrer Landsitze auf, doch zu jeder neuen Saison fand sie sich pflichtschuldig in London ein – an der Seite ihres Ehemanns.

„Dein Vater zeigte zuletzt eine erwartungsvolle Haltung dahin gehend, dich möglichst bald verheiratet zu sehen. Aber mit Miss Lily …", sagte sie, wie zu erwarten gewesen war, und schüttelte vielsagend den Kopf.

„Bisher war lediglich von einem Erben die Rede. Ansprüche an meine zukünftige Gattin hat er keine gestellt."

„Die würden wohl aufs Tapet kommen, sobald du ihm die eine oder andere junge Lady vorstellst."

Marvin teilte diese Meinung nicht, behielt das allerdings lieber für sich. Er hatte nicht vor, seine Mutter zu verletzen. Wobei ihr seit vielen Jahren bewusst sein musste, dass Edward Carter sie vorrangig der Mitgift wegen geheiratet hatte – und weil er einen Erben hatte zeugen müssen. Madeleine hatte ihm zwei Söhne geschenkt, doch seit Andrew auf tragische Weise bei der Fuchsjagd ums Leben gekommen war, musste Edward mit jenem Sohn vorliebnehmen, der seit jeher im Schatten des Erstgeborenen stand.

Von Madeleine kam nur ein Seufzen. Sie blieb stehen, wandte sich zu ihm um und nahm seine beiden behandschuhten Hände in die ihren. „Mein einziger Wunsch ist, dass du glücklich bist."

„Dessen bin ich mir vollumfänglich bewusst, liebe Maman."

„Miss Thomson könnte dich glücklich machen. Zugleich wäre sie eine immerwährende Herausforderung."

„Langeweile ist nichts, was ich für erstrebenswert halte. Nicht einmal in der Ehe."

Madeleine bedachte ihn mit einem betrübten Lächeln. „Sie könnte – in ihrer Freiheit beschnitten und fremd in unseren Kreisen – rasch an Esprit verlieren, ihren Glanz einbüßen und … verkümmern. Willst du das riskieren?", sprach sie nochmals an, was sie offenbar beschäftigte und besorgte.

Marvin verspürte einen stechenden Schmerz in seinem Inneren. Seiner Mutter im Stillen recht zu geben und deshalb zu verneinen, kostete ihn unermesslich viel Kraft. War damit alles gesagt, was es zum Thema Lily zu besprechen gab?

„Denke bitte eingehend darüber nach." Madeleine drückte ihm mitfühlend die Hände und deutete dann mit dem Kopf auf Camden, der mit den beiden Reittieren in gebührendem Abstand zu ihnen angehalten hatte. „Es ist schon spät. Reitet bitte vorsichtig. Wir sehen uns zur Herbstsaison in London. Es sei denn, du stattest mir zuvor auf Eaglenest Manor einen Besuch ab."

„Ich werde versuchen, es einzurichten." Marvin küsste seine Mutter links und rechts auf die Wange und sah zu, wie sie über die sanft ansteigende Wiese in Richtung Pavillon davonging. Eine Bewegung im Inneren des Bauwerks ließ ihn die Augen mit der Hand beschatten. Die schlanke Silhouette einer vom Wind umwehten jungen Frau verriet ihm, dass Lily sich dort aufhielt.

Während Camden mit den Pferden auf ihn zukam, übermannte Marvin der Eindruck, dass sein Herz plötzlich so schwer wog wie all die Steine, aus denen der Pavillon erbaut war.

London Daily Life **30. Juli 1811**

In Gedenken an den gestern in London verstorbenen William Cavendish, fünfter Duke of Devonshire

Vierzehn

Zurück in London, wollte Lily ihren Plan sogleich in die Tat umsetzen. Allerdings musste sie sich in Geduld üben, da James ihr empfahl, einen trüben, regnerischen Tag abzuwarten. Diese Zeit nutzte sie, um dem verblüfften Jungen zu erklären, was sie tatsächlich vorhatte. Zuerst war er irritiert, doch dann gab er zu: „Ich hatte mich schon gewundert …"

Schließlich zog er allein los, was Lily nicht geplant hatte, doch der überraschende Besuch von Vivianne und Valerie Knight ließ ihr Vorhaben an jenem Tag scheitern. Umso erleichterter war sie, als James unversehrt nach Meltonplace zurückkehrte und ihr strahlend zunickte. Er hatte gefunden, was sie benötigte.

An diesem Dienstag nun folgte Lily James nach Whitechapel, einem Ortsteil Londons, der nicht in unmittelbarer Nähe zur Themse lag. Trotz des Regens waren die Straßen überfüllt mit Passanten, Pferdekarren, Händlern und Droschken. Die hohen, direkt aneinandergebauten Backsteingebäude mit den kleinen Erkern und Türmchen an den Fassaden und einem wilden Mix aus unterschiedlichen Fenstern schluckten selbst den letzten Rest Tageslicht. Tief hängende graue Wolken schickten unermüdlich Regen auf die Erde herab. Lily konnte inmitten der tristen Braun- und Grautöne nicht ein einziges noch so unscheinbares Quäntchen Grün entdecken. Ebenerdige, wuchtige Hauseingänge wechselten sich mit schmucklosen Türen ab und muteten Lily an, als wollten sie sie verschlingen.

Sie hatte sich erneut in ihren Herrenmantel samt Kapuze gehüllt, machte sich noch größer, als sie ohnehin schon war, und ging festen Schrittes und leicht breitbeinig die Gasse entlang – so wie James es ihr gezeigt hatte. Ihr kleiner Begleiter flüsterte ihr mehrmals zu, dass sie das richtig gut mache und sicher niemand auf den Gedanken verfallen würde, sie sei eine Frau.

Er führte sie zu einem Eckhaus mit zwei am oberen Ende halbrunden Schaufenstern. Neugierig blickte Lily durch eine der beiden Scheiben, konnte wegen des Dämmerlichts im Inneren des Gebäudes jedoch nicht viel erkennen. Die Ladenglocke erklang, da James entschlossen eintrat. Also blieb ihr nichts anderes übrig, als ihm eilig zu folgen.

Der Raum war weit größer, als die Fassade es vermuten ließ. Mannshohe Vitrinen, deren Glastüren dringend geputzt werden sollten, Regale, die ein Sammelsurium an Gebrauchsgegenständen beherbergten, und Schränke mit unzähligen Schubladen, deren Perlmuttgriffe teilweise abgebrochen waren, machten aus dem Pfandhaus ein wahres Labyrinth. Zielsicher führte James Lily durch dieses hindurch zu einer verschrammten, nahezu schwarzen Holztheke, auf der sich Tabakdosen und edle Haarspangen stapelten, dazu Ohrringe und Ketten in Holzkästchen, die mit abgegriffenem grünem Samt bezogen waren. An der Wand neben einer benutzten Teetasse, einer Brille und einem Schlüsselbund – vermutlich das Privateigentum des Pfandleihers – lehnte ein etwa zehn mal zwanzig Zentimeter großer, mit Schnörkeln und Blattgold verzierter Bilderrahmen. Er enthielt eine recht gelungene Federzeichnung von einer Frau mit zwei Kindern. Die Familie des Eigentümers, vermutete Lily.

Die an der Decke angebrachte Öllampe sandte ein solch dämmriges Licht aus, dass Lily sich einer Sache gewiss sein konnte: Ihre weiblichen Gesichtszüge würden dem Mann verborgen bleiben. Die Frage, ob die spärliche Beleuchtung Absicht war, weil der Pfandleiher seinen Kunden eine gewisse Anonymität zugestehen wollte, schob sie von sich. Immerhin hatte James ihr versichert, dass der Inhaber des Pfandleihhauses vertrauenswürdig war. Ebenjener trat nun hinter einem der Regale hervor und baute sich auf der anderen Seite des Tresens vor ihnen auf. Lily musterte den Mann, hielt den Kopf dabei aber weitestgehend gesenkt.

Gregory Spratters Leibesumfang bewies, dass er von seinem Pfandhaus mehr als gut leben konnte. Seine listigen grauen Augen blickten zwischen James und ihr hin und her, der runde Schädel und die Glatze, die vom flackernden Licht der Flamme beschienen wurde, passten perfekt zu seiner Statur. Lily schätzte den Mann auf Anfang fünfzig.

„Was kann ich für Sie tun, Mister?", fragte Spratter mit rauer Stimme. Er klang, als habe sich der Staub vieler Jahrzehnte auf seine Stimmbänder gelegt.

Wie abgesprochen, wandte sich James an den Mann und erklärte: „Das ist Mr Lucas, Sir."

Spratter unterzog James' Garderobe einer optischen Prüfung und kam dabei wohl zu dem Schluss, dass der Knabe aus einer vergleichsweise gut situierten Familie stammen musste. Genau das war Lilys Absicht gewesen. Den Eindruck eines Adelssprösslings hingegen galt es zu vermeiden, denn das könnte Spratter zu Nachforschungen und Tratsch animieren – oder dazu, gewisse Begehrlichkeiten zu entwickeln.

Der Pfandleiher nahm nun Lily genauer in Augenschein. Sie hörte ihn murmeln: „Soso, Mr Lucas also." Gespielt pflichtbewusst wandte er sich wieder James zu und fragte: „Und was kann ich für deinen Mr Lucas tun?"

„Zunächst benötigen wir eine Auskunft."

Lily lächelte heimlich. James konnte sich, wenn er es darauf anlegte, durchaus gepflegt ausdrücken.

„Du meinst, Mr Lucas möchte wissen, wie eine Pfandleihe funktioniert?", fragte Spratter und breitete die Arme aus, als wolle er all die mehr oder weniger wertvollen Kostbarkeiten in seinem Reich umarmen.

„Das ist uns bekannt, Sir“, erwiderte James gespielt weltmännisch und schob das Kinn vor. „Wir übergeben Ihnen ein Pfand und bekommen dafür von Ihnen Geld. Nicht den vollen Wert des Gegenstandes, aber etwas mehr als die Hälfte. Wir vereinbaren einen Termin, zu dem wir das Pfand wieder auslösen wollen. An dem Tag geben wir Ihnen den geliehenen Betrag zurück, zuzüglich der Zinsen und einer Gebühr.“

„Und was geschieht, wenn ihr das Pfandobjekt nicht auslösen könnt?“

James warf Lily einen fragenden Blick zu, da sie darüber nicht gesprochen hatten. Beunruhigt, weil das nicht passieren durfte, trat sie von einem Fuß auf den anderen. Dann beugte sie sich vor und raunte mit verstellter, tiefer Stimme: „In dem Fall müssen Sie uns eine weitere Frist einräumen. Verstreicht auch diese, können Sie das Pfand verkaufen oder öffentlich versteigern.“

Spratter nickte Lily zu. Offenbar war er gewillt, sich Mr Lucas gegenüber zugänglicher zu zeigen als dem Jungen. Prompt wandte er sich direkt an Lily und fragte: „Was haben Sie denn für mich mitgebracht?“

„Wie mein Freund hier schon sagte, gibt es noch so manches zu klären, ehe wir eine Übereinkunft treffen können.“

Der Pfandleiher stützte die fleischigen Hände auf den Tresen und sah sie abwartend an. Lily senkte hastig den Kopf. Jetzt galt es, ihm ihr Vorhaben schmackhaft zu machen. Denn nur wenn Spratter einen Gewinn für sich selbst in dem sah, was Lily plante, würde er sich auf ein derart unkonventionelles Arrangement einlassen, wie sie es vor Augen hatte. „Ich plane, Ihnen ein Pfandobjekt zu überlassen, das ich nicht durch die Rückzahlung des Darlehens wieder auslösen möchte, sondern indem ich es gegen ein neues Objekt eintausche.“

Spratter schüttelte energisch den Kopf, doch Lily hob um Geduld bittend eine ihrer in Männerhandschuhen steckenden Hände. Sie atmete tief ein, erinnerte sich daran, möglichst männlich zu sprechen, und fuhr fort: „Sie selbst gewinnen dadurch, weil das, was ich Ihnen als neues Pfand übergebe, stets einen größeren materiellen

Wert aufweist als der Gegenstand, den ich auslöse – wofür ich natürlich dennoch eine kleine Summe erwarte, aus der ich die Gebühr zahle. Am Ende löse ich das dann in Ihrem Leihhaus befindliche Pfand endgültig aus und begleiche die Zinsen."

Dies war der heikelste Punkt an Lilys Plan, da sie wusste, dass sie selbst dazu niemals in der Lage sein würde. Hier bräuchte es wohl die tatkräftige finanzielle Unterstützung von Henrietta – und die weiterer geneigter Spender. Doch bis dahin wären einige von Henriettas Bekannten sicher erneut oder gar zum ersten Mal dazu bereit, den Menschen in den Hafengassen eine finanzielle Gabe zukommen zu lassen. Immerhin würde Lily sie von nun an nicht weiter mit dem Thema belästigen. Die Aufregung um James und um ihre ein klein wenig aus dem Ruder gelaufene Bitte um Unterstützung sollte sich bis dahin gelegt haben. Jedenfalls hoffe sie das …

Spratter rieb sich mit einer Hand die Glatze und musterte die verhüllte Gestalt vor sich. „Verstehe ich Sie richtig, Mr Lucas? Ich zahle für ein Pfandobjekt, das Sie mehr als einmal mit einem anderen, wertvolleren Gegenstand auszulösen gedenken. Dafür wollen Sie von mir jedes Mal wieder ein paar Pfund, um unter anderem meine Pfandgebühr begleichen zu können. Irgendwann – zu einem Zeitpunkt, den weder Sie noch ich derzeit kennen – beenden wir den fortwährenden Austausch, indem Sie den letzten Gegenstand auslösen und das bis dahin entstandene Darlehen vollständig und mit den üblichen Zinsen zurückzahlen?"

„An Ihrer Zusammenfassung habe ich nichts zu beanstanden, Mr Spratter. Natürlich können Sie über den finalen und damit wertvollsten Gegenstand frei verfügen, falls ich meiner Zahlungsverpflichtung nicht nachkommen sollte." *Was Gott verhindern möge!*

Der Gedanke war Lily unangenehm, also räusperte sie sich und konzentrierte sich wieder auf den Mann hinter der Theke. Der kniff ein Auge zu. „Gemeinhin gelte ich nicht als übertrieben argwöhnisch, Mr Lucas. Und lassen Sie mich Ihnen versichern, dass ich aus unserer Abmachung, wenn sie denn zustande kommen sollte, garantiert Profit herausschlagen werde. Doch irgendetwas an der

Sache gefällt mir nicht. Sind Sie gewillt, mir zu sagen, zu welchem Zweck Sie diesen … Aufwand betreiben wollen?"

Lily zögerte, dann wandte sie ihre Aufmerksamkeit der Federzeichnung auf dem Tresen zu. Den einen der beiden Jungen darauf schätzte sie auf etwa zehn, den anderen auf zwölf Jahre. Obwohl beide Gesichter noch kindliche Züge aufwiesen, meinte sie eine Ähnlichkeit zu Spratter zu erkennen. Sie beschloss, dass sich das Risiko lohnte, und antwortete: „Der Zweck besteht darin, mit dem Geld den Kindern an den Docks zu helfen."

Der Mann ihr gegenüber ließ einen eigentümlichen Schnalzlaut hören. „Ungewöhnlich", murmelte er vor sich hin. „Aber hoch spannend." Er rieb sich erneut den Kopf und blickte zu der niedrigen, holzgetäfelten Decke hinauf, an der Spinnweben wie drapierte Vorhänge hingen.

„Zeigen Sie mir doch einmal, womit wir anfangen", sagte er schließlich.

Lily unterdrückte ein halb erleichtertes, halb panisches Seufzen. Sie öffnete die linke Hand, in der sie das einzig Wertvolle hielt, was sie – von ihrer Goldkette einmal abgesehen – besaß: die Taschenuhr ihrer Mutter. Ein hübsches und solide gearbeitetes Schmuckstück, das allerdings nicht sonderlich viel wert war. Nur zögernd legte sie es auf die speckig glänzende Theke.

Spratter ergriff die Taschenuhr und ging einige Schritte zu einem Beistelltisch hinüber, auf dem ein Argandbrenner stand, dessen Flamme er behutsam höherdrehte. „Nun gut, ich hatte mit etwas … Bedeutsameren gerechnet", sagte er über die Schulter hinweg. „Aber die Uhr ist in einem guten Zustand, ohne sichtbare Beschädigungen und hübsch anzusehen." Er kam zum Tresen zurück, schlug ein in schwarzes Leder gebundenes Buch imposanten Umfangs auf und blätterte darin. Schließlich nannte er Lily einen Betrag, von dem sie hoffte, dass es die Summe war, die er ihr zu geben gedachte, und nicht das, was er als Wert der Taschenuhr schätzte. Auf ihre Rückfrage hin bestätigte er ihre Annahme, also nickte Lily zustimmend.

Mit einem flauen Gefühl in der Magengegend wurde sie Zeuge, wie Spratter den Namen „Lucas" notierte, in der Spalte dahinter in knappen Worten die Uhr beschrieb und in die nächste Spalte eine Nummer eintrug. Diese vermerkte er auch auf einem bedruckten Blatt Papier, das er ihr über den Tresen hinweg zuschob. Damit würde sie das unbezahlbare Erinnerungsstück an ihre Mutter wieder auslösen können.

Zusammen mit einem Pappschildchen, das er ebenfalls mit der Nummer versah, verstaute Spratter die Uhr in einer der vielen Kommodenschubladen, die für Taschenuhren wie gemacht waren. Dann griff er erneut zur Feder und sah diesmal James an. „Und wann möchte dein Mr Lucas dieses Pfandobjekt gegen ein neues, wertvolleres eintauschen?"

„In genau zwei Wochen."

„Demnach am dreißigsten." Der Mann notierte das Datum in der letzten Spalte und schlug das Buch so heftig zu, dass eine Staubwolke aufstob und die zuoberst bereitgelegten Quittungen raschelnd aufflogen. Gleich darauf nahm er den vor dem Gemälde liegenden Schlüsselbund zur Hand und schloss eine Tresenschublade auf. Sorgfältig zählte er die Münzen hin, die Lily hastig einsteckte.

„Ich muss Ihnen sicher nicht sagen, Mr Lucas, wie ungewöhnlich das ist, was Sie da von mir verlangen? Falls Sie irgendetwas … Unziemliches planen und ich darüber vor Gericht befragt werden sollte, werde ich Sie ans Messer liefern. Um mich zu schützen."

„Ist … gut", brachte Lily erstickt hervor. Dann schalt sie sich selbst. *So weit wird es niemals kommen!* Immerhin hatte sie nicht vor, jemanden zu bestehlen. Sie würde sich lediglich den einen oder anderen Gegenstand borgen und diesen nach zwei Wochen wieder an seinen Platz zurückstellen. Sein Fehlen – so jedenfalls war es geplant – würde nicht einmal bemerkt werden.

Trotz des Beschwichtigungsversuchs sich selbst gegenüber verließ Lily nahezu fluchtartig das Pfandleihhaus. James folgte ihr. Draußen empfingen sie strömender Regen und eine Welt, die immer noch kaum mehr als unterschiedliche Grauschattierungen aufzuweisen hatte. Diese passten vorzüglich zu Lilys aufgewühlter Stimmung.

Nervös strich sich Lily mit ihren weiß behandschuhten Händen über das golddurchwirkte lichtgrüne Kleid. Sie liebte die Farbe Grün in allen Facetten, weshalb ihre neue Garderobe vornehmlich in Grüntönen gehalten war.

In zwei Tagen würde sie bei Spratter vorsprechen müssen, um ihm wie vereinbart einen wertvolleren Gegenstand im Tausch gegen die Uhr ihrer Mutter zu übergeben.

Lily war beinahe fassungslos gewesen, als sie hatte feststellen müssen, wie schnell ihr das Pfandgeld durch die Finger zu rieseln drohte. Dies sogar, obwohl sie sich schweren Herzens dazu durchgerungen hatte, nur jenen Familien unter die Arme zu greifen, die sie persönlich kannte. Die Not unter den Menschen an den Docks war unermesslich groß.

Nun galt es, ein Tauschpfand zu finden. Und es einzustecken, ohne erwischt zu werden.

Lily liefen allein beim Gedanken daran, was sie als Nächstes zu tun hatte, kleine Schweißperlen über den Rücken. Sie hoffte inständig, dass ihr Unterkleid diese aufsaugte, denn keiner durfte merken, dass sie vor Angst beinahe schweißgebadet war.

Die meisten Adelsfamilien blieben London nahezu das ganze Jahr über fern, da sie sowohl die kältesten als auch die wärmsten Monate auf einem ihrer Landsitze verbrachten. Lediglich zu den beiden Saisons im Frühjahr und Herbst suchten nicht nur die Lords, sondern auch deren Ehefrauen und Sprösslinge die Hauptstadt auf. Die Gesellschaft an diesem Abend wurde jedoch von einem Ehepaar ausgerichtet, das genau wie Marvin, dessen Vater und die Geschwister Murray den Großteil seiner Zeit in London verbrachte. Die Festlichkeit diente als eine Art Würdigung für all jene, die bereits Ende Juli aus der Sommerfrische in die Hauptstadt zurückgekehrt waren oder ihr auch außerhalb der Saisons ihre Aufwartung machten.

Nach dem gemeinsamen Dinner zogen sich die neun geladenen Herren zum Rauchen, Debattieren und Kartenspielen in das Herrenzimmer zurück. Die Damen, mit Lily und zwei weiteren Gesellschafterinnen waren es elf, pendelten zwischen zwei Salons und einer hübsch beleuchteten Terrasse hin und her.

Lily wartete, bis sich die ersten Damen zum Frischmachen entschuldigt und sich wenig später wieder zu den plaudernden Anwesenden gesellt hatten, ehe auch sie beschloss, einem nicht näher benannten Bedürfnis nachzugehen. So unauffällig, wie James es ihr beigebracht hatte, näherte sie sich einer offenen Tür, verließ den Salon und schlenderte betont gelangweilt den Flur entlang.

Das perfekt aufeinander abgestimmte Mobiliar und die nahezu königliche Inneneinrichtung verrieten ihr, dass dieses Haus der Lebensmittelpunkt des Ehepaars war und nicht nur ein selten genutztes Stadthaus. Lily wusste inzwischen, dass sie all jene Räume betreten und bewundern durfte, deren Türen einladend offen standen. Geschlossene Türen bedeuteten, dass die Gastgeber die dahinter befindlichen Räumlichkeiten als privat ansahen. Dies galt es zu respektieren.

Als befände sie sich in einem Museum, betrat Lily ein Zimmer nach dem anderen und sah sich in gespannter Erwartung um. Ihr Blick glitt über Erinnerungsstücke von diversen Reisen in exotische Länder, nach Frankreich hinüber, aber auch bis hinunter nach Italien und in die Schweiz. Sie suchte nach einem Gegenstand von geringer Größe, der den materiellen Wert ihrer Taschenuhr leicht überstieg und zudem wie vergessen herumstand. Sie fand das Gesuchte in einer vom Flur abknickenden Diele, die zu den Hauswirtschaftsräumen führte. Dort stand ein Regal, das Schmuckschalen, Porzellan- und Kristallvasen, aber auch robustere Pflanzschalen enthielt.

Lily nahm eine etwa dreißig Zentimeter große Kristallvase zur Hand und bewunderte das eingravierte Rosenmuster. Das Gefäß war auf Hochglanz poliert und wies nicht ein einziges Staubkorn auf. Die übrigen, ähnlich verarbeiteten Vasen im Regal wirkten, als wären sie ebenfalls regelmäßig in Gebrauch.

Da die Blumengefäße in drei Reihen hintereinanderstanden, schlussfolgerte Lily, dass die kleineren Exemplare ganz hinten an der Regalwand selten oder gar nicht in Benutzung waren. Behutsam zog sie eines davon heraus. Auf dem geschwungenen Rand lag eine Staubschicht, unter der sich ein goldenes Muster verbarg. Dieses setzte sich auch über den schlanken, gut fünf Zentimeter langen Bauch der Vase hinweg fort. Der feine Schliff und das eingearbeitete Gold waren wohl ausreichend, um den Geldwert der Taschenuhr zu übertreffen. Dennoch wirkte die Kristallvase nicht sonderlich exklusiv und war handlich genug, um sie ungesehen aus dem Haus zu schmuggeln.

Plötzlich hörte Lily sich nähernde Schritte. Ohne jede Hast, denn das wäre verdächtig, stellte sie die große Vase an ihren Platz zurück, während sie die kleine verbarg, indem sie die Hände hinter dem Rücken verschränkte. In jener Haltung ging sie in den Flur zurück. Dort lief ein Diener beinahe in sie hinein, der in einer Hand ein Tablett mit schmutzigen Gläsern balancierte, das gefährlich in Schieflage geriet. Der Mann hatte jedoch sowohl das Silbertablett als auch sich selbst schnell wieder im Griff. „Kann ich Ihnen helfen, Miss Thomson?", erkundigte er sich höflich.

„Bitte verzeihen Sie …" Lily lächelte den älteren Mann gespielt scheu an. „Ich wollte ein Ankleidezimmer aufsuchen, fürchte aber …" Sie zog hilflos die Schultern hoch.

„Die Treppe hinauf, erste Tür links, Miss Thomson."

„Ach, ich muss ins obere Stockwerk? Wie nachlässig von mir, dass ich nicht nachgefragt habe. Ich danke Ihnen für die Auskunft."

„Stets zu Diensten." Der Lakai verbeugte sich knapp und setzte seinen Weg fort.

Lily ging zurück zu der schmalen Holztreppe mit dem schwarzen gusseisernen Geländer und stieg die Stufen hinauf. In dem Zimmer angekommen, das für die weiblichen Gäste bestimmt war, musste sie feststellen, dass die kleine Vase zu schwer für den an ihrem Oberschenkel befestigten Beutel war. Also behielt sie das Gefäß in der Hand, während sie die Treppe wieder hinabstieg. Da ihr Spencer, den sie eigens für den Heimweg mitgenommen hatte, vom Butler des Hauses weggeschlossen worden war, konnte sie die dort eingenähte Tasche ebenfalls nicht benutzen. Doch auf Unwägbarkeiten dieser Art hatte ihr aufgeweckter Lehrmeister sie vorbereitet.

Sie ging in eines der öffentlich zugänglichen Zimmer, das über eine Terrassentür verfügte, und trat durch diese hinaus ins Freie.

Den winzigen Stadtgarten im Schutz der hohen Rosenhecke zu durchqueren, kostete sie nicht mehr als ein paar Sekunden. Zwischen dem Gebäude ihrer Gastgeber und dem benachbarten Haus gab es eine enge Mews[12], die Lily entlangeilte, bis sie die Straße erreichte, wo gelangweilte Kutscher darauf warteten, die Herrschaften wieder nach Hause zu fahren.

Lily geduldete sich, bis sie sich sicher sein konnte, dass niemand in ihre Richtung sah, dann huschte sie wie ein Schatten zwischen ein Gespann und Halstons Landauer. Da man sie von der gegenüberliegenden Straßenseite aus sehen konnte, bewegte sie sich nun so gelassen und souverän, wie eine Gesellschafterin es tun würde, die für ihre Lady eine Kleinigkeit aus dem Wagen zu holen hatte. Sie legte die Vase in einen zierlichen Henkelkorb, den sie eigens zu diesem Zweck mitgenommen hatte, bedeckte sie mit ihrer derzeitigen Handarbeit und schloss den Schlag so leise wie möglich wieder.

Der Weg zurück über die Mews, durch den Garten und ins Haus hinein war ein Kinderspiel für sie. Als Lily in den Salon mit den weißen Möbeln und dunkelvioletten Vorhängen zurückkehrte, beachteten sie die anwesenden Damen nicht weiter. Niemand hatte bemerkt, dass sie ungewöhnlich lange fort gewesen war.

Lily ging durch eine Zwischentür in den angrenzenden Salon, danach in den dritten, damit sie überall gesehen wurde, ehe sie auf die Terrasse hinaustrat, wo sich in diesem Moment niemand aufhielt. Stimmengewirr und Gelächter drangen zu ihr heraus, als sie sich gegen die Steinbrüstung lehnte und mit einem breiten Lächeln die vom Mondlicht beleuchteten Hausfronten der Nachbarschaft betrachtete.

Ein nie zuvor da gewesenes, unbeschreiblich berauschendes Hochgefühl breitete sich in ihr aus.

Teil III

London Daily Life **7. Oktober 1811**

Weltweit: Die am 30. September in Weimar geborene Prinzessin Augusta, Tochter von Großherzog Carl Friedrich von Sachsen-Weimar-Eisenach und Großfürstin Maria Pawlowna Romanowa, wurde am 6. Oktober auf den Namen Maria Luise Augusta Catherina getauft

Anzeige: Dr. Reginald Black, Physician
Neu aufzusuchen in 12 Harley Street,
City of Westminster, London.

Fünfzehn

Lily zog sich die Kapuze ihres dunklen Umhangs tiefer ins Gesicht. So unangenehm der dichte Nebel in den Gassen auch war, schützte er sie doch vor allzu neugierigen Blicken. Allerdings drückte er auch den Rauch aus den Schornsteinen der Fabriken zwischen die Häuser. Ein Hustenreiz, den sie nur mühsam unterdrücken konnte, kitzelte ihren Rachen. Sie durfte nicht husten, während sie sich inmitten all der Männer aufhielt, die von der Arbeit im Hafen auf dem Nachhauseweg waren. Sie würde sich sofort verraten. Also räusperte sie sich nur und versuchte, dabei so tief wie möglich zu klingen. Nichts durfte darauf hindeuten, dass sie kein schlaksiger Jüngling war, sondern eine Frau.

Sie war erleichtert, als sie die derb gezimmerte Eingangstür des

Pfandhauses öffnen und hineinschlüpfen konnte, obwohl es im Inneren des Gebäudes nicht wirklich besser roch. Die staubige Luft war angefüllt mit einem Geruchsgemenge aus Wachs, Schmieröl und etwas, das Lily als beißend wahrnahm, aber nicht identifizieren konnte.

Die Kapuze der Redingote weiterhin tief ins Gesicht gezogen, stellte sich Lily so, dass sie der trübe Schein der über dem Tresen befestigten Öllampe mit dem milchigen Glasschirm nicht treffen konnte. Inmitten der übervollen Regale wartete sie darauf, bedient zu werden.

Seit ihrem zweiten Besuch bei Spratter war sie nicht mehr hierhergekommen, sondern hatte sich mit dem Mann in einer unscheinbaren Seitenstraße nahe Meltonplace getroffen. Der Vorschlag, sich woanders zu treffen, war von ihm gekommen, den Treffpunkt selbst hatte Lily bestimmt. Ihm hatte die Mews zugesagt, anscheinend hatte er gelegentlich irgendwo in der Nähe zu tun. Durch Spratters Entgegenkommen, sich fernab der Hafengegend zu treffen, war in Lily der Verdacht herangereift, dass ihre Tarnung als Mann ihm gegenüber nicht funktioniert hatte. Allerdings hatte sie ihr letztes Treffen absagen müssen, da Halston die Stallungen und die darüber gelegenen Wohnungen für Kutscher und Stallburschen kurzfristig einer Inspektion unterzogen hatte.

Ein wenig ungeduldig wanderte ihr Blick über die größeren Möbel weiter hinten, vorbei an nachlässig aufgestapelten Porzellantellern mit Rosendekor, neben denen die dazugehörigen Tassen, Unterteller und eine übergroße Teekanne platziert waren. Dieses Service hatte bei ihrem letzten Besuch noch nicht hier gestanden.

Ein Gegenstand in der Vitrine rechts des Geschirrs erregte Lilys Aufmerksamkeit. Sie verließ ihren strategisch gewählten Platz am Verkaufstresen und näherte sich dem Möbelstück, in dem Spratter offenbar seine wertvollsten Leihgaben aufbewahrte. Erst neugierig, dann irritiert musterte Lily einen grünen Elefanten aus Jade. Das Tier mit dem nach oben gereckten, auf dem Kopf aufliegenden Rüssel hatte sie schon einmal gesehen … Um sich zu vergewissern, dass das Jadestück wirklich aus der Chinasammlung der Familie Landox stammte, wollte sie die Vitrinentür öffnen. Dabei waren ihr jedoch die ledernen Männerhandschuhe im Weg, denn sie konnte kaum den filigranen Schlüssel greifen. Schließlich zog sie einen davon aus.

Behutsam nahm Lily die gut sechs Zentimeter lange und vier Zentimeter hohe Figur heraus und drehte sie um. Auf dem rechten Vorderfuß fand sie ebenjene eingravierten Initialen, derentwegen sie das Stück nicht eingesteckt und hierhergebracht hatte, um es zu Geld zu machen. Die verschlungenen Buchstaben machten es viel zu leicht, den grünlich schimmernden Elefanten seinem rechtmäßigen Besitzer zuzuordnen. Das war ihr zu riskant erschienen. Warum die Figur jetzt dennoch hier stand, war ihr ein Rätsel.

Hieß das, dass die Landox' in finanziellen Schwierigkeiten steckten? Veräußerten sie gerade – von der feinen Gesellschaft unbemerkt – einen Teil ihrer Wertgegenstände, um sich über Wasser zu halten? Verbunden mit der Hoffnung, finanziell bald wieder besser aufgestellt zu sein und damit den Skandal des Scheiterns rechtzeitig abzuwenden? Hatte der Baron deshalb auch Longfellow verpflichtet?

„Meine Güte", murmelte Lily und stellte den Elefanten zurück an seinen Platz zwischen diversen militärischen Orden, einem silbernen Kinderdiadem und einem Paar erlesener Seidenhandschuhe.

Grübelnd biss sie sich auf die Unterlippe. Dass jemand von der Familie Landox persönlich hierherkam, konnte sie sich nicht vorstellen. Dafür war die Gegend zu verschrien, galten die hiesigen Pfandleiher als zu … windig. Mit Ausnahme von Spratter, das wusste Lily inzwischen. Der Mann war ein gewiefter Geschäftsmann und suchte seinen Vorteil, wo er konnte, schien das Herz aber dennoch am rechten Fleck zu haben.

„Ich hatte Sie früher erwartet, Mr Lucas." Die raue Stimme des Pfandleihers ließ Lily zusammenzucken. Hastig zog sie sich die Kapuze wieder tiefer ins Gesicht und streifte den Handschuh über. Zwar war ihr Versteckspiel Spratter gegenüber inzwischen wohl überflüssig, dennoch erhielt Lily es aufrecht. Vielleicht täuschte sie sich ja. Zudem war es gut möglich, dass sich – unbemerkt von ihr – noch weitere Kunden in dem vollgestopften Ladengeschäft aufhielten.

Langsam wandte sie sich um und stapfte betont breitbeinig

zurück zu jenem schlecht ausgeleuchteten Platz vor dem Tresen. Seit ihrem ersten Besuch hier hegte sie den Verdacht, dass dies kein Zufall war. Womöglich gab es außer ihr noch weitere Kundschaft, die diese Räumlichkeiten in dem Wunsch betrat, möglichst unerkannt zu bleiben. So auch Baron Caspar Landox? Dem man nachsagte, das Vermögen, das seine Gattin in die Ehe eingebracht hatte, überaus erfolgreich zu verwalten und zu vermehren? Ob der Mann dieses Gerücht wohl selbst in die Welt gesetzt hatte, um dadurch von seiner misslichen Lage abzulenken?

Lily schob die Überlegung beiseite. Sie musste sich jetzt voll und ganz auf Spratter konzentrieren.

„Ich möchte das Pfandobjekt eintauschen."

„Wie immer, Mr Lucas." Spratter zog eine der schwergängigen Kommodenschubladen auf und entnahm dieser einen in roten Samt eingewickelten Gegenstand. Er legte ihn auf den Tresen, ging dann an Lily vorbei und schloss die Tür ab.

Lily wartete, bis der Mann hinter den Tresen zurückgekehrt war, ehe sie die Schnur löste und den Stoff auseinanderfaltete. Eine zierliche goldene Haarspange mit einem aus buntem Glas gefertigten Vogel kam zum Vorschein. Lily hatte sie im Zimmer einer jungen Frau entdeckt, die sich für mehrere Monate auf Hochzeitsreise befand. Somit war ihr die Gefahr überaus gering erschienen, dass der Haarschmuck in den zwei Wochen, die er im Pfandhaus läge, vermisst werden könnte.

Wegen der Handschuhe, die ihre zarten Hände verbergen sollten, nahm Lily die Spange besonders vorsichtig hoch. Das Schmuckstück war unversehrt. Zufrieden wickelte sie es wieder ein.

„Was haben Sie als Ersatz für mich?" Spratters Stimme klang wie immer amüsiert. Vermutlich fand er ihre Maskerade belustigend und ihr bei ihrem ersten Gespräch angedeutetes Ansinnen zwar lobenswert, aber unvernünftig. Oder vergeblich.

Lily griff in die zweite Innentasche der Redingote und holte ein ebenfalls in Samt eingehülltes Päckchen hervor. Spratters fleischige Hände wickelten den Schatz geschickt aus. Diesmal handelte es sich um zwei aus Elfenbein geschnitzte Frauenfiguren. Eine der beiden balancierte einen Krug auf dem Kopf, die andere trug ein Kleinkind auf dem Rücken und beugte sich nach vorn, vermutlich weil sie auf dem Feld arbeitete. Die Figuren waren detailreich ausgearbeitet und somit wunderschön. Lily gefielen insbesondere die freundlichen, ja friedlichen Gesichtszüge der Frauen.

Spratter begutachtete die kleinen Kunstwerke eingehend, was in Lily erneut dieses ihr bestens bekannte Unbehagen auslöste. Nicht nur, da die feingliedrigen Arbeiten in den derben Händen des Mannes besonders zerbrechlich wirkten, sondern auch, weil sie in diesem düsteren Pfandhaus vollkommen fehl am Platz waren. Lily beruhigte sich mit dem Gedanken, dass den Figuren hier nichts geschehen konnte und dass sie in zwei Wochen an ihren angestammten Platz zwischen all den anderen afrikanischen Elfenbeinschnitzereien in der Vitrine eines wohlhabendenden Viscounts zurückkehren würden, der in einem Herrenhaus außerhalb von London wohnte.

„Erscheint mir ein angemessener Tausch zu sein", sagte der Mann.

Sofort richtete sich Lily auf. „Es sind *zwei* Figuren. Ich tausche nicht ein Teil gegen zwei. Für die zweite Figur möchte ich ein zusätzliches Darlehen."

Spratter brummte etwas vor sich hin, dann zuckte er mit den Schultern. „In Ordnung."

„Natürlich ist es das. *Jeder* kann den Wert und die Schönheit dieser Schnitzereien erkennen."

„Denken Sie, *ich* bin nicht dazu fähig?" Spratter richtete sich nun ebenfalls auf, reichte Lily aber trotzdem nur bis zur Nasenspitze.

„Nun ja, Sie wollten mir zuerst nichts draufzahlen", erinnerte sie ihn gelassen.

„Weil das mein Geschäft ist. Ich muss davon *leben!*"

„Bei mir verdienen Sie an unserem ungewöhnlichen Geschäftsmodell."

„Aber dennoch bin ich derjenige, der den Wert schätzen muss." Spratter wickelte die beiden Figuren wieder ein und verstaute sie in einer etwas geräumigeren Schublade, ehe er in seinem übergroßen Buch die entsprechende Eintragung tätigte. Er öffnete die Lade unterhalb des Tresens, entnahm ihr einen der größtenteils gelblich verfärbten, handbeschrifteten und mit den Nummern der Bankhäuser versehenen Geldnoten und legte diesen vor Lily hin. Sie prüfte das Zahlungsmittel auf ein Wasserzeichen und seine Qualität, steckte es ein und unterschrieb dann den neuen Pfandschein für die Elfenbeinschnitzereien.

„Es ist immer wieder eine Freude, mit Ihnen Geschäfte zu machen, Mr Lucas", sagte Spratter wie jedes Mal.

Auch Lily reagierte darauf mit den üblichen Worten samt drohendem Unterton, was den Mann umso mehr zum Grinsen brachte. „Versuchen Sie ja nicht, mich auszutricksen!" Trotz seiner Raubeinigkeit und dem Umstand, dass er einen möglichst großen Gewinn machen wollte, hielt Lily den Pfandleiher für einen aufrichtigen Menschen.

Sie verließ den Laden und eilte Richtung Docks. Noch immer waberte dichter Nebel durch die Straßen der Stadt und verschluckte jegliche Farbe, von der es hier ohnehin nur wenig gab. Doch nun war auch der Herbsthimmel in ein tristes Grau gekleidet.

Die Abenddämmerung war bereits hereingebrochen, entsprechend unbehaglich sah sich Lily um. Der Schneider und der Kurzwarenhändler hatten die Türen ihrer Ladengeschäfte bereits verschlossen, in den Wohnungen über den Läden und Werkstätten brannte Licht. Andere Häuser lagen im Dunkeln, vielleicht weil die Bewohner weder Kerzen noch Brennholz besaßen, womöglich aber auch, weil niemand zu Hause war. Manche Menschen hier gingen früh zu Bett, teils, um dem Elend ihres Daseins zu entfliehen, teils, weil sie am nächsten Tag zu besonders früher Stunde aufstehen mussten.

Aus einer Seitenstraße drang Gelächter, in das sich die Klänge einer Fidel mischten. Ein greiser Mann kam gebeugt auf Lily zu, und als er sie sah, zog er den staubigen, verbeulten Hut. Obwohl sie versuchte, sich dem hiesigen Umfeld anzupassen, fiel sie mit ihrem hochwertigen Herrenmantel auf. Sie nickte dem Greis zu und eilte dann die schmale Gasse entlang. Dabei hielt sie sich, wie James es ihr geraten hatte, möglichst in der Mitte. Wer zu dicht an den Häuserfronten und Mauern entlangging, so hatte der Junge ihr eingeschärft, war ein leichtes Opfer für die in dunklen Nischen lauernden Ganoven.

Lily kam an drei Männern vorbei, die sich lauthals stritten, dann gelang es ihr, gerade noch rechtzeitig auszuweichen, als eine Frau den flüssigen Inhalt einer großen Schüssel aus der Tür schüttete. Sie bog in eine noch schmalere Gasse ab. Die fehlende Lichtquelle machte es ihr nahezu unmöglich, ihr forsches Tempo beizubehalten. Hier hatte einst ebenfalls Kopfsteinpflaster gelegen, von diesem waren aber nur noch Bruchstücke übrig. Auf Lily wirkten jene traurigen Überreste wie verstreut daliegende Puzzleteile – ihr und Longfellows Lehrer hatte einst ein solches Holzlegespiel mit aufgedruckter Weltkarte gebraucht, um seinen Erdkundeunterricht zu veranschaulichen –, die vergeblich darauf warteten, dass jemand sie zu einem vollständigen Bild zusammenfügte. Doch hier gab es nicht viel, was vollständig war. Oder intakt. Perfekt. Geschweige denn etwas, was schön anzusehen wäre. Hier herrschten vorrangig Armut und Verzweiflung, und beides gebar Gewalt.

Lily schüttelte über den Gedanken den Kopf. So ganz stimmte das nicht. Auch hier, inmitten des Elends hinter den brackig riechenden, künstlich angelegten Docks, gab es Familien, die fest zusammenhielten. Die ihr Zuhause mit Liebe, Zuneigung und gegenseitigem Respekt füllten. Diese Menschen waren – trotz aller Armut – wunderschön! Eine jener Familien wohnte nur wenige Schritte von hier entfernt.

Lily überquerte einen Abwasserkanal über ein dünnes, schwankendes Brett und klopfte gleich darauf an die vor Feuchtigkeit aufgequollene Haustür der Familie Billings. Es dauerte nicht lang, bis die elfjährige Sophie die über den Boden schrammende Tür aufzog. Im Haus war es beinahe vollkommen dunkel, nur eine einzelne Kerze spendete den Bewohnern ein wenig Licht. Dennoch sah Lily die kupferfarbenen Zöpfe des Mädchens aufleuchten. Sie mochte die besondere Haarfarbe der Kleinen und bildete sich stets ein, dass dadurch ein wenig mehr Licht und Wärme im Heim der Familie herrschten.

„Miss Lily! Es ist Miss Lily!“ Sophie ergriff Lilys Hand, zog sie ins Innere der Wohnung und lehnte sich dann mit ihrem ganzen Körpergewicht gegen die Tür, um diese wieder zuzuschieben.

„Miss Lily, wie schön, dass Sie uns besuchen kommen." In Sara Billings Stimme war ehrliche Freude über den Gast zu hören, den ihre Tochter so freudestrahlend angekündigt hatte. „Ich hole rasch noch eine zweite Kerze."

„Nicht nötig, Mrs Billings", beeilte sich Lily zu sagen. Eine Kerze war für die Familie purer Luxus. Außerdem benötigte Sara jede einzelne davon, um die Schreibarbeiten zu erledigen, die Lily ihr gelegentlich zukommen ließ.

Auch jetzt zog sie aus einer der Innentaschen ihres Mantels mehrere sorgsam aufgerollte, beschriebene und unbeschriebene Bögen Papier. Die Dokumente stammten von Longfellow, der Abschriften davon benötigte – zumindest behauptete er das. Lily war sich nicht sicher, ob das tatsächlich der Fall war oder ob das Anfertigen von Kopien sein Beitrag war, um eine der Hafenfamilien zu unterstützen. Jedenfalls versorgte er Sara mit Arbeit und entlohnte sie mehr als großzügig.

„Wie geht es Ihnen heute, Mr Billings?", fragte Lily in Richtung des Vorhangs, hinter dem sie das Familienbett wusste.

„Gut, verehrte Miss Lily", lautete die immer gleiche Antwort.

Lily lächelte. Viele ihrer Schutzbefohlenen gebrauchten – unabhängig von Alter und gesellschaftlichem Status – die Anrede, mit der auch James sie ansprach.

Auch diesmal reagierte sie so, als würde sie den Worten des Mannes Glauben schenken. Der ehemalige Soldat war mit einer schrecklichen Gesichtsverletzung aus dem Krieg zurückgekehrt und vollkommen erblindet. Doch Benjamin Billings wollte sicherstellen, dass sich die „verehrte Miss" in seinem Haus wohlfühlte. Gesehen hatte sie den Mann noch nie, da er stets hinter dem Vorhang blieb.

Lily hätte sich Benjamin am liebsten geschnappt und ihn zu einem hochrangigen Offizier gebracht. Den hätte sie dann gefragt, was die britische Armee, für die der Soldat jahrelang im Dienst gewesen war, für einen schwer verwundeten, tapferen Mann wie ihn zu tun gedachte. Doch nach gut einem halben Jahr in London wusste sie, dass niemand sich für das Schicksal kriegsversehrter Soldaten interessierte.

„Mr Longfellow lässt fragen, ob Sie Zeit für weitere Kopien haben.“ Lily hielt Sara die Blätter hin, die diese freudestrahlend entgegennahm und neben die Kerze legte. Ihr einst kupferfarbenes Haar war beinahe vollständig ergraut, obwohl die Frau gerade einmal Anfang dreißig war.

„Ich mache mich noch heute an die Arbeit, Miss Lily.“

„Wunderbar! Mr Longfellow hat mir bereits Ihren Lohn mitgegeben. Wenn Sie bitte prüfen würden, ob die Münzen mit der Anzahl der abzuschreibenden Seiten übereinstimmen?“

„Das werden sie ganz sicher, Miss Lily. Mr Longfellow ist ein Ehrenmann. Außerdem verdient er seinen Lebensunterhalt damit, mit Geld umzugehen. Er würde sich niemals verzählen.“ Sara nahm die Münzen entgegen und legte sie neben die Dokumente. In ihren Augen schimmerten Tränen, denn auch sie musste mit einem Blick gesehen haben, wie fürstlich sie diesmal bezahlt wurde.

„Möchten Sie eine Tasse Tee, Miss Lily?“ Sophie zog den zweiten Stuhl am Tisch zurück, damit Lily sich setzen konnte. Diese nahm die Einladung an, obwohl sie ein wenig in Eile war. Doch sie durfte der Familie nicht den Eindruck vermitteln, sie möglichst rasch wieder verlassen zu wollen.

„Ich habe Spitzwegerich gepflückt“, raunte Sophie ihr zu.

„Das klingt gut, Sophie, vielen Dank. Aber bitte nur einen ganz leichten Tee.“

„Wie immer, Miss Lily.“

Sophie nickte ernst, und Lily konnte nicht sagen, ob das Mädchen durchschaute, dass ihr Wunsch nach einem leichten Tee darin begründet lag, der Familie die kostbaren Kräuter nicht wegnehmen zu wollen.

Sophie ging zu der rußigen Kochstelle, und da Saras Blick der Tochter folgte, tauschte Lily unauffällig ein neues Tintenfässchen gegen das alte aus. Sophie hatte einmal gesagt, sie würde selbst für frische Tinte sorgen. Das sei das Mindeste, was sie tun könne. Seither gebrauchte Lily ihre Fähigkeit, Dinge verschwinden und wiederauftauchen zu lassen, auch in diesem Haus. Nicht umsonst hatte James unermüdlich mit ihr geübt.

Sophie hatte noch nicht einmal das Feuer geschürt, als jemand kräftig gegen die Tür schlug. Ehe das Mädchen die kurze Distanz überbrücken konnte, erklang bereits die aufgeregte Stimme von James. „Ist Miss Lily hier?"

„Ja, ist sie", rief Sophie und sprang zurück, da James die Tür von außen öffnete. Er stürmte herein, sodass es zwischen dem Esstisch, dem Vorhang und der Kochstelle mit einem Mal ziemlich eng war.

Die weit aufgerissenen Augen des Jungen, der wie immer, wenn er einen Ausflug in seine einstige Welt unternahm, schlichte Kleidung trug, ließen Lily alarmiert hochfahren. „Was ist passiert?"

„Die Seymours sind krank!" James' kindliche Stimme war ungewohnt schrill.

Eine Eiseskälte rieselte durch Lily hindurch. Den sonst so abgeklärten Jungen dermaßen aufgelöst zu sehen, ließ sie das Allerschlimmste befürchten.

„Dann müssen Sie sofort dorthin", beschloss Sara und wandte sich an ihre Tochter. „Pack die Kräuter für die Seymours ein. Sie brauchen sie jetzt dringender als wir."

„Ist gut, Mummy." Sophie holte ein Stück Stoff, vermutlich die Überreste eines Kleides, und wickelte die langen, schlanken Halme darin ein. Das Päckchen drückte sie James in die Hand, der es hastig in die Brusttasche seines Hemdes steckte.

„Aber geben Sie acht, Miss Lily, dass Sie sich nicht anstecken. Bleiben Sie an der Tür, gehen Sie nicht hinein", drang Benjamins besorgte Stimme durch den Vorhang. „Und du auch, Lümmel. Wenn du krank wirst, bringst du die verehrte Miss und die Lady in Gefahr."

„Ist gut, Mr Billings …", murmelte James.

Vermutlich kam die Warnung zu spät, dennoch konnte Lily nachvollziehen, dass der Junge sich nicht von ihnen ferngehalten hatte. Immerhin waren die Seymours eine Art Ersatzfamilie für ihn gewesen – bis Henrietta und Lily in sein Leben getreten waren. Glücklicherweise war James inzwischen deutlich widerstandsfähiger, als er es früher in seinem heruntergekommenen und stets hungrigen

Zustand gewesen war. Er hatte einer Krankheit mehr entgegenzusetzen als die ganze Familie Seymour zusammen. Denn Lily konnte noch immer nur die allergrößte Not lindern.

„Ich hole die Papiere bei Gelegenheit wieder ab", sagte sie an Sara gewandt.

„Spätestens in zwei Tagen bin ich damit fertig", versprach die Frau. „Richten Sie den Seymours bitte unsere guten Wünsche aus. Wenn wir irgendetwas für sie tun können …" Hilflos hob Sara die Hände. Sie waren leer. Doch dann nahm sie zwei Münzen von ihrem Stapel und hielt sie Lily hin. Lily nahm eine davon und schloss Saras Finger um die verbliebene, wobei sie sanft den Kopf schüttelte. Wieder schimmerten Saras Augen feucht.

Hastig wandte sich Lily ab. Sie schluckte zweimal, um ihre eigenen Tränen zurückzudrängen. Panik hatte sich ihrer bemächtigt. Mit fliegenden Schritten folgte sie James aus dem Haus, über das schwankende Holzbrett und die Gasse entlang in Richtung der Straße, in der die Seymours wohnten. Mit jedem zurückgelegten Meter flehte sie Gott inständiger an, dass die Frau und die Kinder allesamt wieder genesen durften.

James war wütend und verzweifelt. Voller Sorge und ängstlich. Wie Lily hatte auch er sich ein Tuch vor Mund und Nase gebunden. Die Miss hatte gesagt, dass es sie vor einer Ansteckung schützen könnte. Dennoch spürte er, wie die modrige Luft mit jedem Atemzug in seine Lunge strömte. Heute roch es hier zudem nach Schweiß.

Die fünf Kinder und der Säugling husteten bellend, ihre Köpfe waren rot vor Fieber, die Augen wässrig und verquollen. Auch ihre Mutter Alice sah elend aus. Doch sie hielt sich tapfer, flößte den Kindern der Reihe nach Tee ein und stillte das Baby, das jedoch nicht genug Nahrhaftes zu bekommen schien. Am schlechtesten ging es Pinny. Die Fünfjährige röchelte, wenn sie nicht gerade hustete, und befand sich in einer Art Dämmerzustand. James berührte ihren Arm und zuckte zurück. Die Haut des Mädchens glühte förmlich!

Erschrocken sah er zu Lily hinüber, die am Herd stand und Tee zubereitete, als gehörte sie hierher. Als hätte sie sonst keine dienstbaren Geister um sich, die sie mit allem versorgten, was sie benötigte. Lily wollte helfen. Und genau das tat sie. Doch es war nie genug.

Anfangs hatte James ihre und Henriettas Versuche misstrauisch beobachtet, den Menschen im Hafenviertel Gutes zu tun. Er war davon ausgegangen, dass sich ihr Interesse für die Armen rasch wieder legen würde. Aber da hatte er sich getäuscht. Beide Frauen wollten unbedingt die Umstände wenigstens *einiger* Familien zum Guten wenden. Seine Bewunderung für Lilys und Henriettas Engagement hatte sich jedoch schnell in Wut verwandelt. Weil es nichts nützte. Zumindest bewirkte es nicht jene großartigen Veränderungen, die er sich vorgestellt hatte.

Es hatte eine Weile gedauert, bis James durchschaut hatte, dass sowohl Lily als auch Henrietta die Hände gebunden waren. Obwohl beide in großem Wohlstand lebten, besaßen sie nicht viel. Das Vermögen der Murrays stand unter der Entscheidungsgewalt des Hausherrn. Und offenbar sah es bei den meisten anderen Frauen dieser noblen Gesellschaftsschicht nicht anders aus. Während der Besuche in ihren stattlichen Häusern hatte James den Eindruck gewonnen, dass so manche Lady oder Madam Lily und Henrietta gern unterstützt hätte. Doch bei den beiden angekommen war nichts – oder nicht einmal annähernd genug. Weil, so viel hatte er inzwischen verstanden, die Frauen auf das Wohlwollen ihrer Väter und Ehemänner angewiesen waren. Und die sahen nicht ein, warum sie ihr Geld in etwas investieren sollten, wovon kein Gewinn zu erwarten war – zumindest nicht für sie selbst. Da war es nur gut, dass dieser Longfellow aufgetaucht war. Er verwaltete das Geld, das Lily von Spratter bekam – wovon Longfellow natürlich nichts wusste –, und vermehrte es. Mit dem Gewinn konnten sie die Familien unterstützen. Es waren zwar nur kleine Beträge, aber es war besser als nichts.

James war mächtig stolz darauf, dass er aus Lily eine Meisterdiebin gemacht hatte. Allerdings konnte seine Schülerin das Wort nicht leiden. Immerhin war sie die Tochter eines Pfarrers. Er wusste, dass sie jeden Tag in der Bibel las und betete – auch für die Menschen im Hafenviertel. Zumindest war das bis zum Frühsommer so gewesen. Zuletzt hatte er den Eindruck gewonnen, dass Lilys Bibel Staub ansetzte … Dabei war das tägliche Lesen in der Bibel eine von Lilys Bedingungen gewesen, die James akzeptiert hatte, damit er in Meltonplace bleiben durfte. Ob sie selbst nicht mehr darin las, weil sie von Gewissensbissen geplagt wurde? James bezweifelte allerdings, dass Gott ein Problem mit Lilys Tun hatte. Im Gegenteil: Er musste doch stolz auf sie sein, weil sie den Armen half! Oder etwa nicht?

Wieder ergriff er Pinnys heiße Hand. Die Lider öffneten sich, und sie blickte ihn an, aber gleichzeitig auch durch ihn hindurch. Das Braun ihrer Augen wirkte so dunkel, dass es eher Schwarz zu nennen war. Wie ein tiefer Abgrund, in den es das Mädchen zog?

„Miss Lily?", brachte James mühsam hervor. Lily erhob sich vom Bett des dreijährigen Carl und kam zum ihm herüber. Sie setzte sich auf den Boden und strich Pinny das schweißnasse Haar aus dem schmalen Gesicht.

„Erinnerst du dich, wo der Arzt wohnt, der dich behandelt hat?", fragte Lily ihn im Flüsterton.

„Lord Kantleys Arzt? Ja."

„Lauf, so schnell du kannst, zu ihm und bitte ihn herzukommen."

„Das wird er nicht tun. Für die Menschen am Hafen gibt es diese Doktoren, die einmal im Monat –"

„Auf eine solche Wohltätigkeitssprechstunde können wir nicht warten", unterbrach Lily ihn leise, aber mit fester Stimme. „Sag ihm, dass ich dich geschickt habe. Er kennt dich ja."

„Ich versuche es", murmelte James wenig überzeugt.

„Du musst unnachgiebig und sicher auftreten. Wie ein junger Herr aus gutem Hause – der du ja jetzt bist."

Ich bin und bleibe ein Junge von den Docks. James sah Lily zweifelnd an.

„Du bist nicht mehr und nicht weniger wert als jeder andere Mensch, der Dr. Phelps aufsucht", fügte Lily hinzu. „Er ist durch einen Eid gebunden, Menschenleben zu retten. Und Pinny braucht ihn jetzt!"

„Ist gut." James erhob sich und straffte die Schultern. Auch wenn er gerade nicht die modische Kleidung trug, in die Henrietta ihn gern steckte, wollte er doch sein Bestes geben. Für Pinny!

„Es eilt!", gab Lily ihm noch mit auf den Weg, ehe er das Haus verließ.

Die Dunkelheit begrüßte ihn, dazu eine feuchtkalte Luft. Der wolkenverhangene Himmel ließ kein noch so sanftes Sternenlicht zu diesem Elendsort durch. Dennoch begann James zu rennen, immerhin kannte er die Gegend wie seine Westentasche.

Er lief in die angrenzende Straße, stolperte über einen vor einer Haustür vergessenen Holzeimer und stürzte. Mit brennenden Handflächen, da er den Sturz abzufangen versucht hatte, rappelte er sich wieder auf, während der Eimer die leicht abschüssige Straße hinunterrollte.

James begann erneut zu rennen und prallte kurz darauf gegen zwei Männer, die ihm lauthals Verwünschungen nachriefen. Dann wurden die Straßen breiter, die Häuser schienen sich aufzurichten, hier und da wuchs ein Busch, schließlich sah er Bäume und gepflegte Vorgärten. Säulen und Stuck an den Fassaden, Lichter hinter Fenstern, Pferdekutschen und sogar Spaziergänger.

James keuchte, und seine Lunge brannte, als er endlich das schmiedeeiserne Tor zum Anwesen des Arztes aufstieß, den gepflasterten Weg zur Treppe nahm und diese hinaufstolperte. Er fiel förmlich gegen die Tür – die im selben Moment von innen geöffnet wurde. Ein Mann um die vierzig im Gehrock, den Hut in der Hand, wich erschrocken zurück.

James blickte an ihm vorbei und wandte sich Dr. Phelps zu, der sich soeben einen Mantel überzog. „Miss … Lily Thomson schickt nach Ihnen", brachte er mühsam hervor. Dabei schlug er sich kräftig mit der Faust auf die Brust, weil er annahm, dass sein Atem sich dadurch beruhigte.

„Ist etwas mit Lady Henrietta Murray? Oder mit Lord Melton?", fragte der Arzt und klemmte sich den Zwicker auf die Nase, um sein Gegenüber in Augenschein zu nehmen. „Bist du das, James? Warum siehst du so zerlumpt aus?"

„Es geht um eine Familie im Hafen. Ein Kind ist ganz schrecklich krank“, berichtete James, in der Hoffnung, der Hinweis auf ein unschuldiges kleines Kind könne das Herz des Arztes erweichen. Seines hingegen drohte förmlich zu zerspringen. Vor Sorge um Pinny, die wie eine Schwester für ihn war.

„Du holst mich wegen eines *Hafenkindes?*“ Dr. Phelps runzelte die Stirn.

„Nicht ich, sondern Miss Thomson, Sir“, beteuerte James eilig.

„Dr. Phelps? Meine Kutsche wartet. Wenn Sie bitte so freundlich wären …“ Der gut gekleidete Herr deutete einladend zur offenen Tür.

James konnte förmlich sehen, wie der Arzt nachdachte. Abwägte. *Er muss sich einfach dafür entscheiden, Pinny zu helfen.* „Sie ist erst fünf Jahre alt, Sir“, erklärte James und versuchte, möglichst unterwürfig zu klingen. Seine Vorurteile diesen feinen Schnöseln gegenüber und sein Zorn auf all die Ungerechtigkeit in der Welt waren hier fehl am Platz. „Sie stirbt, wenn Sie nicht mitkommen.“

„Meine Frau meint, der Arm unseres Sohnes könnte gebrochen sein“, agierte der wartende Mann dagegen. James ballte die Hände zu Fäusten. Ein möglicherweise gebrochener Arm konnte doch sicher warten. Pinny hingegen nicht.

„*Bitte,* Dr. Phelps“, verlegte er sich aufs Flehen. Zum ersten Mal wünschte er, er würde diese schrecklich einengende Kleidung tragen, auf die man in dieser Gesellschaftsschicht einen so großen Wert legte. Möglicherweise hätte er dann bessere Chancen auf Erfolg.

„Mir scheint, Miss Thomsons kleine Patientin kann nicht warten“, schlussfolgerte der Arzt. James hielt vor Unglauben und Dankbarkeit zugleich den Atem an.

„Sie wollen also tatsächlich …“ Der Herr im feinen Zwirn hob vielsagend die Augenbrauen und setzte sich den Hut auf. „Diese Entscheidung sollten Sie überdenken. Sie wissen, dass es zwei weitere Mediziner gibt, die sich kürzlich in unserem Stadtteil niedergelassen haben? Alle hier sind *entzückt* darüber.“

Die Drohung war selbst für James unmissverständlich. Voller Verachtung sah er den Mann an, dann wanderte sein Blick zu dem

Arzt. Der nahm den Zwicker von der Nase und steckte ihn in die Westentasche. „Also gut, junger Mann, du wartest hier, bis ich nach meinem anderen Patienten geschaut habe. Meine Haushälterin wird dich derweil mit einer Tasse Tee versorgen. Wenn meine Kutsche bereit ist, setzt du dich zum Kutscher. Ich steige um, sobald dieser werte Herr hier mich zurückgebracht hat, und wir fahren unverzüglich zu Miss Thomsons neuester … Aufregung."

„Aber –"

Der strenge Blick des Arztes brachte James zum Verstummen. Allerdings nur kurz. „Das ist nicht richtig", presste er zwischen zusammengebissenen Zähnen hervor und verfiel wieder in den Gassenslang. „Pinny muss sterben, weil irgendeinem reichen Schnösel der Arm zwickt?"

„Zügle deine Zunge!", bellte Dr. Phelps ihn an, schien mit seiner Entscheidung aber zu hadern, denn er folgte dem Mann nur zögernd zu dessen Kutsche.

„Auch wir von den Docks sind Menschen aus Fleisch und Blut!", rief James den beiden Männern hinterher, doch sie sahen nicht einmal zu ihm zurück. Gleich darauf verklangen der Hufschlag der Zugpferde und das Knirschen der eisenbeschlagenen Kutschräder.

Lily konnte nicht viel für Pinny tun, außer sie mit einem feuchten Tuch zu waschen. Sie tat dies in der Hoffnung, dass dadurch das Fieber etwas sinken würde. Ansonsten blieb ihr nichts, als die zarte Hand des Mädchens zu halten und den Himmel mit Gebeten zu bestürmen. Doch Pinny wurde von Minute zu Minute schwächer. Inzwischen hustete sie nicht mehr, vermutlich fehlte ihr sogar dazu die Kraft. Ihr Atem ging stoßweise, der Brustkorb hob und senkte sich hektisch, aber flach. Dagegen flatterte der Puls an ihrer Halsschlagader wie ein verletztes Vögelchen, das sich nur allzu gern in die Lüfte erheben wollte.

Alice lag inzwischen ebenfalls im Bett, das leise wimmernde Baby an sich gedrückt. Emma und Charles schliefen, während Carl Lily mit großen, wässrig glänzenden Augen ansah. Der Kleine schien zu spüren, welch immenser Schmerz sich in Lilys Inneres bohrte, als würde sie jemand mit einem Messer traktieren. Er rief mehrmals nach Pinny, vermutlich stand ihm die zwei Jahre ältere Schwester besonders nahe.

Pinny murmelte etwas. War das etwa ein „Daddy" gewesen? War das Mädchen bereit zu gehen; sah es womöglich seinen verstorbenen Vater vor sich? Hieß er sie an jenem Ort willkommen, an den auch er gegangen war?

Lily rollten Tränen über das Gesicht und tropften auf ihre Hand, die sich noch fester um Pinnys schloss. Doch es war ihr unmöglich, das Kind im irdischen Leben zu halten. Sie beugte sich vor und flüsterte: „Dort, wo du hingehst, warten zwei Daddys auf dich, liebe Pinny." Sie atmete zitternd durch das Tuch vor ihrem Mund ein. Ehe sie noch etwas hinzufügen konnte, raunte die Kleine: „Ja, mein Daddy und Gott. Beide haben mich sehr lieb."

„Das stimmt, Pinny." *Und wir haben dich auch sehr lieb.* Lily sprach es nicht laut aus. Es erschien ihr nicht richtig, das Mädchen am Gehen zu hindern, indem sie ihm sagte, wie sehr es hier vermisst werden würde. In dieser Familie wusste ein jedes Kind, dass es geliebt war, denn sie alle hatten es tagtäglich erfahren. Wenngleich die Seymours nicht viel besaßen, so war das Familienleben doch reich an Liebe und Fürsorge.

„Ich will in seine Arme." Pinnys Flüstern war kaum zu verstehen, und dennoch hörte Lily eine tiefe Sehnsucht in ihren Worten.

„Sie heißen dich willkommen." Es war Lily kaum möglich, die Worte auszusprechen. Noch mehr Tränen schwemmten ihre Augen, gefolgt von einem Schluchzen, das sich in jenem Moment Bahn brach, als sich Pinnys Gesichtszüge entspannten.

Pinny war zu Hause. In ihrer himmlischen Heimat. Dort, wo sie keinen Schmerz, keine Angst und keinen Hunger mehr verspüren würde, sondern nur noch pures Glück.

Lily legte ihre Stirn an die der Kleinen und ließ ihren Tränen freien Lauf. Sie hatten ein wunderbares, fröhliches Mädchen verloren, das im Begriff gewesen war, mutig in die Welt hinauszugehen.

Mit einem Blick auf Pinnys fiebernde Geschwister und die Mutter musste sich Lily fragen, wer von ihnen dem Kind wohl als Nächstes folgen würde.

In diesem Augenblick schob James die Tür auf. Er stürmte herein, und hinter ihm duckte sich Dr. Phelps, um sich nicht den Kopf am Türrahmen zu stoßen.

James erfasste die Situation mit einem Blick. Er stieß einen erstickten Laut aus und warf sich neben Lily. „Nicht Pinny! Nicht! Komm zurück!" Er schüttelte das Mädchen, während ihm die Tränen über das staubige Gesicht liefen und dort glänzende Spuren hinterließen. Spuren, die bis tief in seine Seele reichten.

Lily wollte James an sich ziehen, doch der Junge wehrte sich gegen die Umarmung. Also ließ sie ihn los und beobachtete, wie er herumwirbelte und den Arzt wütend anfunkelte. Allerdings sagte er nichts, obwohl er mehrmals den Mund öffnete und wieder schloss. Es war, als fehlten ihm die Worte, um das auszudrücken, was ihm gerade durch den Kopf ging.

Für einen kurzen Augenblick sah Lily das Entsetzen im Blick des Arztes, doch der Mann hatte sich rasch wieder im Griff. Er ging um James herum, der wie eine Statue mit geballten Fäusten in dem winzigen Raum stand. Sorgsam tastete Dr. Phelps nach Pinnys Puls, und als er keinen fand, legte er in einer Geste, die Lily tief im Herzen berührte, eine Hand an die Kinderwange. Resigniert und zärtlich zugleich.

Lily schrak zusammen, als der Mann sich laut räusperte und geschäftsmäßig sagte: „Für die Kleine kann ich nichts mehr tun, wohl aber für ihre Geschwister und die Mutter. Miss Thomson, fühlen Sie sich in der Lage, mir zur Hand zu gehen?"

„Natürlich, Dr. Phelps", erwiderte Lily tapfer, wenngleich mit zittriger Stimme.

„Nichts anderes habe ich von Ihnen erwartet. Sie sind eine bewundernswerte Frau, die … unser aller Hochachtung verdient", fügte er leise und nachdenklich hinzu. Dann nickte er ihr zu, stellte seine prall gefüllte Arzttasche auf den kleinen Tisch und machte sich umgehend ans Werk.

London Daily Life **8. Oktober 1811**

Anzeige: Kultivierter Butler gesucht.

Hochanständige Finder freuen sich über Belohnung!
Zwei minderjährige Jungen finden Saphir-Kettenanhänger auf *The Ring* im Hyde Park.
Das Schmuckstück kann nach hinreichender Beschreibung in der Redaktion abgeholt werden.
Dazu die Adresse der Brüder für einen sich geziemenden Dank.

Lord Ethelbert Greenby, neunter Baron, und Lady Edna Greenby laden zum Ball
Gerüchten zufolge kursieren gefälschte Einladungskarten.

Sechzehn

Erst im Morgengrauen kehrten Lily und James nach Meltonplace zurück. Erschöpft, traurig und dennoch erleichtert darüber, dass Dr. Phelps beinahe die ganze Nacht bei den Seymours geblieben war und dass es der Familie nun deutlich besser ging. Alice und die übrigen Kinder würden überleben!

Das Geld, das Lily dem Arzt für seine Dienste angeboten hatte, hatte dieser brüsk abgelehnt. Im Türrahmen hatte er sich noch einmal umgewandt und den dunklen, schäbigen Raum inspiziert, als wolle er sich jedes Detail einprägen, ehe er leise an Lily gewandt sagte: „Ich kümmere mich um die Bestattung von Pinny, Miss Thomson. Und richten Sie Mrs Seymour aus, dass sie mich rufen lassen kann, wenn sie einen Arzt benötigt." Er hatte einen Augenblick geschwiegen, ehe er energisch hinzufügte: „Jederzeit!" Daraufhin hatte er sich umgedreht und mit eingezogenem Kopf das Haus verlassen, hinaus in die dunkle, feuchtkühle Nacht.

Archie ließ James und sie zügig ein. Es schien fast so, als habe er auf ihre Rückkehr gewartet. Er wies Rose an, Kate zu wecken und dafür Sorge zu tragen, dass Lily einen heißen Tee bekam und sich jemand in der Küche nach ein paar Keksen umsah. Das Dienstmädchen, das gerade damit beschäftigt war, die Kaminöfen zu reinigen, knickste mit vor Schreck aufgerissenen Augen und huschte davon. Erst jetzt wurde Lily bewusst, dass sie noch immer den Herrenmantel trug und vermutlich grenzenlos erschöpft aussah.

„Ich weiß, es steht mir nicht zu, Miss Thomson", begann Archie und verneigte sich leicht.

Lily war nicht danach zumute, sich eine Rüge einzuhandeln. Sie warf dem Butler den Mantel zu und ließ sich ungraziös in einen der Salonsessel fallen. „Sie werden es mir wohl dennoch sagen, Mr Cammeron, nicht wahr?"

„Vor lauter Sorge um Sie …" Archie stockte, was Lily ein flüchtiges Lächeln entlockte. Dies schien ihn aus dem Konzept zu bringen, doch dann hob er die Augenbrauen, was ihn halb strafend, halb Ehrfurcht gebietend wirken ließ. „Sie dürfen diesem Jungen nicht Ihr Leben anvertrauen."

„Ich vertraue James", gab Lily müde zurück.

„Es ihm nicht *vollständig* anvertrauen", verbesserte sich Archie. Der Blick, den er James zuwarf, der es sich inzwischen auf dem Zweisitzer gemütlich gemacht hatte, war drohend.

Lily war zu erschöpft, um dem Mann zu erklären, dass Halston ihr für die in seinen Augen „haarsträubenden, verwerflichen und todessehnsüchtigen Ausflüge zu den Docks" die Begleitung zweier männlicher Bediensteter verweigert hatte. Der Marquess wollte sein Personal nicht für derartige Unternehmungen hergeben.

Da der Butler sich ruckartig aufrichtete und die Schultern straffte, blickte Lily zur Tür. In einen rostfarbenen Seidenmorgenmantel gehüllt, kam Henrietta förmlich hereingeweht. Archie zog sich umgehend zurück.

„Miss Thomson, James – Gott sei Dank! Als der Bote mir ausrichtete, Sie seien wegen eines –" Henriettas Blick wanderte von Lily zu dem Jungen. Sie ging vor der Chaiselongue in die Hocke und strich ihm das verschmutzte Haar aus der Stirn. „So schlimm?", fragte sie leise.

James sprang auf, wich Henrietta geschickt aus und stürmte aus dem Raum. Im nächsten Moment waren seine hastigen Schritte auf der Treppe ins Obergeschoss zu hören.

„Habe ich etwas Falsches gesagt?" Verunsichert wandte sich Henrietta um und ließ sich dort nieder, wo kurz zuvor noch James gesessen hatte.

„Aber nein, Lady Henrietta! Bitte sehen Sie ihm seine ungestüme Reaktion nach. James ist zutiefst betrübt. Die kleine Pinny Seymour ist heute Nacht gestorben."

„Oh", brachte Henrietta lediglich heraus und presste sich die Finger ihrer linken Hand auf die Lippen. „Das ist die Drittjüngste von Mrs Seymour, nicht wahr?"

Lily nickte und unterdrückte ein Aufseufzen.

„Sie werden doch sicher gleich heute noch einmal nach Ihnen schauen, nicht wahr?"

„Die ganze Familie ist krank, also ja."

„Damit ist abgemacht, dass ich mitkomme. Ich war schon viel zu lange nicht mehr dort. Zuletzt habe ich das, was ich als so wichtig erachtet habe, fast ausschließlich Ihnen überlassen. Und dafür schäme ich mich zutiefst." Henrietta faltete die Hände im Schoß. „Aus irgendeinem Grund … bin ich wieder in den alten Trott verfallen. Als könnte ich nicht aus meiner Haut. Aber damit ist jetzt Schluss! Ab sofort bin ich wieder Ihre tatkräftige Mitstreiterin." Henrietta reckte entschlossen das Kinn, dann musterte sie Lily. „Sie sehen erschöpft aus, meine Liebe. Am besten wird sein, Kate lässt Ihnen umgehend ein Bad ein."

„Ich vermute, Cammeron ist bereits dabei, genau das anzuweisen."

Henrietta nickte gewichtig. „Cammeron war zu Beginn seiner Dienstzeit in Meltonplace ebenso auffällig darum bemüht, so zu tun, als interessiere er sich weder für seine Stellung noch für die Menschen in diesem Haus, wie er jetzt – ebenso auffällig – übersieht, dass er sich in den vergangenen Monaten grundlegend verändert hat."

Rose kam mit einem Tablett herein. Dankbar nahm Lily eine Tasse mit dampfendem Tee und zwei Haferkekse entgegen. Rose wollte die zweite Tasse Henrietta anbieten, doch die winkte ab. „Ich schlafe eigentlich noch", sagte sie ungewohnt salopp. „Der Tee und die Kekse sind für Master James gedacht. Bringen Sie sie ihm bitte nach oben auf sein Zimmer, Rose."

Kaum dass sich die Tür hinter dem Dienstmädchen geschlossen hatte, wandte sich Henrietta wieder an Lily und fuhr fort: „Jedenfalls schien Cammeron seinem Arbeitgeber gegenüber nicht gleichermaßen ehrerbietend auftreten zu wollen wie sein Vater, dessen Nachfolge er angetreten hatte. Das hat er in den ersten Wochen seiner Beschäftigung hier eindrücklich unter Beweis gestellt. Aber nun ist er fast noch … schlimmer. Zwar nicht meinem werten Herrn Bruder gegenüber, denn der arme Halston wird sträflich vernachlässigt, was Archies Aufmerksamkeit betrifft. Doch zu mir und vor allem zu Ihnen ist er die Höflichkeit in Person. Manchmal, meine Liebe, befürchte ich, aus dem Mann könnte tatsächlich noch ein formidabler Butler werden."

Lily schmunzelte, wurde aber schnell wieder ernst. Sie durchschaute, dass Henrietta sie ablenken wollte, doch die Trauer um Pinny überlagerte alles. Die Frau schien das zu spüren, denn sie seufzte und erhob sich. „Ziehen Sie sich zurück, Miss Thomson. Die Einladung für den heutigen Abend werde ich absagen."

Lily wollte spontan nicken, zögerte dann aber. Sie stand ebenfalls auf und ergriff Henriettas Hand. „Vielleicht warten Sie damit noch ein wenig. Die Zerstreuung könnte mir guttun. Und Sie, Lady Henrietta, sollten dringend Ihre neue Herbstgarderobe ausführen."

Henrietta nickte zuerst beipflichtend, dann riss sie erschrocken die Augen auf. Offenbar wurde ihr gerade erst bewusst, dass die von ihr mutig bestellten und über den Sommer angefertigten Kleider in hellen Farben und mit modernen Schnitten auch getragen werden wollten. Der heutige Ball, Auftakt für die Herbstsaison, war der erste Anlass dafür.

„Ob ich bei der Modistin nicht ein wenig zu ... forsch war?"

„Sie waren *himmlisch* forsch, Mylady! Aber keine Sorge, Ihre Garderobe ist dennoch sittsam und angemessen."

„Ich habe im Alter von fünfundzwanzig Jahren entschieden, ausschließlich Kleidung in gedeckten Farben und eine Haube zu tragen – wie es für eine unverheiratete Frau üblich ist. Dies gut fünfundzwanzig Jahre später zu ändern, erschien mir folgerichtig. Allerdings bin ich mir jetzt nicht mehr sicher, ob der Gedanke wirklich von einem gesunden Menschenverstand zeugt."

„Da Sie die Entscheidung damals selbst getroffen haben, ist es nur rechtens, dass Sie sie nun wieder revidieren."

„Es war zwar meine persönliche Entscheidung, liebe Miss Thomson, aber dennoch eine, die mir von der Gesellschaft diktiert wurde."

„Miss Amber Graham und Lady Essie sind beide beinahe dreißig Jahre alt und kleiden sich überaus farbenfroh. Sie sehen also: Heutzutage scheint die Gesellschaft niemandem mehr vorzuschreiben, sich schon in jungen Jahren wie eine verheiratete Frau oder gar wie eine Witwe zu kleiden, nur weil man ledig ist."

„Die beiden sind jedoch weiterhin verzweifelt auf der Suche nach einem Ehemann", wusste Henrietta.

„Was ihr gutes Recht ist, meinen Sie nicht?"

„Nun ja ... Mir sagte man schon in Ihrem Alter, Miss Thomson, also mit einundzwanzig Jahren, ich solle mich der Realität stellen. Ich sei zu unscheinbar und nichtssagend, trotz meines Erbes."

„Diejenige, die Ihnen das sagte, war hoffentlich keine Ihrer *Freundinnen?*" Aufgebracht stemmte Lily die Hände in die Seiten. Ihre Müdigkeit war verflogen. Dass Henrietta einst so gedemütigt worden war, brachte sie auf.

„Doch, doch, es war eine Freundin. Sie gab mir jenen wohlmeinenden Rat, um mich vor noch mehr Scham und Schande zu bewahren."

„War sie es auch, die kurz darauf den Mann ehelichte, dem gegenüber Sie Gefühle hegten, Lady Henrietta? Der sich sogar ebenfalls für Sie interessierte?"

Henrietta blickte sie erst fragend, dann fassungslos an. Dies war Lily Antwort genug. Voller Bedauern, aber mit noch mehr Zuneigung im Blick musterte sie die Frau.

Henrietta straffte die Schultern. „Selbst wenn Ihnen heute Abend nicht der Sinn nach einem Ball stehen sollte, werde *ich* dennoch daran teilnehmen." Sie nickte mehrmals, als müsse sie sich für den mutigen oder vielmehr trotzigen Vorstoß Beifall geben. „Schließlich habe ich eine neue Herbstgarderobe auszuführen."

„Ihre Garderobe wird Ihnen dankbar sein, keine gelangweilte Existenz in Ihrem Schrank fristen zu müssen."

„Sie nun wieder!" Henrietta lachte hell auf, schlug sich aber sogleich die Hand vor den Mund. „Entschuldigen Sie bitte. Das war unangemessen in Anbetracht Ihrer Trauer um die kleine Pinny."

„… die sicher auch Sie empfinden." Lily ergriff erneut Henriettas Hand.

„Dem ist so", pflichtete ihr die Frau bei. „Und ich möchte Sie am heutigen Nachmittag unbedingt zu den Seymours begleiten. Viel zu lange habe ich Sie auf Ihren Ausflügen zum Hafen allein gelassen. Wie so oft habe ich ein Vorhaben wohlmeinend begonnen und dann rasch die Motivation verloren", wiederholte Henrietta, was sie zuvor schon einmal erwähnt hatte. Offensichtlich war sie über ihr Versäumnis hochgradig verärgert.

Lily fand das nicht gerechtfertigt, weshalb sie voller Eifer erläuterte: „Dem möchte ich widersprechen, Lady Henrietta. Sie haben sich für die Familien bei den Docks starkgemacht und bei unzähligen Damen der Gesellschaft vorgesprochen. Das ist eine wichtige, ehrenwerte Aufgabe."

„Und doch war es nicht genug." Henrietta klang seltsam kämpferisch, was Lily aufmerken ließ. Ob Lady Murray bereits mehr unternommen hatte, als sie zuzugeben bereit war? Irritiert über den befremdlichen Gedanken, konnte Lily ein Gähnen nicht unterdrücken und führte vor lauter Müdigkeit nicht einmal die Hand vor den Mund.

„Ich halte Sie auf." Henrietta lächelte sanft. „Gehen Sie zu Bett."

„Das wäre wohl weise", murmelte Lily, schob sich den zweiten Keks in den Mund und ging zur Tür, die Archie für sie öffnete.

Erneut war der Butler Zeuge eines Gesprächs zwischen ihr und Henrietta geworden. Lily tat dies mit einem Schulterzucken ab. Die Bediensteten bekamen weit mehr vom Leben der Herrschaften mit, als diesen bewusst war. Es kam beinahe einem Wunder gleich, dass nicht fortwährend Gerüchte im Umlauf waren. Bei einem Teil der Bediensteten lag das vermutlich an einer tief empfundenen Loyalität – wie Archie sie gerade entwickelte –, bei anderen wohl vielmehr an der Sorge, sie könnten als Quelle ausgemacht und deshalb entlassen werden. Ohne ein makelloses Empfehlungsschreiben war es nahezu unmöglich, eine Anstellung in einem Adelshaus zu ergattern.

Lily schlurfte die Stufen hinauf und wollte gerade ihr Boudoir betreten, als sie ein lautes Poltern vernahm, das aus James' Zimmer kam. In dem unguten Gefühl, den Jungen sträflich vernachlässigt zu haben, eilte sie hinüber und betrat sein kleines Reich.

Der in Grau und Blau gehaltene Raum war einst Halstons Kinderzimmer gewesen. Ein großes Bett an der einen Wand und ein wuchtiger Kleiderschrank samt Truhe an der anderen dominierten das Zimmer. Ein Regal mit Büchern und Spielzeug, ein wertvoller Orientteppich und blaue Gardinen vervollkommneten die edle Einrichtung.

Ein Teil der Bücher lag nun wild verstreut auf dem grauen Teppich, als hätte ein Orkan sie vom Regal gefegt. Lily musterte James, der mit geballten Fäusten keinen Meter von dem Regal entfernt stand. Seine düstere Miene und die zornig funkelnden Augen erinnerten sie tatsächlich an einen Sturm.

„Was bringt mir das ganze Lernen, wenn ich doch nichts verändern kann?", fauchte er offenbar mehr an sich als an Lily gewandt, denn er zuckte zusammen, als sie sanft erwiderte: „So etwas braucht Zeit. Du bist noch sehr jung. Außerdem kommen die wenigsten Veränderungen über Nacht."

„Aber für Pinny kommen sie zu spät."

„Das stimmt leider.“ Lily raffte ihren Rock und kniete sich zwischen die ledernen Folianten. Sie nahm zuerst diejenigen zur Hand, die aufgeschlagen dalagen und mit den Seiten nach unten auf dem Boden gelandet waren. Sorgsam glättete sie das dünne Papier, schlug die Bücher zu und stapelte sie übereinander. „Wir werden wohl niemals ein angesehenes, wohlhabendes Viertel aus den Docks machen, James. Und dennoch können wir im Kleinen wirken.“

„Das ist zu wenig!“, ereiferte sich James.

„Das Einzige, was wir beide und Lady Henrietta tun können, ist, ein wenig Hilfe für einzelne Familien zu leisten. Vielleicht erhalten wir irgendwann mehr Unterstützung, dann können wir weiteren Menschen helfen. Ich denke, seit letzter Nacht haben wir in Dr. Phelps einen einflussreichen Mitstreiter gewonnen.“

James sammelte laut hörbar Speichel in seinem Mund, spuckte jedoch nicht aus, sondern schluckte ihn hinunter. Dabei verzog er das Gesicht, als würde beißender Alkohol durch seine Kehle rinnen. „Er ist zuerst zum Sohn eines reichen Schnösels gegangen, der sich *vielleicht* den Arm gebrochen hatte.“

„Weil er schon dorthin bestellt worden war, ehe du ihn um Hilfe bitten konntest?“

„Ja, schon. Aber er wollte zu Pinny, das habe ich ihm angesehen! Doch der Schnösel hat ihm gedroht. Damit, dass er und die anderen reichen Pinkel ihn fallen lassen und zu anderen Ärzten gehen.“

Lily nickte verstehend. Dr. Phelps hatte den Verlust zahlungskräftiger Patienten befürchtet. Ein Risiko, das er für sich und seine Familie, für die er zu sorgen hatte, nicht eingehen konnte. Nun erschloss sich ihr auch, was sein großherziges Angebot für die Familie Seymour und sein „Jederzeit!“ zu bedeuten hatten. Letztlich hatte er seine Prioritäten überdacht, vielleicht geplagt von Schuldgefühlen. Sich fortan um die Seymours und – so hoffte Lily – auch um weitere kranke Menschen nahe der Themse zu bemühen, war seine Art der Wiedergutmachung.

Doch es war eines für Lily, dies zu verstehen und es dem aufgebrachten James nahezubringen. Etwas gänzlich anderes war es, die Erkenntnis auch selbst zu verinnerlichen. Denn genau wie der

Junge verspürte auch sie einen gärenden Groll in sich; einen Groll gegen das Ungleichgewicht der Lebensumstände innerhalb dieser Stadt. Dabei dachte sie nicht nur an die Familien bei den Docks, sondern auch an all das, was Henrietta einst dazu bewogen hatte, sich in unscheinbare Brunnenkresse zu verwandeln, obwohl sie in Lilys Augen sogar jetzt mit über fünfzig vielmehr einer eleganten Rose glich. Nicht zwingend einer jener edlen, gekürten Zuchtrosen, aber doch einer herrlich duftenden, natürlich schönen Blüte.

Während Lily James tröstete und versuchte, in ihm Verständnis dafür zu wecken, dass Menschen nun mal Fehler machten und dass es von Vorteil war, wenn sie diese erkannten und nicht wiederholten, reifte der Entschluss in ihr, ab sofort *mehr* zu tun; immer in der Hoffnung, dass auch kleine Taten am Ende Großes bewirken konnten. So wie die Wellen, die entstanden, wenn Lily einen Stein in den Round Pond im Hyde Park warf. Sie breiteten sich in alle Richtungen aus und brachten schließlich sogar das Schilf am Ufer zum Schwanken.

London Daily Life **21. Oktober 1811**

Diesjährige Saison ereignislos?
Auch der Herbst scheint keine Skandale,
nicht einmal eine winzige Aufregung bereitzuhalten.

Siebzehn

Gelangweilt blickte sich Marvin um. Er waren die immergleichen Leute, herausgeputzt, lachend, sich neckend oder auch missvergnügt, die auf den Gesellschaften Londons zugegen waren. Sie bewegten sich in kleinen Gruppen durch den festlich geschmückten Saal, vorbei an üppigen Blumenbuketts, Tischen mit matt schimmernden Gläsern und Dienstboten, die Häppchen reichten. Gesprächsfetzen drangen an sein Ohr, ein Mann lachte übertrieben laut auf, irgendwo fiel klirrend ein Glas um. Er hörte das aufgeregte Wispern junger Mädchen, die kaum die Eröffnung der diesjährigen Herbst-Ballsaison erwarten konnten, und sah, wie ihre Mütter ihn musterten und dann die Köpfe zusammensteckten. Vorgespielte Einigkeit, die, sobald es um die anstehenden Tänze und die Gunst der Herren ging, in Rivalität umschlagen konnte.

Marvin rieb sich nachdenklich den Nacken. Waren diese Frauen wirklich glücklich? Hatten sie nicht einst ebenfalls unter dem Einfluss ihrer Mütter gestanden, die ihnen eine möglichst gute Partie arrangieren wollten? So wie es seine Großmutter für seiner Mutter getan hatte. Die Wahl war auf einen Duke gefallen, einen Mann mit durchschnittlichem Vermögen und Einfluss, was sich durch

Madeleines Mitgift geändert hatte. Glücklich war sie in dieser Ehe nicht geworden.

Seufzend lehnte sich Marvin mit der Schulter an eine der schlanken weißen Säulen. Durch diese und die ganz in Gelb und Hellgrau gehaltenen Wände mit den vergoldeten Spiegeln wirkte der Raum erhaben, ja königlich. Sein Blick wanderte zu dem Ehepaar Knight, das gerade eintrat. Auch ihre Ehe war von den Eltern in die Wege geleitet worden, inzwischen liebten sich die beiden innig. Sie führten eine glückliche Ehe, was vielleicht auch daran lag, dass sie sich so selten wie möglich in London aufhielten. Sie bevorzugten ihren Landsitz und hatten seit jeher viel Zeit mit ihren Töchtern verbracht – ganz anders als es in den meisten Familien des Tons die Regel war.

Marvin lächelte. Auch seine Mutter hatte darauf bestanden, Andrew und ihn deutlich häufiger um sich zu haben als nur während der Besuchszeiten, zu denen die Nanny und die Gouvernante die Kinder vorführten. Er konnte sich wirklich glücklich schätzen.

Für diesen Ball hatte Marvin seinen Einfluss geltend gemacht und Longfellow eine der begehrten Gold geprägten Einladungen organisiert. Er hätte die Begleitung seines Freundes in dieser Ballnacht wahrlich geschätzt, doch Longfellow hatte nur dankend abgewunken. Er wisse, wohin er gehöre, waren seine Worte gewesen. Und das sei mit Sicherheit kein Ball, zu dem für gewöhnlich nur Zutritt habe, wer dem Adel angehöre.

Umso erleichterter war Marvin, als Lily Thomson den Saal betrat. Ihre Anwesenheit versprach Abwechslung, und dass sie sich im Gegensatz zu Longfellow in dieses herrschaftliche Haus wagte, bewies jenen Mut und Charakter, den Longfellow an der jungen Frau so sehr hervorhob. Ihre Eigenwilligkeit. Ihre Kämpfernatur. Ihre Fähigkeit, über Klassenschranken hinwegzusehen.

Natürlich hatte Longfellow ihn aufgezogen, als Marvin sich im Frühjahr bei ihm nach Lily erkundigt hatte – nachdem er seine Verblüffung überwunden hatte, dass die beiden sich kannten, und zwar so gut, dass Longfellow nahezu alles über das Mädchen zu wissen schien. Marvin hatte dem Freund damals versichert, er werde, was sein Interesse an der außergewöhnlichen Miss angehe, sofort den Rückzug antreten, falls Longfellow Ansprüche auf sie erheben sollte. Longfellow hatte daraufhin nur noch lauter gelacht.

In Erinnerung an jenes weinselige Gespräch verzog Marvin den Mund. So viel dazu, sich vorerst nur noch auf Geschäftliches konzentrieren zu wollen, obwohl sein Vater ihn seit Jahren zu einer Heirat drängte. Ersteres war tatsächlich sein unverbrüchliches Ansinnen gewesen – bis Lily Thomson im Frühjahr einem Wirbelsturm gleich in London aufgetaucht war, wo sonst nur ein warmes, laues Lüftchen wehte. Sie war wie die farbenfrohe Lichtgestalt in einem von Reichtümern überhäuften, dunklen Gewölbe. Eigentlich hatte er sich von ihr fernhalten wollen, doch nun, da er sie wiedersah …

Marvin betrachtete die junge Frau in ihrem hellgrünen, ins Gelbliche changierenden Kleid, das bis auf eine weiße Borte am Saum und ein weißes Taillenband keinerlei Zierrat enthielt. Die eng anliegenden, spitz zulaufenden Ärmel endeten kurz oberhalb der Ellenbogen. Lily trug weiße Blüten im Haar, und den Kämmen, mit denen sie festgesteckt waren, fehlte es an Diamanten, wie Marvin es vom Haarschmuck vieler anderer Frauen kannte. Er konnte auch kein Collier um ihren schlanken Hals erkennen, das die Aufmerksamkeit auf sie hätte lenken können. Ihr einziger Schmuck war ihr strahlendes Lächeln, mit dem sie in diesem Augenblick die Schwestern Vivianne und Valerie Knight begrüßte.

Es brauchte einen zweiten Blick, ehe Marvin in der zierlichen Gestalt neben Lily Henrietta Murray erkannte. Ein Schmunzeln schlich sich auf seine Lippen. Offenbar hatte die übermütige Gesellschafterin ihre Lady dazu überredet, sich ein Kleid in der Farbe eines goldenen Herbstblatts schneidern zu lassen. Braune und dunkelgrüne Stickereien – vermutlich im Hafenviertel angefertigt, wie Marvin aufgrund der Gespräche mit seiner Mutter vermutete – verliehen dem auffälligen Chemisenkleid einen Hauch der Farben, die Henrietta bisher getragen hatte. Mit dem aufgetürmten, vollen Haar, das mit Perlenschnüren geschmückt war, und ihrer aufrechten, schlanken Statur war Lady Murray der Inbegriff einer grazilen Dame, die das Leben in vollen Zügen genoss.

Marvin nahm ein Raunen neben sich wahr. Offenbar gab es noch andere Ballgäste, die Henriettas Verwandlung bemerkt oder wie er einen Moment gebraucht hatten, um zu erfassen, wer diese faszinierende Erscheinung war. Es dauerte nicht lange, bis zwei ergraute Witwer, der eine seit mehr als zehn Jahren alleinstehend, der andere seit gut einem halben Jahr, auf Henrietta zusteuerten und sie nach ihrer Tanzkarte fragten. Wie es aussah, hatte sie am Eingang keine erhalten oder sie gar abgelehnt, allerdings war eine breit lächelnde Lily nur allzu gern bereit, ihre eigene Karte abzugeben. Und damit hatte Henrietta die ersten beiden Namen auf ihrer Tanzkarte.

Marvin konnte sich nicht erinnern, sie in all den Jahren, die er bereits Veranstaltungen dieser Art besuchte, auch nur ein einziges Mal auf der Tanzfläche gesehen zu haben. Diese Lily schien … ein kleines Wunder vollbracht zu haben. Oder zumindest ihren hübschen Kopf durchzusetzen. *Ich sollte sie zu meiner nächsten Verhandlung an der Werft mitnehmen. Vermutlich kann sie mir die beiden Schiffe, die ich zu bestellen gedenke, für den halben Preis besorgen … Oder mich direkt zum Eigentümer der ganzen Werft machen.*

Der Gedanke erheiterte ihn so sehr, dass er sich von der Säule abstieß und über das auf Hochglanz gewienerte Parkett in Richtung des Gastgeberehepaars eilte. Dieses stand im Eingangsbereich des Ballsaals und begrüßte die Neuankömmlinge.

Edna Greenby blickte ihn fragend an, als er eine kleine Pause im Strom der ankommenden Gäste nutzte, um sich ihr zu nähern. „Sie wollen uns doch nicht schon wieder verlassen, Lord Kantley? Gerade Ihre Anwesenheit lässt unseren Ball in einem strahlenden Licht erscheinen.“ Die Dame klang schockiert, was Marvin nur zusätzlich amüsierte. Offenbar war seine rasche Zusage für die Baroness der Anlass gewesen, weit mehr und zudem auch über ihrem Stand stehende Gäste einzuladen, die es ansonsten wohl nicht in das Haus eines Barons geführt hätte.

Marvin selbst hatte mit der Zusage ebenfalls einen Hintergedanken gehegt – nämlich den, seinen Freund Longfellow behutsam in die Gesellschaft einzuführen. Er fand es nur richtig, dass die ehrbaren Lords nicht nur Longfellows Dienste und das durch ihn hinzugewonnene Vermögen in Anspruch nahmen. Sie sollten ihn – zumindest in einem gewissen respektvollen Rahmen – als zugehörig akzeptieren.

Leider hatten nicht die mitunter versnobten und sich nur um sich selbst drehenden Tons Marvins Vorhaben vereitelt, sondern Longfellow selbst mit seiner nüchternen Absage. Marvin hatte dennoch beschlossen, an der Gesellschaft teilzunehmen. Hauptsächlich deshalb, weil er erfahren hatte, dass die Familie Knight zugegen sein würde. Denn was die beiden jungen Knight-Damen betraf, musste er noch ein Versprechen einlösen. Aus diesem Grund lächelte er die Gastgeberin an und erklärte: „Miss Thomson war so freundlich, ihre Tanzkarte an Lady Henrietta Murray weiterzugeben, da diese bereits erste Tänze zu vergeben hatte."

Edna hob sichtlich irritiert die Augenbrauen. „Ah, Lady Henrietta … Aber ja doch, ich erinnere mich, Miss Thomson begrüßt zu haben."

Marvin presste die Lippen zusammen. Erst vor Verärgerung und dann, um seine Erheiterung zu verbergen. Henrietta war in der Vergangenheit so oft übersehen worden, dass die Baroness es auch heute wieder fertiggebracht hatte, ihr keine Beachtung zu schenken. Wobei sie sich eigentlich glücklich schätzen sollte, die Tochter eines Marquess zu Gast zu haben. Oder hatte sie Henrietta in ihrer neuen Aufmachung nicht erkannt und wollte sich nun keine Blöße geben? Das war das Problem, wenn an der Tür ein Diener anstelle der Herrschaften die Einladungen entgegennahm, denn diese enthielten die Namen der Gäste.

„Dürfte ich bitte eine neue Tanzkarte für Miss Thomson haben?", brachte Marvin seine eigentliche Bitte hervor.

Die Frau lächelte überfordert. „Sie ist nur eine Gesellschafterin, Your Grace. Die Tanzkarte, die sie weitergab, war ohnehin die von Lady Henrietta", versuchte sie ihm eine dieser seltsamen Regularien zu erklären, die er nie verstehen würde. Oder vielmehr nicht verstehen wollte.

Mit leicht grollendem Unterton in der Stimme erwiderte er: „Miss Thomson ist eine hochgeschätzte Bekannte von Lady Henrietta und

Lord Melton, dem Marquess of Melton, und ebenso von meiner Mutter, der Duchess of Cummingham. Zudem ist sie die Enkelin eines Baronets. Ich bin sicher, niemand würde Anstoß daran nehmen, wenn Miss Thomson tanzt."

Um Verzeihung heischend pflichtete Edna ihm bei und bedeutete einem Diener in grauer Livree, sich eiligst zu ihnen zu gesellen. Der Mann hielt die kleinen Kärtchen mit den aufgelisteten Tänzen auf einem Silbertablett bereit, in einem Korb trug er die Präsente für die Damen.

Marvin nahm sich eine Karte samt Stift, das undefinierbare Gastgeschenk ignorierte er. Er ging zu dem eigens bereitgestellten Stehtisch und schrieb Lilys Namen auf die Vorderseite der Karte. Dann öffnete er sie und studierte die aufgelisteten Tänze dieser Ballnacht. Schließlich trug er seinen Namen hinter dem zweiten Tanz ein, einem fröhlichen Scotch Reel. Den ersten Tanz, einen allmählich aus der Mode kommenden Kotillon, würde er der liebreizenden, aber gern einmal übersehenen Vivianne gewähren – in der Hoffnung, dass Valeries Plan aufging und er ihrer Schwester damit nicht nur eine volle Tanzkarte bescherte, sondern endlich auch einen annehmbaren Verehrer. Einen Tanz wollte er mit ebenjener Ränkeschmiedin vollführen, falls die Dame überhaupt noch Platz auf ihrer Karte hatte, einen weiteren gedachte er mit Henrietta zu wagen. Also trug er sich auf Lilys Karte zusätzlich für den fünften Tanz ein, einen weiteren Country Dance.

Mit dem Stift in der Hand zögerte Marvin einen Moment lang, da ihm durchaus bewusst war, wie es ausgelegt werden würde, wenn sein Name noch ein weiteres Mal auf einer einzigen Karte auftauchte. Drei Tänze mit derselben Frau an einem Abend bedeuteten, dass man das Paar als verlobt betrachtete – oder die junge Dame als kompromittiert. In ganz London würde man davon ausgehen, dass Marvin Lily am nächsten Tag seine Aufwartung machen und um ihre Hand anhalten würde.

Wollte er das wirklich? Vermutlich wäre es unklug; jedenfalls stünde es seinem Vorsatz im Weg. Und natürlich wäre eine Verbindung mit Miss Lily Thomson weit unter seinem Stand. Aber was konnte er dafür – oder vielmehr dagegen tun –, dass jenes liebreizende Wesen ausgerechnet jetzt in sein Leben flatterte wie ein verirrter Schmetterling? Und dass dieses zarte Geschöpf Gefühle in ihm weckte, indem der leichte Flügelschlag sein Inneres durcheinanderwirbelte? *Wozu ein so zerbrechliches Wesen eigentlich gar nicht in der Lage sein dürfte*, machte er sich selbst zum Vorwurf.

Marvin seufzte leise und trug sich auch noch für den letzten Tanz, eine Quadrille, ein. *Ich überlasse es dir und der Pfarrerstochter, was ihr daraus macht*, betete er im Stillen. Vielleicht hatten Henrietta und Lily den Ball bis dahin längst verlassen. Der Ausgang dieser Angelegenheit lag also nicht in seiner Hand.

Entschlossener, als er sich fühlte, kehrte Marvin in den Ballsaal zurück. Die Gäste hatten sich in Gruppen in dem großen Raum verteilt, der wohl eigens für Feste wie dieses erbaut worden war. Suchend sah er sich um und entdeckte Lily, die gerade in ein angeregtes Gespräch mit den Knight-Schwestern vertieft war. Sie lachten vergnügt auf, und während Marvin auf die Damen zuging, kam er nicht um den Gedanken herum, dass sich hier drei wunderbare junge Frauen gefunden hatten, die offensichtlich bestens miteinander harmonierten. Welch ein Glück für sie!

Er verbeugte sich gewohnt nachlässig und wurde von Valerie mit einem strahlenden Lächeln und einem Knicks bedacht, während Viviannes Begrüßung eher schüchtern, ja beinahe erschrocken ausfiel. Lily wiederum beäugte ihn misstrauisch. Das lag wohl daran, dass er sich ihr unverzüglich zuwandte und ihr die Tanzkarte hinhielt. „Da Sie Ihre Karte abgegeben haben, habe ich mir erlaubt, Ihnen eine neue zu besorgen."

„Das ist ein reizendes Unterfangen, Lord Kantley, allerdings zugleich ein recht sinnloses. In meiner Funktion als Gesellschafterin habe ich nicht vor zu tanzen. Die Karte, die ich weitergegeben habe, war ohnehin die von Lady Henrietta."

„Das wäre ein enormer Verlust für diesen Ball, Miss Thomson. Zu diesem Schluss ist auch Lady Edna gekommen, sodass sie mir die Karte für Sie besorgte. Sehen Sie sich doch einmal um: Mir scheint, wir sind ausnahmsweise einmal mehr Männer als Frauen.

Ihre Verweigerung käme nicht gut an. Außerdem haben Sie bereits einen Namen auf Ihrer Karte stehen."

Er wandte sich ruckartig zu Vivianne um, die vor Schreck die Augen aufriss. Hübsche Augen, wie er fand, die eines Tages voller Liebe und Bewunderung zu einem Mann aufsehen würden. Er jedenfalls würde tun, was in seiner Macht stand, um es dazu kommen zu lassen. Für Vivianne, aber auch für den Glücklichen, der ihr Herz gewinnen würde. „Wenn ich bitte Ihre Tanzkarte haben dürfte, Lady Vivianne?"

„Aber … wozu denn?", stotterte das Mädchen.

„Dummerchen", rügte Valerie ihre ältere Schwester leise und stieß sie leicht mit dem Ellenbogen an. „Damit Lord Kantley einen Tanz eintragen kann."

„Aber ich … ich meine …"

Viviana sah zu ihm auf, als fürchte sie sich vor ihm. Für einen Augenblick wollte Marvin sein Angebot zurücknehmen, um ihr Nervenkostüm nicht noch mehr zu belasten, doch Valerie nahm ihrer Schwester die Tanzkarte aus der behandschuhten Hand und reichte sie Marvin, dazu noch ihren eigenen kleinen Bleistift.

„Wenn Sie mir die Ehre zuteilwerden lassen, würde ich gern den ersten Tanz wählen." Bemüht, so harmlos dreinzublicken wie ein Schoßhündchen, sah Marvin Vivianne an. Diese hatte sich zwar wieder halbwegs im Griff, war aber dennoch nur zu einem Nicken fähig. Rasch schrieb er seinen Namen hinter den ersten Tanz und gab ihr die Karte zurück. Dabei drückte er kurz ihre Finger und lächelte sie aufmunternd an.

„Danke", hauchte sie.

„Sie meint, dass sie sich bereits sehr auf den Tanz mit Ihnen freut, Your Lordship", übersetzte Valerie.

Marvin nickte den Schwestern zu und wollte gerade nach Valeries Karte fragen, als Lily seine Aufmerksamkeit einforderte, indem sie ihm ihre Tanzkarte direkt vor das Gesicht hielt.

„Das sind *drei* Tänze!", zischte sie.

„Sieh an."

„Drei!", fuhr sie ihn an.

„Ich kann durchaus bis drei zählen", gab Marvin gelassener zurück, als er sich fühlte.

„Offensichtlich nicht, sonst hätten Sie das nicht getan", stellte sie seine mathematischen Fähigkeiten infrage.

„Ich habe getan, was ich für richtig halte, Miss Thomson." Er taxierte sie mit einem düsteren Blick, wohl wissend, dass die ersten Gäste bereits neugierig zu ihnen herüberschauten. Doch Marvin hatte genug Selbstbewusstsein, um sich an ein wenig Aufmerksamkeit nicht zu stören, ganz abgesehen davon, dass er so manche der ungeschriebenen Gesetze unter seinesgleichen für überdreht erachtete.

Da er sich mit seiner Forschheit dieses Mal jedoch selbst übertölpelt hatte, fühlte er sich doch ein wenig unbehaglich. Zumal er befürchten musste, dass Lily in ihrer freigeistigen Art keinen Sinn darin sah, die nun folgende Diskussion unter vier Augen zu führen.

Prompt baute sie sich zu ihrer ganzen nicht zu verachtenden Größe vor ihm auf. Also richtete auch Marvin sich auf und war erleichtert, auf sie hinuntersehen zu können.

„Das ist *unverfroren.*" Lily wedelte mit ihrer Karte erneut vor seinem Gesicht herum.

„Ach, und ich dachte, das wäre eine Tanzkarte?"

„Sie … Was denken Sie … Streichen Sie einen Tanz. Umgehend!"

„Warum sollte ich eine solche Torheit begehen?" Aus dem Augenwinkel sah er, wie Vivianne beschwichtigend die Hand hob, während Valeries Augen vor Entzücken funkelten. Als die Sechzehnjährige seinen Blick bemerkte, lächelte sie ihn breit an. Vermutlich nicht nur aus Dankbarkeit, weil er sich für ihre Schwester einsetzte, sondern auch, weil sie die Etikette der feinen Gesellschaft mit der Muttermilch aufgesogen hatten. Schließlich war sie es gewesen, die ihn daran erinnert hatte, welche Macht ein einziger Tanz mit einem angehenden Duke haben konnte.

Die junge Schönheit beugte sich vor und raunte ihm zu: „Ich hoffe, Ihnen ist der Ernst der Lage bewusst? Ansonsten müsste ich mich jetzt unverzüglich auf Miss Thomsons Seite stellen und diese vor Ihrer Unverfrorenheit retten. Davor, zum Gespött gemacht zu werden."

„Ich denke, die Dame ist streitbar genug, um für sich selbst einzustehen."

„Was Ihnen gefällt, Lord Kantley?", hakte Valerie nach, zweifellos in dem Bewusstsein, dass die Person, die das Thema ihres Gesprächs bildete, der Unterhaltung folgen konnte.

„Weshalb sonst hätte ich diese Aufregung herbeiführen sollen?"

Von Valerie kam erneut ein Kichern, Vivianne hingegen schnappte regelrecht nach Luft. Es dauerte einen Moment – den sowohl Marvin als auch die Schwestern Lily gaben –, bis die Pfarrerstochter über die pure Lust zur Auflehnung hinweg war und das eigentliche Gewicht seiner Aussage und seines Handelns zu erfassen schien. Was Marvin niemals für möglich gehalten hätte, war der Umstand, dass Lily im selben Moment errötete. Doch genau das geschah – und zwar ausgiebig. Die rosigen Wangen machten sie allerdings noch eine Nuance schöner und aufregender, als sie es in seinen Augen ohnehin war. Obwohl sich diese Erkenntnis gerade erst in sein Bewusstsein drängte.

„Um Himmels willen, das geht doch nicht. Und das wissen Sie im Übrigen selbst", flüsterte Lily und wirkte dabei mehr als konsterniert. Sie fuhr sich nervös an der Kinnlinie entlang, dann ballte sie die Hand zur Faust und vergrub sie in einer Falte ihres Kleides.

„Natürlich kann er derlei tun", sprang Valerie ihm bei. „Er ist der Erbe eines Dukes und ein erfolgreicher Geschäftsmann, auch wenn das in unseren Kreisen eher ungewöhnlich ist. Daher ist Lord Kantley nicht darauf angewiesen, zwingend eine Frau mit bedeutsamer Mitgift zu ehelichen."

Valeries leise Worte klärten offenbar Lilys Gedanken. Ihre Aufregung, die sich mit Scham und Bestürzung zu duellieren schien, wandelte sich unübersehbar in Entschlossenheit, denn ihre Augen blitzten auf, und sie straffte die Schultern, bevor sie erwiderte: „Ich kann mich des Eindrucks nicht erwehren, … gerade für irgendeine Posse herhalten zu müssen. Oder gar für einen Wetteinsatz? Wie dem auch sei – ich bin nicht gewillt mitzuspielen. Oder überhaupt an diesem Heiratsmarkt teilzunehmen. Ich verschenke meine Zuneigung doch nicht aufgrund von drei Einträgen auf einer Tanzkarte! Dazu bedarf es deutlich mehr." Sie holte tief Luft, ehe sie fortfuhr: „Ohnehin sehe ich keinerlei Vorteil in einer Ehe. Warum sollte ich mein wahrhaft angenehmes Dasein in die Hände eines Mannes legen, dem ich dann auf Gedeih und Verderb ausgeliefert bin? Was die Gestaltung meines Alltags anbelangt, meine finanzielle Situation und die Möglichkeit, mich frei zu entfalten? Und außerdem: Halten Sie mich wirklich für so verzweifelt, Lord Kantley? Ich mag das kritische Alter überschritten haben, doch das führt nicht zwangsläufig dazu, dass ich mich dem erstbesten –"

Von Vivianne kam ein vernehmliches Japsen. Sie, die sich so sehr danach sehnte, mehr als nur den Namen ihres Vaters, eines Cousins oder eines wohlwollenden Onkels auf ihrer Tanzkarte zu finden, zeigte sich bestürzt über Lilys Worte.

Zwar bedauerte Marvin Vivianne in diesem Moment, gleichzeitig konnte er aber Lilys Gebaren nachvollziehen. Diese Einstellung passte zu der unkonventionellen jungen Frau. Und obwohl er sich vor den Kopf gestoßen fühlte, empfand er weit mehr Bewunderung und Respekt für Lily, als wenn sie sein Vorpreschen stillschweigend hingenommen oder den Ball umgehend verlassen hätte.

Eine Zeit lang standen die vier schweigend beieinander. Keiner wagte es, etwas zu sagen, und das Interesse der Umstehenden, das sie anfangs auf sich gezogen hatten, war verflogen. Die Musiker stimmten ihre Instrumente, und für die männlichen Ballgäste galt es, die Tanzkarten der Damen zu füllen.

Die ersten Junggesellen schickten sich an, auf Valerie zuzugehen. Entschlossen, das einzig Richtige zu tun, entzog Marvin Lily die Tanzkarte und strich zweimal seinen Namen durch. Lily funkelte ihn an, doch er weigerte sich, auch den letzten Tanz mit ihr aufzugeben. Da sie die Tanzkarte nicht zurücknehmen wollte, ergriff er ihre Hand, drehte sie um, drückte die Karte hinein und wandte sich dann an Vivianne. „Wenn Sie mir bitte die Ehre erweisen würden?"

Vivianne lächelte schüchtern, legte aber folgsam eine Hand auf seinen dargebotenen Arm. Unter den Blicken fast aller Anwesenden führte Marvin sie zur Tanzfläche, wartete jedoch, bis die Gastgeber sich ebenfalls aufgestellt hatten. Erst dann fügte er sich in die sich nun schnell füllende Reihe der Männer ein, während Vivianne sich zu den Frauen gesellte.

Die Blicke der Umstehenden, die zwischen ihr und ihm hin- und herflogen, waren nicht zu übersehen. Marvin war sich sicher, dass es Vivianne ab dem heutigen Abend nicht mehr an Aufmerksamkeit und potenziellen Tanzpartnern mangeln dürfte. Und vielleicht befand sich ja doch ein Mann unter diesen Ignoranten, der erkannte, welch ein Geschenk die Zuneigung dieser jungen Frau und ihrer Familie bedeutete.

Lily stahl sich aus dem Ballsaal in eines der für die Gäste zugänglichen Nebenzimmer. Cremefarbene Vorhänge, filigrane Holzmöbel und Gemälde, die vorrangig in Blautönen gehalten waren, machten den Raum zu einem heimeligen Ort. Dieses Haus, so fand Lily, unterschied sich von all den anderen, in denen sie bisher zu Gast gewesen war. Während Meltonplace genauso kühl und nichtssagend wirkte, wie Halston sich ihr gegenüber verhielt, waren die meisten anderen Häuser überladen mit gemusterten Tapeten und Teppichen, Vitrinen, Kommoden, Sitzmöbeln und allerlei Tand. All das symbolisierte den Wohlstand der Eigentümer, wühlte aber auf unerklärliche Weise Lilys Gemüt auf. Genau wie … Marvin Carter.

Lily hob die Hände und sah, dass sie zitterten. Ihr Herz schlug ein wildes Stakkato, und ihre Gedanken drehten endlose Kreise in ihrem Kopf. Sie konnte einfach nicht nachvollziehen, was den Earl dazu verleitet haben mochte, etwas so Unvorstellbares in die Wege zu leiten. Zumal er sich offenbar der Bedeutung seines Handelns bewusst war, ja er dies vielmehr mit seinen Worten – wenngleich an Valerie gewandt – bekräftigt hatte.

Lily stieß hörbar die Luft aus, ließ sich auf eine cremefarbene Chaiselongue mit blauer Paspelierung sinken und presste die Hände auf ihre Brust. Marvin Carter hatte Interesse an ihr? Als Frau und … zukünftiger Ehefrau? Wie war das möglich? Wie hatte das geschehen können? *Was habe ich nur … falsch gemacht?*

Obwohl ihr Herz für ihn schlug, war Lily sich sicher, ihm das niemals auch nur ansatzweise gezeigt zu haben. Oder vielleicht doch? In ihren angeregten Gesprächen, während er und Camden sich in Murray Manor aufgehalten hatten? Entsetzt schlug sich Lily die Hände vor den Mund. Sie war nicht geschaffen für ein Leben in London. Dafür, in einem prunkvollen Palast zu leben, in Gesellschaft all dieser hochrangigen Persönlichkeiten, die weit mehr in ihre Worte zu legen verstanden, als Lily herauszulesen vermochte. Sie wollte kein Dasein fristen, das sich einzig darum drehte, immerzu und unter allen Umständen die Contenance zu wahren; nicht von einer Saison in die nächste tanzen. Ihre Kinder würde sie nie all dem Dünkel aussetzen, sie den hier geltenden Regularien unterwerfen und sie einst demselben Heiratsmarkt zuführen, den sie im Frühling und jetzt im Herbst hatte beobachten können. „Niemals", murmelte sie, wenngleich das, womit sie vor lauter Entrüstung Marvin gegenüber gekontert hatte, nur bedingt stimmte. Ein Leben als Ehefrau war für sie sehr wohl eine Option. Sie sah sich durchaus als Freundin und Ratgeberin, als Geliebte und Ruhepol eines Mannes. Und ihre Kinder würde sie mit jeder Menge Liebe überschütten.

Der Gedanke an Nachwuchs verursachte ihr einen Stich im Herzen. Weil es jenseits der noblen, erfolgsverwöhnten und vom Schicksal geküssten Adelswelt Londons Kinder in heruntergekommenen Häusern gab, die hungerten, im Winter froren und denen es an allem fehlte. Könnte sie an der Seite eines Earls und späteren Dukes nicht eine Menge Gutes bewirken? Zumindest wenn jener es zuließ und sie unterstützte. Von Marvin wusste sie, dass er sich trotz allem, was ihm in den Schoß gefallen war, kein bequemes, leichtherziges Leben machte, sondern dass er seinen eigenen Erfolg suchte und anderen fleißigen Männern ein Auskommen ermöglichte.

Erschrocken über ihre berechnenden Überlegungen sprang Lily auf. Das würde sie sich niemals antun! Ebenso wenig wie Marvin. Der künftige Duke of Cummingham verdiente eine Ehefrau, die an seiner Seite die Rolle einnahm, die sie zu erfüllen hatte. Selbst wenn der Gedanke an eine andere Frau in Marvins Armen ihr Herz mit spitzen Eiskristallen traktierte.

Einen Adligen zu heiraten, bedeutet Selbstaufgabe. Ich wäre nicht mehr als ein schmückendes Beiwerk. Panik erfasste Lily. Sie fuhr sich an der Kinnlinie entlang und versuchte sich wieder zu beruhigen, indem sie sich ihre tatsächlichen Zukunftspläne vor Augen hielt. Sie wollte eines Tages an ihre geliebte Küste zurückkehren. Vielleicht würde sie dort einen Ehemann finden, der zu ihr passte. Und bis es so weit wäre, konnte sie auf die erbarmungswürdige Existenz der Kinder bei den Docks einwirken, indem sie sich fernerhin die Großherzigkeit des Hochadels zunutze machte – selbst wenn der nichts davon wusste.

Lily näherte sich einer Vitrine, in der neben antiken Büchern auch allerlei Ziergegenstände ausgestellt waren. Sie musste ein Pfand austauschen, um erneut an Geld zu gelangen, von dem ein kleiner Anteil von Longfellow vermehrt werden sollte. Der Jugendfreund war selbstverständlich nicht darüber im Bilde, woher die Beträge stammten, die sie ihm anvertraute. Sicher nahm er an, dass es sich dabei um ihre monatliche Zuwendung von Henrietta handelte.

Beim Gedanken an Pinnys Tod fragte sich Lily, ob es nicht an der Zeit wäre, endlich mehr zu wagen. Entschlossen wandte sie sich von der Vitrine ab und stahl sich ins Vestibül, wo die Dienerschaft die Umhänge der Gäste aufgehängt hatte. Dort suchte sie ihr Cape und nahm die am gestrigen Tag von Spratter ausgelöste goldene Puderdose mit der ägyptischen Fayencearbeit im Deckel aus der verborgenen Innentasche. Eilig raffte sie ihr Kleid und schob die Dose in das Täschchen an ihrem Oberschenkel. Dann ließ sie den Stoff ihres Kleides wieder hinuntergleiten und verließ ungesehen den Nebenraum bei der Eingangstür.

Musik und Gelächter hallten durch das Treppenhaus und folgten ihr ein Stockwerk höher. Im Flur angekommen, sah Lily sich um. Als sie sich sicher war, dass sich niemand in ihrer unmittelbaren Nähe aufhielt, raffte sie erneut ihr Kleid. Sie nahm die Puderdose und stellte sie zurück in jenes Regal, aus dem sie sie vor knapp zwei Wochen genommen hatte.

Normalerweise hätte Lily es dabei belassen, da sie ja erst in rund vierzehn Tagen ein neues Tauschobjekt zu Spratter bringen musste.

Heute aber ergriff sie einen der bereitstehenden Bronzehalter mit seiner flackernden Kerze, schlenderte den Flur entlang und betrat nacheinander die Räume, deren Türen einladend offen standen. Dabei lauschte sie unentwegt auf irgendwelche Geräusche, die das Nahen einer Person bedeuten könnten. In einem Zimmer zur Straße hin fand sie in mehreren Vitrinen eine beachtliche Sammlung von Tabakdosen unterschiedlichster Machart und mit verschiedensten Motiven. Dazu eine große Anzahl an Pfeifen und allerlei mehr, das Rückschlüsse darauf zuließ, dass der Raum nur vom Hausherrn genutzt wurde.

Lily drehte sich einmal um die eigene Achse. Holzverschalte Wände, ein breiter Ledersessel mit Fußschemel, dessen Bezug abgenutzt war und speckig glänzte, geschliffene Kristallgläser auf einer Anrichte in unmittelbarer Nähe zu Karaffen mit alkoholischen Getränken sowie gebügelte Zeitungen auf einem Beistelltisch unterstrichen die männliche Note. An den Wänden hingen Gemälde mit Jagdszenen und über dem offenen Kamin zwei gekreuzte Schwerter. Schwere dunkelgrüne Vorhänge rahmten das Kassettenfenster ein, auf dessen breitem Sims Elfenbeinfiguren aufgereiht waren.

Lily strich über die Gardinen, beugte sich über einen Vitrinenkasten und betrachtete ein Gemälde, auf dem ein Rudel Jagdhunde einen Reiter auf seinem Pferd umsprang. Schließlich setzte sie sich für einen kurzen Augenblick auf den Schemel, um sich das Strumpfband zu richten.

Als sie den Rückzugsort des Hausherrn verließ, drückten drei kleine Gegenstände gegen ihren Oberschenkel. Lily lächelte zufrieden. Sie brachte ihr zweites Pfand, das sie in Gedanken „Pinny" taufte, ins Vestibül und verstaute die Schmuckstücke in den geheimen Taschen ihrer Pelisse.

„Hier verstecken Sie sich also!"

Die tiefe Stimme ließ Lily hochfahren. Hatte sie jemand beobachtet? Hitzewellen jagten durch sie hindurch.

Irritiert trat sie hinaus auf den Flur und ging in Richtung Treppe. Was sie da gerade durch das unscheinbare Fenster beobachtet hatte, erschloss sich ihr nur allmählich. Zumal sie zuerst einmal die Frage beschäftigte, weshalb es diesen kleinen, quadratischen Durchlass in der Zimmerwand überhaupt gab, der auf beiden Seiten beinahe vollständig zugestellt war. Ob der einstige Hausherr ihn hatte einbauen lassen, um etwaige Gespräche im Raucherzimmer belauschen zu können? Heute jedenfalls hatte man den Zofen der Gäste das Nebenzimmer als Rückzugsort zugestanden.

Die jetzigen Bewohner schienen das verborgene Bauelement nicht zu nutzen, denn das Beobachtungsfenster, nicht größer als zehn mal zehn Zentimeter, war auf einer Mauerseite von einer Regalfront und auf der anderen von einem Wandteppich teilweise verdeckt. Sie hätte die Möglichkeit, in das Nachbarzimmer sehen zu können, gar nicht bemerkt, hätte sie nicht lediglich im Schein einer einzelnen Kerze dagesessen. So war ihr der Lichtschein aufgefallen, der wie durch Zauberhand durch die Wand zu dringen schien. Sie hatte sich erhoben und bald darauf das kleine Fenster in der Wand entdeckt. Nur deshalb hatte sie beobachten können, wie Lily Thomson überaus fingerfertig drei Wertgegenstände aus der Sammlung des Barons entnahm und diese nicht nur bewunderte, sondern unter ihrem Kleid verschwinden ließ.

Warum stahl die Miss? Hatte sie denn nicht alles, was sie benötigte? Immerhin war sie ein Günstling von Lady Henrietta Murray aus dem wohlhabenden Hause Melton.

Die heimliche Beobachterin ging die Treppe hinunter und weiter bis ins Kellergeschoss, vorbei an Kammerdienern und Zofen, Dienern und Dienstmädchen, die alle überaus beschäftigt waren. Dabei schüttelte sie ein ums andere Mal den Kopf. Nutzte diese Frau ihre Anstellung bei der Lady und den Umstand aus, durch sie in die Häuser vermögender Familien zu gelangen, um sich selbst zu bereichern?

Vor den drei Stufen, die in den Aufenthaltsraum der Bediensteten hinabführten, blieb sie stehen. Sie war noch immer gänzlich fassungslos und wollte das, was sie gesehen hatte, nicht glauben.

Dennoch hatte sie Lily Thomson mit eigenen Augen bei einem Diebstahl beobachtet. Geschickt wie ein geübter Taschendieb hatte die Miss sich fremden Eigentums bemächtigt.

Aus dem Halbstockwerk drangen Stimmen und das Geklapper von Geschirr zu ihr herauf. Sie stieg die Treppe hinunter, blieb aber im Torbogen stehen. Zu der Dienerschaft des Hauses hatten sich die Bediensteten der Gäste gesellt. Kurz sah sie sich nach einem freien Platz um und setzte sich schließlich neben Darla, die Kammerzofe von Lady Henrietta. Sie dankte dem Küchenmädchen, das ihr eine gefüllte Teetasse auf einem Unterteller hinstellte, griff nach einem Scone und gleich darauf nach dem Löffel in der Erdbeermarmelade.

Am Tischende plauderten einige Männer miteinander, ihr gegenüber unterhielten sich im Flüsterton eine Zofe und ein Dienstmädchen. Es herrschte ein ständiges Kommen und Gehen, da im oberen Stockwerk nach weiteren Getränken und Speisen verlangt wurde und einige der Herrschaften die Unterstützung ihrer Bediensteten forderten. Stühle wurden lautstark gerückt, aus der benachbarten Küche drangen die Befehle der Köchin herüber.

Als der Butler des Hauses den Raum betrat, erhoben sich alle, weshalb auch sie rasch aufsprang. Der breitschultrige Mann setzte sich jedoch nicht zu ihnen, sondern ging in sein angrenzendes Privatzimmer. Von dort kehrte er kurz darauf mit zwei Karaffen rot schimmernden Weins zurück und ging erneut nach oben, vermutlich in den Ballsaal oder in die ebenfalls stark frequentierten Salons und die Bibliothek.

„... Miss Thomson soll sich die ganze Nacht am Hafen aufgehalten haben."

Sie horchte auf, als der Name der Frau fiel, um die sich ohnehin ihre Gedanken drehten. Neugierig beugte sie sich vor, da die Gesellschafterin zwei Stühle weiter offenbar ein Gesprächsthema war.

„Woher wollen Sie das wissen?", fragte die Kammerzofe der beiden Knight-Schwestern.

„Unser Wilhelm, ein junger Diener, wohnt im Haus seiner Eltern nahe der Textilfabriken. Er sah Miss Thomson und das Kind frühmorgens aus einer Hafengasse kommen. Das Mündel war liederlich gekleidet, sie selbst trug einen Herrenmantel. Man stelle sich das einmal vor! Dennoch hat Wilhelm die beiden erkannt." Die Frau, eine dralle Person mit grauem Haar und einem großen Muttermal auf der Wange, sprach viel zu laut und zog dadurch die Aufmerksamkeit etlicher Anwesender auf sich.

„Wilhelm meint, sie war wohl bei einer kranken Familie bei den Docks. Es gab dort sogar einen Todesfall", wusste eine junge Frau weiter unten am Tisch.

„Was geht das Miss Thomson an? Oder Lady Henrietta Murray?", brauste einer der Herren auf, den sie als Kammerdiener aus dem Hause Knight wiedererkannte.

„Wissen Sie es denn nicht, Knight[13]?", fragte die Dralle. Ihre blauen Augen funkelten vor Freude darüber, ihr Wissen weitergeben zu können. „Her Ladyship, ihre Gesellschafterin und das Mündel haben für die Familien am Hafen gesammelt. Geld, Kleidung, Lebensmittel und Schuhe, eben alles, was man dort dringend benötigt. Das bedeutet doch, dass die junge Miss oft in jenen Gassen unterwegs sein muss. Wie sonst sollen die Spenden dort hingelangen?"

„Anderen zu helfen ist nichts Verwerfliches", warf die Knight-Kammerzofe ein. „Die meisten von uns stammen aus ärmlichen Verhältnissen. Es ist ein Geschenk, dass wir eine gute, sichere Anstellung haben. Auch, um unsere Familien zu unterstützen."

„Ihre Anstellung mag gut sein, Knight", fuhr die Dralle die etwa Dreißigjährige an. „Sie arbeiten in einem Haushalt mit friedfertigen Menschen. Ihre beiden Ladys sind so … bescheiden. Vermutlich haben Sie dort ein recht bequemes Leben."

Sie runzelte die Stirn und fragte sich, ob die Knight-Zofe wohl heraushörte, dass die Frau mit „bescheiden" wohl eher jämmerlich, armselig und unbedeutend meinte. Ob dies der Meinung entsprach, die die Herrschaften der Drallen von den Knight-Schwestern hatten?

„Sie hat aber gleich zwei Damen aufzuwarten", warf ein Dienstmädchen ein, wurde jedoch durch eine Handbewegung vonseiten eines Dieners zum Schweigen gebracht. In diesem Haus herrschte offensichtlich eine strenge Hierarchie.

„Jedenfalls bringt Miss Thomson sich in Gefahr", resümierte die Dralle und rieb sich über den Leberfleck, als hoffte sie, er ließe sich auf diese Weise entfernen. „Und sie fügt ihrem Ruf und dem der armen Lady Henrietta einen erheblichen Schaden zu."

„Kein Wunder, dass niemand mit ihr tanzen will", kam es wieder von der anderen Tischseite.

„Das liegt wohl eher daran, dass Miss Thomson lediglich dem Landadel angehört. Sie ist keine gute Partie", warf nun der Knight-Kammerdiener ein und ergriff eine der auf dem Tisch liegenden Zeitungen vom Vortag. „Außerdem ist es einer Gesellschafterin nicht immer gestattet, sich unter die Herrschaften zu mischen."

„Ich glaube vielmehr, sie drückt sich, wenn es darum geht, einen Tanzpartner zu finden", warf erneut das Dienstmädchen ein und erhielt einen weiteren Rüffel des Dieners. Schmollend erhob sich die junge Frau und stapfte die Stufen hinauf.

Ihr Blick folgte dem Mädchen in dem grauen Dienstkleid, während in ihrem Kopf eine gänzlich andere Vermutung Gestalt annahm: Stahl die Gesellschafterin von Lady Henrietta nicht, um sich zu bereichern, sondern weil sie ihren Schützlingen an den Docks helfen wollte? Das wäre eine schlüssige Erklärung. Zugleich könnte es darauf hindeuten, dass der heutige Diebstahl nicht ihr erster gewesen war. Wobei noch niemand abhandengekommenes Eigentum beklagt hatte. Bestahl Lily Thomson tatsächlich die Reichen und gab den Armen? Wie jener Robin Hood aus den Balladen und Geschichten?

Sie setzte die Tasse an ihre Lippen und trank einen Schluck. Der Tee schmeckte bitter, also gab sie gleich drei Löffel Zucker hinein. Während sie in der Tasse rührte, fragte sie sich, ob das Gebaren der Miss nun heroisch oder vielmehr naiv war? Außerdem musste sie sich schleunigst überlegen, was sie mit der überraschenden Beobachtung und der daraus folgenden Erkenntnis anfangen sollte. Was machte man mit dem Wissen um einen weiblichen Robin Hood im Herzen von London?

Marvin lehnte seitlich im Türrahmen und hatte die Arme vor der Brust verschränkt. Seine meerblauen Augen musterten Lily ungeniert, während ein süffisantes Lächeln seine Mundwinkel umspielte. „Wollten Sie flüchten? Vor dem nächsten Tanz, der laut Ihrer Tanzkarte *mir* zusteht?"

Lily machte einen Schritt in seine Richtung – und weg von ihrer Pelisse, denn das darin verborgene Pfand für den Fortbestand ihrer Hilfsaktionen schien förmlich zum Himmel zu schreien. „Sie sollten mir dankbar sein", gab sie gewohnt forsch zurück. *Vorrangig weil Sie ganz sicher nicht mit mir in Verbindung gebracht werden wollen. In mehrerlei Hinsicht.*

Sie schob den Gedanken beiseite und konzentrierte sich auf die stattliche Erscheinung, die ihr den Weg versperrte. Wobei Marvin ihr in keiner Weise bedrohlich vorkam. Mochte er manchmal auch kurz angebunden sein oder seine Dominanz zur Schau stellen, so gelang es ihm doch nicht, sie einzuschüchtern. Weshalb das so war, konnte Lily nicht sagen. Allerdings ließ sie es ohnehin nicht zu, dass andere Menschen Macht über sie ausübten und sie bevormundeten. Sie fand das nicht nur unbequem, sondern höchst unnötig. Immerhin war sie eine eigenständige Persönlichkeit.

Lily bog den Rücken durch, was ein flegelhaftes Grinsen auf Marvins Gesicht trieb.

„Warum nur habe ich das Gefühl, dass Sie sich lieber mit einem Degen in der Hand mit mir messen wollen, als mir auf die Tanzfläche zu folgen?"

„Ach, demnach ist ein Tanz für Sie eine Art … Duell?"

„Bei so manchem Tanzwilligen durchaus."

„Wie uncharmant Sie doch sein können, Your Lordship."

„Mag sein, Miss Thomson, aber welche Ausrede führen Sie ins Feld, um sich vor einem versprochenen Tanz zu drücken?"

„Wenn ich Sie daran erinnern darf: Sie haben mir das zweifelhafte Vergnügen nachgerade aufgedrängt."

„Vielleicht sollten Sie es einmal in Betracht ziehen, dass diese mutige Tat meinerseits darauf abzielt, Ihr Ansehen in der Gesellschaft zu verbessern?"

Lily vermutete, dass seine Antwort mehrdeutig war, zumal Marvins Gespräch mit Valerie sie nachhaltig erschreckt hatte. Umso bissiger fragte sie zurück: „Indem Sie mich zum Mittelpunkt von Klatsch und Tratsch machen?"

Marvin hob die Augenbrauen, behielt aber seine entspannte Haltung bei. Der verbale Angriff ihrerseits schien ihn nicht weiter zu tangieren, jedenfalls wirkte er so gelassen wie immer. Oder vielmehr gelangweilt? Das würde Lily allerdings wenig schmeichelhaft finden.

Marvin verbeugte sich leicht. „Vor einem derartigen Fauxpas haben Sie mich ja rechtzeitig gewarnt."

„Als wüssten Sie derlei nicht besser als ein Mädchen vom Lande."

„Für gewöhnlich beschäftige ich mich nicht mit Themen, die der Damenwelt vorbehalten sind." Marvin blickte ihr tief in die Augen und Lily wurde mulmig zumute. Was entging ihr hier gerade?

Er beugte sich ihr leicht entgegen, ehe er fortfuhr: „Ich möchte behaupten, dass mein Interesse momentan *allein* darauf gerichtet ist, meine Flotte zu erweitern." In seinem Gesicht zuckte ein Muskel. Als glaubte er selbst nicht, was er da sagte.

Lily nahm es wahr, verdrängte aber erfolgreich jedwede weiterführende Überlegung in diese Richtung. „Sie möchten es also lediglich behaupten? Oder handelt es sich dabei um eine unverrückbare Tatsache? Letzteres würde bedeuten, dass Sie kein Bedürfnis nach einem Tanz mit mir verspüren dürften. Was zielführend wäre, denn dann könnten wir unsere widersinnige Diskussion als beendet betrachten. Mit einem Sieg meinerseits."

„Ob ein Ausschlagen meiner Aufforderung zum Tanz nicht vielmehr einer Niederlage für Sie gleichkäme?", erwiderte er in süffisantem Ton.

„Überheblichkeit steht Ihnen nicht gut zu Gesicht, Lord Kantley. Bisher sind Sie mir vor allem durch Ihre angenehme Schnörkellosigkeit aufgefallen."

„Dann bitte ich Sie als der Unterlegene überaus schnörkellos und ohne jedwede Anwandlung von Überheblichkeit darum, mir den auf Ihrer Karte reservierten Tanz zu gewähren."

Lily entschlüpfte ein Kichern über seine charmante Art, sich über sich selbst lustig zu machen. „Dürfte ich noch den Degenkampf wählen?"

„Lieber nicht, Miss Thomson. Ich bin ungern gleich zweimal an ein und demselben Abend der Unterlegene."

Diesmal lachte Lily hell auf. Longfellow hatte ihr vor Jahren heimlich ein paar Fechtstunden gegeben, Marvin hingegen war sicher von Kindesbeinen an in jener Disziplin unterrichtet worden. So sportlich, wie er wirkte, war er sicher ein Meister darin. „Dann wollen wir Ihnen diese Schmach ersparen." Sie nickte ihm gespielt großmütig zu.

Marvins Lächeln fiel offen aus, und es traf irgendetwas in Lilys Innerem, von dessen Existenz sie nichts geahnt hatte. Als hätte jemand gegen die Tür eines Ortes in ihrem Herzen geklopft, die bisher ein Schattendasein gefristet hatte.

Verwundert darüber blinzelte Lily Marvin an. Reichten ihre Gefühle für ihn denn so viel tiefer, als sie angenommen hatte? Dabei hatte sie vorhin noch gedacht, es wäre ein Leichtes für sie, ihn wieder aus ihrem Leben zu verbannen.

Sein Lächeln vertiefte sich, sein Blick schien den ihren gefangen zu nehmen. Erst das Geräusch von nahenden Schritten ließ Lily aufmerken und die Augen niederschlagen. Sie stand noch immer im dämmrigen Vestibül, umgeben von Capes, Mänteln, Hüten, Kaschmirschals, Stolen und Regenschirmen. Und dies gemeinsam mit einem Mann. Das war nicht schicklich. Vermutlich kaum mehr, als wenn sie Marvin die drei Tänze gewährt hätte. Also nickte sie ihm auffordernd zu, woraufhin er ihr seinen Arm anbot. Nach einem kurzen Zögern, das er mit einem Brummlaut quittierte, legte sie eine Hand auf seinen Unterarm und ließ sich von ihm durch die Empfangshalle in den Ballsaal führen.

Hunderte von Kerzen verbreiteten ein orangefarbenes Licht, die Hitze im Raum und die Drehungen der Tanzenden setzten die Glasprismen an den Kronleuchtern in Bewegung. Flirrende Lichtreflexe tanzten über die Wände und die Decke. Die Musiker spielten erneut auf, sodass sich Lily und Marvin zügig in die Aufstellung einreihten.

Dass sie es versäumt hatte, wieder ihre Handschuhe überzustreifen, bemerkte Lily erst, als sie ihre Hand in die von Marvin legen musste. Der Hautkontakt mit einem Mann war für Lily so ungewohnt, dass sie ein in Wellen verlaufendes, perlendes Gefühl durch ihren Körper fließen spürte. Erschrocken sah sie auf und konnte beobachten, wie sich Marvins Pupillen weiteten. Ob er es ebenfalls gespürt hatte? War dieses eigenartig lebendige Pulsieren gar von ihr auf ihn übergegangen? Musste ihr das peinlich sein?

Während er sie einige Schritte seitwärts führte, wanderte sein linker Mundwinkel nach oben. Er wirkte auf eine zutiefst irritierende Art höchst zufrieden, was Lily nur noch mehr überraschte. Vor lauter Verwirrung verpasste sie beinahe den Partnerwechsel.

Rocksäume raschelten, Perlen klimperten, eine der Tänzerinnen atmete viel zu schnell, da ihr augenscheinlich die nötige Kondition fehlte. Lily zwang sich, sich auf die Frauen zu konzentrieren. Auf wippende Locken, schillernde Haarkämme, hüpfende Taillenbänder, den Geruch von Parfüm und Schweiß, ein perlendes Lachen hier, geflüsterte Worte da …

Sie hatte die Turbulenzen in ihrer Gefühlswelt gerade wieder im Griff, als die Schrittfolge sie zurück zu Marvin führte. Täuschte sie sich oder ging von ihm eine eigenartige Wärme aus? Ein angenehm männlicher Duft? Etwas, was sie nahezu ungeduldig darauf warten ließ, dass er erneut ihre Hand in seine nahm?

Ehe er sie wieder loslassen musste, verstärkte er kurz den Druck seiner Finger. Lily sog erschrocken die Luft ein. Dann drehte sie sich vorschriftsmäßig weg, sah aber über die Schulter zu ihm zurück. Ihre Blicke trafen sich; hielten sich gegenseitig fest. Für den Rest des Tanzes schien Lily förmlich zu schweben. Schließlich geleitete Marvin sie von der Tanzfläche und reichte ihr kurz darauf ein Glas Wasser mit Minze. Lily musste sich beherrschen, um es nicht in einem Zug auszutrinken.

Valeries und Viviannes Eltern gesellten sich zu ihnen. Der Lord fragte: „Dürfen meine Frau und ich Sie bitte kurz entführen, Kantley?"

Lily sah zu, wie die drei davongingen. Wieder holte sie tief Luft, dann stellte sie das Glas auf den mit einer Damastdecke überzogenen

Tisch. Ihre Hand, die so ruhig und zielsicher kleine Schmuckstücke zu entwenden verstand, zitterte erneut.

Irritiert sah sie sich um. Henrietta tanzte, wie Lily begeistert feststellte. Noch mehr freute sie sich für Vivianne, die heute fast ebenso viele Tänze absolvierte wie ihre jüngere Schwester. Sie hingegen verspürte keine Lust, sich diesem Vergnügen ein zweites Mal hinzugeben. Also wandte sich Lily von der Tanzfläche ab und zog sich in eine nur schwach beleuchtete Ecke des Raumes zurück. Von dort aus konnte sie beobachten, wie Marvin wenig später in den Ballsaal zurückkehrte und sich suchend umsah. Er wich den Begegnungen mit jungen Damen aus, die sich auffällig oft in seine Richtung bewegten, was Lily zum Schmunzeln brachte. Auch das wirkte wie ein Tanz, wenngleich ein reichlich sonderbarer. Allerdings erschien ihr Marvin weitaus geübter im Ausweichen als die Mädchen im Einfangen.

Mehrmals glitt sein Blick durch den Raum. Er ging in die angrenzende Bibliothek hinüber, um kurz darauf aus einem der Salons zurückzukehren. Mittlerweile wirkte sein Gesichtsausdruck düster, was sogar die hartnäckigsten Debütantinnen davon abhielt, erneut seine Nähe zu suchen. Schließlich wandte er sich dem Gastgeber zu, sprach kurz mit ihm und ging in Richtung Empfangshalle. Lily trippelte einige Schritte nach links und konnte ihn wenig später wieder sehen. Angetan mit Mantel und Hut, verließ er den Ball vorzeitig.

Sie kam nicht dazu, dem eigentümlichen Gefühl von Verlust in ihrem Herzen nachzuspüren, da die Knight-Schwestern sie entdeckt hatten und sich zu ihr gesellten. Die Wangen der beiden Mädchen waren gerötet, ihre Augen funkelten vor Begeisterung.

„Warum verstecken Sie sich denn hier hinten, Miss Thomson? Der Ball ist ein großer Erfolg. Auch für Sie, da Lord Kantley mit Ihnen getanzt hat." Vivianne hakte sich bei Lily unter.

„Danke, doch ich habe für heute genug."

„Aber Sie waren nur ein einziges Mal unter den Tänzern. Mit nur einem der anwesenden Herren", zählte Valerie auf, was Lily ohnehin mehr als präsent war.

„Was genügen dürfte."

Valerie sah sie nachdenklich an, dann hakte sie sich auf ihrer anderen Seite unter. „Ich hege Bewunderung für Sie, Miss Thomson. Und Zuneigung." Valerie stellte sich auf Zehenspitzen, um leiser sprechen zu können, und Vivianne tat es ihr gleich, sodass sie die Köpfe zusammenstecken konnten.

„Es war klug von Ihnen, drei Tänze mit dem Earl auszuschlagen, wenn Ihnen nichts an einer Verbindung mit ihm liegt."

Lily meinte herauszuhören, dass Valerie diesen Umstand nicht nachvollziehen konnte. Offenbar mochte die Debütantin Marvin. Dem unangenehmen Zwicken in ihrem Inneren maß Lily keine Bedeutung bei. Stattdessen konzentrierte sie sich auf das, was das jüngere Mädchen ihr nahezubringen versuchte.

„Wenn Sie nur einen Tanz mit einem einzigen Mann bestreiten, führt dies zwar nicht zu einer Verlobung, es legt aber einen ganz ähnlichen ... Schluss nahe."

„Ich kann schwerlich mit mehreren Männern gleichzeitig einen –" Lily brach ab, als sich ihr der Kern der Aussage erschloss.

„Zumal etliche Herren gern ihren Namen auf Ihre Tanzkarte schreiben würden", fügte Vivianne hinzu. „Sie fragten bereits nach Ihnen, sogar schon vor Ihrem Tanz mit dem Earl."

„Wie unerquicklich", murmelte Lily, was die Schwestern zum Lachen brachte. „Bedeutet das, ich muss noch einmal tanzen, um Gerede zu vermeiden?"

„Sie müssen nicht, wenn Sie das Getuschel gern befeuern möchten. Was ich in Ihrem Fall für ungefährlich halte. Immerhin war Lord Kantley mir – und damit Ihnen – gegenüber reichlich ... deutlich, was sein Interesse an Ihnen anbelangt. Beklagenswert wäre es nur, wenn der Lord seine Erklärung bedauern und seine Bemühungen um sie einstellen würde. Dadurch könnte Sie einiges an Häme treffen, was nicht angenehm ist."

Bei Valeries Worten zuckte Vivianne zusammen, und Lily drückte fest ihren Arm.

„Dann entscheide ich mich für das nüchtern betrachtete Risiko des Beklagenswertseins und die mir ebenfalls gleichgültige Gefahr der Häme. Zumal ich beides selbst herbeigeführt habe. Mir scheint, damit befinde ich mich in liebenswerter, charmanter, höchst geistreicher und absolut wunderbarer Gesellschaft."

Es dauerte einen Moment, ehe Valerie schmunzelnd erwiderte: „Ich wusste von unserer ersten Begegnung an, dass ich Sie nicht nur bewundern, sondern auch rasch ins Herz schließen würde."

Da Lily Henrietta nicht zu einer frühzeitigen Rückkehr nach Meltonplace drängen wollte, setzte sie sich gemeinsam mit Vivianne in eine wenig beachtete Ecke des Saals. Valerie tanzte weiter durch die Nacht, schaute zwischenzeitlich aber immer wieder bei ihnen vorbei.

Lily und Vivianne unterhielten sich angeregt, was Lily ihr kleines Geheimnis in ihrem Cape und die weit größere Irritation, was Marvin betraf, vergessen ließ.

London Daily Life **22. Oktober 1811**

Prügelei im Gentlemen's Club

Vom Peer zum Raufbold.

Vermehrt Diebstähle!

Seien Sie gewarnt. Mehr auf Seite 2.

Achtzehn

Marvin hatte sich – was selten vorkam – in den Gentlemen's Club zurückgezogen. Das gedämpfte Licht in dem kleinen Raum, den er gewählt hatte, sollte sein aufgewühltes Gemüt beruhigen. Dieser lag ein wenig abseits jener Zimmer, in denen diskutiert oder lautstark gefeiert wurde. Hier fehlte es an jeglichem Zierrat und unnötiger Möblierung. Bis auf ein Sideboard, auf dem einige Gläser nebst Karaffen standen, mehrere Sessel in gediegenem Braun und ein paar Beistelltische, auf denen Zeitungen lagen, war der Raum leer.

Bei seiner Ankunft hatten sich vier weitere Männer hier aufgehalten, doch die Gespräche mit ihnen hatten Marvin gelangweilt, und die neuesten Zeitungen – sein Vater hatte gleich fünf Tagesblätter abonniert – hatte er bereits am Vormittag gelesen. Der Brandy, den er sich gönnte, schmeckte seltsam schal, und als einer der Bediensteten ihm nachschenken wollte, deckte Marvin mit der flachen Hand das geschliffene Kristallglas ab.

„Sie sind nicht sonderlich gesellig, Kantley", sagte ein älteres

Clubmitglied vom gegenübergelegenen Ende des Salons aus und schob sich dann die Pfeife wieder zwischen die schmalen Lippen. Der Mann mit den wuchernden grauen Koteletten, ein Marquess, der mehr Zeit im Gentlemen's Club verbrachte als zu Hause bei seiner Gattin, ließ offen, ob er damit Marvins düstere Miene meinte oder die Tatsache, dass der Earl sich nur selten im Club sehen ließ.

„Das liegt daran, dass ich mich heute zum Narren gemacht habe, ohne zu wissen, weshalb. Es gab nämlich keinen Anlass dafür." *Das ist so nicht ganz richtig, Carter. Sonst hättest du das Desaster mit den drei Tänzen und die nachfolgenden Andeutungen wohl unterlassen. Immerhin warst du nüchtern und im Besitz deiner geistigen Kräfte. Wobei Longfellow das sicher bezweifeln würde. Ganz zu schweigen von Miss Thomson …*

Der ältere Herr zog sich mit einem hörbaren „Plopp" die Pfeife aus dem Mund und deutete damit in seine Richtung. „Das Vorrecht der jungen Männer. Sie werden daran keinen Schaden nehmen."

Marvin presste die Lippen zusammen. Was seine gesellschaftliche Stellung und sein Ansehen anbelangte, hatte der Marquess sicher recht. Doch was seine Beziehung zu Lily und Henrietta betraf – von seinem eigenen Seelenfrieden ganz zu schweigen –, konnte er das nur schwer einschätzen. Was hatte ihn geritten, etwas derart Törichtes zu wagen?

Marvin fuhr sich mit der Hand über das Kinn und schlussfolgerte aufgrund der Bartstoppeln, dass es bereits sehr spät – oder vielmehr früh – sein musste. Sein Blick wanderte zum Fenster. Noch herrschte draußen Dunkelheit. Und in ihm das blanke Chaos.

Am Vorabend hatte ihn beim Wiedersehen mit Lily etwas übermannt, das wohl schon länger in ihm schlummerte: der Wunsch nach einer romantischen Verbindung. Nach einer Frau, die er lieben und beschützen konnte. Die den Alltag mit ihm teilte. Und das Bett. Doch warum ausgerechnet Lily Thomson?

Weil sie eine kleine Rebellin ist. Wie du selbst. Weil sie sagt, was sie denkt, und du nicht erraten musst, was sie mit ihren Worten gemeint haben könnte. Weil sie herzlich lachen kann und ebenso herzlich

Widerworte gibt. Sie ist … erfrischend anders. Aufregend lebendig. Zutiefst liebreizend. Bewundernswert mutig.

Lily und ihr Vater wären sicher bereit, seine für einen Earl unkonventionellen geschäftlichen Interessen zu akzeptieren, ja, sie womöglich sogar zu unterstützen. Immerhin schien Lily immerzu auf der Suche nach einer Mission zu sein. Erst Henrietta, dann der Hafenjunge und schließlich der Wunsch, weiteren Kindern an den Docks zu helfen. Wobei sie darin kläglich gescheitert war. Dadurch dürfte sie jetzt aber doch die Muße haben, ihn als nächste Herausforderung anzunehmen, oder nicht?

„Für mich wird es Zeit, Kantley. Ihnen wünsche ich noch ein erfolgreiches Nachsinnen." Der Alte erhob sich schwerfällig. „Gute Nacht."

„Danke, Bearford. Gute Nacht."

Als der Marquess die grün gestrichene Tür mit den goldenen Verzierungen öffnete, drangen Gelächter und eine raue Stimme herein, die verriet, wie betrunken der Sprecher war. Sobald die Tür ins Schloss fiel, waren die Geräusche nur noch gedämpft zu hören. Dennoch fand Marvin auch in den folgenden zwei Stunden nicht zur Ruhe. Schließlich stemmte er sich aus dem Sessel, hinterließ dem Bediensteten einige Shilling und nahm in der Lobby seinen schwarzen Gehrock und den Kastorhut entgegen.

Wenig später schlenderte er durch die Straßen Londons. Ein gelber Schimmer im Osten kündigte das Erwachen des neuen Tages an. Wieder einmal war Marvin erstaunt, wie viele Frauen und Männer, alt wie jung, bereits auf den Beinen waren. Zwischen Handwerkern tummelten sich Dienstmädchen, die zu den Häusern ihrer Herrschaften eilten. Inmitten von Lieferanten, die Karren zogen oder schwere Pakete trugen, begaben sich einige Dirnen auf den Heimweg. Nachtwächter schleppten sich müde dahin, wo andere, auf der Suche nach Arbeit für den heutigen Tag, eilig ihrem Ziel – zumeist einem Pub, wo mögliche Arbeitgeber auf sie warteten – entgegenstrebten. Transportkarren ratterten über das Pflaster, ein paar Jungen beseitigten die Hinterlassenschaften der Pferde und bekamen dafür von den Ladeninhabern ein Geldstück in die Hand gedrückt.

Wer in dem bunten Gemenge fehlte, waren die Damen und Herren der gehobenen Gesellschaft und des Tons – bis auf ihn als rühmliche oder vielmehr unrühmliche Ausnahme.

Als Marvin das nächste Mal bewusst aufsah, fand er sich in der Curzon Street wieder. Vor ihm schlenderte ein bulliger, glatzköpfiger Mann in einer staubigen Redingote die Straße entlang. Der Kerl schien es nicht eilig zu haben. Da Marvin sich Gedanken darüber machen musste, warum es ihn in die Nähe von Lilys Zuhause zog, passte er sich dem Tempo des Mannes an. So sah er, wie dieser sich kurz darauf mehrmals umsah, als wolle er nicht gesehen werden, um dann in die Mews zwischen Meltonplace und einem anderen Gebäude zu huschen.

Alarmiert von dem seltsamen Gebaren, folgte Marvin ihm. Er sorgte dafür, stets im Schatten der Bäume zu bleiben. Der Mann verschaffte sich Zutritt zu dem kleinen Parkgarten von Meltonplace und schlich zu einer der grün gestrichenen Stalltüren. Erneut sah er sich um und ließ den Blick dann prüfend an der Fassade des Gebäudes entlangwandern.

Marvin wartete ab, die Hände zu Fäusten geballt. Was hatte der Kerl hier zu suchen? Stellte er eine Gefahr für Lily und Henrietta dar? Für den gesamten Murray-Haushalt?

So leise wie möglich schob Marvin sich weiter vorwärts, gleichzeitig klopfte der Glatzköpfige an die Stalltür. Diese wurde einen Spaltbreit geöffnet, und der Fremde reichte ein Säckchen hinein. Im Gegenzug bekam er etwas in die Hand gedrückt. Mehr als Lederhandschuhe konnte Marvin von der Gestalt im Türrahmen nicht sehen. Dafür meinte er zu erkennen, dass der Mann irritiert reagierte. Es entspann sich eine kleine Unterhaltung, in deren Verlauf der Fremde mehrmals nickte. Zuletzt tippte er sich an die Mütze und wandte sich um.

Marvin wich zurück und beeilte sich, die Mews ungesehen wieder zu verlassen. Verdeckt von einer wuchtigen Säule des Nachbargebäudes, wartete er ab, bis auch der Fremde die Gasse hinter sich gelassen hatte, dann folgte er ihm. Bald schon winkte der Mann eine Droschke herbei. Sofort spurtete Marvin los und kam gerade rechtzeitig hinter dem Fahrzeug an, um zu hören, wie der Passagier dem Fahrer die Adresse nannte. Er wiegte den Kopf, lag das Ziel des Mannes doch in Whitechapel. Ein paar Straßen weiter, und man war an den Docks und damit an seiner eigenen Wirkungsstätte …

Das Gefährt ruckte an, und Marvin drehte sich um und ging in die entgegengesetzte Richtung davon, diesmal jedoch auf direktem Weg zum Stadthaus der Carters.

Wovon war er da gerade nur Zeuge geworden? Vielleicht hatte lediglich ein Hausbediensteter einem Verwandten übrig gebliebene Lebensmittel zugesteckt, die ansonsten weggeworfen worden wären? Womöglich … geschah das nicht einmal heimlich, sondern in Absprache mit Henrietta und Lily. War dies die Lösung, die den beiden eingefallen war, um doch noch mehr benachteiligten Familien Unterstützung zukommen zu lassen? Immerhin hatte Marvin davon gehört, dass Henrietta und Lily der einen oder anderen Frau im Hafengebiet Näh- und Stickarbeiten vermittelten. Das würde auch erklären, warum der Mann zuerst etwas hineingereicht hatte.

Aber weshalb dann diese Heimlichkeit? Halstons wegen? Oder weil Henrietta und Lily keine neuerliche Aufmerksamkeit auf sich ziehen wollten? Was durchaus geschehen könnte, wenn die Nachbarn sähen, dass regelmäßig nicht eben vertrauenerweckende Personen in Meltonplace ein und aus gingen.

Marvin rieb sich unschlüssig den Nacken. Der Umstand, dass in Meltonplace etwas Geheimnisumwobenes vor sich ging, behagte ihm ganz und gar nicht.

Kate ließ nun schon zum zweiten Mal die Haarbürste fallen, die mit einem lauten Poltern auf dem Parkettboden aufschlug. Lily, die bisher vor sich hin gegrübelt zu haben schien, beobachtete im Spiegel der Frisierkommode, wie sie das Utensil hastig wieder aufhob. Kates Wangen brannten vor Scham.

In dem halben Jahr als Lilys Kammerzofe hatten sie beide sich gut aneinander gewöhnt. Lily hatte gelernt, sich allerlei Handgriffe abnehmen zu lassen, und sie, Kate, war selbstsicherer geworden und verfügte über das für eine Zofe unabdingbare Geschick. Heute jedoch war sie extrem nervös. Deshalb wunderte es sie auch nicht, dass Lily sich auf dem Hocker zu ihr umdrehte und sie besorgt musterte.

„Geht es Ihnen nicht gut, Kate?“

„Es geht mir bestens, danke, Miss Thomson.“

Lily neigte ein wenig den Kopf und taxierte sie, wodurch sich Kate noch unbehaglicher fühlte. Allerdings sah sie die aufrichtige Sorge in Lilys braunen Augen.

„Ich bin nur so aufgeregt. Wir alle sind es“, versuchte sie sich an einer Erklärung. „Heute findet in Meltonplace eine Gesellschaft statt. Rose sagt … Rose, das ist –“

„Meine liebe Kate, ich weiß, wer Rose ist.“

„Ach, ich dachte, nicht. Viele Herrschaften kennen die Bediensteten nicht mit Namen. Oder überhaupt.“

„Was traurig ist.“

„Das ist es, Miss Thomson.“ Kate fuhr damit fort, Lilys volles Haar zu bürsten.

„Was hat Rose denn nun hinsichtlich der Gesellschaft gesagt, die Lady Henrietta heute ausrichtet?“

Kate, die gehofft hatte, das Thema wäre beendet, lächelte Lily im Spiegel gequält zu. „Sie sagte, sie arbeitet nun schon seit mehr als dreizehn Jahren hier. Und in all der Zeit hat es nie eine Gesellschaft in Meltonplace gegeben“, beeilte sie sich zu sagen. „Gelegentlich war Lady Madeleine Cummingham zum Tee hier, wobei die Duchess Kaffee bevorzugt. Und natürlich ging Miss Morwenna Owen hier ein und aus. Derzeit weilt Miss Owen allerdings bei ihrer Schwester irgendwo im Norden.“

„Ist das meine Schuld?“, fragte Lily prompt. „Ich meine damit nicht den Umstand, dass Miss Owens Schwester im Norden leben muss“, fügte sie mit einem Augenzwinkern hinzu, was Kate ein Kichern entlockte.

Ein wenig befreiter schüttelte sie den Kopf und begann, Lilys Haarpracht hochzustecken. „Ich denke, nicht. Sie und Miss Owen sind als Gesellschafterinnen so verschieden, dass sie sich hervorragend ergänzen. Sagt jedenfalls Mr Cammeron."

„Na, dann bin ich ja beruhigt. Wenn das Mr Cammerons Ansicht ist, dürfte es wohl eine Tatsache sein. Ach nein, warten Sie! Er ist ja ein Mann, nicht wahr? Ob er sich wirklich mit weiblichen Belangen wie diesen auskennt?"

Kate kicherte erneut. Manchmal war die Miss schlicht darauf aus, jeden um sie herum zu necken. Inzwischen durchschaute Kate, dass Lily das niemals respektlos oder gar böswillig meinte. Vielmehr liebte sie es, wenn man ihr Kontra gab. Was allerdings kaum einer der Angestellten wagte.

Kate nahm all ihren Mut zusammen und erwiderte: „Darüber sollten Sie sich dringend mit ihm unterhalten, Miss Thomson." Kurz hielt sie den Atem an, doch dann sah sie, dass Lily sie mit vor Staunen offenem Mund im Spiegel musterte. Davon ermutigt, fügte sie hinzu: „Wobei ich Sie warnen muss: Mr Cammeron schöpft sein Wissen aus den Überschriften der Tageszeitungen, während er diese bügelt. Und aus der Tatsache, mit vier Schwestern aufgewachsen zu sein."

„Dann ist er wohl sehr zu bedauern." Lily strahlte sie regelrecht an, vermutlich weil sie es endlich einmal gewagt hatte, auf die Spitzzüngigkeit der Miss einzugehen.

„Ach, machen Sie uns Schwestern bitte nicht schlecht. Wie Sie wissen, bin ich auch eine."

„Worum ich Sie herzlich beneide, liebe Kate. Aber nun habe ich ja Sie. Und wie ich gerade höchst entzückt feststelle, hat mein unkonventionelles Wesen bereits auf Sie abgefärbt. Sie werden sehen, wir machen aus Ihnen noch eine echte Rebellin!"

Kate lächelte halb begeistert, halb bestürzt, unterband beide Gefühlsregungen jedoch sofort, als Henrietta in der offenen Tür auftauchte.

„Ich bin ja so aufgeregt!" Die Frau klang wie ein Kind am Weihnachtsmorgen.

„Oh, der Gemütszustand scheint ansteckend –" Lily hielt inne. Einen Moment lang umgab sie jene Wolke aus Traurigkeit, die Kate zuletzt des Öfteren bei ihr bemerkt hatte. Sie nahm an, dass die Miss einmal mehr an den Tod des kleinen Mädchens dachte – eine Freundin von James. Zwar wusste Kate nicht wirklich viel über die Vorkommnisse von vor einigen Wochen – nur das, was man sich unter den Bediensteten erzählte –, doch es berührte sie zutiefst zu sehen, wie nahe der Tod des Kindes Lily ging.

Henrietta ließ sich auf dem Stuhl am Schreibtisch nieder, und Kate warf ihr einen prüfenden Blick zu. Die Lady trug ein weißes Batistkleid, das an Saum und Ausschnitt, an den Ärmeln und der Schleppe in Altrosa eingefasst war. Darüber lag ebenso locker ein in denselben Farben gestreiftes Überkleid, das im Rücken durch mehrere rosafarbene Schleifen gehalten wurde. Auf die passende Haube hatte Henrietta verzichtet, immerhin würde sie heute das Haus nicht verlassen. Dafür hatte Darla Henriettas Haar hübsch aufgesteckt und mit rosafarbenen und weißen Perlenketten geschmückt, die bei jeder Bewegung ein leises Klimpern von sich gaben. Die flauschige Feder an einem der Haarkämme wippte vergnügt.

Die Aufregung hatte eine feine Röte auf Henriettas Wangen gezaubert, was die feine Dame höchst lebendig wirken ließ. Kate konnte kaum glauben, wie verwandelt die einst so reizlose, ja nahezu verhärmte Frau heute wirkte. Dafür und dass endlich Leben in das Mausoleum Einzug gehalten hatte, das Meltonplace über Jahrzehnte hinweg gewesen war, sollten sie alle Lily in hohem Maße dankbar sein.

„Haben Sie auf alle Ihre Einladungen eine Antwort erhalten?", versuchte Lily die ältere Dame in ein Gespräch zu verwickeln, um sie dadurch ein wenig abzulenken.

„Allesamt Zusagen." Henrietta lächelte zufrieden, nickte dann aber in Lilys Richtung und fügte hinzu: „In Adelskreisen ist man viel zu erpicht darauf, herauszufinden, wie es um Meltonplace steht, um heute Abend *nicht* herzukommen. Immerhin haben wir seit einer Ewigkeit keine Gesellschaft mehr ausgerichtet. Ach, es wird mit Sicherheit das reinste Vergnügen!"

Kate steckte eine weiße Blüte in Lilys Haar fest und wartete auf eine Antwort ihrerseits, die auch prompt kam. „Sie werden keine marode Behausung erwarten, meine Liebe. Ich denke, sie sind weit begieriger darauf, die unkonventionelle Gesellschafterin und den hier beheimateten Hafenjungen in deren natürlichem Lebensumfeld zu bestaunen."

„Sie und James sind doch keine Zootiere", rügte Henrietta.

Lily beugte sich vor, als wolle sie der Lady ein Geheimnis preisgeben, und raunte: „Aber ebenso exotisch."

„Sie denken also, die Gäste kommen nicht um meinetwillen?"

„Selbstverständlich kommen Sie um Ihretwillen, Lady Henrietta. Schließlich sind Sie die reizvollste Attraktion. Zum einen, weil Sie es wagen, James und mich in Meltonplace zu beherbergen, zum anderen, weil Sie eine überaus angenehme Gesprächspartnerin sind – und zudem wunderschön." Mit einem Blick auf Henriettas Aufmachung zog Lily anerkennend die Augenbrauen hoch. „Am bedeutsamsten erscheint mir allerdings, dass bei den Bällen der gegenwärtigen Saison offenbar zu wenig Tänze auf den Karten stehen. Denn Sie, werte Lady Henrietta, können nicht allen Gentlemen, die Sie umschwärmen wie die Bienen eine lieblich duftende Blüte, Ihre Gunst schenken. Ich befürchte wahrhaftig, dass es dieser Tage in jenen geheimnisvollen Gentlemen's Clubs ein eifriges Ringen um sie gibt."

„Ach, Sie wieder, Miss Thomson!" Henrietta schlug spielerisch nach Lilys Arm.

„Wollen Sie etwa abstreiten, dass Sie zu einer beachtlichen Anzahl an Tänzen aufgefordert worden sind?"

„Nun ja … Nein, das kann ich nicht, weil es die Unwahrheit wäre."

Kate, die sich im Hintergrund hielt und sich sehr viel Zeit damit ließ, einige Dinge wegzuräumen, sah, wie Henrietta noch stärker errötete. Dann schüttelte die Frau sanft den Kopf. „Wobei der Tanz mit Lord Kantley nicht zählt. Der Mann ist kaum weniger eigensinnig als Sie, Miss Thomson. Haben Sie gesehen, wie er Lady Vivianne die Ehre des ersten Tanzes erwiesen hat und wie das liebe Mädchen daraufhin von denselben Herren umgarnt wurde, die sie in den Saisons zuvor geflissentlich ignoriert haben?"

„Hohlköpfe, allesamt", brummte Lily.

„Richtig!", pflichtete Henrietta ihr voller Überzeugung bei.

Kate nahm an, dass sie damit auch jene Gentlemen meinte, die ihr selbst vor vielen Jahren mit Nichtbeachtung begegnet waren.

„Offenbar war His Grace, der Earl of Kantley, in einer wichtigen Mission unterwegs. Erst Vivianne, dann ich und schließlich Sie als Tanzpartnerin aufzufordern, hatte etwas von heldenhafter …" Henrietta runzelte nachdenklich die Stirn.

„Sie meinen, von heldenhafter Uneigennützigkeit und dem Fehlen der eben benannten Hohlköpfigkeit an sich?", half Lily aus.

Kate hatte Mühe, ein Auflachen zu unterdrücken, zumal Lily fortfuhr: „Was seinen Tanz mit mir betrifft, tendiere ich allerdings zu der Einschätzung, dass Lord Kantley für kurze Zeit unter verstandesmäßiger Zerstreutheit gelitten haben muss."

„Miss Thomson!" Henrietta fuhr entsetzt hoch.

„Darf ich dergleichen etwa nicht über einen angehenden Duke anmerken?"

„Nun, nur wenn es stimmen sollte …" Henrietta musterte ihre Gesellschafterin unter zusammengezogenen Augenbrauen.

„Nun ja, dann sehe ich mich nicht in der Verantwortung, bei besagtem Herrn für meine Worte Abbitte zu leisten. Zumal er sie ohnehin nicht vernommen hat." Lily erhob sich und besah flüchtig ihr Erscheinungsbild im Spiegel. „Das haben Sie in jeder Hinsicht meisterhaft hinbekommen, Kate. Vielen Dank."

„Miss Thomson, was ist zwischen Ihnen und Lord Kantley vorgefallen?", hakte Henrietta ganz unvermittelt nach, wofür Kate der Frau dankbar war. Das würde sie nämlich ebenfalls brennend interessieren. Also ließ sie – natürlich rein versehentlich – den Morgenmantel und das Nachthemd, das sie schon einmal bereitlegen wollte, zu Boden gleiten und hockte sich daneben, als wöge beides mehrere Zentner und wäre daher nur unter großer Anstrengung aufzuheben.

„Er hat mir eine Tanzkarte besorgt, nachdem ich Ihnen die Ihre ausgehändigt hatte. Er nahm wohl an, es wäre meine gewesen."

„Das war eine höfliche Geste seinerseits", meinte Henrietta.

„Als er sie mir überreichte, hatte er sich bereits für *drei* Tänze eingetragen."

Henrietta sog zuerst scharf die Luft ein, dann klatschte sie überschwänglich in die Hände. Kate erfasste den Grund der Aufregung nicht, konnte sich aber nicht länger hinter dem Bett verstecken.

„Natürlich habe ich ihm deutlich gemacht, dass ich nicht gedenke, allen drei Aufforderungen nachzukommen. Daraufhin war er so unverfroren, Lady Valerie gegenüber zu erwähnen, er habe alle Tänze willentlich eingetragen."

„Meine Güte!" Henrietta keuchte, eilte zu Lily und ergriff deren Hände. „Lord Kantley hat somit keinen Zweifel daran gelassen, was er für Sie empfindet."

„Sie meinen, er hat keinen Zweifel daran gelassen, dass er mich zum Gespött machen will. Und dass er mich für das vorhin erwähnte Zootier hält."

„Aber nein! Ich kenne Lady Madeleine seit vielen Jahren und damit auch den jungen Lord von Kindesbeinen an. Er hat einen feinen Charakter. Er würde niemals mit den Gefühlen einer Frau spielen."

„So?"

In Kates Ohren klang Lily ungewohnt kleinlaut. Hatte Henriettas Einschätzung die Miss derart aus dem Konzept gebracht?

„Ich hege schon seit Jahren den Verdacht, dass Madeleines Ehe nicht glücklich ist. Um es einmal taktvoll auszudrücken."

Kate und Lily schauten die Frau gleichermaßen wissbegierig an. Henrietta wiegte unschlüssig den Kopf, sodass die Perlenketten klimperten und die Feder wie beipflichtend nickte. Schließlich fuhr sie fort: „Ich möchte keine Gerüchte in die Welt setzen, zumal ich mir nicht sicher sein kann. Aber meiner Beobachtung nach trinkt der Duke of Cummingham gelegentlich zu viel. In eigentümlich regelmäßigen Abständen von einigen Wochen. Und dann neigt er zu Gewalttätigkeit."

Lily presste sich eine Hand vor den Mund, und Kate glättete zum fünften Mal in Folge das weiße Nachthemd der Miss.

„In seiner Jugend hatte Lord Kantley so manches Mal blaue Flecken. Als habe er sich seinem Vater in den Weg gestellt. Seit er erwachsen ist und deutlich … stärker als der Duke, ist Madeleine nicht mehr so häufig unpässlich, wie sie es früher war. Deshalb hat es mich auch nie gewundert, dass ein freiheitsliebender Mann wie Lord Kantley so selten auf einem seiner Schiffe die Weltmeere besegelt, sondern die meiste Zeit bei seinen Eltern zugegen ist."

„Er beschützt seine Mutter", flüsterte Lily.

Kate, die die gleiche Vermutung wie die Miss hegte, verspürte eine tiefe Dankbarkeit dafür, dass ihre Eltern einen liebevollen Umgang miteinander pflegten. Sie besaßen zwar nicht viel, doch ihre Liebe zueinander war ein Geschenk.

„Aus diesem Grund würde ich niemals etwas Verwerfliches über Lord Kantley denken. Selbst wenn boshafte Gerüchte durch Londons Straßen wehen, glaube ich sie nicht. Marvin Carter gehört zu den Guten, Miss Thomson. Er ist nicht nur eine vorteilhafte Partie für jede junge Frau im Land, sondern ein wahrlich ehrenhafter, fürsorglicher und aufopferungsvoller Mann."

Kate wartete auf eine forsche Entgegnung vonseiten Lilys, doch die blieb aus. Worüber Kate froh war. Wäre sie an Lilys Stelle, würde sie diesen Mann einfangen und nie wieder loslassen. Aber die Miss war nun mal nicht wie sie. Oder wie Lady Henrietta.

„Dann darf sich eine junge Adlige eines Tages sehr glücklich schätzen", sagte Lily schließlich.

„Aber nicht Sie, Miss Thomson?" Henrietta klang traurig.

„Wohl kaum. Zumal nicht nur Lord Kantley gestern in hohem Maße deutliche Worte gefunden hat, sondern ich ebenfalls."

„Oh nein, Sie haben ihn … abgewiesen?"

„Mit unumstößlicher Entschiedenheit."

Henrietta sah Lily bedauernd an, dann schüttelte sie den Kopf. „Warten wir es ab. Denn wie ich eben sagte: Dieser Mann tut selten einmal das, was andere in seiner Position tun würden."

„Bitte, Lady Henrietta, das führt doch zu nichts! Ich als Duchess of Cummingham, können Sie sich das vorstellen?"

„Nein. Und ja."

„Ihre eindeutige und unmissverständliche Antwort ist für mich wahrlich erhellend, Lady Henrietta."

Die Frau lachte leise auf und erhob sich, da von unten die Stimmen der ersten Gäste heraufdrangen. „Verschieben wir das Gespräch doch auf einen späteren Zeitpunkt."

„Verschieben? Ich bin für verjagen." Lily hakte sich bei Henrietta ein und begleitete sie zur Tür.

Kate hörte damit auf, ein Nachthemd glatt zu streichen, das schon längst keine einzige Falte mehr aufwies, und wartete, bis die beiden Frauen die Treppe hinunterschritten, ehe sie hinaus auf den Flur und über das schmale Dienstbotentreppenhaus ins Untergeschoss huschte.

In der Küche herrschten helle Aufregung und ungewohnte Hektik. Die Diener und Archie waren alle an der Tür zugange oder mit dem Offerieren der ersten Getränke beschäftigt, nur Darla und einige Dienstmädchen – drei von ihnen waren eigens für diese Abendgesellschaft eingestellt worden – machten gerade Pause. Kate rückte am Tisch der Bediensteten ein Stück zur Seite, da sich zwei Zofen und ein Kammerdiener der Gäste dazugesellen wollten.

Eine der Aushilfen berichtete soeben davon, dass in dem Haushalt, in dem sie häufiger im Dienst stand, die Dienerschaft über verschwundene Gegenstände rätselte, die auf wundersame Weise plötzlich wieder an Ort und Stelle auftauchten.

„Vermutlich haben sie die Kinder des Hauses eine Zeit lang zum Spielen weggenommen. Die Gouvernante oder das Kindermädchen hat sie schließlich entdeckt und wieder zurückgestellt", meinte Darla gelangweilt.

„Im Hause Landox gibt es keine jungen Sprösslinge mehr", widersprach ihr das Dienstmädchen. „Nur noch einen Heranwachsenden im Alter von siebzehn Jahren und Miss Edith. Sie wissen schon, die junge Madam, die sich so auffällig für Lord Kantley interessiert und sich langsam zum Gespött der Leute macht."

„Der Earl of Kantley lässt sich davon nicht manipulieren. Er wird sich der Dame gegenüber nicht erklären." Alle im Raum drehten sich zur Tür um, wo die Zofe von Madeleine Carter stand. Die Frau nickte grüßend in die Runde und begab sich ebenfalls an den großen Tisch, allerdings ans andere, bisher nicht frequentierte Ende.

Nachdem sie sich dort niedergelassen hatte, fügte sie hinzu: „Im Hause Cummingham hatten wir es jedoch auch schon mit dem vorhin erwähnten Phänomen zu tun. Kleinigkeiten, die für einige Tage wie vom Erdboden verschluckt waren und mit einem Mal wiederauftauchten. So manchen von uns treibt die Sorge um, dass wir Dienstboten für die Diebstähle verantwortlich gemacht werden könnten. Umso größer ist die Erleichterung, wenn die verschwundenen Wertgegenstände wiederauftauchen, ohne dass die Herrschaften ihr Fehlen bemerkt haben."

„Ein Kammerdiener der Greenbys hat mir kürzlich seine Beobachtungen geschildert. Er meinte, der Spitzbube gehe ausgesprochen raffiniert vor. Er nehme nur, was unbeachtet herumsteht, sodass der Gegenstand in der Regel nicht vermisst wird, bis er wie von Zauberhand wiederauftaucht", sagte eine andere.

„Kann man dann überhaupt von Diebstahl sprechen?", warf Rose nachdenklich ein. „Immerhin tauchen die Gegenstände ja wieder auf."

„Sie werden ohne Erlaubnis von einem Unbekannten weggenommen. Für mich ist das Diebstahl." Die Landox-Kammerzofe bedeutete einem Küchenmädchen, dass es ihr Tee einschenken sollte, ehe sie fortfuhr: „Und ich glaube den übrigen Bediensteten unseres Haushalts, dass sie nichts damit zu tun haben. Keiner würde wegen derlei … Tand seine Anstellung aufs Spiel setzen. Zumal man ja keinen Gewinn davon hat, wenn man die Objekte nicht verkauft."

„Sonderbar", sagte eine der jungen Aushilfen möglichst beiläufig, doch ihr war anzusehen, wie aufregend sie die Unterhaltung fand.

„Sie wird ihre Gründe haben", murmelte die Kammerzofe von Phoebe Knight, der Duchess of Forsley. Alle Blicke richteten sich auf sie.

„Warum sprechen Sie von einer *Frau,* Forsley?", stellte Darla, nun doch neugierig, die Frage laut, die wohl alle Anwesenden im Raum umtrieb.

„Ich habe irgendwo aufgeschnappt, dass es sich bei dem Dieb um eine Frau handelt."

Während alle anderen ihre Zweifel an dieser Theorie äußerten, schaute Madeleines Zofe nachdenklich drein, dann zuckte sie mit den Schultern. „Warum auch nicht? Vielleicht stellt sie die gestohlenen Schmuckstücke für einige Tage in ihr eigenes bescheidenes Zuhause und gibt sie anschließend zurück, um sich an etwas Neuem zu erfreuen."

„Damit deuten Sie aber an – entgegen Ihrer vorherigen Behauptung, Carter –, dass es sich bei dem Dieb um eine Bedienstete handeln *muss*", warf Darla ein. „Von den Peers, die in den Stadthäusern ein und aus gehen, hätte doch niemand einen Grund, so etwas zu tun. Die Häuser der Herrschaften sind übervoll mit Reiseandenken, Gastgeschenken und Unmengen anderem Tand. Keiner der Lords und Ladys benötigt noch mehr davon."

„Nicht alle Häuser sind übervoll mit Nippes, Andenken und anderen Kostbarkeiten", gab Madeleines Zofe zurück. Dabei machte sie eine ausladende Geste mit den Händen, die ohne Zweifel auch Meltonplace einschloss.

„Lady Henrietta und Lord Melton haben schlicht kein Faible dafür, ihr Heim mit derlei unnützen Dingen vollzustellen. Zumindest nicht in den der Öffentlichkeit zugänglichen Räumlichkeiten." Darla klang verschnupft. „Die Gemächer der Lady sind selbstredend … opulenter ausgestattet." Henriettas Zofe fand es wohl angebracht, noch deutlicher zu werden, denn sie fügte in schneidendem Tonfall hinzu: „Auch sie hat es demnach nicht nötig, sich anderer Leute Eigentum anzueignen."

„Uns steht es nicht gut zu Gesicht, derartige Spekulationen anzustellen, aus denen überdies ernst zu nehmende Verdächtigungen erwachsen können." Archies herrischer Tonfall ließ sie herumfahren. Dann scharrten die Stuhlbeine über den Steinboden, da sich die gesamte Dienerschaft eilig erhob. „Früher oder später wird sich dieses seltsame Phänomen in Luft auflösen. Oder wir erfahren den wahren Grund dafür. Das sollte uns genügen." Archie nahm sich die Zeit, jeden einzelnen der Anwesenden eindringlich zu taxieren. Zuletzt wandte er sich an Madeleines Zofe. „Carter, Ihre Lady fragt nach Ihnen. Offenbar gibt es ein Problem mit der Garderobe der

Dame. Darla, führen Sie Carter ins Nähzimmer und gehen Sie ihr zur Hand."

Die beiden Frauen verließen eilig den Dienstbotenraum, die übrigen Anwesenden setzten ihre Gespräche fort oder beendeten die Pause. Kate hörte jene Aushilfe, die das Thema zuerst angesprochen hatte, beim Hinausgehen einer anderen zuflüstern: „Ich weiß aber von mindestens einem Gegenstand, der nicht wiederaufgetaucht ist."

„Vielleicht ist er kaputt gegangen. Oder er wurde doch verkauft. Ach, vielleicht ist es ja auch nur ein Zufall und das Teil findet sich irgendwann in der Schreibtischschublade eines Kindes wieder."

Kate lehnte sich auf ihrem Stuhl zurück und schloss für einen Moment die Augen. All diese Verdächtigungen konnten zu nichts Gutem führen, damit hatte Archie durchaus recht, auch wenn sich der Butler wieder einmal überraschend distinguiert gegeben hatte. In ihr erwachte die Frage, ob der Mann am Ende mehr über die Diebstähle wusste als sie alle zusammen.

„Du erwartest demnach Beistand von mir?", fragte Longfellow.

„Nein", brummte Marvin.

„Ich soll mich also nicht für dich einsetzen, weil die *Lady* dir einen Korb gegeben hat und du das nicht hinnehmen willst?"

„Warum hörst du mir nicht ein einziges Mal im Leben zu?", fuhr Marvin den Mann an. Der hob darüber die Augenbrauen, das Grinsen auf seinem Gesicht vertiefte sich allerdings.

„Ich *habe* dir zugehört. Du erachtest eine Dinnerparty bei Lady Henrietta Murray als die Gelegenheit schlechthin, mich bei deinesgleichen salonfähig zu machen. Weil Lady Henrietta eine hohe Meinung von dir hat und niemanden in deiner Begleitung jemals des Hauses verweisen würde. Und weil ich ein Vertrauter der unverfrorenen *Lady* bin, die den bewundernswerten Mut aufgebracht hat, das Ungeheuerliche zu wagen, was keinem anderen Mädchen in ihrer Situation je in den Sinn gekommen wäre."

„So würde man es wohl seinem ärgsten Feind gegenüber zum Ausdruck bringen.“ Marvin blickte seinen Freund, von dem er im Augenblick nicht wusste, ob er diese Bezeichnung überhaupt noch verdiente, grimmig an. Der war davon allerdings wenig beeindruckt, was schon immer seine Stärke gewesen war. Longfellow trug eine Gelassenheit in sich, die einerseits imponierend und andererseits nervtötend war. Marvin hegte zunehmend den Verdacht, dass er jene Charaktereigenschaft den Diskussionen mit einem gewissen Mädchen verdankte, mit dem er einst die Schulbank gedrückt hatte.

„Das, was du da von dir gibst, Carter, ist nicht das, was du wirklich meinst. Du hegst einen nicht eben geringen Unmut darüber, dass justament die Dame, die dein Herz höherschlagen lässt, gegen deine Avancen immun zu sein scheint.“

„Das hast du nun ausreichend und übertrieben freundlich genug zum Ausdruck gebracht, Longfellow. Jeder andere Gentleman, dem man so unverblümt eine Abfuhr erteilt, wie Miss Thomson es mir gegenüber gewagt hat, wäre zutiefst gedemütigt und würde die Gesellschaft der Frau auf ewig meiden.“

„Nicht aber der Earl of Kantley, nehme ich an.“ Longfellow zog sein Jackett zurecht und stieg die Stufen zum Stadthaus der Murrays hinauf. Vor der Tür angekommen, drehte er sich noch einmal zu Marvin um und fügte hinzu: „Weil du männlicher bist als die meisten der Gecken, die persönlich zu kennen ich die Ehre habe. Und weit weniger auf dein Ansehen erpicht. Du besitzt Rückgrat und bist nicht so leicht zu düpieren.“

Marvin nickte, wenngleich misstrauisch. Für gewöhnlich neigte Longfellow nicht zu derartigen Schmeicheleien. Prompt fuhr der Mann fort: „Oder du bist schlicht heillos in Liebe entbrannt und deshalb nicht bereit, kampflos aufzugeben. Und doch fehlt es dir an Mut, diesen Kampf allein auszufechten. Weshalb du – ah, wie lautete noch gleich der Beginn unserer reizenden Unterhaltung, Carter? Ja, richtig: weshalb du *meinen* Beistand ersuchst.“

„Ich bedaure zutiefst, dass ich Lady Henrietta darum gebeten habe, einen Freund mitbringen zu dürfen.“

„Zu spät, Carter, zu spät." Demonstrativ zog Longfellow am Klingelzug. Vermutlich war der Dienerschaft ihre Ankunft entgangen, weil sie nicht wie alle anderen in einer Kutsche vorgefahren waren, sondern den lauen Herbstabend für einen Spaziergang durch den farbenfrohen Park genutzt hatten.

Cammeron, der Butler, öffnete die Tür und nahm ihnen die Hüte und Mäntel ab. Ein Diener geleitete sie durch das schmucklose Entree hinüber zur Bibliothek, wo sie herzlich von Henrietta begrüßt wurden. Halston hatte offenbar nicht vor, als Gastgeber zu fungieren. Vermutlich würden sie ihn den ganzen Abend nicht zu Gesicht bekommen.

Während Henrietta sich selbst – aufgrund ihrer selbst gewählten Zurückgezogenheit – um eine Vielzahl von gesellschaftlichen Anlässen gebracht hatte, wich ihr jüngerer Bruder diesen nur allzu gern aus. Halston war nicht gerade das, was man einen geselligen Menschen nannte. Marvin konnte das in gewissem Maße nachvollziehen, da auch er viele der angeblichen Vergnügungen ermüdend fand. Dennoch war er nun einmal Teil des Systems; zumeist begleitete er seine Mutter.

In diesem Jahr drängte sein Vater allerdings vehement darauf, dass Marvin die zuhauf im Hause Carter eintreffenden Einladungen annahm. Ihm ging es, wie auch den meisten anderen Männern ihrer Gesellschaftsschicht, um einen männlichen Erben, damit der Titel, die Ländereien und das Vermögen in der Familie bleiben würden. Ansonsten – und das wäre Edward ein Gräuel – würde nach Marvins Ableben ein Cousin seines Vaters die Erbfolge antreten. Von jener Linie konnte Edward nicht einen ausstehen. Also hatte Marvin sich zähneknirschend dazu bereit erklärt, an den Veranstaltungen der diesjährigen Saisons teilzunehmen, aber von vornherein klargestellt, dass er sich mit der Suche nach einer Braut Zeit lassen wolle.

Da Lily ebenso aus der Reihe tanzte, wie er das bisweilen fertigbrachte, fand Marvin sie überaus anziehend. Sich das einzugestehen, hatte nicht lange gedauert, er war ja nicht auf den Kopf gefallen. Mehrere Begegnungen mit ihr, vor allem die Tage in East Sussex, hatten seine Gefühle für sie verstärkt. Dass sie über die eher spontane Offenlegung seiner Zuneigung ihr gegenüber geradezu schockiert reagiert hatte, hatte ihn allerdings überrascht. Und ein klein wenig an seiner Ehre gekratzt, was Longfellow selbstverständlich nicht unkommentiert lassen konnte. Eigentlich hätte Marvin mit Widerstand rechnen müssen, weil Lily einfach … Lily war. *Gib es zu, Carter, du wärst entsetzt gewesen, wenn sie auf dein Gespräch mit Valerie und auf die drei Tänze mit dir vergnügt oder gar entzückt reagiert hätte.*

Eine derartige Reaktion wäre für Marvin Grund genug gewesen, die Angelegenheit noch einmal gründlich zu überdenken. Zu seiner Erleichterung hatte Lily ihm jedoch den Fehdehandschuh hingeworfen, und er war inzwischen nur allzu gern bereit, ihn aufzuheben. „Lasset die Kämpfe beginnen", sagte er halblaut vor sich hin, was einen der Diener mit einem Tablett voller Drinks in der Hand erschrocken zurückweichen ließ.

„Er meint nicht Sie, guter Mann", beschwichtigte Longfellow und lachte dann vor sich hin. „Ich sollte Lily besser warnen."

„Auf wessen Seite stehst du eigentlich?", fragte Marvin ungläubig.

„Auf der richtigen, mein Freund. Immer auf der richtigen."

„Ich frage mich zunehmend, wie man auf den absonderlichen Gedanken verfallen kann, dir sein Vermögen anzuvertrauen."

Longfellow kratzte sich am Hinterkopf. „Das frage ich mich allerdings ebenfalls", gab er flüsternd zurück.

Marvin, der schon an der Universität das Genie in Longfellow erkannt hatte und ihm einige seiner ertragreichsten Investitionen verdankte, schüttelte darüber den Kopf.

„Ah, da ist sie ja! Meine verehrte, wunderschöne, liebreizende und sanfte Lady Lily." Longfellow presste sich theatralisch eine Hand auf die Brust.

„Wenn sie dich hören könnte, würde sie dir vermutlich den Inhalt ihres Glases über den Kopf schütten."

„Wohl wahr. Du wiederum hast mir gegenüber den Vorteil, dass du deinen Querkopf so hoch oben trägst."

„Ich werde mich tunlichst hüten, derartige Gefühlsduseleien, wie du sie von dir gibst, in ihrer Gegenwart zu wiederholen." Marvin schüttelte erneut den Kopf.

„Eine weise Entscheidung. Ich rate dir ebenso davon ab, meine Lobeshymne auf Lady Lily abzuändern in ‚streitlustige, trotzköpfige, wissbegierige, unberechenbare' –"

„Du hältst mich offenkundig für einen ausgemachten Narren, Longfellow", knurrte Marvin vorwurfsvoll.

„Unbedingt! Immerhin willst du dich mit Lady Lily anlegen."

„Hm, ja", gab Marvin zu.

Auf Longfellows schallendes Gelächter hin ließ Marvin ihn einfach stehen, um das Thema ihres Gesprächs und den Grund für sein flatterndes Herz zu begrüßen.

Das Lächeln, mit dem Lily soeben einen schlaksigen Jüngling willkommen hieß, der bei Marvins Anblick eilig den Rückzug antrat, verwandelte sich in ein Stirnrunzeln. Dass er diese Reaktion bei ihr hervorrief, gab Marvin zu denken, dennoch ging er zielstrebig auf sie zu und verbeugte sich vor ihr – für seine Stellung viel zu tief und damit unterwürfig.

Lily knickste brav, dessen ungeachtet aber beispiellos nachlässig, was ihn erheiterte. In ihrem schlichten sandfarbenen Kleid mit den grünen Akzenten sah sie bezaubernd aus, was Marvin allerdings für sich behielt. Vor dem Feuer im Kamin zeichnete sich – dem der aktuellen Mode entsprechenden leichten Kleiderstoff geschuldet – ihre schlanke, aber dennoch nicht zerbrechlich wirkende Figur ab. Ob sie sich dessen bewusst war? Marvin jedenfalls stellte sich so hin, dass der Anblick für andere fortan verdeckt war.

Zwar hatte sich inzwischen herumgesprochen, dass Lily trotz ihres jugendlichen Erscheinungsbildes das kritische Alter von einundzwanzig Jahren erreicht hatte und dass sie deshalb nicht mehr am offiziellen Heiratsmarkt teilnahm, doch weder dies noch ihre Gentry-Abstammung schienen die jungen Männer davon abzuhalten, sie zu umwerben – wofür Marvin Verständnis hatte, immerhin war er einer von ihnen. Vielleicht war sich Lily dieser Aufmerksamkeit nicht bewusst, wobei Henrietta, so vermutete Marvin, heimlich darauf hoffen dürfte. Denn wie es aussah, hatte die Lady ihre Gesellschafterin inzwischen so sehr ins Herz geschlossen, dass sie sie nicht dauerhaft an sich binden wollte. Vielmehr wollte sie Lily ermöglichen, was ihr selbst verwehrt geblieben war.

„Miss Thomson?", grüßte er knapp.

Lily sah ihn prüfend an, und plötzlich wusste er nicht mehr, was er eigentlich hatte sagen wollen. Er stand einfach nur unbeholfen vor ihr, einem verliebten Halbwüchsigen gleich, der noch grün hinter den Ohren war. Dies wurde ihm umso bewusster, als Lilys Mundwinkel langsam nach oben wanderten. *Meine Güte! Ich bin tatsächlich in diesen Wildfang verliebt!*

„Lord Kantley, wie ich sehe, haben Sie einen Freund mitgebracht."

„Ach richtig, Sie sind ja miteinander bekannt." Marvin wollte über sich selbst die Augen verdrehen, doch Lily kam ihm zuvor – auf ihre überaus charmante und liebreizende Weise.

„Was Ihnen sehr wohl bekannt ist." Sie brachte es fertig, spöttisch und freundlich zugleich zu klingen. Ihr Lächeln vermittelte ihm zusätzlich den Eindruck, dass sie ihm in gewisser Weise sogar dankbar war.

„Da mögen Sie recht haben", entgegnete er hilflos. Er verabscheute das Gefühl, nicht Herr der Lage zu sein. *Wie macht dieses Mädchen … diese Frau das nur?*

Lily schüttelte den Kopf und musterte ihn nun vielmehr besorgt, Marvin verschränkte eilig die Hände hinter dem Rücken. Er musste sich dringend in den Griff bekommen, bevor er sich hier völlig zum Narren machte. Aber wie konnte ihm das gelingen? Immerhin war er gerade im Begriff, seinen ausgeklügelten Lebensplan zu zerstören. Indem er zuließ, dass die Erkenntnis, wie gut sich Lily an seiner Seite machen würde, in sein Herz rutschte.

„*Lady* Lily!" Longfellow trat zu ihnen und beugte sich vor, als wolle er Lily auf die Wange küssen. Er tat es jedoch nicht, was ihn und Marvin vor einer recht ungehobelten Rangelei bewahrte. Dafür flüsterte Longfellow Lily so vernehmbar ins Ohr, dass Marvin es ebenfalls hören konnte: „Ich fühle mich gedrängt einzugreifen, bevor du meinen hochverehrten Kommilitonen und indisponierten Freund durch die Mangel drehst."

„Wobei sich mir die Frage aufdrängt, ob du überhaupt weißt, was eine Mangel ist?", gab Lily keck zurück.

„Siehst du, Carter? Sie widerspricht meiner Vermutung nicht, sondern teilt umgehend eine andere Spitze aus. Du darfst mir also dafür danken, dass ich dich vor Schlimmerem bewahrt habe."

Marvin setzte zum Sprechen an, doch im selben Moment klatschte Henrietta in die Hände. Die Gespräche verebbten, die Dienerschaft begann, die leeren oder halb leeren Gläser einzusammeln. Erst leise, dann sicherer, bat Henrietta die Anwesenden hinüber ins Speisezimmer. Die Paare gingen vorneweg, und Henrietta gesellte sich zu den unverheirateten Gästen. Sie bat einen Baron, Valeries Tischherr zu sein, dann Longfellow, Vivianne zu Tisch zu geleiten. Dieser verbeugte sich formvollendet vor dem Mädchen, und Marvin war sich sicher, dass sein formidabler Freund das Dinner für Vivianne zu einem unvergesslichen Erlebnis machen würde.

„Nun ja, Lord Kantley, ich fürchte, Sie müssen damit gleich zwei Damen das Geleit geben." Henrietta lächelte peinlich berührt, was in Marvin die Annahme wachrief, dass einer ihrer kürzlich für sie entflammten Verehrer die Einladung überraschend abgesagt hatte. Besaß jener Mann tatsächlich den Nerv, Henrietta erneut das Gefühl zu vermitteln, keine akzeptable Gesellschaft zu sein?

Marvin vertrieb den in ihm aufwallenden Groll und bot Henrietta den Arm an. „Es ist mir eine Ehre, eine so bezaubernde Dame zu Tisch zu führen."

„Darauf hatte ich gehofft, Lord Kantley."

Henrietta dankte ihm mit einem dermaßen bezaubernden Lächeln, dass Marvin den rüpelhaften Geschlechtsgenossen nur als Einfaltspinsel titulieren konnte. Er hielt auch Lily einladend den Arm hin, doch die sah ihn nur tadelnd an. Er räusperte sich. „Selbstverständlich ist es mir eine nicht geringere Ehre, Sie, Miss Thomson, zu Tisch zu geleiten."

„Ah, in meinem Fall reicht es also weder für die Bezeichnung *bezaubernd* noch für die *Dame?*"

„Seien Sie bitte nicht so forsch, Miss Thomson. Sie könnten den Earl …“ Henrietta beendete den Satz nicht, vielleicht weil sie unsicher war, wie weit sie ihm gegenüber gehen durfte.

„Keine Sorge, Lady Henrietta“, begann Lily breit lächelnd. „Sie müssen nicht befürchten, dass der zukünftige His Grace mich zu einem Duell herausfordern wird.“

„Sicher nicht“, keuchte Henrietta auf.

„Die Gefahr, er könnte der Unterlegene sein, dürfte ihm eindeutig zu groß erscheinen“, fuhr dieses herrlich unverbesserliche Wesen fort.

„Akzeptieren Sie nun meinen Arm?“, brummte Marvin gespielt ungehalten. In Wahrheit amüsierte er sich königlich! „Lady Henriettas Gäste stehen demnächst vor dem Hungertod, wenn wir hier noch länger unseren Disput ausfechten.“

„Bedauerlicherweise weichen sie diesem aber aus, Lord Kantley. Warum nur?“ Lily blitzte ihn herausfordernd an.

„Weil ich eingesehen habe, dass ich vor einem weiteren *Gefecht* mit Worten – mit Ihnen als Gegnerin – zuvor bei Longfellow in die Schule gehen muss.“

Lily ließ ihr herrlich tiefes, ansteckendes Lachen hören, das es Marvin schwer machte, weiterhin eine finstere Miene zur Schau zu stellen.

„Tun Sie sich bitte selbst einen Gefallen, Lord Kantley, und suchen Sie sich einen besseren Lehrmeister. Longfellow ist mir himmelweit unterlegen.“

„Ich danke Ihnen für den wertvollen Hinweis.“

„Gern geschehen.“ Damit legte Lily endlich die Hand auf seinen Arm.

In Begleitung der zwei – in seinen Augen – aufregendsten Frauen Londons betrat Marvin das Speisezimmer und führte die Damen zu den letzten freien Stühlen der festlich geschmückten Tafel.

Marvin mochte bisweilen unnahbar wirken, gelangweilt oder gern einmal über den Dingen stehend, aber die charmante Aufmerksamkeit, die er im Laufe des Dinners abwechselnd ihr und Henrietta zukommen ließ, machte ihn in Lilys Augen zu einem ganz wunderbaren Menschen. Longfellow und Vivianne unterhielten sich ebenfalls angeregt, ja beinahe weltvergessen; immer wieder drang ihr Gelächter zu Lily herüber.

Sie seufzte leise. Die beiden würden ein entzückendes Paar abgeben, doch das war fernab des Möglichen. Longfellow war lediglich der Sohn eines Apothekers aus einem unbedeutenden Hafenstädtchen. Obwohl er sich mit seiner Profession im Finanzsektor gerade einen Namen machte und Marvin ihn deutlich mehr unterstützte, als er das müsste – wofür Lily dem Earl sehr dankbar war –, würde Viviannes Familie ihn auf seinen Platz verweisen. Und der war nun mal nicht innerhalb der Peerage.

„Wie macht sich das Mündel?"

Marvins Frage riss Lily aus ihren Überlegungen. Sie nahm einen Schluck von dem leichten Wein und stellte das Glas wieder ab. „James ist ein wundervoller Junge. Er hat sich überraschend gut in Meltonplace eingewöhnt und lernt mit Feuereifer bei Miss Gardener. Ich wage zu behaupten, er ist sehr intelligent, aber vielleicht zählt meine Einschätzung nicht, da ich ihm gegenüber beinahe eine Art Muttergefühl hege." Lily sah, dass Marvin die Stirn runzelte. Er legte sein Besteck neben dem Teller ab, und als er sie wieder anschaute, hatte sich jener Anflug von Missbilligung, oder was auch immer das Stirnrunzeln hervorgerufen hatte, verflüchtigt.

„Das heißt, Lady Henrietta hat inzwischen eine Gouvernante für … James eingestellt?"

„Die Lady war so großherzig, ja." Lily drehte sich ein wenig in seine Richtung, achtete jedoch darauf, dass sie ihren Tischherrn nicht mit den Knien berührte. „Wobei Miss Gardener, die Lady Henrietta und mir wöchentlich Bericht erstattet, kürzlich sagte, dass sie bei so manchem Thema demnächst an ihre Grenzen stoßen wird. Sie hat ein Leben lang nur junge Damen unterrichtet. Und wir wissen beide, dass Frauen leider nicht den Zugang zu jener umfänglichen Bildung bekommen, wie sie den Herren der Schöpfung zuteilwird."

„Höre ich da etwa Kritik in Ihren Worten?"

„Die hören Sie, ganz richtig. Ich bin, was selten genug geschieht, in den Genuss einer exzellenten Schulbildung gekommen – bis Longfellow nach Eton ging. Fragen Sie ihn danach, wenn Sie mögen. Ich habe spielend leicht mit ihm Schritt gehalten, ihn in einigen Fächern sogar übertroffen. Wir Frauen sind sehr wohl in der Lage, mehr als Schreiben, Rechnen und das Anfertigen von Handarbeiten zu erlernen. Ich träume davon, dass Frauen eines Tages anerkannte Wissenschaftler sein können und nicht nur im Schatten der Männer stehen, die uns gnädigerweise an ihrer Seite forschen lassen." Lily holte tief Luft, schwieg dann aber. Den wenigsten Gentlemen gefiel ihre Auffassung oder überhaupt die Tatsache, dass sie ein Thema wie dieses ansprach. In Marvins Blick hingegen meinte sie Interesse zu sehen. Und eine Spur Vergnügen. Dabei wusste sie nicht einzuschätzen, ob ihn ihr Enthusiasmus begeisterte oder ob er ihre Meinung schlicht lächerlich fand.

Schließlich fuhr sie fort: „Ich bin davon überzeugt, dass jedes Kind eine Schule besuchen sollte, auch das eines Arbeiters oder Bediensteten. Nur weil die Eltern für ihr Auskommen hart arbeiten müssen, heißt das nicht, dass ihr Abkömmling zu einfältig zum Lernen ist. James ist der beste Beweis dafür."

„Also wollen Sie sich fortan für die Schuldbildung jener Kinder einsetzen?"

Lily neigte den Kopf zur Seite. Marvin wusste um ihre vergeblichen Bemühungen, eine langfristige Unterstützung für die Familien an den Docks zu organisieren. Sie musterte ihn lange, wohl wissend, wie unschicklich dieses Gebaren war. Er hielt ihrem Blick stand, und was sie in seinen Augen sah, jagte ihren Puls hoch. War es Bewunderung? Zuneigung? Dankbarkeit? Weil sie es wagte, sich für die Ärmsten der Gesellschaft einzusetzen?

„Ich sollte Ihnen meinen künftigen Platz im Oberhaus überlassen", schlug Marvin schließlich vor.

„Das wäre gut – wenn es denn etwas bewirken würde. Aber ich

fürchte, davon, dass Frauen politische Entscheidungsbefugnisse erhalten, sind wir noch weiter entfernt als von der Schulbildung für alle Kinder. Uns Frauen bleibt nur übrig, zu heiraten und die Männer in die richtige Richtung zu dirigieren."

Marvin hob die Augenbrauen, was Lily schmunzeln ließ.

„Was das betrifft –"

Plötzlich wurde Lily bewusst, auf welch dünnes Eis sie sich gewagt hatte. Also fügte sie hastig hinzu: „Ich möchte Ihren Sitz im Oberhaus nicht beanspruchen, Lord Kantley. Aber wenn Sie sich bereit erklären, die Familien zu unterstützen, für die Lady Henrietta und ich uns einsetzen, können Sie sich meiner Dankbarkeit sicher sein."

Er murmelte etwas, das sich anhörte wie: „Na, wenigstens etwas."

Abwartend schaute Lily ihren Tischnachbarn an. Marvin musterte sie nicht eben freundlich, ehe er schließlich sagte: „Ich dachte, Sie hätten diesen Plan längst aufgegeben. Offensichtlich habe ich mich da geirrt. Nun gut, dann lassen Sie sich von mir versichern, dass ich versuchen werde, so vielen zuverlässigen und arbeitswilligen Männern wie möglich eine feste Anstellung zu verschaffen. Und dies, ohne dass sie sich jeden Morgen in einem Pub melden müssen, wo sie willkürlich ausgewählt und nur für einen Tag eingesetzt werden. Falls Sie also noch Kontakt zu einigen der Familien an den Docks pflegen, sagen Sie dem Bediensteten, der für Sie die Gegend aufsucht, er soll die arbeitswilligen Männer an mein Kontor verweisen."

„Ich werde es ... veranlassen." Lily nickte und war froh, dass sie vor lauter Dankbarkeit nicht verraten hatte, dass nach wie vor sie selbst in den Hafengassen unterwegs war, anstatt jemand anderen zu schicken. „Allerdings mangelt es einigen der Familien an einem männlichen Ernährer."

„Das zu hören, tut mir leid, Miss Thomson. Aber für diese Familien kann ich leider nichts tun. Ich werde keine Frauen für die schwere körperliche Arbeit einstellen. Vor allem nicht gemeinsam mit Männern. Das kann ich nicht verantworten. Und bitte ersparen Sie mir einen weiteren leidenschaftlichen Vortrag darüber, wozu Damen wie Sie imstande sind."

„Ich werde Ihrer Bitte nachkommen, aus Dankbarkeit ob Ihrer Großherzigkeit. Wobei Sie die Damen, die Sie in den Salons und auf den Bällen antreffen, nicht als Maßstab für –"

„Hatte ich nicht Ihre Zusage, Miss Thomson, dass Sie mich nicht ein weiteres Mal von Ihren Ansichten überzeugen wollen?"

„Gewiss. Und ich lasse es tatsächlich sein. Denn Ihre Wortwahl verrät mir: Ihnen ist bereits bewusst, dass ich in allen Belangen recht habe."

„Wie hat Longfellow es nur all die Jahre mit Ihnen in einem Unterrichtszimmer ausgehalten?", fragte Marvin halblaut und begleitet von einem Seufzen.

„Das war uncharmant." Lily wertete dies jedoch nicht als Angriff. Vielmehr freute es sie, wie offenherzig sich der Mann ihr gegenüber zeigte.

„Sie werden es auf Ihre großherzige, charmante und widerstandsfähige Art aushalten, Miss Thomson. Falls nicht, sollten Sie sich Ihre eigenen Worte über die Robustheit des weiblichen Geschlechts ein wenig mehr zu Herzen nehmen."

Lily kicherte. Sie fand den Mann großartig! „Um auf Ihre Frage in Hinblick auf den bemitleidenswerten Longfellow zurückzukommen: Ich fürchte, ich habe ihm früher zu unnachgiebig zugesetzt. Deshalb hat er es eines Tages vorgezogen, nach London zu fliehen, nicht ahnend, dass es mich durch Gottes Fügung ebenfalls hierher verschlagen könnte."

„Wofür zumindest ich dem Schicksal unsagbar dankbar bin", erwiderte Marvin leise.

Lily presste die Lippen zusammen. Zum einen, weil sie wieder einmal mit Gewissenbissen zu kämpfen hatte. Wie lange schon hatte sie nicht mehr daran gedacht, Gott um sein Geleit zu bitten? Zum anderen, weil Marvins Worte sie aufwühlten. Ein Prickeln strömte durch ihren Körper, das sie an Champagnerbläschen denken ließ. Deshalb sagte sie forscher, als sie es meinte: „Meiner Meinung nach ist *Schicksal* nur ein anderes Wort für das Eingreifen und die Fügung Gottes. Er hat einen Plan für mein Leben, wobei ich, wenn ich ehrlich bin, diesen hinterfrage, seit er mich nach London geführt hat."

Marvin hatte zu Beginn ihres Satzes nachdenklich genickt, gegen Ende zog er seltsam befriedigt die Mundwinkel hoch. Wie es aussah, hatte er kein Problem damit, dass es sie in die Hauptstadt verschlagen hatte.

„So gern ich mich weiter von Ihnen rügen lassen würde, Miss Thomson, sehe ich es doch als meine Pflicht, mich beim nächsten Gang wieder mit Lady Henrietta zu unterhalten."

„Es sollte Ihnen keine Pflicht sein, sondern ein Vergnügen, Lord Kantley."

„Das wäre es zweifellos, würde zu meiner Linken nicht eine unnachahmlich streitbare und dennoch überaus reizende junge Dame meine Aufmerksamkeit fordern."

„Ich entlasse Sie hiermit aus der Pflicht, mich zu unterhalten und mit zweifelhaften Komplimenten zu überschütten."

Marvin lachte auf und wandte sich Henrietta zu. Lily beugte sich weit nach links, denn nur so konnte sie an dem ausladenden Bukett aus Rosen, Lilien und einer Menge Grün einen Blick auf Longfellow erhaschen, der ihr schräg gegenübersaß. Doch er beachtete sie nicht, sondern unterhielt sich weiter angeregt mit Vivianne.

Ein Grinsen schlich sich auf Lilys Lippen, da sich ihr jetzt erst erschloss, was Henrietta mit den vielen überdimensional großen Blumenarrangements bezwecken wollte: Die Buketts sollten verhindern, dass sich Gespräche über die Tafel hinweg ergaben, sodass sich die Damen und Herren nur mit ihren direkten Tischnachbarn unterhalten konnten.

Lily fand das entzückend einfallsreich von Henrietta, aber auch ein wenig manipulativ. Und da sie nicht wusste, was sie mit diesem Marvin Carter anfangen sollte – oder vielmehr mit dem, was seine bloße Anwesenheit mit ihr anrichtete –, zog sie sich unmittelbar nach dem Dinner auf ihr Zimmer zurück.

London Daily Life **26. Oktober 1811**

Weiblicher Robin Hood in London?
Eigentümliche Vorkommnisse in den Häusern des Tons.

Keine Gefahr für die Bürger Londons
Hinsichtlich der seit Wochen gehäuft auftretenden Krankheitsfälle an den Docks gibt es Entwarnung:
Offenbar handelt es sich nur um ein lokales Phänomen.

Neunzehn

Longfellow lehnte sich auf seinem Stuhl zurück und taxierte Lily über den vollen Schreibtisch hinweg. „Du kannst nicht ständig Anteile verkaufen, Lily. Deine Anlage wirft sonst keinen Gewinn mehr ab."

„Ich vertraue auf deine Expertise und darauf, dass du etwaige Verluste für mich auszugleichen verstehst." Lily sah, wie sich das gefältelte Hemd über Longfellows Brustkorb spannte, als er tief einatmete. Offenbar musste er ihr gegenüber wieder einmal ein Höchstmaß an Geduld aufbringen.

„So funktioniert eine gewinnbringende Geldanlage nicht, Lily. Sie ist wie eine Kuh, die du mit ausreichend Heu füttern musst, damit sie Milch gibt."

Lily kicherte bei dem Vergleich, mit dem ihr Jugendfreund versuchte, ihr die Sachlage zu verdeutlichen. Er war schon immer ein nüchterner, rein logisch denkender Mensch gewesen. Dieser Umstand hatte es ihm so herrlich schwer gemacht, ihren absichtlich überdrehten, wort- und bildreichen Argumentationen zu folgen. Sie hätte den Sinn hinter Longfellows Worten auch ohne das Bild von der kurz vor dem Verhungern stehenden Kuh erfasst, einzig ihr Trotz hinderte sie daran, es sich einzugestehen: Sie benötigte dringend mehr Geld!

In der unmittelbaren Nähe der Docks waren weitere Familien schwer erkrankt, zudem lernte Lily immer neue Hilfsbedürftige kennen, die durch eine Misslichkeit in Schwierigkeiten geraten waren. Sie wollte gern noch so vielen Menschen mehr helfen, doch das von ihr, James und Spratter ins Leben gerufene System der Geldbeschaffung warf einfach nicht genug ab. Lilys Arrangement mit Longfellow diente vielmehr der Absicherung, und dafür waren die kleinen Geldbeträge ausreichend, die sie einzahlen konnte. Nun hatte Longfellow keine andere Wahl, als ihr ein Abschöpfen weiterer Gewinne zu verweigern. Wenn er das nicht täte, müsste sie ihn als windigen Geschäftemacher bezeichnen.

Aber konnte sie es verantworten, noch einen dritten Pfandkredit mit Spratter auszuhandeln? Die Gefahr, dass das Fehlen eines Wertgegenstandes auffallen würde, war umso größer, je mehr Pfandobjekte sie in Umlauf brachte. Dies würde – was Lily bereits in Form eines wiederkehrenden Albtraums verfolgte – den Verdacht vermutlich zuerst einmal auf die jeweilige Dienerschaft lenken.

„Willst du mir nicht sagen, wofür du plötzlich so dringend Geld brauchst?" Longfellow hatte sich wieder vorgebeugt und die Hände auf der Tischplatte gefaltet. Er wirkte besorgt, was Lily ihm nicht verdenken konnte. Immerhin war ihm bewusst, dass sie bei den Murrays mit allem versorgt wurde, was sie zum Leben benötigte.

„Es gibt da ein paar Familien an den Docks – Freunde von James –, denen es wirklich schlecht geht. Ihnen möchte ich –"

„James also", unterbrach Longfellow sie abrupt und sichtlich erregt. Entschuldigend hob er die Hände. „Denkst du nicht, dass der Junge dich und Lady *Henry* am Ende nur ausnutzt?"

„Was hätte er davon? Im Moment hat er alles, was ein Kind aus dem Hafengebiet sich nur wünschen kann. Über ihn erfahre ich lediglich, welche Not dort draußen herrscht."

Longfellow nickte, blickte aber weiterhin zweifelnd drein. „Also gut, ich gebe dir so viel, wie ich verantworten kann, ohne deine Anlagen auflösen zu müssen. Denn das möchtest du doch nicht, oder?"

Lily schüttelte betroffen den Kopf. Sie würde das erwirtschaftete Geld spätestens dann brauchen, wenn sie kein weiteres Pfandobjekt zu Spratter bringen konnte und das geliehene Geld deshalb zurückzahlen musste. Dennoch war sie erstaunt darüber, wie viele Münzen Longfellow vor ihr auf den Tisch legte. Offenbar war er mit der Investition weit erfolgreicher, als er ihr gegenüber zuzugeben bereit war.

Sie steckte das Geld ein, sah zu, wie er die Auszahlung dokumentierte, nahm Feder und Tintenfässchen entgegen und unterschrieb. „Ich danke dir."

„Dein Vorhaben ehrt dich, Lily. Aber sieh bitte zu, dass es in einem gewissen Rahmen bleibt, was die Schicklichkeit anbelangt."

Als Lily das Kinn vorschob, hob er beschwichtigend die Hand. „Ich weiß, dass dir das nicht so wichtig ist, wie es sein sollte." Er grinste, ehe er hinzufügte: „Und dennoch, du bist hier nicht auf dem Lande, wo dich jedermann von klein auf kennt und deine Wunderlichkeit schmunzelnd hinnimmt. Und du bist nicht nur für dich selbst verantwortlich. Du lebst im Haus der Murrays, was bedeutet, dass dein Verhalten auch auf Lady *Henry* und Lord Melton zurückfällt. Und ich denke, du willst vor allem der Lady keine üble Nachrede ins Haus tragen, oder?"

„Nein, ganz sicher nicht. Dafür habe ich sie viel zu gern."

„Dann ist es ja gut." Longfellow erhob sich und geleitete Lily zur Tür. Draußen wartete Kate auf sie und half ihr in die dunkelgrüne Samtpelisse. Ein kalter Wind blies durch die Straßen der Stadt, wirbelte Laub auf und trieb Regenwolken vor sich her. Durch die Bäume des nahe gelegenen Hyde Parks ging ein vernehmliches Brausen.

Lily drückte sich den Hut mit dem dünnen Schleier fest auf den Kopf, während sie gegen die Angriffe der Böen ankämpfend in die Park Lane und zum Haus der Knights eilte. Dort wurde sie von Vivianne empfangen, die umgehend dafür sorgte, dass Kate im Dienstbotentrakt Tee und Gebäck gereicht wurden. Lily dankte es ihr mit einem leichten Nicken. Dann ergriff Vivianne ihre Hand und führte sie über einen Dienstbotenaufgang und durch eine unscheinbare Tür hinaus auf die Galerie, wo auf dem Steinboden zwei große Brokatkissen in den Farben Violett und Gold bereitlagen. Mit dem Zeigefinger auf den Lippen bedeutete sie ihr, sich auf einem der Kissen niederzulassen.

Lily folgte der Aufforderung umgehend, war sie für Heimlichkeiten wie diese doch immer zu haben. Nachdem sie es sich bequem gemacht hatten, flüsterte Vivianne: „Gestern waren wir auf einem Ball in der Brook Street. Wie schon der Tanzabend zuvor war auch diese Gesellschaft für Valerie ein voller Erfolg, und wir erwarten nun die üblichen viertelstündlichen Besuche ihrer gestrigen Tanzpartner. Nach dem letzten Ball hat sich sogar Lord Kantley hier blicken lassen, allerdings halten wir das für einen reinen Pflichtbesuch. Er hegt Valerie gegenüber keine romantischen Absichten."

„Und Sie beobachten die Besuche der Gentlemen von hier oben aus?"

„Ich hatte nie welche, was aber nicht heißt, dass ich meiner Schwester den Erfolg nicht gönne. Ich glaube, sie ist die aussichtsreichste Debütantin in diesem Jahr."

„Dann hoffe ich, dass unter den jungen Herren ein Gentleman ist, für den sich ihr Herz erwärmen kann."

Vivianne schaute sie nachdenklich an und nickte nur, weshalb Lily ihre Worte umgehend bedauerte. Valerie musste sich nicht unverzüglich entscheiden, ja selbst Vivianne würde noch ausreichend Zeit bleiben. Doch die Erfolgsaussichten der Schwestern waren grundverschieden. Mitfühlend drückte sie Viviannes Hand, die ihr daraufhin ein Lächeln schenkte.

Von unten drangen die aufgeregten Stimmen von Valerie und deren Mutter herauf. Als der Butler gleich zwei Herren ankündigte, wurden selbst die heimlichen Beobachterinnen von einer gewissen Nervosität ergriffen. Sie drückten die Gesichter gegen die Brüstungshölzer und sahen zu, wie die beiden Galane – Lily kannte sie nicht – mit kleinen Sträußchen in den Händen eintraten und die Damen formvollendet begrüßten. Der eine Adlige fand schmeichelhafte

Worte für Mutter und Tochter, der andere wirkte eher eingeschüchtert. Als Valerie ihm ihre Aufmerksamkeit zuwandte, sagte er etwas höchst Unbeholfenes, was Lilys Herz jedoch zum Rasen brachte. „Haben Sie schon von den grotesken Diebstählen gehört?"

„Gestern auf dem Ball, durchaus." Valerie war so freundlich, auf das befremdliche Gesprächsthema einzugehen. „Eine Mitdebütantin berichtete mir davon, nachdem ihr Butler die Herrschaften darauf aufmerksam gemacht hatte. Wobei das Wundersame daran ist, dass die meisten der verschwundenen Preziosen wiederauftauchen, während einige wenige unauffindbar bleiben."

„Die Elwins verdächtigten einen Diener und hatten ihn sogar schon entlassen. Als aber in seiner Abwesenheit afrikanische Schnitzereien verschwanden und später wiederauftauchten, stellte man den Mann umgehend wieder ein. Immerhin hatte er seine Stellung bereits seit über zwanzig Jahren inne und war stets tadellos aufgetreten."

Lily zuckte zusammen, als Vivianne ihr ins Ohr flüsterte: „Ist das nicht aufregend?"

Zu mehr als einem Nicken war sie nicht imstande. Ihr war plötzlich eiskalt. Nur allzu gut erinnerte sie sich an den Jadeelefanten mit der Signatur, den mitzunehmen sie sich nicht getraut hatte. Es gab also tatsächlich verschwundene Wertgegenstände, die sie nicht ausgeliehen hatte und die demnach auch nicht mehr zurückgebracht wurden? Ahmte sie jemand nach? Wobei ebenjene Person sich an dem Gestohlenen bereicherte, während sie zu helfen versuchte und die unfreiwilligen Leihgaben zurückbrachte? Was hatte das zu bedeuten? Vor allem für sie?

Lilys Gedanken rotierten, weshalb sie nur beiläufig mitbekam, dass die beiden Verehrer sich wieder verabschiedeten und Valerie mit ihrer Mutter sogleich die Vorzüge und Nachteile der Männer diskutierte.

Drei weitere Herren ließen sich anmelden und traten ein, darunter ein Mann, der weit über vierzig Jahre alt sein musste. Vivianne neben ihr reagierte darüber entsetzt, doch Lily nahm es kaum wahr. Sie wusste schlicht nicht, was sie mit dem Gehörten anfangen sollte. Schließlich sprach noch ein weiterer von Valeries Verehrern das Thema an. Offenbar schlugen die Wellen in Adelskreisen inzwischen hoch. Dieser Galan erzählte zudem von dem Gerücht, dass für das ominöse Geschehen wohl eine Frau verantwortlich sei.

Vivianne, wie so viele junge Damen ihres Standes gern einmal gelangweilt, fand den Verdacht fesselnd, ja, sie erwärmte sich regelrecht für den Einfallsreichtum und den Mut der Unbekannten. Flüsternd spekulierte sie darüber, welches Ziel die Frau damit verfolgen könnte, einige der entwendeten Gegenstände wieder zurückzubringen und andere nicht. Sie mutmaßte, dass sie dahin gehend vielleicht eines Tages eine Botschaft erhalten würden. Womöglich in Form von weiteren Gerüchten, vielleicht aber auch durch einen anonymen Zeitungsbericht.

Lily wusste nur eines: Sie musste fortan um ein Vielfaches vorsichtiger sein. Außerdem war ihre Überlegung, ein drittes Pfandobjekt ins Spiel zu bringen, damit hinfällig. Dies bereitete ihr einerseits ein Gefühl von Erleichterung, andererseits einen großen Kummer. Denn schließlich hätte sie mit dem zusätzlichen Darlehen eine Menge Gutes tun können …

„Denkst du daran, mich abzuholen?“ Madeleine stellte sich auf Zehenspitzen, um sich von Marvin einen Kuss auf die Wange geben zu lassen. Er stutzte jedoch und trat einen Schritt zurück. War das etwa ein roter Striemen am Hals seiner Mutter?

„Maman?“, fragte er, um Contenance bemüht, ergriff ihre Hand und führte sie in den Lichtschein eines Wandkandelabers.

„Das ist nichts“, murmelte Madeleine, wie schon viel zu viele Male zuvor.

Grimmig musterte Marvin die Rötung, die nur ein winzig kleines Stück aus dem Kragen des hochgeschlossenen Kleides hervorschaute. Sein Vater hatte schon immer gewusst, wie weit er gehen konnte. Schließlich sollte man nicht sehen, was er seiner Ehefrau in alkoholisiertem Zustand antat. Für Marvin war es ein Rätsel, wie er in der ungehemmten Verfassung, in der er dann stets war, zumindest in dieser Hinsicht klar denken konnte.

„Ich bin derzeit wohl zu oft außer Haus", knurrte Marvin. Sein Vater hatte es nicht mehr gewagt, grob zu seiner Frau zu sein, seit Marvin ihm im Alter von einundzwanzig Jahren mit einem gezielten Faustschlag die Nase gebrochen hatte. Daraufhin hatte er sogleich von Edward abgelassen, obwohl der damalige Zustand seiner Mutter Marvin dazu hatte verleiten wollen, ein weiteres Mal zuzuschlagen. Doch damit hätte er sich auf das Niveau seines Vaters begeben – und das war nichts, was er anstrebte.

Das Eigentümlichste an ihrer Beziehung war jedoch die Tatsache, dass Marvin im Grunde recht gut mit Edward auskam. Der Duke konnte witzig sein und setzte sich voller Elan für den Erhalt seiner Güter ein. Marvin war noch nie zu Ohren gekommen, dass sich sein Vater an einem Dienstmädchen vergangen hatte oder dass er sich, wie so viele andere Lords, eine Mätresse leistete. Er war nur nicht er selbst, sobald er sich beim Alkohol nicht mehr zurückhalten konnte, was leider in beunruhigend regelmäßigen Abständen vorkam.

Madeleine tätschelte beschwichtigend Marvins Arm. „Du musst dein eigenes Leben führen, mein Lieber. Und das hast du für mich lange genug zurückgestellt. Es macht mich glücklich zu sehen, dass du dich entschlossen hast, die Saisons mitzumachen und dich allmählich nach einer Gemahlin umzusehen."

„Ich kenne meine Pflichten, Maman."

„Ach, mein lieber Marvin …" Madeleine legte eine Hand an seine Wange; eine Geste, die ihn schon als Kind getröstet hatte. Wobei er sich im Augenblick nicht im Klaren darüber war, weshalb seine Mutter meinte, ihm Trost spenden zu müssen.

„Deine Pflichten sind das eine, dein Herz ist etwas vollkommen anderes", fuhr Madeleine sanft fort.

„Ich bin in der recht vorteilhaften Position, dass –"

„Ich weiß, mein Lieber. Die Damen himmeln dich an. Und jeder Mann unter deinem Stand zieht sich zurück, sobald du dein Interesse an einer Frau bekundest."

„Na ja, nicht jeder. Gott sei es gedankt! Ich müsste sonst annehmen, ich wäre Furcht einflößend."

Madeleine blickte zu ihm auf und lächelte. „Du bist nicht Furcht einflößend. Aber durchaus … *mehr Mann,* als viele deiner Konkurrenten um das Herz einer Lady es von sich behaupten können. Vermutlich, weil du schon in jungen Jahren so manchen Kampf ausgefochten hast. Und weil du kein Dandy[14] bist, obwohl unser Vermögen und deine gesellschaftliche Stellung dir einen solchen Lebenswandel erlauben würden."

„Die Tage sinnlos zu vertändeln, sagt mir nicht zu."

„Eine rühmliche Einstellung. Aber darf ich dir, was die zukünftige Countess of Kantley und noch mehr die zukünftige Duchess of Cummingham betrifft, einen Rat geben?"

„Deine Anregungen sind mir immer willkommen, das weißt du hoffentlich?" Marvin versuchte, den roten Striemen zu ignorieren, um sich nicht erneut aufzuregen. Seiner Mutter schien es gut zu gehen, das war die Hauptsache.

„Du hast die Wahl, und das ohne Zeitdruck. Obwohl dein Vater allmählich einen Erben präsentiert haben möchte."

„Was verständlich ist. Immerhin ist Andrew nicht mehr am Leben, und ich könnte ebenfalls –"

„Marvin!", unterbrach ihn seine Mutter. „Das möge Gott verhindern. Aber selbst wenn das Unaussprechliche eintreffen sollte: Was kümmert es dich, wem das Cummingham-Erbe zufällt?"

„Ich sorge mich vor allem um deine Zukunft, Maman."

„Das weiß ich zu schätzen, aber das musst du nicht. Du selbst warst es, der mir vor mehr als zwei Jahren berichtet hat, dass du bezüglich deiner Handelsflotte ein Testament verfügt hast, in dem ich die Begünstigte bin."

„Die Flotte wächst zwar beständig, aber der Verkauf würde dir noch lange nicht den Lebensstandard ermöglichen, den du jetzt genießt."

„Ist das alles hier denn wirklich vonnöten?" Madeleine drehte sich mit ausgebreiteten Armen um die eigene Achse, um die volle Pracht der Empfangshalle zu erfassen.

„Wenn du es einbüßt, werden sich deine Bekannten von dir abwenden.“ Marvin wusste, wie kompromisslos sich die Frauen von jenen Unglücklichen distanzierten, die im Begriff waren, alles zu verlieren.

„Diejenigen, auf die es wirklich ankäme, würden mir treu zur Seite stehen“, beteuerte seine Mutter. „Sonst wären sie es nicht wert, dass ich sie meine Freundinnen nenne.“

„Das sind weise Worte“, sagte Marvin, unterließ es aber zu fragen, von welchen Damen seine Mutter eine solch großherzige Reaktion erwartete. Denn die meisten von ihnen wahrten den größtmöglichen Abstand von gescheiterten Existenzen. Wie auch Henriettas Fall belegte. Als fürchteten sie, das Versagen der anderen könnte ansteckend sein wie ein Schnupfen.

Ob die *neue* Henrietta wohl zu jenen Frauen gehören würde, die sich seiner Mutter annähmen, falls ihm etwas zustoßen und ein entfernter Verwandter den Titel und das Vermögen erben sollte? Wenn Lily dann noch Henriettas Gesellschafterin wäre, könnte Marvin sich das durchaus vorstellen. Sie schien die geeignete Person zu sein, um das jahrhundertealte System aus den Angeln zu heben und sogar das britische Königshaus zu stürzen. Der Gedanke daran brachte ihn zum Schmunzeln.

„Was verursacht dieses Lächeln bei dir?“, fragte Madeleine. „Oder sollte ich besser fragen: Welche Lady?“

Nicht gewillt, seiner Mutter dies zu verraten, sagte Marvin nur: „Ich muss los, Maman.“

Madeleine lachte auf, was Marvins Seele befriedete. Dennoch würde er, bevor er das Haus verließ, kurz bei seinem Vater vorbeisehen. Der Mann musste wissen, dass Marvin immer noch herkam, wenngleich seltener als früher.

„Erobere ihr Herz, mein Sohn. Eine junge Dame, die ein solch verträumtes, liebevolles Lächeln auf dein Gesicht zaubert, darfst du nicht entkommen lassen.“

„Du musst allerdings wissen, sie wäre nicht standesgemäß …“

Madeleine legte beide Hände auf seinen Oberarm und reckte sich ihm entgegen. Nicht, um sich endlich ihren Wangenkuss abzuholen, sondern um ihm zuzuraunen: „Was sollte es dich stören? Du bist nicht darauf angewiesen, eine gute Partie mit beträchtlicher Mitgift zu machen. Und gleichgültig, wie ungeeignet sie dir auf den ersten Blick für die Rolle der Duchess erscheinen mag, ist sie wohl die Richtige für dich. Ich fürchte, dahin gehend bin ich einem Irrtum aufgesessen. Und ebenso, was ihre innere Stärke anbelangt."

Marvin widersprach seiner Mutter nicht. Als Ehefrau wäre ein Wildfang wie Lily ein absoluter Gewinn! Mit ihr käme sicher nie Langeweile auf. Zudem war sie intelligent, leidenschaftlich und wohl auch offen dafür, dass er als Duke gewöhnlichen Handelsgeschäften nachging. Vermutlich würde sie sein Geld weniger in Kleider und Schmuck sowie die ständige Umgestaltung seiner Häuser und Gärten investieren als vielmehr in die Familien im Hafenviertel. Derartige Großherzigkeiten wären nichts, was ihn anfechten würde. Er würde seine Gemahlin nur rechtzeitig bremsen müssen, ehe die Gefahr bestand, dass sie ihre eigenen Kinder nicht mehr satt bekamen.

In der Rolle der Duchess of Cummingham wäre Lily allerdings mehr als nur eine Herausforderung. Was war ihm diesbezüglich vorhin noch in den Sinn gekommen? Der Sturz des Königshauses?

„Ich wünsche dir einen guten Tag." Madeleine winkte ihm zu, während der Butler ihm die Redingote und den Kastorhut reichte.

Wenig später verließ Marvin das Haus und trat hinaus auf die Straße, wo diesmal die Barouche[15] auf ihn wartete. Er wollte gerade einsteigen, als er Longfellow auf sich zukommen sah. Dem Mann klebte das nasse Haar in der Stirn, und sein Mantel war an den Schultern durchnässt, obwohl es nur nieselte.

„Guten Morgen, Your Lordship, dürfte ich wohl ein Stück mitfahren?"

„Betreibe ich neuerdings ein Droschkenunternehmen?", fragte Marvin zurück.

„Ich zahle auch dafür."

Marvin grinste und ließ dem Freund den Vortritt. Der Lakai schloss den Schlag hinter ihnen, zog das Verdeck noch weiter nach vorn und stieg ebenfalls auf. Wenig später rollte das Gefährt an.

„Hast du schon von den mysteriösen Diebstählen gehört?", fragte Longfellow und reichte ihm eine ebenfalls durchnässte, zusammengerollte Zeitung.

„Seit das Gerücht durch Mayfair weht, gibt es plötzlich in etlichen Haushalten verschwundene Kostbarkeiten", erwiderte Marvin und schüttelte ungläubig den Kopf, „die natürlich alle wiederauftauchen."

„Woher wissen die Familien dann, dass sie fort waren?"

„Eben", brummte Marvin.

„Du hältst das Ganze also für einen Spuk?"

„In diesem Jahr verlaufen beide Saisons erschreckend skandalfrei. Da suchen die Leute und die Zeitungsschreiber sicher händeringend nach einer anderweitigen Art von Unterhaltung, und sei sie noch so ominös."

„Du meinst, selbst Miss Edith Landox hält sich derzeit zurück, was ihre Avancen dir gegenüber anbelangt?"

„Ihre schottische Großtante mütterlicherseits hat die Weisheit besessen, rechtzeitig zu versterben, ehe Miss Ediths Bemühen als Klatschgeschichte in den Zeitungen landen konnte. Ihre Eltern haben daraufhin beschlossen, dass die Saison für sie beendet ist."

„Wer die Tante wohl zu diesem äußerst dienlichen Zeitpunkt gemeuchelt hat?", fragte Longfellow mit einem Augenzwinkern. „Der Vater von Miss Landox vermutlich."

„Ich danke dir, dass du deinen zweifelhaften detektivischen Spürsinn nicht auf mich richtest."

„Du bist der nächste Verdächtige auf meiner Liste." Longfellow lehnte sich genüsslich grinsend zurück.

„Du bist ein wahrer Freund."

„Lies mal, was die Presse aus der Geschichte macht."

Marvin legte die tropfnasse Zeitung auf den Boden. „*Das hier* eignet sich nicht zum Lesen, sondern nur noch als Wischtuch."

„Was würde Lily jetzt vermutlich sagen? *Ich bezweifle, dass Sie wissen, was das ist.*"

„Daraufhin würde ich kontern, dass unsere Köchin früher mit einem solchen Wischtuch nach mir geschlagen hat. Immer dann, wenn sie mich mit den Fingern im Kochtopf erwischt hat."

Longfellow grinste ihn noch breiter an. „Wie schön, zu hören, dass sogar ein angehender Duke so einiges auf dem Kerbholz hat. Also gut. Da du zu fein bist, um eine ungebügelte Zeitung anzufassen, bekommst du den Bericht eben von mir."

„Du bist ohnehin die bessere Quelle für Klatsch und Tratsch."

Longfellow musterte ihn gespielt grimmig, hielt es aber nicht lange aus, ihm die Neuigkeit vorzuenthalten. Während das Gefährt durch die Londoner Straßen rumpelte, der Regen an Intensität zunahm und dabei nicht nur auf das Dach prasselte, sondern auch ihre Beine und Schuhe nässte und die Gebäudefassaden vor ihren Augen verschwimmen ließ, berichtete Longfellow Marvin, dass ein Reporter sich mit Bediensteten der betroffenen Haushalte unterhalten habe. Offenbar seien sich die Lakaien und Dienstmädchen einig, dass es sich bei dem geheimnisvollen Eindringling um eine Frau handeln müsse, womöglich getarnt als eine von ihnen.

Marvin konnte die Sorge der Dienstboten nachvollziehen, des Diebstahls bezichtigt zu werden. Nur gut, dass der Großteil der entwendeten Stücke – so zitierte Longfellow aus der Zeitung – nicht von allzu großem Wert war und dass die meisten Gegenstände nach kurzer Zeit wieder an ihre angestammten Plätze zurückkehrten.

„Aber welchen Sinn hat es, einen Teil der Wertgegenstände zurückzubringen und wiederum andere zu veräußern?", sprach Marvin laut aus, was ihm nach wie vor rätselhaft an der Sache war.

„Das habe ich mich auch gefragt. Eine mögliche Erklärung wäre die, dass manch ein Stück schlecht zu verkaufen ist. Vielleicht weil die Herkunft eindeutig zuzuordnen ist."

„Mag sein", murmelte Marvin unentschlossen.

„Aber jetzt kommt noch etwas weit Besseres", versuchte Longfellow, Marvins nachlassendes Interesse neu zu wecken. „Es gibt wohl mehrere Dienstmädchen, die der festen Überzeugung sind, dass der Erlös aus dem Verkauf jener gestohlenen Stücke, die verschwunden bleiben, unter den Ärmsten der Armen im Hafengebiet verteilt wird."

Marvin runzelte die Stirn. Er war gedanklich noch bei dem Umstand, dass einige der Wertgegenstände wiederauftauchten, andere aber nicht. „Warum sollte eine Diebin, die so unglaublich gewieft ist, dass niemand sie erwischt, nicht abschätzen können, welche Gegenstände sie verkaufen kann und welche nicht? Zumal das Zurückbringen eine immense zusätzliche Gefahr birgt. Weshalb sollte sie das Risiko auf sich nehmen?“

„Das Verlangen nach … dem Nervenkitzel?“, schlug Longfellow vor.

„Dann, mein lieber Freund, verwette ich meinen neuen Kastorhut darauf, dass die Diebin unter den Ladys des Tons zu finden ist. Manche der Damen langweilen sich ja nachgerade zu Tode.“

„Welch hochgradig faszinierender Verdacht!“ Longfellow lachte lauthals auf. Seine Begeisterung für Marvins Mutmaßung ließ ihn in die Hände klatschen. Dann fügte er hinzu: „Behalte dieses seltsam blaue Ungetüm ruhig auf dem Kopf. Ich wette nicht. Aber jetzt kommt das Allerbeste …“

„Meine Güte, du bist heute ja ein regelrechter Quell an Unvorstellbarem.“

„Unvorstellbarem?“ Longfellow rümpfte die Nase, was Marvin zum Schmunzeln brachte. Sein Freund war clever genug, um das, was er sagte, nicht für bare Münze zu nehmen. Er genoss lediglich die Unterhaltung darüber.

„Die Zeitung hat den Artikel überschrieben mit: *Weiblicher Robin Hood in London.*“

Ungläubig schaute Marvin seinen Freund an. „Ein weiblicher Robin Hood soll in London sein Unwesen treiben? Der Autor jener Zeilen hat entschieden zu viel Opium geraucht.“

„Sie nimmt von den Reichen und gibt den Armen“, zitierte Longfellow unbeeindruckt weiter, und dabei funkelten seine Augen belustigt und begeistert zugleich.

„Meine Güte“, stöhnte Marvin, „dem Zeitungsschreiber scheint es ja noch langweiliger zu sein als den wohlbehüteten Damen in ihren Palästen. Und irritierenderweise wohl auch so manchem Bediensteten. Vielleicht sollte man denen auch noch ihren letzten freien halben Tag streichen.“

„Du würdest dich hervorragend als Sklavenhalter eignen“, warf Longfellow ihm an den Kopf.

„Und du als Autor für romantische Romane. Bist du in Wahrheit jene unbekannte Person, die unter dem Pseudonym *by a Lady* soeben den Roman *Sense and Sensibility* veröffentlicht hat, der auf passables Interesse stößt?“

„Du hast mich durchschaut.“ Longfellow warf einen Blick nach draußen. Die Themse war inmitten des trüben Wetters kaum zu sehen, zumal sie an diesem grauen Tag die gleiche Farbe wie die Wolken am Himmel angenommen hatte. „Wo kutschierst du mich eigentlich hin?“, wollte er wissen.

„In mein Kontor.“

„Oh, und ich dachte, du wärst unterwegs zu … Na, das ist jetzt wohl auch gleichgültig. Mein Weg ist soeben ungleich länger und unangenehmer geworden.“

„Ich kann den Kutscher anweisen, dich zu fahren, wohin du willst. In der vornehmen Garderobe, die du heute zur Schau trägst, solltest du wahrlich nicht durch das Hafenviertel flanieren.“

„Ich flaniere nie. Und ich bin heute nur deshalb so herausgeputzt, weil ich … eine Art Termin im Hause Knight habe.“

„Hast du den Marquess of Kantley als Kunden hinzugewonnen?“

„Ich …“ Longfellow wirkte plötzlich ungewohnt verlegen. Marvin musterte den Freund verwundert, dann kam ihm ein Gedanke, und seine Mundwinkel zogen sich belustigt nach oben.

„Du willst bei den Knights vorstellig werden? Bei Lady Vivianne?“

Longfellows Wangen färbten sich rot, was Marvin bei ihm noch nie zuvor gesehen hatte. Der stählerne Bankier konnte also tatsächlich erröten.

„Ist das … zu gewagt? Zu forsch? Oder gar ungehörig für einen Kerl wie mich? Hilf mir, Carter! Ich kenne mich mit diesem ganzen Durcheinander, das ihr in eurer Welt dort oben ausgeheckt habt, nicht sonderlich gut aus. Und Lily wollte ich nicht fragen. Bei ihr müsste ich befürchten, dass sie nicht nur einen Termin mit Lady Vivianne und deren Mutter für mich arrangiert, sondern gleich noch einen mit dem Lord und dem örtlichen Priester!“

„Sagen wir es mal so, Longfellow …“, begann Marvin behutsam. Sein Tonfall allein genügte, um den Freund entmutigt in sich zusammensacken zu lassen. Der Kerl war anscheinend zuäußerst von Vivianne hingerissen – und das nach nur einem Abend in ihrer Gesellschaft. Im Grunde konnte dem Mädchen nichts Besseres passieren, als Longfellows Bewunderung errungen zu haben.

„Spuck es aus, Carter."

„Bei jeder anderen Familie würde ich dir raten, die Füße stillzuhalten, da du in der Gefahr stündest, deine Kontakte innerhalb des Hochadels auf einen Schlag einzubüßen. Du bist in ihren Augen –"

„Ein Niemand?"

„Ein Mann mit einem scharfen Verstand, dem sie ihre Finanzen anvertrauen. Und das trotz deines jugendlichen Alters. Das darfst du als einen großen Sieg werten. Aber was die Zukunft ihrer Töchter anbelangt …" Marvin schüttelte bedauernd den Kopf und Longfellow ließ den seinen hängen.

„Ich habe mich auf Lady Henriettas Gesellschaft lange mit dem Marquess unterhalten. Er scheint mir ein recht vernünftiger, bodenständiger Mann zu sein. Dir nicht unähnlich." Longfellow klang schicksalsergeben und überraschend leidend. Offenbar empfand er mehr als nur eine Schwärmerei für die herzensgute Vivianne.

Marvin rieb sich den Nacken. „Ich mache dir einen Vorschlag: Verschieb deinen Termin, bis ich die Zeit finde, dich zu den Knights zu begleiten. Meine Anwesenheit wird das Ehepaar dazu bringen, dich anzuhören. Sei dir gewiss: Ich werfe mein ganzes Gewicht für dich in die Waagschale. Und selbst wenn das nicht ausreichen sollte, wird Knight die kleine Episode für sich behalten. Denn du hast recht: Er ist ein vernünftiger und fairer Mann. Dass du seiner älteren Tochter mit so viel Ehrerbietung begegnest, wird verhindern, dass er dir hinsichtlich deiner beruflichen Zukunft in London Steine in den Weg legt. Er neigt nicht zu Überreaktionen aufgrund von verletztem Stolz."

„Du meinst, ich verletze seinen Stolz, wenn ich bei Lady Vivianne vorspreche?" Longfellow sah ihn fassungslos an, doch Marvin winkte ab. Er wollte dem Freund nicht erklären müssen, dass dieser als Bankier und Sohn eines Apothekers weit unter der Würde der Enkelin eines Dukes war. Dabei spielte es keine Rolle, wie erfolgreich Longfellow war oder dass er inzwischen womöglich über ein größeres Vermögen verfügte als Viviannes Vater höchstpersönlich. Longfellow dies zu sagen, würde ihn nur verletzen und ihn von seinem Vorhaben abhalten. Doch genau das wollte Marvin verhindern. Denn falls Vivianne Gefallen an Longfellow gefunden haben sollte, bestand die – wenn auch geringe – Chance, dass Robert Knight einer Verbindung zwischen den beiden zustimmen würde; gleichgültig, wie dünkelhaft und blasiert der Hochadel über den gesellschaftlichen Abstieg der jungen Frau tratschen mochte. Denn er und seine Frau wollten ihre Töchter glücklich wissen. Obwohl seit Marvins Tanz mit Vivianne etliche Herren die junge Frau aufgefordert hatten, war sie in den Augen der meisten Männer nun mal keine Schönheit und galt wohl eher als eine Art Trostpreis. Vielleicht würde sie eines Tages nur deshalb von einem Mann erwählt, weil andere Mädchen jenen Herrn abgelehnt oder ihre Väter ihm ihre Zustimmung verweigert hatten.

Was Valeries Aussichten anbelangte, konnte eine mögliche Vermählung von Vivianne und Longfellow kaum Schaden anrichten. Dafür war die jüngere Schwester zu makellos. Sie galt in diesem Jahr als der herausragende Stern unter all den funkelnden Debütantinnen. Wenn sie sich keinen Skandal leistete, wovon bei Valerie nicht auszugehen war, würde sich daran wohl auch nichts ändern.

„Nur Mut“, sagte Marvin deshalb zu Longfellow, der allerdings weiterhin ein langes Gesicht machte.

Als die Barouche vor seinem Kontor an der Themse zum Halten kam, stieg Marvin aus. Er hatte das Gebäude vor einigen Jahren gekauft und erweitert, inzwischen besaß er sein eigenes Dock inklusive Hafenbecken und zwei Lagerhallen. Seine Schiffe fuhren hauptsächlich in den Süden der Vereinigten Staaten von Amerika und nach Kanada.

„Wir werden das heute am frühen Abend angehen. Ich lasse dir per Boten eine Nachricht zukommen, wann genau wir uns vor dem Stadthaus der Familie Knight treffen.“ Ehe Marvin den Schlag eigenhändig schloss, hörte er noch, dass Longfellow einwarf: „Ich möchte dadurch aber nicht deinen Namen in Verruf bringen.“

„Das ist kaum möglich“, erwiderte Marvin.

„Aufschneider“, kam es zurück, als die Pferde bereits anzogen und die eisenbeschlagenen Räder knirschend über das Pflaster rollten.

„Es ist schon spät“, wandte sich James an Lily und zog ihr auffordernd am Ärmel der schlichten, lose fallenden Redingote, die sie stets trug, wenn sie das Hafenviertel aufsuchten. Erschrocken sah sie von dem friedlich in ihrem Arm ruhenden Säugling auf und reichte ihn dann behutsam an Alice zurück. Die Frau litt unsäglich unter Pinnys Tod, die Geschwister jedoch lachten und spielten schon wieder. Nur wenn sie in das eingefallene Gesicht ihrer Mutter blickten, wurden sie für einen Moment ganz still und ernst.

„Ich kann wieder arbeiten.“ Alice’ Stimme klang matt, aber dennoch flehend.

Lily sah sie voller Mitleid an. Sie hatte inzwischen so viele Familien kennengelernt, die sie alle auf irgendeine Weise zu unterstützen versuchte, dass ihre finanziellen Möglichkeiten erschöpft waren. Henrietta hatte sich auf Lilys behutsam vorgetragene Bitte hin bei Longfellow ebenfalls einen Teil ihres Gewinns auszahlen lassen, obwohl er auch ihr geraten hatte, das Geld erneut anzulegen. Zudem hatte Henrietta ein aus massivem Sterlingsilber gefertigtes Bernsteincollier an eine aus Frankreich stammende, befreundete Comtesse verkauft, da diese sich schon seit Jahren für das Schmuckstück interessierte. Offensichtlich besaß die Dame eine Tiara und Ohrringe, die perfekt zu dem Geschmeide passten. Den Erlös hatte Henrietta nicht Longfellow anvertraut, sondern Lily in die Hand gedrückt. Es wäre sicher sinnvoll gewesen, einen Teil davon erneut anzulegen, doch Lily hatte das nicht übers Herz gebracht. Die Not in der Hafengegend war einfach zu groß …

Benjamin, Sara und Sophie Billings waren aus ihrer Wohnung vertrieben worden, und die Miete für die neue Bleibe, die sich in einem noch heruntergekommeneren Zustand befand, fiel weit höher aus als die vorherige. In einer anderen Familie benötigten die drei großen Jungen – keiner von ihnen war älter als siebzehn – dringend neues Schuhwerk, da sie als Schauerleute ansonsten ihrer Arbeit nicht mehr nachgehen konnten. Eine Vierzehnjährige hatte die Aussicht auf eine Anstellung als Dienstmädchen in einer Kaufmannsfamilie, benötigte dafür aber zwei neue Garnituren Kleidung. Lily hatte die Stoffe für die Garderobe besorgt, Sara, Alice und die Mutter des Mädchens hatten diese über Nacht genäht. Dr. Phelps hatte weitere Krankheitsfälle in der Gegend diagnostiziert und behandelt, ohne ein Honorar zu verlangen, doch für die langfristig einzunehmenden Medikamente fehlte es den Familien an Geld. Also war Lily erneut eingesprungen. Manchmal überkam sie das Gefühl, dass ein gestopftes Loch zwei weitere hervorbrachte.

Lily verabschiedete sich von den Seymours, für die sie im Hinausgehen ein Gebet sprach. Alice benötigte dringend göttlichen Trost. Und ein Wunder.

James deutete auffordernd die schmale Gasse entlang und huschte Lily wie üblich voraus, um ihr den Weg zu sichern. Wieder setzte Regen ein, und Lily war dankbar für die Redingote mit Kapuze. Mit festen Schritten eilte sie James hinterher. Ihre Kondition war inzwischen ausgezeichnet, weit besser noch als zu der Zeit, da sie in der Heimat regelmäßig am Strand spazieren gegangen war. Das war nicht überraschend, immerhin rannte sie beinahe täglich einem Zehnjährigen hinterher – über löchriges Kopfsteinpflaster oder gänzlich unbefestigten Boden. Sie balancierte über Mauern und morsche Holzbalken und sprang auch mal über Hindernisse hinweg, in dem Bestreben, sich von prügelnden Hafenarbeitern fernzuhalten oder irgendeiner dunklen Gestalt zu entkommen, vor der James sie durch Zuruf warnte. Allmählich kannte Lily sich in dem Gewirr aus Straßen und Gassen, Hinterhöfen und heruntergekommenen Lagerhallen aus. Sie wusste sich zu tarnen, hatte gelernt, wann sie sich selbstbewusst geben musste und wann es von Vorteil war, sich im Schatten einer Mauer zu verstecken, um abzuwarten, bis die Luft wieder rein war.

Woran sie sich nicht gewöhnen konnte, waren in der Öffentlichkeit urinierende Männer, Frauen, deren Kleidung mehr zeigte als verdeckte, und der viel zu häufig auftretende Gestank von Erbrochenem, der vor allem frühmorgens in den ohnehin stickigen Gassen hing. Inzwischen war der häufig durch London wabernde dichte Nebel ihr zum Freund geworden, ebenso jeder Regenschauer, zumal sie eine ausgezeichnete gesundheitliche Konstitution besaß. Dennoch fand Lily Letzteres mit den zunehmend sinkenden Temperaturen des Spätherbstes reichlich unbehaglich.

„Rechts lang", hörte sie James auf Französisch rufen; eine Sprache, die hier so gut wie niemand beherrschte. Lily hinterfragte seine Anweisungen längst nicht mehr, sondern wandte sich umgehend nach rechts und sprang beherzt über den schmalen Abwassergraben, um sich anschließend auf der rechten Gassenseite und so dicht wie möglich an den Häuserfronten entlangzuschleichen. Wenig später kam ihr ein Betrunkener entgegen, dessen Oberkörper einen starken Rechtsdrall hatte. Er taumelte ständig in diese Richtung, darum bemüht, dass seine Beine weiter geradeaus gingen. Auf ihrer Seite war Lily sicher vor einem Zusammenstoß. Kaum dass der Kerl an ihr vorüber war, verließ Lily die schützende Deckung der Gebäude wieder, da das feuchte Mauerwerk eine unangenehme Kälte ausstrahlte und entsprechend abstoßend roch. Sie konnte James im Dämmerlicht des ohnehin düsteren Tages nicht mehr sehen, also raffte sie ihren robusten Baumwollrock und lief schneller.

Als ihr plötzlich eine schmächtige Gestalt in den Weg sprang, schrak Lily zusammen. Sie konnte sich nicht mehr rechtzeitig abfangen und prallte gegen diese.

„Still", befahl die ihr vertraute Kinderstimme auf Französisch. Lily atmete erleichtert auf. *Es ist nur James!*

„Da vorn gibt es einen Tumult", flüsterte der Junge ihr zu. „Ich schau mal nach. Warten Sie bitte hier."

„Sei vorsichtig."

„Sicher, Miss Lily. Ich bin ja eine Hafenratte." Der Junge huschte wie ein Schatten davon. Lily, die immer ein wenig in Sorge um ihn war und zudem neugierig, folgte ihm unauffällig. Als sie um die nächste Hausecke sah, riss sie erschrocken die Augen auf. Eine Horde Halbwüchsiger hatte einen stattlich gekleideten Herrn umringt. Offenbar wollten sie ihn ausrauben. Was machte der Mann in einer solch zwielichtigen Gegend? Ohne Kutsche, ohne einen Begleiter?

Obwohl er groß und muskulös gebaut war, hatte er gegen rund ein Dutzend verzweifelter, hungriger und vielleicht auch wütender Raufbolde keine Chance. Einer aus der Gruppe stürmte auf das Opfer los. Der Junge duckte sich, als er in die Reichweite des Gentleman kam, richtete sich hinter ihm wieder auf und schlug ihm dabei den Kastorhut vom Kopf, bevor er wieselflink im Ring der anderen schwarzen Gestalten untertauchte.

Lily kniff die Augen zusammen. *Ist das etwa …?* Sie biss sich auf die Unterlippe. Der Angegriffene war niemand Geringeres als der Earl of Kantley!

Einer der Jungen stimmte ein Spottlied auf die Nobs[16] an. Für einen Sekundenbruchteil brach seine Stimme und verwandelte sich in ein hohes Kieksen, dann fielen die anderen in den Gesang ein. Jemand warf einen Stein auf das Opfer. Der Mann drehte sich nach dem Werfer um und schritt drohend auf ihn zu, was Lily einerseits Respekt abverlangte, worüber sie andererseits aber nur den Kopf schütteln konnte. Wie es aussah, hatte Marvin nicht vor, sich kampflos zu ergeben. Dabei wäre es in dieser Situation wohl eher angebracht für ihn, seinen Stolz hinunterzuschlucken und die Geldbörse herauszurücken.

Lily presste sich an die Hauswand und näherte sich unauffällig dem Schauspiel. Wo war James nur abgeblieben? Sie musterte die pöbelnde Meute und erkannte in einem schlaksigen Kerl mit langen Armen und Beinen, die nicht zum Rest seines Körpers passen wollten, Carl Morgan. Lily zog sich die Kapuze so tief wie möglich in die Stirn, näherte sich ihm von hinten und flüsterte ihm zu: „Schämst du dich nicht, Carl Morgan?“

Der Fünfzehnjährige fuhr herum. Lily hob den Kopf, damit er sie erkennen konnte, senkte ihn aber rasch wieder.

„Sie?“, fragte Carl und klang erfreulich schuldbewusst.

„Verschwinde von hier, bevor dieser Mann – oder schlimmer noch, ich selbst – dir eins überzieht!“

Carl stand für einen Augenblick der Mund offen. Dann nickte er und stieß im Weggehen vier weitere Jungen an, die sich ihm sofort anschlossen. Der Kreis lichtete sich. Auch auf der gegenüberliegenden Seite entstand eine Lücke und gleich darauf noch eine dritte. Wie es aussah, lotste auch James einige seiner Freunde von hier fort. Vermutlich waren die süßen Gebäckstücke und das Obst in seinen Jackentaschen – beides ließ er weiterhin von einer Anrichte in Meltonplace verschwinden – Lockmittel genug. Vielleicht drohte er ihnen auch das Ende der Unterstützung ihrer Familien an.

Innerhalb kürzester Zeit sah sich das Opfer nur noch vier Jungen gegenüber. Marvin hatte in der Zwischenzeit einen Stock aufgehoben, den er wie einen Degen vor sich hielt. Mit einer schnellen Bewegung ließ er die Waffe bedrohlich zischend durch die zum Schneiden dicke Luft gleiten und vollführte dabei einen Ausfallschritt. „Du!“ Er deutete auf einen großen, breitschultrigen Kerl und winkte ihn dann auffordernd mit der freien Hand zu sich. „Du zuerst.“ Wie ein Kämpfer, der es nicht erwarten konnte, endlich zur Tat zu schreiten, stand sein ganzer Körper unter Anspannung. Lily fand dieses Gebaren beeindruckend. Und zugleich beängstigend. Nun verstand sie auch, weshalb einige der Debütantinnen einen gewissen Abstand zu Marvin einhielten. Vermutlich hatten auch sie ein wenig Angst vor ihm.

Dem Herausgeforderten erging es wohl ähnlich, denn der Junge nahm plötzlich die Beine in die Hand. Einen Moment lang zögerten die drei anderen noch, dann rannten auch sie davon.

Marvin entspannte sich, hob seinen Hut auf und deutete mit dem Stock in eine abzweigende schmale Gasse. „Komm raus, James. Ich denke, wir sollten reden. Wobei ich mir noch überlegen muss, ob du eine Belohnung verdienst oder eine Tracht Prügel. Die Damen in Meltonplace wollen ganz sicher nicht, dass du dich hier heimlich herumtreibst.“ Dann wandte er sich um und deutete mit dem Stock auf Lily, obwohl sie sich hinter die Hauswand zurückgezogen hatte und nur vorsichtig um die Ecke spickte. „Und dich möchte ich auch sprechen, junger Mann.“

Für einen Augenblick spielte Lily mit dem Gedanken, es den

Angreifern gleichzutun und sich schleunigst aus dem Staub zu machen. Doch da James artig aus seinem Versteck hervortrat und langsam auf Marvin zuging, würde sie sich wohl allein nach Meltonplace durchschlagen müssen. Nach dem Überfall auf den Earl fehlte ihr dazu zwar nicht der Mut, aber dennoch überwog die Vernunft, die ihr riet, das besser nicht zu wagen.

Sie machte sich so groß wie möglich und stapfte bemüht breitbeinig und mit raumgreifenden Schritten auf Marvin zu. Dabei hielt sie den Kopf gesenkt, damit ihm ihr Gesicht verborgen blieb.

Zwanzig

Marvin blickte James streng an. Er war dem Jungen dankbar, dass dieser einen Teil der streitbaren Burschen weggelockt oder gar zur Vernunft gebracht hatte. Gleichzeitig war er sich sicher, dass Lily und Henrietta ihr Mündel nicht in dieser unheilvollen Gegend wissen wollten. Obwohl der Kleine hier allem Anschein nach einen nicht geringen … Einfluss hatte. Immerhin waren die Angreifer deutlich älter gewesen als er.

Sein Blick wanderte zu der zweiten Gestalt. Oder war James nur der Handlanger jenes Kerls, der sich in diesem Moment – und in sicherer Entfernung – breitbeinig vor ihm aufstellte? Die Redingote des jungen Mannes schien, soweit Marvin das im Dämmerlicht und trotz des Regens beurteilen konnte, in einem akzeptablen Zustand zu sein, was darauf hindeutete, dass James' Freund über ein passables Einkommen verfügte. Weil er die Gegend hier kontrollierte? War er womöglich der Anführer dieser Jungen, die ihn bedroht hatten? Einschließlich James?

Marvin wandte sich der schwarzen Silhouette zu. Die Kapuze und die Dunkelheit verhinderten, dass er mehr als nur die schlanke Gestalt des Jungen ausmachen konnte. Misstrauisch musterte er sein Gegenüber. War der Rückzug der Angreifer reines Kalkül gewesen? Weil James und der Anführer nun eine Belohnung von ihm erwarteten, die aus Dankbarkeit weit größer ausfallen würde, als es eine erbeutete Geldbörse hergegeben hätte? Womöglich war er nicht das erste Opfer jener Bande, die eine originelle Möglichkeit gefunden hatte, um anderen Menschen das Geld aus der Tasche zu ziehen.

Bei diesem Gedanken erwachte in Marvin erneut das Misstrauen gegenüber James. Hatte der Junge sich im Frühjahr absichtlich vor die Kutsche geworfen? In der festen Absicht, sich von den Frauen mitnehmen und gesund pflegen zu lassen? Verschafften sich die jüngeren Bandenmitglieder auf diese Weise Zutritt zu den Häusern wohlsituierter Bürger Londons?

Marvin trat einen Schritt auf den Unbekannten zu, doch der wich prompt zurück. Er konnte beobachten, wie die Gestalt sich nach einem Fluchtweg umsah, und spannte erneut die Muskeln an. Falls er es hier mit dem Anführer einer kriminellen Bande zu tun haben sollte, durfte er den Kerl auf keinen Fall entwischen lassen.

Im nächsten Moment schüttelte er über sich selbst den Kopf. James hatte nur selten Zugang zu den Stadthäusern des Tons, demnach war der Gedanke unsinnig. Außerdem hatte der Junge ja nicht planen können, dass Lily und Henrietta einen Narren an ihm fressen und ihn langfristig bei sich aufnehmen würden.

Entschlossen schob Marvin jene Überlegungen beiseite und wandte sich wieder dem Kleinen zu, wobei er dessen Kameraden nicht aus den Augen ließ. „Was hast du zu deiner Verteidigung zu sagen, junger Mann?"

„Ich habe Ihnen gerade den Ar–"

Von dem Älteren kam ein Räuspern.

„Entschuldigen Sie bitte, Your Lordship. Es ist nur so …"

Dass James augenblicklich von dem hiesigen Gassenslang zu einem bedeutend höflicheren Tonfall wechselte, irritierte Marvin weit weniger als der Umstand, dass der Größere James durch ein Räuspern daran gehindert hatte, ihm gegenüber ein unflätiges Wort auszusprechen.

Marvin musterte James streng, doch dem fiel wohl keine Begründung ein, weshalb er durch diese verruchte Gegend schlich. Hatten die beiden Jungen ihm demnach wirklich nur helfen wollen?

„Und was ist mit dir?", wandte sich Marvin an James' Begleiter. Im selben Moment sah er, wie der dem Kind ein Zeichen gab, das Marvin als Aufforderung zur Flucht interpretierte. „So nicht", brummte er, trat einen Schritt vor und ergriff James am Oberarm.

Der Junge wehrte sich nur kurz und gab dann auf, was Marvin nicht minder verwirrte. Bedeutete der ausbleibende Widerstand, dass James ihm vertraute und davon ausging, dass er ihm nichts Böses wollte? Dabei hatte Marvin sich spontan dazu entschieden, Lilys und Henriettas Mündel festzuhalten, da er sich bei dem älteren Jungen nicht sicher sein konnte, ob der womöglich bewaffnet war. Marvin wollte nur ungern ein Messer zwischen die Rippen gestoßen bekommen. Wenn der Kerl sich nun aus dem Staub machte, konnte Marvin zumindest den kleinen Ausreißer nach Hause bringen. Wobei … die Frage blieb, ob das tatsächlich sinnvoll wäre. Doch darüber konnte er sich später noch Gedanken machen.

Zu seiner Überraschung verharrte der Größere ebenfalls an Ort und Stelle, wirkte dabei jedoch überaus unschlüssig, ja richtiggehend nervös. Dabei hätte Marvin in ihm vielmehr einen abgebrühten Burschen vermutet. Er rieb sich unsicher den Nacken. Irgendetwas stimmte hier nicht …

„Na gut." Es waren die ersten Worte, die die dunkle Gestalt von sich gab. Die Stimme klang allerdings nicht nach der eines fast erwachsenen Jungen, sondern vielmehr nach … einer Frau. Marvin runzelte die Stirn. *Klingt sie nicht wie die von –?*

Plötzlich ergab alles einen Sinn. Wo James sich aufhielt, war auch Lily nicht weit. Und damit hatte Marvin eine Antwort auf die Frage, was denn nun aus dem anfangs so ambitionierten Hilfsprojekt für die Kinder in dieser Gegend geworden war, von dem er inzwischen nur noch selten hörte. Lily hatte es nicht aufgegeben! Vielmehr bewegte sich dieses verrückte Mädchen als Junge verkleidet durch den mit Abstand gefährlichsten Stadtteil Londons. Bei Nacht und Nebel. Und im strömenden Regen.

„Jetzt weiß ich, *wen* ich übers Knie legen muss", stieß Marvin um Fassung ringend hervor. Von James kam ein Kichern, was ihn noch mehr aus dem Konzept brachte.

„Ich appelliere an Ihre vortreffliche Erziehung", kam es wiederum von Lily. Klang sie ebenfalls belustigt?

Marvin war selten einmal so überfordert gewesen wie in diesem Augenblick; er wusste nicht, was er denken, sagen oder tun sollte.

Dass er plötzlich den unbändigen Drang verspürte, die schwarze Gestalt an sich zu reißen und zu küssen, war auch nicht sonderlich hilfreich.

„Vortreffliche Erziehung?", brachte er schließlich hervor. Tief und grollend. Er ließ zu, dass James sich aus seinem Griff wand und sich an Lilys Seite gesellte. Als wolle er sie beschützen. Dies verleitete Marvin zu einem heiseren Auflachen. „Die vergessen *Sie* offenbar gern, sobald es Ihnen nützlich erscheint, nicht wahr, Miss Thomson?"

„Streng genommen nicht, Lord Kantley." Lily trat zwei Schritte auf ihn zu, und James folgte ihr wie ein Schatten. „Mir wurde beigebracht, dass vor Gott alle Menschen gleich sind und dass er jedes seiner Geschöpfe liebt. Dass ich mein Brot mit den Hungernden teilen soll. Dass ich diejenigen bei mir aufnehmen soll, die kein Dach über dem Kopf haben, und denen, die in Lumpen umhergehen, soll ich Kleidung geben. Kurz: Ich soll helfen, wo es mir möglich ist, und meine Augen nicht vor der Not meiner Mitmenschen verschließen." Lily holte tief Luft und fügte hinzu: „Übrigens gehört dazu auch, meinem Nächsten in Gefahr beizustehen. Es war mir demnach eine Ehre …"

„Was …?" Marvin hob hilflos die Hände. Was sie gesagt hatte, war im Grunde richtig. Nur, was wollte sie damit bezwecken?

Die Antwort kam prompt. „James und ich haben gern dafür Sorge getragen, dass diese Straßenbande Sie weder ausraubt noch niederschlägt."

„Ähm, ja." Marvin schüttelte über sich selbst den Kopf. Wo nur war der Mann geblieben, der stets selbstbewusst auftrat, eloquent sein Anliegen formulierte und dieses auch durchzusetzen verstand? Der Mann, der mit beiden Beinen fest im Leben stand, ein prestigeträchtiges Unternehmen führte und eines Tages seine Verantwortung im Oberhaus wahrnehmen würde? *Lily hat ihn schlicht … zerlegt. Nur gut, dass Longfellow das nicht mitbekommt. Er wäre begeistert und würde mich noch jahrelang damit aufziehen.*

Da Marvin in seine Überlegungen vertieft war, gelang es Lily, einen weiteren Handstreich gegen ihn zu vollführen, indem sie die

Hände in die Seiten stemmte und ihn in vorwurfsvollem Tonfall fragte: „Warum treiben *Sie* sich eigentlich hier herum? Und das in einem Aufzug, der nachgerade dazu einlädt, Sie auszurauben?"

„Ich habe Longfellow meine Kutsche überlassen. Und der hat offenkundig vergessen, sie mir –" Marvin unterbrach sich selbst. „Ich denke nicht, dass ich Ihnen Rechenschaft schulde", begehrte er schließlich auf. Wieder meinte er, James kichern zu hören. Diesmal ließ er sich davon aber nicht aus dem Konzept bringen. „Ich *arbeite* am Hafen. Und ich bin ein Mann! Wer in dieser Gegend nichts zu suchen hat, sind Sie, Miss Thomson! Das ist viel zu gefährlich."

„Ja, das habe ich mit eigenen Augen gesehen", spottete sie und deutete auf ihn. „Aber im Gegensatz zu Ihnen bin ich mit vielen der Menschen hier bekannt. Wie Sie selbst erleben durften, ist das von eminentem Vorteil."

„Zugegebenermaßen", gestand Marvin ein und fuhr deutlich weniger aufgebracht fort: „Das ändert aber nichts an der Tatsache, dass diese Gegend kein angemessener Aufenthaltsort für eine junge Dame ist."

„Was ist mit den vielen jungen Damen, die hier leben?"

Marvin hob in einer hilflosen Geste die Arme. „Auch für jene ist das hiesige Terrain nicht geeignet", sagte er grollend.

„Darin stimme ich Ihnen zu. Was also unternehmen wir dagegen?"

„Ich kann Ihren Standpunkt nachvollziehen, Miss Thomson. Und ich erkenne Ihre Sorge um die Schwächsten der Schwachen an und bewundere Ihren Einsatz für sie. Aber Sie bringen sich in allergrößte Gefahr. Und aus diesem Grund begleite ich Sie nun umgehend zum Haus der Murrays."

„Das ist ein großzügiges Angebot, Lord Kantley, meinen ergebensten Dank dafür! James und ich werden auf dem Weg dorthin für Ihren und unseren Schutz sorgen." Lily klang herausfordernd und siegesgewiss zugleich.

Marvin wollte sie an den Oberarmen ergreifen, konnte sich aber gerade noch zurückhalten. Es wäre mehr als unschicklich, sie in dieser Weise zu berühren. Zumal er sie am liebsten durchschütteln würde. Oder sie eben doch in die Arme ziehen und …

„James?“, wandte er sich an den Jungen. Der richtete sich auf und blickte ihn an, als sei er eifrig darauf bedacht, es ihm recht zu machen. Mit dem wilden Burschen aus dem Hafen war müheloser umzugehen als mit dessen Ziehmutter. „Führe uns bitte umgehend aus diesen düsteren Gassen hinaus. Du weißt sicher, wo der nächste Droschkenstand zu finden ist?“

„Ja, Your Lordship.“

„Dann los.“

„Wir müssen zuerst noch –“

„Wir machen keinen Umweg!“, donnerte Marvin nun doch ungehalten. Lily und der Junge machten ihm das Leben wahrlich schwer. Dabei behinderten sie in einem fort sein Bestreben, ihnen zu helfen und seiner Verantwortung ihnen gegenüber nachzukommen.

Lily legte eine Hand auf seinen Arm. Die Berührung war so sanft, dass es Marvin das Herz erwärmte. Es war ihm unmöglich, den beiden länger böse zu sein. „Miss Thomson?“

„Der kleine Umweg ist zwingend geboten, da wir Lady Henrietta ja nicht hierlassen können.“

„Lady Henrietta? Sie ist ebenfalls hier?“

„Ja, bei der Familie Billings.“

„Wie gedankenlos von mir! *Selbstverständlich* ist Lady Henrietta zum Dinner bei den Billings.“ Marvin näherte sich Lilys Gesicht, damit sie seine neu aufflammende Verärgerung auch wirklich mitbekam. Wie brachte dieses Mädchen es nur fertig, in solch erheblichem Maße Einfluss auf andere Menschen zu nehmen? Der König – oder vielmehr der Prinzregent – sollte sich vorsehen, wenn er noch länger sein Königreich regieren wollte. „Sie haben Lady Henrietta hierher verschleppt?“

„Verschleppt?“ Diesmal war es Lily, die noch näher an ihn herantrat. Er sah die winzigen Regentropfen in ihren langen, geschwungenen Wimpern; natürliche Perlen, die ihre reizvolle Erscheinung unterstrichen. Er spürte ihren Atem auf seinem Gesicht. „Sie selbst war es, die heute unbedingt bei den Billings vorbeischauen wollte", flüsterte sie.

Marvin beugte sich noch weiter vor. „Ist das so?" Für einen Moment wagte er es, mit seinen Lippen ihre Schläfe zu berühren. Plötzlich war ihm nicht mehr kalt. Der Regen war ihm gleichgültig. Er vergaß sogar, wo er sich in diesem Augenblick aufhielt.

„Bemerkenswert, nicht wahr? Lady Henrietta hat in der Tat höchst unkonventionelle Wünsche." Lily stieß ein leises Lachen aus und wandte sich von ihm ab. Dafür gesellte sich James an seine Seite und fragte in treuherzigem Tonfall: „Wollen Sie Lady Henrietta auch übers Knie legen?"

Marvin dankte seinem Kammerdiener mit einem Nicken. Der nahm die durchnässten Kleidungsstücke an sich, trat hinaus auf den Flur und schloss die Tür hinter sich.

Seufzend setzte sich Marvin auf die Bettkante und faltete Longfellows Nachricht auseinander. Offenbar hatte Letzterer für einen seiner Kunden einen „überraschenden Brand" löschen müssen, wie er selbst es ausdrückte. Auch für Marvin habe er das Eisen gerade noch rechtzeitig aus dem Feuer geholt. Am nächsten Tag wolle er ihn darüber informieren, wie er sein Geld stattdessen anzulegen gedenke.

Somit hatte Longfellow nicht nur sein Wiedersehen mit der Familie Knight versäumt, sondern auch den ganzen Tag über Marvins Barouche samt Chauffeur in Beschlag genommen. Am Abend hatte der Kutscher Madeleine zu einer Gesellschaft gefahren, aber vergessen, Marvin zuvor vom Kontor abzuholen. Seine Mutter hatte den Fahrer daraufhin noch rasch zu Marvins Dock geschickt, doch da war er bereits zu Fuß auf dem Heimweg gewesen. Um überfallen zu werden. Und gerettet. Von Lily.

Marvin legte Longfellows Brief neben sich auf das aufgeschlagene Bett und sank in die Kissen zurück, die nackten Füße beließ er auf dem Parkettboden. Er betrachtete die mit Stuckranken verzierte weiße Zimmerdecke und rief sich die Begegnung mit der schwarzen Gestalt in Erinnerung, die sich als Lily entpuppt hatte. Sie mochte ja gelegentlich wahnwitzigen Ideen verfallen, aber ihr Mut und ihr Engagement für andere imponierten ihm. Eine solch tatkräftige Frau wäre sicher eine hervorragende Hausherrin eines Earls. Sie würde sich von keinem Bediensteten manipulieren lassen und wüsste sich gegenüber strapaziösen Menschen durchzusetzen. Sie wäre in der Lage, selbstständig Entscheidungen zu treffen, was das Haus und die Angestellten betraf, ohne ihn damit zu behelligen, was ihm mehr Zeit für seine anderweitigen Aufgaben geben würde. Vielleicht könnte er ihr sogar die Verantwortung für die Ländereien und die Pächter übertragen, wenngleich das zu Anfang wohl für so manche Irritation sorgen dürfte. Aber das würde er gemeinsam mit ihr ausfechten.

Selbstverständlich wäre die Entscheidung für eine Pastorentochter vom Lande in Adelskreisen ein kleiner Skandal, da Marvin die freie Wahl zwischen einigen der wohlerzogensten und mit reichlich Ansehen und Mitgift ausgestatteten Schönheiten des Hochadels hatte. Aber die unselige Ehe seiner Eltern hatte ihn gelehrt, dass die gegenseitige Zuneigung unter den Ehepartnern von allergrößtem Vorteil war. Und Zuneigung verspürte er Lily gegenüber. Aber wie war es um ihre Gefühle bestellt? Dahin gehend war sie für ihn nicht zu durchschauen.

Anders als ihre Geschlechtsgenossinnen sandte sie ihm keinerlei Signale. Keine heimlichen Blicke durch gesenkte Augenlider. Keine geheimen Zeichen mit dem Fächer – deren Bedeutung zu erlernen sich Marvin ohnehin verwehrte. Lily schien seine Nähe nicht zu suchen, sondern wich ihm vielmehr aus. Wie jene jungen Mädchen, die sich vor ihm fürchteten. Wobei Lily sicherlich keine Angst vor ihm hatte, denn dafür gab sie ihm viel zu gern Widerworte.

Auf seine Anwesenheit reagierte sie seiner Meinung nach vergleichsweise gelassen. Sogar die Berührung seiner Lippen an ihrer Stirn schien sie nicht aus dem Konzept gebracht zu haben. Weil er ihr gleichgültig war? Oder weil sie ihm vertraute? Hatte sie den Augenblick genossen, ihre Gefühle aber mit einer weiteren provokanten Bemerkung überspielt?

Marvin würde ja Longfellow fragen, doch – ihre Freundschaft in allen Ehren – dafür erschien ihm das Thema zu persönlich. Zumal er befürchten musste, den Spott seines Freundes auf sich zu ziehen. Demnach musste er die Angelegenheit wohl selbst in die Hand nehmen, auch auf die Gefahr hin, dass Lily ihm erneut einen Korb gab. Die junge Frau war bereits in einem Alter, das sie für den offiziellen Heiratsmarkt disqualifizierte. Ob sie wirklich den Schneid hatte, eine Partie wie ihn, einen angehenden Duke, auszuschlagen? Zum zweiten Mal?

Marvin presste die Lippen zusammen. Er durfte nicht der Kühnheit verfallen, Lily mit anderen Frauen aus der Nobility zu vergleichen. Vermutlich käme sie auch ohne einen Beschützer und Ernährer zurecht, zumal sie Henriettas Zuneigung genoss. Marvin fände es nicht verwunderlich, wenn die Dame ihr Stadthaus und die Ländereien an der Küste eines Tages testamentarisch auf Lily übertragen würde.

Nein, mit Vernunft durfte er der bezaubernden Lily gar nicht erst kommen. In ihrem Fall galt es, ihr rebellisches Herz zu gewinnen. Ein Herz, das sich nichts aus Schmuck und adretten Kleidern machte, sondern sich vielmehr um die Ärmsten der Stadt sorgte. Ein Herz, das in der Brust einer Frau schlug, die sowohl auf rauschenden Bällen des Hochadels zu finden war als auch in den stinkenden Gassen am Hafen. Ein Herz, das …

Marvin fuhr hoch und stieß ein Keuchen aus. Seine Gedanken jagten sich wie das Schiff eines Korsaren eine voll beladene Handelsfregatte – allerdings waren die beiden gerade auf Kollisionskurs! *Von den Reichen nehmen und den Armen geben. Ein weiblicher Robin Hood. Gewiefte Täuschung durch das Zurückbringen wertvoller Objekte. Was zu Nachlässigkeit führt, wenn es um die Suche nach wirklichem Diebesgut geht. Ist unser Robin Hood eine Pastorentochter?*

„Lily?", flüsterte er fassungslos. Widerwillig. Zornig. Bewundernd.

In Gedanken hatte er soeben eine Meisterdiebin zu seiner Ehefrau gemacht. Zu einer Countess und angehenden Duchess. Marvin lachte trocken auf. Verzweifelt und gedemütigt. Dann lachte er ein zweites Mal, diesmal jedoch über sich selbst. Was hatte er vorhin an den Docks noch zu Lily gesagt? *Ich erkenne Ihre Sorge um die Schwächsten der Schwachen an und bewundere Ihren Einsatz für sie.*

London Daily Life **29. Oktober 1811**

Warnung: gewalttätige Bande an den Docks!
Der Anführer gilt als extrem gefährlich.

Robin Hood hat wieder zugeschlagen!
Die Wellen der Empörung schlagen hoch.
Die der Dankbarkeit an den Docks noch weit höher.

Wer ist Londons Robin Hood?
Eine Einschätzung aus der Bow Street.

Robin Hood auf frischer Tat ertappt?
Kinder berichten von einer grün gekleideten Gestalt, die an Fassaden hinaufklettert.

Einundzwanzig

Henrietta zog sich in den hinteren Teil des Raumes zurück, streifte sich energisch das Band mit der Tanzkarte vom Handgelenk und versenkte es mitsamt dem Bleistift in einer beispiellos hässlichen Vase. Sie verspürte keine Lust, zu tanzen. Vor allem nicht mit den älteren Herren, zumeist Witwern, die es sich in dieser Saison auf die Fahnen geschrieben hatten, ihr den Hof zu machen. Sie hätten sich lieber in jungen Jahren um sie bemühen sollen, als Henrietta nahezu verzweifelt auf der Suche nach einem Ehemann gewesen war. Jetzt war sie das nicht mehr.

Es hatte mehrere Bälle, Dinnereinladungen und weitere gesellschaftliche Ereignisse gebraucht, bis sie das durchschaut hatte. Sie musste nicht länger nach einem Tanzpartner Ausschau halten wie jene unreifen Debütantinnen. Denn sie hatte sich mittlerweile mit ihrem Dasein arrangiert. Um herauszufinden, dass für ihr Glück nicht zwingend ein Ehepartner vonnöten war, sondern dass dieses in einer Vielzahl vermeintlich nebensächlicher Begebenheiten zu finden war, hatte es nur jemanden wie Lily gebraucht. Einen Menschen, der Henrietta Murray wertschätzte, wie sie war. Der weder auf sie herabsah noch sich gemeinsam mit ihr in die Ecke der Verschmähten drängen ließ. Außerdem hatte Henrietta eine sinnstiftende Aufgabe gefehlt, die ihren Alltag bereicherte; etwas wie die Verantwortung für Lily und James und die Hilfsaktion im Armenviertel.

Eine weitere Erkenntnis brachte zusätzlich Frieden in Henriettas Herz. Sie musste Lily nicht kopieren, sondern durfte in jeder Hinsicht sie selbst sein. Sie konnte ihre Freiheit genießen, ohne sich von den einengenden Regularien verheirateter Frauen an den Rand der Gesellschaft drängen zu lassen. Sie konnte sich einbringen und ein Ziel vor Augen haben. Dabei war es ihr erlaubt, unscheinbarer aufzutreten als Lily – und viele andere Frauen. Zurückhaltender und nachdenklicher.

Henrietta lächelte sanft vor sich hin. Zum ersten Mal seit mehr als fünfundzwanzig Jahren wurde ihr bewusst, dass sie geliebt war. Auch ohne Ehemann und eigene Kinder.

Lily hatte James in den vergangenen Monaten unablässig versichert, dass Gott ihn liebte, wofür Henrietta im Stillen nur ein verächtliches Schnauben übriggehabt hatte. Weil sie all die Jahre angenommen hatte, dass ebenjener Gott sie schlicht übersah. So wie die jungen Männer damals und später der Großteil der Gesellschaft, in die sie als Tochter eines Marquess hineingeboren worden war, sie übersehen hatten. Henrietta hatte damit gehadert, dass Gott ihr keine aufregenden Kurven geschenkt hatte. Kein strahlendes

Lächeln, keinen schimmernden Teint oder wenigstens die Gabe, jederzeit fröhlich flirtend und munter plappernd die Aufmerksamkeit ihrer Mitmenschen auf sich zu ziehen. Ja, sie war anders. Aber bedeutete das, dass Gott sie weniger liebte? Oder dass er ihr nur die unbedeutenden Spielkarten ausgeteilt hatte?

Zum allerersten Mal fand Henrietta voller Überzeugung ein Nein auf diese selbstzerstörerischen Fragen. Ihr Leben war ein Geschenk. Obwohl sie nicht alles bekommen hatte, was sie sich ersehnt oder von dem sie gemeint hatte, es stehe ihr zu. Ihre Existenz hatte einen Sinn. Selbst dann, wenn Henrietta nicht besaß, was viele andere hatten. Es galt einzig und allein, ein sinnerfülltes Dasein zu führen. Die eigene Berufung zu finden.

Henrietta bedauerte nur, dass sie Jahrzehnte gebraucht hatte, um das herauszufinden. Und um zu erkennen, dass sie reich beschenkt war. Immerhin fehlte es ihr an nichts: Sie hatte ein Dach über dem Kopf, sie hungerte und fror nicht, und wenn sie ärztliche Hilfe benötigte, war Dr. Phelps sogleich zur Stelle. Und das Beste: Als ledige, gut situierte Frau hatte sie sogar weit mehr Freiheiten als jede Ehefrau. Sie war ihr eigener Herr. Und genau so wollte sie fortan leben. Frei, aber verantwortungsbewusst. Auf das eigene Glück bedacht, ohne die Not ihrer Mitmenschen zu übersehen.

Henriettas zufriedenes Lächeln stürzte in sich zusammen wie kurz zuvor eine der übertrieben großen Torten. Sie hatte, während sie ihren Gedanken nachgehangen hatte, beobachtet, wie sich Lily davonschlich. Nun musste sie mit ansehen, wie Marvin sich nahezu hastig von den ihn umflatternden Debütantinnen und deren Müttern verabschiedete und ebenfalls den Ballsaal verließ. Folgte er Lily? Das könnte zu einem Skandal avancieren! Derlei sollten die beiden, vor allem aber der Earl, doch wissen.

Natürlich wäre eine Verbindung zwischen Marvin und Lily eine Schlagzeile wert – und würde mit Sicherheit eine gehörige Portion Missgunst in der Damenwelt hervorrufen –, doch die Aufregung um das ungewöhnliche Paar würde sich bald wieder legen. Es war also vollkommen unnötig, dass die beiden ihren Ruf durch ein heimliches Treffen in Gefahr brachten.

Henrietta löste sich aus ihrem Versteck bei den Häppchen. Sie bewegte sich, so unauffällig es ihr in Anbetracht der gebotenen Eile möglich war, an der Wand mit der grün geblümten Tapete entlang in Richtung Tür. Dabei kam ihr ein zweiter besorgniserregender Gedanke: Es war davon auszugehen, dass Lily ebenfalls die Zeitung las, demnach wusste auch sie von den sich überschlagenden Meldungen rund um einen weiblichen Robin Hood in London. Aber offenbar brachte dies Lily nicht dazu, ihre kleinen Unternehmungen zum Wohle der Armen zu unterlassen. Henrietta konnte das durchaus nachvollziehen. Das Elend in den Hafengassen wuchs täglich an. Lily sorgte sich um so viele Menschen dort und wollte mehr für sie tun. Erst einige Abende zuvor hatten sie darüber gesprochen. Dennoch sollte die junge Frau ihre Bemühungen lieber unterlassen, wenn sie in der Gefahr stand, von Marvin erwischt zu werden.

Aufgeregt knetete Henrietta die Hände. Wie konnte sie Lily warnen, ohne ihr zu verraten, dass sie von ihrem Geheimnis erfahren hatte – durch James?

Sie raffte ihr Kleid unanständig weit hoch und eilte den beiden hinterher. Ihre Schuhsohlen klapperten laut auf den steinernen Fließen, als sie nahezu durch die Flure rannte – in dem verzweifelten Versuch, zu retten, was noch zu retten war.

Lily näherte sich dem Gelben Salon, dessen Tür auch heute offen stand. Der Raum wurde kaum genutzt, weshalb die Dienerschaft hier selten ein Feuer im Kamin entfachte, allerdings drang ein wenig Wärme von der wuchtigen Natursteinfeuerstelle im Atrium hinein.

Sie stieg über die hohe Schwelle. Feuchtigkeit und ein leicht modriger Geruch schlugen ihr entgegen. Ein dicker Teppich verschluckte das Geräusch ihrer Schritte. Direkt hinter der Tür raffte Lily ihr Kleid und entnahm der versteckten Tasche an ihrem Bein eine filigrane Brosche, deren ineinander verschlungene Ranken und Blätter hübsch anzusehen waren. Einer der eingelassenen Diamanten reflektierte das Kerzenlicht aus dem Atrium. Der leichte Stoff ihres Kleids fiel zurück und schwang einen Moment lang um ihre Beine, während sie das Schmuckstück in ihrer Hand und hinter dem weit geschnittenen, aber nahezu durchsichtigen Ärmel ihres Festkleides verbarg.

Ohne Hektik, da sie nicht wusste, ob man vom Gebäude auf der gegenüberliegenden Straßenseite aus zu ihr hereinsehen konnte, schlenderte Lily an den Sitzmöbeln im Raum entlang. Sie strich spielerisch mit der freien Hand über die Rückenlehne eines Sessels und stupste eine Troddel an. Beim Vitrinentisch angekommen, hielt sie inne. Sie beugte sich vor, als bewundere sie die Diademe und Colliers, die Ringe, Ohrringe und eine weitere Brosche, opulenter noch als jene, die sie in der Hand hielt. Gleichzeitig zog sie die rechte Schublade auf und legte das Schmuckstück in ihrer Hand vorsichtig hinein. Sie schob die Lade wieder zu und bestaunte das Funkeln der Diamanten, Saphire und Rubine. Die Versuchung war groß, etwas Neues an sich zu nehmen; ein so dringend benötigtes drittes Pfandobjekt auszuwählen.

Lilys Hand schwebte bereits über dem Griff der linken Schublade, als sie das Klackern von Schuhsohlen vernahm. Die Schritte näherten sich ihr eilends. Alarmiert, wie es ihr vorkam. Und warnend?

Lily legte beide Hände sichtbar auf den Rand der Glaseinfassung und neigte bewundernd den Kopf. Niemand konnte es ihr verdenken, dass sie die hier ausgestellten Schönheiten bestaunte.

Ein Räuspern hinter ihr führte dazu, dass sie erschrocken die Augen aufriss. Sie hörte die nahenden Schritte immer noch, und dennoch stand jemand in der Tür?! Hitzewellen jagten durch sie hindurch. Sie sah sich bereits vor Gericht. Auf einem Schiff in die Verbannung. Vor einem Galgen stehend.

Mit einem gezwungenen Lächeln wandte Lily den Kopf. Kein Geringerer als der Earl of Kantley lehnte seitlich im Türrahmen, die Arme hatte er vor der Brust verschränkt. Seine Gemütslage konnte sie nicht deuten, da Marvins Gesichtsausdruck dem einer gefühllosen Maske glich. *Was hat er gesehen? Was vermutet er? Lieber Gott, lass ihn mich nicht dabei beobachtet haben, wie ich an dem Schubfach zugange war.*

Lilys Herz klopfte wild. Diesmal allerdings nicht vor Aufregung, weil Marvin ihre Nähe suchte. Nicht weil er es gewagt hatte, beinahe ihre Stirn zu küssen. Sondern weil ausgerechnet *er* es war, der sie erwischt hatte!

Panik bemächtigte sich ihrer. Sie spürte überdeutlich das Zittern ihre Knie und hoffte, dass Marvin es nicht bemerkte. Diese fließenden, leichten Kleiderstoffe verbargen viel zu wenig.

„Miss Thomson?" Henrietta bog vom Flur aus in den tiefen Türrahmen ein und kam nur einen Schritt hinter Marvin zu stehen. „Oh, Lord Kantley!"

„Lady Henrietta." Marvin verbeugte sich höflich, seine Miene blieb aber ausdruckslos. Kurz huschte sein Blick zwischen Lily und Henrietta hin und her.

„Mein lieber Junge …", begann Henrietta und spielte mit der vertraulichen Anrede darauf an, dass sie Marvin schon von klein auf kannte. „Sie und Miss Thomson sollten hier nicht allein zugegen sein."

Lily pflichtete der um den Erhalt ihrer Reputation bemühten Frau in Gedanken bei. Wobei sie sich gerade um etwas völlig anderes sorgte …

„Ich war selbst überrascht, Miss Thomson hier anzutreffen." Marvins Blick wanderte erneut zu Lily, die sich weiterhin reichlich unbehaglich fühlte. Was glaubte der Mann, gesehen zu haben? Eine neugierige Frau beim Bewundern des Erbschmucks der Gastgeber? War seine Miene dafür nicht entschieden zu grimmig?

Sie atmete tief durch und wandte sich wieder den Kostbarkeiten zu. „Kennen Sie die Geschichte dieses außergewöhnlich hübschen Schmuckstücks, Lord Kantley?", fragte sie und deutete auf eine goldene Kette, die offenbar eng am Hals getragen und mit einer Art Kordel geschlossen wurde. Das Schmuckstück selbst bestand aus mehreren Reihen ineinander verschlungener Kettenglieder, besetzt mit funkelnden Diamanten und blassblauen Edelsteinen. Jene Steine wirkten, als lägen sie in einem Bett aus Goldfolie. Die unterste Reihe der Kette bestand aus gehämmerten Goldplättchen, die, so vermutete Lily, bei jeder Bewegung leise klimpern.

Marvin bedeutete Henrietta, vor ihm den Raum zu betreten und somit die Schicklichkeit zu wahren. Dann beugten sie sich alle drei über den Schaukasten.

Lily hatte den Eindruck, dass die soeben zurückgelegte Brosche verräterisch hell glänzte und schimmerte. Ob Marvin und Henrietta dem Schmuckstück ansehen konnten, dass es hier nicht – wie all die anderen Teile – seit Monaten ein Schattendasein fristete, sondern gerade erst von einem Ausflug nach Whitechapel zurückgekehrt war?

„Diese hier", sagte Lily und konnte selbst hören, wie heiser ihre Stimme klang.

Marvin beugte sich noch weiter vor, als sie auf das Schmuckstück deutete, und dabei streifte sein Arm den ihren. Unvermittelt fragte sich Lily, wie ihr mit einem Mal so schrecklich heiß sein konnte. Sie wünschte, sie hätte ihren Fächer nicht nachlässig irgendwo liegen lassen, vermutlich beim Getränkebüfett.

„Sie stammt aus Indien." Marvin wirkte kurz angebunden, ja beinahe unwillig. Er wandte sich sogleich wieder von der Vitrine ab.

„Und ihre Geschichte?", hakte Lily nach.

Marvin taxierte sie, in seinen Augen schien ein Feuer zu lodern. „Die wollen Sie nicht hören."

Von Henrietta kam ein erstickter Laut, Lily biss sich auf die Unterlippe. Es war offensichtlich, dass Marvin Englands Präsenz in Indien nicht guthieß. Oder sollte es vielmehr heißen: was England Indien und den Menschen dort antat?

Lily war politisch nicht sonderlich bewandert, doch eines wusste sie mit Sicherheit: Eine Fremdherrschaft, die Bildung von Kolonien und kriegerische Konflikte zogen stets Leid nach sich. Die Begriffe „unberechtigte Landnahme" und „Ausbeutung" kamen ihr in den Sinn, ohne zu wissen, ob sie diese in einem kritischen Zeitungsbericht gelesen oder in einem Gespräch aufgeschnappt hatte. Traurig blickte sie auf die Kette und wandte sich dann ruckartig um. „Ich wünschte, wir würden endlich verstehen, dass Gottes Liebe allen Menschen gilt. So würden wir vielleicht damit aufhören, immerzu unseren eigenen Vorteil zu suchen und dabei … über Leichen zu gehen. Wenn Sie mich bitte entschuldigen würden, Lord Kantley?"

Lily wagte einen Blick in seine Richtung. Das gefährliche Flackern in seinen Augen war fort, was sie nun darin las, war jedoch kaum weniger aufwühlend. Sie war sich sicher: Nie zuvor hatte ein Mann sie dermaßen intensiv angesehen. Als wolle er in ihre Seele schauen.

Sie hielt seinem Blick stand. Eine Sekunde, dann noch eine weitere. Es war fast vollkommen still um sie herum, nur die Musik und das Gelächter drangen gedämpft zu ihnen herein. Lilys Inneres allerdings war aufgewühlt wie die stürmische See. Plötzlich sehnte sie sich danach, in ihre Heimat zurückzukehren; die Weite des Meeres vor sich zu sehen und endlose Spaziergänge am Strand zu unternehmen. Sie vermisste die pittoresken Häuser der kleinen Ortschaft, in denen ganz sicher nicht nur eitel Sonnenschein herrschte, wo aber nicht all das Elend hauste, dem sie hier in London begegnet war. Nur eine Kutschfahrt oder einen Fußmarsch von jenen palastähnlichen Gebäuden entfernt, in denen das Wort „Verschwendung" nicht zum Sprachgebrauch gehörte.

Lily fühlte sich plötzlich unsagbar erschöpft und verspürte das dringende Bedürfnis, augenblicklich nach Meltonplace zurückzukehren. Um nicht erneut Henriettas, vor allem aber Marvins Protest heraufzubeschwören, bestand sie nicht darauf, die wenigen Meter zu Fuß zurückzulegen, sondern flüsterte Henrietta zu, dass sie die Kutsche nehmen und diese wieder hierher zurückschicken würde.

„Ich komme mit Ihnen, meine Liebe. Und morgen, wenn Sie sich erholt haben, überlegen wir gemeinsam, ob wir nicht erneut nach Murray House fahren, damit Sie Ihren Vater besuchen und sich am Meer ausruhen können. Ich fürchte, ich habe Sie ein wenig zu sehr beansprucht."

„Beansprucht hat Miss Thomsons übergroßes Herz wohl vielmehr der Kummer um die Menschen am Hafen", wandte Marvin sanft ein. „Ich sorge dafür, dass Ihr Landauer vorfährt. Lady Henrietta, Miss Thomson?" Er verbeugte sich knapp und verließ mit großen Schritten den Raum.

„Ich vermute", sagte Henrietta leise, „er grämt sich, weil er Ihnen durch seine Bemerkung über die Halskette aus Indien den Ball verdorben hat."

„Ich habe ihn gefragt, und er hat mir, wenngleich zurückhaltend, eine ehrliche Antwort gegeben. Was ich sehr schätze, wie Sie wissen."

„Es entspricht nicht dem Wesen von Lord Kantley, die Wahrheit zu verdrehen und das Geschehene zu verharmlosen." Henrietta klang noch immer bedauernd.

„Was ich für einen ehrenwerten Wesenszug halte", flüsterte Lily.

Henrietta nickte und bot Lily den Arm an. Diese hakte sich bei ihr unter und gemeinsam verließen sie den Raum. Lily fröstelte, als hätte Marvin alle Wärme mit sich genommen. An der Eingangstür angekommen, bat Henrietta den Butler, der ihnen in die Pelissen half, sie bei den Gastgebern zu entschuldigen, mit der Begründung, dass Miss Thomson unpässlich sei.

Marvin wurde hereingelassen; der zähe Nebel hatte winzige Wassertropfen in seinem dunklen, noch immer viel zu langen und nachlässig frisierten Haar hinterlassen. „Ihr Gefährt steht bereit." Er schwieg einen Augenblick, ehe er hinzufügte: „Ich bitte um Verzeihung, Miss Thomson, da ich wohl für Ihr Unbehagen verantwortlich bin."

„Soweit ich weiß, geht diese … Angelegenheit mit Indien schon viel zu lange, als dass Sie dafür verantwortlich zeichnen könnten." Lily schenkte ihm ein Lächeln, das er erwiderte.

„Aber vielleicht trage ich eine gewisse Mitschuld. Für das Ausbleiben der gewünschten Veränderung?"

„Nun, daran lässt sich arbeiten, sobald Sie Ihren Sitz im Oberhaus einnehmen, nicht wahr?"

Marvins Lächeln vertiefte sich. „Die Herrscher dieser Welt sollten sich vor Ihnen vorsehen, Miss Thomson."

„Oh, ich bin höchst harmlos, das versichere ich Ihnen."

Marvin warf einen Blick zu Henrietta, die sich bereits nach draußen begeben hatte, dann beugte er sich Lily entgegen und raunte: „Sie sind eine Menge, Miss Thomson, aber nicht harmlos."

Lily wusste nicht so recht, ob sie sich geschmeichelt fühlen oder vielmehr entrüstet sein sollte. Manchmal verstand sie selbst bei Marvin nicht, welche Bedeutung sich hinter seinen vordergründig arglos erscheinenden Worten versteckte. Sie fand diese Art der Konversation, in der ein Lob zugleich eine Beleidigung enthalten konnte und andersherum, überaus ermüdend. Umso mehr, je länger sie dieser ausgesetzt war.

„Besonders nicht für mich", hörte sie ihn noch murmeln.

Seltsam atemlos wandte sich Lily von ihm ab, drehte sich im Türrahmen aber nochmals um. Sie konnte das einfach nicht so stehen lassen. Immerhin könnte dieser Mann gefährlich dicht dran sein, ihr Geheimnis zu durchschauen. Und das wäre ihr Untergang. „Deshalb gereicht es Ihnen wohl zum Vorteil, sich von mir fernzuhalten."

Der kurze Moment, in dem sie zuerst Erschrecken und anschließend Schmerz in seinen Gesichtszügen las, schnitt ihr tief ins Herz. Denn Letzteres verspürte auch sie.

Lily saß bereits in der Kutsche – entgegen der Fahrtrichtung –, als sich ihr rasender Puls allmählich beruhigte. Dann sah sie trotz des wabernden Nebels, dass Marvin nicht in das Gebäude zurückkehrte, sondern die Straße entlangging. Der begehrteste Junggeselle der Saison verließ frühzeitig die Festgesellschaft. Das würde wohl unzähligen jungen Mädchen und deren Familien Ungemach bereiten.

„Ich … habe Sie zu stark beansprucht, nicht wahr, Miss Thomson?" Henriettas Stimme riss Lily aus der Betrachtung der durch die Gaslampen orange leuchtenden Nebelschwaden.

„Ich bin zu Ihnen nach London gekommen, weil Sie meine Gesellschaft wünschten. Das war eine große Ehre für mich, und ich bin Ihnen sehr dankbar dafür."

„Aber es ist … Sie haben genug vom Leben in der Großstadt? Von Meltonplace? Von …"

Ehe Henrietta es aussprechen konnte, rutschte Lily auf dem Sitz nach vorn und ergriff die fahrig über das feuchte Cape streichenden Hände der Frau. „Ich bin herzlich gern in Ihrer Gesellschaft, Lady Henrietta. Sie haben mir eine neue Welt eröffnet. Ich profitiere von Ihrer Güte und lerne so viel von Ihnen."

Von Henrietta kam ein erstaunter Laut, ehe sie sagte: „Sie profitieren von mir? Lernen von mir? Ich denke, es verhält sich vielmehr andersherum."

„Ist eine Freundschaft denn nicht immer ein wechselseitiges Geben und Nehmen?"

„Sie sehen in mir … eine Freundin, Miss Thomson?" Henrietta sah sie erst völlig entgeistert an, dann schenkte sie ihr ein strahlendes Lächeln.

„Wie könnte ich eine mit so viel Großmut, Feingefühl und Anstand gesegnete Frau, wie Sie es sind, nicht zur Freundin haben wollen? Sie haben eine liebenswürdige Seele, vereinen Ungezwungenheit und Grazie in sich und verfügen darüber hinaus über einen untadeligen Charakter, für den ich Sie nur bewundern kann."

Lily drückte voller Zuneigung Henriettas Hand. Dass die Frau sich trotz der neu gewonnenen Freiheiten und der selbstbewussteren Lebensweise weiterhin dermaßen zurücknahm, war ein weiterer charmanter Wesenszug an ihr. „Ich fühle mich in Ihrer Nähe sehr wohl und unternehme gern etwas mit Ihnen. Und ich empfinde Ihnen gegenüber sehr viel Respekt und Sympathie. Die besten Voraussetzungen also für eine echte Freundschaft, denken Sie nicht auch?" Lily lächelte die Frau offen an, ehe sie in leichterem Tonfall hinzufügte: „In der Weise, wie Sie mich verwöhnen, ja manchmal bemuttern und sich um mein Wohlergehen sorgen, könnte man fast meinen, Sie wären die Lieblingstante, die ich mir immer gewünscht habe."

„Mir gefällt beides: Freundin und Lieblingstante."

„Das eine schließt das andere ja nicht aus."

Henrietta seufzte auf, was Lily zu einem Kichern verleitete. Diesmal war es an der älteren Dame, Lilys Hände zu drücken, ehe sie vorsichtig fragte: „Dann werden Sie mich also nicht verlassen?"

Lily schüttelte den Kopf. Das also war Henriettas Sorge? Und trotzdem hatte sie Lily großherzig angeboten, dass sie erneut nach Murray House reisen würden, um in der unmittelbaren Nähe von Lilys Vater zu sein? Dort wäre es ein Leichtes für Lily, am Ende der Reise nicht mehr nach London zurückzukehren.

„Nein, ich verlasse Sie nicht. Zumindest nicht in absehbarer Zeit."

„Sie meinen, zumindest nicht, bis ein schneidiger junger Mann Sie vor den Traualtar führt?"

„Das wird wohl kaum geschehen." Lily wusste genau, woher die Traurigkeit in ihr rührte, nachdem sie die Worte ausgesprochen hatte.

„Unterschätzen Sie den eisernen Willen eines Earl of Kantley nicht."

„Du meine Güte!" Lily verdrehte aus purer Hilflosigkeit die Augen. Sie wusste darauf keine passable Antwort, und das Flattern ihres Herzens machte die Lage für sie nicht eben besser.

„Denken Sie, ich sehe nicht die Blicke, die er Ihnen zuwirft? Wenn man ihn so sieht, könnte man meinen, dass er alles andere um sich herum vergisst. Sein Fokus liegt dann allein auf Miss Lily Thomson. Und erst das Strahlen in *Ihren* Augen, wenn er sich zu Ihnen gesellt. Man könnte sämtliche Kerzen im Raum löschen, und um Sie her wäre es dennoch taghell."

„Jetzt geht aber Ihre schwärmerische Fantasie mit Ihnen durch, Lady Henrietta." Lily schüttelte lachend den Kopf.

„Finden Sie?", fragte Henrietta verunsichert, fand jedoch schnell zu ihrem neuen Selbstvertrauen zurück. „Ich denke nicht, dass ich mich täusche. Und ich genieße es, Sie beide zu beobachten. Es ist immer ein wenig so, als würden auch in meinem Bauch Schmetterlinge umherflattern. Ganz abgesehen davon, dass Sie ein wunderschönes Paar abgeben. Sie sind … wie füreinander geschaffen."

„Wir lägen vielmehr ständig im Streit."

„Ich bin mir sicher, Versöhnungen sind eine … reizvolle Angelegenheit für ein Ehepaar."

„Lady Henrietta!", stieß Lily empört und amüsiert zugleich hervor. Sie lachte verhalten vor sich hin, ehe sie zum Gegenangriff überging. „Da wir gerade davon sprechen: Wie steht es denn mit Ihren Galanen?"

„Liebe Miss Thomson, in dieser Hinsicht muss ich Sie leider enttäuschen."

„Wollen Sie damit andeuten, die *Gentlemen* haben –" Lily spürte Verärgerung in sich aufwallen. War die zur Schau getragene Ehrerbietung gegenüber Henrietta nicht echt gewesen? Wurde die Lady erneut von der Vergangenheit eingeholt? „Ich werde den Herren bei nächster Gelegenheit eine Menge zu sagen haben."

„Oh, das wird sicher amüsant. Vor allem wenn Lord Kantley Ihnen beispringen muss. Die gediegenen Herren lassen sich nämlich nur ungern von einer jungen Dame wie Ihnen herunterputzen."

Fassungslos starrte Lily Henrietta an. Diese rieb sich genüsslich die Hände und zupfte dann mit einem süffisanten Lächeln auf den Lippen ihre Handschuhe zurecht.

„Ich fürchte, mein Einfluss auf Sie ist nicht der beste", resümierte Lily.

„Im Gegenteil, meine Liebe: Er ist in jeder Hinsicht reizend, beglückend und das Vortrefflichste, was mir je zuteilwerden konnte."

„Ich denke, das sieht längst nicht jeder so", murmelte Lily.

„Das war doch der tiefere Sinn des Ganzen, nicht wahr? Nicht mehr übersehen zu werden. Sich aus dem Schattendasein einer verschmähten, verspotteten und erniedrigten alten Jungfer zu erheben. Die Flügel auszubreiten und –"

„… sie sich zu verbrennen?" Lily kam um den Eindruck nicht herum, dass Henrietta auf ihre Frage hin reichlich schuldbewusst dreinblickte. Noch ehe sie nachfragen konnte, was es damit auf sich hatte, kam die Kutsche vor Meltonplace zum Stehen. Ein Lakai öffnete eilig den Schlag und half ihnen aus dem Inneren des Gefährts.

London Daily Life **1. November 1811**

Ehefrau erschlägt Ehemann
Drama in der Clifford Street.

Der Ton reagiert empört auf weitere mysteriöse Geschehnisse in seinen Stadthäusern
Diener als Wachpersonal freigestellt.

Die Irrungen und Wirrungen des Robin Hood
„Meisterdieb" lässt Smaragdcollier verschwinden und bringt Diamantbrosche zurück.

Zweiundzwanzig

Als Butler hatte er die Pflicht – oder vielmehr das Privileg, wie Archie inzwischen fand –, die Zeitungen für die Herrschaften zu bügeln. Dabei konnte er selbst einen Blick auf die Schlagzeilen werfen. In diesen Herbstwochen war neben den politischen Debatten hauptsächlich die derzeitige Saison mit ihren sich anbahnenden Verbindungen ein wichtiges Thema, wobei sowohl die jungen Damen als auch die heiratswilligen Herren kein Potenzial für einen handfesten Skandal lieferten. Das war für die meisten Zeitungsleser bedauerlich, für die Herausgeber der Blätter hingegen geschäftsschädigend. Also griffen Letztere ein plötzlich präsentes, recht mysteriöses

Thema auf und sorgten dafür, dass ganz London darüber sprach: *Weiblicher Robin Hood macht die Stadt unsicher.*

Die Journalisten lieferten sich einen Wettstreit darum, wer die glaubwürdigsten Zeugen befragte, und strebten nach immer skandalöseren Enthüllungen. Allerdings, so stellte Archie beim Lesen mit hochgezogenen Augenbrauen fest, gab es derer keine. Niemand wusste, wer sich hinter der Schattenfigur verbarg, die für die einen zur romantischen Heldin avancierte, während sie für die anderen nicht mehr als eine gemeine Diebin war. Und jene, die es tatsächlich wissen könnten, schwiegen beharrlich.

Archie beugte sich tiefer über den Artikel der *London Daily Life.*

Eine mit einem Diamanten besetzte Brosche, ein wertvolles Erbstück, war, so ergab die Recherche des Autors, eine Zeit lang verschwunden. Inzwischen ist das Schmuckstück wieder an seinen angestammten Platz zurückgekehrt. Und wie immer will niemand gesehen haben, von wem und wann das Schmuckstück entwendet und wieder zurückgebracht wurde.

Über Wertgegenstände, die unauffindbar bleiben – was in jüngster Vergangenheit gelegentlich vorgekommen ist –, konnte der Autor nichts Neues in Erfahrung bringen. Dies verleitet ihn zu der Annahme, dass es sich um zwei Diebinnen handeln könnte. Der Nachahmerin, die das Diebesgut behält oder veräußert, ist die Angelegenheit durch das Presseinteresse vermutlich zu riskant geworden. Der Verdacht des Autors geht sogar dahin, dass sie bald in einer anderen Stadt zuschlagen könnte. Die wahre Miss Robin Hood jedoch wird wohl weiterhin ihre Spielchen in London treiben …

Archie konnte über derartige Spekulationen nur den Kopf schütteln. Jeder Diebstahl war mit dem Risiko verbunden, dass die Herrschaften einen ihrer Bediensteten verdächtigten. Das war kein harmloses Spiel. Wobei – er blickte zur Decke seines Privatgemachs hinauf – inzwischen hinter jedem verschwundenen Gegenstand jene ominöse Schattengestalt vermutet wurde. Vielleicht hatte der eine oder andere Bedienstete inzwischen tatsächlich etwas entwendet. Angespornt und beruhigt durch den Gedanken, dass der Verdacht ohnehin auf Robin Hood fallen dürfte.

Archie runzelte die Stirn, dann riss er ruckartig das Plätteisen hoch. Das Papier wies den hellbraunen Abdruck der Bügelfläche auf. Lord Melton würde ihm dafür ordentlich den Kopf waschen. Grübelnd legte er die Zeitung zusammen. Ob er das Blatt einfach verschwinden lassen und behaupten sollte, es wäre heute nicht geliefert worden? Er entschied sich dagegen. Schließlich hatte auch er seinen Stolz und würde die Schuld nicht auf einen unbeteiligten Zeitungsjungen abwälzen.

Im nächsten Moment schüttelte er über sich selbst den Kopf. Allmählich führte er sich auf wie sein Vater ... Obwohl ihn der Vergleich ärgerte, legte Archie das angesengte Tagblatt zuoberst auf den Stapel und nahm sich vor, den Lord unverzüglich auf sein Missgeschick hinzuweisen. Er würde ihm anbieten, loszugehen und die Zeitung auf eigene Kosten zu ersetzen.

Bei diesem Gedanken stutzte Archie und schlug die Zeitung ein weiteres Mal auf. Wieder las er den Bericht über Robin Hood. Eines konnten die Presseberichte – und auch die Gerüchte, die wilder durch London jagten als die derzeitigen Herbststürme – nicht erklären: Wie konnte Robin Hood den Armen helfen, wenn er das Diebesgut nicht veräußerte? Woher nahm der Mann – *die Frau,* verbesserte sich Archie – das Geld, um Lebensmittel, dringend benötigte Kleidung, Kohle und weitere wichtige Gegenstände des täglichen Bedarfs zu erstehen und sie an den Docks zu verteilen?

Das Läuten der Türglocke ließ Archie zusammenfahren. Immerhin stand er seit einigen Minuten reglos mit den Zeitungen im Arm da und starrte auf seine blank polierten Schuhspitzen. Er eilte nach oben, legte den Stapel auf die Anrichte und öffnete kurz darauf die Tür. Ein kräftiger Windstoß und Theodore Longfellow wehten herein. Der Mann war zuletzt ein häufiger Gast in diesem Haus gewesen. Er frühstückte mit Miss Lily und Lady Henrietta, zog sich mit Lord Melton in dessen Arbeitszimmer zurück, verbrachte anschließend noch geraume Zeit mit Henrietta in der Bibliothek – hinter verschlossenen Türen wohlgemerkt – und ging dann wieder seiner Wege.

Archie konnte nicht mit Bestimmtheit sagen, welche Motivation Longfellows Besuchen bei den Frauen zugrunde lag, er vermutete allerdings, dass es dem jungen Mann vorrangig um Lily ging. Die beiden passten aber auch wirklich wunderbar zusammen, fand er.

Lily fühlte sich unpässlich. Ob dies an dem trüben, feuchtkalten Wetter lag, das den Rauch in die Gassen drückte, daran, dass viele der Familien, für die sie sich verantwortlich fühlte, ihre Wohnungen nicht ausreichend heizen konnten oder an der unruhigen Nacht, die sie hinter sich hatte, konnte sie nicht sagen.

In einem fort hatte sie diverse Schreckensszenarien durchgespielt. Angefangen damit, dass jemand sie dabei erwischen könnte, wie sie ein weiteres Pfandobjekt holte oder zurücklegte. Viel zu lebhaft stand ihr vor Augen, wie sowohl Longfellow und Marvin als auch Henrietta hinter ihr Geheimnis kommen und sie dafür verurteilen könnten. Ihre Sorge gipfelte in der Befürchtung, ihr eigentlich wohlmeinendes Handeln könnte gänzlich missverstanden werden und sie selbst auf einem Gefangenenschiff enden, das sie in die australische Sträflingskolonie beförderte – oder sogar an den Galgen.

Erst weit nach Mitternacht hatte Lily erkannt, dass es ihr Gewissen war, das sie quälte. Über Monate hinweg hatte sie sich selbst getäuscht, indem sie sich eingeredet hatte, nichts Falsches zu tun. Im Recht zu sein. Keine Straftat zu begehen. Und obwohl man sie inzwischen mit der verklärten Gestalt des Robin Hood verglich, konnte Lily sich nicht länger etwas vormachen: Hinter dem vermeintlichen Wohltäter steckte ein Gesetzloser. Und in ihrem Fall war es nicht anders. *Oder ist es statthaft, von den Reichen – die sich aus der Verantwortung für ihre Mitmenschen stehlen – zu nehmen, um den Armen zu geben? Wie Gott wohl darüber –*

Energisch zog sich Lily die Redingote fester um die Schultern. Als sie über Unrat stolperte und beinahe hinfiel, rief sie sich selbst dazu auf, all diese Gedanken einmal mehr zu verdrängen und besser auf den Weg zu achten. Vor ihr huschte, einer Katze gleich, James in eine benachbarte Gasse und klopfte nur wenig später kräftig an eine verwitterte Tür.

Lily war sich sicher, dass sie noch nie zuvor in diesem Gässchen gewesen war. Sie stieß ein leises Seufzen aus. James hatte eine neue Familie aufgetan, die dringend ihre Hilfe benötigte. Dabei wünschte sich Lily, sie könnten sich auf diejenigen konzentrieren, die bereits Unterstützung von ihnen erhielten. Schließlich war es ein Ding der Unmöglichkeit, allen Familien im Hafenviertel zu helfen. Gleichgültig, dass Henrietta zuletzt häufiger finanzielle Mittel einbrachte, denn offenbar drang die Frau allmählich zu den Herzen ihrer Bekannten durch.

Den Jungen schienen Lilys Bedenken allerdings nicht zu interessieren. Er huschte flink durch den Türspalt ins Innere des Hauses.

Aufgewühlt umklammerte Lily den Türgriff, ein Stück Holz an einem Seil. Zwei Männer kamen in ihre Richtung getorkelt, zu dieser frühen Stunde bereits so betrunken, dass sie anzügliche Lieder grölten und sich aneinander und an den Hauswänden festhalten mussten. Hier leben zu müssen, war furchtbar!

Die näher kommenden Trunkenbolde trieben Lily über die vor Feuchtigkeit halb zerfallene Türschwelle. Als sie die Tür hinter sich zuschob, meinte sie in dem Spalt zwischen den beiden gegenüberliegenden Gebäuden eine Gestalt zu sehen, die versuchte, unsichtbar zu bleiben. Ein eiskalter Schauer rieselte ihr über den Rücken. Obwohl James die Gegend wie seine Westentasche kannte, konnte Lily das Gefühl allgegenwärtiger Gefahr nicht abschütteln. Hastig schob sie die Tür ins Schloss, musste dabei aber feststellen, dass diese gar nicht abschließbar war.

Bestürzt wandte sie sich um. Hier gab es nur einen Abstellraum, dessen Wände mit einer dicken Rußschicht überzogen waren und in dem es nach Schimmel roch. Im Dämmerlicht des einzigen, völlig verdreckten Fensters musterte sie das als Schlafstatt dienende faulige Stroh auf dem Boden. Eine Bettdecke gab es nicht. Auf Lily wirkte der Raum, als würde es sich um eine unbewohnte, baufällige Ruine handeln.

Sie blickte an James vorbei und sah ein Mädchen von vielleicht siebzehn Jahren, um das sich drei Kinder scharten; das jüngste geschätzte fünf Jahre alt. Sie hatten alle die gleichen kupferroten Haare und die Gesichter voller Sommersprossen. Ihre Kleidung war zerlumpt, die Hände und Gesichter allerdings sauber. Offenbar achtete das große Mädchen darauf, dass sich alle regelmäßig wuschen.

Um die Jüngsten nicht noch mehr zu ängstigen, streifte Lily die Kapuze ab, damit sie als Frau zu erkennen war. Sie machte einen Schritt auf die Kinderschar zu, stockte aber, als James sagte: „Das ist Anne. Seit dem Tod ihrer Eltern kümmert sie sich um ihre Geschwister. Sie ahnen vermutlich, womit sie ihr Geld verdient?"

Lily fuhr zurück. Erstarrte. Dann fiel sie auf die Knie, schlug sich die Hände vors Gesicht und begann, bitterlich zu weinen.

Keiner der beiden Männer, die Marvin seit einigen Tagen dafür entlohnte, dass sie dem ungewöhnlichen Dreiergespann heimlich zu den Docks folgten, hatte heute Zeit gehabt. Also hatte Marvin beschlossen, selbst für den Schutz der beiden Frauen und des Jungen zu sorgen.

Seit gut drei Stunden schlich er nun schon hinter Lily, Henrietta und James her, wobei Henrietta gleich in der ersten baufälligen Behausung zurückgeblieben war, die sie aufgesucht hatten – in einer Gegend, in der die Damen absolut nichts zu suchen hatten und wo auch der Junge eigentlich fehl am Platz war. *Eigentlich,* denn Kinder gab es hier zuhauf. Trotz des stürmischen Wetters tobten die Kleinen durch die Gassen; sie bettelten, boten sich aufdringlich für kleinere Dienstleistungen an oder saßen spielend im Matsch.

Marvin stand deutlicher als je zuvor vor Augen, welch unverschämtes Glück James gehabt hatte, an jenem Tag vor über einem halben Jahr auf seine beiden Gönnerinnen gestoßen zu sein. Offenbar, so hatte Madeleine es kürzlich formuliert, hatte Gott mit dem kleinen Kerl noch etwas vor.

Marvin war Lily und James in eine schmale Gasse gefolgt und hatte durch ein Fenster beobachtet, wie Lily einem alten Mann, der sich kaum auf den Beinen halten konnte, eine karge Mahlzeit zubereitete, während James ihm aus einem Buch vorlas. Nachdem der

Mann sich gestärkt hatte, wickelte Lily ihm die schmutzigen Baumwollstreifen von den dürren Beinen. Der Anblick der offenen Unterschenkel ließ Marvin zurückweichen. Lily jedoch bestrich die Geschwüre in einer bewundernswerten Selbstverständlichkeit mit einer Paste und verband sie neu. Als sie sich penibel die Hände wusch, vermutlich mit einer Natronseife aus dem Murray-Haushalt, zog Marvin sich wieder in einen dunklen Häuserspalt zurück, da er nicht gesehen werden wollte.

Auf ihrem Weg zum nächsten Haus unterhielten sich Lily und James kurz mit einem jungen Kerl, von dem Marvin annahm, dass er zu jener Bande gehörte, die ihn vor einigen Tagen überfallen hatte. Anschließend verteilten die beiden verschwindend geringe Mengen an Lebensmitteln, bedachte man, wie viele Mitglieder manche der von ihnen besuchten Familien zählten. Einmal nahm Lily eine filigran bestickte Bluse entgegen, bezahlte dafür und steckte sich das Kleidungsstück unter die Redingote. Offenbar besaß ihr Herrenmantel eine Menge Innentaschen, an denen es seinem eigenen mangelte. *Wie gewieft von ihr!* Marvin schmunzelte, vor Belustigung und Bewunderung zugleich. In diesem Stadtteil prall gefüllte Taschen oder Körbe spazieren zu tragen, war ein unkalkulierbares Risiko, das Lily offenbar nicht eingehen wollte.

Für Marvin deutete nichts darauf hin, dass Lily Diebesgut bei sich trug, um es an einen windigen Hehler zu verkaufen. Vermutlich stammten die finanziellen Mittel ausschließlich von ihm, seiner Mutter, die Lily weiterhin ihr Nadelgeld zur Verfügung stellte, von Longfellow und einigen anderen Spendern. Garantiert hatte sich auch Henrietta von so manchem Wertgegenstand getrennt – auch wenn Marvin nicht genau beziffern konnte, wie vermögend die Lady tatsächlich war. Vielleicht wachte Halston eines Tages in einem leer geräumten Anwesen auf …

Schließlich hatten sich Lily zwei betrunkene Hafenarbeiter genähert, was Marvin dazu getrieben hatte, erneut sein Versteck zu verlassen. Er musste der leichtsinnigen jungen Frau beistehen! Doch sowohl James als auch Lily waren blitzschnell im Inneren einer baufälligen Behausung verschwunden. Es handelte sich dabei um eine jener aus Holz zusammengezimmerten Katen, die wirkten, als würde der nächste kräftige Windstoß sie in einen Bretterhaufen verwandeln, dessen Bestandteile sich nicht einmal mehr zum Feuermachen eigneten.

Marvin wartete, bis sich die Trunkenbolde weit genug von ihm entfernt hatten, ehe er über die Straße huschte, sich neben dem einzigen Fenster des Gebäudes postierte und angestrengt durch das fast blinde Glas ins Innere sah. Dabei wurde er Zeuge, wie Lily regelrecht erstarrte. Unwillkürlich spannte er die Muskeln an. War sie in Gefahr? Er beugte sich noch weiter nach vorn und beobachtete, wie Lily auf die Knie sank und zu weinen begann.

Marvin ballte die Hände zu Fäusten, denn in seinem Inneren tobte ein wilder Schmerz. Lily dermaßen verzweifelt zu sehen und ihr nicht beistehen zu können, machte ihn fast wahnsinnig! Diese Frau legte wahrlich ein übergroßes Herz an den Tag. Sie war mutiger als eine Löwin und zugleich empfindsamer und schöner als eine Zantedeschia; jene Pflanze, die der Gärtner seines Landguts so sehr mochte.

Eine knappe Viertelstunde später duckte sich Marvin und tauchte erneut in seinem Versteck unter, da Lily zur Tür ging und das baufällige Gebäude verließ. Allein! Fassungslos schüttelte er den Kopf. Wollte das leichtsinnige Geschöpf nun ohne den gewieften und ortskundigen Jungen durch dieses verrufene und gefährliche Viertel spazieren?

Marvin huschte ebenfalls auf die Gasse, um ihr zu folgen. Inmitten der verrußten Nebelschwaden wirkte Lily, auch dank des Herrenmantels mit Kapuze, wie ein junger Mann, da sie betont kraftvoll ausschritt. Vermutlich würde niemand auf den Gedanken verfallen, bei der Gestalt könnte es sich um eine Frau handeln. Dennoch folgte Marvin ihr unverzüglich. Er durfte sie nicht aus dem Blick verlieren. Wenn ihr etwas zustieße …

Die Vorstellung ließ ihn grimmig die Stirn runzeln. Wie oft war Lily in den vergangenen Monaten allein hier unterwegs gewesen, ohne dass er sie hatte beschützen können? Und wie oft würde sie es in Zukunft noch wagen, wenn er seinen Geschäften nachging, den Gentlemen's Club besuchte oder bei seiner Mutter nach dem

Rechten sah? Er fuhr sich aufgebracht durchs Haar. Einen Moment lang war er versucht, zu ihr aufzuschließen. Sie zur Rede zu stellen. Sie zu bitten, derart gefährliche Unterfangen künftig zu unterlassen – oder besser, sie *ihm* zu überlassen. Doch Marvin ließ es sein. Denn dass sie ein bestimmtes Ziel hatte, war ihr anzusehen.

Ohne ein Zögern oder die geringste Spur von Unsicherheit zu zeigen, schritt Lily die Gasse entlang, querte eine andere und bog dann nach links ab. Marvin huschte wie ein Dieb hinter ihr her und tauchte schließlich in jenes deutlich gepflegtere Viertel ein, das sichtlich von der aufstrebenden Industrie entlang der Themse profitierte. Wenig später beobachtete er, wie Lily ein Ladengeschäft betrat. Er näherte sich vorsichtig der Eingangstür und spähte durch die nicht eben saubere Glasscheibe.

Der Laden – ein Pfandleihhaus – war vollgestopft mit allerlei Gegenständen. Lily musste mehreren von der Decke herunterhängenden Gürteln, Tauen und sonstigem Tand ausweichen, ehe sie an die zerschrammte, fast schwarze Ladentheke gelangte, wo sie ein übergewichtiger, glatzköpfiger Kerl mit einem – wie Marvin fand – schmierigen Lächeln begrüßte. Marvin glaubte in dem Pfandleiher jene Gestalt zu erkennen, die er einmal in der Mews nahe Meltonplace beobachtet hatte. Ob es sich um denselben Mann handelte, konnte er jedoch nicht mit Gewissheit sagen.

Lily nahm die Kapuze nicht ab, sondern zog sie sich noch tiefer in die Stirn. Mit einer flinken Bewegung, die Marvin beinahe entgangen wäre, hätte sich die Redingote nicht kurz aufgebauscht, zog sie etwas hervor und legte es auf den Tresen. Als der Pfandleiher jenen Gegenstand hochnahm, funkelte dieser auf. Offenbar handelte es sich um ein Schmuckstück.

Marvin presste die Lippen zusammen, da er zu gern wüsste, was genau der Mann in den Händen hielt und woher es stammte. Wenn er nur einen genaueren Blick darauf werfen könnte … Unbehagen zog in sein Herz ein, gefolgt von einem diffusen Schmerz. Beobachtete er gerade Miss Robin Hood dabei, wie sie Diebesgut zu Geld machte? Der Gedanke war ihm schon einmal gekommen, damals hatte er ihn allerdings als absurd beiseitegeschoben.

Er legte die Hände an sein Gesicht und die Scheibe, um besser sehen zu können. Der Pfandleiher drehte sich leicht, sicher, um ein wenig mehr Licht zum Prüfen des Wertgegenstands zu haben. Dadurch erkannte Marvin die feingliedrige Goldkette, an der rundherum filigrane blütenförmige Goldanhänger angebracht waren. Den Mittelpunkt der größten Blüte bildete ein tiefroter Rubin, umgeben von einem Kranz aus glitzernden Diamanten. Ein zartes Schmuckstück, das trotz seines zurückhaltenden Designs von hohem Wert sein musste.

Erleichtert atmete Marvin auf, da er Henrietta die Kette bereits etliche Male hatte tragen sehen. Demnach war Lily nicht Robin Hood, sondern Henrietta einfach nur überaus großherzig. Und das nicht zum ersten Mal. Immerhin hatte er diesen Pfandleiher schon einmal nahe Meltonplace gesehen.

Marvin schalt sich selbst einen Narren, weil er eine wunderbare Frau wie Lily verdächtigt hatte, jene gewiefte Diebin zu sein. Auch wenn sich ihm das geheimnisumwitterte Geschehen um die verschwundenen und wiederaufgetauchten Wertgegenstände nicht erschloss, so war er doch erleichtert, dass Lily nichts damit zu tun hatte. Davon abgesehen hegte Marvin inzwischen den Verdacht, dass die Diebstähle ihren Ursprung in einer Art Mutprobe unter den jungen Herren seiner Gesellschaftsschicht hatten, die sich oftmals ebenso langweilten wie die Damen. Nicht alle Heranwachsenden der Nobility nahmen das Studium so ernst wie Marvin damals das seine, da sie darum wussten, dass sie es später ohnehin nicht nötig hätten, für ihr Auskommen zu sorgen. Und selbst er hatte in jungen Jahren – gemeinsam mit seinen Kommilitonen – so manches Husarenstück vollbracht, auf das er heute nicht gerade mit Stolz zurücksah. Einiges davon war dergestalt gefährlich ausgefallen, dass man nur von Bewahrung sprechen konnte, weil es zu keinen schweren Verletzungen geführt hatte.

Marvin zog sich heimlich zurück. Wenn Lily ihn hier ertappte, könnte das eine äußerst unangenehme Diskussion nach sich ziehen. Wobei Marvin sich durchaus im Recht fühlte. Gut gemeinte Hilfsdienste hin oder her – weder Lily noch Henrietta hatten in dieser

Gegend etwas zu suchen. Und James, als Mündel der beiden, sollte sich auch nicht länger in den Hafengassen herumtreiben. Immerhin könnte er, sollte man ihn hier aufgreifen, als Druckmittel für die Frauen dienen.

Während Marvin darauf wartete, dass Lily ihre Verhandlungen mit dem Pfandleiher abschloss, damit er ihren Rückweg überwachen konnte, sinnierte er, ob es nicht einen Weg gab, den Menschen an den Docks Spenden zukommen zu lassen, ohne dass sich die beiden Frauen in Gefahr begeben mussten.

„Was ist denn so dringlich, Lady Vivianne? Was haben Sie auf dem Herzen?" Lily betrat das Musizierzimmer der Familie Knight. Vivianne saß zwar am Cembalo, ihre Hände ruhten allerdings untätig in ihrem Schoß, die Finger hatte sie fest ineinandergeschlungen.

„Endlich sind Sie da!" Vivianne sprang auf und eilte ihr mit ausgestreckten Armen entgegen. Lily ließ zu, dass die Jüngere sie kurz, aber kräftig an sich drückte. Dabei spürte sie, dass das Mädchen am ganzen Leib zitterte. Sie ergriff sie an den Schultern und schob sie ein Stück von sich. Viviannes Augen flackerten nervös, ja beinahe ängstlich, zudem war sie auffallend blass.

Nachdem James, Henrietta und sie nach Meltonplace zurückgekehrt waren, hatte Archie ihr einen Brief in die Hand gedrückt, mit den Worten, dass es sich wohl um eine besonders dringliche Angelegenheit handle. Das Schreiben hatte die mit sichtlicher Hast niedergeschriebene Bitte enthalten, Lily möge so schnell wie möglich zum Stadthaus der Knights kommen. Vivianne benötige ihre „tatkräftige Unterstützung". Also hatte sich Lily rasch frisch gemacht, ein angemessenes Nachmittagskleid angelegt und war in die Park Lane geeilt.

„Ich kann ihn nicht heiraten!", stieß Vivianne aufgebracht hervor.

Lily führte die vollkommen aufgelöste junge Frau zu einem Sessel und wartete, bis sie sich darin niedergelassen hatte. Für sich selbst zog sie den Klavierhocker herbei und setzte sich direkt vor Vivianne.

„Er ist … Ich habe zu viel Respekt vor ihm. Nein, um ehrlich zu sein: Es ist vielmehr Angst, die ich verspüre", fuhr Vivianne mit vor Panik schriller Stimme fort. Dabei rang sie die Hände und rutschte nervös auf dem Sitzpolster umher, als plane sie, augenblicklich die Flucht zu ergreifen.

Lily setzte zum Sprechen an, doch Vivianne war schneller. „Ich will ja heiraten. Und ich fühle mich geehrt. Wirklich! Niemals hätte ich *damit* gerechnet. Also damit, dass *er* … Immerhin spürte ich schon den kalten Hauch der drohenden Altjungfernschaft im Nacken. Dabei habe ich doch so viel Liebe zu geben …" Für die bodenständige Vivianne klang all das in höchstem Maße theatralisch, zumal sie dabei Lilys Hände ergriff und diese so fest umklammerte, als drohe sie zu ertrinken. Demnach hatte sie Lily herbestellt, weil sie sich von ihr „tatkräftige Unterstützung" bezüglich einer von ihr nicht gewollten Ehe erwartete? Oder vielmehr Rettung vor einem Mann, vor dem sie sich fürchtete? Nahm Vivianne gar an, dass Lily gegen Robert Knight, den Sohn eines Dukes, und gegen einen Lord aus dem Hochadel ankämpfen würde, der heute bei Viviannes Vater zwecks einer Eheschließung vorsprach?

Bei dem Gedanken daran fühlte Lily sich unbehaglich. Hierbei ging es nicht um eine unbedeutende Episode in Viviannes Leben, sondern um deren Zukunft. Lilys Eingreifen könnte ihr später einmal zum Vorwurf gemacht werden, von ebenjener Frau, die sie jetzt um Hilfe anflehte.

„Bei Ihnen, Miss Thomson, weiß ich, dass Sie mich niemals zu etwas drängen werden. Sie werden mich nicht ermutigen, weil doch *endlich* ein Mann Interesse an mir zeigt und er der einzige sein könnte. Sie werden mir nicht vor Augen führen, was passiert, wenn ich mich weigere und meinen Vater davon überzeuge, das Arrangement nicht einzugehen: das traurige Los der Einsamkeit. Der Spott. Die Verachtung. Das Leben im Abseits, weil die Gesellschaft zukünftig auf mich herabsehen wird. Es gibt Frauen, die sich mit der Ehelosigkeit arrangieren, nicht wahr? Schauen Sie sich doch nur Lady Henrietta an. Gut – sie hat viele Jahre ein Schattendasein gefristet, doch zuletzt hat sie sich aus der Asche erhoben. Sie kämpft nun gegen die Demütigungen an, sie beginnt, ihre Freiheiten als unverheiratete Frau zu genießen und gegen die Regeln aufzubegehren. Wie auch immer …" Vivianne holte tief Luft. Inzwischen war ihre blasse Gesichtsfarbe einem kräftigen Rotton gewichen.

Lily war sich sicher: Wenn sich das Mädchen weiter so in Rage redete, konnte sie getrost wieder von dannen ziehen, denn dann würde Vivianne mit wehenden Fahnen das Gespräch der Männer unterbrechen und in flammenden Worten ihre Beweggründe vortragen. Bei dem Gedanken daran konnte sie nur mühsam ein Schmunzeln unterdrücken.

Da Vivianne nun schwieg, fragte Lily: „Sagen Sie mir bitte, wohin ich gehen muss? Ich werde das Zimmer stürmen, in dem sich Ihr Herr Papa und Ihr Verehrer aufhalten und den Galan zum Duell fordern."

Von der Freundin kam ein Kichern, ehe sie erwiderte: „Ich wusste, dass Sie mich nicht im Stich lassen."

„Ich werde zumindest versuchen, Ihnen zu helfen."

„Er soll Valerie nehmen. Sie hätte sicher nichts dagegen. Nein, sie wäre vielmehr entzückt darüber."

Lily runzelte die Stirn. Valerie lag vermutlich eine ganze Armada von heiratswilligen Junggesellen zu Füßen. Weshalb sollte sie ausgerechnet einen Lord ehelichen, der bei ihrer älteren Schwester die blanke Panik hervorrief?

„Von wem sprechen wir eigentlich?"

„Erwähnte ich das nicht?"

„Nein, Lady Vivianne. Sie waren so aufgewühlt, dass Sie ein Geheimnis aus dem Namen des werten Herrn gemacht haben."

„Es handelt sich um den Earl of Kantley."

Marvin ersucht gerade Viviannes Vater darum, ihm die Tochter zur Frau zu geben? In Lily schien etwas Kaltes zu explodieren. Die Kälte breitete sich rasend schnell in ihrem Inneren aus und ergriff Besitz von ihr. Im Gefolge hatte sie Schmerz. Lily registrierte es zuerst mit Verwunderung, dann voller Entsetzen. Denn eines stand ihr mit einem Mal klar vor Augen: Sie hatte sich verliebt. In Marvin Carter. Und das höchst stürmisch, wenn sie das, was da gerade in ihr vorging, richtig deutete.

Sie rief sich die letzten Begegnungen mit dem Mann in Erinnerung und gewann plötzlich den Eindruck, dass ihr so manches entgangen sein musste. Offenbar konnte sie nicht nur die Zwischentöne in den Gesprächen der Frauen nicht richtig deuten, sondern ebenso wenig das, was ihr eigenes Herz ihr zu sagen hatte. Und nun wollte Marvin Vivianne heiraten …

Lily drohte innerlich zu erfrieren. Sie selbst war schuld daran, immerhin hatte sie Marvin abgewiesen.

Hastig wandte sie sich von der jungen Frau ab. Sie war schlicht nicht in der Lage, Vivianne zu helfen. Genau genommen war sie die Allerletzte, die das tun sollte. Das klänge ja, als sei sie plötzlich doch zur Vernunft gekommen. Als versuche sie nun, einer eifersüchtigen Furie gleich, die Eheschließung zwischen Marvin und Vivianne zu verhindern. *Du bist wahrlich ein blindes Huhn, Lily Thomson! Wie nur kommst du aus dieser unerquicklichen Lage wieder raus? Und wie willst du es verkraften, deine Freundin in den Armen von –*

Jemand öffnete die Tür, und Lily hörte, wie Vivianne nach Luft schnappte. Also wirbelte sie herum.

Robert Knight betrat den Raum, dicht gefolgt von Marvin und … Longfellow?

Viviannes Hand tastete panisch nach ihrer. Offenbar suchte die Freundin Halt bei ihr; etwas, was Lily selbst dringend benötigte. Dementsprechend klammerte sie sich kaum weniger fest an Viviannes Hand.

Marvins Blick schien Lily förmlich zu durchbohren. Sie sah, wie er die Stirn runzelte. Ganz offensichtlich war sie die Letzte, die hier anzutreffen er erwartet hatte. Longfellow hingegen bedachte sowohl Lily als auch Vivianne mit einem fröhlichen Lächeln.

Die beiden Herren begrüßten Vivianne und Lily höflich, dann übernahm Robert das Wort. „Liebste Vivianne, heute hat es sich zugetragen, dass ein junger Gentleman bei mir vorgesprochen hat. Es handelt sich um eine … ungewöhnliche Verbindung, doch ich bin durchaus offen dafür, sofern es deinem Glück zuträglich ist."

„Bitte nicht", hörte Lily Vivianne flüstern, war sich aber sicher, dass nur sie das Flehen des Mädchens gehört haben konnte. Zudem war Lily ob der Wortwahl des Mannes irritiert. Jeder Vater einer Tochter im heiratsfähigen Alter würde sich glücklich schätzen, das Mädchen mit einem zukünftigen Duke zu vermählen.

Mit einem Blick auf die beiden im Hintergrund ausharrenden Männer kam Lily ein Gedanke. Ohne Vivianne loszulassen, trat sie einen Schritt vor und wandte sich an Robert. „Verzeihen Sie bitte, doch dürfte ich einen Moment mit Vivianne sprechen?"

„Aber bitte", erwiderte der Mann höflich, während Longfellow einen seltsamen Laut von sich gab. Marvin wiederum taxierte Lily und wirkte dabei reichlich aufgebracht. Allerdings ignorierte sie die Befindlichkeiten der anwesenden Herren und zog Vivianne in eine abgelegene Fensternische.

„Wie stehst du zu Mr Longfellow, Vivianne?", fragte sie und nutzte dabei ganz bewusst die sehr vertrauliche Anrede. Es war an der Zeit, ihre Freundschaft auf eine neue Ebene zu heben.

Ein Zittern lief durch den Körper der jungen Frau, ihre Wangen röteten sich erneut. Ob das nicht Antwort genug war?

Leise sagte Lily: „Ich denke, es ist Theodore Longfellow, der deinen Vater aufgesucht hat. Lord Kantley ist vermutlich nur als Fürsprecher zugegen. Sein Wort dürfte einiges an Gewicht haben, da Longfellow nun mal nur … Longfellow ist."

„Aber er wäre *mein* Longfellow", wisperte Vivianne.

„Deine Eltern lieben dich und wünschen sich nichts mehr, als dich glücklich zu wissen. Ich habe den Eindruck –"

„Oh Lily!", stieß Vivianne viel zu laut hervor.

„Miss Thomson?" Marvins Stimme klang drohend, rügend, grollend. Offenbar gefiel ihm nicht, was er da zu sehen glaubte. Höchstwahrscheinlich hatte er noch allzu deutlich im Ohr, wie Lily ihm unverblümt all die Vorteile aufgezählt hatte, die eine unverheiratete Frau ihrer Meinung nach genoss.

„Vivianne?" Lily ignorierte den Mann. Ihr weiteres Vorgehen würde einzig von der Antwort ihrer Freundin abhängen.

„Ich wäre das glücklichste Mädchen in ganz London, nein, in ganz England, wenn Vater Theodore Longfellow und mir seinen Segen geben würde", flüsterte sie.

„Ich denke, das wirst du in Kürze sein." Lily drehte sich um und fing sich sogleich einen grimmigen Blick von Marvin ein. Also lächelte sie ihn an, was ihn gehörig aus dem Konzept zu bringen schien. Jedenfalls blinzelte er einmal zu viel.

Noch ehe Marvin erneut einen Einwand vorbringen konnte, wandte sich Lily an Robert. „Entschuldigen Sie bitte die Unterbrechung, Mylord. Wenn ich mit meiner Annahme richtigliege, wollen Sie Ihrer Tochter genau jene Neuigkeit mitteilen, die ausnahmslos alle in diesem Raum gespannt erwarten."

Nun wirkte auch Robert einigermaßen irritiert, was Lily zu einem weiteren Lächeln veranlasste, ehe sie sich von Vivianne abwandte und sich in eine andere Fensternische begab. Bei dem, was nun folgen würde, sollte allein das Mädchen im Mittelpunkt stehen.

Allerdings löste sich Marvin ebenfalls von den Anwesenden und kam mit großen Schritten auf sie zu. In der Nische angekommen, die Lily plötzlich viel zu eng erschien, beugte er sich vor und raunte: „Um des lieben Friedens willen hoffe ich inbrünstig, dass Sie dem Mädchen keine Ihrer befremdlichen Flausen in den Kopf gesetzt haben. Bisher nahm ich nämlich an, Sie brächten sowohl Vivianne als auch Longfellow Sympathien entgegen."

„Sie scheinen eine unvergleichlich schlechte Meinung von mir zu haben, Lord Kantley."

„Nicht im Gesamten. Nur hinsichtlich manch sensibler Themen." Marvins Stimme klang wie ein Donnergrollen, und sein Blick hielt den ihren gefangen. Sie konnte sich erst aus seinem Bann lösen, als Vivianne freudig ausrief: „Oh ja, Vater! Das möchte ich unbedingt."

Lily wandte ihre Aufmerksamkeit eilig dem Geschehen in der Raummitte zu und sah, wie sich Longfellow und Vivianne anstrahlten. Robert nickte gewichtig und lächelte ebenfalls, wobei sich die Falte auf seiner Stirn nicht gänzlich glättete. Es war wohl davon auszugehen, dass er ein wenig damit haderte, die Gepflogenheiten zu vernachlässigen, die seine Vorfahren bezüglich der Vermählung ihrer Sprösslinge als unumgänglich erachtet hatten. Doch sein Wille, über das Fehlen eines Adelstitels hinwegzusehen, machte in diesem

Augenblick – und hoffentlich auch in Zukunft – zwei Menschen unaussprechlich glücklich.

Lily fand Viviannes Vater mit einem Mal noch sympathischer, als er es ihr ohnehin schon gewesen war. Beseelt klatschte sie in die Hände, und Marvin fiel in den Beifall mit ein. Auch er freute sich unübersehbar für seinen Freund.

London Daily Life 5. November 1811

Hat Robin Hood eine Lady in Nöten gerettet?
Der Name der jungen Dame ist leider nicht bekannt.

Vom einfachen Bankier zum zukünftigen Ehemann von Lady Vivianne Knight?
Eine Familie mit zukunftsweisendem Mut.

Auf Robin Hood ist ein Kopfgeld ausgesetzt
Ein Gentlemen's Club bietet Belohnung für Hinweise zur Identität.

Dreiundzwanzig

Lily spürte, wie ihr das Blut in die Beine sackte. Eilig hielt sie sich an der nur einen Spaltbreit geöffneten Stalltür fest. „Sie haben das Armband *verkauft?* Obwohl ich die Frist nur um einen einzigen Tag überschritten habe? Und obwohl Sie wussten, dass ich das Schmuckstück in jedem Fall auslösen werde?"

„Nicht ich, mein neuer Angestellter." Spratter zuckte mit den Schultern und wirkte auf Lily kaum weniger schockiert als sie selbst. Offenbar befürchtete er, dass die Zusammenarbeit mit dem jungen Mr Lucas damit beendet war. Was sicher vernünftig wäre …

Allmählich fürchtete Lily jede neue Schlagzeile über Robin Hood. Diese tauchten nicht mehr nur in einem einzigen Londoner Tagblatt auf, nein, die teils als verklärte Heldin, teils als üble Verbrecherin dargestellte mysteriöse Gestalt war *das* Thema in den Londoner Zeitungen und sogar darüber hinaus. Oft genug beherrschte sie nicht nur die Titelseite, sondern auch etliche Kolumnen und Berichte im Innenteil. Und jedes Mal, wenn Robin Hood als Diebin, Verbrecherin und Gesetzlose bezeichnet wurde, verspürte Lily einen Stich in ihrem Herzen. Weil ihr das wahre Ausmaß dessen, was sie so lange verdrängt und sich selbst gegenüber schöngeredet hatte, inzwischen schmerzhaft bewusst war: Gleichgültig, welch gutem Zweck die … Aktion diente, sie war ein Unrecht. Könnte ein Unrecht sein. Wurde von der Gesellschaft als ein Unrecht angesehen. *Bin ich eine Gesetzesbrecherin?*

„Miss … ich meine, Mr Lucas?“ Spratter trat nervös von einem Bein auf das andere. Trotz seines offenkundigen Versprechers hielt Lily den Kopf weiterhin so tief gesenkt, dass die Kapuze der Redingote ihr Gesicht beschattete. Für einen kurzen Moment fragte sie sich, wie gefährlich ihr der Umstand werden könnte, dass Spratter ihr wahres Geschlecht kannte – auch in Anbetracht all der unseligen Zeitungsmeldungen –, doch dann beruhigte sie sich mit dem Gedanken, dass der Mann sicher niemandem von zwielichtigen Geschäften in seinem Pfandleihhaus erzählen wollte. Die nächste Eingebung erhöhte ihren Pulsschlag allerdings wieder: Allmählich zog sich die Schlinge um ihren Hals immer fester zu. *Ich muss dringend damit aufhören!*

Lily spürte einen starken Widerwillen in sich aufkeimen. Nicht weil ihr der Nervenkitzel fehlen könnte oder weil sie sich gar in der Rolle der Meisterdiebin gefiel – zu Anfang hatte sie darüber sogar schmunzeln können –, sondern weil sie die Not leidenden Familien an den Docks nicht im Stich lassen wollte. Und genau das würde geschehen, wenn sie das letzte noch verbliebene Pfandobjekt auslöste, indem sie das von Longfellow angelegte Geld einforderte. *Falls* die Summe überhaupt ausreichte, um das Pfand zurückzukaufen, die angefallenen Zinsen zu bezahlen und die Pfandgebühr zu entrichten. Immerhin hatte Lily beständig mehr und mehr aus den Anlagen abgezogen, obwohl Longfellow sie davor gewarnt hatte, jeden noch so kleinen Gewinn abzuschöpfen. Und nun war auch noch eines der inzwischen recht hochpreisigen Schmuckstücke unwiederbringlich verloren. Damit war sie wahrhaftig eine Diebin! *Was soll ich nur tun?*

Zum ersten Mal wurde Lily in vollem Ausmaß bewusst, dass sie in weit größeren Schwierigkeiten steckte, als sie sich bisher eingestanden hatte. Panisch rieb sie sich die Hände. Ihr blieb wohl nichts anderes übrig, als so lange weiterzumachen, bis zumindest die Geldanlage wieder genügend Gewinn abwarf, um das letzte Pfand auslösen und die Gebühren entrichten zu können. Doch wie viel Zeit würde bis dahin ins Land gehen? Und dann? Was würde aus den Billings und den Seymours werden? Aus Carl und seiner Familie und aus all den anderen, die ihre Unterstützung benötigten?

„Mr Lucas?", fragte Spratter erneut und sah sich nervös um.

„Ich *muss* damit aufhören", murmelte Lily, reichte ihm im selben Augenblick aber ein in blauen Samt eingewickeltes Päckchen, dazu einige Münzen. Beides steckte Spratter hastig ein. Er tippte sich an den Hut und huschte für seine bullige Gestalt erstaunlich behände davon.

Lily schloss die Stalltür hinter ihm, um nicht noch mehr von der kalten Luft hereinzulassen, dann ließ sie sich schwer gegen die Holzwand fallen. Mit dem Rücken an diese gelehnt glitt sie zu Boden und blieb wie ein Häuflein Elend in der Stallgasse sitzen. Verzweifelt verbarg sie das Gesicht in den Armen, während sie in Gedanken die ausgezehrten Leiber der Menschen dort draußen vor sich sah und wie sie sich jedes Mal freuten, sobald Lily und James sie besuchen kamen. Ihr stand vor Augen, wie viele Kostbarkeiten bereits durch ihre Hände gegangen waren. Sie spürte der Furcht nach, die sie immer dann überfiel, wenn sie sich heimlich davonstahl, um ein entwendetes Objekt zurückzulegen oder ein neues auszuwählen und einzustecken. Allzu deutlich empfand sie auch jetzt den Nervenkitzel, der sie packte, wenn sie einen Wertgegenstand in ihrer Pelisse oder im Landauer der Murrays versteckte. Sie konnte – dank James – in den Stadthäusern der Reichen ein und aus gehen wie ein Geist. Aber sie konnte sich nicht einfach aus den Gassen an den

Docks zurückziehen. Ebenso wenig durfte sie sich aus der Verantwortung stehlen, was das ihretwegen verschollene Armband anbelangte. Ein Schmuckstück, das ausgerechnet aus dem Hause Cummingham stammte …

„Oh Herr", flüsterte Lily und vergrub das Gesicht noch tiefer in ihren Armbeugen, „was habe ich da nur wieder angestellt?" Sie weinte und betete, doch eine Lösung wollte ihr nicht in den Sinn kommen. Noch nie in ihrem Leben hatte sie sich so verloren gefühlt.

Vierundzwanzig

Als Höhepunkt der Herbstsaison galt der Maskenball bei Sally und Wallace McPherson, der Viscountess und dem Viscount of Soxley. Das Ehepaar wollte gern seine ältesten Töchter verheiratet sehen, und dies umso mehr, da den beiden Mädchen vier weitere gefolgt waren, ehe schließlich doch noch ein männlicher Erbe das Licht der Welt erblickt hatte. Der Viscount hatte eigens für den Ball ein Haus in der Bond Street angemietet, da das Stadthaus der Familie gerade umgebaut wurde.

Auf einer Veranstaltung am Vortag hatte Lily böse Zungen sagen hören, die Renovierung wäre nur ein Vorwand, um zu verschleiern, dass die Soxleys das Haus aus der Not heraus verkauft hätten. Noch giftigere Zungen hatten daraufhin geflüstert, dass der Viscount eine seiner Töchter durchaus dem vom Glück geküssten Bankier Longfellow gegeben hätte – hätte der nur an seine Tür geklopft. Worauf die bösen Zungen, die den giftigen offenbar in nichts nachstehen wollten, darauf hingewiesen hatten, dass fraglich sei, *wer genau* jene Tür dann geöffnet hätte.

Lily fühlte sich stets unwohl, wenn sie Zeuge einer solch bösartigen Tratscherei wurde. Immerhin lagen dem Getuschel und der oftmals kaum versteckten Schadenfreude und Sensationsgier menschliche Schicksale zugrunde: die der betroffenen Familien selbst und die ihrer Angestellten samt Familien. Anfangs hatte Lily gelegentlich versucht, auf ein Gesprächsthema Einfluss zu nehmen, jedoch mit mäßigem Erfolg. Sie hatte schlicht nicht gewusst, was die Frauen sonst noch interessieren könnte. Inzwischen verließ sie derartige Grüppchen schnell, wohl wissend, dass sie sich dadurch zunehmend ins Abseits manövrierte. Gleichzeitig vertiefte sich ihre Freundschaft mit der überglücklichen Vivianne, die an Valeries Seite zwar weiterhin die meisten Veranstaltungen besuchte, sich aber keine Tanzkarte mehr holte.

Die Entscheidung der Familie Knight für Longfellow als künftigen Schwiegersohn hatte den für Lily nur schwer nachvollziehbaren Umstand zur Folge, dass Valerie, bis dahin die begehrteste Debütantin des Jahres, kaum noch ihre Karte gefüllt bekam. Ihre zuvor eifrigen, ja regelrecht anhänglichen Verehrer gingen zunehmend auf Distanz. Für Valerie war es jedoch ein Leichtes, darüber hinwegzusehen, denn sie freute sich viel zu sehr über das Glück ihrer Schwester, als dass ihr das mangelnde Interesse seitens der Junggesellen etwas anhaben könnte. Zudem, so hatte sie Lily versichert, würde sich die Gesellschaft bis zur Saison im nächsten Frühjahr schon wieder beruhigen, und dann habe auch sie die Möglichkeit, ihren Traumprinzen zu finden.

Für den heutigen Maskenball hatten sich Lily und Henrietta für Harlekinkostüme entschieden. Ihre nahezu identischen bunt karierten Roben wurden vervollständigt durch schwarze Halbmasken und Zweispitze. Nacheinander traten die beiden Frauen durch die Flügeltür in den Ballsaal ein. Noch nie zuvor hatte Lily mehr und größere Blumenarrangements in beinahe mannshohen Vasen gesehen. Der Blütenduft war überwältigend, ja nahezu erdrückend, zumal es in dem Raum, in dem sich bereits eine große Anzahl kostümierter Gäste aufhielt, unangenehm warm war.

Lily schreckte zurück, als sie feststellte, dass mindestens ein Dutzend Gäste – Frauen wie Männer – als Robin Hood verkleidet war. Sie gestand sich ein, dass sie damit hätte rechnen müssen. Dennoch blieb ein mulmiges Gefühl in ihrer Magengegend zurück, und die sie seit dem Vormittag umtreibende innere Unruhe wuchs an. Entsprechend nervös ging sie auf Lady und Lord Soxley zu, um die Gastgeber zu begrüßen und ihnen für die Einladung zu danken. Höflich nahm sie das für die geladenen Damen gedachte Geschenk an, eine Tanzkarte holte sie sich aber nicht. Sie wusste nicht, ob Marvin sein Kommen angekündigt hatte, zudem war sie unsicher, wie sie reagieren sollte, wenn er sie um einen Tanz bat. Oder um zwei oder gar um drei …

Nach ihrem letzten Aufeinandertreffen im Hause Knight waren sie sich nicht mehr begegnet, was wohl gut war, denn Lily war sich nach wie vor im Unklaren darüber, was sie mit ihrer überquellenden Zuneigung für den Mann anfangen sollte. Das hatte sie so nicht geplant gehabt. Und … *du meine Güte! Der Mann ist ein Earl und ein zukünftiger Duke!* Ihr verräterisches Herz stolperte jedes Mal vor Panik über seinen eigenen Rhythmus, sobald sich Lily dies bewusst machte.

Hinzu kam, dass sie sich seit einigen Tagen beobachtet fühlte. Hauptsächlich dann, wenn sie in der Gegend um die Docks zugegen war. Sie konnte sich des Eindrucks nicht erwehren, dass sie verfolgt wurde, und allmählich wuchs die Angst in ihr zu Panik an. Gab es tatsächlich jemanden, der im Begriff war, ihr Geheimnis aufzudecken? Was würde dann mit ihr geschehen? Ihr zweifelhafter Ruf als Robin Hood würde sie wohl kaum schützen. Es sei denn, all die Robin Hoods auf diesem Maskenball wären bereit, sich auch im wahren Leben als Meisterdiebe auszugeben. Die Wahrscheinlichkeit, dass jemand so leichtsinnig, ja so … närrisch wäre, war allerdings verschwindend gering.

Nicht einmal dieser abstruse Gedankengang konnte Lilys aufgewühltes Gemüt beruhigen. Sie wurde von Marvins Mutter überaus herzlich begrüßt, was ihr schlechtes Gewissen hinsichtlich des verlorenen Armbandes noch steigerte. Doch Madeleine wandte sich zügig Henrietta zu und verwickelte diese in ein Gespräch, sodass Lily sich von den beiden abwenden und ein wenig allein umherschlendern konnte. Sie nickte den Grüppchen von Damen und Herren höflich zu und nahm sich ein paar blaue Trauben aus einer Schale, in der sie mühelos ein Vollbad hätte nehmen können. Sofort bedauerte sie dies, weil sie damit das kunstvoll aus Früchten arrangierte Landschaftsbild zerstört hatte – ein Stück des Flusses fehlte.

Lily betrachtete die Trauben in ihrer Hand und kam um den Eindruck nicht herum, dass sie nicht nur makellos waren, sondern glänzten, als hätte man jede einzelne poliert. Ehe sie der Versuchung erliegen konnte, den sich durch die Obsthügel schlängelnden Traubenfluss wieder zu vervollständigen, bedienten sich auch einige der anderen Gäste an den Äpfeln, Pflaumen, Kirschen, Birnen, Mirabellen und filetierten Orangen. Dabei mussten die Gäste kurzzeitig ihre Masken abnehmen oder anheben.

Die Gespräche waberten in einer nahezu unerträglichen Lautstärke durch den Raum. Alle paar Minuten öffnete jemand einen Flügel der bodentiefen Fenster, um frische Luft hereinzulassen. Bald schon stellte Lily fest, dass einige junge Diener eigens zu diesem Zweck an den Fenstern postiert waren. Ein weiterer Bediensteter bot ihr auf einem Silbertablett ein Getränk an, doch da es alkoholisch war, lehnte sie dankend ab. Das Gefühl, verfolgt zu werden, hatte sie selbst dann nicht losgelassen, als sie wieder zurück in Meltonplace gewesen war – während ihres Bades und als Kate ihr beim Ankleiden und mit der Frisur geholfen hatte. Und es hatte sie daran gehindert, mehr als ein paar Bissen zu sich zu nehmen. Lily vertrug Alkohol ohnehin nicht sonderlich gut, auf leeren Magen wollte sie lieber gänzlich darauf verzichten. Wobei ein Schluck Champagner vielleicht helfen würde, ihre Stimmung ein wenig anzuheben.

Lily schüttelte bei dem Gedanken den Kopf und zupfte die überlappenden Stoffquadrate ihres Kleides zurecht. Sie brauchte keinen Alkohol, um Freude zu empfinden und das Schöne im Leben zu sehen. Eigentlich war sie eine Meisterin darin, Bedrückendes von sich zu weisen und es nicht in einem fort mit sich herumzutragen. Warum ihr das seit einigen Tagen nicht mehr gelingen wollte, verstand sie selbst nicht. Oder etwa doch? Da waren diese stetig anwachsenden Gewissensbisse … All das, was sie über Monate hinweg verdrängt hatte. Die Frage nach Recht und Unrecht und danach, was Gott eigentlich davon hielt, dass sie …

Lily wünschte, Vivianne und Valerie hätten ihr Kommen angekündigt, doch offensichtlich hatten die Knights nicht vor, diesen Ball durch ihre Anwesenheit aufzuwerten. Longfellow wäre ebenfalls eine angenehme Gesellschaft, denn er könnte sie mit seinem unvergleichlichen Humor ein wenig aufheitern. Oder Marvin … Mit ihm könnte sie diskutieren und wäre dadurch abgelenkt.

Als hätten ihre Überlegungen ihn herbeigerufen, sah sie den Earl of Kantley durch den mit grünen Girlanden und roséfarbenen Bändern geschmückten Bogen in den Ballsaal treten. Mit seiner Verkleidung hatte er sich nicht viel Mühe gegeben. Er trug ein weißes Rüschenhemd und darüber einen leichten dunkelblauen Carrickmantel. Vermutlich war der eigens für den Ball geschneidert worden, damit er nicht zu warm war. Dazu hatte er hochschaftige Stiefel und eine grau-weiß gestreifte Reithose gewählt, die seine eindrucksvolle Beinmuskulatur hervorhob. In einer Hand hielt er eine Reitgerte, an der anderen baumelte eine weiße Halbmaske, als hätte er nie vorgehabt, diese zu tragen.

Lily fragte sich, weshalb Marvin überhaupt hergekommen war, da sein Gebaren überdeutlich zeigte, wie albern er einen Maskenball fand. Genau diese Frage stellte sie ihm, nachdem er zielstrebig auf sie zugekommen war und sie mit der für ihn typischen nachlässigen Verbeugung begrüßt hatte. Was hätte sie auch sonst tun sollen, als ihn sofort herauszufordern, nun da ihr Herz wieder einmal in einem fort Kapriolen schlug und alles in ihr sich danach sehnte, von ihm in seine starken Arme gezogen zu werden?

„Ich will nur sichergehen, dass Sie keine Torheit begehen, Miss Thomson", antwortete er prompt.

Die Hitze in Lilys Innerem verwandelte sich augenblicklich in eine unerträgliche Kälte. Was wusste der Mann?

„Aber wie ich sehe, waren Sie so vernünftig, sich keine Tanzkarte zu holen", fuhr er fort und bedachte sie mit einem Lächeln, das ihr ein Prickeln durch den Körper jagte. Dieser Mann erweckte Empfindungen in ihr zum Leben, die Lily niemals für möglich gehalten hätte. Entsprechend verunsichert war sie – und dankbar für ihre Maske, die wenigstens einen Teil ihrer Emotionen vor dem Mann verbarg. Dabei fiel ihr auf: Marvin war trotz ihrer Verkleidung zielsicher auf sie zugekommen. Ob dies an ihrer recht auffälligen Größe lag? Oder konnte er sie allein an ihrer Statur erkennen? Dieser Gedanke verschlug Lily geradezu den Atem.

„Ich besorge Ihnen gern eine", sagte er, beugte sich vor und raunte: „Allerdings werde ich dann wieder Ihren Zorn auf mich ziehen. Ich gedenke nämlich dafür zu sorgen, dass alle Tänze darauf vergeben sind, ehe ich sie Ihnen überreiche.“

Lily riss die Augen auf. Er wollte *alle* Tänze des Abends mit ihr absolvieren? „Ich tanze heute nicht“, erwiderte sie bemüht gelassen, bemerkte jedoch selbst das Zittern in ihrer Stimme.

Ein gefährlich langsames Grinsen schlich sich auf sein Gesicht. Es schien, als habe Marvin beschlossen, kein Missverständnis mehr darüber aufkommen zu lassen, dass er ihr ab sofort den Hof machte.

Ich werde heute garantiert kein neues Pfandobjekt mitnehmen. Nicht nur, weil dieses Haus allein für den Ball und die nächsten Tage angemietet ist, wenn die geneigten Herren ihre Aufwartung bei den Töchtern des Viscounts machen und ich somit keine Gelegenheit habe, den Wertgegenstand zurückzubringen, sondern auch, weil du mich höchstwahrscheinlich ununterbrochen im Auge behältst.

„Sie finden bestimmt auch einen weniger provokanten Weg, meinen Zorn auf sich zu ziehen, Lord Kantley.“ Lily durfte ihren Gefühlen nicht nachgeben, denn eines wusste sie: Sie taugte ganz sicher nicht für die Rolle der Duchess. Sie war nur ein Mädchen vom Lande, keine hinreißende junge Dame, die von Kindesbeinen an darauf vorbereitet worden waren, einen großen Haushalt zu führen, Gäste zu unterhalten, die Ehefrau eines Earls und – was noch weit schlimmer wog – eines Dukes zu sein.

Vor Überforderung sah Lily sich nahezu panisch um. Die Gespräche der umstehenden Personen erschienen ihr plötzlich noch lauter, zudem stimmte das Orchester seine Instrumente. Darunter mischte sich das glockenhelle Klirren von Gläsern. Lily nahm die stickige Luft im Raum wahr und gleich darauf die kühle Brise, als einer der Livrierten erneut ein Fenster öffnete. Wieder stieg ihr der schwere Blütenduft in die Nase, angereichert mit weiteren Gerüchen, die sich zu einem undefinierbaren Potpourri verbanden. Die regenbogenfarbenen Lichtreflexe der Prismen an den Kronleuchtern tanzten über die Decke und die Wände. Gold gewebte Tapeten schimmerten mit den polierten Möbeln um die Wette, Edelsteine und Brillanten blitzten im Kerzenlicht auf … *Mir wird schwindlig und übel.*

Sogleich spürte Lily Marvins kräftige Hand an ihrem Ellenbogen. Hatte sie den Gedanken laut ausgesprochen? Oder war sie gar getaumelt?

Seine Finger berührten ihre Haut, da das Kostüm nur kurze Ärmel hatte, ihre Seidenhandschuhe aber unter den Ellenbogen endeten. Die von ihm ausgehende Wärme jagte ihr erneut ein Prickeln durch den Körper.

Lily riss sich los. Sie war … Robin Hood. Ihr Geheimnis könnte Marvin, den respektablen Earl und erfolgreichen Geschäftsmann, den feinfühligen, charmanten Mann mit dem großen Herzen, in den Abgrund stürzen!

Erst am Vormittag – Lily und James hatten gerade zu den Docks aufbrechen wollen – hatte ein von Marvin beauftragter Bote Meltonplace aufgesucht, um ihnen einen beachtlichen Geldbetrag für die Familien am Hafen zu überreichen. Dem Kuvert mit den Banknoten hatte ein von Marvin persönlich verfasstes Entschuldigungsschreiben beigelegen, weil er so lange gezögert hatte, das Projekt zu fördern. Zudem hatte er zum Ausdruck gebracht, wie sehr er es bedaure, dass Lily und Henrietta ihn nicht erneut darauf angesprochen und damit an eine Spende erinnert hätten.

Lily hatte Longfellow einen Teil des Betrags zum Anlegen überlassen, der Rest war bereits investiert: in Lebensmittel, Medikamente, Schuhe, warme Kleidung, Kohle und Holz zum Ausbessern von Türen und Fenstern … Doch wie viel sie auch tat, es schien nie genug zu sein. Und dabei schrie Lily das endlich erwachte Gewissen lautstark zu, dass sie mit ihrem unlauteren Tun aufhören musste.

Obwohl sie ihren Arm unsanft aus Marvins Griff gewunden hatte, war der Earl neben ihr stehen geblieben und sah sie nun an. Gelassen und, wie ihr schien, besorgt. Also atmete Lily tief durch und konzentrierte sich auf das, was jetzt am wichtigsten war. „Ich möchte Ihnen meinen herzlichen Dank für die Unterstützung der Familien am Hafen aussprechen. Henrietta und ich konnten bereits eine Menge Gutes damit bewirken."

Marvin ergriff ihre Hand, hielt dann aber nur ihre Fingerspitzen fest, als wolle er sie auf keinen Fall überfordern. „Ich würde Ihnen gern –“

„Kantley, hier sind Sie! Ich meinte doch, dass ich Sie in diese Richtung habe gehen sehen.“ Der Viscount of Soxley war mit wenigen Schritten bei ihnen.

Lily entzog Marvin rasch ihre Finger und zupfte sich die Handschuhe zurecht. Sie knickste, als Wallace McPherson sie erreichte, und dieser verbeugte sich, wandte seine Aufmerksamkeit dann jedoch sofort Marvin zu. „Gleich beginnt das erste Set. Darf ich Sie zur Tanzfläche bitten?“

„Ich tanze heute nicht“, gab Marvin zurück und klang in Lilys Ohren ungewohnt barsch. Der Gastgeber schien diese Nuance in der Stimme des Mannes nicht wahrgenommen zu haben – oder wollte es nicht. Er deutete einladend auf diejenigen, die bereits Aufstellung nahmen. „Leider sind wir weniger Männer als gedacht. Ich möchte Sie also bitten, Ihrer Pflicht nachzukommen.“

Lily vernahm ein missbilligendes Murmeln und sah, wie Marvin ihr einen um Vergebung bittenden Blick zuwarf. Sie nickte lediglich. Sicherlich war es von Vorteil für sie beide, wenn er sich nicht länger mit ihr beschäftigte. *Halte ein, du törichtes Herz!*

Marvin folgte der Aufforderung des Gastgebers, sich unter die Tänzer zu mischen, sichtlich widerwillig, einmal drehte er sich sogar um und sah zu ihr zurück. Lily befürchtete schon, er würde es sich anders überlegen und zu ihr zurückkehren – und das vor den Augen der ihn erwartungsvoll anblickenden Ballgäste.

Henrietta gesellte sich zu ihr und raunte: „Nur wenige Gastgeberinnen mit Töchtern, die sie gern verheiratet sehen wollen, wagen es, sich solch einer Finesse zu bedienen.“

„Was habe ich denn nun schon wieder verpasst?“, fragte Lily.

„Ihre ungekünstelte Geradlinigkeit und angenehme Direktheit sind in unseren Kreisen fraglos eine Bürde.“ Henrietta hakte sich bei ihr unter. „Die Viscountess war so unverfroren, einzig hochrangige Männer einzuladen, was sie natürlich niemals einzugestehen bereit wäre. Ich sehe weder einen Baron noch einen Viscount unter den Gästen. Dafür sind etliche gut situierte Earls und

Marquess anwesend, und wie Lord Kantley haben fast alle von ihnen das Anrecht auf den Titel des Dukes. Ah, jetzt sehe ich doch einen Baron, vermutlich weil die Gastgeberin weiß, wie viel der Mann wert ist."

„Sie meinen, die Viscountess hat eine Vorauswahl für ihre Töchter getroffen, die im Falle einer Vermählung einen gesellschaftlichen Aufstieg mit sich brächte? Und sie hat die Anzahl heiratswilliger Männer bewusst so niedrig gehalten, dass keiner von ihnen einen Tanz ausschlagen kann, ohne in Verruf zu geraten?"

„Genauso ist es. Die Gefahr an diesem Schachzug ist indessen die, dass ebenjene Marquess, Earls und Dukes kurzfristig absagen. Dann wäre Lady Soxleys Plan nicht nur durchkreuzt, sondern es würde auch jeder ihr Vorhaben durchschauen und der Ball wäre ein Misserfolg."

„Weil vorrangig Damen zugegen wären – von einigen Vätern und Großvätern abgesehen."

Henrietta nickte beipflichtend.

„Dann hätten die Zeitungshäuser wenigstens etwas Neues zu berichten und würden der bemitleidenswerten Miss Robin Hood eine Pause gönnen." Lily lächelte Henrietta gequält an, diese runzelte aber nur fragend die Stirn. Dabei hatte Lily angenommen, dass die Lady ebenfalls die Zeitungen las oder zumindest die Überschriften überflog. Hatte sie tatsächlich noch nichts von den wilden Spekulationen über die weibliche Robin Hood mitbekommen, die mittlerweile das Gesprächsthema auf jeder Veranstaltung war? Das war kaum vorstellbar.

Einer der älteren Herren, die sich zuletzt um Henrietta bemüht hatten, näherte sich ihnen, was Lily zum Anlass nahm, um sich zurückzuziehen. Sie ging in Richtung des Raumes, der den weiblichen Gästen als Rückzugsort zur Verfügung stand. Dabei kam sie an der offenen Tür jenes Zimmers vorbei, das die Herren als ihr Refugium beanspruchten. Sie sah, wie ein Diener einen Mantel über die Stuhllehne legte, von der das Kleidungsstück vermutlich heruntergerutscht war. Oder hatte der junge Mann die Taschen durchsucht? War er im Begriff, etwas zu entwenden?

Lily presste die Lippen zusammen und verharrte neben der Tür. Unschlüssig. Wie sollte sie reagieren? Musste sie auf ihren Verdacht hin einschreiten? *Ausgerechnet ich?*

Sie sah zu, wie der Livrierte sich bückte und ein zweites Kleidungsstück vom Boden aufhob. Es handelte sich um einen Umhang, der zweifelsohne zu einer Robin-Hood-Kostümierung gehörte. Vielleicht hatte einer der männlichen Gäste beim Anblick der vielen Meisterdiebe beschlossen, zu einer Ersatzmaskerade zu greifen. Lily unterdrückte ein Kichern, da sie der Gedanke ereilte, dass dieser Umhang womöglich dem spärlich kostümierten Marvin gehören könnte.

Beruhigt, weil hier kein Langfinger sein Unwesen trieb, setzte sie ihren Weg fort und betrat kurz darauf den deutlich größeren Nachbarraum. Auf einer Ottomane lag eine junge Frau und ruhte sich aus, eine ältere Dame stand etwas abseits, hatte sich ihres in Grüntönen gehaltenen Kleides à la Robin Hood entledigt und nestelte an ihrem Cors[17] herum. Ob dieses zu fest geschnürt war? So manche Frau geriet dadurch in Atemnot oder wurde gar von einer Ohnmacht ereilt.

Besorgt ging Lily auf die Frau zu und stellte fest, dass es sich bei dieser um Margaret Landox, Ediths Mutter, handelte. Offensichtlich hatte sich Edith mit ihrem Protest durchgesetzt, trotz einer verstorbenen schottischen Großtante die Saison nicht verpassen zu wollen.

„Kann ich Ihnen helfen?", fragte Lily. Ohne zu ihr aufzusehen, erwiderte Margaret: „Wenn Sie eine Zofe des Hauses holen könnten, wäre ich Ihnen sehr dankbar."

„Hilfe zu holen, wird nicht nötig sein." Lily trat einen Schritt vor. Die Frau hob den Kopf und schluckte ihren Protest hinunter. „Ach, Sie!", kam es wenig erfreut zurück. „Ja, *Sie* sind für derlei Handgriffe geradezu … prädestiniert."

Lily lächelte betont freundlich, denn diesmal hatte sie die Botschaft verstanden: Ediths Mutter war der Meinung, dass sie allenfalls zum Dienstmädchen taugte. Mit flinken Fingern löste sie die Schnürung, an der die Frau zuvor ungeduldig gezerrt hatte. Erleichtert tat Margaret einen tiefen Atemzug und hatte sogleich wieder etwas mehr Farbe im Gesicht.

„Geht es wieder?“, fragte Lily.

Ediths Mutter nickte und schenkte ihr nun doch ein echtes Lächeln. Vorsichtig zog Lily die Bänder wieder fest, schnürte das Mieder aber wesentlich lockerer als zuvor. Dann ergriff sie das fließende grüne Kleid. Achtlos darunter abgelegt waren unzählige Ringe, Armreifen, eine Brosche, zwei Haarkämme, eine Kette, ein Diadem und die mit Smaragden geschmückte Maske.

Lily half der Frau in das eng geschnittene Kleid und band die schmale braune Schärpe der hoch sitzenden Taille.

„Jetzt das Diadem“, forderte Margaret.

Lily ergriff das funkelnde Stück und schmunzelte dabei. Offenbar war sie nun offiziell zur Zofe benannt worden. Ein wenig unsicher, da sie selbst noch nie ein solches Schmuckstück getragen hatte, schob sie den schmalen Halbreif in Margarets aufgetürmte Haarpracht. Die Baroness betrachtete sich kritisch im Standspiegel, nickte dann aber zufrieden. Sie streckte eine Hand aus, die Handfläche nach oben. Lily legte die Kette hinein und gleich darauf die Brosche. Nacheinander reichte sie der Frau auch alle weiteren Schmuckstücke, bis Margaret zuerst ihrem Spiegelbild und anschließend Lily zunickte. „Danke für Ihre selbstlose Unterstützung, Miss Thomson.“

Lily lächelte höflich, knickste knapp und zog sich zurück. Kaum dass die Frau den Raum verlassen hatte, entdeckte sie ein vergessenes Schmuckstück, das fast vollständig unter ein Spitzendeckchen gerutscht war. Mit spitzen Fingern zog sie den mit Edelsteinen besetzten goldenen Armreif hervor, ließ ihn aber auf der Ablage liegen. Sie zögerte. Kämpfte mit sich. Gegen sich. Mit ihren Ängsten und Gewissensbissen. Gegen die Bilder der allgegenwärtigen Not im Hafenviertel. Mit dem ausgeprägten Mitgefühl in ihrem Herzen. War das eine Art … Geschenk des Himmels?

Langsam griff Lily nach dem Goldreif. Zögerte ein weiteres Mal. Aus dem Augenwinkel meinte sie eine Bewegung zu sehen. Dennoch streifte sie sich den Armreif über das Handgelenk. Hier war er vorerst sicher. Ohne Hast ging sie an dem noch immer dösenden Mädchen auf der Ottomane vorbei. In der Tür wandte sie sich ein letztes Mal um.

Was die vermeintliche Bewegung im Raum anging, musste sie sich wohl getäuscht haben …

Regina Graham, die sechzehnjährige Tochter von Baron Graham, öffnete vorsichtig die Augen, dann wandte sie langsam den Kopf. Der Raum war leer. Der Harlekin hatte offenbar nicht bemerkt, dass sie im Begriff gewesen war, sich aufzurichten. Nur deshalb hatte sie beobachtet, wie die Kostümierte Lady Margarets Armreif unter dem Deckchen hervorgeholt und ihn sich über das Handgelenk gestreift hatte. Ebenso war dem Harlekin wohl entgangen, dass Regina sich augenblicklich wieder hingelegt und so getan hatte, als schlafe sie.

Einen Augenblick lang wusste sie nicht, was sie tun sollte, allerdings verflog ihre Hilflosigkeit rasch und sie sprang schwungvoll auf. Was ein Fehler war, denn sofort war ihr wieder schummrig zumute. Sie hätte nicht zwei Gläser Champagner trinken sollen, vor allem nicht so schnell hintereinander. Doch nun verspürte sie den eisernen Willen, den diffusen Nebel in ihrem Kopf zu vertreiben. Sie wollte wieder tanzen. Und jetzt wusste sie endlich, worüber sie sich unterhalten konnte, sobald die Tanzformation ein kurzes Gespräch erlaubte. Zuvor war ihr schlicht kein geeignetes Thema eingefallen, zumal sie sich inmitten der selbstsicher auftretenden Menschen farblos und unbedeutend vorkam.

Nun hatte sie die grandioseste Neuigkeit überhaupt zu verkünden: Sie, Regina Graham, Tochter eines Barons von untergeordneter Bedeutung und jüngere Schwester einer hausbackenen alten Jungfer; sie, die mit ebenso geringen Aussichten auf eine Vermählung an den Saisons teilnahm wie ihre Schwester, hatte jene geheimnisvolle Miss Robin Hood enttarnt.

Fünfundzwanzig

Marvin war fest entschlossen, nach diesem Tanz – und damit noch vor Mitternacht – den Ball zu verlassen. Lily hielt sich von der Tanzfläche fern, was in seinen Augen auch besser war. Schließlich wollte er nicht mit ansehen müssen, wie ein anderer Mann in den Genuss ihrer Aufmerksamkeit kam, während sie ihn weiterhin am langen Arm verhungern ließ. Dabei war er sich sicher, dass sie Gefühle für ihn hegte. *Verstehe einer die Frauen!*

Ihre Weigerung zu tanzen kam ihm allerdings auch deshalb entgegen, da gleich zwei der noch immer als nahezu verrucht geltenden Walzer eingeplant waren. Für gewöhnlich kam ein Mann einer Frau nicht so nahe. Mehr als die Hände des anderen Geschlechts zu berühren, galt als unschicklich; oft trugen die Damen sogar Handschuhe. Da viele junge Tänzer den Walzer herbeisehnten – eben *weil* er mehr Berührung erlaubte –, fand dieser nur langsam Akzeptanz.

Ein weiterer Grund, warum ihm Lilys mangelnde Bereitschaft zu tanzen gefiel, war die Tatsache, dass bei jedem Set zu viele tanzfreudige Mädchen am Rand stehen und zusehen mussten. Die jüngeren Herren waren deshalb in der Pflicht, alle Tänze mitzumachen. Mit Lily wäre es noch eine Vertreterin des weiblichen Geschlechts mehr gewesen, was man ihr, der Gesellschafterin von Henrietta, übel genommen hätte.

Marvin grollte den McPhersons, weil sie ein solches Ungleichgewicht zwischen Damen und Herren zugelassen hatten. Vermutlich war dem Ehepaar bei den Einladungen etwas misslungen. Ob gleich mehrere Briefe versehentlich nicht zugestellt worden waren?

Erneut wechselten die Herren die Seite und damit auch die Partnerinnen. Irritiert sah Marvin, dass einige der Paare verzögert reagierten, während andere gar vollständig aus dem Takt gerieten. Die Formation drohte auseinanderzufallen, gleichzeitig begannen einige der Tänzer, vorrangig die weiblichen, miteinander zu tuscheln.

Edith kam mit trippelnden Schritten auf ihn zu. Sie lächelte, als sie ihn formvollendet umrundete und ihm dabei zuraunte: „Haben Sie es schon gehört? Miss Robin Hood wurde enttarnt. Hier, auf diesem Ball! Ist das nicht aufregend?"

Diesmal war es Marvin, der aus dem Takt geriet, während Edith der Schrittvorgabe entsprechend davontanzte. Irritiert über den Gefühlsüberschwang in ihren Worten runzelte er die Stirn. Offenbar feierte die Gesellschaft die sensationelle Enttarnung Robin Hoods ebenso enthusiastisch, wie sie ihre Begeisterung und Bewunderung für die schelmischen Taten der Frau bekundet hatte. War Edith und ihren Freundinnen denn nicht bewusst, welche Strafe auf Diebstahl stand? Ob man die bedauernswerte Person – vermutlich eine Kammerzofe, denn wer sonst sollte zu so vielen verschiedenen Herrenhäusern Zutritt haben? – bereits abgeführt hatte?

Eigentlich sollte Marvin jetzt den Platz mit Valeries und Viviannes Cousin, dem jungen Raimond Knight, Earl of Winningham, tauschen, doch der war einfach stehen geblieben und gerade ins Gespräch mit einem anderen Mann vertieft. Schließlich wandte sich Raimond zu ihm um und raunte: „Eine der beiden Frauen im Harlekinkostüm soll jene Miss Robin Hood sein, Kantley. Ist die eine nicht Lady Henrietta? Die andere dürfte ihre Gesellschafterin sein, Miss Thomson."

Marvin war zu keiner Antwort imstande. Wut und Sorge bedrängten sein Herz. Er verengte die Augen zu Schlitzen. Das war sicher nur eine Fehleinschätzung. Ein gewaltiger Irrtum!

Im nächsten Moment rief eine Männerstimme im Raum: „Lily Thomson ist Miss Robin Hood. Sie wurde enttarnt. Wo ist sie?"

Die Musiker hörten auf zu spielen, die Gespräche verstummten schlagartig, Stille breitete sich im Ballsaal aus. Einen Augenblick lang war einzig und allein das Atmen der Tänzer und das Rascheln der Kleider zu hören. Dann erhoben sich die Stimmen fast aller Anwesenden zu einem Sturm der Empörung.

Henrietta oder Lily?, schoss es Marvin durch den Kopf. *Aber natürlich! Die beiden und ihre selbstlosen Hilfsaktionen im Hafenviertel.* Er rieb sich kräftig den Nacken. *Wieso habe ich diesen Gedanken damals nur so schnell als absurd abgetan? Weil ich es nicht wahrhaben wollte?* Er konnte nur mühsam einen jener Flüche unterdrücken, die er so häufig von seinen Schauerleuten hörte. *Robin Hood gibt den Armen – so wie Lily. Ich hätte besser hinsehen müssen. Ihr meine Hilfe anbieten. Vor allem aber einschreiten!*

Mit einem Mal fühlte Marvin eine gewaltige Last auf sein Herz drücken. Schließlich empfand er eine nicht eben geringe Mitverantwortung.

„Ich schicke nach den Bow Street Runners!", hörte er eine tiefe, wutentbrannte Stimme rufen. Der Ball war vorbei, die ersten Musiker packten bereits ihre Instrumente ein. Das Kichern einiger Mädchen, die die Köpfe zusammengesteckt hatten, ließ Marvin fassungslos die Hände zu Fäusten ballen. Wie konnten eine Person und ihre Taten bei ihren Mitmenschen Faszination und Empörung zugleich auslösen?

Im Hintergrund entdeckte er das bunte Flickenkleid eines Harlekins. Jemand diskutierte mit ausladenden Gesten mit ebenjener Person. Trotz der Entfernung war sich Marvin sicher, dass es sich bei der Kostümierten um Henrietta handeln musste. Vermutlich erläuterte man ihr, was soeben ans Licht gekommen war. Die arme Frau! Jetzt rächte sich ihr Wunsch nach Rebellion und Freiheit. Nach einem Leben jenseits dessen, was die Gesellschaft für unverheiratete Frauen als angemessen erachtete.

„Die Runners sind bereits auf dem Weg. Noch ist das nicht zu allen Gästen in den angrenzenden Salons durchgedrungen", hörte Marvin eine weitere Männerstimme raunen.

„Gut, umso größer ist die Chance, dass sie die Frau zu fassen bekommen", gab Raimond zurück.

Lily! Marvin löste sich aus seiner Schockstarre. Was auch immer sie dazu bewogen haben mochte, derart leichtsinnig zu handeln …

Ich muss sie warnen. Sie retten. Sie darf nicht verhaftet und verurteilt werden!

So unauffällig wie möglich bewegte er sich von der Tanzfläche fort und ging an der Wand entlang in Richtung Foyer. Hektisch blickte er sich um. Zunehmend verzweifelter. Wo war der zweite Harlekin? Wo war Lily? Er musste sie vor den Bow Street Runners finden. Er musste sie … von hier fortbringen. Bevor sie jemand gefangen nahm. Bevor die Runners sie mitnahmen und einsperrten. Bevor er … sie für immer verlor. An die australische Sträflingskolonie. An den Galgen.

Die Aufregung um ihn herum drohte wie eine tödliche Welle über ihn hereinzubrechen. Denn eines wusste Marvin: Ihm lief die Zeit davon.

Eine behandschuhte Hand legte sich auf seinen Arm. Marvin wollte sich nicht aufhalten lassen, doch es war seine Mutter, die sich ihm in den Weg stellte und flüstere: „Halte ein, mein Sohn. Du kannst ihr nicht helfen. Sie ist verloren! Henrietta könnte es ebenfalls treffen. Sie kann froh sein, wenn sie nicht auch im Gefängnis landet und verurteilt wird. Bring du dich nicht auch noch in Gefahr."

Marvin zögerte kurz, dann beugte er sich zu Madeleine hinunter. „Aber ich liebe sie, Maman."

„Dessen bin ich mir sehr wohl bewusst", erwiderte sie zu Marvins Verwunderung. Gleich darauf zog sie ihre Hand zurück und raunte: „Aber ist deine Liebe zu ihr tief genug, um all das, was jetzt auf sie zukommen könnte, an ihrer Seite durchzustehen?"

Marvin zögerte keine Sekunde. „Unvergleichlich tief!"

Er konnte sehen, wie seine Mutter mit sich rang. Wie schwer es ihr fiel, seine unverbrüchlichen Gefühle gegenüber einer jungen Frau zu akzeptieren, die im Verdacht stand, eine Diebin zu sein.

Schließlich erwiderte Madeleine: „Gut, dann bin auch ich gewillt, diese Anschuldigung vorerst für eine Verwechslung oder gar für einen unseligen Scherz zu halten. Aber Miss Thomson wird sich erklären und verteidigen müssen. Ich kümmere mich um Lady Henrietta. Die Miss habe ich vorhin aus dem Damenzimmer ins Foyer gehen sehen. Eile zu ihr und sorg dafür, dass sie überhaupt die Chance bekommt, sich zu erklären."

Marvin drückte seiner Mutter einen Kuss auf die Wange und machte sich umgehend auf den Weg in Richtung Eingangsbereich. Unter dem Torbogen zögerte er kurz, denn im Foyer standen ebenfalls aufgeregt diskutierende Personen, die meisten von ihnen Dienstboten und ein Butler, der sich vergebens darum mühte, die Männer wieder an die Arbeit zu bringen.

Er wandte sich dem Vestibül zu, wo die Mäntel, Schals und Hüte der Gäste hingen und von wo aus es nur ein Katzensprung bis zur Eingangstür war. Vielleicht würde er Lily dort antreffen. Allerdings stellte sich ihm einer der vielen Robin Hoods in den Weg. Die Verkleidung erinnerte ihn an sein eigenes Cape, das er abgelegt hatte, um nicht auch noch einen jener Waldläufer abzugeben …

Unter der tief in die Stirn gezogenen Mantelkapuze und der schwarzen Halbmaske funkelten ihn braune Augen an. Die Größe des Kostümierten ließ Marvin annehmen, dass er einen jungen Mann vor sich hatte, doch die zarte Hand im elfenbeinfarbenen Seidenhandschuh, die überraschend fest seine Finger umschloss, belehrte ihn eines Besseren.

„Kümmern Sie sich bitte um Lady Henrietta", flüsterte die Gestalt ihm zu.

Marvin spannte all seine Muskeln an. Vor ihm stand die richtige, die echte, die einzig wahre Miss Robin Hood. „Lily …"

Sie zog ihre Hand zurück und legte stattdessen den Zeigefinger auf seine Lippen. „Sie müssen wissen, dass ich nie etwas gestohlen habe. Jedenfalls nicht im eigentlichen Sinne. Wer die Gegenstände an sich genommen hat, die nicht zurückgebracht wurden, weiß ich nicht."

„Lily, ich –", versuchte Marvin es erneut, doch sie presste den Finger nur umso fester auf seine Lippen und gab einen warnenden Zischlaut von sich.

„Richten Sie Longfellow aus, dass es mir leidtut. Er wusste nicht, dass er einen Teil des Geldes für Robin Hood angelegt hat. Er dachte immer, es würde sich um meine mehr als großzügige Vergütung handeln, die ich von Henrietta erhalte."

Jetzt erschloss sich Marvin – zumindest ansatzweise –, was sich Lily da ausgedacht hatte. Und das bestärkte ihn in der Gewissheit, sie retten zu müssen. Also ergriff er die Hand vor seinem Gesicht und umschloss sie fest mit seiner. „Komm mit, *Robin*", zischte er und ließ keinen Widerstand gelten. Er zog die Frau hinter sich her in einen abzweigenden Flur. Jemand rief seinen Namen, ein anderer brüllte: „Das ist kein Harlekin, Kantley! Komm lieber hier rüber." Als die Männer sich von ihnen abgewandt hatten, lief Marvin los und zog Lily weiter hinter sich her. Seine Stiefelsohlen verursachten auf dem Steinboden ein lautes Klappern, Lilys Schritte waren dagegen nicht zu hören.

„Bitte nicht, Marvin", flehte sie ihn halblaut an. „Ich möchte nicht für dein Unglück verantwortlich sein."

Er lachte auf. „Du bist mein ganzes Glück, verstehst du das denn noch immer nicht?"

Lily blieb ihm eine Antwort schuldig. Doch als er an der nächsten geschlossenen Tür vorbeieilen wollte, blieb sie abrupt stehen. Sie öffnete einen Türflügel und zog Marvin hinter sich her in den einzig vom Mondlicht erhellten Salon. So gern er sie in die Arme schließen und küssen wollte, war dies wahrlich nicht der richtige Zeitpunkt dafür. Allerdings schien Lily etwas ganz anderes im Sinn zu haben.

Sie raffte das Harlekinkleid, und sein Robin-Hood-Cape wehte flatternd hinter ihr her, als sie erstaunlich behände zur Fensterfront lief. Dabei übersprang sie sogar einen Fußschemel und wich geschickt einem Paravent aus. Einen Fensterflügel zu öffnen und sich auf den mondbeschienenen Sims zu schwingen, war bei ihr eine einzige fließende Bewegung. Sie wandte sich ein letztes Mal zu ihm um, dann sprang sie.

Marvin war mit einem Satz am offenen Fenster. Sich an der Laibung festhaltend, schaute er zu ihr hinunter. Lily hatte beschlossen, ihn nicht in die Sache hineinzuziehen. Katzengleich huschte ihre schlanke Silhouette zwischen den ordentlich geschnittenen Hecken und Büschen hindurch und tauchte in der Dunkelheit unter.

Schritte und aufgeregte Stimmen näherten sich ihm vom Flur her. Marvin überlegte keine Sekunde, bevor er sich ebenfalls aus dem Fenster schwang und auf dem knirschenden Kies landete. Er nahm denselben Weg, den auch die Schattengestalt eingeschlagen hatte, und holte Lily an der Grundstücksmauer ein, die sie gerade zu überklettern gedachte. Bevor er ihr helfen konnte, zog sie sich, als wäre das alles ein Kinderspiel für sie, auf die Mauerkante hoch. Erneut wartete sie nicht auf ihn, sondern rollte sich über die Mauerkrone, um auf der anderen Seite der Umfriedung wie eine Katze auf den Füßen zu landen.

„Willst du dir vielleicht ein einziges Mal von mir helfen lassen?", zischte er, während auch er die Mauer überkletterte.

„Du hast mir doch schon dein Cape geliehen", konterte sie und verriet ihm damit, dass sie von seiner ursprünglichen Verkleidung wusste. Ja, auch ihm war der vermeintlich geistreiche Gedanke gekommen, als Robin Hood auf dem Maskenball zu erscheinen. Und nun war er gemeinsam mit der echten Miss Robin Hood auf der Flucht. Zumindest jenes Vorrecht räumte Lily ihm ein.

„Wo willst du eigentlich hin?"

Lily blieb ruckartig stehen, sodass Marvin gegen sie prallte und sie fest in die Arme schließen musste, um sie nicht umzustoßen. Endlich hatte er sie da, wo sie seines Erachtens hingehörte. Doch sie schälte sich sofort aus seiner Umarmung.

„Ich dachte …" Verlegen zog sie die Schultern hoch. Im Mondlicht wirkte ihr Gesicht beinahe so weiß, als hätte sie sich für ein schwarz-weißes Harlekinkostüm entschieden und sich die Wangen entsprechend geschminkt. Ihre Augen sahen riesig aus; in ihrem Blick lag Hilflosigkeit. „Ich kann nicht zu meinem Vater zurück."

Der Schmerz in ihrer Stimme versengte ihm das Herz.

„Zumindest vorerst nicht", pflichtete er ihr bei.

„Aber wohin soll ich sonst gehen?" Lily klang nicht so verzweifelt, wie er vermutet hatte. „Vielleicht könnte ich einstweilen bei den Seymours oder Billings Unterschlupf finden."

„Willst du sie allen Ernstes in *das hier* hineinziehen?"

„Nein, das wäre … Woher weißt du …"

„Ich bin dir in den vergangenen Wochen zweimal selbst zum Hafen gefolgt, an den übrigen Tagen habe ich zwei arbeitslose Seemänner beauftragt, dich im Auge zu behalten und für deine Sicherheit zu sorgen."

„Du wusstest also davon?"

„Nur von deinen leichtsinnigen, gefährlichen und herzensguten Unternehmungen im Hafenviertel. Von der Sache mit Robin Hood … wusste ich nichts."

„Ich sollte dir das wohl erklären", gestand Lily schuldbewusst.

„Das solltest du. Bald schon. Wobei sich mir inzwischen ein paar Feinheiten erschließen. Aber zuerst müssen wir dich in Sicherheit bringen."

„Nur, wo?"

„Wie mutig bist du?", fragte Marvin und verspürte augenblicklich einen Stich in der Herzgegend. Wenn sie sich auf seinen Vorschlag einließ, würde er sie dem Schutz anderer anbefehlen müssen. Und er würde sie für Wochen, womöglich sogar für Monate nicht sehen.

„Woran denkst du?", fragte sie leise.

„Im Morgengrauen läuft mein letztes Schiff für dieses Jahr in Richtung Kanada aus. Es ist eine der gefährlichsten Überfahrten …" Marvin hätte den Vorschlag am liebsten zurückgenommen, doch Lily nickte bereits. Wohl weil sie wusste, dass dann nicht nur sie vor einer Verhaftung sicher wäre, sondern auch er. Immerhin war er bisher von niemandem zusammen mit einem Harlekin gesehen worden. Wenn sie einfach verschwand, könnte Henrietta behaupten, dass sie nichts von Lilys Doppelleben gewusst habe. Kein Mensch würde wohl je auf die Idee verfallen, sich bei den Familien an den Docks zu erkundigen, ob Lily dort in Begleitung von Henrietta zugegen gewesen sei. Von dem Pfandleiher und Miss Robin Hood selbst wusste Henrietta ja ohnehin nichts. Das zumindest nahm Marvin an.

„Gut, dann wäre das abgemacht." Lily sah ihn voller Kummer an. Sie wusste, dass dies einen Abschied für lange Zeit, ja, vielleicht sogar für immer mit sich brachte. Von ihrem Vater, von Henrietta, James, Vivianne, Valerie und …

„Ich komme nach“, sagte Marvin mit rauer Stimme.

„Das wirst du nicht tun!“ Kämpferisch funkelte Lily ihn an. „Du bist der zukünftige Duke of Cummingham. Dein Platz ist hier.“

„Mein Platz ist an deiner Seite.“

Lily sah ihn einfach nur an. Schweigend. Dann huschte ein zutiefst trauriges Lächeln über ihr Gesicht.

Marvin zögerte kurz, ehe er behutsam die Hände an ihre Wangen legte. Diesmal wich sie nicht zurück.

„Das wäre wohl vortrefflich gewesen“, flüsterte sie.

„Es wird mehr als vortrefflich sein, liebste Lily. Viel mehr als das.“

Sie widersprach ihm nicht mit Worten, schüttelte aber den Kopf – soweit ihr das möglich war, da seine Hände immer noch ihr Gesicht umschlossen. Vermutlich hoffte sie, dass er zur Vernunft kommen würde, sobald sie auf dem Schiff wäre. Und sobald er feststellte, wie erzürnt die Gesellschaft, die Gerichtsbarkeit, die Zeitungsschreiber, seine Freunde und die Familie auf die Enthüllung der wahren Identität von Miss Robin Hood reagierten.

Marvin beschloss, ebenfalls zu schweigen. Lily würde spätestens im kommenden Frühjahr wissen, wie ernst es ihm mit seinem Wunsch war, an ihrer Seite zu sein.

„Gehen wir?“, fragte sie mit einem fahrigen Blick auf ein sich näherndes Gefährt.

Nur widerwillig nahm Marvin die Hände von ihren weichen Wangen. Dafür ergriff er ihre Hand, und diesmal ließ Lily zu, dass er die Führung übernahm.

Es war aus und vorbei! Das von ihr erschaffene Gebilde war in sich zusammengestürzt wie ein Kartenhaus. Während der grobschlächtige Kerl – einer von zweien, die Marvin als ihre Bewacher bestimmt hatte – auf dem Stuhl vor dem Schreibtisch saß und döste, und seine Frau, eine zierliche Schwarzhaarige, im Licht einer Öllampe nähte, kam Lily nicht zur Ruhe. Mit großen Schritten ging sie in Marvins

Kontor auf und ab. Von der holzvertäfelten Wand, an der mehrere Federzeichnungen von Segelbooten mit geblähten Segeln und hoch aufspritzender Gischt hingen, hinüber zu der unscheinbaren Eingangstür, die sie bei ihrer Ankunft beinahe übersehen hätte. Einzig Marvins Name auf dem derben Holz, mit Farbe aufgemalt, hatte darauf schließen lassen, dass hier der Eigentürmer der großen Lagergebäude, des angeschlossenen Docks und etlicher Frachtschiffe seinen Geschäften nachging.

An ebenjener Tür angekommen, wandte sich Lily nach links. Sie passierte die nähende Frau, die in einem Schaukelstuhl saß, und anschließend den dösenden Mann und den wuchtigen Schreibtisch in der Mitte des Raumes.

An der gegenüberliegenden Wand stand ein schmuckloses Regal, das Unmengen von ordentlich zusammengeschnürten Papierstapeln beherbergte, dazu einige zusammengerollte Karten und graue, gut bestückte Mappen. Der einzige Schmuck im Kontor waren die Spitzengardinen an den drei winzigen Fenstern, durch die man auf die Themse hinausblicken konnte, und die Vase auf einem der Simse. Beides, so vermutete Lily, Madeleines Werk. Wahrscheinlich hatte sie Marvin gebeten, ihr einmal seine Wirkungsstätte zu zeigen, und anschließend dafür gesorgt, dass das männlich-karge Arbeitszimmer zumindest ein wenig heimeliger wurde.

Lily machte kehrt und ging wieder auf die Segelschiffe zu, die alle leicht zur Seite krängend durch ein schäumendes Meer fuhren. Womöglich stammten die Vorhänge und die Vase auch vom Vorbesitzer, erging sie sich in weiteren Vermutungen und stoppte dann vor der Wand. Was tat sie hier eigentlich? Sich in sinnfreien Überlegungen und Gedanken verlieren, anstatt darüber nachzudenken, was in den Stunden zuvor geschehen war? Anstatt sich einzugestehen, dass sie sich auf der Flucht befand? Weil man sie für eine Verbrecherin hielt. Sie stand in der Gefahr, verhaftet, ins Gefängnis gesteckt und verurteilt zu werden.

Lily atmete laut aus, beugte sich vor und presste die Handflächen und die Stirn an die kühle Holzwand. Über Monate hinweg hatte sie den Gedanken verdrängt, dass dies geschehen könnte. Sie hatte sich eingeredet, man würde schon einsehen, dass sie nie wirklich etwas gestohlen, sondern sich jene Gegenstände vielmehr ausgeliehen hatte. Für eine gute Sache! Allmählich dämmerte ihr jedoch: Diejenigen, die kurzfristig ihr Eigentum vermisst hatten, sahen das sicher anders. Vor allem aber Madeleine, deren Armband Lily nicht mehr zurückgeben konnte, weil es irrtümlicherweise verkauft worden war. Lily würde es niemals ersetzen können. Nicht einmal den materiellen Wert. Und nun verhalf ausgerechnet der Sohn der Bestohlenen ihr zur Flucht?

Gequält schloss sie die Augen. Nicht nur das, da Marvin zudem gedachte, sein Leben mit ihr zu verbringen. Das würde Madeleine niemals nachvollziehen können. Und Lily wollte ganz sicher nicht diejenige sein, die einen Keil zwischen Mutter und Sohn trieb, vor allem wenn sie einander derart zugetan waren wie die Carters.

Ihre Gedanken wanderten zu Longfellow, der sie mehrfach gewarnt hatte, dass sie zu viel Geld aus den Anleihen zog, als dass diese einen nennenswerten Gewinn abwerfen könnten. Und obwohl Lily den Verdacht hegte, dass der Mann die Banknoten und Münzen gelegentlich aus seiner eigenen Börse genommen hatte, anstatt ihre Anteile an den gewinnträchtigen Unternehmen zu verkaufen, würde sie das letzte noch bei Spratter liegende Pfandobjekt nicht auslösen können. Womit auch? Sie besaß das nötige Geld nicht, um die Aktion zu einem guten Ende zu bringen.

Nein, sie, Lily Thompson, war nicht einfach nur eine Frau, die Wertgegenstände entliehen und wieder zurückgebracht hatte. Sie war eine Diebin. Sie war nicht besser als all jene, die tatsächlich stahlen. Und auch dafür war letztendlich *sie* verantwortlich. Weil sie mit ihrer gewagten Aktion so manchen Nachahmungstäter auf den Plan gerufen hatte.

Lily presste die Stirn noch kräftiger gegen das raue Holz. Marvin wollte ihr zur Flucht verhelfen – was mehr als großzügig von ihm war. Aber das bedeutete auch, dass sie einigen Menschen in ihrem Leben für immer etwas schuldig bleiben würde. Und dass sie Henrietta und James niemals wiedersehen durfte. Sie konnte sich nicht einmal von den beiden verabschieden. Oder von ihrem Vater!

Dahingegen *musste* Lily dafür sorgen, Marvin unbedingt Lebewohl zu sagen. Für immer.

Etwas in ihr begann zu zittern. Was war das nur? Lily schloss die Augen. Sie sah Marvin vor sich, wie er sich vor eine Menge neugieriger Gentlemen drängte und ihr ein Glas Wasser reichte. Ihre erste Begegnung, auf die viele weitere gefolgt waren. Und plötzlich wusste sie, was da in ihr zitterte. Es war ihr Herz. Weil es zu zerspringen drohte. Denn sie liebte Marvin! Er war für sie mehr als nur gute Gesellschaft; mehr als jemand, mit dem man sich auf Augenhöhe unterhalten konnte. Weil ihm bewusst war, dass sich auch die Damenwelt für weit tiefgreifendere Themen interessierte, als gemeinhin angenommen wurde. Er nahm sie ernst, nur um sie im nächsten Augenblick spielerisch aufzuziehen. Er hatte ihr sein Herz zu Füßen gelegt. Und sie hatte nichts Besseres zu tun gehabt, als ihn abzuweisen? Vor Stolz? Aus lauter Sorge, ihre Freiheit aufgeben und sich für ihn verstellen zu müssen? Dabei gab es kaum jemanden in ihrem Leben, vor dem Lily ihre Meinung so freimütig äußern konnte wie vor Marvin. Er legte großen Wert darauf, dass sie sie selbst war.

Tränen liefen über Lilys Wangen. Nun wog der nahende Abschied von ihm noch schwerer.

Ob es nicht besser wäre, in London zu bleiben und sich dem zu stellen, was hier auf sie zukommen würde? Lily richtete sich auf und blickte zur Tür. Sie wandte sich um und machte einen ersten Schritt darauf zu. Sie musste die Verantwortung für ihre Taten übernehmen. Wenn sie Madeleine um Verzeihung bat und …

So schnell, dass Lily erschrocken zusammenzuckte, war ihr gerade noch dösender Bewacher auf den Beinen und baute sich vor der Tür auf. „Mr Carter hat mich gewarnt, Sie könnten versucht sein abzuhauen", sagte er leise und in erstaunlich freundlichem Tonfall, bedachte man seine Muskelmasse und sein wildes Äußeres. Von seiner Frau kam nur ein Kopfschütteln.

Lily war zuvor schon aufgefallen, dass die beiden den Earl mit „Mr Carter" ansprachen. Offenbar war dem Geschäftsmann Marvin Carter der Adelstitel nicht wichtig. Als ihr dämmerte, wie treu ergeben der Seemann und seine Frau ihrem Dienstherren waren – weil er dem Mann einen sicheren Arbeitsplatz mit einer angemessenen Bezahlung verschafft hatte –, sehnte sich Lilys Herz umso mehr nach Marvin. Sie wünschte, sie hätte diesen und all die anderen liebenswerten Wesenszüge an ihm früher erkannt, anstatt ihn über denselben Kamm zu scheren wie all die anderen Adligen Londons. Vor lauter Hochmut hatte sie ein vorschnelles Urteil gefällt. Zudem wünschte Lily, sie hätte niemals damit begonnen, sich in den Häusern des Tons an dessen Eigentum zu vergreifen … *Aber dann hätte ich all den Familien hier nicht helfen können!*

Verwirrt über die Zerrissenheit ihres Herzens taumelte Lily zurück zur Wand, lehnte sich mit dem Rücken dagegen und rutschte nach unten, bis sie auf dem Holzboden saß. Mit den Fingerspitzen zupfte sie an ihrem Harlekinkostüm, wohl wissend, dass sie auch um ihr Herz und vor allem um ihr Gewissen eine Art Maskierung gelegt hatte.

Warum nur hatte das alles dermaßen aus dem Ruder laufen müssen?

Archie stand einfach nur da und starrte den Earl of Kantley ungläubig an. Der verlor offenbar langsam die Geduld mit ihm. „Cammeron? Um Himmels willen!", fuhr er ihn an.

„Entschuldigen Sie bitte, Mylord. Ich lasse Ihnen sogleich eine Tasse Tee –"

„Ich will keinen Tee!" Marvin blickte ihn aufgebracht an, dann wiederholte er das Ungeheuerliche: „Ich brauche einen Teil von Miss Thomsons Garderobe."

„Ja, Mylord."

„Und wecken Sie endlich die Zofe. Ich muss sie fragen, ob sie gemeinsam mit der Miss gen Kanada fährt."

„Ja, My…lord", stammelte Archie.

„Sofort!"

„Gewiss, Mylord."

Von dem Mann kam eine Art Knurren, was Archie endlich aus

seiner Schockstarre riss. Eiliger als sonst – immerhin hatte er sich zuletzt seiner Butlerwürde entsprechend gelassen und würdevoll gegeben – verließ er die Wirtschaftsräume. Sein Herz war schwer, denn augenscheinlich gedachte Miss Lily, den Murray-Haushalt zu verlassen. Wollte sie mit diesem mürrischen Earl durchbrennen? Hatte der sie gar … kompromittiert?

Archie ballte die Hände zu Fäusten, während er weiter durch das Treppenhaus der Dienstboten nach oben eilte. Die Stufen knarrten protestierend unter seinen Schritten. Im Obergeschoss angekommen, beschloss er, den ungeheuerlichen Gedanken zu verwerfen. Die Miss war wohlerzogen, wenngleich ein wenig … extravagant, und würde etwas Derartiges niemals zulassen. Außerdem könnte der Earl sie ja einfach zur Frau nehmen. Was aber, dessen war Archie sich gewiss, den bedauernswerten Longfellow – immerhin ein enger Freund Lord Kantleys – hart treffen würde.

Als Archie vor den Dienstbotenzimmern in der Mansarde stand, wurde ihm bewusst, dass er noch immer nicht durchschaute, was hier vor sich ging. Er klopfte gleich an die erste Tür links. Da es auf die kalte Jahreszeit zuging und der Himmel über London zudem voller grauer Wolken hing, war von dem neu aufziehenden Tag noch nichts zu sehen. Obwohl dieser nicht mehr fern sein konnte …

Es dauerte eine Weile, bis Kate ihm in einen Morgenmantel gehüllt die Tür öffnete. Ihr offenes Haar unter der Schlafhaube fiel ihr über die Schultern. „Mr Cammeron?“ Sie blinzelte wegen des Lichtscheins, also senkte Archie die Hand mit dem Nachtlicht ein wenig.

„Lord Kantley befindet sich … im Gebäude. Genau genommen in unserem … Aufenthaltsraum“, erläuterte Archie keuchend. Letzteres war einer von vielen Aspekten an diesem eigentümlichen Morgen, den Archie nicht zu durchschauen verstand.

„Haben Sie ihn denn nicht in einen Salon geführt?“, fragte Kate ungläubig.

Archie, dem das gar nicht erst eingefallen war, stellte betroffen fest, dass das Mädchen, obwohl gerade erst aufgestanden, deutlich aufgeräumter klang als er. Was ihm äußerst … unangenehm war.

Peinlich berührt wischte er den Einwand mit einer Handbewegung beiseite. „Er wünscht Sie zu sehen."

Dies auszusprechen, war für Archie weit angenehmer als das andere. Noch immer schwankte er zwischen Verwirrung, Sorge um Lilys Wohlergehen und einer nicht gerade gelinden Missstimmung gegenüber dem Earl. Dabei fiel ihm auf, dass er – auf seinem Posten eingeschlafen – auch Henrietta nicht hereingelassen hatte. Hieß das, die Lady war ebenfalls nicht nach Meltonplace zurückgekehrt? Was ging hier nur vor sich? Die Frau war schließlich eine vernunftbegabte Person. Niemals im Leben würde sie bis in die frühen Morgenstunden auf einem Ball tanzen und dabei ihre Gesundheit aufs Spiel setzen. Ausreichend Schlaf war von elementarer Bedeutung, vor allem für empfindsame Damen ihres Alters. Archie hatte das Gefühl, vor Sorge um seine Herrschaften förmlich zu zerfließen.

„Mr Cammeron?" Kate ergriff ihn erstaunlich fest am Handgelenk. Jetzt fehlte nur noch, dass sie ihn schüttelte. Das allerdings würde sie gegenüber einer Respektsperson wie ihm natürlich niemals wagen.

„Ich kann nicht genau sagen, was passiert ist", gab Archie zu. Erst jetzt fiel ihm auf, wie wenig der Earl ihm gegenüber preisgegeben hatte. Vielmehr hatte er ihn herumkommandiert wie einen gewöhnlichen Lakaien.

„Oh Gott!", kam es von Kate. Sie schlug sich die Hand vor den Mund.

Archie blinzelte einmal, zweimal und schließlich ein drittes Mal. Es konnte ja wohl nicht angehen, dass die Zofe, die bis vor Kurzem nicht mehr als ein einfaches Dienstmädchen gewesen war, das Geschehen besser einzuordnen verstand als er. Und das mit weitaus weniger Informationen. Betont selbstbewusst hob er den Kopf und straffte die Schultern. „His Lordship wünscht, dass Sie einen Koffer für Miss Thomson packen. Und er möchte von Ihnen etwas wahrhaft Bedeutungsvolles erfragen. Irgendetwas mit … Kanada."

Archie sah, wie Kates Augen sich weiteten, dann wanderte auch die zweite Hand an ihren Mund. Dahinter presste sie die Worte hervor: „Sie wurde erwischt, nicht wahr?"

Er hob die Augenbrauen. Mehr wagte er nicht zu tun, um nicht zugeben zu müssen, dass er keine Ahnung hatte, wovon sie da gerade sprach. Außerdem hatte sein Vater das immer getan und dabei zugleich würdevoll und Respekt einflößend angemutet.

„Ich komme sofort hinunter." Kate wirbelte herum und wollte ihm die Tür vor der Nase zuschlagen. Reaktionsschnell streckte Archie die Hand aus und hinderte sie daran. „Glauben Sie zu wissen, was geschehen ist?"

„Aber verstehen Sie denn nicht? Miss Thomson muss fliehen, weil sie enttarnt wurde."

„Enttarnt?" Archie schüttelte den Kopf. Das war ja geradezu lachhaft! Die Miss war doch keine französische Spionin. Oder jene befremdliche Diebin, die von den Zeitungen „Miss Robin Hood" getauft worden war. Oder gar eine Attentäterin, die es auf das Königshaus abgesehen hatte.

Kate musterte ihn durch den Türspalt hindurch. „Jetzt ist es wohl einerlei", sagte sie mehr zu sich selbst als zu ihm, ehe sie etwas lauter hinzufügte: „Unsere Miss Thomson ist Robin Hood."

Archie presste erzürnt die Hände auf seinen Bauch. „Das ist eine … diffamierende Ausgeburt Ihrer Fantasie!", fuhr er die junge Zofe an.

„Ich habe eines Tages mit eigenen Augen gesehen, wie sie etwas an sich genommen hat. Da gab es so ein geheimes Fenster in einem Nebenraum", raunte Kate. „Aber ich habe es für mich behalten. Nur dass Robin Hood eine Frau ist, das ist mir versehentlich herausgerutscht. Mehr nicht. Weil Miss Thomson doch den Menschen in diesem grausigen Hafenviertel helfen wollte."

Archie musste sich gegen die Zarge lehnen. Die Kerze in seiner Hand flackerte wild, da er vor Anspannung zitterte. Seine Miss Thomson war Robin Hood? Und sie hatte sich, sofern er Kate richtig verstanden hatte, regelmäßig in den stinkenden, maroden Gassen am Hafen herumgetrieben? Ohne männliche Begleitung. Ohne ihre Zofe oder irgendeine andere Dame. Falls Lady Henrietta je davon erfahren sollte, war anzunehmen, dass ihr eine Ohnmacht drohen würde.

„Miss Thomson, James und Lady Henrietta haben gemeinsam …" Den Rest vernahm Archie nicht, da sich die Ränder seines Blickfeldes jäh zusammenzogen. Er musste sich setzen, und da es in dem schmalen Flur keine Möbel gab, blieb ihm nur der Fußboden.

„Geht es Ihnen nicht gut, Mr Cammeron?", hörte er Kates Stimme wie von weit her.

„Es ist alles wunderbar", wiegelte er ab. „Mein Blut zirkuliert so früh am Morgen noch nicht ausreichend."

Kate nickte und schloss die Tür. Als Archie es sich wieder zutraute, erhob er sich und begab sich nach unten. Allerdings lag der Aufenthaltsraum verlassen da. Er wollte sich gerade der Wunschvorstellung hingeben, er habe das alles nur geträumt, als ein Läuten an der Haustür das ersponnene Gebilde zerplatzen ließ wie eine Seifenblase. Stand bereits jemand aus der Bow Street vor der Tür, um nach Lily zu suchen? Nach … Miss Robin Hood?

Archie glättete mit den Händen sein zerknittertes Hemd und ergriff seinen Herrenrock, den er irgendwann am Abend abgelegt hatte. Er streifte sich das Kleidungsstück über und entnahm der Tasche die Kleiderbürste, entschied sich aber dagegen, die Fussel von seinen Ärmeln zu bürsten. In Windeseile lief er die Treppe hinauf und huschte wenig kultiviert durch das Atrium. Seiner an den Tag gelegten Eile zum Trotz kam ihm Marvin zuvor. Der Earl of Kantley öffnete wie ein gewöhnlicher Diener die Pforte von Melton-place. Archie hatte den Eindruck, die Welt stünde kurz vor dem Untergang.

Bei der Tür angekommen, um Hüte und Mäntel entgegenzunehmen, fand er sich Marvins Mutter gegenüber. Archie blickte suchend an ihr vorbei in die Dunkelheit, aber allem Anschein nach war die Duchess allein hergekommen. Zu mehr als einem Kopfschütteln ließ er sich nicht hinreißen, nahm dabei jedoch ihre Pelisse entgegen. Ihr Kleid und der Hut waren wahrlich eigentümliche Kreationen. Als hätte sie im Theater auf der Bühne gestanden. Doch was wusste er schon?!

„Wir müssen augenblicklich Lord Melton wecken", stieß die Duchess sichtlich aufgelöst hervor und hielt sich am Arm ihres Sohnes fest. „Und weißt du, wo Miss Thomson ist? Ach, ich verstehe das alles nicht."

Der Earl legte einen Arm um die Taille seiner Mutter und geleitete sie in Richtung Bibliothek. Der von dort durch die offene Tür ins Atrium dringende Lichtschein verriet Archie, dass der Mann ein Feuer im Kamin entfacht haben musste. Eigenhändig!

„Was ist denn noch geschehen?", wollte Marvin von seiner Mutter wissen.

Obwohl es eigentlich Archies Aufgabe war, erneut nach oben zu eilen, um eines der Küchenmädchen zu wecken, damit sie den Herrschaften Tee zubereitete, änderte er die Richtung und folgte den beiden.

„Alle waren in Aufruhr! Lady McPherson berichtete, man habe Robin Hood auf frischer Tat ertappt. Und plötzlich … offenbarte Lady Henrietta mit lauter Stimme, das Ganze sei ein großer Irrtum. Denn *sie* sei jene Miss Robin Hood. Kannst du dir vorstellen, was für ein Sturm daraufhin losbrach?" Madeleine lachte freudlos auf und Marvin und Archie schüttelten synchron die Köpfe.

„Du wirst es kaum für möglich halten, aber danach wurde das Ganze noch sonderbarer. Denn auf Lady Henriettas sowohl wohlmeinende – was Miss Thomsons Sicherheit betrifft – als auch schockierende Äußerung hin trumpfte ein als Robin Hood verkleideter Geck auf. Er widersprach ihr mit den Worten, dass selbstredend *er* der Rächer der Armen und Unterdrückten sei. Ich glaube, es war der jüngste Sohn von Wampy. Der Junge soll ja immer für eine Narretei zu haben sein. Daraufhin trat ein weiterer Stutzer in der gleichen Verkleidung vor und machte lautstark geltend, dass dies eine dreiste Lüge sei, weil – und das verstehe sich ja von selbst – *er* der wahre Robin Hood sei."

Von Marvin kam ein Auflachen, das aber rasch wieder erstarb. Archie allerdings begann zu hoffen, dass sich die Geschehnisse des vergangenen Abends tatsächlich als albernes Possenspiel herausstellten. Vielleicht war der Maskenball schlicht … ereignislos vonstattengegangen, sodass die Gäste schließlich selbst zu ihrer Unterhaltung beigetragen hatten.

„Eine Debütantin in fragwürdig weinseligem Zustand bestand indessen darauf, dass sie einen Harlekin beim Diebstahl beobachtet habe", berichtete Madeleine weiter. „Daraufhin richteten sich die Blicke erneut auf die bedauernswerte Henrietta, der eine oder andere fragte auch nach Miss Thomson. Aber die war wohl auf und davon, dicht gefolgt von einigen der jüngeren Herren." Madeleine sah Marvin fragend an, und das für Archie wahrlich Ungeheuerliche geschah: Der Earl nickte.

Archies Schultern sackten nach unten.

„Jedenfalls", fuhr Madeleine fort und lehnte den Kopf an den Oberarm ihres Sohnes, „unternahm Lord Landox zu meiner allergrößten Verwunderung eine Befragung der vermeintlichen Zeugin. Daraus ergab sich ein verworrenes Bild der Ereignisse: Miss Thomson habe Lady Margaret im Damenzimmer beim Ankleiden … unterstützt und ihr anschließend den zuvor abgelegten Schmuck gereicht, jedoch – so Miss Regina – einen Armreif zurückbehalten. Auf Lord Landox' drängendes Nachfragen hin änderte Miss Regina mehrfach ihre Version der Geschichte. Ich muss hinzufügen, dass mich allmählich das Gefühl beschlich, als wolle Lord Landox Miss Thomson in Schutz nehmen. Was ihm hoch anzurechnen ist. Sein Resümee war, dass seine Frau den Armreif versehentlich liegen gelassen und Miss Thomson diesen an sich genommen hat, um ihn ihr zu bringen."

Archie nickte beipflichtend. Diese Version sagte ihm deutlich mehr zu als alles andere, was er bisher gehört hatte.

„Vielleicht wollte Landox eine ähnlich gelagerte … Kompromittierung verhindern, wie sie im Frühsommer in seinem eigenen Hause stattgefunden hat", mutmaßte Marvin. „Du erinnerst dich sicher an die entlassene Kammerzofe und die mutmaßlich ungerechtfertigten Anschuldigungen vor Gericht."

„Nun ja, Lady Margaret ist …" Madeleine beugte sich vor, dennoch hörte Archie sie sagen: „Mir kommt es vor, als fühle sie sich in unseren Kreisen benachteiligt. Dass sie etwas Derartiges annimmt, finde ich bedauerlich, ja, halte ich vielmehr für ein subjektives Empfinden ihrerseits. In der Konsequenz sorgt sie des Öfteren dafür, im

Mittelpunkt des Geschehens zu stehen, wobei sie damit bisweilen über das Ziel hinausschießt."

„Das heißt, niemand nimmt mehr an, dass Lily hinter der Maskerade des Robin Hood steckt?" Marvin klang hoffnungsfroh.

„Da muss ich dich leider enttäuschen, mein Lieber. Bis auf einige wenige Ausnahmen hält man Miss Thomson für in höchstem Maße verdächtig. Immerhin ist sie nach Miss Reginas Anschuldigung überstürzt vom Ball geflohen. Das lässt sie schuldig wirken."

Archie lehnte sich an die Bibliothekstür, die dadurch weiter aufglitt und ein verräterisches Knarren von sich gab. Der Earl wandte sich prompt zu ihm um. „Wo bleibt die Zofe?"

„Vermutlich packt sie bereits Miss Thomsons Koffer."

Marvin nickte und fuhr sich mit den Händen durch das dunkle Haar. Auf Archie wirkte er jetzt ebenso verwirrt, wie er selbst es war.

„Das ist … eine skandalöse Geschichte. Von diesem Schlag wird sich weder Miss Thomson noch Lady Henrietta jemals vollständig erholen", murmelte Madeleine.

Marvin hob wie zum Einspruch die Hand. „Robin Hood – *Lily* – hat mir versichert, dass sie alles, was sie je entwendet hat, stets zurückbrachte. Bis auf ein einziges Stück. Der neue Gehilfe des Pfandleihers hat es entgegen der Abmachung verkauft. Wo die auf Dauer vermissten Gegenstände abgeblieben sind, ist ihr ein Rätsel. Allerdings denkt sie, eine gewisse Mitschuld daran zu tragen. Schließlich könnte ihr Vorgehen andere zum Diebstahl animiert haben."

„Oh", machte Madeleine nur. Archie jedoch war nicht einmal dazu fähig.

„Was aber hat sich Lady Henrietta dabei gedacht, sich selbst als Robin Hood auszugeben? Tat sie dies, um Lily zu schützen?", überlegte Marvin laut.

„Du meinst, sie opfert sich für Miss Thomson? Für eine Diebin?"

Marvin schüttelte betrübt den Kopf und erwiderte mit eindringlicher Stimme: „Ich glaube Lily, wenn sie beteuert, dass sie jeden einzelnen Gegenstand zurückgebracht hat."

„Entschuldige bitte, mein Lieber, aber das ist ein Ding der Unmöglichkeit! Woher sonst hätte die Miss die nötigen Mittel haben sollen, um den bedauernswerten Menschen an den Docks zu helfen?“

„Ich denke, diesbezüglich kann ich weiterhelfen.“ Longfellows Stimme direkt hinter Archie führte dazu, dass der Butler vor Schreck herumwirbelte. Ließen sich die Leute jetzt schon selbst ein?

Longfellow bedachte ihn mit einem schiefen Grinsen und drückte ihm den Kastorhut und die Redingote in die Hand. Kaum in die Bibliothek eingetreten, schloss er die Tür hinter sich. Was blieb einem altehrwürdigen Butler, der seine beiden Ladys verehrte und nur das Beste für sie im Sinn hatte, somit anderes übrig, als das Ohr ans Türblatt zu pressen?

London Daily Life **6. November 1811**

Verurteilt zum Tode durch den Strang!
Diebin stahl einen Laib Brot.

Altospieler berichtet von frühzeitigem Ende des Maskenballs beim Viscount of Soxley
Forderung nach vollständiger Bezahlung trotz Abbruch.

Sechsundzwanzig

Marvin dankte Longfellow dafür, dass er selbst zu dieser unwirtlichen Stunde seiner Bitte gefolgt und nach Meltonplace gekommen war.

„Ich verehre die beiden Ladys, bin inzwischen aber in der bedauerlichen und zugleich glücklichen Position, darauf achtgeben zu müssen, mit wem ich Umgang pflege."

Marvin nickte verstehend. Longfellows Verlobung kam einem Wunder gleich, er durfte sie keinesfalls aufs Spiel setzen. Als er ein Geräusch hinter der unscheinbaren Tapetentür des Dienstbotentreppenhauses hörte, wandte er sich um. James huschte herein. Obwohl der Lichtschein des Feuers und der Tischlampe nicht bis dorthin reichte, sah Marvin, dass der Junge vollständig bekleidet war.

James setzte sich direkt neben der Tür auf den Boden, wohl in dem Bestreben, unbemerkt zu bleiben. Nach ihm betrat Kate den Raum. Sie stellte Lilys handlichen Holzkoffer ab und knickste.

„Ich kann Ihnen die genauen Umstände auf die Schnelle nicht erläutern, Miss Kate, möchte Sie aber fragen, ob Sie sich vorstellen können, Miss Thomson nach Kanada zu begleiten? Natürlich dürfen Sie jederzeit nach England zurückkehren, dafür werde ich Sorge tragen." Marvin sah das aufgeregte Funkeln in den Augen des Mädchens und war sich sicher: Die Zofe wusste mehr über Lilys Geheimnis als irgendjemand sonst. Und sie würde dem Vorschlag zustimmen, denn augenscheinlich lockte sie die Reise in die Neue Welt.

„Ich begleite Miss Thomson gern. Aber dürfte ich mich zuvor bitte von meiner Familie verabschieden?" Auf Marvins nur zögerlich ausgeführtes Nicken hin hob die junge Frau erstaunlich selbstbewusst den Kopf. „Dass eine Kammerzofe ihre Lady auf Reisen begleitet, ist sicher nicht ungewöhnlich. Meine Eltern werden den Umstand akzeptieren, ohne eine Erklärung von mir zu erwarten."

„Ich werde das arrangieren. Und nun packen Sie für sich selbst. Bedienen Sie sich freimütig an Miss Lilys verbliebener Garderobe. Was Ihnen nicht passt, können Sie während der langen Überfahrt umnähen."

„Gewiss, Mylord."

Marvin bedankte sich bei der praktisch veranlagten und recht unkomplizierten Zofe. Vermutlich besaß sie kaum mehr als zwei Kleider und sah zudem keinen Sinn darin, Lilys Garderobe in London zurückzulassen.

Longfellow hatte unterdessen seine prall gefüllte Aktentasche geöffnet. Er entnahm ihr ein dickes Bündel Banknoten und schob es Marvin über den Couchtisch hinweg zu. Dabei handelte es sich um den Gewinn aus einer von Marvins Investitionen in ein solides Londoner Unternehmen, den er Lily mitzugeben gedachte. Da er ihren Protest erahnte, plante er, die nicht unerhebliche Summe Kate anzuvertrauen.

Als Nächstes zog Longfellow ein eher mageres Bündel hervor. „Das ist Lilys Gewinn. Ich habe die Summe aus meiner eigenen Tasche aufgestockt, und zwar um jenen Betrag, den ich nicht kurzfristig aus den Anlagen abziehen konnte. Im Gegenzug dafür übernehme ich Lilys Kapitalbeteiligungen."

Marvin nahm auch diese von verschiedenen Bankhäusern bedruckten Scheine entgegen und legte sie auf seinen Stapel.

„Wie konnte Miss Thomson Geld anlegen, obwohl sie behauptet, dass sie nie etwas von dem … Diebesgut verkauft hat?", wiederholte Madeleine die Frage, die sie bereits vor Longfellows Eintreffen gestellt hatte. „Und weshalb hat sie all diese Gegenstände und Schmuckstücke überhaupt entwendet und wieder zurückgebracht?"

Longfellow zuckte mit den Schultern. „Sie kam eines Tages mit einem recht ansehnlichen Betrag zu mir und bat mich, einen Teil davon sicher und langfristig bei einem Bankinstitut anzulegen, den Rest risikoreicher in aufstrebende Unternehmen und demnach auf umgehenden Zugewinn hin. Das tat ich, in der Annahme, dass sie eine großzügige Geldspende für ihr Projekt erhalten hatte und einen Teil davon vermehren wollte – was langfristig gesehen durchaus Sinn ergeben hätte."

„Also … hat sie das eine oder andere Stück doch verkauft. Was erklärt, warum einige der Preziosen nicht mehr aufgetaucht sind." Madeleine beugte sich zu Marvin vor und legte ihm mitfühlend eine Hand auf den Arm. Sie wusste, dass er Lily vieles verzeihen konnte, nicht jedoch einen dreisten Diebstahl.

„Nein, das hat Miss Lily nicht getan", erklang James' Stimme aus dem Hintergrund. Madeleine zuckte zusammen, Longfellow sprang sogar auf.

„Komm doch mal zu uns rüber, James", forderte Marvin den Kleinen auf. Der Junge war am Geschehen garantiert nicht unbeteiligt.

In Windeseile trat James in den Lichtschein, machte einen großen Bogen um den entrüstet dreinsehenden Longfellow und kletterte auf den freien Sessel. Seine Beine berührten nicht einmal den Boden, was ihn zerbrechlich wirken ließ, dennoch verschränkte er herausfordernd die Arme vor der Brust. An Marvins Lippen zupfte ein Lächeln.

„Was weißt du darüber?" Longfellow klang ungewohnt drohend, setzte sich aber auf Marvins beschwichtigendes Winken hin wieder.

„Ich habe Miss Lily unterrichtet", tönte der Kleine mit deutlich zu viel Stolz in der Stimme. „Doch sie hat einen lausigen Taschendieb abgegeben. Da …“ Er verschluckte, was er eigentlich hatte sagen wollen, runzelte konzentriert die Stirn und fuhr dann fort: „Da habe ich ihr beigebracht, wie sie unbemerkt einen Raum betritt. Wie sie rasch überprüft, ob er wirklich leer ist. Ich habe ihr gezeigt, woran sie Wertgegenstände erkennt, die niemand beachtet. Was davon unauffällig ist und was zu … markant. So jedenfalls nannte es Miss Lily. Das half ihr, nur solche Dinge mitzunehmen, deren Fehlen nicht weiter auffällt. Hat lange funktioniert.“ James grinste in die Runde. Als er jedoch den Ernst in den Gesichtern der anderen sah, biss er sich schuldbewusst auf die Lippe.

„Wie aber kam sie dadurch zu dem Geld, das sie von Mr Longfellow anlegen ließ?“, hakte Madeleine nach und klang dem drolligen Jungen gegenüber in hohem Maße nachsichtig. Prompt lächelte James sie betont unschuldig an und riss die ohnehin großen Augen noch weiter auf. Die pure kindliche Unschuld!

„Miss Lily gab ihre Beute an Spratter weiter, einen Pfandleiher im East End. Der gab ihr Geld für Mr Longfellow und für die Leute am Hafen. Nach zwei Wochen tauschte sie das Pfandobjekt aus und bezahlte die Gebühr. Durch den ständigen Austausch konnte sie das Geld behalten und bekam manchmal sogar mehr, weil sie Spratter immer wertvollere Gegenstände brachte.“

„Bis hierhin verstehe ich das“, schaltete sich Madeleine ein. „Auf Dauer kann das allerdings nicht ausgereicht haben. Mr Longfellow mag eine Koryphäe auf seinem Gebiet sein, aber Wunder bei der Geldvermehrung kann auch er nicht vollbringen.“

„Miss Lily hat schließlich damit begonnen, wöchentlich etwas aus den Häusern *auszuleihen*. Es gab also zwei Gegenstände, die ständig wechselten. Dadurch hatte sie noch mehr Geld zur Verfügung. Außerdem gab es hin und wieder eine Spende. Lady Henrietta gab Miss Lily einige Dinge von sich, die sie verkaufen durfte. Die Familie Knight spendete zu Beginn gleich zweimal, dazu auch Mr Longfellow und His Lordship Marvin Kantley. Auch von Ihnen erhielt Miss Lily Unterstützung, nicht wahr, Lady Madeleine?“

Marvin sah seine Mutter erstaunt an. Er wusste, mit welcher Vehemenz sein Vater sich dagegen gewehrt hatte, ihr Geld zu überlassen, das sie – wie er es genannt hatte – den Hafenratten in den Rachen werfen wollte, damit die sich noch schneller vermehrten.

„Ich hatte etwas Nadelgeld übrig. Außerdem lagerten ungenutzte Gardinenstoffe im Haus. Meine abgetragene Garderobe konnte ich meiner Zofe natürlich nicht vorenthalten. Es ist ihr gutes Recht, sie zu bekommen und entweder umzunähen oder zu verkaufen. Allerdings habe ich für Gesellschaften in unserem Hause stets eine größere Anzahl an Gästen angegeben, als tatsächlich eingeladen waren, sodass die Köchin mehr Lebensmittel geordert hat. Auch diese ließ ich hierher zu Miss Thomson und Lady Henrietta bringen."

Marvin tätschelte die Hand seiner Mutter, die noch immer auf seinem Arm lag. „Ich habe leider zu lange gezögert, die Damen zu unterstützen", gab er zu, schränkte jedoch ein: „Wobei ich für geraume Zeit annahm, das Ansinnen der beiden wäre im Sande verlaufen, da es auf keine positive Resonanz stieß."

„Genauso ging es mir", pflichtete Longfellow ihm bei.

„Was ich immer noch nicht verstehe, ist die Tatsache, dass es Gegenstände gibt, vorrangig Schmuck, Krawattennadeln und wertvolle Tabakdosen, die nicht mehr aufgetaucht sind." Madeleine wandte sich wieder dem Jungen zu und ergänzte: „Ich selbst vermisse einen Armreif, der zu meinen Lieblingsstücken gehörte."

James starrte auf seine Pantoffeln und zuckte lediglich mit den schmalen Schultern. Es war Longfellow, der Madeleine eine mögliche Erklärung für das Verschwinden lieferte. „Ich weiß, dass unter den Bediensteten zuletzt eine gewisse Nervosität herrschte. Die Furcht ging um, dass einer von ihnen als Dieb verdächtigt werden könnte. Gott sei es gedankt – auch im Hinblick auf Lily –, dass es nie zu derartigen Verdachtsmomenten seitens der Herrschaften gekommen ist. Bis auf einen Fall, der sich aber schnell in Luft aufgelöst hat. Meines Erachtens können wir jedoch nicht ausschließen, dass sich unter den Dienstboten nicht doch jemand den Wirbel um *Miss Robin Hood* zunutze gemacht hat."

„Aber all diese Diebstähle wird man nun ebenfalls Miss Thomson zuschreiben." Madeleine drückte Marvins Arm noch ein wenig fester. Natürlich wusste sie, welches Schicksal eine verurteilte Diebin erwartete.

„Deshalb wird sie noch heute das Land verlassen."

„Das ist eine kluge Entscheidung. Auch im Hinblick auf dich." Madeleine bedachte ihn mit einem traurigen Lächeln. Immerhin hatte er ihr gestanden, was er für Lily empfand. Marvin lächelte matt zurück, im Augenblick noch nicht dazu bereit, ihr seine Zukunftspläne offenzulegen.

Allerdings runzelte sie sogleich die Stirn und beugte sich dann zu ihm herüber. „Darüber sprechen wir noch, Marvin. Gleichgültig, wie ehrenhaft Miss Thomsons Ansinnen auch war, es rechtfertigt keinen Diebstahl. Nicht einmal in der von ihr praktizierten Form. Du kannst dich nicht an sie binden!"

„Maman!", begehrte Marvin auf.

„Später", entschied sie mit einer liebevollen Strenge in der Stimme. Und sicher auch in dem Bewusstsein, dass ihr Sohn ein erwachsener Mann war.

„Was ist denn das für eine betrübte Gesellschaft? Und wo ist Miss Thomson?"

Marvin und Longfellow erhoben sich augenblicklich. Noch immer mit dem bunten Harlekinkostüm angetan, betrat Henrietta die Bibliothek, wandte sich aber zuerst an ihren Butler. „Sie können die Tür von außen schließen. Oder meinetwegen auch von innen, dann müssen Sie sich nicht das Ohr platt drücken, um jedes Wort verstehen zu können."

James kicherte ungeniert, während sich Archies Gesicht rötete, ehe er schleunigst den Rückzug antrat.

„Sie sind *hier?*" Longfellow wirkte fassungslos, da er – genau wie alle anderen Anwesenden – mit Henriettas Verhaftung gerechnet hatte. Er hatte sich aber rasch wieder im Griff und bot der Dame des Hauses seinen Platz an. Dankbar ließ sich Henrietta auf das Polster gleiten.

„Ja, ich durfte gehen. In Schimpf und Schande zwar, aber immerhin. Meinem Vorstoß, anstelle von Miss Thomson die Schuld auf mich zu nehmen, wollte niemand so recht Glauben schenken."

„Sie werden nicht eingesperrt?“ James setzte sich vertrauensvoll auf die Armlehne ihres Sessels und Henrietta lächelte ihren Zögling an. „Nein. Worauf ich spekuliert hatte.“

Marvin fand, dass die Frau überraschend kämpferisch klang. Rebellisch und selbstsicher. Sie erinnerte ihn an jemanden …

„Sie klingen wie Lily“, platzte Longfellow gewohnt freimütig heraus.

„Sie war mir eine hervorragende Lehrmeisterin!“

Auch diese Äußerung Henriettas wurde von den Anwesenden unterschiedlich aufgenommen, Madeleine ließ sogar einen tadelnden Laut hören.

Henrietta überhörte diesen geflissentlich und fuhr fort: „Lord Landox war darum bemüht, Lily von aller Schuld reinzuwaschen – zumindest was das Armband seiner Gattin und die zweifelhafte Beobachtung von Miss Regina betraf. Leider ist Miss Thomson geflohen.“ Henrietta schüttelte bedauernd den Kopf. „Dabei wäre ihr wohl gar nichts geschehen. Denn niemand aus unseren Kreisen wird nach außen hin zugeben, dass die ominöse Miss Robin Hood de facto eine von uns ist. Schlimmer noch: Die weibliche Version des Balladenhelden wurde ja allein deshalb ins Leben gerufen, weil die reichsten Menschen des Landes keinen Penny für die Armen übrig haben, wenn man sie darum bittet. Zugleich aber veranstalten sie pompöse Bälle. Ich bin mir sicher: Dieser Umstand wird niemals nach außen dringen. Und falls doch etwas durchsickern sollte – manche Herren plaudern ja gern bei ihren Mätressen –, wird es nicht mehr als ein unbestätigtes Gerücht sein. Weil sich vom Baron bis zum Duke, von der Baroness bis zur Duchess niemand je öffentlich eingestehen wird, dass einer der ihren keine andere Möglichkeit der Nächstenliebe gesehen hat, als ihresgleichen zu bestehlen. Oder vielmehr, sich von diesen die eine oder andere … milde Gabe zu leihen.“

„Es lebe der auf den äußeren Schein bedachte, überhebliche –“ Longfellow brach ab. Womöglich weil Marvins Mutter ihn kritisch beäugte, vielleicht aber auch bei dem Gedanken daran, dass er demnächst die Enkelin eines Dukes zu ehelichen gedachte.

„Allerdings gelte ich nun als verbannt. Wobei mein Alltag dadurch kaum trostloser werden kann, als er es vor Miss Thomsons Eintreffen in London war. Ich denke, ich werde mich endgültig auf mein Landgut an der Küste zurückziehen."

„Wir können doch mit Lily nach Kanada gehen", schlug James vor und verriet damit, dass er schon länger auf den Beinen war und sich hinter der Bedienstetentür versteckt hatte. Oder dass jemand ihn informiert hatte. Kate vielleicht?

„Das klingt äußerst verheißungsvoll, junger Mann." Zielsicher wandte sich Henrietta an Marvin. „Ich lasse meine Zofe sogleich für mich packen."

„Das Schiff wird allerdings bereits in einer Stunde ablegen. Bevor doch noch irgendjemand auf die Idee verfällt, Lily die Sache anzuhängen", verkündete Marvin entschlossen und erhob sich.

„Wo ist Miss Thomson gegenwärtig?", fragte Madeleine leise.

„In meinem Kontor im Hafen. Ein Mann, den ich zuletzt damit beauftragt hatte, Lily und Lady Henrietta im Hafenviertel im Auge zu behalten, und seine Ehefrau sind bei ihr."

„Darüber sprechen wir noch", wiederholte seine Mutter und schüttelte fassungslos den Kopf. „Bitte lass zwei Kutschen der Meltons vorfahren. Denn auch ich möchte mich noch mit Miss Thomson unterhalten. Und bitte Longfellow eindringlich, Meltonplace sofort zu verlassen. Er sollte nicht in die Angelegenheit hineingezogen werden. Ich befürchte allerdings, dass *du* dich den Gerüchten nicht entziehen kannst. Jemand auf dem Ball meinte, er habe dich mit einem der beiden Harlekins flüchten sehen."

„Du weißt, dass ich Lily liebe. Dass ich finanziell auf eigenen Beinen stehe und ebenso, dass ich mich in der Rolle des Earls und zukünftigen Dukes nicht sonderlich wohlfühle."

Madeleine nickte, fügte aber hinzu: „Wie ich bereits sagte: Auch darüber unterhalten wir uns noch."

Marvin öffnete die Tür und trat zurück, da er jemandem den Vortritt lassen wollte. Lily riss ungläubig die Augen auf. Er hatte *seine Mutter* hergebracht? Etwas umständlich, da sie lange auf dem Boden gesessen hatte, versuchte sie aufzustehen. Im nächsten Moment stand James vor ihr. Er schlang die Arme um ihre Beine und drückte sich Schutz suchend an sie. Lily legte eine Hand auf seinen Kopf und sah zu, wie Henrietta, gefolgt von Kate, das Kontor betrat. Lilys Lächeln galt jedoch Marvin, der es möglich gemacht hatte, dass sie sich wenigstens von den dreien verabschieden konnte.

Zuerst aber dankte Marvin dem Ehepaar und entließ die beiden in die Morgendämmerung. Dafür setzte sich Madeleine in den Schaukelstuhl und bedeutete Lily mit einer Geste, dass sie sich auf den nun freien Schreibtischstuhl setzen sollte. Lily folgte der Aufforderung. Unterdessen machte sich Marvin an dem Regal mit den Papieren zu schaffen, während Kate, James und Henrietta nahe bei der Tür blieben.

Aufgewühlt wandte Lily ihre Aufmerksamkeit der Duchess zu.

„Was haben Sie sich nur dabei gedacht, Miss Thomson?", fragte Madeleine. Ihre Stimme klang mehr interessiert als vorwurfsvoll, was aber nichts bedeuten musste. Inzwischen wusste Lily, wie gekonnt die Damen aus Adelskreisen ihre Gefühle zu überspielen verstanden.

„Es tut mir unendlich leid, Your Grace." Lily senkte den Kopf.

„Das sollte es ganz unzweifelhaft. Ich bestehe jedoch auf eine Erklärung."

„Sicher", murmelte Lily und warf Marvin einen Hilfe suchenden Blick zu, doch der war mit den Papieren beschäftigt. „Sie wissen, welche Not hier herrscht. Und –"

Madeleine hob die Hand. Noch immer in ruhigem und freundlichem Ton sagte sie: „Sie müssen mir nichts über Ihre Beweggründe sagen. Die sind für mich durchaus nachvollziehbar und zeigen Ihr gutes Herz. Ich möchte auch nichts darüber hören, wie Sie es wagen konnten, allein oder gar in Lady Henriettas Begleitung diese gefährliche Gegend aufzusuchen, in die sich nicht einmal unsere Männer ohne ausreichende Sicherheitsvorkehrungen begeben. Stattdessen fordere ich eine Erklärung von Ihnen, warum Sie all die Gegenstände und Schmuckstücke entwendet haben."

Lily setzte zum Sprechen an, doch erneut brachte die Frau sie durch das Heben einer Hand zum Schweigen. „Ich habe das zugrunde liegende System inzwischen durchschaut – jedenfalls glaube ich das. Also verraten Sie mir nur, warum Sie nicht um Hilfe gebeten haben."

„Aber das habe ich doch!", begehrte Lily auf, was ihr ein warnendes Räuspern vonseiten Henriettas einbrachte. Lily atmete mehrmals tief durch, ehe sie deutlich beherrschter fortfuhr: „Ich habe unzählige Frauen aus Ihrer Gesellschaft auf die Missstände in der Hafengegend hingewiesen. Einige gaben mir daraufhin ein wenig Geld oder materielle Dinge zur Unterstützung der Familien – so wie Sie. Das blieb allerdings die Ausnahme. Das –" Lily brach ab, denn sie fühlte sich elend. Zudem hatte sie nicht vor, diese wunderbare Frau mit Vorwürfen zu überschütten.

„Deshalb haben Sie auf Diebstahl zurückgegriffen?"

„Ich sah keine andere Möglichkeit."

„Meine liebe Miss Thomson, so ehrenhaft Ihr Anliegen auch war: Der Zweck heiligt nicht die Mittel."

Lily starrte die Frau an. Sie blinzelte, dann kamen ihr die Tränen. Schnell senkte sie den Kopf und verbarg das Gesicht in den Händen. Vom anderen Ende des Raumes her hörte sie Marvins unwilliges Brummen. Seine Schritte näherten sich ihr, stoppten jedoch abrupt. Er murmelte ein paar unverständliche Worte und wandte sich wieder um.

Der Zweck heiligt nicht die Mittel. Wie oft hatte Lilys Vater ihr das früher gesagt und sie darauf hingewiesen, dass sie sich in Geduld üben musste? Schon als Kind hatte sie für dies und jenes gebetet, zumeist für die Erfüllung manch kindischen Wunsches, aber durchaus auch für Wichtiges. Später hatte sie eine Zeit lang für einen Ehemann gebetet. Sie hatte sich eingebildet, einen Handelsreisenden zu lieben, der ihr schöne Augen gemacht hatte und dann weitergezogen war. Immer wieder hatte sie versucht, die Umstände in ihrem Sinne durch Gebet zu beeinflussen. Und stets hatte ihr Vater sie daran erinnert, dass Gott auf ihre Gebete drei Antworten hatte: ja, nein und … warte.

Die Sache mit dem Warten war noch nie ihre Stärke gewesen. Geduld gehörte nicht zu ihren lobenswerten Charaktereigenschaften.

Lily hatte, nachdem Henrietta James in Meltonplace eine neue Heimat geboten hatte, Gott darum gebeten, die Herzen der Reichen zu öffnen, damit den Familien an den Docks geholfen werden konnte. Dies war nicht geschehen. Und so hatte sie – wieder einmal – die Sache selbst in die Hand genommen. Weil sie erneut ein „Nein“ von Gott nicht hatte akzeptieren wollen? Weil sie sein „Warte“ überhört hatte?

„Miss Thomson? Lily?“ Der Schaukelstuhl quietschte, dann legte Madeleine eine Hand auf Lilys zitterndes Knie. „Als nur kleinere Spendenbeträge bei Ihnen und Lady Henrietta eingingen, haben Sie mit niemandem darüber gesprochen, nicht wahr? Vorrangig weil Sie verheimlichen wollten, wie stark Sie bereits involviert und wie oft Sie im Hafenviertel zugegen waren?“

Lily nickte, hielt den Kopf aber weiter gesenkt. Sie schämte sich so sehr. Sie hatte den Gedanken daran, dass das, was sie da tat, Diebstahl war, stets aufs Neue verdrängt; sich ihr Tun schöngeredet. Sie hatte ihr Gewissen erfolgreich zum Schweigen gebracht. Nun flehte sie Gott im Stillen um Vergebung an. Sie hatte nicht darauf vertraut, dass er ihr einen anderen Weg offenbaren konnte, um den Menschen zu helfen, die auch ihm so sehr am Herzen lagen. Mehr noch als ihr …

„Darum sind Sie nicht zu mir gekommen und haben mir davon berichtet, wie wenig Unterstützung Sie erhalten? Weil Sie es vermeiden wollten, dass Ihre Ausflüge zu den Docks in Adelskreisen zum Gesprächsthema werden?“

Lily zuckte mit den Schultern, Madeleine tätschelte ihr Knie.

„Wir Frauen verfügen kaum über eigene finanzielle Mittel. Alles, was wir in eine Ehe einbringen, geht auf den Mann über. Unsere abgelegte Kleidung steht seit jeher den Abigails[18] zu, überschüssige Lebensmittel – sofern sie nicht zu Suppe verarbeitet werden – werden von den Angestellten verzehrt. Es ist … herausfordernd für uns, mehr als ein oder zwei Hilfsprojekte zu unterstützen.“

„Das habe ich inzwischen erkannt“, flüsterte Lily. Sie wischte sich wenig ladylike mit dem Ärmel ihres Kleides über das Gesicht, um die Tränen zu trocknen, und sah die geduldige und gütige Frau nun doch an.

Madeleine schenkte ihr ein mitfühlendes Lächeln. „Anstatt eigensinnig voranzupreschen, hätten Sie sich darum bemühen sollen, ein zweites oder gar drittes Gespräch mit mir zu führen. Im Privaten wohlgemerkt, nicht auf einer Gesellschaft. Wenn Sie mir Ihr … ungewöhnliches Geschäftsmodell vorgestellt hätten, hätte ich Ihnen einige Wertgegenstände dafür überlassen können. Ein paar der Objekte, zumeist Hochzeits- oder Geburtstagsgeschenke, hätte ich nicht einmal zurückhaben wollen.“ Madeleine schmunzelte, und zum ersten Mal sah Lily, dass Marvin jenes schelmische Grinsen von ihr geerbt hatte, nicht von seinem Vater.

„Zudem hätte ich zwei, drei Freundinnen einweihen und ihnen vorschlagen können, es mir gleichzutun. Damit wären Sie in der Position gewesen, weit mehr Geld vom Pfandleiher zu erhalten, als Sie durch die Diebstähle zur Verfügung hatten. Und niemand hätte nach den Preziosen gefragt. Sie hätten uns, die Zeitungsschreiber und die Londoner Bevölkerung damit zwar um eine spannende Saison mit Miss Robin Hood gebracht, müssten nun allerdings nicht die Flucht ergreifen. Weder Sie noch James, Ihre Zofe oder Lady Henrietta.“

Lily richtete sich ruckartig auf. „Aber … warum Lady Henrietta?“

„Weil sie die Schuld auf sich genommen hat. In der Annahme, dass die Gesellschaft schweigen wird, wenn es sich bei Miss Robin Hood um eine Dame aus den eigenen Reihen handelt. Ich gehe davon aus, dass Lady Henrietta damit Recht behalten wird. Aber natürlich ist sie fortan somit eine Persona non grata[19]. Sie ist in Adelskreisen nicht mehr willkommen.“

„Oh nein!“ Lily vergrub erneut das Gesicht in den Händen. „Was habe ich nur getan?“

„Sie haben es gut gemeint, aber schlecht gemacht.“

„Das streite ich wahrlich nicht ab. Ich werde mir keine Sekunde länger einreden, dass das alles schon nicht so schlimm war, weil es dazu diente, anderen zu helfen. Ich –" Lily weinte wieder, was Marvin erneut in Unruhe versetzte.

Eine Zeit lang war es still im Kontor, einzig Lilys unterdrückte Schluchzer waren zu vernehmen. Sie rutschte vom Stuhl auf die Knie und flehte Gott im Stillen an, ihr zu vergeben. Und um eine Chance, alles wiedergutzumachen.

„Können Sie mir jemals verzeihen, Lady Madeleine?", fragte sie schließlich und sah die Frau aus ihrer kauernden Position heraus eindringlich an. Es gab drei Menschen, von denen Lily unbedingt hören musste, dass sie sie nicht verurteilten: Madeleine, Marvin und Henrietta.

„Das kann ich, meine Liebe. Ich selbst habe schon so viele Fehler begangen, ob nun absichtlich oder unbewusst, dass ich sehr dankbar bin, immer wieder aufs Neue Vergebung von Gott und den Menschen zu erfahren. Dennoch sah ich es als meine Pflicht an, Ihnen das ganze Ausmaß Ihres Tuns vor Augen zu führen."

„Das … war richtig. Und wichtig."

Madeleine beugte sich zu ihr hinunter und raunte ihr ins Ohr: „Leider werde ich sehr damit zu kämpfen haben, Ihnen eine weitere Folge Ihres unüberlegten Handelns zu vergeben."

„Aber was denn noch?", flüsterte Lily maßlos entsetzt zurück.

„Ich werde Marvin an Kanada verlieren."

Lily starrte die Frau ungläubig an. Madeleine nickte nur, strich ihr mit dem Handrücken sanft über die Wange und erhob sich dann.

„Das werde ich nicht zulassen!", stieß Lily hervor und sprang auf. Gleichzeitig drohte es ihr das Herz in Stücke zu reißen. Wie konnte Liebe nur so wehtun?

„Und ich werde es zu verhindern wissen, dass mein Sohn hoffnungslos verliebt ist."

„Ich bitte dich, Maman!", kam es von Marvin. „Ich wäre zutiefst unglücklich ohne Lily." Offenbar hatte er nur einen Teil ihrer Unterhaltung verstehen können.

„Das weiß ich, mein Lieber. Deshalb wünsche ich, dass du ihr folgst. Aber erst, nachdem die Konsequenzen für das Cummingham-Erbe geklärt sind. Du wirst dich mit deinem Vater dahin gehend auseinandersetzen müssen, was es bedeutet, wenn du hauptsächlich in Übersee lebst.“

Lilys Blick huschte von Marvin zu Madeleine und wieder zurück. Abwehrend hob sie die Hand. Sie konnte Madeleine unmöglich den Sohn wegnehmen.

Mit zwei großen Schritten war Marvin bei ihr und ergriff ebenjene Hand. Er zog sie an sich.

„Wir gehen euch voraus zum Schiff“, entschied Madeleine, und Lily hörte, wie jemand die Tür öffnete. Ein Windstoß wehte herein, der nach brackigem Wasser roch, dann fiel die Tür wieder ins Schloss. Marvin und sie waren allein.

„Das … wirst du nicht tun. Bitte nicht, Marvin! Ich habe dich nicht verdient. Deine Mutter braucht dich. Ich brauche nur deine Vergebung. Ach ja, und dein Schiff für die Überfahrt. Also stehe ich *noch* tiefer in deiner Schuld. Ich trage die Schuld an all dem Durcheinander. Ich weiß, dass Gott mir schon vergeben hat, denn das entspricht seiner gnädigen, liebevollen Art. Jetzt musst nur du mir noch verzeihen. Und dann verschwinde ich aus deinem Leb–“

Marvin presste seine Lippen auf ihre und Lily schloss die Augen. Für diesen einen wunderbaren, zerbrechlichen Augenblick gestattete sie es sich, die Nähe und die Liebe dieses bewundernswerten Mannes zu genießen. Beides durchströmte sie wie ein lauer Abendwind. Dann war der Moment vorbei, was Lily zutiefst bedauerte. Fragend blickte sie zu Marvin auf. „Warum …“

„Anders bekommt man dich ja nicht zum Schweigen.“

„Ich habe dir aber noch so viel zu sagen und –“

Marvin wiederholte seinen Versuch, sie zum Schweigen zu bringen. In Lilys Innerem prickelte es wie in einem Champagnerglas. „Ich verdiene dich nicht!“, stieß sie hervor, kaum dass sie wieder zu Atem gekommen war.

„Das stimmt allerdings. Daran wirst du arbeiten müssen. Sobald ich dir nachgereist bin und wir verheiratet sind.“ Seine Stimme klang tief und gewohnt neckend.

Hitze rieselte durch Lily hindurch. Vehement schüttelte sie den Kopf. Sie wollte ihn so sehr. Aber sie durfte den gleichen Fehler nicht noch einmal begehen. Übereilte Entscheidungen hatte sie zuletzt genug getroffen, falsche noch weit mehr.

„Ich muss … Gottes Willen in dieser Sache erfragen."

Marvin hob die Augenbrauen, dann nickte er. „Ich werde nicht vor dem Frühjahr nachkommen. Ist das genug Zeit zum Beten und Prüfen?"

„Ich denke, ja." Die Aussicht, Marvin so lange nicht zu sehen, fügte Lily beinahe körperlichen Schmerz zu. Zu ahnen, dass er in der Zwischenzeit wohl zur Vernunft kommen und sie niemals die Frau an seiner Seite sein würde, brachte eine eisige Kälte mit sich.

Marvin zog sie ungestüm an sich. „Ich verzeihe dir", flüsterte er ihr ins Ohr. „Und bitte vergib du auch mir, dass ich dich so schmählich im Stich gelassen habe. Und dass ich dich soeben kompromittiert habe, weshalb wir heiraten *müssen.*"

„… sagt der Earl aus jener Welt, der ich gerade zu entkommen versuche." Ob am Ende doch alles gut werden würde? Weil Marvin nun mal … Marvin war? Mehr „Mr Carter" als „Lord Kantley"?

„Ich hatte schon befürchtet, dass dich das nicht beeindrucken wird", sagte Marvin halb spöttisch, halb frustriert.

„Weißt du, was mich beeindrucken würde?"

„Sag es mir bitte ohne viel Federlesens."

Lily neigte jedoch nur den Kopf zur Seite und blickte Marvin auffordernd an. Er beugte sich ihr entgegen, um sie erneut zu küssen, besann sich aber eines Besseren. Ein sanftes Lächeln umspielte seine Lippen, als er laut und deutlich sagte: „Ich liebe dich, Miss Robin."

„Gut gemacht", gab sie zurück. „Miss Robin liebt dich ebenfalls. Und Miss Lily sogar noch mehr." Sie stellte sich auf die Zehenspitzen, und diesmal küsste sie ihn. „Was gut ist, denn Miss Robin wird hier im Hafenviertel zurückbleiben. Irgendwo in diesem Gewirr aus Gassen und dicht an dicht stehenden Häusern."

„… um schließlich zur Legende zu werden?", fragte Marvin.

„Ich hoffe, nicht!"

Epilog

1812

Henrietta sah zu, wie Lily ihr Kleid weit nach oben raffte und unbeschwert wie ein kleines Mädchen den Hügel hinunterstürmte, vorbei an den sich im Wind wiegenden Ahornbäumen und Hemlocktannen. Sie querte die einzige Straße des an einer leuchtend blauen Bucht gelegenen Hafenstädtchens in Nova Scotia und prallte beinahe mit dem Schmied zusammen, der ihr kopfschüttelnd nachschaute. Ihr zu einem nachlässigen Knoten geschlungenes Haar löste sich, sodass es wie eine Fahne im Wind wehte.

Henrietta packte James am Arm, da der Junge ebenfalls loslaufen wollte. „Gib ihnen ein paar Minuten", bat sie das aufgeregte Kind.

„Pah, die wollen doch nur –"

„Genau das wollen sie. Immerhin haben sie sich mehrere Monate nicht gesehen. Deshalb gönnen wir ihnen jetzt einen Moment für sich."

James verzog angewidert das Gesicht, schaute aber zu, wie sich Lily förmlich in Marvins Arme warf. Letzterer musste einen Ausfallschritt nach hinten machen, um nicht vom Bootsanleger ins eiskalte Wasser zu stürzen – mit Lily im Arm. Die Schöße seines dunkelblauen Justaucorps[20] wehten im Wind, eine kräftige Böe zerzauste sein Haar, das er im Nacken zu einem Zopf gebunden hatte. Ohne die neugierig gewordenen Einwohner und die Seeleute auf seiner Fregatte zu beachten, küsste er den Wildfang in seinen Armen ungestüm.

„Wir brauchen ganz schnell den Herrn Pastor", lästerte James.

„Der ist schon bestellt und wird morgen, spätestens übermorgen hier eintreffen.“

„Darf ich jetzt zu ihnen?“, fragte James und spurtete los, ehe Henrietta es ihm erlauben konnte. Von der Veranda des am Fuße eines Hügels erbauten Holzhauses aus sah sie zu, wie Marvin in die Hocke ging und den Jungen auffing. Einen Arm um ihn gelegt und in der anderen Hand die von Lily, sprach er mit den Kleinen. James nickte mehrmals. Die drei gaben ein hübsches Bild ab; das einer glücklichen Familie.

Nun ging auch Kate den Hügel hinunter und näherte sich dem Anleger. Im Schlepptau hatte sie die beiden Kinder des Witwers, den sie zwei Wochen zuvor geheiratet hatte. Die dreijährigen Zwillinge ließen kaum einmal von ihrer neuen Mama ab, so sehr liebten sie diese bereits.

Henriettas Aufmerksamkeit wurde auf eine Frau gelenkt, die das Segelschiff langsam und vorsichtig über die schwankende Holzplanke verließ.

Um ihre Augen vor der hellen Frühlingssonne zu schützen, legte Henrietta eine Hand an die Stirn, dann stieß sie einen erstaunten Laut aus. Niemand Geringeres als Madeleine Carter, die Duchess of Cummingham, hatte Marvin auf der beschwerlichen Schiffsreise in seine neue Heimat begleitet. Ob sie endgültig genug von ihrem mal charmanten und erfolgreichen, dann wieder trinkenden und zu Gewalt neigenden Ehemann hatte? Plante sie, hier in dieser einsamen, aber verheißungsvollen Neuen Welt sesshaft zu werden? Wie außergewöhnlich!

Im nächsten Moment kicherte Henrietta. Sie selbst war schließlich ebenfalls hier. Und sie liebte ihr neues Leben! Fortan mussten es die Bewohner des Städtchens also nicht nur mit *einer* Dame aus Englands Nobility aushalten – die sich mitunter verwöhnt oder gar völlig unbeholfen geben konnte –, sondern gleich mit zweien. Das versprach … unterhaltsam zu werden.

Nach Madeleine verließ ein schlaksiger Seemann von vielleicht sechzehn Jahren das Schiff. Henrietta kniff die Augen zusammen. Hatte der junge Mann nicht eine auffällige Ähnlichkeit mit James?

Prompt stieß der Junge einen wilden Jubelschrei aus, rannte den hölzernen Steg entlang und fiel dem Unbekannten um den Hals. Zufrieden lächelte Henrietta, da Marvin, ohne dass man ihn darum hatte bitten müssen, James' älteren Bruder gesucht, gefunden und sogar hierhergebracht hatte …

Marvin, James, dessen Bruder und Lily kamen über den steil ansteigenden Fußweg den Hügel hinauf. Lily redete ununterbrochen auf die Neuankömmlinge ein und deutete mal hierhin, mal dorthin. Offenbar wollte sie ihnen unverzüglich alles erklären und jeden vorstellen. Marvin zwinkerte James zu, woraufhin sich ein Grinsen auf das Gesicht des Jungen schlich. Dann nickten die beiden, um Lily vorzuspielen, dass sie ihren Monolog hochinteressant fanden. Bis auf den kurzen Blickwechsel mit seinem zukünftigen Adoptivsohn hatte Marvin nur Augen für Lily. Alles andere war im Moment wohl noch völlig uninteressant für ihn.

Madeleine hingegen war damit beschäftigt, ihren Sonnenschirm aus weißer Spitze aufzuspannen und die von Wind und Wetter ergrauten Holzwände der rund ein Dutzend Häuser auf diesem Hang oberhalb des Hafens, der ein wenig außerhalb des Stadtkerns lag, näher zu betrachten. Deren Bewohner musterten den Neuankömmling kaum weniger neugierig.

Kate näherte sich der Duchess und wollte gerade einen Knicks machen, als Madeleine unvermittelt die Rechte der ehemaligen Zofe ergriff und diese so kräftig schüttelte wie einer der hiesigen Holzfäller. In Henrietta stieg Heiterkeit auf. Offenbar war Madeleine darauf aus, umgehend die Konventionen aus der alten Heimat über Bord zu werfen und sich hier zu beweisen. „Gut gemacht", flüsterte sie, dann blieb ihr die Luft weg, weil Marvin sie hochnahm und kräftig an sich zog.

Nachdem er sie wieder auf die Beine gestellt hatte, reichte er ihr einen Briefumschlag. „Das Schreiben ist von Longfellow. Ich habe wahrlich keine Ahnung, warum der Schurke Ihnen schreibt."

Das liegt daran, dass er nur Stunden nach meiner Abreise einen Brief von mir zugestellt bekommen hat, der ihn sicher einigermaßen aus dem Gleichgewicht gebracht hat. Henrietta beschloss, das lieber für sich zu behalten, und lächelte nur.

„Wie gut, dass ich gelegentlich beim Schiffsbau in der Werft ausgeholfen habe.“ Marvin klopfte auf einen der dicken Baumstämme des Blockhauses. „Ich werde anbauen müssen, da Maman fest entschlossen ist zu bleiben. Und ich wünsche mir für mich und meine zukünftige Ehefrau eine gewisse … Privatsphäre.“ Bei diesen Worten legte er besitzergreifend den Arm um Lilys Taille und ließ sich von ihr ins Innere des Hauses führen.

Henrietta setzte sich auf einen der drei Stühle auf der Veranda und bewunderte einmal mehr ihre neue Heimat. Ihr Blick schweifte über die bewaldeten Hügel, die die Bucht mit ihrem in der Sonne glitzernden Wasser umschlossen, über die kleine Ansammlung von Häusern und die von gerade erblühenden Wildblumen geschmückten Hänge. Sie nahm sich Zeit, bevor sie schließlich das Siegel von Longfellows Brief brach und den Umschlag öffnete. Der Mann hatte eine kleine Handschrift, die so nüchtern wirkte, wie man es von einem Bankier erwarten würde – und deshalb nicht im Geringsten zu Longfellows Wesen passen wollte.

Er stellte Grüße von seiner Frau Vivianne voran, auch an Lily und James. Dann kam er auf das zu sprechen, worum Henrietta ihn in ihrem Schreiben gebeten hatte …

Sie können sich sicher vorstellen, wie verwundert ich war, Ihre Zeilen zu lesen. Der Inhalt war … aufwühlend. Sie waren also James' Meisterschülerin? Was Lily nicht gewagt hat, nämlich den Damen den Schmuck von Hals, Kleid, Armen und Händen zu entwenden oder den Herren die Halstuchnadeln, Manschettenknöpfe und Schnupftabakdosen, gelang Ihnen mit Leichtigkeit? Sie haben zwar um Lilys Geheimnis gewusst, sie aber nicht um Ihres? Demnach gab es zwei Miss Robin Hood? Wobei Sie nicht wussten, dass Lily nie etwas behalten wollte? Weshalb Sie, im Gegensatz zu Lily, Ihre Beute bei einem Schwarzhändler veräußerten?

Henrietta ließ den Brief sinken. Sie konnte aus Longfellows Zeilen spielend seine Fassungslosigkeit herauslesen. Und er hatte in allem recht: *Sie* hatte Lily in weit größere Schwierigkeiten manövriert als Lily sich selbst, sodass es nur recht und billig gewesen war, die Schuld auf sich zu nehmen. Wobei ihr niemand geglaubt hatte …

Demnach wusste nach wie vor keine Menschenseele von Henriettas Doppelleben – mit Ausnahme ihres Lehrmeisters James und nun auch Longfellow –, und dabei sollte es unbedingt bleiben. Ihr Gewissen, das sie anfangs weit weniger geplagt hatte als Lily das ihre, hatte Henrietta inzwischen erleichtert. Nicht nur, weil Longfellow hoffentlich alles hatte umsetzen können, worum sie ihn gebeten hatte, sondern hauptsächlich deshalb, weil sie vor einigen Wochen mitten in der Nacht aufgestanden war und in eisiger Kälte genau hier gesessen hatte, um Gott all das zu Füßen zu legen, was sie getan hatte. So sehr frierend, dass ihre Zähne geklappert hatten, durfte Henrietta erfahren, wie befreiend es war, Schuld vergeben zu bekommen. Sie hatte sich frei und leicht gefühlt, als hätte Gott all das genommen, was sie zunehmend belastet und niedergedrückt hatte, und es in den Tiefen des Meeres versenkt. Für immer.

Lily mochte sich aus Liebe zu den Menschen im Hafenviertel dazu entschieden haben, Miss Robin Hood zu werden. Henrietta hingegen war es um die Aufregung und um den Akt des Widerstandes gegangen. Weil sie den Nervenkitzel geliebt und endlich einmal richtig rebelliert hatte.

Vielleicht konnte man die Schwere von Schuld nicht messen. Vielleicht wog sie auf der Waagschale Gottes ohnehin immer gleich. Aber das zu wissen, war nicht so wichtig, fand Henrietta. Denn das eigene Versagen loszulassen und abzugeben, egal welcherart, war Befreiung pur! Das hatte sie bei Lily gespürt, als diese nach dem Abschied von Marvin und dessen Mutter das Schiff bestiegen hatte – und die junge Frau sogar darum beneidet.

In jener frostigen Winternacht hatte Henrietta endlich das Gleiche erleben dürfen. Erst dann war sie in jeder Hinsicht in ihrer neuen Heimat angekommen; hatte sie sich darauf einlassen können, hier ein neues Leben zu beginnen.

Wie von Ihnen erbeten, habe ich Ihre Finanzanlagen aufgelöst. Der Verkauf von Murray Manor samt der Ländereien am Meer und der

Pferdezucht ist inzwischen ebenfalls abgeschlossen. Den Geschädigten habe ich heimlich den Geldwert zukommen lassen, den ich Ihrer beigefügten Liste der veräußerten Wertgegenstände entnommen habe. Beim heimlichen Verteilen der Kuverts war ich so nervös, dass ich mir nicht vorstellen kann, wie Lily und Sie, Lady Henrietta, es geschafft haben, heimlich Wertgegenstände zu entwenden. Ich bin beinahe versucht, Ihnen meine Bewunderung für Ihre Nervenstärke auszusprechen.
Übrigens gibt es hier einige Damen, die bis zum heutigen Tag schwärmerisch über Miss Robin Hood sprechen. Meine bezaubernde Ehefrau meinte kürzlich, sie liebe mich umso mehr, da es ihr an meiner Seite mit Sicherheit niemals so langweilig werden würde, wie es vielen Damen der Gesellschaft tagtäglich sei. Letztere scheinen sich wohl zu wünschen, sie hätten den Mut, es Miss Robin gleichzutun. Ich habe Vivianne daraufhin versprochen, immer für genug Aufregung Sorge zu tragen, damit ich mich niemals fragen muss, wann sie wohl damit begonnen hat, „meiner Lady Lily" nachzueifern. Dies aber nur am Rande … Wobei es Sie vielleicht interessiert, wie genau ich das zu bewerkstelligen versuche: Ich habe stets Ihren Geschäftssinn bewundert, Lady Henrietta. Sie haben mir gezeigt – Lily ja schon in jungen Jahren –, dass Frauen ebenso schnell lernen wie Männer; dass sie uns in manchen Bereichen gar übertreffen können. Also habe ich beschlossen, Vivianne in meine Geschäftsgeheimnisse einzuweihen. Inzwischen ist sie mir eine gewiefte Assistentin. Tagsüber arbeitet sie einige Stunden in meinem Kontor, abends verwandelt sie sich in die Lady, die sie ebenfalls ist, und gibt rauschende Gesellschaften. Dabei versteht sie es, immer auch auf meine Fähigkeiten hinzuweisen und neue Kunden für uns zu gewinnen.

Henrietta kicherte. Sie hatte Longfellow vom ersten Tag an für einen außergewöhnlichen jungen Mann gehalten. Vivianne konnte sich wirklich glücklich schätzen, ebenso wie Longfellow. Und, so hoffte Henrietta, wie auch das Ehepaar Knight.

Um zu Ihrem Auftrag zurückzukommen: Das Landhaus, die Ländereien und die hervorragenden Zuchtpferde haben einen überaus guten Preis erzielt. Alle Ihre „Schulden“ sind beglichen. Den drei Familien im East End, die Sie mir nannten, gehört nun jeweils ein recht ansehnliches kleines Häuschen in einer etwas besseren Gegend. Niemand wird sie je daraus vertreiben. Wie gewünscht, habe ich das verbliebene Vermögen angelegt. Die Anlagen laufen auf Ihren Namen, Lily und James sind als Ihre Erben eingetragen. Sobald Marvin Ihnen diesen Brief übergeben hat, bitte ich um eine postalische Anschrift, unter der ich – oder Vivianne – Sie, Lily und James erreichen kann. Den großzügigen Anteil, den Sie mir für meine Dienste zugestanden haben, habe ich entnommen. Er soll als Grundstock für ein Hilfsprojekt dienen, das den Menschen im Hafenviertel eine regelmäßige medizinische Versorgung gewährleistet.

„Guter Mann“, flüsterte Henrietta dem knisternden Blatt Papier zu. Longfellow schrieb noch, dass er Lilys Vater bereits dreimal besucht habe und es ihm gut gehe. Allerdings sehnte sich der Mann nach einem Brief von seiner Tochter. Lily durfte ihm nun endlich schreiben, denn die Wogen, die Miss Robin Hood in der Londoner Gesellschaft aufgeworfen hatte, waren tatsächlich nie in die Stadt hinein- oder gar über diese hinausgeschwappt. Der Ton schwieg hartnäckig über die Geschehnisse der Herbstsaison 1811. Das Getuschel war inzwischen verebbt, die Zeitungsschreiber hatten neue Schlagzeilen gefunden. Das Leben in London ging seinen gewohnten Gang. Am meisten profitiert von all dem Chaos hatten wohl drei Familien an den Docks und jene, die die elternlosen Kinder aufgenommen hatten.

Madeleine hatte völlig zu Recht gesagt, dass der Zweck nicht die Mittel heiligt. Henrietta hatte gern die ihr übertragene Aufgabe übernommen, Lily tagtäglich daran zu erinnern, dass sie nach einem Gebet um Hilfe auch einmal länger auf eine Antwort warten musste – und dass sie ohnehin nur eine erhalten würde, wenn sie sich mit ihrem Anliegen an Gott wandte.

Henrietta seufzte erleichtert auf, weil die Geschehnisse um Meltonplace und Miss Robin Hood endlich aufgearbeitet waren, dank

Longfellow und der Kraft der Vergebung. Vielleicht war es für sie an der Zeit, ein Resümee zu ziehen? Eines, das besagte, dass Gott sogar dann die Fäden in der Hand hielt und etwas Gutes entstehen lassen konnte, wenn man ihn ignorierte und in die falsche Richtung voranstürmte? Dass seine Wege nicht immer auf den ersten Blick zu erkennen waren und, ja, überdies so manches Mal schwer anzunehmen? Und doch verlor Gott niemals eines seiner geliebten Kinder aus den Augen oder ließ es gar allein.

Sorgsam faltete Henrietta das Schreiben zusammen. Sie würde es nachher ins Kaminfeuer werfen, damit niemand je hinter ihr Geheimnis käme.

Als sie den Kopf hob, sah sie im Gegenlicht der tief stehenden Sonne eine groß gewachsene Frau in einen langen Mantel gehüllt und einen Mann mit flatternden Rockschößen Hand in Hand über eine Hügelkuppe spazieren. Sie sah von dem Paar nicht mehr als die Silhouette, dennoch konnte sie die Zuneigung der beiden zueinander förmlich spüren. „Das hat sich doch ganz wunderbar gefügt", murmelte Henrietta vor sich hin und verstand es als ein Gebet.

Nachwort und Dank

Ich danke meinen Töchtern, die mir die Grundidee zu *female Robin Hood meets London* – also der Geschichte um einen weiblichen Robin Hood im London des 19. Jahrhunderts– *geliefert* haben. Wer genau die „Vorlagen“ für Henrietta, James und Lily sind, *behalten* wir lieber für uns. Jedenfalls ist ihre Heimat auch eine Art *Sherwood Forest*.

Zudem bedanke ich mich bei den anderen üblichen *Verdächtigen* in meiner Familie, in meinem Umfeld und im Verlag. Ihr habt einen großen Anteil daran (ich will nicht von *Schuld* sprechen), dass meine Leserinnen und Leser dieses neue Abenteuer aus meiner Feder in den Händen halten dürfen.

Ich hoffe, ich konnte Sie, liebe Leserinnen und Leser, mit dieser mal heiteren, mal ernsten Geschichte gut unterhalten, indem ich Sie in ein längst vergangenes Jahrhundert *mitgenommen* und wieder in das aktuelle *zurückgebracht* habe. Falls ich Ihnen dabei ein wenig Schlaf oder Zeit für andere Dinge *gestohlen* habe, finde ich das kein bisschen bedauerlich. Vielmehr freue ich mich *diebisch* darüber.

Die Beschäftigung mit der Frage nach Recht oder Unrecht, wenn es darum geht, das Gesetz zu übertreten, um unseren Mitmenschen zu helfen (das sogenannte „Robin Hood Dilemma“) beschäftigt viele Menschen länder- und generationsübergreifend. Und nun vielleicht auch Sie?

Ein kleiner Hinweis noch, um der Historie Genüge zu tun: Beim Walzer habe ich ein wenig geschummelt. Dieser war 1811 noch nicht in der Nobility angekommen beziehungsweise akzeptiert. Aber es sollte nur noch wenige Monate dauern, bis dieser „frivole Tanz“

Einzug halten und von der jungen Generation auf jedem Ball herbeigesehnt werden würde.

Wenn Sie gern auf dem Laufenden sein möchten, was die *geheimnisumwitterten Geschehnisse* in meiner Schreibstube angeht, abonnieren Sie gern meinen Rundbrief. Dafür schreiben Sie einfach eine E-Mail an buechleundbuecher(at)gmx.de, mit dem Vermerk, dass Sie mit dem Speichern Ihrer Mailadresse einverstanden sind. Selbstverständlich gebe ich Ihre Daten nicht an Dritte weiter! *(Hm, ob mir das nach diesen Zeilen noch irgendjemand glaubt?)*

Ansonsten folgen Sie mir gern auch in den sozialen Medien und besuchen Sie meine Homepage www.elisabeth-buechle.de

Anmerkungen

1 Zumeist bodenlanger Damenmantel mit hoher Empiretaille, der oftmals ab der tatsächlichen Taille abwärts offen war. Viele Pelissen waren mit Spitze verziert oder innen mit Pelz gefüttert.

2 Regelmäßige finanzielle Zuwendung

3 Niedriger Adel, auch Landadel

4 Londons erste professionelle Polizei. 1749 von Richter Henry Fielding eingesetzt, bestand die Truppe ursprünglich aus sechs Männern, die von Fieldings Büro in der Bow Street No. 4 aus arbeiteten.

5 „Le bon ton“: Aus dem Französischen stammende Bezeichnung für die englische Oberschicht. Ein Ausdruck für guten Stil oder gute Erziehung, für eine höfliche oder modische Gesellschaft.

6 Die „Peerage“ umfasst alle Adelstitel (Peer-Würden) in England. Darunter fallen die Titel des Duke, Marquess, Earl, Viscount und Baron.

7 Britischer Hochadel

8 Hafenarbeiter, zuständig für das Be- und Entladen der Frachtschiffe

9 Kurztaillierte Frühlings- bzw. Sommerjacke

10 Langer, taillierter (Reit-)Mantel

11 Pferde- oder Stallknecht

12 Kleine Gasse mit Remisen, die zu den benachbarten Stadthäusern gehörten. Hier waren die Kutschen und Pferde der Anwohner untergebracht.

13 Die Bediensteten sprachen sich untereinander gern einmal mit den Nachnamen der Herrschaften an, für die sie arbeiteten.

14 Abkürzung des Begriffs *Jack-a-Dandy,* der britischen Bezeichnung für einen eingebildeten Mann, die aus dem 17. Jahrhundert stammt.

15 Offener, luxuriöser Pferdewagen

16 Spöttisch gebrauchte Kurzform für „Nobility“

17 Vorgänger des Korsetts; Schnürbrust

18 Veraltet: „Die Zofe“

19 Latein: unerwünschte Person

20 Vorgänger des Fracks